EXLIBRIS

作者简介

周立民，1973年出生于辽宁省庄河县。复旦大学中国现当代文学专业博士；2007年进入上海市作家协会工作，现为巴金故居常务副馆长、巴金研究会常务副会长。出版有巴金研究专著和传记《另一个巴金》、《巴金手册》、《巴金画传》、《巴金〈随想录〉论稿》、《似水流年说巴金》等；文学评论集《精神探索与文学叙述》、《世俗生活与精神超越》、《人间万物与精神碎片》等，散文、学术随笔集《翻阅时光》、《五味子》、《简边絮语》、《槐香入梦》、《文人》、《甘棠之华》等，编有各类文献资料多种。

《随想录》论稿

周立民

復旦大學出版社

目　录

引　言

我一直想写一本解说《随想录》的书，类似《随想录》注疏、讲疏或疏解之类的。虽然自知不自量力，但我的想法很简单，就是立足文本，疏解作者的写作意图和表达方式，以使更多人能够了解《随想录》，甚或在阅读该书时起到某种辅助作用。也就是根据我的阅读感受去梳理作者为什么要写《随想录》，《随想录》中写了什么，以及《随想录》文字背后又有什么？——当然，这只是我所理解的巴金和《随想录》，它是否切近巴金的真实意图，唯求识者来论断了。

这样做是因为我发现：许多论者其实并没有好好读过《随想录》，甚至根本就没有读过，仅凭“讲真话”这三个字就对一部四十多万字的著作指手画脚，滔滔不绝。我羡慕他们这种本领，也知道今天人们提倡“创新”，如果拘守作者的本意那似乎是告诉人家自己的无能、不会创新。我也见识了不少的“创新”成果，如同过去用木尺子、现在改用塑料尺子量东西一样，丢掉彼理论换作此理论；这还不要紧，问题是凡是不合乎我的尺子的都得裁掉，凡是不合乎我理论的都把它拧过来。这种绑架作者的办法，虽然极大地凸显了学者的“主体性”和“创新性”，但某种程度上也造成了作者与学者、作品与研究著作的隔绝和不对话，也势必将学术变成了自说自话的独角戏，表演者长枪短棍、好不威风，而观众们不知所云。当代文学批评尤其是所谓的学院批评屡为人诟病，不能说这不是一个重要原因。对此，当代作家们还有机会出来喊冤叫屈，而已成古人的作家们大概只有任人打扮的份儿了，对于这样高明的化妆师，我还是离他们远一点为好。尽管在本书中，我丝毫不避讳谈论自己阅读《随想录》的一些心得，但我想强调它们都是基于《随想录》和它所处的那个时代本身做出的。

先看一看《随想录》中说了什么，再想一想巴金为什么这样说，或者对照一下当时别人是怎么说的，之后，还要留心一下写作的背景、相关的史料，接下来谈一点自己的阅读感受。这是我为本书设计的套路。它注定让我们首先要用心倾听作者的心音，就《随想录》而言，这是一个现代知识分子与庞大体制抗争、寻找自我的宣言，是他心灵煎熬、挣扎又寻求突围的记录，是一位孤独的老人寻求理解和自我救赎的心灵独白，它也是一部文学作品……它不宜于被概括、总结，而更需要被阅读，只有沉浸在具体的文字中，作者的情感、思绪，乃至灵魂的呼号才会被我们真切地感受。因此，不论本书还是其他研究著作，永远都不能替代对《随想录》的阅读。

目前看来，这部论稿更像是我设想中的《随想录》注疏本的一篇长长的导言，这意味着更为繁复和庞大的工作还在等着我，学海无涯，我只能驾一叶扁舟向着遥远的目标努力靠近！

二〇一〇年一月十日午后于花城竹笑居

二〇一一年六月二十六日下午改

独立思考的结果

——《随想录》的写作缘起和背景

一九七八年十一月三十日，七十五岁的巴金在上海度过了他平静的一天：七点半起床，上午，《往事与随想》的责任编辑周朴之来谈了一会儿。下午，他的老友黄裳来访，并取走了前几天写好的《家》的法译本序言。三点半，与人坐车到上海大厦去看望老友曹禺，这不是他们劫后的第一次见面，但是仍然有说不完的话，吃过晚饭，曹禺随巴金一起回到家中又坐了半个小时[①]。朋友们的欢声笑语渐渐散去，家中恢复了宁静，冬夜拉下了浓黑的帷幕，巴金回到了书桌前，摊开了稿纸，缓缓地写下：

> 我年过七十，工作的时间不会多了。在林彪和"四人帮"横行的时候，我被剥夺了整整十年的大好时光，说是要夺回来，但办得到办不到并没有把握。我不想多说空话，多说大话。我愿意一点一滴地做点实在事情，留点痕迹。我先从容易办到的做起。我准备写一本小书：《随想录》。[②]

巴金珍惜这一天里难得的写作时刻，没有会议，没有采访，没有宴会，终于可以平静地坐在书桌前，与自己的读者用文字倾诉心曲。

此时，"文革"噩梦的结束不过两年多，中国大地上正酝酿着粉碎"四

① 这一天情况可参见巴金当日的日记，《巴金全集》第26卷第297—298页。

② 巴金：《〈随想录〉总序》，《巴金全集》第16卷第Ⅰ页。《随想录》版本众多，本书引用主要依据人民文学出版社1991年《巴金全集》第16卷本，该本可以视为作者最后定稿本。

人帮”之后的思想巨变，国家正从以往的以阶级斗争为纲向“社会主义现代化”转轨，真理与实践标准的讨论搅动着僵化已久的思维，大量的冤假错案正在逐步纠正。半个月前，天安门事件刚获平反，话剧《于无声处》在热演[①]；半个多月后，被历史学家认定的当代中国标志性转变的事件：中共第十一届三中全会在北京召开。《随想录》没有在巴金恢复人身自由的一九七六年和一九七七年春天出现，而是在一九七八年底，这不是偶然的，“我不想多说空话，多说大话”。其实翻开一九七八年的报刊，“实事求是”四个字不知用了多少遍；把被剥夺的时光夺回来也是当年经历过“文革”后重新焕发干劲的人的心声。今天，当这些历史背景退隐在时间的深处，我们面对的仅仅是《随想录》这个文本的时候，如果从文本解读文本，来探讨巴金的写作目的、表达方式等，那显然无法理解作者的初衷；作为新时期思想解放的具体产物，《随想录》无法从这个历史背景中剥离出来。对于这一点，巴金本人很清楚：

其实并非一切都出于偶然，这是独立思考的必然结果。五十年

---

① 当时的《人民日报》在短时间内多次报道或评论《于无声处》，可见这部戏契合了民间和官方的共同需求：1978 年 11 月 15 日第 3 版，是短讯《应文化部、全国总工会的邀请〈于无声处〉剧组从上海到京演出》。11 月 16 日在刊发“中共北京市委宣布 天安门事件完全是革命行动”的同时，于头版发表“本报特约评论员”文章《人民的愿望 人民的力量——评话剧〈于无声处〉》（此文占据头版下角，三版四分之三和四版四分之一，而当时《人民日报》每期仅有六版），文中说：“话剧《于无声处》的出现，引起了强烈的社会反响。几千万人争相阅读这个剧本，在剧场，在电视机前，观众和演员一道悲哀、流泪、焦虑和愤怒……”同日，第三版又发表曹禺的评论文章：《一声惊雷——赞话剧〈于无声处〉》，文中说：“我要称宗福先同志是我的老师。因为他写出了《于无声处》这样的好剧本；他说出了全国人民憋了许久的心里话，说出了真话。他冲破了一个‘禁区’。”11 月 17 日头版刊登报道：《在为天安门事件平反的大喜日子里 话剧〈于无声处〉在京首场演出》，并刊出了演出结束后领导与剧组的合影。12 月 5 日 2 版刊出报道《〈于无声处〉给人教益引人深思》，报道中国戏剧家协会召开座谈会，与会者畅谈对此戏的感受。从当时的广告上也可以看出该剧在当时引起的轰动，1978 年 12 月 2 日 6 版刊出两则《于无声处》的演出广告，中国青年艺术剧院和勇进评剧团（根据话剧改编的评剧）分别在东方红剧场和广和剧场演出此剧，其中前者的广告中说零票每人限购 4 张，可见戏票的抢手。

> 代我不会写《随想录》，六十年代我写不出它们。只有在经历了接连不断的大大小小政治运动之后，只有在被剥夺了人权在“牛棚”里住了十年之后，我才想起自己是一个“人”，我才明白我也应当像人一样用自己的脑子思考。真正用自己的脑子去想任何大小事情，一切事物、一切人在我眼前都改换了面貌，我有一种大梦初醒的感觉。[①]

《随想录》的写作是巴金寻求个人声音的过程。“文革”以后，官方为了尽快冲破“文革”的思想束缚，积极鼓励思想解放和独立思考，在这一过程中，知识分子的心愿与官方的声音不谋而合，“文革”中饱受其苦的知识分子在冲破“左”的思维方式束缚的过程中充当了急先锋的角色。问题是，思想解放了，人有了独立思考之后，接下来也会继续冲破他的鼓励者和一切企图主导它的束缚，所以在此之后，知识界与官方意识形态也摩擦不断。以“讲真话”为号召的《随想录》不但体现了巴金寻求个人的声音的艰难道路和清醒反思，也体现了他在这一过程中与主流声音的艰难剥离的过程。当然，这种剥离并不意味着作者的思想认识游离于时代和历史语境之外，恰恰相反，整个《随想录》作为一个开放的写作体系始终建立在与时代纠结中。这也是我们探讨《随想录》写作缘起的一个前提和根本认识。

一、《望乡》背后的思想交锋

表面上看来，《随想录》的写作始于巴金对于一个偶然事件发表看法，

① 巴金：《〈随想录〉合订本新记》，《巴金全集》第16卷第Ⅴ页。为了争取更大的发言空间，巴金选择在香港发表，这也说明他非常清楚他可能与外界产生的冲突，但他有意要保留更大的个人发言的权利，而不是要去顺应形势。1979年3月15日致孔罗荪信可以作出佐证：“我看文艺界情况复杂，问题很多，阵线也不分明，在《文艺报》发表文章，不能像写《随想录》那样随说一通，大陆上的读者对‘随说’久已不习惯了。为《文艺报》写文章，总得慎重些，我试试看，若写不成了，就算了。”（《巴金全集》第24卷第123页）

那就是日本电影《望乡》在中国播放所引起的种种社会反响。巴金后来回忆说："我的《随想录》是从两篇谈《望乡》(日本影片)的文章开始的。""要是没有看到《望乡》,我可能不会写出五卷《随想录》。"

> 碰巧影片《望乡》在京公映,引起一些奇谈怪论,中央电视台召开了座谈会,我有意见,便写了文章。朋友潘际坰兄刚刚去香港主编《大公报》副刊《大公园》,他来信向我组稿,又托黄裳来拉稿、催稿。我看见《大公园》上有几个专栏,便将谈《望乡》的文章寄去,建议为我开辟一个《随想录》专栏。际坰高兴地答应了。我最初替《望乡》讲话,只觉得理直气壮,一吐为快,并未想到我会给拴在这个专栏上一写就是八年。从无标题到有标题(头三十篇中除两篇外都没有标题),从无计划到有计划,从梦初醒到清醒,从随想到探索,脑子不再听别人指挥,独立思考在发挥作用。[1]

在答应写这个专栏的时候,巴金并没有一个系统和长远的计划。获得"第二次解放"之后,巴金的工作重点是译书和写小说[2],尽管这样,这并不表明巴金最初写作时想法是模糊的,巴金正是有话要说,才答应写这个专栏;用直抒胸臆的"随想"形式也表明他有话不得不说的急切愿望和自由心态。他表示:"这只是记录我随时随地的感想,既无系统,又不高

---

① 巴金:《〈随想录〉合订本新记》,《巴金全集》第16卷第Ⅴ页。查巴金日记,在1978年10月22日有看《望乡》的记载:"晚上看电视节目(邓副总理访日新闻和日本故事片《望乡》)。"(《巴金全集》第26卷第288页)同年11月14日:"饭后看电视节目(《望乡》)。"(《巴金全集》第26卷第293页)

② 有记者曾这样报道巴金的打算:"在这满怀希望、满露喜兆的一九七八年来临的时刻,巴金极有信心地向我们讲了他的打算。在他八十岁以前,他准备写出一本新的十几万字的短篇小说集,并准备写一部反映现代题材的长篇小说。如果时间允许,还将另写一部以二十年代为背景的长篇。""他原来就在翻译的赫尔岑的回忆录《往事与深思》,仍将把它译完。这部回忆录,他已译了二十五万字,看来还有一百万字要译。但他相信,在八十岁前他也能把它译好。"见立羽(徐开垒)《春回人间——访巴金》,《文汇报》1978年1月15日。

明。但它们却不是四平八稳,无病呻吟,不痛不痒,人云亦云,说了等于不说的话,写了等于不写的文章。”[①]正因为如此,《随想录》的写作看似偶然,但正如巴金后来所说:“其实并非一切都出于偶然,这是独立思考的必然结果。”

这种“必然”还在于,《望乡》事件背后所体现出的两种不同思想的交锋。《望乡》是中国当时引进的日本电影,它由熊井启执导,田中绢代、栗原小卷主演,讲述了史学家三谷圭子为了揭露二战期间日本少女被卖到南洋当娼妓之事,到九州天草的畸津町去实地寻访的所见所闻:二次大战末期,一群妇女为解家人饥馑卖身到南洋为娼,忍受凌辱,期盼归期却大多客死他乡。电影根据作家山崎朋子的作品《山打根八号娼馆》改编,因为涉及妓女的卖春生涯,“样板戏”时代的中国连表现爱情都是禁忌,电影中的如此“大胆”的镜头在当时未免有些惊世骇俗了。有资料说:“一些人看到一部公然描写妓女的影片上映,勃然大怒,在大街上贴出大幅标语,要禁止和批判这部‘黄色电影’。结果有关部门又剪掉了一些镜头才重新放映。”当时,国人思想之保守程度,从另外一件事情中可见一斑:一九七九年五月,复刊不久的《大众电影》第五期封底刊登英国影片《水晶鞋与玫瑰花》中王子与灰姑娘接吻的剧照,便引起轩然大波,一位读者给《大众电影》信中称:“万没想到在毛主席缔造的社会主义国家,经过‘文革’的洗礼,还会出现这样的事情。你们竟然堕落到和资产阶级杂志没有什么区别的程度!”[②]

当时报纸迅速发挥舆论引导作用,引导大家怎样认识这部影片。从发表的文章看来都是支持这部电影的放映,肯定它的“正面”作用:“这本来是一部主题严肃,思想内容健康的进步影片。”但字里行间也无不流露出社会上对于这部影片的叽叽喳喳。“日本进步电影《望乡》上映之后,引

---

① 巴金:《〈随想录〉总序》,《巴金全集》第16卷第Ⅰ页。

② 引自陈煜编著:《中国生活记忆——建国60年民生往事》第123、124页,中国轻工业出版社2010年版。

起了一些人的议论。归结起来无非是说，这部电影描写了妓女的生活，不健康，会给一些青少年带来不良影响；这部电影大人可以看，青少年不能看，如果看了，青少年犯罪率一定要增加，云云。”[①]后来又发生影片一些镜头被剪的事情：“《望乡》上映以来，真是多灾多难。有些人说它是‘黄色电影’，非禁不可；亏得报刊舆论为它鸣冤，救了阿崎，影片又继续上映了。许多同志当然为此而感到高兴：‘这下可好了，长官意志服从民意了！’可是，且慢高兴，如果你再看看《望乡》的话，你一定会纳闷起来：怎么搞的，今天的《望乡》已不是她原来的面目了，影片的有些镜头已不翼而飞。呜呼！《望乡》有幸，剪刀无情。”[②]有些为《望乡》辩护的文章，似乎也不是很理直气壮，特别提到一些表现妓女生活的镜头，论者认为：“即使有点什么副作用，也可以通过教育和引导，提高群众的分析批判能力来解决。简单地加以否定拒绝，那不是认真的态度，也不利于我们开阔眼界。”[③]在这样的讨论中，《随想录》开篇的两篇文章（《谈〈望乡〉》和《再谈〈望乡〉》），巴金表达了一个观众的真实想法：影片打动了他的感情。——这恢复了对文艺作品最基本的判断标准，而不再是以扣帽子和概念化的方式评价作品。由此，巴金也回应了社会的议论：不必担心年轻人看了影片就会变坏，要相信他们。他特意点出：不要把年轻人改造成《未来世界》中那样的“没有性程序”的“五百型”“机器人”。归根结底，他不仅为影片辩护，更重要的是呼吁独立思考的重要性。——这也是《随想录》常用笔法，巴金常常借一个公共话题来表达个人的想法，表面看来，他的议论平淡无奇，但仔细看会发现他的思想的一贯性。

还原到当年的语境中，我们就发现这平淡的开篇背后其实存在着非常紧张的思想交锋。关于《望乡》的争论，和当时很多类似的争论一样，都是长期受压抑的思想刚刚活跃起来，与还在“左”的意识束缚下思想之间

---

① 许兴汉：《用什么眼光看〈望乡〉》，《解放日报》1978年11月24日第四版。

② 陈同艺：《不要把阿崎剪“破”》，《解放日报》1978年11月26日。

③ 赵文英：《谈日本影片〈望乡〉》，《人民日报》1978年11月8日第三版。

的交锋，是长期单一思维和一元化社会被冲破的转轨中出现的冲突。这种冲突也反映了，形成于“文革”并在“文革”中“发扬”到极致的极左思潮和思维方式并未轻易地在人们头脑中绝迹，一股强大的力量阻挡着社会和人们的思想意识恢复它应有的活力。一九七七、一九七八年是一个新旧交替的转折期，“四人帮”被打倒了，然而“文革”思维、“文革”作风乃至“文革”语言仍旧飘浮在社会上空，翻翻当时上海的报纸就可以明了。一九七七年五月一日的《文汇报》，报眼是大红字“马克思主义、列宁主义、毛泽东思想万岁”，占了大半版的是已故毛泽东主席的大照片，照片旁边有两段引自中共中央学习《毛泽东选集》第五卷的决定中的话，其中一段是：“中国人民的一切胜利，都是毛泽东思想的胜利。毛主席的旗帜，是胜利的旗帜，是我国人民团结战斗继续革命的旗帜。”在这下面，是用大字排印的当时最高领导人华国锋的文章《把无产阶级专政下的继续革命进行到底——学习〈毛泽东选集〉第五卷》，占了当日报纸三个版，华国锋说：“毛主席为我们党制定了一条清楚的、明确的、正确的马克思列宁主义路线，这就是在无产阶级专政下把社会主义革命继续进行到底的路线。毛主席要我们时刻不要忘记阶级斗争，抓住阶级斗争这个纲，一步步地做好社会主义革命和社会主义建设工作，把我国建设成为一个伟大的社会主义国家，直到实现从社会主义到共产主义社会的过渡。毛主席要我们这样做，我们就应该坚定不移地这样做。”颇有意思的是次日的《文汇报》，报眼是“毛主席语录”：“毛主席给华国锋同志亲笔写的指示：你办事，我放心。”前一日毛泽东大幅照片的位置现在换上了等幅的华国锋照片，下面是红标题的新闻：

高举毛主席的伟大旗帜　把无产阶级专政下的继续革命进行到底

华主席同首都人民一起欢度“五一”

接下去报纸宣传的主调是围绕着“华主席”进行的，是围绕着全国军民学习新出版的《毛选》五卷进行的，在五月九日《文汇报》头版的新闻标题是“读毛主席的书 听华主席的话——记华主席视察过的上海玉石雕刻厂和上海地毯厂职工认真学习选集第五卷”。那是一个刚刚云开雾散的时代，人们一方面是沉浸在粉碎“四人帮”之后欢畅舒奋的气氛中，一方面外界和内心的枷锁还都没有完全打开，因此，那种欢跃，那种愤怒，那种对新时代的憧憬，单纯又简单。在五月十日《文汇报》副刊上老诗人臧克家响应“工业学大庆”的号召，奋笔赋诗《快快跨上大庆的骏马》：“我们今天学大庆，/学什么？/学她马列水平高，/歪风吹来不倾斜；/学她路线站得牢，/‘四人帮’高压压不垮；/学她把白茫茫一块荒草原，/变作了几十万人的工业基地——/热腾腾一片荣华。”在这里，我们难以读出什么诗味来，这是“文艺为政治服务”的新版本而已。也难怪，这个副刊用的还是老名字“风雷激”。然而，也就是在同一个副刊上，半个月后，巴金的《一封信》出现了。

这种新旧杂陈的思想冲突是自上而下的，“两个凡是”的方针与后来的“真理标准”大讨论，是思想交锋的必然结果，也反映出问题的症结所在。一九七六年十月六日，“四人帮”的粉碎标志着十年“文革”告终，但当时的主政者还不能决然否定由毛泽东亲手发动的“文革”，“在当时的政治环境下，毛泽东的政治和意识形态，无疑是新权力核心最大的‘正当性’资源。所以，粉碎‘四人帮’后，中共高层做出的第一个决定，就是建立‘毛泽东主席纪念堂’和出版或筹备出版《毛泽东选集》、《毛泽东全集》，以昭示‘继续高举毛主席旗帜’的决心和姿态。”[①]这样新的主政者其实面临着两难的境地，一方面顺应民心，打破“四人帮”以往的做法，一方面又不能伤及毛泽东的权威。尤其是在天安门事件的平反和邓小平复出工作以及对一些老革命家冤案平反的工作中，因为这样的思路存在，当政者常常表现

① 韩钢：《“两个凡是”的由来及其终结》，郭德宏等主编《中华人民共和国专题史稿》第4卷(改革风云)第29—30页，四川人民出版社2009年第2版。本文以下关于“两个凡是”的综述主要依据此文。

得迟疑不决。一九七六年十二月五日，中共中央迫于形势所发出的重新处理天安门事件的通知就典型地体现了这种态度的两重性：通知维护了“反革命事件”的定性，但又规定：凡是反对“四人帮”的人，则释放、销案、解除审查，而另一方面又是：“凡不是纯属反对‘四人帮’而有反对毛主席、反对党中央、反对文化大革命或其他反革命罪行的人，绝不允许翻案。”[①]一九七七年一月，理论界提出要点名批判张春桥和姚文元的两篇文章，以肃清“左”的流毒，但中央当时主管宣传的负责人却作了这样的批示：“这两篇文章是经过中央和伟大领袖和导师毛主席看过的，不能点名批判。”只能不点名地批评文章中的错误观点[②]。

这种对一些重大问题的迟疑使得处在粉碎“四人帮”的亢奋情绪中的人们非常不满，一九七七年一月，在周恩来逝世一周年的前后，北京许多市民到天安门广场送花圈，写诗词，贴标语，除了纪念周恩来之外，很多内容涉及天安门事件和邓小平，表达对高层的不满。华国锋已经注意到这种情绪，一月六日在政治局会议上，他说：“现在有些思想动向值得注意。”在邓小平复出工作、天安门事件和对于“十七年”工作的估价等事情上，华意识到一些问题必须解决，但他又在等待时机以免伤害毛的权威给人造成“翻案”的印象，故他要求：“有些不同的看法不要紧，要引导，领导这一层要讲清楚。”[③]正是这种“引导”和统一思想的需要，一九七七年二月七日两报一刊发表了《学好文件抓住纲》的社论，社论称“必须紧紧抓住深入揭批‘四人帮’这个纲”，并强调步调一致，社论的最后是高举旗帜的问题，其中被后来概述为“两个凡是”的两句话是：“凡是毛主席作出的决策，我

① 转引自陈东林、杜蒲主编：《中华人民共和国实录》第 3 卷（下）第 1431 页，吉林人民出版社 1994 年版。

② 见刘国新等主编《中华人民共和国史长编》第 3 卷第 364 页，天津人民出版社 2010 年版。

③ 华国锋在中共中央政治局会议上的讲话（1977 年 1 月 6 日），转引自韩钢：《“两个凡是”的由来及其终结》，郭德宏等主编《中华人民共和国专题史稿》第 4 卷（改革风云）第 35 页，四川人民出版社 2009 年版。

们都坚决维护;凡是毛主席的指示,我们都始终不渝地遵循。"[①]"两个凡是"一经正式公布即在党内和社会上引起极大震动。例如中央宣传口的负责人耿飙便说:"登这篇文章等于'四人帮'没有粉碎。如果按照这篇文章的'两个凡是',什么事情也办不成了。"[②]

但是,人们已不容时代的车轮倒退,真理标准的讨论呼之欲出,思想的僵局正在一步步打开。一九七八年五月十日在中央党校的内部刊物《理论动态》第六十期上,刊出了《实践是检验真理的唯一标准》一文,次日《光明日报》以"本报特约评论员"的名义公开发表,新华社又将它作为国内新闻第一条向全国媒体转发。五月十二日,《人民日报》、《解放军报》转载,接下来有很多报刊相继转载,立即产生极大影响,展开了热烈的讨论。但这篇文章遭到了"凡是"派的抵制,作为中共中央理论刊物的《红旗》杂志便长期不参与讨论,一九七八年"六月十五日下午,汪东兴召集中宣部和中央直属新闻单位负责人开会。他在会上严厉地说:还有一些特约评论员,写的东西不好。《人民日报》是党的机关报,我和胡耀邦谈过,要他在报上写文章要注意。汪还批评说:党性不强,接受教训,下不为例。'下不为例'实际上就是'下禁令'。"[③]邓小平则鲜明支持这个讨论:这篇文章是马克思主义的。并点出了问题的实质:争论不可避免,争得好。引起争论的根源就是"两个凡是"[④]。邓小平从当时的形势和中国的发展高度,认为:需要一个活跃的思想局面,因此不断地鼓励解放思想。一九七八年

---

① 《学好文件抓住纲》,《人民日报》1977年2月7日。据《邓小平年谱》记载,1976年10月26日,华国锋在听取中共中央宣传口负责人汇报时说:凡是毛主席讲过的,点过头的,都不要批评;天安门事件要避开不说;要集中批"四人帮",连带批邓。(中共中央文献研究室编《邓小平年谱(1975—1997)》上卷第152—153页,中央文献出版社2004年版)

② 陶铠、张义德:《走出现代迷信——真理标准讨论始末》,《中华人民共和国大典》第1390页,中国经济出版社1994年版。

③ 沈宝祥:《真理标准问题大讨论》,郭德宏等主编《中华人民共和国专题史稿》第4卷(改革风云)第58页。

④ 邓小平1978年7月22日与胡耀邦谈话,内容见中共中央文献研究室编《邓小平年谱(1975—1997)》上卷第346页。

八月十三日，他在同吴冷西的谈话中指出：实践是检验真理的唯一标准，是马克思主义的。实践标准那篇文章是对的，现在的主要问题是要解放思想。邓小平还指出：文化、学术和思想理论战线正在开始执行“双百”方针，但空气还不够浓，不要从“两个凡是”出发，不要设禁区，要鼓励破除框框[①]。十一届三中全会的公报是这样肯定讨论的意义：“全会高度评价了关于实践是检验真理的唯一标准问题的讨论，认为这是对于促进全党同志和全国人民解放思想，端正思想路线，具有深远的历史意义。一个党，一个国家，一个民族，如果一切从本本出发，思想僵化，那它就不能前进，它的生机就停止了，就要亡党亡国。”[②]

这种思想氛围为《望乡》的讨论造就了条件，也为《随想录》的瓜熟蒂落提供了空间。可以说，《随想录》的写作是作家内心要求与外部的思想解放形势合为一股的产物。但必须看到，这种寻求个人声音的表达并非万众一心的畅所欲言，而是充满了艰难的思想交锋，看不到这一层，我们可能就不会理解巴金和他的同时代的思想解放者何以要写下今天看来像常识一样的东西。比如，为《望乡》辩护，在思想僵化的年代常被看作洪水猛兽般的异端。由于很长一段时间，只否定“四人帮”，而不否定“文革”，对那个特殊的时代还缺乏清醒的反思。臧克家与姚雪垠关于诗集《忆向阳》的争论，就反映出直到“文革”结束后很久，一些文化人思想仍然运行在过去的轨道上。臧克家在其诗集《忆向阳》中以诗意化的笔法描写了“五七干校”的生活和自然风光，他说：“响应伟大领袖毛主席的号召”到干校的日子，“它是我生命史上的一座分界碑。这以前，我把自己局限于一个小天地里，从家庭到办公室，便是我的全部活动场所。身体萎弱，精神空虚。上二楼，得开电梯，凭打针吃药过日子。为了思想改造，为了挽救身心的危机，我下定决心，换个新环境，去尝试、锻炼。”“我和五千多个战

---

① 邓小平1978年8月13日与吴冷西谈话，内容见中共中央文献研究室编《邓小平年谱(1975—1997)》上卷第357页。

② 《中国共产党第十一届中央委员会第三次全体会议公报》，《人民日报》1978年12月24日。

友,一同劳动,学习、锻炼,试身手、战湖荒。咸宁的向阳湖,成了我们的用武之地。'向阳湖',多么富有诗意的一个名字呵。'五七战士',多么光荣的一个称号呵。"[①]这还是过去批判知识分子四体不勤、五谷不分,要知识分子加强改造的论调和思路。姚雪垠在《上海文学》一九七九年第一期上发表《关于〈忆向阳〉诗集的意见——给臧克家同志的一封信》批评臧克家,说他:"……你在写五七干校生活的诗中只有愉快的劳动,愉快的学习,并且对于林彪和'四人帮'将大批老干部和各种专家、知识分子不管老弱病残强迫轰下去进五七干校劳动这件事,你和别人的心情不同,竟是'号召一声响,五跃出都门'。"认为这些诗"是按照林彪、'四人帮'所定的宣传调子,歪曲了毛主席的号召,并且用歌颂愉快劳动和学习的词句去粉饰和掩盖当年那种五七干校的罪恶实质。""诗中的感情不是真实的,至少说不完全是真实的。有真实的一面,但也是被你化过妆的感情。有更真实的一面你不肯写出,那倒是最宝贵的。"[②]对此批评臧克家一直不接受。实际上,这里面涉及对于同一历史事件不同的个人记忆,以及个人记忆与集体记忆的情感性之间关系等诸多问题。但也可以看出,在一九七六年以后,姚雪垠等人已经开始用新的眼光来打量过去走过的道路,而此时乃至以后相当长的一段时间内,臧克家的思想坐标并没有发生变化。

无独有偶,艾青即使在诗歌中歌颂一位参加天安门事件的青年英雄,仍然不忘把这归功于"文化大革命"的成果:"要是有人问:/'文化大革命有什么成果?'/这就是最明显的一件:/中国出现了新的一代青年。"在这首诗中,诗人说:"清除一切障碍物——/封建的、法西斯的、/宗教迷信的、腐朽的,/……"自我矛盾的是这一切仅仅属于林彪、四人帮的恶果,却似乎与"文革"无关,"文革"自身仿佛诞生了反文革的"成

---

① 臧克家:《高歌忆向阳》,《忆向阳》第1、2页,北京人民出版社1978年版。

② 以上转引自徐庆全:《关于臧克家〈忆向阳〉诗作的争论》,《名家书札与文坛风云》第284—299页,中国文史出版社2009年版。

果”[1]。巴金的一段话，在今天读来怎么看怎么像是反讽：“我是经受了‘文化大革命’烈火的锻炼的。尽管由于这次的‘大革命’我失去了最亲爱的人，我仍然要赞美这个伟大的革命的成果。只有通过这个伟大的革命，我才懂得什么是‘社会主义的民主’，而且为什么我们需要‘社会主义的民主’。只有通过这个伟大的革命，我才懂得我们过去的确‘只有封建传统，没有民主传统’。今天在我们社会里封建的流毒还很深，很广，家长作风还占优势。”“‘文化大革命’使我受到极其深刻的教育。我为它付出了十分巨大的代价，因此我更有理由重视它的伟大的成果。”[2]这种暧昧不清的表述也反映出作家在解冻时节，冰雪未融之时受制于外在思想限制而艰难表达的窘境。

巴金也不是一下子就从严冬走向盛夏的。不用再写检查，终于有人请巴金写文章了。《文汇报》副刊当时的编辑徐开垒后来回忆说：

> 一九七七年五月，我与刘火子同志征得当时报社领导同意，到巴金家里，请他写停笔十年后的第一篇作品，因为当时我恢复报纸副刊主编职务不久，很希望得到他的支持；同时，我也知道他的威望将有助于受“四人帮”糟蹋不堪的报纸生命的复苏。起初，巴金不大愿意，也一时想不出用什么方式来写好，后来我说：“那么多年不见你的讯息，读者多么想念你，你就用写信的形式写一篇吧。”他终于答应了。这就是发表在这一年五月二十五日的《一封信》。大家知道当时粉碎“四人帮”才半年零一个月，“四人帮”虽然在政治上垮台，但他们长期留在一部分人头脑中的假象还没有完全去掉，我们文坛也还趋于沉寂，巴金同志的这一篇散文，他那长期受压抑的对“四人帮”的愤怒之情，一如山洪暴发，猛烈地冲击着敌人在十年“大批判”中为读者设下的各种阻碍思想前进的破烂防御。这是全国作家对“四人帮”的第一

---

① 艾青：《在浪尖上》，《诗刊》1978年12月号。

② 巴金：《〈爝火集〉序》，《巴金全集》第15卷第473页。

> 声血泪控诉，显出巴金在反击敌人中的大无畏精神。顷刻之间，如地动山摇，大批读者来信涌向编辑部，……[1]

除了结束一个资深作家沉默岁月、表达作家心声之外，很难给这篇文章以太高的艺术评价，但是这篇文章透露出两点值得关注的信息：首先是在官方话语的夹缝中生长着他独特的谨慎的个人话语。文章的主题是对“四人帮”罪行的控诉，对新形势的欢呼和赞扬，这是当时大小报纸连篇累牍宣传的东西，“果然，拨开云雾见青天，毛主席亲自选定的接班人、我们的英明领袖华主席继承毛主席的遗志，一举粉碎了祸国殃民的‘四人帮’，挽救了革命，挽救了党和国家，挽救了人民，也挽救了文学艺术事业，……华主席高举毛主席的伟大旗帜，照辩证法办事，走群众路线，密切联系群众，关心群众，注意群众的要求和愿望，……是全国人民衷心爱戴的英明领袖。在华主席的亲自主持下，‘四人帮’千方百计阻挠出版的《毛泽东选集》第五卷出版了，供全国人民世世代代瞻仰毛主席遗容和纪念伟大领袖和导师的丰功伟绩的毛主席纪念堂也即将完成了。全世界的眼光都注视着中国，全世界的希望都集中在中国。”[2]这样的语句随便从当时的哪个报纸上都可以轻易抄来。然而，回顾自己几十年的创作生涯，谈到“四人帮”对个人的迫害，给个人造成的伤害时，巴金情不自禁吐露心底真诚的声音，他不像一些文章那样泛泛地批判，而是结合自己的切身实际，从自身入手，形象、直感、真诚、朴实，可能正因为有这种声音和真挚的感情在里面，它打动了许多读者，当时编辑部收到了上百封来信，“它们有的情文并茂，长达万言，向他倾诉了十年中的痛苦遭遇；有的发自内心肺腑，字字血泪，告诉他由于读了他的小说，几年来被整得几乎家破人亡；……”[3]更重要的是，从这篇文章中，在那气势磅礴的一连串排比句中，我们看到了

---

① 徐开垒：《巴金，我的前辈和老师》，《巴金和他的同时代人》第 40 页，学林出版社 1999 年版。

② 巴金：《一封信》，此处据 1977 年 5 月 23 日《文汇报》初刊文引用。

③ 徐开垒：《巴金，我的前辈和老师》，《巴金和他的同时代人》第 41 页，学林出版社 1999 年版。

巴金久违了的生命激情，这一直是推动他创作的动力，经历了十年浩劫他慢慢地恢复自信、独立思考，他也在寻找昔日的自己，半个世纪以前将他领入文坛的叶圣陶先生寄来的贺诗说他“挥洒雄健犹往昔”①。之所以强调这两点，是因为它其实和后来的《随想录》是有着千丝万缕的联系的，前者，也是《随想录》经常采用的表达方式，而后者是产生《随想录》的一个重要前提。

一旦外在的空间开放，恢复了自我意识的作家会迅速迸发出自己的思想活力，并且目标明确地向那些束缚他们甚至他们也曾参与的“左”的教条发起攻击。《随想录》的写作始终处在这种交锋中，通过它我们能够看出刚刚走出“文革”阴影不久的思想解放的知识分子对于“文革”思维同仇敌忾的愤怒，也可以看出真正走出“文革”之艰难。如果在《随想录》的写作之初，巴金表达自己随时随地的感想，那么，随着写作的推进，他深深感受到“文革”的阴魂不散，他抨击的目标也越来越明确了。当他越走越远的时候，我们发现思想解放运动似乎是那个所罗门的瓶子，作家们获得了自己的自由灵魂，也意味着他不再轻易地接受任何外在的束缚了。

二、历史反思中的跨时代回答

新时期，政治层面上，真理标准的讨论搅动了思想的春水；而文艺界则是在为艺术家平反的同时，历史问题的拨乱反正，特别是重新评价十七年的文艺成果来达到对“左”的思想对文艺影响的批判和解放思想的目

① 叶圣陶诗转引自徐开垒《巴金，我的前辈和老师》一文，全诗为：“诵君文，莫计篇，交不浅，五十年。平时未必常晤叙，十载契阔心怅然。今春《文汇》刊书翰，识与不识众口传。挥洒雄健犹往昔，蜂虿于君何有焉。杜云古稀今曰壮，伫看新作涌如泉。”

的。从一九六三、一九六四年毛泽东的“两个批示”[1]，到一九六六年《林彪同志委托江青同志召开的部队文艺座谈会纪要》中所提出的“文艺黑线专政论”，都是认为一九四九年以来，文艺界“被一条与毛主席思想相对立的反党反社会主义的文艺黑线专了我们的政”，从而使很多艺术家和文艺作品遭到严厉的批判。所以，文艺界的拨乱反正，首先涉及的就是如何评价十七年的文艺成就问题，从而揭开四人帮对于文艺界的迫害。张光年曾逐条反驳“文艺黑线论”：“林彪、‘四人帮’列举建国以来文艺界‘反党反社会主义的黑线’的三大罪证：一曰‘理论黑’；二曰‘作品黑’；三曰‘队伍黑’。总之是黑成一团了。”“在‘文艺黑线’的罪名下，文艺界那么多有生力量遭到残害，许多同志含冤死去，许多同志至今背黑锅。……文艺界受害之广泛，情节之惨重，是骇人听闻的。”“‘文艺黑线’之类莫须有的罪名，不仅是精神枷锁，它首先是政治枷锁，至今还在很大程度上束缚着文学艺术的生产力。”[2]有人对于长期主导文艺界的“文艺是阶级斗争的工具”观念进一步发起挑战，作者首先质疑当时文艺界普遍存在的一些问题：

> 为什么有的电影老一套？连片名都不是风，就是浪，老在风口浪尖上兜圈子？
>
> 为什么“四五”运动之后，诗坛寂寞了？为什么有的诗人不用“丹田”发声，仅仅靠喉咙干叫？
>
> 为什么我们在生活中经历的斗争是那么丰富、深刻，让人吃不下

① 指《关于文学艺术的两个批示》，毛泽东于 1963 年 12 月 12 日在中宣部文艺处编印的关于上海举行故事会活动的材料上的批示，1964 年 6 月 27 日在《中宣部关于全国文联和所属各协会整风情况报告》草稿上的批示的总称。这两个批示断定文艺界“十五年来，基本上不执行党的政策”，“社会主义在许多部门中，至今收效甚微，许多部门至今还是‘死人’统治着。”“最近几年，竟然跌到了修正主义的边缘。”见冯牧主编《中国新文学大系・文学理论卷 1》第 70 页，上海文艺出版社 1997 年版。

② 张光年：《驳“文艺黑线”论》，1978 年 12 月 19 日《人民日报》。

饭、睡不着觉，而在不少小说中展现的斗争却那么简单、容易，缺乏震撼灵魂的力量？

作者一针见血地指出造成这种现象的重要原因：“文艺创作的公式化和概念化。”“创作者忽略了文学艺术自身的特征，而仅仅把文艺作为阶级斗争的一个简单的工具。”“建国以后，文艺界发动过多次政治运动，往往强调了文艺与政治的关系，忽视了文艺与生活的关系，忽视了文艺的特殊规律。‘文艺是阶级斗争的工具’说，也是上述倾向发展的必然结果。”① 一石激起千层浪，这些讨论推动文艺界走出“文革”的阴影，形成了活跃的思想气氛。一九七九年十一月召开的第四次文代会上，邓小平的祝词和周扬的报告中，没有采取过去一贯的“文艺从属于政治、文艺为政治服务”的提法。一九八〇年一月邓小平在《目前的形势和任务》中，明确地说：“不继续提文艺从属于政治这样的口号”，一九八〇年七月二十六日《人民日报》发表社论《文艺为人民服务、为社会主义服务》明确用“二为”方针取代了“文艺为政治服务”的口号，为文艺创作的自由创造了相对宽松的外部环境。

巴金没有置身于这些讨论之外，文艺界活泼的思想氛围酝酿了《随想录》，《随想录》也以自己的方式参与和推动了新时期的思想解放运动。巴金对于文艺界历史的反思和经验教训的总结带着强烈的个人色彩，他从个人经历出发，落脚点不仅是洗刷加在文艺身上的政治污水，而是更多地放在作家自身的思考上，特别是在经历了“文革”中不断遭受批判，不断检讨之后，在新时期，巴金开始用自己的头脑来反思一九四九年以后自己走过的道路，此时，他的头脑更为清醒了，在“文革”中，他曾否定了自己的过去，但那种否定是主体缺位加上强力压迫下做出的，实际上他不清楚自己究竟错在哪里，他甚至带有些许委屈，怪自己“紧跟”不够、“改造”不彻底。

① 《上海文学》评论员：《为文艺正名》，《上海文学》1979 年第 4 期。

在新时期，他同样否定了过去，最大的差别是抛弃了那种“紧跟”、“改造”的逻辑而批判丧失自我、缺乏独立思考，这是《随想录》创作的原初出发点之一。

在《随想录》第一集和第二集中，比较集中谈到了一些文艺问题，这些问题几乎都是对于以往加在巴金身上的不实之词的回答，特别是针对“反右”之后的“巴金作品讨论”和“文革”中对他批判的隔时代的回答。有必要回顾一下，一九五七年的“反右”、一九五八年的“拔白旗”运动与巴金的关系。

在一九五六年至一九五七年上半年，巴金对很多文化、社会问题提出自己的看法。

（一）对于“百花齐放，百家争鸣”方针的看法，他希望不要设置框框，让大家真正地“鸣”起来。一九五六年和一九五七年的上半年，巴金在胡乔木等人的鼓励下写了一批杂文①，以“余一”的笔名在《人民日报》、《解放日报》、《文汇报》上发表，从文化现象到身边琐事都谈了自己的看法，千字短文，套话不多，从中能看出巴金思想的活跃，这本身在他也是响应“百花齐放、百家争鸣”的号召而做出的举动。在《“鸣”起来吧》②，巴金觉得不应当为百家争鸣定出清规戒律，也不要害怕群众“乱鸣”。这是对以往运动中都是有领导有组织而完全没有个人的自主性和独立性的思维模式的一种批评。在反驳姚文元“恰到好处的批评是最尖锐，是最正确的批评”中，巴金说：

我们固然看见过连脸部表情都“正确”的人，但是我们更常见的

---

① 田钟洛（袁鹰）1956年8月10日致巴金的信上说：“承你在溽暑中惠寄杂文，我们至为感谢。三篇文章均已见报，由于它的短小精干，得到不少好评。”“许多读者（包括我们自己）盼望你除了写短文以外，能再写些散文。胡乔木同志也要我们向你致意，希望你能满足读者的要求，并为人民日报增加光彩。”见“文革”造反派抄录的《报刊杂志来信摘要》。

② 巴金：《“鸣”起来吧！》，刊于1956年7月24日《人民日报》，《巴金全集》第18卷第625页。

却是那些喜欢在“报告”或“发言”后面加上一句“我的意见不一定妥当”的人。我觉得后一种人更可爱，因为他们实事求是，他们知道自己不可能达到了“恰到好处”的水平以后才出来发言，还不如有多少讲多少，即使没有说得“恰到好处”，也可能对人有益。[①]

畅所欲言，首先是给人以发言的自由、争取发言的权利，这是巴金在当时反复强调的。在与郭小川的谈话中，他说：现在不是提“鸣得好”的时候，因为现在许多人还不敢鸣[②]。巴金的这个提法与后来在《随想录》中提出的“讲真话”的出发点是一致的：“我也曾一再声明：我所谓‘讲真话’不过是‘把心交给读者’，讲自己心里的话，讲自己相信的话，讲自己思考过的话。我从未说，也不想说，我的‘真话’就是‘真理’。我也不认为我讲话、写文章经常‘正确’。”[③]

（二）强调独立思考，反对简单和教条的思维模式。对于“争鸣”而言，“敢说”只是前提，还要有独立思考的能力才“能说”，巴金显然是发现了很多人思想僵化，丧失了独立思考的能力，更有甚者还有很多自己不独立思考也不许别人独立思考的专横打手们，以及因此培养出来的应声虫：

有些人自己不习惯“独立思考”，也不习惯别人“独立思考”。他们把自己装在套子里面，也喜欢硬把别人装在套子里面。他们拿起教条的棍子到处巡逻，要是看见有人从套子里钻出来，他们就给他一闷棍，他们听见到处都在唱他们听惯了的那种没有感情的单调的调子，他们就满意地在套子里睡着了。

他们的棍子造成一种舆论，培养出来一批应声虫，好像声势很浩

① 巴金：《“恰到好处”》，刊于1956年9月20日《解放日报》，《巴金全集》第18卷第638—639页。

② 郭小川：《巴金的谈话》（1956年9月4日），此系根据郭的笔记整理，现收入《郭小川全集》第11卷第266页，广西师范大学出版社2000年版。

③ 巴金：《〈真话集〉后记》，《巴金全集》第16卷第429页。

> 大，而且也的确发生过起哄的作用。……谁都知道，教条是死的，人是活的，所以教条代替不了“独立思考”。[①]

“把热爱自己工作的人整成了应声虫，等于损害作家的独立思考。”[②]在《描写人》中，巴金重申了生活是复杂的，人也是复杂的，不能简单地模式化，用正面、反面、动摇人物三类就代替了[③]。“独立思考”可以说是后来《随想录》写作的思想基础和动力，巴金自己说没有独立思考就没有《随想录》，在整个《随想录》中，他不断地在强调作家不能做缺乏“独立思考”的录音机。“这十几年中间我看见的胆小怕事的人太多了！有一个时期我也诚心诚意地想让自己‘脱胎换骨、重新做人’，改造成为没有自己意志的机器人。我为什么对《未来世界》影片中的机器人感到兴趣，几次在文章里谈起‘它’呢？只是因为我在‘牛棚’里当过地地道道的机器人，而且不以为耻地、卖力气地做着机器人。后来我发现了这是一场大骗局，我的心死了(古话说‘哀莫大于心死！’)……”“我自己也是在‘听话’的教育中长大的，我还是经过‘四人帮’的‘听话’机器加工改造过的。现在到了给自己做总结的时候了。我可以这样说：我还不是机器人，而且恐怕永远做不了机器人。”[④]“我们习惯于传达和灌输，仿佛自己和别人都是录音机，收进什么就放出什么。这些年来我的经验是够惨痛的了。一个作家对自己的作品竟然没有一点个人的看法，一个作家竟然甘心做录音机而且以做录音机为光荣，在读者的眼里这算是什么作家呢？”[⑤]为此，他在《随想录》中专门写了《“思想复杂”》、《观察人》这样的文章。他不认为当时社会上流行的“思想复杂”是一种贬义，而认为人的思想本来就应当是复杂，由

---

① 巴金：《“独立思考”》，刊于1956年7月28日《人民日报》，《巴金全集》第18卷第626—627页。

② 巴金：《对文艺和出版工作的意见》，《巴金全集》第18卷第686页。

③ 巴金：《描写人》，刊于1956年10月4日《解放日报》，《巴金全集》第18卷第653页。

④ 巴金：《探索》，《巴金全集》第16卷第173、174页。

⑤ 巴金：《“思想复杂”》，《巴金全集》第16卷第221页。

简单变为复杂的，而不应该由复杂变为简单。对于那些思想僵化的逻辑，诸如“小孩相信大人，大人相信长官。长官当然正确”之类，巴金也予以批评，认为人“总得多动脑筋，多思考吧”[①]。从当年的《描写人》到《随想录》中的《观察人》，他的意思也是一贯的：“人是十分复杂的。人是会改变的。绝没有生下来就是‘高大泉（全）’那样的好人，也没有生下来就是‘座山雕’那样的坏人。”[②]

（三）对于文艺、出版工作的组织和领导，特别是官僚作风进行批评，反对过多过当、违背规律的干涉。一九五七年春天，在座谈会上，巴金响应整风运动的要求[③]对文艺、出版工作的现状发表了看法。特别是某些领导和部门的官僚作风引起了他的不满，这也是当时知识分子普遍不满之处。在一次会议上，巴金着重谈了两个方面的大问题，一是领导上对文艺工作不重视，二是出版工作混乱。对于前者，巴金认为：“我说领导上不重视文艺工作，是说领导上对文艺上的问题没有认真研究，认真讨论，却常常匆匆作出决定，甚至发出粗暴的批评。”“总之需要领导的时候看不见领导，不需要批评的时候，批评倒偏偏来了。”对于出版工作，巴金认为“又缺又乱”，“一方面有很多书堆在栈房里卖不出去，另一方面我们要买书却什么都买不到。”“文艺出版社上海只有一家，因为‘只此一家’，就没有社会主义竞赛；……”“出版发行工作中的官僚主义也很厉害。”巴金讲了一个很荒唐的事情：“我写的《谈契诃夫》，被列入翻译家，下面也有‘未定’的字样。我当时还不明白‘未定’二字的意义。出版处给我的表上写着：‘未决定者主要对译者情况尚未了解，一经了解，即可决定。’我便笑着问‘新文艺’负责同志：‘是否我的情况你们还不了解？’他自然说‘不是’。出版处的同志马上说，这个表是新文艺出版社送给他们的。我说我很清楚，这

---

① 巴金：《小人・大人・长官》，《巴金全集》第 16 卷第 71、72 页。

② 巴金：《观察人》，《巴金全集》第 16 卷第 122、123 页。

③ 1957 年 4 月中共中央在全党进行反对官僚主义、宗派主义和主观主义的整风运动，巴金等人的发言大多是在这个框架下进行的。

是官僚主义者闭门造的表……”[①]在中共上海市委宣传工作会议上，他的发言成为报纸的标题：“巴金说文艺应该交给人民”：“巴金认为应该把文艺交给人民，送到群众中去受考验，不能由少数领导根据自己的好恶干涉上演或出版。我们对文学艺术的特性常常了解不够。譬如谈到编辑修改文章问题，有人说编辑修改作品可以做到使它完美无疵，又有人说托尔斯泰等大师的作品没有经过编辑修改，只是因为‘当时的出版社无不以赢利为目的，又没有健全的编辑部。’巴金说：我不同意这种说法。我看到直到现在还不曾有过一部完美无疵的作品。像莎士比亚，托尔斯泰的作品也有缺点，但是它们有更多的发光的东西，这些发光的东西掩盖了缺点。你没法修改它们，因为它们是一个整体，你要是把它们改得没有缺点，四平八稳，恐怕连发光的东西也没有了。”“姚蓬子说作家协会应对作家进行思想领导和艺术领导。巴金认为思想领导是必需的，这要由党负责，由市委来抓。但所谓艺术领导，他认为还可研究。他认为在艺术方面作协最好让作家们发挥各人的创造性，少领导，多帮忙。他说：‘要是用作协上海分会甚至全国作协的全部力量能够培养出几个或一个托尔斯泰来，那对我们国家多好，但可惜这是办不到的。文艺创作主要依靠作家自己的艰苦的劳动。固然在作品写成发表以后，它就成为了社会的财产，但是我们不能依靠领导的指示来写任何作品。所以他认为作协的主要工作应当是办好刊物，为作品争取出版条件，保护作品的著作权，在作家体验生活进行创作的时候，多给他们帮助等等。……’”[②]

二十多年后，巴金依旧在批评文艺创作和组织领导中的“长官意志”。“读者是我的作品的评判员。他们并不专看‘长官’们的脸色。即使当时的‘长官’们把我的小说‘打’成‘毒草’，把我本人‘打’成‘黑老 K’，还有人偷偷地读我的书。”[③]批评长官意志，实质是在强调作家和创作的独立性，

---

① 巴金：《对文艺和出版工作的意见——在作家座谈会上的发言摘要》（1957 年 5 月），初刊 1957 年 5 月 8 日《解放日报》，现收《巴金全集》第 18 卷第 682—688 页。

② 《巴金说文艺应该交给人民》，《解放日报》1957 年 5 月 17 日。

③ 巴金：《“遵命文学”》，《巴金全集》第 16 卷第 33 页。

而不是做“驯服工具”，巴金用这样的话表达了他的观点：“我最近翻了一下中国文学史，那么多的光辉的名字！却没有一首好诗或者一篇好文章是根据‘长官意志’写成的。我又翻了一下俄罗斯文学史，尼古拉一世统治时期出现了多少好作家和好作品，试问哪一部是按照‘长官’的意志写的？”[①]在《随想录》里，巴金直接提到了他当年主张“把文艺交给人民”之后的遭遇：

> 大概是在一九五七年的春季吧，在一次座谈会上，我发言不赞成领导同志随意批评一部作品，主张听取多数读者的意见，我最后说：“应当把文艺交给人民。”讲完坐下了，不放心，我又站起来说，我的原意是“应当把文艺交还给人民。”即使这样，我仍然感到紧张。报纸发表了我的讲话摘要。我从此背上一个包袱。运动一来，我就要自我检讨这个“反党”言论。可以看出我的精神状态很不正常。倘使有人问我错误在哪里，我也讲不清楚。但是没有人以为我不错。我的错误多着呢！反对“有啥吃啥”，替美国作家法斯特“开脱”，主张“独立思考”，要求创作自由等等、等等。同情的人暗中替我担心，对我没有好感的人忙着准备批判的文章。第二年下半年就开始了以姚文元为主力的“拔白旗”的“巴金作品讨论”。“讨论”在三四种期刊上进行了半年，虽然没有能把我打翻在地，但是我那一点点“独立思考”却给磨得干干净净。

在此，他强调了自身的“奴性”，并由此反思来回答当年的批评：“要澄清混乱的思想，首先就要肃清我们自己身上的奴性。大家都肯独立思考，就不会让人踏在自己身上走过去。大家都能明辨是非，就不会让长官随意点名训斥。”“文艺究竟属于谁？当然属于人民！李白、杜甫、白居易、苏东坡的诗归谁所有？当然归人民。”“这是最浅显的常识，最普通的道理，我竟然为它背二十年的包袱，受十年的批判！回顾过去，我不但怜悯自

① 巴金：《长官意志》，《巴金全集》第16卷第38页。

己，还轻视自己，我奇怪我怎么变成了这样的一个人！”[①]

（四）客观地评价自己的旧作。一九五八年三月至十月，十四卷本《巴金文集》的一至六卷由人民文学出版社陆续推出，这几卷包括《灭亡》、《新生》、《死去的太阳》、《海的梦》、《春天里的秋天》、《砂丁》、《雪》、《利娜》、《爱情的三部曲》、《激流三部曲》等重要作品。年底，收有短篇小说的文集第七至九卷也已编竣[②]。与此同时，巴金“向我的读者讲‘私语’，告诉他们这些作品是怎样写成的”[③]“谈自己的创作”陆续发表，写于一九五八年上半年的就有《谈〈春〉》、《谈〈灭亡〉》、《谈〈秋〉》、《谈我的散文》、《谈我的短篇小说》五篇。巴金说《文集》是“一九五七年人民文学出版社决定出……我早也想在六十岁的时候整理一遍，印一点送朋友”[④]，《谈自己的创作》与《文集》的出版相配合，实际上巴金是对一九四九年以前自己二十年创作的一个系统总结。与“旧我”告别，是进入新时代后摆在巴金等从国统区而来的知识分子面前的一个共同话题。曹禺在《文艺报》一九五〇年第五期上发表《我对今后创作的初步认识》以阶级的观点分析自己创作和走过的道路，把《雷雨》、《日出》等作品说得一无是处。萧乾则“痛下决心要脱胎换骨，写了不知多少自我批判的文章，甚至也自修过俄语，研读过《联共（布）党史》……批《武训传》时，他和一整批留学西方的知识分子如费孝通、潘光旦、李俊龙等狠批了自己的改良主义，……当时，受过西方教育的知识分子的心情普遍的是无条件地投降：甘愿舍弃自己已经学到手的，从头学习”[⑤]。与此同时，删改旧作也成为一时之风，老舍删除了对祥子的“不正确”描写，曹禺让四凤活了下来，把鲁大海写成了“有团结有组织的罢工领导者”。一九四九年以后，巴金在出版旧作和谈自己创作中

① 巴金：《究竟属于谁？》，《巴金全集》第16卷第255—257页。

② 巴金1958年12月27日致彼得罗夫信：“我现在正在校改自己的短篇小说（《文集》七至九卷）。”现收《巴金全集》第24卷第173页。

③ 巴金：《〈谈自己创作〉小序》，《巴金全集》第20卷第378页。

④ 巴金：《答谭兴国问》，《巴金全集》第19卷第519—520页。

⑤ 文洁若：《我与萧乾》第23—24页，广西教育出版社1992年版。

时不时要检讨几句自己的错误，但他也总是坚定地说："我对于工作并未失去信心。""不管我的作品存着种种或大或小的缺点，但我始终没有说一句谎话。"巴金相信他的作品是真实的，他在宣告旧的灭亡，光明必将到来，在向旧的传统观念、不合理的社会制度宣战中也一直没有妥协过。

巴金没有完全被时代风气所左右，对自己的旧作，他总体上持肯定的态度。在当时情形下，他把那本"宣扬虚无主义"的《灭亡》放在《文集》的卷首，是要有一定的勇气的，他不想掩饰什么，而要让《文集》反映出自己创作的真实面貌。其实出文集，在当时本身就是一件冒险的事情，经过反右之后，多少人恨不得烧毁旧作，如果不是无事自扰，那是需要极大的勇气和自信的。这一点，从老舍身上也可以找到旁证。赵家璧在《老舍和我》中谈到一九五九年冬天他与老舍的谈话："我就问他，人民文学出版社计划出版你的《老舍文集》，最近进行得如何了？……老舍就问到我巴金在沪遭蓬子宝贝儿子（姚文元）批判的事，我一五一十地讲了。老舍就叹气说：'老巴的旧作，还算是革命的，尚且遭到这帮人的批判；我的旧作，例如《猫城记》之类，如果编入文集，我还过得了安稳的日子吗？'"[①]老舍的担心不是没有道理的，事实上，有的人对《巴金文集》的出版就很有看法。唐弢在一篇文章中就曾谈到："巴金同志出版文集，印行早期作品，上海的党领导认为当有一篇自我批评的序文，检查他早期思想的错误，与小说同时刊行，而竟阙如，因此姚文元已经写好一万余字的长文，准备'迎头痛击'。"[②]

巴金作品的不断出版，加上电影《家》的放映所引起的社会上对巴金作品的阅读[③]，以及巴金的一些似乎出格言论的杂文等等，不仅引起了一

① 赵家璧：《老舍和我》，《新文学史料》1986年第3期。

② 唐弢：《怀石西民同志》，收《唐弢文集》第10卷第487页，书目文献出版社1995年版。

③ 1958年北京师范大学中文系巴金创作研究小组曾对部分工厂和学校做过读者调查，其中"在访问女十二中时，该校同学告诉我们：在学生中有80%以上的人看过巴金的《激流三部曲》（或电影），1955年看的人最多，图书馆常借不到，有的同学就到校外去找。电影有的人看过几遍。"见《读者对巴金作品的反映辑录》，北京师范大学中文系巴金创作研究小组《巴金创作评论》第124页，人民文学出版社1958年版。

些“左”的棍子的注意，也使有关方面担心一些“不良倾向”的蔓延。他们伺机对巴金进行批判。反“右”中，巴金涉险过关，在一九五八年的“插红旗，拔白旗”运动中，他却在劫难逃。“插红旗，拔白旗”运动是在大跃进、人们头脑发热的背景下所发起的一场运动，它也可以看作是为大跃进营造舆论和思想气氛的运动。所谓的“红旗”和“白旗”，实际上与毛泽东一九五七至一九五八年屡屡提到的“红”与“专”即政治与业务统一的问题是相对应的。在一九五八年三月的成都会议上，毛泽东曾说过：思想阵地，你不插旗子，他就插旗子[①]。这里，“他”是指资产阶级，在毛的观念中，始终存在着无产阶级和资产阶级两条道路的激烈斗争，所以在一段时间的言谈中，他将彼此对立，认为在思想领域中，不插无产阶级的红旗，资产阶级就插白旗。一九五八年六月一日新创刊的《红旗》在发刊词中更是明确提出了：“毫无疑问，任何地方，如果还有资产阶级的旗帜，就应当把它拔掉，插上无产阶级的旗帜。”“插红旗，拔白旗”运动也迅疾在全国各行业和各领域中展开，然而，在一九六二年一月，中共中央就在京举行扩大会议已决定给批评错了的人平反，当年四月底即下发通知，要求施行。这次运动虽然不像反“右”那样造成那么严重的伤害，但波及面也不小。仅以江苏为例，在对一九五八至一九六〇年受到错误批判处分的干部进行甄别中，甄别、平反的干部有二十一万人，处分的群众有二十二点九万人[②]。在北京大学，像冯友兰这样的名教授是当然的“白旗”，中文系林庚、王瑶、王力、游国恩、高名凯、朱德熙、魏建功等教授也都是被拔的“白旗”。武汉大学“拔白旗”过程中共有三百九十一人受到批判，教师八十四人，约占教师总数的百分之十四，教授、副教授三十二人，占其总数的百分之四十，学生三百零五人，占当时在校学生的百分之九[③]。在文学界中有郑振铎、秦兆阳、巴金等人。对于知识界而言，“插红旗，拔白旗”与思想改造运动、反

---

① 转引自王军：《“插红旗、拔白旗”运动始末及评价》，《党史研究与教学》2002 年第 5 期。

② 王军：《“插红旗、拔白旗”运动始末及评价》，《党史研究与教学》2002 年第 5 期。

③ 详见罗平汉：《“大跃进”中几所高等院校的“拔白旗”运动》，《文史精华》2000 年第 11 期。

右运动是一脉相承的。早在一九五八年邓小平就曾提醒："拔白旗不要乱拔，是拔那些反党反社会主义、拒绝党的领导、要党听他的人。至于学术问题，要百家争鸣，造成一种百家争鸣的环境和气氛。要允许人家讲话，要让人家讲完，做到畅所欲言。"①一九六二年四月，周恩来在总结经验教训时说："解决思想问题，这需要逐步提高认识，通过自我学习、自我认识、自我改造的过程，才能办到。……属于头脑中的事情，怎么能一下子拔白旗、插红旗呢？这样是插不进去的。"②

对于巴金作品的讨论来势凶猛：北京师范大学中文系和武汉大学中文系学生都成立了"巴金创作研究小组"，《中国青年》、《读书》、《文学知识》等刊接连发表文章，开展所谓的"巴金作品讨论"。其中，北京师大中文系的学生说："今年六月以来，我们在党的破除迷信、解放思想的号召下，经过了大鸣大放，大争大辩，觉悟提高了，敢于思考问题了。我们认为对于'五四'以来的新文学遗产应当以马列主义的观点进行整理、研究、批判，不能囫囵吞枣，人云亦云；对于某些资产阶级的评论家对于巴金创作的评论不能屈从，必须彻底批判。这就促进了巴金创作研究小组的酝酿和成立。"③口气中不乏革命小将的味道。综观他们对于巴金思想和创作的评价，归纳起来有以下几个方面④：

一是脱离历史背景和作品语境，以后来的政治标准衡量作者和作品。姚文元在分析《灭亡》时认为，杜大心的"憎恨一切人"，"这是一种带着疯狂性的极端个人主义的哲学。……作者却满怀热情地把他当作一个优秀的'革命者'来歌颂，拿他作为时代先进的战士……杜大心的道路，也就是

---

① 毛毛：《我的父亲邓小平》第354页，中央文献出版社2000年版。

② 周恩来：《我国人民民主统一战线的新发展》，《周恩来统一战线文选》第444页，人民出版社1984年版。

③ 北京师范大学中文系巴金创作研究小组：《〈巴金创作评论〉后记》，《巴金创作评论》第130—132页。

④ 关于巴金1958年的情况请参见周立民《热情的赞歌与沉痛的悲歌》，收《另一个巴金》，大象出版社2002年版。

作品中所设想的正确的革命道路。”不顾作者本意，用设定好的框框来要求他，是这类评论的特征。接下来是脱离了作品实行政治批判，而这种政治批判将历史设定为只有一种模式和唯一道路，这样其他一切选择的可能性和合法性就被堂而皇之的取消了。“这是一条和新民主主义革命的方向相敌对的道路，和党的领导相对立的道路。”对于李静淑，他认为其“中心思想是唯爱主义”，“在阶级斗争十分剧烈的时候提倡这种超阶级的爱，实际上就是要瓦解无产阶级和劳动人民的斗争意志，削弱对反革命势力的斗争，以资产阶级个人主义的假慈悲去代替无产阶级的阶级斗争……”①有位署名“东耳”的评论者更是将这种逻辑发展到极致：“在那恶魔似的漫漫长夜中，党像那灿烂的北极星在浓黑的夜空中闪耀着光芒，一切坚强不屈的革命者都把自己的眼光萦注于它，把自己的希望寄托于它，并从它获得无穷的鼓舞的力量，随着它指引的方向战斗、前进。然而，杜大心，这个落魄的‘英雄’，却‘觉得自己是在一个黑暗的无垠的大荒原中，而且现在只有他一个孤零零的生人。’他一点也看不到在黑暗中熠熠发光，行将燎原的‘星星之火’。”这样蒙太奇般的对比，无非是强调政治的正确性，并由此断定巴金的作品是“一部违反历史真实的反现实主义作品。”②有的论者，认为《激流》既然写的是二十年代初的生活，那么就应当按照历史课本提供的样子写下去，否则就是违背历史真实：“这时期，中国半殖民地半封建的社会矛盾日益复杂尖锐。阶级的与民族的矛盾尖锐地存在着，统治阶级内部也互相斗争着，与此同时新思潮新运动日益壮大，社会主义思想早已开始传播。‘五四’运动和一九二一年中国共产党的诞生，更使中国革命走上新的时期。但是《激流》却没有充分反映出这个社会面貌，没有充分表现这一时代精神，有的地方甚至与此相反。”③“巴金开始写《家》是一九三一年，这时社会主义思想和运动早已开始传播和发

---

① 姚文元：《论巴金〈灭亡〉中的无政府主义思想》，《中国青年》1958年第19期。

② 东耳：《巴金在〈灭亡〉里鼓吹了什么东西》，《读书》1958年第21期。

③ 北京师范大学中文系巴金创作研究小组：《论巴金创作中的几个问题》，《巴金创作评论》第7页。

展，中国共产党成立了十年，革命在艰苦的斗争中蓬勃地发展着。作者在写这部作品时不能不考虑这个现实，不能不考虑给当时青年指出什么样的一条路来。……"[①]似乎一切不按照这样来写作的作家都是大逆不道的，作品都是不真实的。

二是脱离作品中人物活动的场景，以思想教条狭隘地认识和分析人物的思想和感情。对巴金作品的评价公式是：先给作品的人物定一个阶级——小资产阶级或资产阶级，再引用领袖的话说明这个阶级的落后性，接下来认定作品人物的落后——个人主义、英雄主义、不与人民群众相结合等等，完后是由作品中的人物过渡到作者的世界观，特别要点到作者信仰无政府主义，再引用导师的话证明无政府主义的反动性，进而证明作者思想改造的必要性，最后一切都自然而然了：作品的消极影响就显而易见……这样来分析作品，几乎等于抽空作品的背景，人物的血肉，抹杀了特定环境下人物的内心的差别，取消了作家创作的个性和人物的个性，按照这样的逻辑实际上不需要创作和审美活动，一部作品仿佛仅有对人物几句话的政治鉴定就够了。姚文元谈《灭亡》、谈《家》、谈如何评价巴金作品的文章[②]是这个思路，李希凡的文章也不例外。比如，在分析《爱情三部曲》中的人物时，李认为："从艺术形象的分析来看，作者所描写的这群'革命者'，实际上不是真正的革命者，他们和那个时代的中国革命的希望，革命的出路，革命的人民，革命的政党——中国共产党，没有任何精神上的联系，相反的，恰恰是他们精神上的反动。……而巴金小说里的这些主人公们，却依然蹒跚在个人主义的精神沙漠里，个人和革命的关系根本没有得到解决。……而无政府主义的虚妄的反抗，又不能使他们找到出路……""从作家的主观来看，这也有两方面的影响。一方面是作家和他的人物一样，没有从旧世界拔出脚来……""另一方面是作家的世界观的

---

① 北京师范大学中文系巴金创作研究小组：《论巴金创作中的几个问题》，《巴金创作评论》第11页。

② 姚文元：《论巴金小说〈家〉在历史上的积极作用和它的消极作用——并谈怎样认识觉慧这个人物》，《中国青年》1958年第22期；《分歧的实质在哪里？》，《读书》1959年第2期。

基础——无政府主义思想,在这里起着显著的作用。""巴金小说所反映的思想——无政府主义思想,无论是过去和现在,都和马克思主义是极端对立的,它们一直是起着反马克思主义的作用。"[1]政治批判代替了艺术分析,作者与作品之间的复杂关系被简化,作品中的复杂之处也体会不到了。比如,作者赞赏杜大心的"殉道"精神,未必赞同他去搞暗杀的行为(《灭亡》);比如,作者以同情的笔调写到高老太爷的死(《家》),杨梦痴的悲惨结局(《憩园》),乃至《火》第三部写到一个基督徒,这些用抽象的阶级观点难以解读人性的复杂,以阶级斗争的观点看,两个对立的阶级之间完全不可能有这样的媾和和情感的交流,只有你死我活的斗争,所以上述情节在当时屡受批判。另外,将作品中人物的观点粗暴地与作者的思想信仰画上等号,再由此评判作者的思想。"巴金不仅对于觉新的悲剧认识不清,是非不明,同情他,美化他,而且,就是对待《家》里统治者高老太爷、克明等,作者也同样流露出一种依依不舍的感情,特别是写高老太爷临死时的良心发现,这就削弱了《家》的强烈反封建的作用。"而《憩园》里"更多的是表现出作者对过去的留恋和作者对资产阶级人性的宣扬"[2]。作者的结论是这样的:"从《憩园》,我们又一次可以得到证明:任何作家世界观人生观如不正确,而又不好好改造,必定会严重损害他的创作。"[3]"到他临死的时候,作者不是用充满仇恨的笔调去引导读者无情地憎恨这条毒蛇的死亡,却用十分哀痛的笔调叫觉慧、觉民去扮演'和解者'的角色……""而这种和地主阶级妥协的感情,会严重地削弱青年'大义灭亲'的斗争性。……用死亡来掩盖罪恶。巴金同志在《家》中也流露出这种哲学。这里透露了他对高老太爷一流的人,感情深处还有某种留恋,还有某种幻想。无政府主义的哲学,使作品不可能把阶级斗争的观点贯彻到底,在生

---

① 李希凡:《谈〈雾雨电〉的思想和人物》,《文学研究》1958 年第 4 期。

② 武汉大学中文系三年级巴金创作研究小组:《论巴金的世界观与创作》,《巴金创作试论》第 19 页,湖北人民出版社 1959 年版。

③ 武汉大学中文系三年级巴金创作研究小组:《谈〈憩园〉》,《巴金创作试论》第 60 页。

离死别的关头又出现了妥协。”[①]这些可怕的政治大帽子，令巴金有口难辩。

批判者之强词夺理，思维方式之简单，在他们自身有时也意识到不合理：

> 北京师范大学同学以及其他一些同志不是以历史唯物主义观点，不结合作品具体反映的时代，不从作品中的人物在那个时代下面的历史作用等来分析作品，分析人物，而是以今天我们生活的现实，以我们所理解的革命者的概念来否定他们；而且又不对巴金笔下的人物作具体的分析和区别，便以国际上无政府主义者的特点和其所起的反动作用，来套在巴金作品中出现的二十年代至三十年代初具有强烈反抗要求的小资产阶级青年身上，从而否定他们在中国民主革命中反旧传统的进步性，否定他们攻击旧制度的革命性，这都不是科学分析的方法。特别是李希凡同志在他《谈〈雾雨电〉的思想和人物》一文中（见《文学研究》一九五八年第四期），甚至提出保尔、伏契克和方志敏等光辉的无产阶级战士来比较巴金笔下所反映的一些小资产阶级革命者的思想、行动和道路，这是不很恰当的。
>
> 正因为他们不是从历史唯物主义出发，所以他们才会得出一些恰恰与事实相反的结论。北京师范大学同学在他们论文中指责巴金那些描写革命的小说，是“充斥了绝望、忧郁的气氛，一片无边的黑暗”，而结尾“也丝毫看不见胜利的影子”。这种指责是无的放矢。试问，难道要巴金描写出这些小资产阶级革命的胜利并从而给中国带来光明么？可以设想，要真的巴金以个人主观愿望，把这些没有党的领导，又没有工农群众支持的，具有无政府主义色彩的小资产阶级写成胜利者，那么，巴金就真正歪曲了中国新民主主义革命历史，即否

① 姚文元：《论巴金小说〈家〉在历史上的积极作用和它的消极作用——并谈怎样认识觉慧这个人物》，《中国青年》1958年第22期。

定了中国新民主主义革命没有党的领导就不能胜利的革命真理。巴金是现实主义作家，他没有违背生活发展的规律，尽管他歌颂吴仁民，但他没有给吴仁民胜利。这也正是巴金进步的一面。①

三是单方面强调作品的效果和对读者的作用，以至达到消除影响的目的。“插红旗，拔白旗”盯上巴金，客观上是因为巴金影响太大，有消除其影响的意图。“巴金的作品特别是在知识青年中有很大影响。我们最近作了一些社会调查，证明巴金的一些作品在某些读者中起了很大的消极作用，它把人们引向悲观厌世的生活途径。在今天社会主义建设万马奔腾的大跃进的时代里，一个初三的学生竟因为看了《家》而意志消沉，遇到困难时打算自杀。后来经过团组织的耐心教育才逐渐转变过来。一个华侨同学说：‘看了巴金的作品，使人失去生活的信心’，‘因为早晚得落个“悲惨的下场”，“斗争”的最终也“还是个死”，找不到“出路”，所以使人“感到空虚”，“不知道人活着是为了什么”’。”②“《爱情三部曲》所极力宣扬的个人主义、自由主义、共产主义思想冰炭不容的，它对思想不健康的年轻人只会起腐蚀作用。”③令批评者不能忍受的是，巴金似乎并没有像有些作家那样，对于过去的写作有着彻底的否定。“根据马克思主义的文艺观点来研究、分析和评价巴金的作品，是十分必要的。但，可惜的是作者还没有认识到这一客观现实，在《和读者谈〈家〉》中充分地说明了作者二十年前的观点至今丝毫未变。……作者对于地主兼资产阶级、并作了封建势力帮凶的觉新，也依旧寄予怀念和同情。这一些，都是辜负了社会

① 武汉大学中文系三年级巴金创作研究小组：《论巴金的世界观与创作》，《巴金创作试论》第10页。

② 北京师范大学中文系巴金创作研究小组：《论巴金创作中的几个问题》，《巴金创作评论》第42页。

③ 武汉大学中文系三年级巴金创作研究小组：《论〈爱情三部曲〉》，《巴金创作试论》第40页。

主义时代的要求和读者的期望的。”[①]“这本小说，随着《巴金文集》的编订而又在大量发行，作者并没有表示新的态度，批评家也没有给它以公正的估价。我们作为青年读者，却不能沉默。我们恳切地希望老作家能够帮助青年正确地对待过去的作品。”[②]“我们的祖国正以‘一天等于二十年’的速度进行着社会主义建设，并准备条件向共产主义过渡。……在这种形势下，我们对巴金作品进行重新评价，批判其作品中的资产阶级个人主义思想和无政府主义思想，从而清楚这些思想对青年的影响，就显得非常必要了。否则，就会影响青年去树立共产主义风格，去进行兴无灭资的斗争。”[③]

对这些批评，巴金并不心服口服，但他只能言不由衷地表示接受，他说：“最近一些杂志上发表了批评我的作品的文章，《文学研究》上有一篇师范大学学生的集体创作，相当尖锐。我觉得基本上是写得好的，……”[④]可是，他还是曲曲折折地表达出个人的看法：“我觉得对我过去作品的批判，有些是正确的，也有些文章对我过去的作品有些误解。……对过去的作品的确应当用今天的眼光来看待。然而对那些作品和作者的要求就应当顾到当时的实际情况。我对我的人物其实都有批判，不过有时并不明显。……我并不把他们当作英雄人物看待。”[⑤]后来，他更为直接地表达了自己的意见：“今天我给您寄上了……一本在北京出的《巴金创作评论》以及其他的杂志、小书。‘评论’中有些意见我并不同意。而且他们搜集读者意见拿影片跟原著混在一起，要我替影片负责，这就不是科学

① 北京师范大学中文系巴金创作研究小组：《论巴金创作中的几个问题》，《巴金创作评论》第43页。

② 北京师范大学中文系巴金创作研究小组：《论巴金小说中的革命者形象》，《巴金创作评论》第63页。

③ 北京师范大学中文系巴金创作研究小组：《读者对巴金作品的反映辑录》，《巴金创作评论》第130页。

④ 巴金1958年10月29日致彼得罗夫信，《巴金全集》第24卷第172页。

⑤ 巴金1958年12月27日致彼得罗夫信，《巴金全集》第24卷第173页。

的态度了。”[①]这是在轻声地抗议粗暴的批评，不过，这些话巴金也只能私下说说，在公开场合只有敢怒不敢言。到“文革”时，他连沉默的权利都没有了，不得不一遍遍地认罪，终于《随想录》给了他申辩的机会。

在《随想录》中，巴金理直气壮地为自己辩护：“事实证明所谓‘文艺黑线’是‘四人帮’编造的诬蔑不实之词，‘文艺黑线’根本不存在。我的《文集》也曾被称为‘邪书十四卷’。……集子里的确有许多不好的东西，但它们并不是毒草。我不止讲过一次：我今后不会让《文集》再版，重印七八种单行本我倒愿意。不印的书是我自己认为写得不好，艺术性不高，反映生活不完全真实，等等，等等。但它们也绝非毒草。”[②]他对于过去宣传中夸大作品对人思想的“消极”影响有着不同的看法：“文学作品能产生潜移默化、塑造灵魂的效果，当然也会做出腐蚀心灵的坏事，但这二者都离不开读者的生活经历和他们所受的教育。经历、环境、教育等等都是读者身上、心上的积累，它们能抵抗作品的影响，也能充当开门揖‘盗’的内应。读者对每一本书都是‘各取所需’。塑造灵魂也好，腐蚀心灵也好，都不是一本书就办得到的。只有日积月累、不断接触，才能在不知不觉间受到影响，发生变化。”[③]后来，他更为直接地谈到这个问题：“可是我也知道一部文学作品，哪怕是艺术性至高无上的作品，也很难牵着读者的鼻子走。能够看书的读者，他们在生活上、在精神上都已经有一些积累，这些积累可以帮助他们在作品中‘各取所需’。任何一个读者的脑筋都不是一张白纸，让人在它上面随意写字。不管我们怎样缺乏纸张，书店里今天仍然有很多文学作品出售，图书馆里出借的小说更多，一个人读了几十、几百本书，他究竟听哪一个作者的话？他总得判断嘛。那就是说他的理智在起作用。……不用怕文学作品横冲直撞，它们总得经过三道关口：社会教育、家庭教育和学校教育。只有愚昧无知的人才会随便读到一部作品就

① 巴金1959年1月9日致彼得罗夫信，《巴金全集》第24卷第175页。

② 巴金：《毒草病》，《巴金全集》第16卷第30页。

③ 巴金：《文学的作用》，《巴金全集》第16卷第40页。

全盘接受，因为他头脑空空，装得下许多东西。但这种人是少有的。那么把一切罪名都推到一部作品身上，未免有点不公平吧。”①这种理直气壮为作家、作品辩护，在过去是做不到的，一封“读者来信”就可以让一部作品遭殃，而作者也没有主动权，没有为自己申辩的机会。《随想录》时代，不但外部环境发生了变化，而且作家主体意识重新获得恢复，正如巴金所言：一纸勒令就让我放下笔的日子一去不复返了。

对于巴金“把文艺还给人民”的说法，当时就有人提出批评：“如果按照巴金同志的说法，党领导的文艺不是人民的文艺吗？显然，这在逻辑上是说不通的。今天，在无产阶级专政的时代，文艺要么是党领导的人民的文艺，要么它是资产阶级领导的资产阶级的反人民的文艺。两者必居其一。那种既不要党的领导而又是人民的文艺是根本不存在的，这是其一。其二，……它不但丝毫也没有反映出广大工农群众的要求和情绪；相反，却强烈地反映了资产阶级知识分子，也就是反映了资产阶级的要求和情绪。所谓‘把文艺还给人民’，实际上就是要求把文艺的领导权从党的手里拿过来，拿到资产阶级知识分子手里，实际上也就是拿到资产阶级手里。一句话，就是要求党不要来过问文艺，要求取消党对文艺的领导和监督。”“很遗憾，从整风到反右派，从反右派到‘双反’，从‘双反’一直到目前，我却始终没有听到巴金同志自我批评的声音。这叫人该是多么的焦急和失望！不知巴金同志可曾想到，他是全国人大代表，是中国作家协会的领导人之一，是‘五四’时代的进步的老作家，他应当在各方面起模范作用，应当比别人更严格地要求自己。同时，巴金同志更应该想到，他的错误的口号在一部分知识分子和读者中间曾经产生了一些不良影响，他有责任出来加以澄清。”②在这样的吓人的逻辑下，巴金当时只有慌里慌张地检讨：“解放以来我写过不少的文章，也说过不少错误的话。”“……常常不能从政治上看问题，不能提高到原则上看问题，所以我常常会发错误的

① 巴金：《再谈探索》，《巴金全集》第16卷第178页。

② 余定：《巴金同志提出了一个错误的口号》，《文汇报》1958年6月14日。

言论，所以我在开始学习总路线的时候特别感觉到资产阶级知识分子必须彻底改造。”同时，他对自己反右前后所发表的一系列的言论来了个全盘否定：“像关于出版、戏改、话剧等等我也都发表过一点不正确的意见。当时有人说我片面，我还不承认。现在才认清这还是资产阶级的个人主义在作怪。”最后，他的结论只能是：“我决心改造自己”，而且要“加紧改造”①。在《随想录》中，巴金不仅客观地分析了自己当年的心态，并且毫不犹豫地重申了最初的观点。“报纸发表了我的讲话摘要。我从此背上一个包袱。运动一来，我就要自我检讨这个‘反党’言论。可以看出我的精神状态很不正常。倘使有人问我错误在哪里，我也讲不清楚。但是没有人以为我不错。”“要澄清混乱的思想，首先就要肃清我们自己身上的奴性。大家都肯独立思考，就不会让人踏在自己身上走过去。大家都能明辨是非，就不会让长官随意点名训斥。”②这样的观点，在《随想录》中反复申述，一方面可见当年的伤痛记忆之深，一方面可见巴金痛定思痛之后，始终不渝的坚持目标。比如在《探索之四》中，他又在说：“我在这里不提长官，并非不尊敬长官，只是文学作品的对象是读者。例如我的作品就不是写给长官看的，长官比我懂得多。当然长官也可以作为读者，也有权发表意见，但作者有权采纳或者不采纳，因为读者很多，长官不过其中之一。而作者根据‘文责自负’的原则对他的作品负全部责任，他无法把责任推到长官的身上。任何人写文章总是讲他自己的话，阐述他自己的意见，人不是学舌的鹦鹉，也不是录音磁带。”③

以上的对比，可以看到《随想录》与五十年代巴金一些观点的一贯性；所不同的是，五十年代，巴金的一些看法是在响应号召的情况下发表的，而且随着外在形势的变化，他又战战兢兢地否定了自己的观点，甚至明知自己是对的也不敢坚持不敢维护。而《随想录》时代，巴金是主动地反思，

① 巴金：《给〈文汇报〉编辑部的信》，《文汇报》1958年6月14日。

② 巴金：《究竟属于谁》，《巴金全集》第16卷第255、256页。

③ 巴金：《探索之四》，《巴金全集》第16卷第185页。

并且勇于坚持自己的观点，不为外界的压力所动。巴金的发言地位发生了变化，以前是客、奴，现在是主，因此才会有独立自主的思考。所以，他在致友人的信上明确地说："我现在的确是受'逼'，但不是指你，到处都在要稿，现在又是大办刊物的时代。我实在难应付。际垌那里不是逼，是我自己要写的。"①还有一点需要注意，《随想录》不是自辨或诉苦的文章，它虽然是借个人的事情来表达观点，但巴金从未纠缠在个人恩怨上，而是通过这种方式来讨论和反思一些具有普遍性的话题，《随想录》中不但很少指涉具体人的名字，就是涉及，巴金也就事论事，宽容待人，并不纠缠在个人是非上。在这之外，反思自己、解剖自己，把自己当作标本来思考问题，则是《随想录》的重点所在。比如，在文章中，他提到这样的事情："一九六八年秋天一个下午他们把我拉到田头开批斗会，向农民揭发我的罪行；一位造反派的年轻诗人站出来发言，揭露我每月领取上海作家协会一百元的房租津贴。他知道这是假话，我也知道他在说谎，可是我看见他装模作样毫不红脸，我心里真不好受。这就是好些外国朋友相信过的'革命左派'，有一个时期我差一点也把他们当作新中国的希望。他们就是靠说假话起家的。我并不责怪他们，我自己也有责任。我相信过假话，我传播过假话，我不曾跟假话作过斗争。别人'高举'，我就'紧跟'；别人抬出'神明'，我就低首膜拜。即使我有疑惑，我有不满，我也把它们完全咽下。我甚至愚蠢到愿意钻进魔术箱变'脱胎换骨'的戏法。正因为有不少像我这样的人，谎话才有畅销的市场，说谎话的人才能步步高升。……"②在这里，他没有责怪那位诗人，反倒反思自己的"丑态"。在另外一则随想中，巴金提到这样一件事情："几天前一位朋友来看我，坐下来闲谈了一会，他忽然提起我那篇短文，说他那次批斗我是出于不得已，发言稿是三个人在一起讨论写成的，另外二人不肯讲，逼着他上台；又说他当时看见我流泪

① 巴金1979年3月23日致萧乾信，文洁若《俩老头儿》第137页，中国工人出版社2005年版。所谓"际垌那里"指在《大公报》上的《随想录》专栏。

② 巴金：《说真话》，《巴金全集》第16卷第231页。

也很难过。”“他的这些话是我完全不曾料到的。我记起来了：我曾在一则《随想》里提过一九六七年十月在上海杂技场里召开的批斗大会，但也只有短短的一句话，并没有描述大会的经过情形，更不曾讲出谁登台发言，谁带头高呼口号。而且不但在过去，就是现在坐在朋友的对面，我也想不起他批判我的事情，一点印象也没有。我就老实地告诉他：用不着为这种事抱歉。”“在我眼前他还是那个带书生气的老好人。”①

对于在“文革”中深深伤害他的老友，巴金也并未斤斤计较：“赵家璧写了信来，表示歉意。听说他也给你去过信。我回信说事情已过，既然他又解说一番，我不会提了，他也不必放在心上。只是劝他不要急于到我家里来，因为我妹妹和子女对他有不同的看法，倘使遇见，可能发生言语冒犯的事情，不大好。我在外面会遇到他，我当然要和他交谈。”②他也屡次劝萧乾不要纠缠在与叶君健的恩怨上（所谓的“猫案”），也可以看出他对待特殊时期的个人和那段历史的态度：“不过猫案之类的话，请不要再谈了。”③“我仍主张你不要再谈叶君健的事。我也不会向朋友谈家璧的事情，眼界宽一点，想得开一点，为什么不好？不要纠缠在这种事情上！”④从《随想录》中，我们读不到个人泄愤或报冤的文字，看到的反而是巴金自省的精神和高度的历史责任感。

旧事重提，不仅仅是为了把当年埋在心底没有说出的话说完，巴金看到了：“文革”虽然宣布结束了，政治环境也逐渐走向清明了，但是“文革”的思维，或者说造成“文革”的这种思维方式却始终存在。关于“歌德”与“缺德”的讨论就是一个证明。《河北文艺》一九七九年第六期发表了李剑的文章《“歌德”与“缺德”》，文中说：“如果人民作家不为人民大‘歌’其‘德’，那么，要这些人又有何用？……那种不‘歌德’的人，倒是有点‘缺

① 巴金：《解剖自己》，《巴金全集》第 16 卷第 395 页。

② 巴金 1977 年 5 月 17 日致黄源，秋石、黄明明编《我们都是鲁迅的学生》第 136 页，文汇出版社 2004 年版。

③ 巴金 1980 年 7 月 21 日致萧乾信，文洁若《俩老头儿》第 152 页，中国工人出版社 2005 年版。

④ 巴金 1980 年 9 月 19 日致萧乾信，文洁若《俩老头儿》第 152 页，中国工人出版社 2005 年版。

德'。"除了这种充满着"文革"式的火药味的句子外,文章中还有这样梦呓般的词句:"现代的中国人并无失学、失业之忧,也无无衣无食之虑,日不怕盗贼执杖行凶,夜不怕黑布蒙面的大汉轻轻叩门。河水泱泱,莲荷盈盈,绿水新池,艳阳高照。当今世界上如此美好的社会主义为何不可'歌'其'德'?"这引起了很多刚刚从"文革"梦魇中挣脱出来的知识分子的警惕,有人甚至形容它是"春天里的一股冷风"[①]。文章中的词句,巴金非常熟悉,多少年来就是用这种豪言壮语蛊惑着人们虚假的热情,结果时光浪费了,事情也没有办好。"文革"刚结束不久,一些人就把惨痛的教训抛在脑后,这种"健忘"十分可怕,也从另一面反证了总结"文革"及以前的经验教训的必要性和迫切性。当"文革"逐渐走出人们视野却并未走出人们的思维中时,巴金却不断地提醒人们:"往事不会消散,那些回忆聚在一起,将成为一口铜铸的警钟,我们必须牢牢记住这个惨痛的教训。"[②]清理"文革"的逻辑和思维方式,这是新时期巴金之所以要写《随想录》的重要原因。也就是说《随想录》中把当年的一些话题重提,既是拨乱反正的需要,也是巴金有感于现实的重新发言。不论是回忆,还是论事,重要的是他要说"自己的话",这是《随想录》的核心。他明确说过:"我写《随想》都是借别人的事讲自己的话……"[③]

三、身份的重新自我认定

写于一九七九年一月七日的《随想录》之四《"结婚"》,表面上看是为了澄清传言的一个声明,作者却别有深意,特别是结尾。巴金除了分析人们感兴趣和传播谣言的原因之外,他特意说了这样一段话:"然而对什么

---

① 王若望:《春天里的一股冷风》,1979 年 7 月 20 日《光明日报》。

② 巴金:《怀念胡风》,《巴金全集》第 16 卷第 746 页。

③ 巴金 1980 年 12 月 28 日致杨苡,《雪泥集:巴金致杨苡书简劫余全编》第 166 页,上海远东出版社 2010 年版。

事情都要用一分为二的眼光看待。对这件事也并不例外。我也应当把谣言看做对我的警告和鞭策。一个作家不是通过自己的艺术实践而是通过其他的社会活动同读者见面，一个作家的名字不署在自己的作品上，而经常出现在新闻中间，难怪读者们疑心他会干种种稀奇古怪的事情。”[①]我认为这段话表明巴金在重新思考自己的身份：“作家”究竟是做什么的、究竟该怎么做？因为有了这样对于个人身份或者岗位的重新认定，才可能有后来的《随想录》。

巴金反思一段时间内，他所扮演的社会角色，曾认为自己：“像是一个旧社会里的吹鼓手”：

> 这些年我常有这样一种感觉：我像是一个旧社会里的吹鼓手，有什么红白喜事，都要拉我去吹吹打打。我不能按照自己的计划写作，我不能安安静静地看书，我得为各种人的各种计划服务，我得会见各种人，回答各种问题。我不能做自己想做的事，却不得不做自己不愿意做的事。我说不要当“社会名流”，我只想做一个普通作家。可是别人总不肯放过我：逼我题字，虽然我不擅长书法；要我发表意见，即使我对某事毫无研究，一窍不通。经过了十年的“外调”，今天还有人出题目找我写自己的经历，谈自己的过去，还有人想从我的身上抢救材料。在探索、追求、写作了五十几年之后，我仿佛还是一个不能自负文责的小学生。[②]

这是一个很具体的状态和形象的比喻，它显示了作家的仆从的地位和文学的工具角色。在《随想录》中，巴金也曾提到过“遵命文学”，指那些“听别人的话”、“照别人的意思执笔”[③]的文学，尤其是遵照“长官意志”写

① 巴金：《“结婚”》，《巴金全集》第16卷第12—13页。
② 巴金：《“干扰”》，《巴金全集》第16卷第435—436页。
③ 巴金：《“遵命文学”》，《巴金全集》第16卷第32页。

下的文章。由此而言，巴金和同时代作家在“文革”之前的创作，很少不是“遵命文学”的。翻开当时作家的文集，他们也大多充当了红白喜事“吹鼓手”的角色。巴金也曾经用“机器”“录音机”这样的字眼形容作家没有自己的思考仅仅作为传声筒的行为。只是到了“文革”，他们由座上宾变成阶下囚，这样的写作机会也被剥夺了。新时期，随着作家的政治身份和社会身份的恢复，他们又成了“座上宾”，可是不论怎么讲，“宾”总是宾，“宾”总有与“主”相对的主从关系，而对于一个作家而言，倘若说它无法主宰世界是当然的话，如果他无法主宰自己的思想和文字，那就是不正常的事情。巴金身份的自我确认就是要重新确认作家的自我权利、自主思考的能力和自我坚持的勇气。所以，在《作家》一文中，他反复表达了这样的意思：作家要自信，充满勇气；不要看行情、风向写作，真正的作家头脑中没有等级观念也不知唯唯诺诺；“作家和艺术家活在自己的作品中，活在自己的艺术实践中，而不是活在长官的嘴上”；作家“不是官，但也绝不比官低一等”[①]。这些似乎习以为常的观点，却是巴金一代作家付出了高昂的代价换来的自我捍守。

哪怕是进入新时期，巴金分明意识到重新成座上宾之后，难免再次沦为“吹鼓手”的危险。一九七七年五月二十五日《一封信》在《文汇报》上发表，结束了巴金十一年的沉默生活，表明了他又恢复了公开活动的身份，社会活动随之增多。看那几日巴金的日记可知，他已经告别那种门可罗雀的日子：五月二十六日，上午巴金接待了新华社记者王立文，说是要发稿到港澳去，因为那边有许多人关心巴金。下午去友谊电影院，听全市传达工业学大庆的拉线广播。五月二十七日，上午“九点前丰村来通知文化部政策研究室顾同志和简惠约我和黄宗英座谈”，晚“八点前寿进文来，谈了几件事：一要我参加政协学习；二、要我在学习会念一遍我控诉‘四人帮’的发言稿”[②]。二十八日，继续开小组会。二十九日，去友谊电影院在

① 巴金：《作家》，《巴金全集》第 16 卷第 259 页。

② 巴金 1977 年 5 月 27 日日记，《巴金全集》第 26 卷第 123 页。

大会交流会上发言。三十日，修改《文汇报》送来的校样，并起草在政协学习会上的发言。三十一日，上午去编译室开全室整党动员大会，下午写发言稿。与此同时，他开始收到大量的读者来信，开始会见外宾了。六月九日，在国际饭店会见美国华裔教授时钟雯。七月二十八日，上午到作协开会，谈创办刊物事；下午与瑞典共产党《星火报》代表团座谈……这是日记记载下的"巴金的一天"：一九七七年十月十八日："六点半起。七点后及人也起身。七点三刻我和及人告别，去编译室学习。十二点半返家。午睡约二十分钟。三点前南师郁炳隆、顾明道来访，问了些我的创作情况。济生夫妇来，在我家吃晚饭，八点半离开。九点上楼写日记。同小林夫妇闲聊。十一点半下楼。十二点睡。"①一九七八年八月七日："七点前起。钟望阳来电话，通知我八点半到宣传部开会，讨论周信芳骨灰安放仪式有关事项（八点车来接我）。十一点半散会，同袁雪芬、俞振飞、孔罗荪同车回家。下午两点半政协车来接我去展览馆宴会厅参加市革委会三次会议，最后彭冲讲了将近三小时。六点到'锦江'。罗荪请我在十二楼吃饭。……八点返家，看电视（《抓壮丁》）。写纪念仲华的短文。十二点睡。李季来电索稿。"②作为一个社会名流他重新出现在社会上，巴金又回到五六十年代风尘仆仆、忙忙碌碌的生活了。

不妨用六十年代巴金的生活做一下对比：一九六二年十一月六日，"两点同广播电台的两位同志去上海音乐厅，四点参加游行，到人民广场后，和周、熊、沈各位同去解放日报社，把文艺界致古巴人民的信件交给报社负责同志，请他们转寄北京古巴大使馆，并在报社门前为电台作简短的发言（录音）"。十一月七日，"参加上海各界人民庆祝十月革命四十五周年大会（十九点到十九点三刻）。"一九六三年一月七日，"晨七点三刻国宾馆接待会派车接我去机场欢送苏联德里约博士。机场上冷气扑面，两耳剧痛。陈总陪外宾去广州，上机前他见到我，笑问：'怎么你也来站队？'我

① 巴金1977年10月18日日记，《巴金全集》第26卷第173页。

② 巴金1978年8月7日日记，《巴金全集》第26卷第268页。

笑着回答：‘我来送你啊。’九点从机场回家。九点半以后雇车去作协参加座谈会。……十二点散会。……下午四点一刻任干、胡万春来，闲谈到六点。”[①]我曾经选取过巴金一九六三年九月一个月的日记进行统计，除去吃饭睡觉的休息时间外，这个月他共开会十六天（次），共约七十三小时；访友及接待来访，共六十二小时；家事及其他杂事，共约四十小时，听广播、看报纸及学外语一百五十五小时；写作，共约四十六小时。必须交代一下，这个月巴金在上海，没有出去参加人代会之类一开少则十天，多则月余的会[②]。到“文革”前他更是忙得焦头烂额，什么关于时代精神的讨论，关于《海瑞罢官》的讨论，一讨论起来需要接连开几周的会，会前还得看大量相关的材料，需要听广播掌握上面的精神。更不安的是今天批这个明天批那个，紧跟在后面不知方向地跑，累了个气喘吁吁不说，还弄得神经十分紧张。

巴金是作家，作家立身之本是创作，在这样的状态下，哪里还有时间进行创作？巴金曾抱怨创作时间太少了，呼吁应当保证作家创作时间。“文革”后，他的身体大不如前，明显不适应这种繁忙的活动，并屡屡为这种忙碌而苦恼：一九七七年六月二十八日，六点后起床，七点二十分离家，“八点向章雷请了假，到巨鹿路六七五号开座谈会。路上遇见季德本，他告诉我下午一点《解放日报》有人乘车来接我去参加瑞典《星火报》座谈会。他还说‘七一’晚上青年宫邀请我参加赛诗会，我请他替我推掉。在旧作协东厅开会，谈创办刊物的事……青年宫戴巴棣又来找我，答应参加赛诗会。”下午会见瑞典客人，晚上陪饭，回到家中，“感到十分疲倦，在楼下休息到十点半。上楼改文章，十二点半睡。”[③]一九七七年七月九日致卢剑波的信中说：“我忙，杂事多，找的人也多，到晚上十二点，只好丢开一切睡觉。许多事都做不好，不说翻译了。”“现在开始参加外事活动和统战

---

① 以上三条日记分别见《巴金全集》第 25 卷第 184、184、203 页。

② 请参见周立民《读巴金日记札记》，收《另一个巴金》，大象出版社 2002 年版。

③ 巴金 1977 年 6 月 28 日日记，《巴金全集》第 26 卷第 136 页。

组(上海只有统战组,还未恢复统战部)的一些活动。我能推就推,说实话,身体不行了。我也怕开会。”①七月二十八日在给李健吾的信中说:“写长篇是想当然的事,现在连考虑的时间也没有。搞翻译也困难。目前是来信多,来找的人多,社会活动多,要做的事多,可以说是恢复了十一年前的忙乱生活。”②八月十日在给李致的信中说:“我近来实在忙。每天弄到十二点才上床。事情总是做不完,连看书的时间都没有。”③八月二十六日在致王树基的信中写道:“我这几个月也是每天搞到十二点,整天带倦容,明知道对我的眼睛身体都不利,但一时也无办法。”④九月十九日致树基:“最近忙着接待外宾,身体还吃得消,就是拿笔的时间少些,翻译等等都搁下来了。”⑤“我一直忙,而且乱糟糟,无法写长信,连短信也不容易写,常常拿起笔,就有客人来,更不用说写文章。”⑥

起初参加这些活动是恢复身份的象征,巴金还说“不过我心情舒畅,放得开,再忙,对身体影响不大”⑦,可是一段时间之后,这就成了负担让巴金开始着急和焦虑了,他要为自己争取时间了:“小说还想写一些。今后的问题是争取时间,闭门写和译,有姚雪垠为例。”⑧“现在的确忙,忙得乱七八糟,糊里糊涂。开过五届人大以后,我一定要改变现在的生活方式和工作方法。总之,希望多做些实在事情,也多活几年。”⑨“我生活忙乱,连读书的时间也没有。这样下去是不行的。我在考虑,将要求保证六分之五的时间。”⑩“我现在写文章只能慢慢写,没有充足的时间,什么也写

---

① 巴金 1977 年 7 月 9 日致卢剑波,《巴金全集》第 22 卷第 257、258 页。
② 巴金 1977 年 7 月 28 日致李健吾,《巴金全集》第 23 卷第 231 页。
③ 巴金 1977 年 8 月 10 日致李致,《巴金全集》第 23 卷第 41 页。
④ 巴金 1977 年 8 月 26 日致王仰晨,《巴金书简——致王仰晨》第 112 页,文汇出版社 1997 年版。
⑤ 巴金 1977 年 9 月 19 日致王仰晨,《巴金书简——致王仰晨》第 114 页,文汇出版社 1997 年版。
⑥ 巴金 1978 年 1 月 16 日致杨苡,《巴金全集》第 22 卷第 528 页。
⑦ 巴金 1977 年 9 月 23 日致王仰晨,《巴金书简——致王仰晨》第 115 页,文汇出版社 1997 年版。
⑧ 巴金 1977 年 12 月 3 日致汝龙,《巴金全集》第 22 卷第 365 页。
⑨ 巴金 1978 年 2 月 10 日致冰心,《巴金全集》第 22 卷第 387 页。
⑩ 巴金 1978 年 2 月 17 日致萧乾,《巴金全集》第 24 卷第 376 页。

不出。……我一直在为时间奋斗。"[①]"我最近在检查身体，社会活动还是不少，无法定下心来写文章。……我打算写几篇散文，却一直没有时间动笔，我也着急啊！"[②]这样的折腾使得他身心疲劳，甚至弄到去杭州避"难"休养的地步。"我的身体还是不好，主要仍是疲劳，事情总是做不完。前些日子的病是咳嗽，现在是肚子不大好，不过不要紧。"[③]"在上海疲劳不堪，只好跑到杭州休息几天，弦绷得太紧了，不松一下不行。"[④]身心两方面疲劳夹攻，使巴金不能不对他的生活进行反省。

一个作家在回顾自己走过的道路的时候，恐怕最先想到的是自己的创作。一九四九年到一九七八年差不多二十年的时间中，抛除"文革"停笔十年，巴金的创作时间也有近二十年，与一九四九年以前几乎相等，一九四九年前有厚厚的十四卷《巴金文集》摆在那里，这里面有《激流》三部曲，有《寒夜》、《憩园》，有富含着激情打动过不知多少青年的散文……尽管巴金一再声明自己不想在白纸黑字中浪费生命，可是正是这些作品奠定了他作为一位杰出作家的地位。一九四九年后，情况有了改变，巴金一切活动都是在"作家"这一身份下进行的，他一再说作为一名新中国的作家感到无比自豪，可是写作反而成了他的副业，只是在送走了宾客，开完了会，学习完之后，争分夺秒的事情。巴金是勤奋的，在一九四九年以后他写了大量作品，然而在这些作品中，人们能够记住的有多少呢？写的不是自己想写的，说的不是自己想说的，再进一步，整天迎来送往的生活又何尝是自己想过的？他屡次希望改变这种生活，以平息内心的焦灼，但结果却不是他所能把握的。年逾古稀，浪费了很多大好时光，他更要珍惜有限的时间了，这个时候，他大概不会忘记自己一九六二年讲过的"作家的勇气和责任心"吧？《随想录》的写作就是他企图恢复真正的"作家"而不是"吹鼓手"身份的努力尝试。

---

① 巴金 1978 年 4 月 1 日致姜德明，《巴金全集》第 24 卷第 255 页。

② 巴金 1978 年 6 月 22 日致姜德明，《巴金全集》第 24 卷第 256 页。

③ 巴金 1978 年 4 月 15 日致李健吾，《巴金全集》第 23 卷第 239 页。

④ 巴金 1978 年 5 月 5 日致王仰晨，《巴金全集》第 22 卷第 55 页。

在新时期，巴金还利用自己的影响力和身份，希望创造一种宽松、自由的创作环境，以为作家真正自由的创作提供基础。在题为《要有个艺术民主的局面》中，巴金说：

> 文艺创作的主管部门不要抓得太紧，管得太死。在政治上不用说应当把住六条标准的关，在艺术方面还是让“百花齐放”吧。要繁荣社会主义文艺，就要有个艺术民主的局面；这里设“禁区”，那里下“禁令”，什么都由少数人说了算，不见得很妥当。毛主席早说过：“不要求全责备。”多演一些戏剧，多放几部影片，有什么害处呢？……印几本近代、现代的西方文学名著，又有什么不好呢？[①]

在《作家要有勇气，文艺要有法制》中，他重申作家的勇气和责任：

> 文艺家究竟是作人民的代言人，还是作“长官意志”的传声筒？作传声筒，当然比较保险，但是，你就失去了人民的信任；作人民忠实的代言人，有危险，可能挨到棍子，但是尽了责任。所以，一个真正属于人民的艺术家，一定要有勇气，可以说无勇即无文。
>
> 我在一九六二年的那篇发言中说：“只要作家们有决心对人民负责，有勇气坚持真理，那么一切的框框和棍子都起不了作用。”经过文化大革命，我发现这句话讲得并不全面。许多同志本来很有勇气，写了许多好文章，但后来遭到“四人帮”的残酷迫害，勇气就减少了，至今还心有余悸。这就说明发扬民主要讲两方面，一方面要讲勇气，一方面还要有健全的法制来保障。例如什么叫“反党”，我就希望有明确的法律规定，否则，还可能出现随意用“反党”帽子来整人的情况。所以，我现在认为，一方面要提倡作家们拿出勇气，敢于文责自负；另一方面也要实行依法办事。不仅那些真正属于反党的人应该受到法

① 巴金：《要有个艺术民主的局面》，《巴金全集》第19卷第315页。

律的惩处；而且，那些任意用“反党”帽子来诬陷别人的人，同样应该受到法律的惩处。文责自负，依法办事，这样，文艺界的民主就可得到保障，艺术的繁荣和发展就有了希望。[①]

他还用实际行动去捍卫自己和同行的创作自由，最具体的例子就是支持话剧《假如我是真的》的上演，为此，他在《随想录》中几次谈到这个问题，并且向中央领导也当面提出过。他说：“关于话剧能不能公演的问题，倘使要我回答，我还是说：我没有发言权。不过有人说话剧给干部脸上抹黑，给社会主义脸上抹黑，我看倒不见得。骗子的出现不限于上海一地，别省也有，他是从天上掉下来的吗？倘使没有产生他的土壤和气候，他就出来不了。倘使在我们今天的社会风气中他钻不到空子，也就不会有人受骗。把他揭露出来，谴责他，这是一件好事，也就是为了消除产生他的气候，铲除产生他的土壤。如果有病不治，有疮不上药，连开后门，仗权势等等也给装扮得如何‘美好’，拿‘家丑不可外扬’这句封建古话当做处世格言，不让人揭自己的疮疤，这样下去，不但是给社会主义抹黑，而且是在挖社会主义的墙脚。”[②]后来，他又说：“去年九月底我写过一篇谈小骗子的‘随想’。当时小骗子已被逮捕，话剧正在上演，人们发表各种不同的意见，那时还有人出来责备话剧同情骗子，替骗子开脱，认为这种作品助长青年犯罪行为、社会效果不好等等、等等。在他们看来，不让它上演，不许它发表，家丑就不会外扬。我没有看过戏，但是我读过剧本，我不仅同情小骗子，我也同情受骗的人。我认为应当受到谴责的是我们的社会风气。话剧虽然不成熟，有缺点，像‘活报剧’，但是它鞭笞了不正之风，批判了特权思想，像一瓢凉水泼在大家发热发昏的头上，它的上演会起到好的作用。剧本的名字叫《假如我是真的……》，我对它的看法一直是这样，我从没有隐蔽过我的观点。在北京出席四次全国文代大会的时候我曾向领导

① 巴金：《作家要有勇气，文艺要有法制》，《巴金全集》第 19 卷第 318—319 页。

② 巴金：《小骗子》，《巴金全集》第 16 卷第 148—149 页。

同志提出要求：让这个戏演下去吧。开会期间这个戏演过好几场，有一次我在小轿车上同司机同志闲谈，他忽然说看过这个戏，他觉得戏不错，可以演下去。”[①]对于白桦的《苦恋》，巴金也持同样的态度，他说：“我还没有好好看过《苦恋》。作品大概有缺点，然而未必‘十恶不赦’。我认为任何文学作品都会有缺点，因此，可以就此进行讨论、批判，也可以针对批判进行反驳。作家有权为自己的作品辩护。”“白桦是有才华的……”[②]巴金用心良苦，哪怕是作家的作品有缺点，也要保护他们发言、辩护和创作的自由，这是最根本的一点。针对某些领导粗暴地干涉文艺创作，不尊重作家、肆意扼杀作品的现象不满，他甚至更为明确地提出，对作家要“无为而治”。可惜，他的这些建议未必为人所接受。曹禺一九八一年十二月二十一日日记中写道：“上午到人大浙江厅，乔木同志接见作协理事会部分人员。巴金谈‘无为而治’，‘爱护作家’等。乔木同志大谈‘有为与无为，治与不治’，实即反驳。”[③]

但在新时期，巴金与以往最大的变化是他清楚了作家的身份和独立性，所以，从另外一方面，他并不是乞求领导的赐予，对于创作自由，他有自己的清楚的看法：

> 在沙皇统治下的俄罗斯，是没有自由的，更不用说“创作自由”了。但十九世纪的俄罗斯文学至今还是世界文学的一个高峰。包括涅克拉索夫在内的许许多多光辉的名字都是从荆棘丛中、羊肠小道升上天空的明星。托尔斯泰的三大长篇的最后一部(《复活》)就是在没有自由的条件下写作、发表和出版的。托尔斯泰活着的时候在他的国家里就没有出过一种未经删节的本子。他和涅克拉索夫一样，都是为“创作自由”奋斗了一生。作家们用自己的脑子考虑问题，根

---

① 巴金：《作家》，《巴金全集》第16卷第246—247页。

② 巴金：《和日本〈朝日新闻〉驻上海特派员田所的谈话》，《巴金全集》第19卷第599页。

③ 曹禺1981年12月21日日记，《没有说完的话》第41页，山东友谊出版社1998年版。

据自己的生活感受，写出自己想说的话，这就是争取“创作自由”。前辈们的经验告诉我们，“创作自由”不是天赐的，是争取来的。严肃认真的作家即使得不到自由也能写出垂光百世的杰作，虽然事后遭受迫害，他们的作品却长久活在人民的心中。“创作自由”的保证不过是对作家们的一种鼓励，对文学事业发展的一种推动力量。保证代替不了创作，真正的黄金时代的到来还得依靠大量的好作品引路。①

在《再谈“创作自由”》中，巴金坚定地说，“‘创作自由’就在我的脑子里，我用不着乞求别人的恩赐”：

我通过长期的创作实践，懂得一些写作的甘苦，可是我并没有花费时间考虑过“创作自由”。“创作自由”就在我的脑子里，我用不着乞求别人的恩赐，也不怕有人将它夺走(后来我在自己的脑子里设置了不少框框条条，到处堆放石子，弄得举步艰难，那又当别论了)。

作家并不是高高在上，像捏面人似的把读者的灵魂随意捏来捏去。他也不是俄罗斯作家笔下的末等文官，在上司面前唯唯诺诺，低头哈腰。我当了几十年的作家，我看不如说作家是一种职业，他的笔是工具，他的作品是产品。作家用作品为读者服务，他至少不应该贩卖假货、贩卖劣货。要是读者不需要他的作品，他就无法存在。作家并无呼风唤雨、点石成金的法术，单靠作家的一支笔，不会促成国家的繁荣富强，文学事业的发展离不开物质文明的建设。我们有句古话：“衣食足，而后礼义兴”。崇高的理想不会脱离现实世界而存在。责任再重大，也得有个界限。坐在达摩克利斯的宝剑底下，或者看见有人在旁边高举小板子，胆战心惊地度日如年，这样是产生不了伟大

① 巴金：《“创作自由”》，《巴金全集》第16卷第602页。

的作品的。[①]

这仿佛是宣言书，宣示巴金要捍卫创作的自由，为自由表达而努力，毫无疑问，《随想录》就是他在这一努力下的创作实践。

四、剥离

《随想录》的写作过程里，能够看到巴金的个人声音与集体声音的一个剥离过程。对于巴金这样的“公众人物”，这并非是一件轻而易举的事情。首先，尽管思想政治环境已经拥有相当的自由度，但意识形态对人的思想强大的塑造力量仍然非常强。其次，巴金等人也参与了这种集体声音的铸造，让他们完全从其中剥离，需要的不仅是勇气，还要有清醒的自我反思精神和能力。

巴金是一步步地完成思想的探索和这个剥离过程的。一九四九年以后三十年，巴金的写作一直配合着官方话语，“文革”后，他写的文章中，也不乏应制之作。直到《随想录》才开始慢慢地走上了独立思考的轨道。多少年来，巴金一直将自我隐身在官方话语的背后，一九五八年的《法斯特悲剧》一文及由此引发的“法斯特事件”便是很好的证明。一九五八年《文艺报》第八期，有一个醒目的大题目《呸！叛徒法斯特》。据编者按说：“美国作家霍华德·法斯特，原是美国共产党党员……他自绝于工人阶级，成了工人阶级的叛徒。……接二连三地向敌人发表声明，肆无忌惮地辱骂共产党，辱骂社会主义，辱骂苏联，充当了帝国主义的代言人。”又说：“霍华德·法斯特这个名字，现在成了一个肮脏的字眼。各国工人阶级同声唾弃他：‘呸！叛徒法斯特！’”最后编者根据国内形势，认为批法斯特“有助于我国知识分子进一步认识资产阶级个人主义、唯心主义的危险性和

① 巴金：《再说“创作自由”》，《巴金全集》第16卷第642、643—644页。

危害性，从而坚定他们摆脱这些思想束缚的决心。”《文艺报》为此发表了曹禺、袁水拍等人的文章，他们都以非常严厉的口气批判法斯特，这也是编者所要的效果。巴金也应邀写了《法斯特的悲剧》一文，他本可以按照这个思路写下去，文中虽然不乏这些套话，但是巴金企图从法斯特的角度来理解这件事情，也就是说他还想谈一点自己对法斯特的理解。这不奇怪，巴金关注过法斯特的小说，一九五三年十一月五日朝鲜战地日记中，他曾留下“晚看法斯特小说很受感动”的记录[①]。不仅如此，巴金与法斯特的小说存在着精神上的共鸣的条件，法斯特写过《萨柯与樊塞蒂的受难》的长篇小说（中译本由冯亦代、杜维中合译），主人公是对巴金青年时代产生重要影响并被巴金称作“先生”的人，可以想见巴金对法斯特的另眼看待。所以，他在文中不是完全的用套话来批判，而是试图理解法斯特的内心，又结合当时知识分子改造的一些流行说法，认为法斯特脱党是因为他心中有个“伟大的自己”，从而不能把感情完全融化在群众的感情里面，并劝法斯特“回头是岸”，“这是最后的机会了”。然而，巴金的这种“善意”在当时立即被理解为丧失立场的表现。像众多的文章一样，此文也是在别人要求下写的，巴金说：“我推不掉，而且反右斗争当时刚刚结束，我也不敢拒绝接受任务。”为完成任务，他“根据一些借来的资料，照自己的看法，也揣摩别人的心思，勉强写了一篇，交出去了。”[②]问题的关键就在这里，他既“揣摩别人的心思”，又要“照自己的看法”，也就是说他不希望完全没有自己的看法。这是巴金那个时代写作的痛苦和尴尬之处，在自我与集体之间，他总试图找到一种平衡或转换，但不是时时都能做到，“群众的眼睛是雪亮”的，哪怕仅仅有他可怜的一点点想法。

当年《文艺报》第十一期上发表了一组质疑巴金观点的读者来信：河北读者邙栖霞认为巴金对法斯特劝告是“多余的希冀”，华中师范学院中文系学生谢介龙在《〈法斯特的悲剧〉一文错误》中对巴金说：“你又何必去

---

① 巴金 1953 年 11 月 5 日日记，《巴金全集》第 25 卷第 126 页。

② 巴金：《〈巴金六十年文选〉代跋》，《巴金全集》第 17 卷第 56 页。

替这样一个为工人阶级所唾弃的叛徒而惋惜呢！”“法斯特并不像您所想象的那么‘诚实’，一个为了自己个人目的，什么卑鄙下流的事都干得出来的人绝对不是一个诚实的人，法斯特也毫无例外。”这种质疑，让巴金感到问题严重，慌忙写信检讨，寄给编辑部，信中说：“读者的意见使我受到了一次教育”，“我只着眼在一个作家的堕落，却忽略了这是一个共产党员叛徒的重大事件。所以读者们的批评是有理由的。”[①]后来他解释：“我不甘心认错，但不表态又不行，害怕事情闹大下不了台，弄到身败名裂，甚至家破人亡。所以连忙‘下跪求饶’，只求平安无事。”[②]事已至此却并未结束，六月十一日，《文汇报》又发表了徐景贤的《法斯特是万人唾弃的叛徒——和巴金再次商榷》，文章显然比几封读者来信更有“理论水平”：“现在巴金同志却在文章里抽象地谈论法斯特过去的‘诚实’，赞美他的作品，歌颂他的战斗史，而不从阶级观点去分析法斯特一贯以来在思想上、立场上的局限性，指明他的世界观的缺陷，其结果是会造成读者对法斯特的模糊认识的。”三天之后，《文汇报》发表了余定的《巴金同志捏造了一贯错误的口号》再次向巴金发难，认为巴金在一九五七年一次座谈会上所说的“文艺应当交还给人民”是“错误口号”，余定认为：“从那口号里我们便可以明了……巴金同志认为现在的文艺不为人民所有，而是为党所有的。”“所谓‘把文艺还给人民’，……一句话，就是要求党不要来过问文艺，要求取消党对文艺的领导和监督。”这完全是断章取义、强词夺理，可这顶大帽谁敢戴啊？巴金说，“我这一次真是慌了手足，以为要对我怎样了，不假思索就拿起了笔连忙写了一封给《文艺报》编辑部的信，承认自己的错误，再一次表示愿意接受改造……我并不承认‘回头是岸’的说法有什么不对，但是为了保全自己，我只好不说真话，我只好多说假话。”[③]在这封信里，巴金否定了自己以前的独立思考：“解放以来我写过不少的文章，也说过不少

① 巴金《复〈文艺报〉编辑部》的信与读者来信，同刊于 1958 年《文艺报》第 11 期。

② 巴金：《〈巴金六十年文选〉代跋》，《巴金全集》第 17 卷第 57 页。

③ 同上。

错误的话。”“甚至在大鸣大放以前我也发表过一些错误的言论……(我)自以为是一切都是从个人的一点狭隘的见闻或经验出发,为了顾全面子甚至强不知以为知,这早已脱离了政治,丧失了立场了。”在战战兢兢中,巴金一不小心也道出很多心里话:“反对旧的,我自以为还懂得一点,在我过去的作品里,我多少也作过这一类的工作;建设新的,我就不知道应该怎么办了。”“文艺战线上两条道路的斗争,经过几次学习我大致也懂得一点,但是碰到实际的问题或具体的作品时,我就把握不住了。”“我一直主张文艺为政治服务。所以我一直认为思想领导、政治领导是必需的。”“我今后能不能做出一些好事,还要看自己改造得好不好。”“我耳边老是有一个声音说:‘加紧改造’这是自己心里话,我决心改造自己。”[①]法斯特事件把巴金逼进了死角,“揣摩别人的意思”已经不行了,不但要完全贯彻别人的意思,连语言形式都不容许是你自己的。这是一曲沉痛的悲歌,巴金遭到了来自良知的严重谴责:“今天看来,我写法斯特的‘悲剧’,其实是在批判我自己。我的‘悲剧’是别人把我当做工具,我也甘心做工具。而法斯特呢,他是作家,如此而已。”[②]毫无疑问,《随想录》的写作,是巴金要从这样的写作状态和思想状态中挣脱出来的写作行为,他不想再继续这样的写作。

对比巴金在一九七七、一九七八年间的怀人文章和《随想录》中《怀念萧珊》及以后的怀人文章,不难发现它们明显的不同。首先是怀念的人物有差别,以前大多是政治性或者官方的人物,比如说周恩来、陈毅(《“最后的时刻”》),郭沫若(《永远向他学习》),何其芳(《衷心感谢他》),金仲华(《怀念金仲华同志》),陈同生(《等着,盼着》),曹葆华(《一颗红心》),几乎都是具有官方身份或者是一颗红心向着党式的人物,而在以后的文章中则不然,他怀人的私人成分增多了,多是与他关系比较亲密,有着共同经历的朋友,甚至把怀人看做是仗义执言为朋友申冤的一种手段,这以后的

① 巴金:《给〈文汇报〉编辑部的信》,《巴金全集》第19卷第23、27、24、26、25、28、28页。

② 巴金:《〈巴金六十年文选〉代跋》,《巴金全集》第17卷第57页。

文章陆续有《关于丽尼同志》、《纪念雪峰》、《怀念老舍同志》、《怀念烈文》等文，怀念的人身份越来越复杂。到后来是早年信仰无政府主义朋友叶非英，是没有完全平反的胡风。在这名单之外，我们看到巴金怀人不寻求一个政治上的评价和定位了，而是谈友情，谈他们的坎坷经历，谈中国知识分子的高贵品质。而一九七八年的文章，个人的感情色彩尽量被放在"政治方向的正确"背后，作为一种陪衬。比如怀念何其芳，巴金大谈何其芳与工农的结合，说"其芳是知识分子改造的一个好典型，我始终保留着这个极其深刻的印象"[①]。这基本上是按着当时主流话语的规范来怀念朋友的。可是到后来在怀念老舍的文章中，同样谈的是知识分子改造的问题，巴金却表现了不同的态度，他说老舍是一个伟大的爱国者，从海外归来，把一切献给了新社会，可是不知为什么我们还要这样对待他，巴金用老舍的一句台词："我爱我们的国啊，可是谁爱我啊？"把一个很尖锐的问题提了出来，也对建国后知识分子的改造提出了尖锐的质疑，这与以前有着极大的不同。这在当时也是离经叛道的，因为无论从官方还是知识分子个人，都在批"四人帮"，把一切罪恶全部推到"四人帮"身上，这种表达使《随想录》的个人性逐步呈现出来。

在巴金与集体话语剥离的过程中，有一篇重要的文章和一件起推动作用的事件，那就是《随想录》中《"豪言壮语"》一篇和"赵丹遗言"事件。《"豪言壮语"》是《随想录》第二集《探索集》的开篇，在这篇文章的开头，巴金再次重申了他写作《随想录》的用意："我可以利用的时间不多了，不能随意浪费它们。要讲话就得讲老实话，讲自己的话，哪怕是讲讲自己的毛病也好。有毛病就讲出来，让大家看看，议议，自己改不了就请大家来帮忙。当然别人随便给扣上的帽子，我自己也要摘下。过去没有弄清楚的事，我也想把它讲明白。"这里明白无误地表明，他希望转换语言方式。接下来，他直指一种语言乌托邦的核心："我当初的确认为'歌德'可以鼓舞人们前进，多讲成绩可以振奋人心，却没有想到好听的话越讲越多，一旦

---

① 巴金：《衷心感谢他》，《巴金全集》第15卷第553页。

过了头，就不可收拾；一旦成了习惯，就上了瘾，不说空话，反而日子难过。……无论如何，把梦想代替现实，拿未来当做现在，好话说尽，好梦做全，睁开眼睛，还不是一场大梦！”所以，他宣告要彻底告别这个梦：“梦的确是好梦，但梦醒之后，我反而感到了空虚。现在我才明白：还是少说空话、埋头实干的好。”[①]在行动上，给巴金以精神鼓励的是赵丹的“遗嘱”，赵丹在“文革”中遭受残酷迫害，在新时期也长期得不到排戏的机会，大好年华被浪费，最后徒然在病榻长叹。一九八〇年九月自知病将不起时，他以赤诚之心写下诤言：《管得太具体，文艺没希望》，在这篇文章中，赵丹说：“我只知道，我们有些艺术家——为党的事业忠心耿耿、不屈不挠的艺术家，一听到要‘加强党的领导’，就会条件反射地发怵。因为，积历次政治运动之经验，每一次加强，就多一次大折腾、横干涉，直至‘全面专政’。记忆犹新、犹有特殊的感受。以后可别那样‘加强’了。”接下来他直截了当地谈出了自己的心里话：

> 我认为：加强或改善党对文艺的领导，是指党对文艺政策的掌握和落实，具体地说，就是党如何坚定不移地贯彻“双百”方针。
>
> 至于对具体文艺创作，党究竟要不要领导？党到底怎么领导？
>
> ……文艺，是文艺家自己的事，如果党管文艺管得太具体，文艺就没有希望，就完蛋了。“四人帮”管文艺最具体，连演员身上一根腰带、一个补丁都管，管得八亿人民只剩下八个戏，难道还不能从反面激发我们警觉吗?!
>
> 哪个作家是党叫他当作家，就当了作家的？鲁迅、茅盾难道真是听了党的话才写？党叫写啥才写啥?! 那么，马克思又是谁叫他写的？……非要管得那么具体，就是自找麻烦，吃力不讨好，就是祸害文艺。
>
> ……

① 巴金：《“豪言壮语”》，《巴金全集》第16卷第143—145页。

> 文艺创作是最有个性的，文艺创作不能搞举手通过！可以评论、可以批评、可以鼓励、可以叫好。从一个历史年代来说，文艺是不受限制、也限制不了的。
>
> 习惯，不是真理。陋习，更不能遵为铁板钉钉的制度。层层把关、审查审不出好作品，古往今来没有一个有生命力的好作品是审查出来的！电影问题，每有争论，我都犯瘾要发言。有时也想管住自己不说。对我，已经没有什么可怕的了。只觉得絮叨得够了，究竟有多少作用？……[①]

这是一篇在当时非常震动的文章，他说出很多人想说又不敢说的心里话，当然也引起很大的争议，有人甚至说赵丹"临死还放个臭屁"[②]。巴金在《随想录》中连写三篇文章：《赵丹同志》、《"没有什么可怕的了"》、《究竟属于谁》，后来又在人代会上发言以《多鼓励，少干涉》等呼吁来回应赵丹。在以前谈到文学的作用和"长官意志"的时候，巴金实际上已经谈到过赵丹所表达的意思，这一次与其是在借赵丹的观点来重申一些主张，还不如说是巴金在表明自己的决心，赵丹成为他写作《随想录》面对各种压

---

① 赵丹：《管得太具体，文艺没希望》，《人民日报》1980 年 10 月 8 日。

② 赵丹去世后，陈荒煤写下了悼念文章，说："这种出自肺腑的真诚的语言，是一个始终热爱人民，热爱党的文艺事业的艺术家，经过半个世纪的坎坷，既对人民作出了许多贡献，又不得不带着无限的遗憾而逝世的真挚的遗言，难道不值得我们深思么?""对我，'已经没有什么可怕的了。'我读到阿丹这句话感到特别难以忍受的心酸。"（陈荒煤：《为什么会这样呢？——悼念赵丹同志》，《文艺报》1980 年第 11 期）。但是，也有不少人对于赵丹的遗言发难，一时间，对赵丹遗言作何反应，成为文艺界的分水岭。对此，其时负责中国作协工作的张光年曾在日记中有所记述。张光年 1980 年 10 月 8 日的日记写道："今天《人民日报》发表了赵丹的临终遗言《管得太具体，文艺没希望》。读之令人痛心。"11 日的日记又记道："清晨广播传来噩耗：赵丹逝世！"然而，有人却指责赵丹遗言"有原则错误"，《人民日报》文艺版"思想路线不端正"，甚至粗鲁地说"赵丹临死还放个臭屁"。10 月 28 日张光年的日记还提到：当天参加老同志谈心会，"会议开始，白羽为荒煤悼赵丹文盛气凌人地对陈提出质问，把气氛弄得很紧张。我只好（忍怒）插话缓和下来"（（张光年《文坛回春纪事》第 195、196、198 页，海天出版社 1998 年版）此间曲折，李洁非著《典型文坛》（长江文艺出版社 2008 年版）及王福湘著《悲壮的历程：中国革命现实主义文学思想史》（广东人民出版社 2002 年版）中都有所记。

力时的一个榜样和力量源泉："我提倡讲真话，倒是他在病榻上树立了一个榜样。""那么让我坦率地承认我同意赵丹同志的遗言：'管得太具体，文艺没希望。'"[①]赵丹的"遗言"之所以能够引起包括巴金在内的那么多文艺界人士的共鸣，首先他们都是赵丹所批评的那种"左"的文艺政策和文艺管理方式的受害者，身受其害才感触尤深。从此，巴金在与旧有语言剥离的道路上越走越远，决心也越来越坚定[②]。

检验他的决心的，当然不能靠言论，有两件事情颇为值得关注：

"长官"点名，不知道有几次，但为的仍是《随想录》。一段时期宣传部门的主管领导的讲话也十分严苛：

> 时任中宣部部长王任重曾批评"文艺界某些人自由化倾向严重"。针对周扬同志所说："《假如我是真的》(话剧)、《在社会档案里》(电影剧本)，在台湾即使被拍成电影也没有什么了不起"的话，王任重说："《骗子》(即《假如我是真的》)、《在社会档案里》已在台湾开拍，这说明什么问题？过去进步作家就因为一篇文章，被国民党抓起来坐牢、杀头，为什么现在有些人写的作品受国民党表扬？这究竟是什么性质的问题？毛主席说的'凡是敌人反对的，我们就要拥护；凡是敌人拥护的，我们就要反对。'这句话我看不要批嘛。"(一九八一年一月二十八日)"文艺作品中反映右派、反右倾搞错了，反映冤假错案的内容，前一段写一些是可以理解的，有的也是好的；但今后不宜写得太多。……党是妈妈，不能因为妈妈错打了

---

① 巴金：《"没有什么可怕的了"》，《巴金全集》第16卷第254页。

② 对比一下其他作家当时的反应，有助于我们了解巴金对于赵丹遗言的反应激烈程度。柯灵在《悼赵丹》中也表达了对于赵丹遗言感同身受的感觉："这是他对文艺界最后的赠言，也是他为自己最后完成艺术家形象的重要笔触。"但随之还是谨慎地说："我不全部赞同这篇文章的论点，但它的主要论点是尖锐的，值得人们深思，是他长期艺术实践的总结。"(柯灵《悼赵丹》，《柯灵七十年文选》第244页，上海文艺出版社1996年版)很显然，私下里身受其苦的艺术家们都会赞同赵丹的看法，但公开表态则要有所保留。

一巴掌就怨恨党。”王任重还批评《人民日报》第八版(文艺版)“思想路线不端正”。“《太阳与人》(电影)我们看了都不同意上演,反右影片有一定消极作用,今年不要再拍了。”“赵丹遗言有原则错误,却被捧为‘宝贵的遗言’。”①

张光年在中国作协党组会上的一次讲话中,曾提到过当时中宣部要求展开的一系列批判,包括:1. 人道主义;2. 无为而治;3. 现代派;4. 赵丹遗言;5. 黄山笔会,鼓浪屿会议……上面提到的要批评的这些问题,巴金在《随想录》里几乎都涉及过,有的还不只写了一篇文章,而且他的态度都是非常鲜明:支持探索,支持创新,解放思想,大胆进取。为此,周扬、夏衍、巴金曾被认为是三个搞“自由化”头子,还有地位更高的老革命公开在中央党校骂巴金:“那个姓巴的最坏!”这些话在当时足以让人惶惶不安。巴金并非不清楚这个“形势”,他之所以被点名,既不是争权,也不是夺利,更不是什么文坛帮派之争,完全是因为他写了《随想录》,他的朋友们也为他担心,劝他不要写了。也有官员劝他“安度晚年”,黄裳在《关于巴金的事情》一文中写到这样的事情:“有一天正在他的病房里坐着时,有一位‘大人物’推门而入了。他是来探病的,交换了几句普通的问答以后,大人物说,‘我看你还是好好地休息,以后不要再写了。’说完就告辞出去,仿佛特来看病,就是为了说出这两句‘忠告’似的。”②

“领导点名”的流言已经传了一阵子,巴金的朋友都很担心,几年后两位朋友还提到此事:“寄来的《随想录》合订本收到,谢谢! 总结性的文章也看了,讲到批判,连我这孤陋寡闻的人也屡次听说,捏着一把汗,想不到斥责文革竟然引起某些人的强烈不满,真是怪事!”③但是,这一次巴金不像五六十年代那样“胆战心惊”“慌了手足”,而是很坦然地表明了自己的

① 顾骧:《晚年周扬》第12—13页,文汇出版社2003年版。

② 黄裳:《关于巴金的事情》,《黄裳文集·珠还卷》第459页,上海书店出版社1998年版。

③ 汝龙、文颖1988年3月28日致巴金信,未刊。

态度:“我昨天见到萧乾夫人给朋友的信,她替我担心,颇希望我从此躺下休息,省得再找麻烦。好意可感。我才又想起你的信,可能你也替我担心。其实大半年来我身体已经垮了。活着的日子已经不多了。目前所作所为以及五年计划都是在料理后事,除了写作,还想促成现代文学馆的创办。我一不怕苦,二不怕死,只是热爱社会主义祖国和人民。长官点名,我不会害怕。倘使一经点名,我就垮掉,那算什么作家?点名之说早已传到耳里,我无所谓,据说是在外事工作会上讲的。但后来他又派秘书来找小林谈话,劝我不要相信别人的挑拨。我仍然不在乎。但我更感觉到我必须退休了。不能再混下去。必须把该译的书译出,该写的写出然后死去,那有多好!作家不是为了受长官的表扬而写作的。”①“点名问题几个月前就传过,说法不一,最近又流传起来。有人替我担心,其实我毫不在乎。这应当是最后一次的考验了。这一年多来我身体不好,很少参加活动,写字吃力,但还是写完了两本小书。我哪里有精力和时间去支持什么人?然而我的‘随想’可能得罪了谁,才有人一再编造谣言。我不怕什么,也不图什么,反正没有几年可以工作了。”②这次巴金绝不如一九五八年“拔白旗”时那么紧张了,他坚定地表示:“流言相当多,但我无精力管这些事。……目前的确需要冷静地思考,想想过去,也想想将来。批评和创作的关系,也需要认真研究、讨论。我写文章,他出主意,永远写不好。鲁迅先生即使写‘遵命文学’,也是写他自己的话。”③

“领导点名”与巴金的《随想录》写作有着直接关系,而在“清理精神污染”中,巴金的表现也看出了他坚持个人思考的努力。“清理精神污染”与官方领导对于文艺、思想界在新时期的开放过程中,如何坚持主流思想的主导地位、如何吸纳西方的现代派思潮的评估有关,也与对《苦恋》和根据

① 巴金1981年1月19日致王仰晨信,《巴金书简——致王仰晨》第152页,文汇出版社1997年版。

② 巴金1981年2月16日致萧乾信,《巴金全集》第24卷第394—395页。

③ 巴金1981年8月20日致罗荪信,《巴金全集》第24卷第130页。

它拍摄的电影《太阳和人》等文艺作品的批评有关[①]，但直接的导火索则是一九八三年三月七日周扬在中宣部等部门联合主办的纪念马克思逝世一百周年学术报告会上所做的《关于马克思主义的几个问题的探讨》的报告。该文发表于当月十六日的《人民日报》上，从而引起关于人道主义与"异化"等问题的进一步争论。该文共分马克思主义是发展的学说、要重视认识论问题、马克思主义与文化批判、马克思主义与人道主义的关系等四部分，其中最后一部分争议颇多。从作者本意而言，是期望通过这部分的论述从理论上总结十年"文革"等极"左"思潮所带来的教训，纠正以往理论的错误，发展马克思主义学说。作者认为："过去对人性论、人道主义的错误批判，在理论上和实践上，都带来了严重后果。这个教训必须记取。粉碎'四人帮'后，人们迫切需要恢复人的尊严，提高人的价值，这是对'四人帮'倒行逆施的否定，是完全应该的。""马克思主义是包含着人道主义的。"同时社会主义也存在着"异化"的现象："在经济建设中，由于我们没有经验，没有认识社会主义建设这个必然王国，过去就干了不少蠢事，到头来是我们自食其果，这就是经济领域的异化。由于民主和法制的不健全，人民的公仆有时会滥用人民赋予的权力，转过来做人民的主人，这就是政治领域的异化，或者叫权力的异化。至于思想领域的异化，最典型的就是个人崇拜……"[②]

其实关于人道主义和异化问题，在新时期肇始就已有讨论，但周扬在理论界的影响力不同，使得他的提出所激起的波澜就不同，对他的观点，赞赏者有之，不同意的也很多。把这个问题看作学术问题来讨论的人有

---

① 对《苦恋》的问题，邓小平在当时即认为：党对思想和文艺战线的领导，"当前更需要注意的问题，我认为是存在着涣散软弱的状态，对错误倾向不敢批评，而一批评有人就说是打棍子"。"不仅文艺界，其他方面也有类似的问题。有些人思想路线不对头，同党唱反调，作风不正派，但是有人很欣赏他们，热心发表他们的文章，这是不正确的。……但是当前的主要问题不在于有这些现象，而在于我们对待这些现象处置无力，存在着涣散软弱的状态。"邓小平《关于思想战线上的问题的谈话》(1981 年 7 月 17 日)，杨扬编《中国新文学大系 1976—2000 · 史料索引卷一》第 40、41 页，上海文艺出版社 2009 年版。

② 周扬：《关于马克思主义的几个理论问题的探讨》，《人民日报》1983 年 3 月 16 日。

之,当作思想理论的原则性问题的人也有之。直到当年十月十二日,邓小平在中共十二届三中全会上的讲话,事情才得以定性,清理精神污染的运动也算正式开始。据《邓小平年谱》记载,当年八月底,邓小平"在住地听取胡乔木汇报当前思想领域里的一些情况。在谈话中说:最近看了一些材料,觉得思想界的问题不少,有的问题相当突出。我准备在这次二中全会上讲讲这个问题……接着,把话题转到所谓'社会主义异化'问题上,指出:有的人说'文化大革命'是异化,其实这是个特殊情况,不是社会主义一定要有'文化大革命'。怎么能把社会主义社会出现的一些不良现象都说成异化呢?"[①]九月七日,在谈到二中全会讲话的起草时,又谈到:"要讲两个问题,一是整党不要走过场,再加上现在这个题目(指思想战线不要搞精神污染——原注)。……又指出:现在思想战线是一片混乱。青年和人民不知道哪个是对的,哪个是错的。"[②]九月三十日,在同邓力群等谈话中,对于"人道主义和异化问题"及周扬提供的辩护材料,邓小平认为:看了一位同志送来的马克思讲异化的材料,引的所有的话都是讲的资本主义社会,讲的劳动创造的成果变成压迫自己的力量。所有的话,都在这个范围之内。也怪,怎么搬出这些东西来了,实际上是对马克思主义,对社会主义,对共产主义没信心[③]。十月十二日,在中共十二届二中全会上,"针对理论界、文艺界存在的相当严重的混乱,特别是存在精神污染的现象,强调思想战线不能搞精神污染。指出:精神污染的实质是散布形形色色的资产阶级和其他剥削阶级腐朽没落的思想,散布对于社会主义、共产主义事业和对于共产党领导的不信任情绪。……有一些同志热衷于谈论人的价值、人道主义和所谓'异化',他们的兴趣不在批评资本主义而在批评社会主义。有些同志至今对党提出坚持四项基本原则仍然抱怀疑态度。文艺界的一些人热心于写阴暗的、灰色的,以至胡编乱造、歪曲革命

① 中共中央文献研究室编《邓小平年谱(1975—1997)》第927—928页,中央文献出版社2004年版。

② 中共中央文献研究室编《邓小平年谱(1975—1997)》第929—930页,中央文献出版社2004年版。

③ 中共中央文献研究室编《邓小平年谱(1975—1997)》第938页,中央文献出版社2004年版。

的历史和现实的东西。'一切向钱看'的歪风，在文艺界也传播开来了。因此，必须大力加强党对思想战线的领导，对于造成思想混乱和精神污染的各种严重问题，必须采取坚决严肃认真的态度，一抓到底。"①

嗣后，中共中央理论刊物《红旗》杂志在一九八三年第二十期就发表《思想战线不能搞精神污染》的思想评论，《人民日报》也于十月三十一日发表题为《高举社会主义文艺旗帜，坚决防止和清除精神污染》的社论，认为："防止和清除文艺界的精神污染，是摆在广大文艺工作者面前的一项迫切的任务。"并列举了近年来文艺界精神污染的现象：

> 文艺创作在描写和培养社会主义新人方面所付出的努力和取得的成果，同党和人民的要求还有相当的差距；有的人甚至从根本上否定塑造艺术典型的必要性，把什么"三无"（无主题，无情节，无人物）作为创作方向加以提倡；有的公开反对文艺的民族化，主张抛弃民族传统。有些人对社会主义事业中需要解决的问题，很少站在党的革命的积极的立场上，提高群众的认识，激发群众的热情，坚定群众的信心，相反，他们热衷于写阴暗的、灰色的，以至胡编乱造、歪曲革命历史和现实的东西。有些人大肆鼓吹西方的所谓"现代派"思潮，宣扬所谓"新的美学原则"的"崛起"，提倡什么"反理性主义"，认为文艺创作无须正确理论的指导，无须深入群众的生活，只要凭"潜意识"、"下意识"铺陈成篇就可以了；有的人宣扬文学艺术的最高目的就是"表现自我"；或者宣扬抽象的人性论、人道主义，认为所谓社会主义条件下人的异化应当成为创作的主题；个别作品还宣传色情或宗教。……对于这些思想混乱和精神污染表现，我们必须在四项基本原则的指导下，认真加以解决。②

① 中共中央文献研究室编《邓小平年谱（1975—1997）》第940页，中央文献出版社2004年版。

② 《人民日报》社论：《高举社会主义文艺旗帜 坚决防止和清除精神污染》，《人民日报》1983年10月31日。

首都的各报刊也都发表了相应的言论。十一月初，中宣部召开了首都部分理论工作者座谈会，十一月底，在全国文化厅局长会议和全国广播电视宣传工作会议上清污也是讨论的重点，十一月四日中国作协党组召开座谈会，十一月十日中国文联分别召开座谈会，周扬、阳翰笙、林默涵、曹禺等都发言表态……在这种情形下，周扬接受部分人建议顾全大局，通过新华社采访的方式，发表实质上是检讨的谈话。

作为理论思想战线的战士，应当以极大的热情宣传各条战线的新气象，研究和回答实践中提出来的现实问题和理论问题，鼓舞广大人民群众建设祖国，实现四化的信心。可是，在今年三月份纪念马克思逝世一百周年学术报告会上，我发表的长篇文章中却提出了“异化”这个概念来探讨。“异化”问题是个比较复杂的需要探讨的问题，国内外许多学者关于这个问题有大量的论述。正确地认识这个问题，要有一个过程，才能完整地、准确地坚持马克思主义的观点，肃清资产阶级观点的不良影响。但是，我在当时那种郑重场合，以那种潦草的形式提出问题，就不够虚心谨慎了。特别是在一些负责任理论宣传工作的同志提出不同意见之后，还固执己见，这就更加不妥。现在冷静地看，文章本身确有缺点。……考虑到我在文艺理论界的影响，我深感有负党和人民的委托。

对于资产阶级的人道主义思想以及人道主义者，我们要做具体分析，因为在不同的历史条件下，这些思想和思想家的作用有所不同。至于资产阶级政客所讲的人道主义，不过是鳄鱼的眼泪罢了。

在谈话中，周扬说，根本问题在于他对近年来的形势估计不正确。从党的发展和自己的亲身经历，他深感“左”的倾向给革命事业带来的严重危害性，而没有多考虑对开放以后的外来资产阶级思想的严重影响，因此，总结历史经验不够全面。脑子里只注重反“左”，忽视了反对右的倾向。对理论界、文艺界大量精神污染现象，既缺乏了解，又缺乏研究，对精神污染所造成的严重后果更是估计不足。所以轻率地，不慎重地发表了那样一篇有缺点、错误的文章。这是一个深刻的教训。①

一九八四年一月三日，胡乔木在中共中央党校上做了《关于人道主义和异化》的讲话，后来整理发表，邓小平在与薄一波谈到这篇文章时说："前一段清除精神污染是完全必要的，看来镇住了，把文艺界、思想界的一些人的气势压下去了。人道主义、异化问题一时间闹得厉害，我说过，他们实际上是搞自由化，现在这样就可以了。"②这种情势下，很多呼应者的表现耐人寻味。

中共中央政治局委员、中央党校校长王震，"就防止和清除精神污染问题，讲了三点意见：第一，要清醒地认识当前思想理论战线的形势，勇敢地、旗帜鲜明地站在反对资产阶级自由化斗争的前列。我们绝不能因为过去在思想理论战线上有过'左'的错误，而畏首畏尾，放松以致放弃对精神污染的批评斗争。……第二，要建立一支坚强的马克思主义的理论队伍。……第三，发扬理论联系实际的革命学风，把科学社会主义的理论同我国建设社会主义的实践密切结合起来，并普及到全体人民中间去。"③

彭真在向党外人士解释清除精神污染："要清除精神污染，是不是党的'双百'方针变了？不是。'双百'方针是为了繁荣社会主义事业，这是前提；有人把'双百'方针曲解为自由主义的方针，那是错误的。"④

臧克家"拿出一封某厂团干部写给他的信，念给记者听。信中讲了青

---

① 新华社北京11月5日电《周扬同志对新华社记者发表谈话 拥护整党决定和清除精神污染的决策》，《人民日报》1983年11月6日。

② 中共中央文献研究室编《邓小平年谱（1975—1997）》第965页，中央文央出版社2004年版。

③ 许维旭：《王震在中国科学社会主义学会成立大会上指出：清醒认识当前思想理论战线形势坚决防止和清除各种精神污染》，《人民日报》1983年10月24日。

④ 《向党外朋友传达二中全会精神 就整党等问题听取意见》，《人民日报》1983年10月24日。

年工人受精神污染的情况，希望诗人写文章进行正确的批评和引导。”“臧克家说，……有的人盲目崇拜西方资产阶级腐朽没落的东西，像有的诗作朦朦胧胧，古古怪怪，令人咬碎牙齿，不得其味。他们笔下的东西不为广大人民群众所喜闻乐见。”①

“著名作家、广东省文联主席欧阳山最近对新华社记者说，当前文艺界资产阶级自由化是以‘现代派’思潮为代表。为了解决这个问题，文艺界要加强文艺理论和文艺批评工作，开展两条战线的斗争，以促进文学艺术的进一步繁荣。”“目前文艺界对有些问题还没有展开充分的讨论。例如，广东对长篇小说《人啊，人！》的讨论就搞得不大好。这部书不是一本好书。”②

“艾青认为，政治倾向不好的作品之所以能够发表，文艺刊物的编辑负有责任。”“艾青对诗歌界的污秽早就表示不满，他曾发表《从“朦胧诗”谈起》一文，提出尖锐而中肯的批评。他对记者说，有的人把不为广大群众所接受的所谓朦胧诗捧上了天，把搞西方‘现代派’，表现‘自我’，否定我国诗歌的优秀传统等乌七八糟的东西，都称之为‘崛起的诗群’，在诗坛上产生了很坏的影响。”“他建议，结合清除精神污染，对一些文艺刊物进行整顿。”③

丁玲认为：新时期文坛空前繁荣，“但是，我们的文坛还存在支流。这些支流散发着臭气，污染社会，毒害青少年。”她列举了一些青年作家中不好的现象：

> 有的人对党、对马列主义和毛泽东思想表示冷淡，对社会主义丧

---

① 《臧克家认为：中央提出精神污染非常及时 文艺工作者要站在斗争前列》，《人民日报》1983年10月30日。

② 新华社广州10月31日电《欧阳山谈当前文艺界资产阶级自由化问题 “现代派”思潮是一种错误倾向》，《人民日报》1983年11月1日。

③ 《艾青批评文艺界不良倾向时说：文艺刊物应该是建设精神文明的阵地》，《人民日报》1983年11月2日。

失信心。个别人叫嚷:"党不要管文艺,党管的越具体,越坏事。"他们主张"无为而治",宣扬文艺作品应该远离政治,越没有政治性没有思想性,艺术性越高。有些同志对资本主义社会的本质没有正确认识,盲目地推崇西方,向往西方,对比之下对今天的社会现实,感到不满,认为过去的革命文学只是歌功颂德,不可相信。有的人对过去的文学表现手法,认为有太多的教条、概念,简单、呆板。他们急于探索,追求创新。在琳琅满目,眼花缭乱的市场上,有的人比较清醒,在创作上的确有所创新;但有的人却把鱼目当珍珠,把垃圾当时髦,在作品或言论中散发着腐朽的臭气。

……学习人家现代派,作品不需要主题,不需要人物,不需要典型,不需要时代感,只要表现"自我",表现我的心灵,才有美感。[①]

胡风提到"现代派""朦胧诗"等现象,认为:"有污染,就得消除它……"同时也告诫,不要粗暴的以"运动"的方式对待,而应该在"双百"方针指导下进行,在清除污染的同时,也要让读者"得到健康的真善美的精神食粮"[②]。

张笑天的文字,显然是一篇公开的检讨:"一个时期以来,我以教育者自居,创作的一帆风顺使得自己日渐骄傲,明显地放松了世界观的改造。所以当外来的各种错误思潮泛滥时,我丧失了抵御能力,那些'人性'、

---

① 丁玲:《认真学习、开展批评、整顿文坛、繁荣创作》,《丁玲全集》第8卷第378—379页,河北人民出版社2001年12月版。此文是根据作者接受新华社记者郭玲春的采访谈话整理和增补而成,采访稿刊于1983年10月31日《人民日报》。采访稿中丁玲批评当时混乱的文艺现象时,还有这样的话:"还有其他一些迹象,如剧场里传出靡靡之音,会博得一片喝彩,听严肃的歌曲,掌声寥寥,甚至唱'没有共产党就没有新中国',竟有人发出笑声。"丁玲等老作家因为发表了这样的谈话,当时曾被人称为"四条棍子":"夏天我到福州,有人告诉我说,这里听到北京有人说,你们是四条棍子(指的是我与艾青、臧克家和欧阳山)。我想来想去,不就是在清理精神污染时新华社记者采访了我们这几个人,说了那么几句话吗?"(丁玲《在中宣部一次文艺座谈会上的发言》,《丁玲全集》第8卷第439—440页)

② 胡风:《加强批评和自我批评》,《人民日报》1983年11月21日。

‘人性复归’、‘人的价值’以及‘异化’等等口号，都诱使我在这方面寻求‘突破’……”“吃一堑长一智，我应很好地吸取教训，永远牢记，第一是党员，第二是作家，而不是相反。”[①]

但是，接受了“文革”的教训，当时的中共中央总书记胡耀邦一直注意控制着这个运动的范围，生怕挫伤了知识分子的积极性，一九八四年三月十八日在会见日中友好议员联盟访华团时候，他表示：反对精神污染是邓小平同志提出来的，主要是指思想战线上的问题，指我们的同志在宣传、广播和文艺工作中不能搞精神污染。但后来在宣传中走了样，出现了扩大化，提出要清除精神污染。现在我们已经不用这个提法了，而是提建设社会主义精神文明。一九八四年十二月二十日在中央书记处的工作会议上，胡耀邦再次表示：小平同志提出这个问题是完全正确的。后来，由于我们自己的失误，工作出了漏洞，一是扩大到社会上去了；二是把“不能搞”弄成了“要清除”了；三是一哄而上，造声势。后来我们刹车了。这个问题以后不提了。[②] 其实对于清理精神污染，在当时意见就不一，有人认为是扩大化，有人认为没有推进下去、太“软”，到后来反对资产阶级自由化的时候再次被提起。但在当时，风声鹤唳与一些人的蠢蠢欲动却是不争的事实。贾植芳的日记可以提供出一些旁证：

> 这几天，报上，街谈巷议中，都谈反右问题——反资产阶级自由化和清除精神污染问题。（一九八三年十月二十七日，《早春三年日记》二二三页）

> 晚王锡全来，他自成都开郭沫若会才回来，据说，那里反精神污染连《安娜·卡列尼娜》、《约翰·克里斯朵夫》等外国文学作品都列

---

① 张笑天：《永远不忘社会主义作家的责任》，《人民日报》1984年1月9日。

② 胡绩伟：《劫后承重任　因对主义诚——为耀邦逝世十周年而作》，《书屋》2000年第4期。

为污染范围，加以封存，川大原来晚间播送贝多芬音乐，现在也停播了，校宣传部长说：中国音乐很多，何必播外国的？如此等等，造成学生思想混乱，而在新华书店封存外国文学书前，学生抢购外国作品，等等，简直是第二次“文化大革命”的表现，听说本校也有人提出恢复“样板戏”的，那就更“左”得可爱了。（一九八三年十二月一日，上书二三四页）

夜读《文艺界通讯》（一九八三年八月），知道一些文艺行情。据说，此次反精神污染中，领导给干部作报告，听报告的人把“异化”误记成“僵化”，因为他们事先并未听过这个名词，所以把批判“异化”当成批判“僵化”而感到惊异，用这样的人领导意识形态的斗争，只能制造冤假错案，由正确走向反面，历史的经验值得温习。（一九八三年十二月二日，上书二三四至二三五页）

报载，彭真在人大常委会讲话，关于精神污染问题暂不作决定，说明这次掀起的运动，已无疾而终。但是闹了一阵子，一些坏人已经熙熙攘攘，卷起袖子重操旧业——趁火打劫，想趁机再捞一票，这是些商人兼流氓式的人物，也是历次政治运动的产品——害虫，有的地方，甚至把《红楼梦》、《安娜·卡列尼娜》都列入污染范围了，好像历史再次进入“样板戏”时代。

原来提倡“忘记过去”就是为了卷土重来，不能接受历史教训的人们，必须受到历史教训，但是那就迟了，悲夫！（一九八三年十二月九日，上书二三七页）

多少年来，有一帮人就是利用各种运动谋私利，无所不为，事情就坏在这帮以“正面人物”形象出现的歪人手里，这几年没搞运动，他们快“失望”了，此次反“精神污染”一来，他们又纷纷出洞抢劫，图财

害命了。(一九八三年十二月三十一日,上书二四三页)[1]

这里显示的是一个知识分子对于"清污"的反映,有些极端的例子出于"耳闻",但并非是编造,因为从中央领导人在当时的讲话中可以看出,"清污"中出现的一些过火的地方,否则他们就用不着苦口婆心地在讲"界限"的问题了。一九八三年十二月十四日,胡耀邦与秦川、穆青、吴冷西等谈话,后经整理发表在十二月二十三日《宣传动态》上。胡耀邦说,小平同志讲话中对什么叫污染,怎样清除,讲得很清楚,讲的是清除思想战线上的污染……小平同志这一讲话还没有发表,没有认真学习,个别地方和单位匆忙采取不妥当的措施去清除精神污染,出了一些毛病。其中谈到"清污",胡耀邦讲了要注意八个问题,从这八个问题中已经看出"清污"中的扩大化的问题:

第一,不要干涉人家的穿衣打扮,不要用"奇装异服"一词。第二,歌曲方面,我们提倡有革命内容的歌曲,提倡昂扬向上的歌曲。对不是淫秽的,不是色情的,没有害处的抒情歌曲及轻音乐,不要禁止。第三,文学方面,所有世界公认的名著不能封闭。……即使有点色情描写也不要紧。我们要禁止的是专门描写性生活的作品。第四,电影、戏剧、舞蹈、曲艺、杂技等,凡是中央没有明令禁止的都可以演,不能滥禁乱砍。第五,节假日中,应允许青年人跳集体舞、少数民族舞。第六,对绘画、雕塑,不能禁止表现人体美的作品。第七,要在初中、高中开设生理卫生课,讲生理卫生知识。第八,是从正面提出加强两个文明建设。[2]

胡耀邦在当时的讲话可以从另外一个方面证明,当时一些人的确有

---

① 贾植芳:《早春三年日记》(1982—1984),大象出版社 2005 年版。

② 转引自胡绩伟《劫后承重任 因对主义诚——为耀邦逝世十周年而作》,《书屋》2000 年第 4 期。

借机搞运动的想法和极"左"思潮死灰复燃的可能。巴金也是有过"文革"伤痛记忆的人,对于社会上的一些做法会不由自主地感觉到"文革"阴魂不散。所以在《随想录》中对此有过敏感而明确的认识:

> "不会再有这样的事了,还是揩干眼泪向前看吧。"朋友们这样地安慰我,鼓励我。我将信将疑,心里想:等着瞧吧,一直等到宣传"清除精神污染"的时候。
>
> 那一阵子我刚刚住进医院。……我入院不几天,空气就紧张起来,收音机每天报告某省市领导干部对"清污"问题发表意见;在荧光屏上文艺家轮流向观众表示清除污染的决心。听说在部队里战士们交出和女同志一起拍摄的照片,不论是同亲属还是同朋友;又听说在首都机关传达室里准备了大堆牛皮筋,让长发女人扎好辫子才允许进去。我外表相当镇静,每晚回到病房却总要回忆一九六六年"文革"发动时的一些情况,我不能不感觉到大风暴已经逼近,大灾难又要到来。我并无畏惧,对自己几根老骨头也毫无留恋,但是我想不通:难道真的必须再搞一次"文革"把中华民族推向万劫不复的深渊?仍然没有人给我一个明确的回答。小道消息越来越多。我仿佛看见一把大扫帚在面前扫着,扫着。[①]

许多人和巴金一样,都心有余悸,但这样的运动来了,仍然不免跟着形势做出表态。可是,这一次巴金沉默着。表面上看,巴金没有直接参与讨论,甚至不注意《随想录》背后思想背景的人,看不出巴金在这过程中发表过什么言论。细读《随想录》会发现一篇很特别的文章,那就是"随想录"第一一六篇《关于〈复活〉》,固然,巴金比较喜欢托尔斯泰,《随想录》中还有一篇为托尔斯泰辩护的文章(《"再认识托尔斯泰"?》),这都有人在现实中挑起话题,巴金针对话题有感而写的。而《关于〈复活〉》,起首是:"病

① 巴金:《"文革"博物馆》,《巴金全集》第16卷第690—691页。

中，有时我感到寂寞，无法排遣，只好求救于书本。可是捧着书总觉得十分沉重，勉强念了一页就疲乏不堪，一本《托尔斯泰：人、作家和改革者》念了大半年还不到一半……"[①]似乎与现实无关，全篇引证了很多材料，所谈无非是《复活》在托尔斯泰生前身后所遭受的删改命运，全文的结尾有卒章显志的味道："以上的引文、回忆和叙述只想说明一件事情：像托尔斯泰那样大作家的作品，像《复活》那样的不朽名著，都曾经被审查官删削得不像样子。这在当时是寻常的事情，《复活》还受到各国审查制度的'围剿'。但是任何一位审查官也没有能够改变作品的本来面目。《复活》还是托尔斯泰的《复活》。今天在苏联，在全世界发行的《复活》，都是未经删削的完全本。"[②]巴金怎么会突然对八十年前的旧事表示了兴趣呢？《随想录》中此文前后的文章，要么回忆往事，要么谈论自己病中情况，都是《随想录》惯常的写作路数，独独冒出一篇谈书的，巴金不是学问家，这样的情况似乎不多。然而，看篇后所署的写作时间："一九八三年十一月二十日。"如果你熟悉清理精神污染运动的过程和背景，便会恍然大悟：那正是这个运动热火朝天很多人纷纷出来表态之时。巴金借谈《复活》表达了完全不同的态度，他在质疑某些不恰当的做法，也在呼吁一种宽松的文艺政策，更重要的是：他以自己的方式在自己的轨道上表达了一个坚定的观点。我认为这本身也是他与官方话语剥离的表现——他不再做吹鼓手，什么事情都出来表态；哪怕表示反对意见，他也选择自己的方式。在新时期的思想解放运动中，知识分子与官方曾一度并肩向极"左"思潮发起了攻击，他们共同推动了思想活跃的局面的出现。当这种鲜活的局面出现之后，知识分子以极大的热情和无比的兴奋继续向前走，而此时官方已经完成了对于政治上束缚它的意识形态的更换工作，那么他们对知识分子不无担心，觉得就有划定界限的必要。这在一定程度上让兴奋的知识分子突然有撞到一堵看不见的墙的感觉。此时，当初形成的合力开始分化，

---

① 巴金：《关于〈复活〉》，《巴金全集》第 16 卷第 545 页。

② 巴金：《关于〈复活〉》，《巴金全集》第 16 卷第 548 页。

知识分子的内部也开始分化,我认为这个过程从对于《苦恋》的批判开始,到清理精神污染时已经完成,经由一九八七年至一九八九年到达了顶点。新时期思想解放的活跃与左倾思潮的顽固,构成了《随想录》创作的背景。

清理精神污染时,《随想录》已经写下了一百多篇,结集出版三本,逐步在知识界产生影响。黄裳当时给朋友的信上说:"巴公最近又写了几篇《探索》,还是非常解放,甚可佩服。"[①]在"清污"和反自由化的过程中,巴金屡次遭受明的或暗的批评,《随想录》因为异端性也是不被人欢迎。但这些恰恰从另一面证明了,新时期巴金的写作已经自觉地与官方话语做出了剥离。巴金曾回忆:"绝没有想到《随想录》在《大公报》上连载不到十几篇,就有各种各类叽叽喳喳传到我的耳里。有人扬言我在香港发表文章犯了错误;朋友从北京来信说是上海要对我进行批评;还有人在某种场合宣传我坚持'不同政见'。……"[②]

巴金在《随想录》中的坚持,除了引得领导点名之外,在现实生活中也感受到了步步紧逼的压力:一九八四年上海文联换届,巴金不再担任文联主席,理由是年纪大了。可是,新换上的主席居然比巴老还大一岁,当时很多人为巴金抱不平,认为不应该这样对待他。在病中的叶圣陶先生曾写信给柯灵说:"上海文艺界情形略有所闻,某些人之行为与旧戏剧界之帮派行为无异。排斥巴公,绝对不得人心,而若辈竟为之。您之愤慨不平,不徒因与巴公友好,亦由于为文艺界之趋于下流生气,主要之点则希望文艺界共趋于正派,认真写出好作品,为提高精神文明作贡献,为中国新文学增加分量……不过为巴公着想,不当作协主席也好,免得开会时要准备讲稿,平时也不免要过问些杂务。"[③]其实在那几年中,巴金看重的是坚持写《随想录》,坚决捍卫讲真话的权利,其他则以自己的方式表示抗

---

① 黄裳1980年3月26日致杨苡信,《来燕榭书札》第66页,大象出版社2004年版。

② 巴金:《合订本新记》,《巴金全集》第16卷第Ⅶ页。

③ 叶圣陶1984年10月12日致柯灵信,转录自柯灵《致〈新文学史料〉编辑部》,《柯灵文集》第3卷第266页,文汇出版社2001年版。

议。据张光年的日记，一九八三年三月二十二日，“吴泰昌傍晚来。他下午由沪飞回，巴金让他带话给我：巴年已八十，考虑退出文艺界。二、希望促成文学馆工作。”四月三十日，“下午，去北小街四十六号看夏衍同志，听他谈巴金近况，嘱（我）劝巴宽心些，超脱些，谈约一小时。剩下一点时间，又去周扬家谈半小时，他的意见大致相同。”五月六日，“李子云要求今上午同我单独谈谈巴老情况。上午九时，吴强陪她来了。她谈到巴老因京沪传言引起的不快。这些，大部分是夏衍同志谈过的。”“下午四时，吴强、泰昌同志陪我到华东医院看望巴金同志。……我谈了周（扬）文风波无大碍，请他宽心；谈了文学馆在加紧修建，以及召开作协‘四大’的设想。”五月十六日，“上午偕泰昌访巴金同志，应邀在二楼书房谈二小时。他十分关心文艺界团结，希望在‘批判’‘讨论’时多考虑一下。”①五月十八日，“胡（立教）热情好客，谈时豪爽鲜明，表示尊重巴金，过去市委不够尊重。”②

一切都没有阻挡巴金的脚步，《随想录》的探索在不断深入，巴金表现出不同以往的勇气。比如，当某些人大谈资产阶级腐朽没落思想时，巴金却批评那种闭关锁国的愚民政策，呼吁“多印几本西方文学名著”：“有人不同意，认为中国人何必读西方的作品，何况它们大多数都是‘封、资、修’？这就是‘四人帮’的看法。他们在自己的四周画了一个圈圈，把圈圈外面的一切完全涂掉、一笔抹杀，仿佛全世界就只有他们。‘没有错，老子天下第一！’把外来的宾客都看做来朝贡的，拿自己编造的东西当成宝贝塞给别人。他们搞愚民政策，首先就使自己出丑。”在改革开放之初，西方

---

① 张光年在日记中没有详论与巴金交谈内容，但与文艺界的保守派与自由派的冲突有关。吴泰昌在《我亲历的巴金往事》中记述：“一天上午，上海市作协党组书记吴强陪光年同志到巴老家。他们先在客厅里稍坐片刻，光年同志表示他有话要和巴老单独谈，巴老就请光年同志上二楼书房。”“巴老与光年同志这次交谈的内容，我至今都不清楚。我猜想，是否与3月巴老转告光年同志的两点意见内容有关？”（吴泰昌：《我亲历的巴金往事》第122页，生活·读书·新知三联书店2010年版）如果吴泰昌的推断正确的话，那么张光年的谈话则是促动巴金继续担任中国作协主席。

② 以上引自张光年《文坛回春纪事》第436、446、447、452、453页，海天出版社1998年版。

思潮奔涌而入时，有人担心“西方化”问题，巴金用更开放的姿态来回应：“至于西方化的问题，我不大明白您指的是哪一方面。我们在谈论文学作品，在这方面我还看不出什么‘西方化’的危机。……今天可能有一些作家在探索使用新的形式或新的表现手法，他们有创新的权利。他们或成功或失败，读者是最好的评论员。作家因为创新而遭受长期迫害的日子已经一去不复返了。一部作品发表以后就成为社会的东西，好的流传后世，不好的自行消亡。不论来自东方或者西方，它属于人类，任何人都有权受它的影响，从它得到益处。现在不再是‘四人帮’闭关自守、与世隔绝的时代了。交通发达，距离缩短，东西方文化交流日益频繁，互相影响，互相受益。总会有一些改变。即使来一个文化大竞赛，也不必害怕‘你化我、我化你’的危险，因此我不在信里谈克服所谓‘西方化倾向’的问题了。”[①]与很多老作家批评形式探索、西方化完全不同的是，巴金一直在鼓励文学上的探索，也鼓励文学的开放性。尤其是对青年作家从来都是鼓励有加，在同一篇文章中，他是这样评论新时期的作家和作品的：“这里有生活，有革命，也有文学；而且还有作家们的辛勤劳动和独立思考。作家们各有各的风格，各人反映自己熟悉的生活，写自己了解的人物，生活多种多样，人物也有不同的光彩。……那许多经过十年‘文革’的磨炼，能够用独立思考、愿意忠实地反映生活的作家，一定会写出更多、更好、更深刻的作品。……认真的作家是阻力所难不倒的。”[②]巴金的思想之开放，使得一些老朋友也不为理解，他们觉得巴金为别人所利用，才有这样的言行，岂不知巴金正是要从他们那一辈人集体的声音中剥离出来，走自己的路。黄源在一九八七年反对“自由化”前后，给楼适夷的信中，就曾代为巴金解释：“巴老是真诚、热心的作者，鲁迅对他的评价是公正而深刻的。他是真诚地拥护鲁迅的。当时我们奔走于鲁、巴之间，现在有人利用他，是

① 巴金：《一封回信》，《巴金全集》第16卷第454—455页。

② 巴金：《一封回信》，《巴金全集》第16卷第453—454页。

别有用心的。我和他虽是至交，但也不能直说，在我来讲是很苦痛的。”① 虽然未见楼信，但他显然表达了对巴金的不满，以至一年后，黄再次借梁漱溟提出的“雅量”问题，再次劝楼“对巴金也是个雅量问题”②。巴金这样经历过风风雨雨的人，怎么会轻易就被人“利用”，不过，这的确反证出巴金与一些老作家观念差别之大。

巴金的上述言论，还有一个前因后果。前因就是对于现代派问题的讨论，当时在国内影响很大，后果是那些提倡现代派的观点后来都被目为“污染”之列。巴金在这样的背景下发言，当时的反响可以从李子云怀念冯牧的文章中找到线索：

> 那是一九八二年下半年，高行健出版了一本题为《现代小说技巧初探》的小册子。当时对外开放不久，现代派文学作品刚刚被引进，对于文学界内外都是十分新鲜的事物。高行健的小册子引起了几位作家的讨论。冯骥才、李陀、刘心武送来一组以连环套的通信方式进行探讨的文章。……当时我主持《上海文学》理论版面的工作，想以此为始引发一场讨论。在刊登这组文章的那期刊物出印刷厂那天，一清早我刚到办公室就接到了冯牧同志电话，他以不容别人置喙的滔滔声势命令我撤掉这组文章。……他说：你知道吗？现在这个问题很敏感，你集中讨论，会引起麻烦的。我也知道当时有些人视现代派为洪水猛兽，将“鼓吹”现代派定为一大罪名。……他真的勃然大怒了，叱责我说：你怎么承担得了这个责任！接着他就滔滔不绝地分

---

① 黄源1987年3月25日致巴金信，《黄源文集》第7卷第305页，上海文艺出版社2009年版。

② 黄源1988年12月5日致巴金信，《黄源文集》第7卷第325页。楼适夷与巴金在“文革”后期尚有书信往来，但在1990年代对巴金似有不同看法，他曾致信《巴金全集》的责任编辑王仰晨，谈到：“有人未死而出《全集》，有壮烈牺牲、人民喜爱的大作家只能出《文集》，甚至少出其书，这考级不知由谁定的。”（1991年4月2日）“你是否已经离休，眼睛不好身体差，何必为活人编全集，出版方针，真太难理解了。（实在是对作者的侮辱，似乎令他从此封笔了，你还是保养身体，高兴时自己写点要写的东西，何苦老犹为人作嫁衣裳）。”（1991年8月9日）《楼适夷致王仰晨信（2封）》，《王仰晨编辑人生》第157、158页，人民文学出版社2007年版。

> 析当时的形势，说明事态是如何严峻，可能一触即发。……
>
> 事情后来的发展证明了他的忧虑不是空穴来风。刊物发出后，立即就有人说这是为“现代派”试探风向的三只小风筝。正巧不久之后我们发表了巴金先生致瑞士作家马德兰·桑契女士的《一封回信》，信中谈到了他对所谓“西方化”的看法。……紧接着夏衍同志又主动寄来一篇《与友人书》的长文。文章从当前的文艺状况讲起，他认为拨乱反正、肃清“左”的流毒的任务还远没有完成。然后就着重提出需不需要借鉴现代派的问题。…… 他们两位的文章发表之后，我又罪加一等。从北京到上海，沸沸扬扬地说我搬出巴金、夏衍来为自己撑腰。对这种传言，我只反问一句：他们两位前辈是别人搬得动的吗？他们是能够接受别人摆布的吗？[①]

关于人道主义问题，巴金在一九八四年底巧妙地借助邓朴方的一篇讲话，谈了他的看法：

> 一位在晚报社工作的朋友最近给我寄来邓朴方在中国残疾人福利基金会全体工作人员会议上的讲话。这篇讲话发表在《三月风》杂志上，我看到的是《人民日报》转载的全文。朋友在第二节的小标题上打了两个圈，他在信里写道：“您大概不会把人道主义看做洪水猛兽吧。”原来这一节的小标题是《我们的事业是人道主义的事业》。讲话并不长，特别是第二节留给我深刻的印象：讲得好！[②]

这是《随想录》的表达方式之一，巴金总是选择合适的时机，借助个人的回忆或别人的事情，来表达自己的看法；他谈论的这个问题，并不是闭门造车自己苦思冥想的问题，而是社会上某些问题，甚至是热点问题。对

① 李子云：《好人冯牧》，《往事与今事》第163—164页，浙江文艺出版社1998年版。

② 巴金：《人道主义》，《巴金全集》第16卷第590页。

于这个问题，他也是从反思“文革”和自己遭遇的角度来提出问题的。

我知道在“文革”时期什么事都得跟资产阶级“对着干”。资产阶级曾经用“人道主义”反对宗教、封建的统治，用“人权”反对神权和王权，那么是不是我们也要反其道而行之，用兽道主义来反对人道主义呢？不！当然不会！在十载“文革”中我看够了兽性的大发作，我不能不经常思考造反派怎样成为“吃人”的“虎狼”。我身受其害，有权控诉，也有权探索，因为“文革”留下的后遗症今天还在蚕蚀我的生命。我要看清人兽转化的道路，不过是怕见这种超级大马戏的重演，换句话说，我不愿意再进“牛棚”。我一定要弄清楚这个问题，即使口里不说，心里也不会不想，有时半夜从噩梦中惊醒，眼前也会出现人吃人的可怕场面，使我不得不苦苦思索。

我终于从那位同志的话中找到一线亮光：问题大概就在于人道主义吧。为什么有的人那样害怕人道主义？……

前些时候全国出现了一股“人道主义热”，我抱病跟着大家学习了一阵子，不过我是自学，而且怀着解决实际问题的目的去学。我的问题始终是：那些单纯的十四五岁的中学生和所谓的“革命左派”怎么一下子会变成嗜血的“虎狼”？……

究竟是因为什么？……

在邓朴方同志的讲话中我找到了回答：

我们一些同志对资产阶级人道主义的批判，往往不是站在马克思列宁主义的立场、观点上，而是站在封建主义的立场上去批判的。即使口头不这样说，实际上也是受封建主义思想影响的。“文化大革命”搞的就是以“大民主”为先导的封建关系，是宗教狂热。大量的非人道的残酷行为就是在那时产生的……

他讲得非常明白，产生大量非人道的残酷行为的是什么？就是披着“左”的外衣的宗教狂热。那么人兽转化的道路也就是披上“革命”外衣的封建主义的道路了。所以时机一到，一声号令，一霎时满街都是“虎狼”，哪里还有人敢讲人道主义？哪里还肯让人讲人道主义？[①]

巴金一直讲的人兽转化与周扬讲的“异化”有什么关系？巴金是个作家不是理论家，他大概无意做出回答。而此时胡乔木关于人道主义的洋洋大文已经发表，巴金还要如此讨论这个问题，又是什么意思[②]？有些事情不能轻易下结论，但有一点正如巴金所言，他不会再去辨风向、看脸色写作了。

一九八四年十二月二十九日至一九八五年一月五日，中国作协第四次代表大会召开，此次会议也引起不同方面的不同反响，有人欢呼，也有人斥之为“开糟了”“一塌糊涂”。其中很主要是指选举中通过投票的方式，中国作协原副主席贺敬之、刘白羽、欧阳山落选，而没有在候选人之列的其他人当选[③]。面对不同反应，巴金在《随想录》中表现的态度仍然很清楚，他支持思想解放的声音，所以，他在文章的开头便借用海外的来信对会议予以肯定，并说：“这次大会的确是一次盛会……我有一个想法：……对于大会可能各人有各人的看法，但有一点则是共同的：大家都欢迎它。当然也有例外，有人不满意这样的会，不过即使有，为数也极少，这些人只好躲在角落里发出一些噪音。”谈到会议的两个焦点：选举和创作自由。巴金认为：“不过刘宾雁、王蒙的作品在海外受到普遍的重视，有人甚至认为他们的当选是‘革新派的凯歌’。这样的意见有什么‘不好听’

① 巴金：《人道主义》，《巴金全集》第16卷第590—593页。

② 周扬去世，巴金的唁电是这样写的：“惊悉周扬同志病逝，不胜哀悼。想到八五年和他的最后一面，我无话可说，他活在我的心里。一九八九年八月一日 巴金”。

③ 主席团委员的选举中，张光年131票、刘宾雁128票、王蒙127票、唐达成121票、丁玲90票、马烽90票、刘白羽73票当选，而贺敬之65票未能当选；作协领导选举，巴金134票当选主席，张光年128票、王蒙125票、冯牧114票、丁玲81票当选副主席；刘宾雁113票当选副主席，贺敬之67票未能当选。见《人民日报》1985年1月6日。

呢？我们自己不是也有类似的意见吗？”“你们可以按照自己的主张挑选人，哪怕只有一个两个，也总算给我们树立了榜样。我们也可以用打叉叉代替画圈圈，表示自己的意见。既然好不容易向前迈出了一大步，谁还肯退回原地或者更往后退？！”对于创作自由，巴金认为保证代替不了实践，“读者们盼的是作家们的创作实践和辛勤劳动，是作品，是大量的好作品。没有它们，一切都是空话，连‘中国文学的黄金时代’也是空话。应当把希望放在作家们的身上，特别是中青年作家的身上——我一直是这样想的。”[①]

巴金说：“从无标题到有标题（头三十篇中除两篇外都没有标题），从无计划到有计划，从梦初醒到清醒，从随想到探索，脑子不再听别人指挥，独立思考在发挥作用。拿起笔来，尽管我接触各种题目，议论各样事情，我的思想却始终在一个圈子里打转，那就是所谓十年浩劫的‘文革’，……住了十载‘牛棚’我就有责任揭穿那一场惊心动魄的大骗局，不让子孙后代再遭灾受难。”[②]但并不是所有人都喜欢大讲“文革”，特别是已经完成了对于“文革”的揭露和批判任务之后，官方更希望对于历史问题“宜粗不宜细”、希望“向前看”。一九八一年胡乔木在讲话中，就说过：“揭露和批判阴暗面，目的是为了纠正，要有正确的立场和观点，使人们增强信心和力量，防止消极影响。关于反右派、反‘右倾’和十年动乱的揭露性作品，几年来已经发表不少。过去几年这类题材的作品的大量出现是必然的。绝大多数作家写这些作品也是出于对历史、对人民的责任感，出于革命的热情。这些作品总的说来，是有益的……应该向文艺界的同志指出，这些题材，今后当然还可以写，但是希望少写一些。因为这类题材的作品如果出得太多，就会产生消极作用。”“我们也希望全国的作家、艺术家能把创作活动的重点转到当前的建设新生活的斗争中来。”[③]巴金立即就成为这

---

① 巴金：《“创作自由”》，《巴金全集》第16卷第601—602、603、604、606页。

② 巴金：《合订本新记》，《巴金全集》第16卷第Ⅴ—Ⅵ页。

③ 胡乔木：《当前思想战线的若干问题》（1981年8月8日），杨扬编《中国新文学大系1976—2000·史料索引卷一》第74页、第74—75页。

篇讲话的受害者：一九八一年，为了纪念鲁迅先生诞辰一百周年，巴老写了《怀念鲁迅先生》一文，结果该文在《大公报》发表时，文章中凡是涉及“文革”的词句都被删去了，甚至连引用鲁迅的话中说“我是一条牛……”也被删了——说“牛”容易让人联系到牛棚。作为一个在海内外有威望的作家，不打招呼就大删文章，真是少见的事情。当时责任编辑潘际坰在北京休假，后来回忆：“当时的背景是这样的：一九八一年九月，在鲁迅百年诞辰之前，国务院外事办的负责人召集了香港几家报纸的总编辑在北京开了一个会，会上外事部门的负责人对各报总编主编说，海外报纸发表关于文革的文章太多了，有负面影响，中央既往不咎，可是今后再发生这样的事情，就要打你们屁股了。”[①]巴金不仅写出了抗议文章《“鹰之歌”》表明自己不惜粉身碎骨也要维护自己权利的决心，而且还专门给胡乔木写信，说：我就是你的（不要多写“文革”）讲话的受害者……直到一九九〇年，四川人民出版社出版《讲真话的书》时，收录巴金“文革”后的所有创作，最初认为《随想录》有三篇文章不能收进来，后来对《“文革”博物馆》一篇开了天窗，有人说这是新中国出版史的特例[②]。

在各种谣言和“点名”的时刻，巴金的信心似乎更坚定了，在《〈序跋集〉再序》中，巴金拒绝了“躺下来过个平静的晚年”的劝说，并坚定地说：“是的，一纸勒令就使我搁笔十年的事绝不会再发生了。”[③]正是在这种决心下，还有那不能忘怀的“文革”伤痛记忆[④]，使巴金觉得自己有责任向后代说清楚，怎么会有那样的噩梦般的事情发生，在这些事情中自己扮演了

---

① 潘际坰：《〈随想录〉发表的前前后后》，陈思和、周立民编《解读巴金》第127页，春风文艺出版社2002年版。

② 李致：《从“存目”谈起》，陈思和、李存光《生命的开花——巴金研究集刊卷一》第225页，文汇出版社2005年版。巴金1981年11月18日致胡乔木信大意是：我赞成陈老总讲的“无为而治”，不要把所有的作家都当作小学生；如果所有的作家都说一样的话，全国要一个作家就够了。

③ 巴金：《〈序跋集〉再序》，《巴金全集》第16卷第321页。

④ 这个问题在后面有论述。巴金在《怀念萧珊》的文章中曾追问：“我想，我比她大十三岁，为什么不让我先死？我想，这是多么不公平！她究竟犯了什么罪？”（《巴金全集》第16卷第15页）

什么角色，以及自己是怎样进入了这样的角色。《随想录》首先是一个心灵自传，接下来是一部社会批判作品，他的主人公是作者自己，作者通过对自己灵魂的解剖来实现社会现实批判的目标。

二〇一〇年五月九日写完

二〇一一年四月二十日修改

青春记忆的唤醒

——《随想录》写作的精神资源

一、"五四"精神的回归

一九九一年春天，八十六岁的冯至曾经写过一首《自传》：

三十年代我否定过我二十年代的诗歌，
五十年代我否定过我四十年代的创作，
六十年代、七十年代把过去的一切都说成错。

八十年代又悔恨否定的事物怎么那么多，
于是又否定了过去的那些否定。
我这一生都像是在"否定"里生活，
纵使否定的否定里也有肯定。

到底应该肯定什么，否定什么？
进入了九十年代，要有些清醒，
才明白，人生最难得到的是"自知之明"。①

这不仅是冯至的"自传"，也是他们那一代知识分子的思想自传。

---

① 冯至：《自传》，《冯至全集》第 2 卷第 291 页，河北教育出版社 1999 年版。

一九七六年粉碎“四人帮”以后，接之而来的思想解放运动给这些饱经沧桑的知识分子再一次通过清理自己的历史记忆来对现实发言的机会。经历过“文革”的伤痛，大部分知识分子从犹疑走向勇敢，勇于表达自己的内心声音(哪怕有的人表现得并不纯粹，或者在很短的一段时间内)，而这时，“五四”精神再次成为他们最重要也是最合法的精神资源。

说重要，是因为“五四”精神塑造了中国现代知识分子，并形成了一个相对稳定的精神传统。说合法，是因为当时官方也在借助“五四”的精神资源来清理“文革”时期的极“左”流毒，实现拨乱反正的目标①。当时，整个社会还把相去不远的“四五”②与“五四”联系起来。既证明“五四”精神的一贯性，又强调它的现实意义(对于揭发“四人帮”所制造的新愚昧的作用)：论者认为“四五运动”“它是完全可以与中国现代革命史上著名的“五四”运动媲美的一次伟大的人民革命运动。……它是“五四”运动开创的人民民主精神在社会主义时期的大发扬。”“四五运动是在马列主义、毛泽东思想旗帜下的思想解放运动。‘四人帮’控制了一切舆论工具，进行了种种欺骗宣传，但是他们终究没有达到愚弄人民的目的。经过一段时间的酝酿之后所爆发的‘四五’运动，就是人民普遍觉醒的结果。”③到一九七九年纪念“五四”运动六十周年的时候，周扬又将“五四”、延安整风和当

① 相对于获得官方肯定的“五四”精神，其他的思想资源就未必具有这样的合法性，如现代主义和其他的西方思潮很长一段时间都被视为异端，实际上包括《在路上》、《麦田的守望者》、《椅子》等书在“文革”的后期即以“黄皮书”(文艺方面)和“灰皮书”(政治方面)等“内部发行”的方式在一部分人中间流传、阅读，并对当时的文艺青年产生重要影响。北岛、芒克、多多等一批诗人都是西方现代主义思潮的影响者，可是哪怕他们的“朦胧诗”已经风靡诗坛，但“新的美学原则”还是不能被人接受。对于西方现代派问题的论争、批评直到上世纪八十年代末才算偃旗息鼓。更有意思的是，有的人可以宣称借鉴西方现代派的艺术手法，但还要批评属于资本主义的艺术精神，形成了内外两重皮的引进，可见这种思想资源在中国现实中的尴尬境遇。

② 所谓“四五”是指 1976 年 4 月 5 日在天安门广场及全国其他地方所爆发的以悼念周恩来总理而对“文革”和“四人帮”表达强烈不满的抗议活动。这个活动在当时曾被定为反革命事件，后平反。它的平反也是官方否定“文革”的重要标志之一。

③ 《中国青年报》评论员：《伟大的四五运动》，《中国青年报》1978 年 11 月 21 日。

下的思想解放运动联系起来,并称为"三次思想解放运动"。对于"五四"运动,他认为"封建传统的打破带来了思想的大解放,为马克思主义的传播和共产党的建立准备了不可缺少的条件。毫无疑问,这是"五四"运动的最重要的成就。"而"延安整风运动是'五四'思想解放运动的进一步发展,它继承了'五四'的科学和民主的精神,同时又纠正了'五四'运动的形式主义的缺点,把'五四'的革命精神大大地推向前进了。"对于当下的思想解放运动,他强调运动的中心任务"就是要在马列主义、毛泽东思想指导下,彻底破除林彪、'四人帮'制造的现代迷信,坚决摆脱他们的所谓'句句是真理'这种宗教教义式的新蒙昧主义的束缚,把马列主义、毛泽东思想的普遍真理,同在中国实现社会主义现代化这个新的革命实践,紧密地结合起来。"[①]"思想解放"、"反封建"成为当时的核心词汇。与此同时,刚刚从"文革"的噩梦中惊醒的人们,纷纷祭起"五四"时期的两件法宝:科学与民主,并疾呼"五四"的目标没有达到,现在正是要奋力实现这个目标的时候了。有人表示:"必须采取恰当而有效的方式,彻底地清除一切封建思想残余及其影响,把六十年前就已经开始了的反封建思想革命进行到底。这样,我们的社会主义事业才能迅速地向前发展,这种发展才能得到巩固而不至于停顿和倒退。"[②]巴金也说过:"我们这一代人并没有完成反封建的任务,也没有完成实现民主的任务。一直到今天,我和人们接触,谈话,也看不出多少科学的精神,人们习惯了讲大话、讲空话、讲废话,只要长官点头,一切都没有问题。"[③]

《随想录》正是"五四之子"巴金在思想解放运动的背景下自我反思的产物,它是时代风潮与个人反思的共同结果。在这部书中,巴金对

---

① 周扬:《三次伟大的思想解放运动——在中国社会科学院召开的纪念五四运动六十周年学术讨论会上的报告》,中国社会科学院近代史所编《纪念五四运动六十周年学术讨论会论文集》第 9、11—12、15、16 页,中国社会科学出版社 1980 年版。

② 黎澍:《关于五四运动的几个问题》,中国社会科学院近代史所编《纪念五四运动六十周年学术讨论会论文集》第 277 页。

③ 巴金:《五四运动六十周年》,《巴金全集》第 16 卷第 227 页。

一九四九年自己走过的道路进行了深刻的反省，甚至对自己的一些行为、观点做出了完全否定性的评判。很显然，巴金自觉地在与一个曾经对他产生过重要影响的价值体系告别，同时，必然会有一个新的价值体系对他发挥作用，有了它的作用，他才会对过去的行为、看法有了不同于以往的评价，这种价值体系的转换甚至是与以往决裂，而非在以往的基础上自然延续[①]。当然，它并非凭空而来，促使新时期巴金对于既往经历做出深入反思的，除了思想解放运动大的精神背景解除了他的精神束缚，使之能够自由思考之外，更重要的一点是巴金的青春记忆的唤醒，使之自觉地回归到“五四”精神的价值体系之中，并由此产生一系列评判社会、估衡自我的价值标准。

有研究者曾经指出：“我们的大部分回忆都处在休眠状态，它们一旦碰到外因就被‘唤醒’。这时，回忆就突然变成有意识的了，它们会获得一种感性存在，还能被表述为话语并成为可支配的待用储备。此外还有许多不可及的回忆，它们都处于闭锁状态。它们的守门者叫做抑制或精神创伤。这类回忆也属于不可支配的和可支配的回忆。这类回忆太令人痛苦或太令人羞愧了，所以若没有外因的帮助，它们不能重新回到表层意识上来。”[②]在这里，首先强调的是“外因”唤醒机制，也就是说回忆并非完全是个人的事情，它在一定的沟通平台上才会被唤醒。正如哈布瓦赫在《论集体记忆》中一再强调：“人们通常正是在社会之中才获得了他们的记忆的。也正是在社会中，他们才能进行回忆、识别和对记忆加以定位。”“因为性情各异，生活环境不同，每个人的记忆能力彼此也都是不一样的。但

---

① 并非所有的知识分子都做出了决裂，臧克家与姚雪垠关于诗集《忆向阳》的争论，就反映了直到“文革”结束很久，臧克家的思想仍然运行在过去的轨道上。请参见本书第一篇有关臧克家相关论述文字。实际上，这里面涉及对于同一历史事件不同的个人记忆，以及个人记忆与集体记忆的情感性之间关系等诸多问题。但也可以看出，在 1976 年以后，姚雪垠等人已经开始用新的眼光来打量过去走过的道路，而此时乃至以后相当长的一段时间内，臧克家的思想坐标并没有发生变化。

② [德]阿莱达·阿斯曼：《回忆有多真实》，哈拉尔德·韦尔策编《社会记忆：历史、回忆、传承》第 57—58 页，李斌等译，北京大学出版社 2007 年版。

个体记忆仍然是群体记忆的一个部分或一个方面,这是因为,对于每个印象和事实而言,即使它明显只涉及一个特定的个体,但也留下了持久的记忆,让人们仔细思考它,也就是说,它与我们得自社会环境的思想联系在一起。事实上,如果人们不讲述他们过去的事情,也就无法对之进行思考。而一旦讲述了一些东西,也就意味着在同一个观念体系中把我们的观念和我们所属圈子的观点联系了起来。这意味着,要到发生在我们身上的事情当中,去体会各种事实的特殊含义,而社会思想无时无刻不在向我们提示着这些事实对之具有的意义和产生的影响。就是这样,集体记忆的框架把我们最私密的记忆都给彼此限定并约束住了。"①对于巴金而言,《随想录》写作时期(一九七八至一九八六年)唤醒他记忆的"外因"是很清楚的,一是"文革"的经历促动他与过去决裂,走上反思的道路;一是新时期思想解放运动鼓励他走出思想束缚,勇敢地续接自己的精神源泉。

当时曾经有人发出过这样一连串的疑问:

> 为什么忽然一天,宪法失去了效力,人身自由失去了保障?为什么"长官意志"具有高于法律条例的效力?为什么一封有力的介绍信比规章制度还灵妙?为什么官僚主义和特权思想那样严重?为什么宗教式的膜拜,忽然代替了出于对领袖的自然爱戴?为什么愚昧代替了科学与文化?为什么人们无权罢免一个不得人心的官吏?为什么习惯于"为尊者讳"、"为亲者讳"?为什么到处是土禁令和土政策?为什么"双百方针"不易贯彻?为什么把中外接触与文化交流看作危险?为什么血缘、宗法的东西还起作用?为什么梁山式的平均主义一度流行?为什么某些地区还出现买卖婚姻?如此等等,随处可见,更不必说一度出现的"上拥戴书"和"选妃"的特殊怪现象了。②

---

① [法]莫里斯·哈布瓦赫:《论集体记忆》第68—69、94页,毕然、郭金华译,上海人民出版社2002年版。

② 孙思白、韩凌轩:《"五四"以来反封建文化运动之史的考察》,中国社会科学院近代史所编《纪念"五四"运动六十周年学术讨论会论文集》第537—538页。

作者所提出的这些问题，在《随想录》中几乎都曾讨论过。比如对呼吁加强中外交流、反对新闭关主义有《多印几本西方文学名著》，批评长官意志的有《“长官意志”》、《小人·大人·长官》等，关于文艺方针和创作自由讨论的有《“毒草病”》、《“长官意志”》、《文学的作用》等，对于不良的社会风气的批判有《“结婚”》、《小骗子》、《再说骗子》等，批评对于领导人宗教式膜拜的有《一颗桃核的喜剧》……《随想录》所讨论的话题并不专属巴金，而是巴金加入到那个时代的大合唱中，比如关于电影《望乡》的讨论，关于“长官意志”的讨论，“歌德”与“缺德”的讨论，话剧《假如我是真的》及关于“小骗子”的争论，关于“赵丹遗言”的争论等等，都是当时的社会热点事件，巴金没有回避它们，但这也不是别人安排的表态文章，而是巴金主动要表达的个人独立思考，从写下《总序》起巴金就下定决心：“我准备写一本小书：《随想录》。我一篇一篇地写，一篇一篇地发表。这只是记录我随时随地的感想，既无系统，又不高明。但它们却不是四平八稳，无病呻吟，不痛不痒，人云亦云，说了等于不说的话，写了等于不写的文章。”[①]也就是说虽然讨论了许多公共的话题，但《随想录》中的个人性是毋庸置疑的。后来，巴金又清楚地表明：其实并非一切都出于偶然，这是独立思考的必然结果。五十年代我不会写《随想录》，六十年代我写不出它们。只有在经历了接连不断的大大小小政治运动之后，只有在被剥夺了人权在“牛棚”里住了十年之后，我才想起自己是一个“人”，我才明白我也应当像人一样用自己的脑子思考。真正用自己的脑子去想任何大小事情，一切事物、一切人在我眼前都改换了面貌，我有一种大梦初醒的感觉。

其次，就阿莱达·阿斯曼的表述而言，记忆被唤醒之后，“突然变成有意识的了，它们会获得一种感性存在，还能被表述为话语并成为可支配的待用储备。”巴金被唤醒的青春记忆中，“五四”的精神价值一直是起到了魂魄般的作用，它可能并没有太多地出现在字面中，但却无疑是一种标准、“话语”决定着他对于外在世界的看法。在新时期，巴金旗帜鲜明地宣

---

① 巴金：《〈随想录〉总序》，《巴金全集》第16卷第Ⅰ页。

称:“我是‘五四’运动的产儿,没有‘五四’运动就不会有我。”[①]这是一九四九年之后少有的身份自我确认,在随后纪念“五四”运动六十周年时,巴金再次对此做了确认:“我们是“五四”运动的产儿,是被“五四”运动的年轻英雄们所唤醒、所教育的一代人。他们的英雄事迹拨开了我们紧闭着的眼睛,让我们看见了新的天地。可以说,他们挽救了我们。”[②]与“五四”的这根精神纽带重新系结之后,巴金明确宣布要继承“五四”精神:“可是今天我仍然像在六十年前那样怀着强烈的感情反对封建专制的流毒,反对各种形式的包办婚姻,希望看到社会主义民主的实现。”[③]在此,巴金又拣起他惯用的武器“反封建”,这也是拨乱反正之时,为社会各方所接受的提法,当然,每个人都可以拿这个大瓶子装自己的酒。

巴金抓住“反封建”这一点,对各种社会现象做了批判,尤其是“文革”中形形色色的奇怪经历,他认为:“‘四人帮’之流贩卖的那批‘左’的货色全部展览出来,它们的确是封建专制的破烂货,除了商标,哪里有一点点革命的气味!”[④]他承认:“我们这一代人并没有完成反封建的任务”,因此要继续反封建、继续启蒙国民:这是“文革”带给知识分子的痛苦反思,在批评那些把长官的桃核当作恩赐的圣果一样保存起来的人时,巴金认为:“封建毒素并不是林彪和‘四人帮’带来的,也不曾让他们完全带走。……我四十八年前写了小说《家》。我后来自我批评说,我反封建反得不彻底。但是那些认为‘反封建’已经过时的人,难道就反得彻底吗?”[⑤]与海外的新儒家们把“文革”中的破坏力量与“五四”的反叛思维相连的思维方向不同,巴金等亲历过“文革”的人感受到的则是思想上的封建专制,在这样的思路下,他们不但正面评价“五四”,而且渴望需要“五四”这样的思想解放和启蒙运动来唤醒民众。这也是《随想录》写作的原动力。

---

① 巴金:《〈爝火集〉序》,《巴金全集》第15卷第474页。

② 巴金:《五四运动六十周年》,《巴金全集》第16卷第66页。

③ 同上书,第66页。

④ 同上书,第68页。

⑤ 巴金:《一颗桃核的喜剧》,《巴金全集》第16卷第52、53—54页。

第三，阿莱达·阿斯曼提到了“创伤记忆”，这也构成了《随想录》的重要部分，特别是关于“文革”的记忆，关于自己过去行为的忏悔等，巴金能够解除顾虑勇敢地讲出来同样需要“外因的帮助”，当然，这个“外因”也与“内因”达成了一致，那就是青春记忆复苏之后，巴金不仅获得了自我认识和审视的勇气，而且还有了追求一个独立的、完整的自我的行动，他要疗伤、排毒，要将这些创伤和脓血挤出来。由此，我们也不难看出，青春记忆的唤醒，甚至是不断地被唤醒在巴金《随想录》写作中的意义，而在他的青春记忆中也容纳了《随想录》写作所需要的各种精神资源。

二、《往事与随想》:反抗专制的精神导引

巴金曾明确宣称:“《随想录》是我翻译亚·赫尔岑的《往事与随想》时的副产品。”[①]《往事与随想》作为精神导引者在“文革”后期引导巴金走出个人苦难和苟且安身的心理，一步步走向了精神复苏、独立思考的道路。一九七三年七月上旬，在“文革”中，巴金漫长的审查总算有了不是结论的结论:“上星期一我们单位工宣队负责人找我谈过一次话，说是我的结论已经批下来，作人民内部矛盾处理，要我做点工作，问我有什么意见。我说身体不好，年纪大，只能在家里翻译一点东西。星期六(昨天)他要我参加机关学习，并在学习会上宣布我的问题解决，‘作人民内部矛盾处理，发生活费，做翻译工作’。下周起，我每星期只到机关去三个半天(学习时间在内)。”[②]此时的巴金不仅经受了“文革”中的各种身心的凌辱，干校的各种折磨，最重要的是一九七二年八月妻子萧珊去世后，他孑然一身，不再幻想等待谁来“恩赐”什么了，这反倒促动他对自身处境有了清醒的反思，由此，作为“人”的独立意志和思考已经开始恢复了，他不再那样唯唯诺诺

① 巴金:《〈随想录〉第一集后记》,《巴金全集》第16卷第140页。

② 巴金1973年7月15日致李致信,《巴金全集》第23卷第5页。

了，相反，对许多事情实际上已经有了自己非常坚定的看法，他说一旦与自己的结论见面，“当然如果叫我在文件上签字，我会实事求是地看待问题。此外我不会讲什么。现在已经是宣布后三个星期了，还没有什么变动。”①

“做翻译工作”让巴金终于有了一个个人的空间，这是难得的心灵逃避之所。他首先是将“文革”前开始做的《处女地》的修改工作做完。一九七三年十月起开始着手翻译赫尔岑《回忆录》②，他表示：“我希望能再活十年，准备把一部百万字的《回忆录》译完，译这部书，同时也在学习。”③翻译屠格涅夫、赫尔岑都不是组织上交代的任务，这两位作家的作品在当时也不受关注，它们在当时都出版无望。这一点在最初做的时候，巴金就很清楚：“能够花不到十年的时间译完它，留下一部誊正的手稿，送给国家图书馆，对少数想了解十九世纪前半叶欧洲和沙俄各方面情况的人也有一点用处。”④但翻译《往事与随想》，对巴金个人而言，可不是“有一点用处”，它让巴金在“文革”枯寂岁月中找到了情感寄托和对现实不满的发泄渠道。接触、喜爱赫尔岑作品的经历，也让巴金不能不回忆往昔岁月，久违了的青春时代的人、事以及自己宣传的信念又悄悄爬上他的心头。“《往事与随想》可以说是我的老师。我第一次读它是在一九二八年二月五日，那天我刚刚买到英国康·加尔纳特夫人（Mrs. C. Garnett）翻译的英文本。当时我的第一本小说《灭亡》还没有写成。我的经历虽然简单，但是我心里也有一团火，它也在燃烧。我有感情需要发泄，有爱憎需要倾吐；我也有血有泪，它们要通过纸笔化成一行、一段的文字。我不知不觉间受到了赫尔岑的影响。以后我几次翻译《往事与随想》的一些章节，都有这样一个意图：学习，学习作者怎样把感情化成文字。”⑤这部书

① 巴金 1973 年 8 月 5 日致李致信，《巴金全集》第 23 卷第 6 页。

② 见巴金 1973 年 10 月 4 日致王树基信，《巴金书简》第 12 页。

③ 巴金 1975 年 2 月 7 日致李致信，《巴金全集》第 23 卷第 14 页。

④ 巴金 1975 年 3 月 3 日致李致信，《巴金全集》第 23 卷第 15 页。

⑤ 巴金：《〈往事与随想〉译后记（一）》，《巴金译文全集》第 4 卷第 480 页。

是作者的个人经历与风云变幻的历史深入结合的结果，通过它能读出俄罗斯一代知识分子的心路历程，巴金说："作者是个文体家，文笔生动，内容丰富，全书好像是欧洲和俄罗斯十九世纪前半期政治和社会的编年史……"选择翻译这样的书，与其说是外界的需要，不如说完全是巴金个人的需要，他的主动选择也体现出独立自主意识在逐渐恢复。早在三十年代，巴金就翻译过这部书的部分章节[①]，巴金也曾对鲁迅说他要翻译全书，抗战中在孤岛里又译出一些章节，并以《一个家庭的戏剧》为名出版。巴金说赫尔岑是他的老师[②]，直到两鬓斑白的时候，这位老师还在激励着他。睹书忆往，这些经历都在唤醒和重聚巴金那个被打得粉碎的"自我"。赫尔岑带给巴金的最大和最为现实的影响恐怕在于对于专制的反抗，对于真理的坚持，也就是说一个人不管在怎样的境遇下都要敢于坚持自己的意见和维护人的尊严。这对于在"文革"中遭受百般凌辱企图以逆来顺受换得平安的巴金而言，是一种醍醐灌顶的冲击，是他个人独立恢复的重要精神启示。即便在写作《随想录》的过程中，巴金也经受各方压力，但此次他不像五十年代那样被人一骂就怕一吓就倒了，而是勇敢地坚持己见，应当说《往事与随想》输出给《随想录》的重要精神资源起到了不小的作用。

《往事与随想》让巴金的思绪从眼前的现实中暂时离开，而到另外一个国度和时间中寻求安慰和寄托，因此越翻译他就越不由自主地把十九世纪沙皇尼古拉统治下的一切与个人的处境联系起来，他觉得"四人帮"的丑行与沙皇简直如出一辙，当赫尔岑诅咒沙皇灭亡的时候，巴金也在诅咒"四人帮"的灭亡。赫尔岑是一个终生反抗沙皇专制，争取自由解放的人，在他的小说《克鲁波夫医生》中，他曾辛辣地讽刺专制主义统治着的城市："这座城市与众不同，完全是为体现长官的意志、维护长官的利益而存

---

① 《回忆二则》(包括《海》、《死》)，1936 年 3 月 16 日《译文》新 1 卷第 1 期，后收《一个家庭的戏剧》；后在 1939 年 11 月—1940 年 6 月上海出版的《文学集林》第 1、2、4、5 辑上还发表了《一个家庭的戏剧》(一至四)。1940 年 8 月结集《一个家庭的戏剧》由文化生活出版社出版。

② 在 1978 年 3 月 22 日致臧仲伦信上说："我写第一部小说时正在读这部书，从我的文笔上也看得出赫尔岑的影响。"见《巴金译文全集》第 4 卷第 555 页。

在的。城市的其他居民对待长官的指令只能俯首听从，商人和市民大概都是为了维持城市秩序才出现的，因为如果没有商人和市民就不可能组成城市。”[①]后来，流亡海外，创办《北极星》杂志向国内读者约稿时，他特别申明：“我们绝不发表那些为巩固俄国现行社会制度写的稿件。”[②]在《往事与随想》中，赫尔岑详细地叙述了自己和同时代人是怎样不屈不挠地反抗沙皇专制的。作者曾讲过两个故事，其中一个是亚历山大时的艺术院院长要提名阿拉克切叶夫为名誉院士，彼得堡艺术院的会议秘书拉勃津问：伯爵对艺术有什么贡献？院长无话可说，就答道：阿拉克切叶夫是“离皇上最近的人”。拉勃津便说：“要是这个理由站得住的话，我就推荐马车夫伊里亚·巴依科夫，他不单是离皇上近，他还坐在皇上前面。”后来拉勃津遭到了流放。另外一个故事是尼古拉做皇太子的时候，有一次操练，他忘乎所以，居然要抓一个军官的衣服。军官毫不客气地说：“殿下，我的佩刀在手里。”尼古拉没说什么，退了回去[③]。这样不畏权贵的故事激励着巴金，而赫尔岑终生反对专制的言行也给了巴金以力量。对于这一点，巴金早有认识，当年在法国的时候，他就曾写下：“赫尔岑在一八五一年致马志尼的信里叙述他自十三岁以来就献身于一个单纯的理想——尽力反对任何压制的力量，来谋个性之绝对的独立。这个单纯的理想就是他底学说之出发点。”[④]他后来表达过翻译此书带给他的启示：

> “四人帮”给粉碎以后，我在一九七七年五月发表的《一封信》里说：“我每天翻译几百字，我仿佛同赫尔岑一起在十九世纪俄罗斯的暗夜里行路，我像赫尔岑诅咒尼古拉一世的统治那样咒骂‘四人帮’的法西斯专政，我相信他们横行霸道的日子不会太久……”有人认为

---

① 赫尔岑：《克鲁波夫医生》，转引自 Л·Е·塔塔里诺娃《赫尔岑》第 56 页，陈志良、宋志明译，中国社会科学出版社 1989 年 8 月版。

② 转引自 Л·Е·塔塔里诺娃《赫尔岑》第 160 页。

③ 以上两个故事请见赫尔岑《往事与随想》，《巴金译文全集》第 4 卷第 84、85 页。

④ 巴金：《俄国社会运动史话》，《巴金全集》第 21 卷第 10 页。

拿尼古拉一世的统治来比“四害”横行的日子并不妥当，因为封建已在我国绝迹。我不想替自己辩解。反正书在这里，请某些人自己看看书中有没有他们的画像。我特别请读者注意皇位继承人扔在窗台上的一颗桃核，这难道只是一百四十年前的笑话吗？[①]

“一颗桃核”的故事，巴金后来专门写了篇“随想录”，在赫尔岑的回忆录中写的是俄国皇位继承人丢下的一颗桃核成为小城太太们追逐的对象，而巴金想到“文革”时期“中央”首长“恩赐”水果的故事，以及早请示、晚汇报表忠心的各种举动，巴金认为这都是封建旧货店里的旧货，同时他反省：“我们不能单怪林彪，单怪‘四人帮’，我们也得责备自己！我们自己‘吃’那一套封建货色，林彪和‘四人帮’贩卖它们才会生意兴隆。不然，怎么随便一纸‘勒令’就能使人家破人亡呢？不然怎么在某一个时期我们会一天几次高声‘敬祝’林彪和江青‘身体永远健康’呢？”“今天我们还必须大反封建。”[②]

赫尔岑的回忆录让巴金重续“五四”的呐喊，在《随想录》中，他特别强调：反对专制，反对长官意志；反对把个人的命运交到别人的手中，而要做一个有独立思考的人；他要恢复的是久在压制之下扭曲变形的自我。他抨击烧书，把什么都定为“封”、“资”、“修”愚昧人民的那一套做法是“希特勒复活了”，但书是禁不绝烧不完的，“人民群众才是最好的裁判员”[③]。他反对看长官脸色而写出的“遵命文学”[④]，他在反思“把‘长官意志’当作自己的意志，认为这样，既保险，又省事”能写出好的作品吗[⑤]？“我们这一代人并没有完成反封建的任务，也没有完成实现民主的任务。一直到今天，我和人们接触，谈话，也看不出多少科学的精神，人们习惯了讲大

① 巴金：《〈往事与随想〉译后记(一)》，《巴金译文全集》第4卷第482页。

② 巴金：《一颗桃核的喜剧》，《巴金全集》第16卷第52—53、54页。

③ 巴金：《多印几本西方文学名著》，《巴金全集》第16卷第574—575页。

④ 巴金：《“遵命文学”》，《巴金全集》第16卷第33页。

⑤ 巴金：《“长官意志”》，《巴金全集》第16卷第38页。

话、讲空话、讲废话，只要长官点头，一切都没有问题。”[①]后来，他还将这种反思由强调外在力量的粗暴压制而指向了个人的独立意识的缺失、精神意志的懦弱：“我常常想：倘使我自己不争气，是个扶不起的阿斗，事事都靠包青天、海青天，一个青天，两个青天，能解决多少问题呢？”“相信好人也罢，相信长官也罢，二者其实是一样。总之，把自己的命运交给别人，甚至交给某一个两个人，自己一点也不动脑筋，只是相信别人，那太危险了。”[②]后来，他开始批判自己身上的“奴隶意识”：“没有自己的思想，不用自己的脑子思考，别人举手我也举手，别人讲什么我也讲什么，而且做得高高兴兴，——这不是‘奴在心者’吗？”十年一梦，终于让他清醒地看到做一个独立的个人的重要性：“虽然我十分衰老，可是我还能用自己的思想思考。我还能说自己的话，写自己的文章。我不再是‘奴在心者’，也不再是‘奴在身者’。我是我自己。我回到我自己身上了。”[③]

在这些表述中，让我们感受到了“五四”精神的回响。在那篇著名的《敬告青年》中，陈独秀所说的第一条就是“自主的而非奴隶的”，他说：“解放云者，脱离夫奴隶之羁绊，以完全自主自由之人格之谓也。……盖自认为独立自主之人格以上，一切操行，一切权利，一切信仰，唯有听命各自固有之智能，断无盲从隶属他人之理。非然者，忠孝节义，奴隶之道德也；……”[④]高一涵在讨论“国”与“民”的关系时，认为：“……就是国家待人民，要看作能自立、自动，具有人格的大人；万不要看作奴隶，看作俘虏，看作赤子，看作没有人格的小人。共和国的总统是公仆，不是‘民之父母’；共和国的人民，是要当作主人待遇，不能当作‘儿子’待遇，不能当作‘奴虏’待遇的。”[⑤]这些言论在学理上早已成为常识，过了一个甲子，巴金

---

① 巴金：《五四运动六十周年》，《巴金全集》第16卷第68页。

② 巴金：《小人·大人·长官》，《巴金全集》第16卷第71、72页。

③ 巴金：《十年一梦》，《巴金全集》第16卷第324、328页。

④ 陈独秀：《敬告青年》，《陈独秀著作选》第1卷第130—131页，上海人民出版社1984年版。

⑤ 高一涵：《非“君师主义”》，原刊《新青年》第5卷第6号，此据丁守和主编《中国近代启蒙思潮》中卷第26页，社会科学文献出版社1999年版。

的重复和絮叨实在让一些学者觉得没有"创新性",但没有办法,"现实使然",巴金不能瞪着眼睛对现实问题视而不见一味去"创新",因为他再次重复这样的话时,那是付出了血的代价的[①],因此,如果说悲哀,那也绝不是巴金个人的悲哀。

三、怀念亲友:"五四"精神氛围的重现

文人圈子有非常特殊的文化生态,它一般自然形成,没有什么固定的组织,处于同一个圈子中的人大体有着共同的精神、趣味或喜好,但相互间又绝不能混同和替代,它不是政治党派,有纲领、组织和统一的声音,文人圈子中的人甚至个性差异很大,他们能聚在一起常常不过脾气相投而已。但这种自然的组合也能够创造出一种很有特点的文化氛围,使得他们区别于人,也无形中丰富了一个时代的文化生态。处于同一个小圈子中的文人,声息相通,互相砥砺,精神上相互支撑,心灵上相互援助,往往让个体的生命找到一份"集体"的依托。这样的例子可以举出很多,比如《新青年》同人圈子、三十年代的京派文人圈子、新月社等等,在国外有声名远播的布卢姆斯伯里文人圈。有人这样介绍这个圈子:

> 大约一九〇五年左右,即在萧已经写了从《鳏夫的房产》到《巴巴娜少校》等十几个剧本、新戏剧已经发展成为一股力量的时候,伦敦

---

① 马克思在《路易·波拿巴的雾月十八日》中曾写下那段著名的话:"黑格尔在某个地方说过,一切伟大的世界历史事变和人物,可以说都出现两次。他忘记补充一点:第一次是作为悲剧出现,第二次是作为笑剧出现。"他还说英国资产阶级革命等,"使死人复生是为了赞美新的斗争,而不是为了勉强模仿旧的斗争;是为了提高想象中的某一任务的意义,而不是为了回避在现实中解决这个任务;是为了再度找到革命的精神,而不是为了让革命的幽灵重行游荡起来。"(《马克思恩格斯选集》第1卷第603、605页,人民出版社1972年版)这话参照新时期思想解放运动的情况似大可玩味。

> 英国博物馆附近布卢姆斯伯里街上一座房子里常有一批高层知识分子在谈艺论文。屋子的主人是思想史家莱斯利·斯蒂芬的一对女儿,姐姐是画家,妹妹是小说家兼文评家即后来出名的弗琴尼亚·吴尔夫,座上客中有经济学家凯恩斯,传记作家斯屈奇,小说家E. M. 福斯特,艺术史家罗杰·弗赖,艺术评论家克赖夫·贝尔,社会学家莱昂纳特·吴尔夫,等等,全与剑桥大学有点关系,全奉行剑桥哲学家G. E. 摩尔所说的:"最有价值的东西是人的交往的乐趣和对美的东西的享受。……这两者形成社会进步的合理的最终目的。"
>
> ……
>
> 这些人全有才,不少在本门业务里达到极高造诣,合起来代表英国资产阶级知识界在二十世纪初期的最高文明层。①

他们在大时代中营造了自己的小天地并助长着各自的趣味。孙郁曾说新月社:"《新月》的主力作者是梁实秋、徐志摩、胡适、闻一多、沈从文。每个人的个性不一,审美视角亦有差别,而在心绪的背后,有一个相近的背景,那就是远离血色与杀声,静静地沉浸在唯美的世界里。倘若在一个和平的年月,类似的杂志并不稀奇。而不幸恰逢乱世,在血雨腥风中,柔柔地躺在象牙塔里吟风弄月,自然引起读者不同的印象。"②巴金的朋友们也有一个小圈子,从巴金而言,这个小圈子最初是从有共同信仰的知识青年而形成,后来扩大到以《文学季刊》等刊物和文化生活出版社的作者群为主的新文学作家的群体,这个圈子经常在一起的人大概有巴金、靳以、黎烈文、黄源、师陀、萧乾、曹禺、丽尼、陆蠡等人。他们不论出于何种信仰,都是经过"五四"精神洗礼的一代人,"五四"精神是把他们聚合在一起的一个大平台。

---

① 王佐良:《英国散文的流变》第217—218页,商务印书馆1994年版。

② 孙郁:《月下诗魂》,《在民国》第170页,浙江人民出版社2008年版。

萧乾在一篇文章中曾经这样回忆：

那是很热闹的两年(指一九三六、一九三七年——引者)：孟十还编着《作家》，靳以先后编着《文季》和《文丛》，黎烈文编的是《中流》，《译文》则由黄源在编。我们时常在大东茶室聚会，因为那里既可以畅谈，又能解决吃喝。有时芦焚、索非、马宗融和罗淑也来参加。我们谈论各个刊物的问题，还交换着稿件。鲁迅先生直接(如对《译文》)或间接地给这些刊物以支持。当时在处理许多问题上，我们几个人都是不谋而合的，例如我们的刊物都敞开大门，但又绝不让南京的王平陵之流伸进腿来。[①]

黄裳也曾描述过抗战后巴金的家：

一九四六年后，他定居上海卢湾区的淮海坊五十九号。这时我已成为他家的常客。因工作忙碌，我不常回家吃饭，经常在他家晚餐，几如家人。饭后聊天，往往至夜深。女主人萧珊好客，五十九号简直成了一处沙龙。文艺界的朋友络绎不断，在他家可以遇到五湖四海不同流派、不同地域的作家，作为小字辈，我认识了不少前辈作家。所谓“小字辈”，是指萧珊西南联大的一群同学，如穆旦、汪曾祺、刘北汜等。巴金工作忙，总躲在三楼卧室里译作，只在饭时才由萧珊叫他下来。我们当面都称他为“李先生”或“巴先生”，背后则叫他“老巴”。“小字辈”们有时请萧珊出去看电影、坐DD'S，靳以就说我们是萧珊的卫星。[②]

---

① 萧乾：《挚友、益友和畏友巴金》，《萧乾文集》第4卷第254页，浙江文艺出版社1999年版。

② 黄裳：《伤逝——怀念巴金》，上海巴金文学研究会编《巴金先生纪念集》第180页，香港文汇出版社2008年版。

朋友们在一起还有过协作完成的文化计划，巴金、丽尼和陆蠡三人在一九三六年春天[①]游览西湖的时候约定翻译屠格涅夫的六大长篇，每人两部，这套译本可以说是影响最大的一套屠氏作品的中译本。巴金在晚年还深情地说："屠格涅夫的长篇小说还在我的手边，它们还在叙说三个知识分子的友情。我想念远去了的亡友，这友情永远不会消失。"[②]经历过"文革"之后，旧朋云散尽，但回忆却难以磨灭。实际上，在"文革"后期，巴金就曾怀念上世纪三十年代朋友们风华正茂、才华大展的岁月，以及他们倾心交谈的时光。他给黄源的信中说："你这次来沪，相聚的时间并不多。路远，车挤，还有上了年纪，热情衰减，要是在三十年代，路再远，一天还要跑几次。但究竟晤谈了好几次，使我又想起在鲁迅先生周围的那些日子。我们当时的那种热情，多么值得怀念！"[③]经历过浩劫，物是人非，再想起朋友们在一起的气氛，自然有很多情感因素渗入其中，但新时期巴金回忆起老朋友，似乎并不是仅仅为了私人友谊，他甚至有意在为知识分子画像，在替多年来被骂为"臭老九"的这些人诉说。巴金说："不管怎样，历史总是篡改不了的。我得为我们那一代青年说一句公道话。不论他们出身如何，我们那一代青年所追求的是整个国家、民族的出路，不是个人的出路。"[④]这样，许多老朋友身上的闪光之处泛化成中国现代知识分子

---

① 巴金在《巴金译文全集》第二卷代跋中说："上海文化生活出版社成立后一年，一九三七年四月我们几个从事编辑工作的朋友约好游览西湖。"遂决定翻译屠氏作品。（见《巴金译文全集》第 2 卷第 539 页）但这话在时间上有矛盾：上海文化生活出版社于 1935 年成立，"成立后一年"应当是 1936 年；另外，从文生社屠氏书出版的时间可知此事不应在 1937 年。丽尼致英子的信件证明了此事发生在 1936 年，而且不是 4 月是 3 月。1936 年 3 月 17 日丽尼致英子的信："春游刚回……杭州印象还好，我们去了三天，……"7 月 21 日："我近日正忙着译一本屠格涅夫底书。……现已译完五万字，约合全书三分之一。"9 月 15 日："《贵族之家》已经译完了，现已付印。大约，二个月以后总可以出版。""不过，这回的复译，大家都很慎重，所以进行得很慢，大约到明年才能出齐的。"见王坦、王行编《英子文友书简》第 108—112 页，安徽人民出版社 2005 年版。

② 巴金：《巴金译文全集》第三卷代跋，《巴金译文全集》第 4 卷第 541 页。

③ 巴金 1975 年 9 月 14 日致黄源信，秋石、黄明明编《我们都是鲁迅的学生——巴金与黄源通信集》第 86 页，文汇出版社 2004 年版。

④ 巴金：《五四运动六十周年》，《巴金全集》第 16 卷第 67 页。

的可贵品质，也让巴金与他们这代人的精神传统联系起来，并对此有了深刻的体会和新的理解。

巴金在很多美丽的心灵中看到了鼓舞他的力量源泉，“它应该是爱，是火，是希望，是一切积极的东西罢。许多许多人活下来坚持下去，就是靠了这个。许多许多人没有活到今天，但是他们把爱、把火、把希望留给了我们，而且通过我们留给后代。”[①]

巴金从他可敬的朋友身上汲取了力量，也接续了中国知识分子的传统，他不再像“文革”中那样认为知识是罪恶，不再以做一个传达室的师傅为荣了，而是对中国知识分子的品格和社会价值予以确认。比如，谈到黎烈文的“埋头写作，不求闻达，‘不多取一分不属于自己的东西’……”[②]谈到方令孺的“正直、善良”[③]，谈到马宗融，他看到了：“这是他的本色，他常说，为了维护真理，顾不得个人的安危！”[④]谈到教育家匡互生，他说：“……我忘不了他那为公忘私的精神。我把他当作照亮我前进道路的一盏灯。”[⑤]谈到早年有共同信仰的朋友叶非英，他认为叶的一生是“只有付出、没有收入的一生”[⑥]……巴金还在一批朋友身上看到了“一种独特的光芒”：

> 我知道以群的死是在他逝世后的一周，知道老舍的“玉碎”却是在他自杀后的一段长时期，知道傅雷的绝笔则是在他辞世后的若干年了。通过十几年后的“傅雷家书墨迹展”，我才看到中国知识分子的正直、善良的心灵，找到了真正的我们的文化传统。“士可杀，不可辱！”今天读傅雷的遗书我还感到一股显示出人的尊严的正气。我常用正直、善良的形容词称赞我的一些朋友，它们差不多成了我的口头禅，但是用在每一位亡友的身上，它们放射出一种独特的光芒。[⑦]

---

① 巴金：《〈小街〉》，《巴金全集》第16卷第370页。

② 巴金：《怀念烈文》，《巴金全集》第16卷第204页。

③ 巴金：《怀念方令孺大姐》，《巴金全集》第16卷第306页。

④ 巴金：《怀念马宗融大哥》，《巴金全集》第16卷第359、359、363页。

⑤ 巴金：《怀念一位教育家》，《巴金全集》第16卷第495页。

⑥ 巴金：《怀念叶非英兄》，《巴金全集》第16卷第719页。

⑦ 巴金：《二十年前》，《巴金全集》第16卷第697—698页。

这种独特的光芒激发着他捍卫人的尊严和心灵的自由，也敢于为一些朋友受到不公平的待遇而伸张正义。在谈到《创作回忆录》时，巴金说：“我写这小书倒是替几位朋友雪冤，洗掉污泥浊水，让那些清白的名字重见天日。我下笔的时候总觉得有一种力量在推动我，我要完成任务，而且我完成了任务，这小书起了作用。”[①]在《怀念老舍同志》一文中，他就发出了强烈的质问，并呼吁：“请多一点关心他们吧，请多一点爱他们吧。不要挨到太迟了的时候。”[②]在另外一篇随想中，他强调知识分子的独立性：

> 知识分子也是新中国的公民，把他们当做平等的公民看待，这才是公平合理。国家属于全体公民，有知识或者没有知识，同样有一份义务和一份权利，谁也不能把别人当做待价而沽的货物，谁也不是命运给捏在别人手里的奴隶。……用恩赐的优惠待遇也收买不了人心。我们说肝胆相照，应该是互相尊重，平等相待。[③]

通过对于一个时期社会上加在这些朋友身上不实之词的否定，巴金又营造出对友人和往昔岁月的亲切氛围，从而使自己的思维从多年来被束缚的简单状态中解放出来。巴金在《随想录》中一连写下几篇说“探索”文章，也在多篇文章中谈到“思想复杂”的问题，都是在做解昧的工作。他不断地以自己朋友的经历在提醒人们注意历史的复杂性。有这样的思维才能看到更多闪光的东西，比如同样跟他信仰过安那其，冲破旧的婚姻束缚，大胆地追求爱的翻译家、散文家丽尼；比如曾经被污为“反动文人”的黎烈文，这些人都谈不上革命，凭以往的标准来看他们恐怕只能“批判”，但巴金却毫不吝惜地谈到了他们勤奋、善良、清白的知识分子品质。巴金的这些谈论在当时的社会背景下非常有震动性。一九七八年四月在与上海师范大学中文系鲁迅著作注释组谈话的时候，他就曾谈到过黎烈文：“黎烈文在抗战胜利以后去台湾，先担任一家报纸的编辑，因与老板意见

---

① 巴金：《致树基（代跋）》，《巴金全集》第20卷第709页。

② 巴金：《怀念老舍同志》，《巴金全集》第16卷第157、159—160页。

③ 巴金：《再说知识分子》，《巴金全集》第16卷第637—640页。

不合而去职，后来一直在台北大学任教。……我一九四七年去台湾时见过他，他在那里生活并不好。以前有些注释本说他是'反动文人'、'解放前夕逃往台湾'，与事实不符。他已在前几年去世了。"[①]两年后巴金写出那篇情真意切的《怀念烈文》。但就是他那么简单的谈话记录被楼适夷看到后，还写信表示了不同意："照我看这情形，官气十分，已无过去印象，或者称做反动文人，也够资格了。当然以后的情形我也并无所闻。"[②]与黎烈文有过交往的朋友尚且如此认为，何况那些在阶级斗争年代里教育出来的年轻人，可见要恢复对一个人的公正认识并非易事。在自身难保的日子里，巴金有口难言，但在粉碎"四人帮"之后，巴金反思自己几十年走过的道路，为不能替朋友抹去身上的污水而深深地自责，因此也不管是否不合时宜，他开始"为故友的亡灵雪(辩)枉的冤"[③]。巴金是借助鲁迅著作注释、年谱编撰和文艺界重提"两个口号"论争等问题表达自己的看法的，这一时期，巴金至少有三次涉及黎烈文[④]。巴金在《怀念烈文》一文的手稿中曾经直接谈到了对楼适夷信的不同意见，他强调了黎烈文并无"官

---

① 巴金：《谈〈中国文艺工作者宣言〉起草经过及其他》，《巴金全集》第19卷第490页。

② 楼适夷1977年9月15日致巴金信，上海巴金文学研究会编《写给巴金》第100页，大象出版社2008年版。

③ 《怀念烈文》中手稿被删除的文字，见巴金：《怀念烈文》手稿，《随想录》手稿本第二集《探索集》第57页，上海文化出版社1998年版。

④ 一次是1977年6月20日，日记中记道："陈鸣树同'鲁研室'五位同志来，谈了不到两个小时，他们先走。"(《巴金全集》第26卷第133页)7月18日："复鲁研室信(退回记录稿)。"这份谈话记录稿笔者未能查到，但很可能就是下文中楼适夷看的一份。差不多同时期，6月29日："写了《关于中国文艺工作者宣言》的通信。"30日："八点上楼抄改补充《关于中国文艺工作者宣言》的通信。"这篇题为《关于〈中国文艺工作者宣言〉及其他》的短文发表在1981年5月天津人民出版社出版的《鲁迅研究资料(8)》上，谈到了黎烈文参与起草《宣言》的经过，但对黎本人没有评述。第三次是1978年4月29日，"上午师大黄成周、陈子善来谈鲁迅书信注释事，坐了大半个小时。"5月3日："师大鲁著注释组来信。寄还师大鲁著注释组的记录稿。"(《巴金全集》第26卷第237、238页)这次谈话，巴金直接替黎鸣不平，当年的访谈者之一陈子善对此也印象深刻："当时给我印象最深的一点，是他为好友黎烈文辩诬，严肃指出把因私人原因而去台湾大学执教的黎烈文说成是投靠国民党的'反动文人'，完全是污蔑不实之词。"(陈子善《四见文学巨匠》，《素描》第4页，山东画报出版社2007年版)这次谈话后来发表出来，见巴金《谈〈中国文艺工作者宣言〉起草经过及其他》，《巴金全集》第19卷第490页。

气”,不过是不求闻达的书生。他明确表示:“这份材料后来让一位朋友看见了,他写信告诉(给)我说他不同意我的看法,他坚持说黎是‘反动文人’。他并不曾举出可以说服我的理由。”“但是那位朋友并没有被我说服,其实即使他相信了我的话(给说服了),他的话也起不了作用,那个时候他还处在无职无权的状态。”①

在这篇深情地怀念黎烈文的文章最后,巴金曾说:“现在不是我替他雪冤、倒是我们向他学习的时候了。”②回顾《随想录》创作过程时,巴金说:“我不曾中途搁笔,因为我一直得到读者热情的鼓励,我的朋友也不是个个‘明哲保身’,更多的人给我送来同情和支持。我永远忘不了他们来信中那些像火、像灯一样的句子。”③我想除了那些健在的朋友给他鼓励之外,那些他所怀念的友人们也默默给了他力量,这种精神支持让他履行自己的历史使命,这一个个朋友的“相聚”,又让巴金感受到了意气风发的当年,在那种精神氛围中犹如鱼儿游进了水中,让他自由、畅快。

四、创作回忆:恢复自己的本来面目

《随想录》和同时期写作的《创作回忆录》中,巴金多次回顾自己的创作和思想发展历程,他的回忆显然不是漫无边际、毫无目的的,熟知一九五八年“拔白旗”运动中“巴金作品讨论”和“文革”中对巴金及其作品各式批判的人一定会看出,这是相隔二十多年后,巴金对这些批判的回答,当年他没有机会或者即使有机会也不能畅所欲言,而今他不再沉默。为自己辩诬,也不是巴金的最终目的,更重要的是巴金以此不断地恢复自我,恢复自己的本来面目。敢于肯定自我,也就能勇敢地直面自我,解剖自我,这是《随想录》写作中的一个重要的精神资源,在《随想录》中,巴金

---

① 《怀念烈文》中手稿被删除的文字,见巴金:《怀念烈文》手稿,《随想录》手稿本第二集《探索集》第58页。

② 同上书,第64页。

③ 巴金:《〈随想录〉合订本新记》,《巴金全集》第16卷第Ⅹ页。

不断地究诘自己是怎么变成现在的样子,呼吁"讲真话"、"保持自己的本来面目"。

巴金为受到外在压力而不敢为自己的作品辩护而感到羞耻:"一个作家不敢爱护自己的作品,无怪乎他要遭受任何人的践踏了。"而经历过自我否定之后,他终于看清了自己:"今天重读这篇小说,我还不能无动于衷。在轰炸中度过的那无数的日子,在我的作品里给保留下来了。我珍惜它们,我为自己写过这样的作品而自豪。"回忆年轻时创作情形,他压抑不住内心的激动:"今天翻看四十年代的旧作,我仿佛又坐在小小的竹书桌前不停地动着笔。我多么希望我能够回到那样的年纪,我多么希望我能够写一部像《人到中年》那样的小说。……它使我想到我的中年,使我想到我写小人小事的那个时期。"①这种激情隔着时间传递过来,为巴金新时期的创作注入了力量和信心。

正是基于一种自信和清醒的自我认识,使巴金能够坦然面对一些过去回避的问题。《爱情的三部曲》因为写到了一群从事无政府主义活动的朋友的事情,一直遭到粗暴的批判,批评者以简单的政治结论代替艺术分析,把思想信仰等同于作品本身②,对此,巴金有口难言,特别是面对着他曾经信仰过的无政府主义更是解释不清,因此,他只有选择沉默。虽然在写《创作回忆录》的时候,他仍然没有直接谈这部作品,可是借谈《砂丁》的素材来源时,他谈到了《爱情的三部曲》中的原型人物"黄子方"(小说中名为高志元)时提到朋友对他的信任,还提到了能够把他们的信仰联系起来的黄赠给他的《克鲁泡特金自传》,巴金直言自己当时得到它"喜悦的心

---

① 巴金:《关于〈还魂草〉》,《巴金全集》第20卷第656,657,659—700页。

② 如1959年《文学知识》编辑所总结的《讨论巴金作品所取得的一致意见》认为:"《爱情三部曲》有较大的缺点。当巴金的笔触离开'家'的大门,让他的青年走向革命社会,走向革命的时候,他既无生活体验,而那种朦胧的民主主义思想,又无法为他提供'理想',于是他创造了一群自己十分热爱、同情的,却对革命没有好处的'革命者',而他们身上又表现了错误的,无政府主义的思想倾向。《爱情三部曲》中的人物是一群个人主义的反抗者,他们决不会成功;他们可能反映了当时一部分青年的真实情况,但这部分青年的思想情绪显然是不健康的,他们的'革命'显然是不正确的。"(《文学知识》编辑部:《本刊讨论巴金作品讨论概况和我们的几点意见》,《文学知识》1959年第4期)

情”，并颇为伤感地说自己“失去了一位朋友”[①]。这样坦然地谈论过去的事情，说明无政府主义不再成为他讳莫如深的思想包袱[②]。这些表白似乎也在回答当年这样的批评：“巴金笔下的‘革命者’，是一群极端个人主义者，他们的信仰，不过是无政府主义式的空想，他们如浮萍一样，没有植根于群众的‘泥土’中。他们极端脆弱，情绪极端不正常——忽而狂热地拼命，忽而又悲观绝望，时常想到毁灭。……他们虚掷生命、克制爱情，目的是换取小资产阶级优越感的满足。在这样做的时候，他们又止不住流下委屈、自怜的眼泪。在他们中间还有些人出于同样的绝望情绪，走向了另一个极端——道德的沦丧、堕落。……他们拼命的吸烟、喝酒，寻求异性刺激以安慰他们那空虚的灵魂。”[③]用这样的说法来概括巴金笔下的人物，甚至他的朋友们几乎等于污蔑，后来巴金强调他们身上“发光的东西”正是对此的回应[④]。

---

① 巴金：《谈〈砂丁〉》，《巴金全集》第 20 卷第 665 页。

② 1987 年 12 月 18 日巴金在为收录《爱情的三部曲》的这卷《全集》写代跋的时候，正面谈到了他笔下这些人物：“我所写的只是有理想的人，不是革命者。他们并不空谈理想，不用理想打扮自己，也不把理想强加给别人。他们忠于理想，不停止地追求理想，忠诚地、不声不响地生活下去，追求下去。他们身上始终保留着那个发光的东西，它就是——不为自己。”（《巴金全集》第六卷代跋，《巴金全集》第 6 卷第 480 页）这可以看作对于指责作品所写的人物不真实还有其他指责的一个总的回应，在以后的日子里，他在多处文字中客观地谈到自己早年的信仰。

③ 韩文敏：《巴金的思想和创作》，吉林大学中文系编《文学论文集》第一集，吉林人民出版社 1959 年版。此据山东师范学院中文系编《巴金研究资料汇编》[内部资料]第 28 页。

④ 整个社会长期处于简单的政治思维下，使得巴金充分意识到他很难讲清楚当年的信仰和当年的朋友们的所作所为，因此只好选择沉默，但沉默并不等于没有态度和看法，比如 1980 年的一封信中说：“我前期的作品中，无政府主义的影响较深，但这‘无政府主义’与今天的‘无政府思潮’不同，很难讲清楚，我看用不着在这方面纠缠。还有一点，自始至终我是个爱国主义者，这又是和无政府主义相矛盾的。”（巴金 1980 年 3 月 8 日致张慧珠信，《巴金全集》第 23 卷第 264 页。）在私下谈话中，他也有过态度：那是在 1980 年的秋天，……我记得那天谈话时也谈到了无政府主义的问题，当我表示对时下把无政府主义当做“文革”时期“打砸抢”来理解的不满时，巴金先生有点激愤地说：“这别去管它，他们要批判一个对象时总是要把无政府主义拖去‘陪绑’的。这个问题以后再说吧，现在说不清楚。”我当时很注意巴金对这个问题的态度，所以连他说那段话时挥着手的动作，还记得很清楚。后来我多次与巴金先生谈到无政府主义时，他始终是表示这个态度：有些问题还是让历史去做结论吧，现在说不清楚。（陈思和：《巴金的意义》，《解读巴金》第 3 页，春风文艺出版社 2002 年版。）

在当年的批判中,"人类爱"的思想作为巴金没有阶级观、立场不坚定的小资产阶级思想而备受指责,如姚文元认为《家》"反封建不彻底性"在于"为'家'敲丧钟的同时又唱起了哀悼的悲凉的挽歌",他认为作者同情"彻头彻尾的反动人物"高老太爷,特别是在其临死的时候,觉慧"把血缘的感情放在阶级感情之上"竟然在高老太爷面前落泪;其次是"作者对觉新抱有很深的怜惜,没有勇气和他作坚决的斗争和彻底的批判"[①]。也有论者说:"作品对于觉新的地主阶级的立场和他作为封建刽子手的帮凶的实质,也没有给以深刻揭示。巴金借觉慧、觉民的口对他进行的温和的责备,是极其无力的,这种责备更多的是出自'由爱而恨'的'手足之情'。此外,在巴金的这些作品中还高唱着'为人类'、'人类爱'……这些人性论,不要忘记,这些作品是产生在激烈的阶级斗争的年代呵!"[②]还有人评论《火》,"从田惠世的形象看超阶级的人道主义和抽象的爱",认为:"在阶级社会里,真正抽象的笼统的'泛爱'是没有的","而所谓'忍耐'、'爱',是逃避现实、否认阶级斗争的表现,是要人们默默无声的承担一切苦难,这是多么虚伪的资产阶级人道主义啊!"[③]对于自己思想来源,对于作品人物的复杂性,巴金此时已经能够客观地做出说明和回答。如巴金承认自己的"人类爱"的思想是受了爱罗先珂的影响:"我说我喜欢他的童话,受过他的影响。现在回想起来,我的'人类爱'的思想一半、甚至大半都是从他那里来的。我的四篇童话中至少有三篇是在爱罗先珂的影响下面写出来的。"[④]对于在他的思想中占有重要位置的人道主义,他也不再回避。在谈《第四病室》的文章中,他回忆了当年在贵阳医院的生活和"文革"中看

---

① 姚文元:《论巴金小说〈家〉在历史上的积极作用和它的消极作用》,《中国青年》1958 年第 22 期。

② 韩文敏:《巴金的思想和创作》,吉林大学中文系编《文学论文集》第一集,吉林人民出版社 1959 年版。此据山东师范学院中文系编《巴金研究资料汇编》[内部资料]第 29 页。

③ 北京师范大学中文系巴金创作研究小组:《谈〈火〉》,《巴金创作评论》第 93、94、96 页,人民文学出版社 1958 年版。

④ 巴金:《关于〈长生塔〉》,《巴金全集》第 20 卷第 584 页。

病的可怕记忆，他在呼唤出现一位像小说中杨大夫那样的善良，有人性的大夫，也在呼唤基本的人道主义和更高一个层次的人类相爱："我希望医生把病人当朋友，'四人帮'之流却把病人当敌人，在医院里实行'群众专政'。"[①]写下这篇文章是一九七九年三月，当年五月他访法回国路过北京时，在朋友的小型聚会上提出"讲一点人道主义也有好处"，立即遭到在座的林默涵的反驳："资产阶级也不讲人道主义，他们虐待黑人。"[②]直到一九八四年底借邓朴方的讲话，巴金才又理直气壮地写了一篇《人道主义》。回忆起"文革"中经历的种种非人道、兽道恶行，巴金疾呼："人兽转化的道路必须堵死。"[③]直面自我，运行在自己的思想轨道上，对于那些简单、教条地看待作品中的人物的丰富性，巴金也提出反驳：

> 我写《家》，我写了觉新的软弱和他的种种缺点，他对封建家庭存着幻想，他习惯了用屈服和忍让换取表面的和平……我也写了他的善良的心。这是一个真实的人。他是封建社会的牺牲品，为什么不值得我的同情？我同情他的不幸的遭遇，却并没有把他写成读者学习的榜样。……高老太爷并不是魔王，觉慧也不是伟大的革命家。我并不脸红，我自己当时就是这样，我跟着大家跪在祖父的床前。在我的眼里他只是一个病故的老人，我那时只有十五岁。觉慧至多也不过大一两岁，他一直生活在那样的家庭里，难道他身上就没有一点封建的流毒？有。而且他有不少的缺点。他当时明白的事情也不多。他梦想革命，他不满意封建社会，但是他并不懂"为革命吃饭"等等的大道理，也不会跟他的祖父"划清界限"。至于高老太爷，据我那

---

① 巴金：《关于〈第四病室〉》，《巴金全集》第 20 卷第 596 页。

② 巴金：《人道主义》，《巴金全集》第 16 卷第 590 页。当时有人撰文说，一提到"人道主义"，好多人不赞成，他们举出的理由是：人道主义是资产阶级的意识形态；讲的是抽象的人；早已被马克思批判过并加以抛弃了。（见《为人道主义辩护》第 217 页，生活·读书·新知三联书店 1986 年版）

③ 同上书，第 593 页。

时的观察和后来的回忆、分析，他临死很有可能感到幻灭、泄气，他在精神上崩溃了，他垮了。有人责备我“美化”了高老太爷，说这是我的“败笔”。其实我的小说中处处都是这样的败笔，因为我的那些人物都是从生活里来的，不是从书本上来的。……

今天我比任何时候都更清楚：人的确是十分复杂的，他的头脑并不像评论家所想象的那样简单。在我非常敬佩的某些人身上我也发现过正在斗争着的矛盾。即使在他们身上，也不是每个细胞都是大公无私的，私的东西偶尔也会占了上风。这是合乎情理的。与其事后批评他们，不如事先提醒他们。对好人也不应当一味迷信。①

对于文学的作用、功能、社会效果等等问题，巴金也终于做出了自己的思考。他认为：

文学有宣传的作用，但宣传不能代替文学；文学有教育的作用，但教育不能代替文学。文学作品能产生潜移默化、塑造灵魂的效果，当然也会做出腐蚀心灵的坏事，但这二者都离不开读者的生活经历和他们所受的教育。经历、环境、教育等等都是读者身上、心上的积累，它们能抵抗作品的影响，也能充当开门揖“盗”的内应。读者对每一本书 都是“各取所需”。塑造灵魂也好，腐蚀心灵也好，都不是一本书就办得到的。只有日积月累、不断接触，才能在不知不觉间受到影响，发生变化。②

以往对于这种指责：没有给读者指明道路，作品消极作用等等，作者似乎只有忍气吞声的份儿，而此时巴金完全否定了这些，并说：“我有这样一个印象：评论家和中国文学研究者常常丢不开一些框框，而且喜欢拿这

① 巴金：《观察人》，《巴金全集》第16卷第122页。

② 巴金：《文学的作用》，《巴金全集》第16卷第40页。

些框框来套他们正要研究、分析的作品。靠着框框他们容易得出结论，不过这结论跟别人的作品是不相干的。”①

当然，回忆中不都是反驳，也有真诚的自我省思和批判。这体现在以《家》为代表的《激流三部曲》的创作过程的追忆上，这个三部曲是巴金最为直接地表现“五四”时代精神气象的作品，所以谈论它巴金除了对自己的精神源头有了重新的认识之外，同时还有针对现实的感慨，这种感慨实际上是在不同的时间段内深化了对“五四”认识。一九七七年八月在为《家》的重印而写的《重印后记》中，巴金还比较谨慎，“文革”中女青年在众人说服下当众烧毁《家》的故事恐怕还令他记忆犹新，所以他开头便想到了“小说的缺点和它的消极作用”，他所谈的不完全是心里话，只不过重复别人批评他的一些说法，比如没有给读者指明道路啊，消极、悲观啊等等，所以他的结论是：“我的作品已经完成了它们的历史任务，让读者忘记它们，可能更好一些。”“让《家》和读者再次见面，也许可以帮助人了解封建社会的一些情况。”当然，他还是忍不住说：“我重读这本小说，我还是激动的厉害。”②这个说法与一九五三年版的《新版后记》③的说法大体一致，都没有从一个受审者的心态中走出来。但巴金迅疾否定了他的作品已经完成了历史任务的说法，现实批判的色彩更强了。一九七八年十一月他说：“去年八月我写了《家》的重印《后记》，我说这部小说已经完成了它的‘历史任务’，我并不是在说假话，当时我实在不理解。但是今天我知道自己错了。（作者原注：其实连买卖婚姻也并未在中国绝迹）明明到处都有高老太爷的鬼魂出现，我却视而不见，我不能不承认自己的无知。”④在当月为法文译本写序时，巴金再次纠正了自己的说法，并说三个月前在为《往

① 巴金：《观察人》，《巴金全集》第16卷第122页。

② 巴金：《后记》，《家》第423，423，424页，人民文学出版社，1962年1月第2版（1978年2月上海第1次印刷）。

③ 巴金：《〈家〉新版后记》，《巴金全集》第1卷第453—454页。

④ 巴金：《〈爝火集〉后记》，《巴金全集》第15卷第474页。

事与随想》写译后记的时候就发现了这个问题[①]。一九七九年二月在罗马尼亚文译本序言中，除了重复这个更正之外，巴金还肯定地说："看来《家》的重印，还是有积极的意义。"[②]一九八〇年六月，在意大利文译本序中，除了重复"要实现四个现代化，就必须大反封建"的说法之外，我惊奇地发现他在向两个意大利工人萨珂和凡宰特致敬，一年前在访问法国的时候，他对这两个人只字未提，但此时，他却回到了当年写作《灭亡》时的巴黎，并再次引用了凡宰特的话："我希望每个家庭都有住宅，每张嘴都有面包，每个心灵都受到教育，每个人的智慧都有机会发展。"并毫不隐讳地说："我非常激动，Vanzetti 讲了我的心里话。"他没有忘记这位意大利老师对自己的影响："《灭亡》使我走上了文学的道路，可以说这是和我的意大利老师分不开的。"[③]而在《创作回忆录》中谈到《激流》，巴金则是结合自己在"文革"的经历，不仅高呼大反封建，还做出了如《十年一梦》中的自我反省，他把觉新的奴性与自己的行为联系起来了，从而看到了人性中普遍存在的某种软弱："挖得更深一些，我在自己身上也发现我大哥的毛病，我写觉新不仅是警告大哥，也在鞭挞我自己。我熟悉我反映的那种生活，也熟悉我描写的那些人。正因为像觉新那样的人太多了，高老太爷才能够横行无阻。"[④]"……但是经过所谓'文化大革命'后，我看自己可以说比较清楚了。在那个时期我不是唯唯诺诺地忍受着一切吗？这究竟是为了什么？我曾经作过这样的解释，中了催眠术。看来并不恰当，我不单是中了魔术，也不止是别人强加于我，我自己身上本来就有毛病。……在向着伟大神明低首弯腰叩头不止的时候，我不是'作揖哲学'和'无抵抗主义'的忠实信徒吗？"[⑤]他惊讶地发现"高老太爷的鬼魂怎么会附在这些人的

---

① 巴金：《〈家〉法文译本序》，《巴金全集》第 1 卷第 459 页。

② 巴金：《〈家〉罗马尼亚文译本序》，《巴金全集》第 1 卷第 461 页。

③ 巴金：《〈家〉意大利文译本序》，《巴金全集》第 1 卷第 462、463 页。

④ 巴金：《关于〈激流〉》，《巴金全集》第 20 卷第 680 页。

⑤ 巴金：《关于〈寒夜〉》，《巴金全集》第 20 卷第 689—690 页。

身上?”[1]又更为痛苦地意识到:自己的身上也有觉新的性格。过去与现实、作者本人与作品中人物的对比,这种反思既是对于“五四”传统的捍卫,又是对“五四”认识的深化,在新时期,巴金仍然扮演着社会启蒙者的社会角色,与上世纪三十年代不同的是这个启蒙是双向的:一方面,巴金带着人们走出思想的蒙昧状态,启发人们恢复为一个独立思考的人;另一方面,青春记忆的不断唤醒,现实的体验和认识的深化,又使得他在这个过程中完成自我启蒙,让自己的心灵一步步解除束缚、走向自由。

五、访问法国:精神故乡的心灵激荡

如果说这种怀念和追记是一种内在的自我恢复的话,那么在新时期访问法国、日本则是过去与现在的急剧撞击,特别是访问法国,让他回到了精神的故乡和当年的“现场”,对于巴金的青春记忆的恢复起到了催化的作用。众所周知,法国对于巴金的人生有着特别的意义。一九二七年,他奔赴法国是为了寻求理想,在这里,他坚定了自己的信仰,成为一名成熟的无政府主义宣传家;在这里,他开始写小说,并由此走上了一生的文学道路;在这里,还有着他平静、安宁又清寂的苦读岁月和终生不能磨灭的情感记忆。“五十年来我做过不少沙多—吉里的梦,在事繁心乱的时候,我常常想起在那个小小古城里度过的十分宁静的日子。”“在我靠边挨斗的那一段时期中,我的思想也常常在古城的公墓里徘徊。到处遭受白眼之后,我的心需要找一个免斗的安静所在,居然找到了一座异国的墓园,这正好说明我当时的穷途末路。沙多—吉里的公墓我是熟悉的,我为它写过一个短篇《墓园》。对于长时间挨斗的人,墓园就是天堂。我不是说死,我指的是静。在精神折磨最厉害的时候,我也有过短暂的悲观绝望

---

① 巴金:《关于〈激流〉》,《巴金全集》第20卷第685页。

的时刻，仿佛茫茫天地间就只有一张老太太的脸对我微笑。”[①]时隔半个世纪重返法国，巴金是带着一连串的青春记忆，在不断地追寻着青春的足迹，然而当年意气风发的热血青年，而今已白发苍苍伤痕累累。五十年后，他再次走向卢梭像，再一次寻找在巴黎的足迹，再一次来到了沙多—吉里看自己写《灭亡》的房间，再一次站到了曾经住过的马赛的美景旅馆前……时光交错，这一切怎么能让他无动于衷呢？

> 我想起五十二年前，多少个下着小雨的黄昏，我站在这里，向“梦想消灭压迫和不平等”的作家，倾吐我这样一个外国青年的寂寞痛苦。我从《忏悔录》的作者这里得到了安慰，学到了说真话。五十年中间我常常记起他，谈论他，现在我来到像前，表达我的谢意。……
>
> 我在像前只立了片刻。难道我就心满意足，再没有追求了吗？不，不！我回到旅馆，大清早人静的时候，我想得很多。我老是在想四十六年前问过自己的那句话：“我的生命要到什么时候才开花？”这个问题使我苦恼，我可以利用的时间就只有五、六年了。逝去的每一小时都是追不回来的。在我的脑子里已经成形的作品，不能让它成为泡影，我必须这一段时间里写出它们。否则我怎样向读者交代？我怎样向下一代人交代？[②]

这样的自我追问和激励伴随着巴金的整个寻访之旅。当昔日的场景一个个展现在他面前的时候，巴金内心中有一种急切感，他在暮年再一次立下了自己的誓言：“第一次从法国回来，我写了五十年（不过得扣除被‘四人帮’夺去的十年），写了十几部中长篇小说；第二次从法国回来，怎么办？至少也得写上五年……十年，也得写出两三部中长篇小说啊！”[③]在

---

① 巴金：《沙多—吉里》，《巴金全集》第 16 卷第 93、94 页。

② 巴金：《再访巴黎》，《巴金全集》第 16 卷第 73—74 页。

③ 同上书，第 75 页。

《随想录》第一集中有九篇文章写到这次访问法国,从表面上看谈的是"人民友谊事业",许多论者都认为这部分实际上是游离于《随想录》中心主题之外的文字,但巴金说过,他不需要再写那些人云亦云的文字了,仔细分析可以发现这一部分不仅是《随想录》中有机部分,而且还是给《随想录》带来重要动力的一部分,在这里巴金开始了内心的苏醒的历程,开始了向"五四"精神传统复归的路途。他曾表达过这样一个私愿:"在国际笔会法国分会的招待会上我说过,这次来法访问我个人还有一个打算:向法国老师表示感谢,因为爱真理、爱正义、爱祖国、爱人民、爱生活、爱人间美好的事物,这就是我从法国老师那里受到的教育。"[①]这可以看做是巴金在新时期对"五四"时代的誓词的又一次重复[②]。巴黎让巴金切身实地地续上了自己的血脉。旧地重游,记忆带给自己的心灵震荡;法国朋友的热情肯定坚定了自己的信心。例如一直被认为调子低沉的《憩园》和《寒夜》却受到了法国读者的理解和欢迎。与外国朋友的坦诚交流还活跃了巴金的思想,让他能够以开放的心胸来看待问题,所以在新时期巴金尽管年事已高,但他的思想却不凝滞,他始终站在青年一代的一边,成为他们可以依靠的大树,这与他的开放的文化心态不无关系。而几次出访,深入坦诚的交流自然也有助于摆脱许多"文革"中僵化的教条,恢复独立思考的能力。

"向法国老师表示感谢",卢梭的"讲真话"的《忏悔录》无疑是巴金写作的榜样,它带给巴金强大的精神引导。我们还会发现,在《随想录》中,巴金提到了伏尔泰、左拉这些"知识分子"的"干预生活"。

> 我一九二七年春天开始在巴黎写小说,我住在拉丁区,我的住处离先贤祠(国葬院)不远,先贤祠旁边那一段路非常清静。我经常走过先贤祠门前,那里有两座铜像:卢骚(梭)和伏尔泰。在这两个法国启蒙时期的思想家,这两个伟大的作家中,我对"梦想消灭不平等和

---

① 巴金:《再访巴黎》,《巴金全集》第16卷第74页。

② 就在巴金出访法国的前夕,他还完成了一篇《五四运动六十周年》的"随想"。

压迫"的"日内瓦公民"的印象较深，我走过像前常常对着铜像申诉我这个异乡人的寂寞和痛苦；对伏尔泰我所知较少，但是他为卡拉斯老人的冤案、为西尔文的冤案、为拉·巴尔的冤案、为拉里—托伦达尔的冤案奋斗，终于平反了冤狱，使惨死者恢复名誉，幸存者免于刑戮，像这样维护真理、维护正义的行为我是知道的，我是钦佩的。还有两位伟大的作家葬在先贤祠内，他们是雨果和左拉。左拉为德莱斐斯上尉的冤案斗争，冒着生命危险替受害人辩护，终于推倒诬陷不实的判决，让人间地狱中的含冤者重见光明。

这是我当年从法国作家那里受到的教育。虽然我"学而不用"，但是今天回想起来，我还不能不感激老师，在"四害"横行的时候，我没有出卖灵魂，还是靠着我过去受到的教育，这教育来自生活，来自朋友，来自书本，也来自老师，还有来自读者。至于法国作家给我的"教育"是不是"干预生活"呢？"作家干预生活"曾经被批判为右派言论，有少数人因此二十年抬不起头。我不曾提倡过"作家干预生活"，因为那一阵子我还没有时间考虑。但是我给关进"牛棚"以后，看见有些熟人在大字报上揭露"巴金的反革命真面目"，我朝夕盼望有一两位作家出来"干预生活"，替我雪冤。我在梦里好像见到了伏尔泰和左拉，但梦醒以后更加感到空虚，明知伏尔泰和左拉要是生活在一九六七年的上海，他们也只好在"牛棚"里摇头叹气。这样说，原来我也是主张"干预生活"的。

左拉死后改葬在先贤祠，我看主要原因还是在于他对平反德莱斐斯冤狱的贡献，人们说他"挽救了法兰西的荣誉"。至今不见有人把他从先贤祠里搬出来。那么法国读者也是赞成作家"干预生活"的了。①

萨义德在评价班达对于"知识分子"的看法时候说："班达在精神上受

① 巴金：《把心交给读者》，《巴金全集》第16卷第48—49页。

到德雷福斯事件(Dreyfus Affair)和第一次世界大战的塑造,这两个事件对于知识分子都是严格的考验;……""班达的作品基本上很保守,但在他战斗性的修辞深处却能找到这种知识分子的形象:特立独行的人,能向权势说真话的人,耿直、雄辩、极为勇敢及愤怒的个人,对他而言,不管世间权势如何庞大、壮观,都是可以批评、直截了当地责难的。"[①]《随想录》是一个开放式又充满批判力量的文本,正是在这种知识分子的传统,在伏尔泰、左拉这样的前辈的精神鼓励,巴金才勇于明辨是非、坚持真理,用手中的笔履行着社会、历史的使命,也赢得了读者的尊敬。

在法国期间,与法国作家、朋友、读者、记者的对话中,巴金的言辞已经体现出他在《随想录》中所追求的言说风格,那就是讲真话,讲心里话。哪怕是面对着质疑,巴金首先不是不满,而是自省。他说:"我认为不理解我,并不是对我的敌视;对我坦率讲话,是愿意跟我接近;关心我,才想把一些与我有关的事情弄清楚。"[②]巴金与法国电视二台的记者克莱芒纵论"大字报、民主、人权、自由"等问题,他一再强调:"应当根据自己的见闻作出判断,不要以为在中国什么都是十全十美。尽管今天还有人在刊物上吹嘘我们这里'河水涣涣,莲荷盈盈,绿水新池,艳阳高照',也有人因为外国友人把'五七干校'称为'五七营'感到不满,但是我总觉得外国朋友并不是对我们一无所知……难道我们因此就不敢面对现实?就不敢把不幸的十年中间所发生的一切彻底检查一番,总结一下?"[③]意思很清楚,他爱自己的祖国,但并不护短,他所谈论的原则也正是思想解放运动中最基本的思想原则:实事求是。

在这一点上,法国人对待历史问题的态度也深深地影响到他,并让他不由自主地联系到中国人对刚刚结束的十年浩劫的态度,因为"文革"的伤痛还没有过去的时候,已经有人号召大家"向前看"了,在伊夫堡巴金大

① [美]爱德华·W·萨义德:《知识分子论》第14、15页,生活·读书·新知三联书店2002年版。

② 巴金:《"友谊的海洋"》,《巴金全集》第16卷第99页。

③ 同上书,第100—102页。

有感慨：

> 比起我、我们所经历的一切，这里又算得什么呢？法国人不把它封闭，却对外国客人开放，无非作为历史教训，免得悲剧重演。巴士底狱没有给保留下来，只是由于民愤太大，革命群众当场捣毁了它。我们的古人也懂得“前事不忘，后事之师”。今天却有人反复地在我们耳边说：“忘记，忘记！”为什么不吸取过去的教训？难道我们还没有吃够“健忘”的亏？……[①]

巴金同样欣赏赫尔岑的后代对待他们的先人的态度，这同样已经不仅是旅行观感了，而是在针对中国的思想现实在发言：

> 谈起赫尔岑一家的事情，我们好像打开了自来水的龙头，让我们谈一天一晚也谈不完。他送了一本书给我：《浪漫的亡命者》。我早熟悉书里的那些故事。在我们中国人看来，可能都是“家丑”吧。那么还是把它们掩盖起来，瞒住大家，另外编造一些假话，把丑当美，骗人骗己，终于不能自圆其说，这不就是我们的一贯做法：“家丑不可外扬”？法国人毕竟比我们坦白、直爽。诺·利斯特先生在书的扉页上就写着：“这本书对我的先人讲了太不恭敬而且刻薄的话，但是书中有很多《回忆录》所没有的资料。”我收下了他的赠书，不过我说我已经读过它。那些故事并不损害赫尔岑的名誉，倒反而帮助我们了解一个伟大人物的复杂性格、他的不幸遭遇和家庭悲剧。它们在他的著作里留下很深的痕迹，这是掩盖不了的。[②]

这些看法几乎决定了《随想录》的基本走向，巴金在《随想录》中谈到

---

① 巴金：《重来马赛》，《巴金全集》第16卷第86—87页。

② 巴金：《诺·利斯特先生》，《巴金全集》第16卷第77—78页。

自己过去的事情从不护短，而是揭开自己的伤疤，挤出脓血，以为疗伤。为此，他对于不理解他这样做法的人可谓苦口婆心，不断提醒大家：有病赶紧医治，讳疾忌医并不是好事情。

长达十多年的文化上的封闭状态，使得很多国人思路非常僵化，巴金毕竟是一个受过西方思想较深影响的作家，这使得他在新时期有基础迅速续接到那种自由开放的精神传统中。在巴黎的最后一夜，巴金等人是在画家赵无极家中度过的，他们看了赵无极带有强烈的西方技法的现代画。“巴金说他过了一个非常愉快的晚上。代表团被这位画家老老实实的风度所感动，看到他是一个高度严肃的艺术家，他的作品中没有丝毫的庸俗的格调，虽然对于他的画还看不太懂，暂时不能很好的领会它们。”[①]巴金一行还在巴黎参观了其他艺术馆，后来访问瑞士时，他也参观了现代艺术博物馆，对于在西方已经走到极致的现代艺术，巴金不是能否看懂的问题，而是在艺术趣味上的差异[②]。然而，这些并未成为巴金艺术观念保守、且以资深老作家的身份来压制青年作家艺术探索的依据，恰恰相反，在新时期的文学历程中，他一直站在青年作家一边，一直支持着艺术探索。从话剧《假如我是真的》，到“清理精神污染”过程中的表态，还有关于高行健《现代小说艺术初探》等引起的关于现代派艺术的争论的时候，巴金非常鲜明地表示：用不着担心西方化的影响。

通过亲身接触，巴金对西方社会的发展也有了自己的看法，对一些不

---

① 徐迟：《法国，一次春天的旅行》第 174 页，上海文艺出版社 1982 年版。

② 巴金曾在《〈巴金选集〉（十卷本）后记》中谈到他对现代艺术的看法：“四个多月前在瑞士苏黎世我参观了现代艺术博物馆。我看了不少的绘画和雕塑，其中有一部分我听了讲解员的解说以后仍然不懂。即使是一幅名画，我看来看去，想来想去，始终毫无所得。回到旅馆，坐在窗前躺椅上反复思索，我想可能是自己修养不够，文化水平低，知识缺乏，理解力差。我偶尔也读过一两篇西方现代文学作品，我不了解作者的用意，有人告诉我要靠读者自己动脑筋去想，可是我一直想不出来。”“我并不为这些感到苦恼。我苦苦思索的是这一件事情，是这一个问题：文学艺术的作用、目的究竟是什么？难道我是在沙滩上建造象牙的楼台、用美丽的辞藻装饰自己？难道我们有权用个人的才智和艺术的技巧玩弄读者、考读者、让读者猜谜？”（《巴金全集》第 17 卷第 49—50 页）

实的宣传或教条提出质疑。一九七九年访问法国的时候，他还不曾完全摆脱国内一些宣传的影响，认为西方世界无非是物质发达、精神落后，提出："不搞人的思想现代化只搞物质现代化，行不行？得不到回答，我感到苦恼。"[①]但是后来巴金的想法逐渐在改变，在次年访问日本时，他已经在批评"以为买进了最新的机器就买进了一切的人也是有的"[②]这种简单的看法，到一九八一年"三访巴黎"时，对"西方"的看法更有了质的变化：

> 在国内我常常听人说，我自己也这样想过：西方国家里物质丰富，精神空虚。三次访法，我都没有接触上层社会的机会，因此我并不特别感觉到"物质丰富"。同文化界人士往来较多，了解较深，用我的心跟他们的心相比，我也不觉得他们比我"精神空虚"，有一位华裔女汉学家一天忙到晚，我问她为什么要这样，她说她需要学习、需要工作，闲着反而不舒服。可是看她那样生活，我倒感到太紧张，受不了。从国外回来我常常想到我们一句俗话："在家千日好。"在我们这里"个人奋斗"经常受到批判，吃大锅饭混日子倒很容易，我也习惯了"混"的生活，我不愿意、也不可能从早到晚地拼命干下去了。然而我能说那样拼命干下去的人就是"精神空虚"吗？[③]

巴金正是在这样不断探索不断思考的状态中开始了《随想录》的写作，开始了一生中最后一个阶段的精神飞跃。

六、重识"五四"：回忆是为了未来

在《罪与文学——关于文学忏悔意识与灵魂维度的考察》一书中，刘

① 巴金：《重来马赛》，《巴金全集》第16卷第88页。

② 巴金：《现代文学资料馆》，《巴金全集》第16卷第295页。

③ 巴金：《三访巴黎》，《巴金全集》第16卷第421页。

再复和林岗两位学者分析了鲁迅的文化心态:"第一,在思想层面上,他发现中国人的罪,是四千年历史积淀下来的罪。……所谓固有中国旧文明,不过是'吃人的筵席'。他把传统的罪判为吃人罪,这是一个极端本质化的表述,但也只有本质化的表述,才具有彻底性:毫无妥协的余地。其次,鲁迅不仅确认祖辈文化、父辈文化有大罪,而且确认承袭祖辈、父辈文化的自我也有罪。父辈吃人,我也参与吃人,我是吃人群体的共谋,吃人宴席的食客之一。这就是说,四千年吃人的罪过,不仅是他人之罪,也是自我之罪。"对此,研究者进一步指出:"自觉接受既是审判者又是犯人的双重身份,不仅使鲁迅赢得审判的资格而且使审判获得彻底性,深度就在彻底性之中。当代一些作家在声明自己'永不忏悔'的时候,就是拒绝承认这种双重身份,拒绝承认自己也是犯人。这种拒绝的结果是他们无法叩问被审判对象蕴含于自己身上的那些最隐秘的部分,这些部分往往不是表现为文化表层的政治文化,而是表现为人性,表现为灵魂。"[①]我们不难看到,巴金对于"文革"的反思与鲁迅出于同一思路,巴金没有以一个受害者的身份为自己喊冤叫苦,而是严厉地审视自己的历史责任,他也毫不犹豫地认为造成这场灾难,自己也有责任。在这一点上,巴金是鲁迅真正的传人,他以自己独特的方式将鲁迅的精神带到了世纪末。

从鲁迅到巴金,已经有很多精彩的论述,在此毋须赘言,我只想强调一点是鲁迅的自省、自剖也是巴金写作《随想录》的一个重要精神资源,不妨再引述刘再复和林岗的研究,让我们看到这种精神血脉是怎样在巴金的身上延续着:"在《随想录》里,巴金要反省的是那场大灾难,不过他不是从追究'祸首'的角度挖掘'文革'的根源,也不是站在邪恶与正义二元对立的立场去描述这场大灾难。……巴金是作家中罕见的一个例子。他要追究在大灾难过后,自己应当承担什么样的道德责任。良知的醒悟使得巴金对'文革'有独特的发现,《随想录》对'文革'灾难的体悟是,'文革'是

① 刘再复、林岗:《罪与文学——关于文学忏悔意识与灵魂维度的考察》第226、229页,香港牛津大学出版社2002年版。

民族的'共同犯罪',灾难的发生不是因为出了无耻小人,而是因为我们恐惧,因恐惧而丧失了良知,背离了善。""我们从中看到那个时代一个软弱的善良的心灵的哭诉,软弱的心灵透过清醒的自省而显露自己的高贵和不可征服。""一部《随想录》,就是巴金作为文学家良知的体现。巴金总觉得自己与'文革'的灾难有关系,虽然他是典型意义上的受害者,但也多少地参与了当年迫不得已的'表演'。巴金对过去岁月那种责任的承担,或许有人羞于承认,或许有人付诸一笑。但是正是巴金的勇气,最清楚不过地表现了作家的良知,也让《随想录》的艺术表达,进入了一个更高的境界。"[①]这种延续使得巴金获得了精神的支持,"为了真理,敢爱,敢恨,敢说,敢做,敢追求……"[②]这是巴金赞颂鲁迅的话,也是他晚年的奋斗目标。

记忆是有选择性和不稳定的,正如阿莱达·阿斯曼所言:"有些回忆随着时间的流逝和个人生活环境的变化而变化;有些回忆则变得淡漠或完全消失了。尤其是随着意义结构和评价模式的变化,过去重要的东西后来可能变得不重要了,而以前不重要的东西在回顾的时候却可能变得重要了。"[③]也就是说完全返回记忆现场的回忆是不存在的,回忆也是一种重构的活动,在这种活动中,我们既可以看到巴金所承袭的"五四"的气脉,有时甚至那么直接,比如,他对于鲁迅精神的承袭;同时,也应当看到,随着阅历、外在环境的变化,他也可能修正以往的认识和看法,对于"五四"也一样,巴金在汲取它的精神资源的同时,并非完整和全然地回到当年的一切观念之上,相反还有很明显的扬弃。比如,对于年轻时激进的文化态度他也有过反省:"我并不完全反对文字的简化,该淘汰的就淘汰吧,但是文字的发展总是为了更准确地表达人们的复杂思想,绝不只是为了

---

① 刘再复、林岗:《罪与文学——关于文学忏悔意识与灵魂维度的考察》第 43、44、45—46 页,香港牛津大学出版社 2002 年版。

② 巴金:《怀念鲁迅先生》,《巴金全集》第 16 卷第 343 页。

③ [德]阿莱达·阿斯曼:《回忆有多真实》,哈拉尔德·韦尔策编《社会记忆:历史、回忆、传承》第 68 页,北京大学出版社 2007 年版。

使它变为更简单易学。”[1]“我年轻时候思想偏激，曾经主张烧毁所有的线装书。今天回想起来实在可笑。一个历史悠久的文明古国要是丢掉它过去长期积累起来的光辉灿烂的文化珍宝，靠简单化、拼音化来创造新的文明是不会有什么成果的。”“我不会再说烧掉线装书的蠢话了。我倒想起三年前自己讲过的话。语言文字只要是属于活的民族，它总是要不断发展，变得复杂，变得丰富，目的是为了更准确、更优美地表达人们的复杂思想，绝不会越来越简化，只是为了使它变为简单易学。”[2]对于孔子的看法，既显示他一直不曾背离“五四”的精神原则，又有了更为广阔的视野和新的反思。一九八四年在日本与井上靖讨论孔子的时候，井上说要把孔子作为一个普通人来写，写他的“仁道”，就此巴金也谈到了当年“反孔”：

> 当时我很年轻。对反对封建礼教，很赞成；对于君君臣臣父父子子很反感。在我的小说《家》中，年轻的主人公就有反孔的思想。小说中的主人公反对父亲的压迫。反对父与子之间的仅仅是上对下的关系。我写《家》的时候二十七岁。当时的社会与现在完全不同。先生刚才讲的我以前没有考虑过，现在应该冷静地、客观地重新研究一下孔子，……[3]

“冷静地、客观地”研究孔子，经历了丧失理性的狂热所带来的灾难之后，巴金强调理性。在对青年时代的一些观念修正的同时，巴金又解释他到底是从哪个角度重新评价孔子：

> 我是五四运动的产儿，我的老师是打“孔家店”的英雄。我在封建大家庭里生活了十九年，从小在私塾中常常因为背不出孔子的书

① 巴金：《世界语》，《巴金全集》第16卷第227页。

② 巴金：《汉字改革》，《巴金全集》第16卷第466，467页。

③ 巴金：《与日本作家的对谈》，《巴金全集》第19卷第643页。

> 给打手心，长大成人后又受不了要大家“君君臣臣、父父子子”恪守本分的那一套规矩，我总觉得人们抬着孔子的神像在压制我。……
>
> ……他写的孔子也就是我小时候把“他”的著作和讲话读得烂熟的孔夫子，可是我到现在才明白这个孔子爱人民，行仁政，认为人民是国家之本！两千几百年以前就有这样一个人，真了不起！在我们这个时代，花这么多的时间和精力，把孔子放在原来地位上描写出来，这就是井上文学。[①]

巴金着眼的是“孔子爱人民，行仁政”的民本思想，同时看重的是“把孔子放在原来地位上描写出来”，那就是着眼于把孔子当作一个人来描写和评价，而不是把他当作压制人的“神”，这个想法其实也是“五四”时期确立对于孔子的态度，他们批判的儒学，批判被统治者所利用而压制人民的孔子，而对于孔子的教育思想和人格本身并没有全盘否定。从这个角度看看，巴金晚年对待孔子的态度没有彻底的改变，不过褪去了一些激烈的语气来看待他而已，他的基本立场依旧没有超出“五四”的思想范畴。

一九八六年在《随想录》写作即将结束的时候，巴金还写了一篇《老化》，正面捍卫“五四”的精神成果，他反驳了海外新儒家等对“五四”的认识，仍然呼唤着青春的记忆和力量，“老化”是他用来诊断古老中国之病的症状，与梁启超的《少年中国说》，李大钊的《青春》、《说“今”》等文章的思路如出一辙；对于“五四”“全面打倒历史传统、彻底否定中国文化”的说法，巴金没有像一些学者那样用许多例子来证明“五四”时代对待传统的态度、作法，乃至于与传统的联系（这样的论文在那个时间很多），而是完全从心理上从情感上对这个问题做出了答复，如同当年陈独秀必不容讨论的表态一样果决：

> 我的看法正相反，“五四”的缺点恰恰是既未“全面打倒”、又不

---

① 巴金：《怀念井上靖先生》，《巴金全集》第19卷第436—437页。

"彻底否定"。(我们行的是"中庸之道",好些人后来做了官,忘了革命,当时胡适吹捧的"只手打孔家店的老英雄"吴虞就是一个喜欢玩女人,闹小旦、写艳体诗的文人。)所以封建文化的残余现在到处皆是。这些残余正是今天阻碍我们前进的绊脚石。"'文革'之所以做出这许多令人震惊的事情"(那位作者这样说),正是从封建社会学来的,作为十年浩劫的受害者,我有深的体会。

我们的确有历史悠久的灿烂的文化。我们的祖先确实做过不少了不起的大事。但是今天的中国人绝不能靠祖宗的遗产过日子。中国文学要如那位作者所说"在世界文学中……独树一帜",还得靠我们作家的努力,挂起几代祖传的老店招牌有什么用?①

巴金对他所接受的"五四"遗产和准则毫不怀疑,而且觉得在当下时代中仍然有重申的必要,他是一个历史的乐观者和进化论的信任者,所以,他认为历史不能倒退,一个民族同样需要进化,当然,他不认为这种进化就是改变了民族的文化:

什么准则?难道我们还要学历代统治者的榜样,遵行"君君臣臣父父子子……"的伦常之道,过着几千年称王称霸的没有民主的日子?

什么准则?难道我们还应该搞男女授受不亲,宣传三纲五常,裹

---

① 巴金:《老化》,《巴金全集》第16卷第729—730,730—731页。持这种观点的并非巴金一人,舒芜在1947年3月29日所写的《论五四精神》中认为:"说五四作风过于盲动,五四精神缺少理智。我们简单确定地说:并不,何尝?从我们看来,使我们觉得遗憾的,倒是当时的上层文化斗争工作,由于右翼的势力特别容易作用于上层,而显得还太温和,太不够了。至于下层的实际的斗争,学习自由的斗争,婚姻自由的斗争,写白话文的斗争,不向神像佛像磕头的斗争,乃至于女孩子们剪短头发的斗争,诸如此类,无论进行得怎样强烈,我们问:谁敢说是不必要或不应该?而且,想想看看就有多少真实的生命曾经为了这些而丧失,多少真实的鲜红沸热的血流在白话文或者剪短的头发上面,我们更要问,又有谁敢凭着什么'理智'的名来嘲笑他们?"(见《回归五四》第255页,辽宁教育出版社,1999年版)

小脚，讨小老婆，多子多孙，光宗耀祖？

我不理解这种说法。我们的民族绝不是因为“五四”而“再无立足之处”，恰恰相反，因为通过“五四”接受了新思潮、新文化，中国人民才终于站起来，建立了统一的社会主义的国家。没有“五四”，哪里有我们今天的一切？不论如何清高，真正的功过、是非总得弄个明白。即使我毫无贡献，提到“五四”，我总是充满感激之情。

在此，巴金提出了一个非常需要思考的问题：古老民族是否需要更换新的血液？这个思路同样是“五四”先贤们的思路：

我们究竟怎样总结“五四”的教训呢？为什么做不到“完全”？为什么做不到“彻底”？为什么丢不开过去的传统奋勇前进？为什么不大量种树摘取“科学”和“民主”的果实？我想来想去，始终无法避开这样一个现实：老化。

……

那么古老的民族就不需要新的血液吗？[①]

这样的表态中，我们仿佛又看到了青年时代的巴金，或者说他又回到了自己的精神原点上，虽然不是简单地回返。那么，我们仍然有理由相信《随想录》时代的巴金依然是一个启蒙者，他毅然接过了“没有完成”的“五四”的任务再次发出“五四”式的呐喊。

二〇〇八年六月二十二日改定

① 巴金：《老化》，《巴金全集》第16卷第726页。

“欠债”与“还账”

——《随想录》中的道德伦理

一、所谓“债”与“账”

道德的自我谴责弥布在《随想录》的字里行间，随着写作的推进，“欠债”与“还账”出现的频率越来越高。在结束全书五集写作，与读者告别的话中，巴金再次表达了他的“还债”的想法：

> 我不是为了病中消遣才写出它们；我发表它们也并不是在装饰自己。我写因为我有话要说，我发表因为我欠债要还。十年浩劫教会一些人习惯于沉默，但十年的血债又压得平时沉默的人发出连声的呼喊。我有一肚皮的话，也一肚皮的火，还有在油锅里反复煎了十年的一身骨头。火不熄灭，话被烧成灰，在心头越积越多，我不把它们倾吐出来，清除干净，就无法不做噩梦，就不能平静地度过我晚年的最后日子，甚至可以说我永远闭不了眼睛。我在“随想”中常常提到欠债，因为我把这五本《随想录》当作我这生的收支总账，翻看它们，我不会忘记我应当偿还的大小债务。能够主动还债，总比让别人上法庭控告、逼着还债好。[①]

类似的话巴金说了很多：“没有把我想的和应当写的东西写出来，我

---

① 巴金：《〈无题集〉后记》，《巴金全集》第16卷第757页。

对读者欠了一笔债。不偿清债务，我不会安静地闭上眼睛。”[①]这是《随想录》第一次出现“债”的字眼，在全书的第十八篇，写于一九七九年六月十七日。虽然它与巴金后来谈到的“债”的核心内容有所不同，但它表明了一种关系，即巴金的债是对于它的读者而言的。到随想第三十六篇，“债”的概念更清晰了：“这样的熬煎是不会有终结的，除非我给自己过去十年的苦难生活作了总结，还清了心灵上的欠债。这绝不是容易的事。那么我今后的日子不会是好过的吧。”[②]“心灵上的欠债”这样的说法，首先指明了“债”的内容，是一种道德的自我约束下的谴责；其次，这个“债”与“过去十年的苦难生活”联系起来了，表明它来自于“文革”的伤痛。第三，巴金要主动“总结”，主动去“还债”，正是这种道德自我谴责的内在驱动力促使他揭开那些痛苦的伤疤。在一九八〇年所作《我和文学》的演讲里，他进一步表明自己的写作态度：

> 我认为那十年浩劫在人类历史上是一件大事。不仅和我们有关，我看和全体人类都有关。……今天我回头看自己在十年中间所作所为和别人的所作所为，实在不能理解。我自己仿佛受了催眠一样变得多么幼稚，多么愚蠢，甚至把残酷、荒唐当做严肃、正确。我这样想：要是我不把这十年的苦难生活作一个总结，从彻底解剖自己开始弄清楚当时发生的事情，那么有一天说不定情况一变，我又会中了催眠术无缘无故地变成另外一个人，这太可怕了！这是一笔心灵上的欠债，我必须早日还清。它像一根皮鞭在抽打我的心，仿佛我又遇到五十年前的事情。“写吧，写吧。”好像有一个声音经常在我耳边叫。[③]

---

① 巴金：《在尼斯》，《巴金全集》第 16 卷第 83 页。

② 巴金：《小狗包弟》，《巴金全集》第 16 卷第 168 页。

③ 巴金：《我和文学》，《巴金全集》第 16 卷第 270—271 页。

这个"债"已经不光是个人的道德问题，而是涉及对历史的反思和历史教训的总结；而且，他认为这"和全体人类都有关"。那么，还债不仅是承担责任，而且是将很多重要的问题梳理清楚，不要让历史的悲剧重演。

> 我编印《怀念集》就是为了还债，不是为了"赖账"。其实要赖账，现在也容易找到借口。有人不是在宣传忘记过去吗？这样的"号召"有理由，但可惜我不是一个没有感情、没有思想的木偶。……人怎么能忘记自己的过去呢？你难道是从天上掉下来的？你难道真是永远正确的？你难道一生不曾负过债？难道欠下的债就不想偿还？最好还是先来个"小结"吧？[①]

巴金批评那些患上健忘症的人是别有所指，特别对那些不让揭"文革"伤疤的人表示明显的不满。同时，他也很清楚地表明"债"是赖不掉的，他愿意接受道德的审判：

> 《序跋集》是我的真实历史。它又是我心里的话。不隐瞒，不掩饰，不化妆，不赖账，把心赤裸裸地掏了出来。不怕幼稚，不怕矛盾，也不怕自己反对自己。事实不断改变，思想也跟着变化，当时怎么想怎么说就让它们照原样留在纸上。替自己解释、辩护，已经成为多余。[②]

梳理巴金的思路，概言之：他认为欠友情的债，是因为在特殊的年代里自己"明哲保身"，没有仗义执言，替朋友说话；欠读者的债，是因为在作品中没有坚持独立思考，没有讲真话，而是人云亦云，说了假话，辜负了读者的信任。前者，可以从他怀念马宗融的文章中看出，他讲到了马宗融身上的知识分子正气："我知道他的缺点很多，但是他有一个长处，这长处可以掩盖一切

---

① 巴金：《〈怀念集〉序》，《巴金全集》第16卷第346—347页。

② 巴金：《〈序跋集〉跋》，《巴金全集》第16卷第337页。

的缺点。他说过：为了维护真理顾不得个人的安危，他自己是这样做到了的。我看见中国知识分子的正气在他的身上闪闪发光，可是我不曾学到他的长处，也没有认真地学过。过去有个时期我习惯把长官的话当做真理，又有一个时期我诚心奉行‘明哲保身’的古训，今天回想起来，真是愧对亡友。这才是我的欠债中最大的一笔。”[①]后者，可以从《“干扰”》看出：

> “危机”到来，自己在作拼死的斗争时，首先想起这笔心灵上的欠债。开始写它，我好像在写最后一篇文章，不仅偿还我对几位作家的欠债，也在偿还我对后代读者的欠债。讲出了真话，发狂的“危机”也过去了，因为我掏出了自己的心，卸下了精神上的负担。[②]

只有讲真话，他的精神危机才能消除，倘若不讲真话或者讲了假话不及时消除，那么他就是欠着读者的债。在《访日归来》中，巴金提到一位日本朋友S，在“文革”期间S轻信“极左”思潮的宣传讲过假话，真相大白后，为了惩罚自己，剪了平头。巴金感慨道：

> 我开始问自己：难道我欠的债就比朋友S欠下的少？！难道我不曾受骗上当自己又去欺骗别人？！难道我没有拜倒在巫婆脚下烧香念咒、往井里投掷石子？！还有，还有……可是我从来没有想到“惩罚自己”，更不曾打算怎样偿还欠债。事情一过，不论是做过的事，讲过的话，发表过的文章，一概忘得干干净净，什么都不用自己负责。我健忘，我周围的人也善忘。所以在“十年浩劫”之后大家都还可以很轻松地过日子，仿佛什么事情都不曾发生，谁也没有欠过谁的债。我甚至忘记自己剪过平头，而且是别人“勒令”我剪的。
>
> 然而朋友S的剪着平头的瘦脸又在我的眼前出现了。他严肃

---

① 巴金：《怀念马大哥》，《巴金全集》第16卷第363页。

② 巴金：《“干扰”》，《巴金全集》第16卷第435页。

地、声音嘶哑地反复说："债是赖不掉的。"就是这一句话！①

从道德的角度进行自我解剖和对历史的反思，这是巴金《随想录》一个十分重要的特点。有学者注意到："在《随想录》里，巴金要反省的是那场大灾难，不过他不是从追究'祸首'的角度挖掘'文革'的根源，也不是站在邪恶与正义二元对立的立场去描述这场大灾难。'文革'作为一个历史事件当然可以从不同的立场去诉说。比如，政治学角度关心的是决策，历史学角度关心的是真相，法律的角度当然需要一场审判来为正义存在于人间作证。那么文学角度关心的是什么呢？良知在这样一个历史事件面前有什么好诉说的呢？巴金是作家中罕见的一个例子。他要追究在大灾难过后，自己应当承担什么样的道德责任。良知的醒悟使得巴金对'文革'有独特的发现，《随想录》对'文革'灾难的醒悟是，'文革'是民族的'共同犯罪'，灾难的发生不是因为出了无耻小人，而是因为我们恐惧，因恐惧而丧失了良知，背离了善。""原谅不原谅其实并不重要了，重要的是在历史面前的正直和诚实，巴金面对历史的良知已经赢得了人们的尊重。""巴金对过去岁月那种责任的承担，或许有人羞于承认，或许有人付诸一笑。但是正是巴金的勇气，最清楚不过地表现了作家的良知，也让《随想录》的艺术表达，进入了一个更高的境界。"②

认"债"还"账"体现了巴金面对历史的真诚态度，巴金的行为和这种态度在新时期知识分子中是领风气之先且是最为执著的一个。"文革"结束后，在知识分子中，"控诉"是一个主流的声音——控诉极"左"思潮是怎样迫害自己，为自己申冤，这是一个普遍的状态，本来，知识分子就是极"左"路线和十年"文革"的最大受害者。但在控诉的同时，反思并未成为大家普遍认同的共识，不少人好了伤疤忘了痛，更不想提及自己曾经也是

① 巴金：《访日归来》，《巴金全集》第16卷第583—584页。

② 刘再复、林岗：《罪与文学——关于文学忏悔意识与灵魂维度的考察》第43、45、46页，香港牛津大学出版社2002年版。

极“左”路线的一部分或者是参与者。这里面有着十分复杂的原因，比如官方希望通过“控诉”消解“文革”的意识形态，实现国家工作思路的转变；但它不鼓励进一步的反思，特别是超越某种界限的反思，以免引起“思想混乱”。另外，长期存在于文艺界中的宗派主义、个人恩怨等也使得知识分子在面对历史时缺乏超越性的反思而限于具体的恩怨是非的争论中[①]。当时情况下，很多巴金的同时代人，要么响应号召，写几篇“揭批”文章，就算翻过了历史的一页，从此便沉默不语。要么是小心翼翼地避开一九四九年以后的历史，这里当然不是没有客观原因，比如天不假年，很多人的回忆录未及写到这段历史，作者便去世了。但也不排除有的人避重就轻，对于早有定论的革命史下笔方便，而对于一九四九年以后的历史反思则不能不谨慎落笔，也就不想触及。比如茅盾的《我走过的道路》，在《序》中，他就明确地说：“此道路之起点是我的幼年，其终点则为一九四八年冬我从香港到大连。”[②]夏衍的《懒寻旧梦录》也是终笔于“迎接新中国的诞生”[③]，夏衍在这部书结尾所说的话颇有深意：“反思是痛苦的，我们这些受过‘五四’洗礼的人，竟随波逐流，逐渐成了‘驯服的工具’，而丧失了独立思考的勇气。当然，能够在暮年‘觉今是而昨非’，开始清醒过来，总比浑浑噩噩地活下去要好一点。”[④]这是全书的总结，也是非常坦诚的表白，“反思”不是轻松可写下的两个字，而需要理性和坦诚的勇气。写过五关斩六将容易，写走麦城往往就吞吞吐吐、遮遮掩掩了，这也是人之常

① 例如胡风就在《回忆录》中，不仅披露了茅盾与秦德君的恋情，而且还回应茅盾在回忆录中对他的“不实之词”：“我写到这些是为了说明，以后无论是在左联，还是在那以后，我和他渐渐弄到格格不入以及他在回忆文章中对我的不实之词，那不是没有思想感情上的原因的。”见《胡风全集》第7卷第296页，湖北人民出版社1999年版。

② 茅盾：《〈我走过的道路〉序》，《我走过的道路》第1页，生活·读书·新知三联书店香港分店1981年版。

③ 该书增补本附录中《新的跋涉》、《“武训传”事件始末》两文则发表于1990年代，为后增补。

④ 夏衍：《懒寻旧梦录》[增补本]第431页，生活·读书·新知三联书店2006年8月第2版。

情。在新时期,比较引人注目的一个忏悔者是周扬[①],尽管有人不接受或认为他这是虚假的姿态。周扬有这样的认识毕竟是难能可贵的,但历史需要更深入的反思,或许他内心中有所反思并在行动中表现出来,可惜,他们似乎不愿意或者没有勇气直接面对公众袒露自己的内心,而且也没有把这些通过一份历史文献留给后人。当然,更糟糕的态度是辩解或将一切责任推给历史和当时的社会环境。如林默涵对待胡风事件的态度。他在谈话中认为:“我作为胡风事件的参与者之一,是负有一定责任的,也是深为抱憾的。”但是,他更强调历史应当承担的责任:“我做错了什么事,或者说错了什么话,我一定承认错误,并努力改正;但我绝不向任何人‘忏悔’。因为我从来是根据自己的认识,根据当时认为符合党的利益和需要去做工作的,不是违心的,或是明知违背党的利益和需要还要那样去做的。过去如此,今天、今后也如此。这里不存在什么‘忏悔’或宽恕的问题。”[②]这等于否定了历史反思的积极意义和必要性。丁玲对于历史的回顾和反思是另外一种形态,她是作为受害者来申诉自己的冤屈、证明自己的清白和高洁,作者或许无意于历史的反思,因此我们看到的是这样的语句:“我明白了,总有那么几个人,不只要把我驱逐出党,赶出文艺界,而且还要趁此夺走我手中的笔,永远不让我再提笔写作。……我心里为此很不安,很愤慨。我要去问他们,党规定的‘给出路’的政策,你们就是这样执行的吗?”“摔了跤,不管怎么样的,总得自己爬起来,总得自己站住。党籍没有了;党籍并不一定能说明一个人的真正好坏。……我似乎明白了,有党籍的党员,也不一定全是好的。在党内不长的历史上,总会有少数那么几个想整人的人。……我要明白告诉那些人,你们的如意算盘打错了。

① 顾骧在《晚年周扬》一书中说:“他对自己过去‘左’的错误,作了真诚的反省。他在‘文革’后文艺界的第一次聚会、文联全委扩大会议上说:‘我是一个在长期工作中犯过不少错误的人,但我不是坚持错误不改的人。’之后,大会、小会,差不多每会都要检讨。对于过去因他工作关系受到冤屈的人,逢人要道歉。这种检讨、道歉不是敷衍,不是姿态,是发自内心的,是一种具有历史内涵的认识。”见《晚年周扬》第 6 页,文汇出版社 2003 年版。

② 林默涵:《胡风事件的前前后后》,《新文学史料》1989 年第 3 期。

丁玲绝不是一打就倒的虚弱的、纸扎的、泥糊的人。她会振作起来的。""一九五八年我决心离开北京来东北劳动。在劳动中还是得到过乐趣的。现在重又下来劳动,我真愿意。……尽管我背负着创伤和恐惧,但我仍然鼓起我生命中仅有的力量,一边免不了战战兢兢想到我将遭遇的种种灾难,但还是打开一丝心扉,向着阳光,迎接阳光。"①

二十世纪八十年代有几部非常优秀的叙述"文革"的作品,它们是杨绛的《干校六记》、陈白尘的《云梦断忆》,还有孙犁的《芸斋小说》②。它们都直接以"文革"生活为叙事内容,对"文革"有着非常细致的记录和独特的反思,对"文革"的控诉的情感力度也很强,尤其是孙犁的一些作品,虽然他自称不忍触及伤痛,而愿多写美好,但对于"文革"的谴责常常情不自禁,自有一种悲愤的力量,如他说:"'四人帮'灭绝人性,使忠诚善良者,陷入水深火热之中,对生活前途,丧失信念;使宵小不逞之徒,天良绝灭,邪念丛生。十年动乱,较之八年抗战,人心之浮动不安,彷徨无主,为更甚矣。"③"过去之革命,为发扬人之优良品质;今日之'革命',乃利用人之卑劣自私。反其道而行之,宜乎其为天怒人怨矣!"④但是,包括九十年代出现的韦君宜的《思痛录》、季羡林的《牛棚杂忆》、萧乾的《玉渊潭漫笔》等书,它们与《随想录》有一个最大的不同是,叙述者情感和内心的投入都很节制,他们往往是作为旁观者记事录史,即便是谈论自己的过失也是表态性的致歉(当然,这并不意味着不真诚)。所以,钱锺书在为《干校六记》作序中说:"我觉得她漏写了一篇,篇名不妨暂定为《运动记愧》。""现在事过境迁,也可以说水落石出。在这次运动里,如同在历次运动里,少不了有三类人。假如要写回忆的话,当时在运动里受冤枉、挨批斗的同志们也许

---

① 丁玲:《风雪人间》,《丁玲全集》第126、130、169页,河北人民出版社2001年版。

② 孙犁于1990年1月由人民日报出版社出版短篇小说集《芸斋小说》,收小说30篇,后有代后记1篇。后收入百花文艺出版社出版的《孙犁文集》续编第1卷。

③ 孙犁:《女相士》,《孙犁文集》续编第1卷第10页,百花文艺出版社2002年版。

④ 孙犁:《地震》,《孙犁文集》续编第1卷第39页。

会来一篇《记屈》或《记愤》。至于一般群众呢，回忆时大约都得写《记愧》：或者惭愧自己是糊涂虫，没看清‘假案’、‘错案’，一味随着大伙去糟蹋一些好人；或者（就像我本人）惭愧自己是懦怯鬼，觉得这里面有冤屈，却没有胆气出头抗议，至多只敢对运动不很积极参加。也有一种人，他们明知道这是一团乱蓬蓬的葛藤账，但依然充当旗手、鼓手、打手，去大判‘葫芦案’。按道理说，这类人最应当‘记愧’。”“记愧”是历史反思中不应当被丢弃的一个环节。而现在所记，在钱先生眼中不过是“大背景的小点缀，大故事的小穿插”[①]。我不能不佩服钱先生眼光之锐利，一九八六年，刘再复也曾经认为新时期文学“谴责有余”而“自审不足”，谴责者在对历史的批判中，基本上还是站在历史法官的局外人的位置上，或者作为局内人也是站在受害者的位置，“他们还未能意识到自己就在事件之中，就是历史事件的一种内容，即未充分意识到自己在民族浩劫中，作为民族的一员，也有一份责任，自己不仅是被‘罪犯’所迫害、所摧残，而且自己在某种意义上也是一个‘犯人’，至少是一个缺乏勇气和力量的怯懦者。”[②]在后来的著作中，他重申了这一观点：“有不少作家身上根深蒂固的‘战士’意识使他们的社会批判充满力量，但是，也使他们不能放下‘战士’的架子去面对深层心理中的黑暗、困惑和痛苦。由于‘战士’意识过于沉重，所以，就缺少自嘲和冲破自我地狱的幽默，也缺少自我省思的从容和冷静……”“中国知识分子几乎都有自己心灵的古拉格群岛，但能正视和展示的却不多。”[③]这是比较切合实际的评价，恐怕至今为止，没有一部书像《随想录》这样，作者作为一个灵魂的自我拷问者，写作如同在油锅里受着煎熬、良心的自我谴责是那么炽烈和持久。《随想录》是心灵自传和精神反省，作者把自己始终放在叙述和解剖的中心，而不是一个置身事外的旁观者、描

---

① 钱锺书：《〈干校六记〉小引》，《干校六记》第1、2—3、1页，中国社会科学出版社1992年版。

② 刘再复：《论新时期文学主潮》，《论中国文学》第265页，作家出版社1988年版。

③ 刘再复、林岗：《罪与文学——关于文学忏悔意识与灵魂维度的考察》第164页，香港牛津大学出版社2002年版。

述者。作为“文革”的受害者，巴金没有在《随想录》中纠缠于个人恩怨、计较个人得失，而是从历史的高度，从为子孙留下惨痛教训的角度，用文字挖掘自己的灵魂，暴露自己的“丑态”，对中国当代知识分子恢复和重新建立道德伦理的一个行为，这是一个老人的沉痛遗嘱。

二、“明哲保身”与“互助”

在一九四九年以后文艺界的历次运动中，作为党外知名人士的巴金没有逃避和沉默的权利，但他也不是主使者（他也没有这个权力），而是一个被动的参与者，按照巴金自己的标准，归结起来他的“欠债”主要有两大类，一类是“文革”之前，他尚能坐在主席台上的时候，为了明哲保身曾违心地批判过一些作家，巴金认为这是落井下石的行为；另一类是他自己已经成为“牛鬼”后，为了明哲保身而没有仗义执言、替一些朋友说话。后一类问题，比较容易理解，巴金实际已经丧失人身自由，但从至今披露的一些“文革”交代来看，他并没有为自保而伤害朋友，基本上是据实交代与朋友的交往，而且尽可能撇清与朋友的关系使之不受牵连①。第一类问题较为复杂，在巴金带有感情的语言叙述中，仿佛他罪行累累罪不可赦，这令今人反而忘记了巴金也是受害者的身份，更忘了很多债是巴金主动地背在身上。巴金说过：“印在白纸上的黑字是永远揩不掉的。子孙后代是我们真正的裁判官。究竟对什么错误我们应该负责，他们知道，他们不会原谅我们。五十年代我常说做一个中国作家是我的骄傲。可是想到那些‘斗争’，那些‘运动’，我对自己的表演（即使是不得已而为之吧），也感到恶心，感到羞耻。今天翻看三十年前写的那些话，我还是不能原谅自己，

---

① 可参见巴金《关于马宗融、罗世弥、马小弥、马少弥的材料》，陈思和、李存光主编《五四新文学精神的薪传。——巴金研究集刊卷六》，上海三联书店 2010 年版。

也不想要求后人原谅我。”[①]白纸黑字是抹不掉的,不妨一件件细查一下巴金的债。其实,他在《随想录》中已经有过清理:

——在“反胡风集团”的“斗争”中

“我记得在上海写过三篇文章,主持过几次批判会。”[②]主持批判会并非是积极表现,而是因为他是作协上海分会的主席,属于不得不为的“职务行为”。至于写文章,是当时的惯例,每有自上而下的政治运动或社会事件发生时,巴金这批作家都会被弄到报刊上表态,而对于巴金等人而言就是过关。在这里巴金可能忘记了一篇文章,一九五五年五月十三日《人民日报》公布了《关于胡风反党集团的第一批材料》后,巴金接连主持了十九日和二十六日的讨论胡风集团的批判会,二十六日即在《人民日报》上发表《必须彻底打垮胡风反党集团》的文章,文章用当时报刊上的话批判一通胡风集团之后,居然还提出:“这个集团,应向党和人民投降”,“改过自新,重新做人”,“这是他们唯一的向人民赎罪的路”。胡风一案,巴金一定是惊惶失措也弄不清上面的意思,所以居然在文章中给他们出路。后来巴金回忆:“运动开始,人们劝说我写表态的批判文章。我不想写,也不会写,实在写不出来。有人来催稿,态度很不客气,我说我慢慢写篇文章谈路翎的《洼地上的“战役”》吧。可是过了几天,《人民日报》记者从北京来组稿,我正在作协分会开会,讨论的就是批判胡风的问题。到了应当表态的时候,我推脱不得,就写了一篇大概叫做《他们的罪行应当得到惩处》之类的短文,说的都是别人说过的话。表了态,头一关算是过去了。”[③]《他们的罪行必须受到严厉的处分》是发表在六月十二日的《解放日报》上,看了《关于胡风反革命集团的第三批材料》后,写作此文时,形势急转直下,巴金不敢再言要胡风等人“改过自新”了,而是为“过去的麻痹大意”而“忍不住责备自己”,这次声明要“严厉的处分”,不给“他们以死灰复燃

① 巴金:《怀念胡风》,《巴金全集》第16卷第745—746页。

② 同上书,第743页。

③ 同上。

的机会”和“卷土重来的希望”了。七月，在《文艺月报》七月号上，发表了《关于胡风的两件事情》，这是从胡风的人品上来揭发他，认为“胡风身上有一种不自然、不真实的东西”，人身攻击是那个时代常用的打倒人的把戏，作家们被动员上阵去写这种文章，足以对民族道德水准有着巨大的杀伤力。巴金后来解释：“我写的两件事都是真的。但鲁迅先生明明说他不相信胡风是特务，我却解释说先生受了骗。一九五五年二月我在北京听周总理报告，遇见胡风，他对我说：‘我这次犯了严重的错误，请多给我提意见。’我却批评他‘做贼心虚’。我拿出上面一点证据，为了第二次过关，我只好推行这种歪理。”[①]第四篇文章也是一篇杂文，那是发表在当年《人民文学》九月号的《“学问”与“才华”》，似乎是没话找话地拟题目做文章。文章中，巴金说：“好像还有一种以‘爱才’自命的人支支吾吾地有意无意间替那些反革命分子开脱。”他引了些细节说明他们的“才华”都是假的。

之外，还有一篇长文发表在《人民文学》八月号上，《谈别有用心的〈洼地上的战役〉》，巴金用自己在朝鲜的经历来证明路翎小说里“写出了一大堆完全虚假的东西”。巴金后来回忆：“在批判胡风集团的时候，我被迫参加斗争，实在写不出成篇的文章，就挑选了《洼地上的“战役”》作为枪靶，批评的根据便是那条志愿军和当地居民不许谈恋爱的禁令。稿子写成寄给《人民文学》，我自己感到一点轻松。形势在变化，运动在发展，我的文章在刊物上发表了，似乎面目全非，我看到一些我自己也没有想到的政治术语，更不知道自己哪里来的权利随意给人戴上‘反革命’帽子?！看得出有些句子是临时匆匆忙忙地加上去的。总之，读头一遍我很不满意。可是过了一晚，一个朋友来找我，谈起这篇文章，我就心平气和无话可说了。我写的是思想批判文章，现在却是声讨‘反革命集团’的时候，倘使不加增改就把文章照原样发表，我便会成为批判的对象，说是有意为‘反革命分子’开脱。《人民文学》编者对我文章的增改倒是给我帮了大忙，否则我会

① 巴金：《怀念胡风》，《巴金全集》第16卷第743页。

遇到不小的麻烦。”[①]

——在反“右”运动中

众所周知，反“右”运动有一个从“整风”到反“右”运动的逆转，在前一个阶段，响应号召，巴金非常活跃，发表了很多对于文学、艺术等看法。他的这一活跃姿态甚至被当时上海的领导柯庆施作为一种代表现象上报当时最高当局：

> 柯讲到，上海文化、出版、发行界“暴露很厉害”。在“放的过程中，最坏的是民盟”，“他们的方针是一放到基层，二撤换干部，三算政治旧账”……知识分子也“有很大暴露”，过去没有讲话的人，如巴金，都出来讲了。王造时、陈明枢提出搞私法问题，“影响很深”。[②]

但巴金不久后就为自己“失言”懊悔不已。狂风暴雨不期而至，反右运动迅速扩大，被点名批判的人不断增加，“七、八、九三个月，全国划成右派分子的人数迅速上升。到十月上旬中共八届三中全会召开的时候，全国已划右派分子达到六万多人。到了一九五八年整个运动结束时，竟有五十五万人被划为右派分子。”[③]对此，巴金有大祸临头之感：

---

① 巴金：《怀念胡风》，《巴金全集》第16卷第744页。康濯1955年6月1日给巴金的信证实了巴金所说的编辑部的修改：“文章中对路翎小说分析得很好，只是根据现在的情况来看，分析后所指出的根源只谈到是‘小资产阶级’，这怕应稍加修改。其余还有个别段落稍有重复，也打算略作删节。但因往返费事，不打算再寄给你了。我们想冒昧地动手作点小修改，发表前再把清样寄你看。希能允许我们这样作。”见陈思和、李存光主编《生命的开花——巴金研究集刊卷一》第193页，文汇出版社2005年版。

② 沈志华：《从整风向反右的转轨》，郭德宏等主编《中华人民共和国专题史稿[卷二]——曲折探索(1956—1966)》第146页，四川人民出版社2009年8月第2版，此引是柯庆施1957年5月27日在省、市、自治区书记会议上的讲话记录稿。

③ 以上请见中共中央文献研究室编，逄先知、金冲及主编《毛泽东传(1949—1976)》第十七章“《关于正确处理人民内部矛盾的问题》和整风反右(下)”，中央文献出版社2003年版。

> 在这一届的会上开始了对所谓“右派”的批判，不仅在我们的大会小会上，在会场以外，在各个单位，在整个社会中都掀起了“热火朝天”的“反右”运动。这情况是我们完全没有料想到的……我当时还不知道“反右”究竟是怎么一回事，只是我看见来势凶猛，熟人一个个落网，一个个给点名示众；更奇怪的是那位来找我写“反右”文章的女记者，不久就给揪出来，作为“右派”受到了批判。
>
> 在会议期间我的心情十分复杂。我一方面感谢“领导”终于没有把我列为右派，让我参加各种“反右”活动，另一方面又觉得左右的界限并不分明，有些人成为反右对象实在冤枉，特别是几个平日跟我往来较多的朋友，他们的见解并不比我更“右”，可是在批判会上我不敢出来替他们说一句公道话，而且时时担心怕让人当场揪出来。①

巴金虽然有“福气”充当批判者，却仿佛随时处在被批判的位置上，他不断提到知识分子改造、过好社会主义的关，看似批判文章，实际上倒更像是检讨。他写了三篇“过关谈”：第一篇《惨痛的教训》，认为：“知识分子的改造并不是‘差不多’，而是‘差得很远’。”“右派分子从进攻到失败这一段时间内的活动可以说明一件事情：这些知识分子不但没有知识，而且也没有常识。他们只有一样本领：骗术。”“所有的知识分子都应该接受这次惨痛的教训。我们都应该好好地检查一下：我们究竟有多少知识？我们究竟改造了多少？我们拿什么来为人民服务？又怎样过社会主义的关？”②第二篇是《“国士论”》，讽刺某些知识分子的“清高”与“骨气”，以及“以国士待我，即以国士报之”的思想。最后还是归到这样的主题上来：“新社会有一道人人要过的大关口，那就是‘社会主义关’。谁要在新社会长期生存，就得过‘社会主义关’。要过‘社会主义关’，必须有‘无产阶级立场’。要从‘待价而沽’的‘国士’变成勤勤恳恳为人民服务的新知识分

---

① 巴金：《“紧箍咒”》，《巴金全集》第16卷第595—596页。

② 巴金：《惨痛的教训——“过关谈”之一》，1957年8月27日《解放日报》。

子，并没有‘捷径’，只有一条长长的路：认真地改造自己。”[①]到第三篇《戴帽子》中，他翻来覆去谈的就是知识分子的思想改造，不是教训别人，而是战战兢兢地检讨自己：“…在任何时候知识分子都不能放松这一件事情，认真地改造自己，要真正做了新人以后，才能够给自己戴上一顶崭新的帽子。”[②]除此之外，为了配合形势，他还写了一些文章，如《一切为了社会主义》（一九五七年六月二十一日《文汇报》）、《中国人民一定要走社会主义的路》（一九五七年六月二十四日《人民日报》）、《是政治斗争，也是思想斗争》（一九五七年七月二十四日《文汇报》），无非是贩抄报刊上的言辞，配合形势，以证明反右斗争的必要性。

巴金后来更为痛心的是，他不辨是非跟随形势对一些作家的批判。一九五七年八月七日《解放日报》头版二条：“作家协会党组连续举行扩大会议 揭发丁玲陈企霞反党活动”；八月二十七日的《解放日报》还有更震惊的消息：“三十年来一贯心怀二志 冯雪峰严重反党 参加丁陈集团 与胡风思想一脉相承。”在这种暴风雪即将来临之时，巴金完全迷失了方向，他曾描述批判他的一些作家朋友时的困惑：

> 我回到上海，过一两个月再去北京出席中国作家协会党组扩大会议的最后一次大会。我还记得大会是在首都剧场举行的。那天我进了会场，池子里已经坐了不少的人，雪峰埋下头坐在前排的边上。我想不通他怎么会是右派。但是我也上了台，和靳以作了联合发言。这天的大会是批判丁玲、冯雪峰、艾青……给他们戴上右派帽子的大会。我们也重复着别人的话，批判了丁玲的“一本书主义”、雪峰的“凌驾在党之上”、艾青的“上下串连”等等、等等。我并不像某些人那样“一贯正确”，我只是跟在别人后在丢石块。我相信别人，同时也想

① 巴金：《“国士论”——“过关谈”之二》，1957年9月2日《解放日报》。

② 巴金：《戴帽子——“过关谈”之三》，1957年9月12日《解放日报》。

保全自己。[1]

这类文章，巴金写过《反党反人民的个人野心家的路是绝对走不通的》(《文艺报》一九五七年第二十一期)、与周而复、柯灵等人联合发言《进一步开展文学界的反右派斗争》(一九五七年九月四日《解放日报》)、与靳以联合发言《永远跟着党和人民在社会主义—共产主义的道路上前进》(《文艺报》一九五七年第二十五期)；十月四日至五日在中共上海市委宣传部召集的会议上，又与靳以做了联合发言(十月六日《文汇报》)，当月八日在《解放日报》上与靳以联合署名发表《狠狠地打击右派，狠狠地改进工作，狠狠地改造思想》[2]。

——一九六五年批判《不夜城》

那是一九六五年六月我第二次去越南采访前叶以群同志组织我写的，当时被约写稿的人还有一位，材料由以群供给，我一再推辞，他有种种理由，我驳不倒，就答应了。后来，我又打电话去推辞，仍然推不掉，说是宣传部的意思，当时的宣传部部长正是张春桥。我隐隐约约地感觉到以群自己也有困难，似乎有些害怕。当时说好文章里不提《不夜城》编剧人柯灵的名字。文章写好交给以群，等不及在上海《文汇报》上发表，我就动身赴京做去河内的准备了。[3]

这篇文章题为《谎话一定要给戳穿》，文章认为：“在进行社会主义革命和社会主义建设的新中国，会出现这样一部美化剥削阶级、歌颂资本家的影片，不能不使人感到惊奇和愤怒。”最后一连串的质问又是老调重弹：“文艺工作者必须认真地改造自己。你不遵守毛主席的文艺方向，不能同

---

① 巴金：《纪念雪峰》，《巴金全集》第16卷第133—134页。

② 据巴金自述，这些联合发言执笔者均是他人。

③ 巴金：《“遵命文学”》，《巴金全集》第16卷第33—34页。

工农兵打成一片，不能取得工农兵的思想感情，就不能为工农兵服务。你不为无产阶级服务，就要为资产阶级服务；你不宣传无产阶级思想，就会宣传资产阶级思想，不管是有意或无意，你会变成了资产阶级的代言人，替剥削者讲话。”[①]这话已经能够闻到“文革”的火药味了，此后，巴金就从一个批判者沦为被批判者了。

对于巴金的“欠债”，分析当时的背景，不难得出这样的看法：巴金是政治高压之下的一个随大流者[②]。他没有积极主动地去害人，而他所做的也是当时大多数人同样在做的。比如反胡风，看看当时报刊上那些剑拔弩张的题目，就知道大家写的是什么样的文章了：

《人民文学》一九五五年六月号，在“提高警惕，揭露胡风”的总标题下，刊发的是这样的文章：《胡风——最阴险的敌人》（刘白羽）、《胡风的原形》（臧克家）、《“豺狼装笑是为了吃人”》（玛拉沁夫）、《坚决和反革命的败类斗争》（姚凤敏）……七月号，大标题是“坚决肃清胡风集团和一切暗藏的反革命分子”，刊发《对敌人仁慈就是对人民残酷》（夏衍）、《慌了手脚的蒋匪帮宣传员们》（袁水拍）、《坚决消灭这条蒋匪帮的恶狗——胡风》（罗荪）、《暗杀灵魂的凶手》（杨朔）……

反右，仅从手头这本《反右派杂文选集》（湖北人民出版社一九五七年十一月版）便可见一斑：《积极分子万岁》（天马）、《在党性问题上驳斥右派》（马司）、《反革命的“人性论”》（张嗣泽）、《厚颜无耻之“士”》（施文逊）、《对党内右派分子不能心软》（许邦仪）、《反右派要狠》（禹材）……

当然，从道义上讲，这些都不能成为当事者解脱其责任的理由，至少

---

① 巴金：《谎话一定要给戳穿》，1965 年 7 月 5 日《文汇报》。据 1968 年 5 月武汉大学中文系鲁迅兵团《无产者》编《文艺黑线人物示众》可知，《不夜城》在当年的罪名是：“宣扬刘少奇‘剥削有功’论，丑化工人阶级、美化资本家……”，见该材料第 86 页。

② 这也并非是笔者一人的看法。叶德浴在《难忘的 1955》（南天书屋藏版，2006 年增订本）中，把反胡风运动中各类文人分了盲从、被动、表白、无赖、告密等十九个类型。他认为巴金属于盲从型。董国和在《丁酉文厄录——被遗忘的右派往事》（自印本，2013 年）中认为：“巴金声讨胡风，写反右文章，实属被逼无奈。”（该书 135 页）

可以说他缺乏道德勇气和独立意志,但我们也要追问是谁造成这一切的?是在大时代中无法掌控自己命运的个人,还是一种强权机制和它所制造的氛围?这个思路,虽然揭示出历史的实情,但又容易轻松地把责任推给抽象的“历史”,反而放弃了个人责任,这样一切罪责都没有具体承担的主体,行为主体缺失再谈反思都是虚空的了。巴金一直想弄清问题,对历史有个交代,首先他要弄清个人在那段历史中的责任,这个欠债令他痛苦不已,这种“罪感”甚至未免有扩大之嫌。我不排除,这也是巴金的一种叙述策略——通过对自身的解剖和自我内心的叙述,乃至个人经历和心态的充分揭示,实现历史批判和社会批判的目的,借以唤醒国人不忘历史教训。有人说《随想录》是当代的“忏悔录”,巴金也说,卢梭《忏悔录》中讲真话的精神深深地影响了他。但是,在《随想录》中,巴金从未用过“忏悔”一词来界定自己的反思行为。“忏悔”来源于基督教,原罪又是它的前提,所谓“原罪”是指人类始祖亚当、夏娃违背上帝旨意偷吃禁果所犯的罪行,它此后成为人类与生俱来的原始罪过,并且成为人类的一切灾祸的根源。所以,所有人都有罪,都需要向上帝忏悔以获得宽恕。巴金是个无神论者,直到晚年,仍然坚定地拒绝基督教[①],他不会相信人生来是有罪的,相反他相信人本来是善良的、纯洁的,而私有财产制度、法律、国家观念等一切外在的、人为的制度和观念压抑了人的善良天性,扭曲了人性。他在一九四四年就说过:“至于人的自私与贪欲,社会的不满,罪恶、贫困、战争,都是由不合理的制度来的。它们并非起源于个人的自私心。”[②]因此,他从来都是谴责和抨击制度,而不是制度下的具体的人。那么,对于历史的

---

① 巴金在 1989 年 12 月 4 日致许粤华的信中说:“我想得到你不满意我不肯伏倒在‘主’的面前,向他求救,我甚至不相信他的存在!对,你不能说服我。但是我不会同你辩论。我尊敬你,因此我也尊敬你的信仰。我愿意受苦,是因为我愿意通过受苦来净化心灵,却不需要谁赐给我幸福。事实上这幸福靠要求是得不到的。正相反,我若能把自己仅有的一点点美好的东西献出来,献给别人,我就会得到幸福。”“我有我的‘主’,那就是人民,那就是人类。”见《再思录》第 49 页,作家出版社 2011 年版。

② 巴金:《怎样做人及其它》,《巴金全集》第 18 卷第 528 页。

反思也一样，拒绝“忏悔”“罪行”，而用“欠债”，很清楚地表明，他不认同原罪，他认为那些逼着他们喝下迷魂汤的人和制度才是批判的重点，而不完全是人的本性怯懦和道德的缺失，这也是解读《随想录》需要分辨的重点。

另外一方面，巴金有着自己的道德标准和思想资源，那就是来自克鲁泡特金等人所倡导的无政府主义伦理学。我认为直到《随想录》时代，它们仍然深深影响着巴金的道德观、伦理观。正因为如此，才会有巴金放不下的债。

学者李辉曾经这样评价《随想录》中道德反思的意义：

> 决定写《随想录》，是巴金道德人格的复苏。他对“文革”、反右运动的反思，他对现实的思考，他对自己的解剖，确切地说，更多的是一种道德意义上的飞跃。《随想录》中，那个痛苦的巴金，主要是在做自己灵魂的剖析，而这把手术刀，便是道德。他所做的忏悔，他所发出的呼吁，大多数与他所感到的良心自责有关。他之所以反复鞭挞自己的灵魂，我想就是因为当他重新审视自己在历次政治运动中的表现时，看到那些举动，同他当年为自己确立的道德人格的标准，有着明显的差距。正义、互助、自我牺牲，他在二十年代翻译克鲁泡特金《伦理学》时所信奉的做人的原则，早已消灭得无影无踪，在那些政治运动中，他并没有做到用它们来约束他如何去生活，去做人，而是为了保全自己而被动去写检讨，去讲假话，去批判人，包括他所熟悉的友人。这便是《随想录》中巴金的痛苦。这便是为什么他如此严厉地甚至有些苛刻地解剖自己，那样反复地强调讲真话的原因。没有这种思想历程的人，对道德人格没有如此强调的人，纵然有过他同样的经历，或者比他更应忏悔，也不会写出他这样的作品来。正是在这些反思中，在这些真诚的文字中，他的人格，才得以形成一个整体。[①]

① 李辉：《〈随想录〉在思想史上的意义》，《细读〈随想录〉》第54—55页，上海社会科学院出版社2008年版。

最为明显的是，从世俗的角度而言，“文革”中巴金已经成为失去人身自由的“牛鬼”，自身尚且难保（张春桥曾说过：不枪毙就是落实政策），而他后来却因不能为一些亡友洗刷冤诬而自责，比如黎烈文，“只有身历其境，才懂得是甘是苦。自己尝够戴帽子的滋味，对别人该不该戴帽子就不会漠不关心；自己身上给投掷了污泥，就不能不想起替朋友揩掉浊水。”“但是我怎样给亡友摘去那顶沉重的‘反动文人’的帽子、揩去溅在他身上的污泥浊水呢？”[①]这是矫情的话吗？当然不是；那么巴金为什么有那么深的道德欠债感或赎罪意识呢？我觉得还得从他的道德伦理观中找答案。巴金对朋友的这种欠债心理，不仅仅是友谊，还是人与人之间休戚与共、与同类共同发展的观念，这与克鲁泡特金所阐发的“互助”的观念息息相关。

克氏从达尔文进化的观点出发，由自然界的进化而人类社会的进化，不过，他对进化论的解释方向却与赫胥黎的解释方向不同，他认为：在人类进化的过程中，互助比竞争起到更大的推动作用。“在人类道德的进步中，起主导作用的是互助而不是互争。甚至在现今，我们仍可以说，扩展互助的范围，就是我们人类更高尚的进化的最好保证。”“互助”在这里有三层含义值得注意，首先，它要求把个人融入群体中，为了群体利益可以牺牲个人利益，个人和群体休戚与共。其次，它宣扬的不是斗争、竞争，而是爱与奉献，这是对斗争哲学的极大的反拨。第三，它不是要放弃和消灭个人，而是认为个人在群体中能够更大地实现生命的价值。“当我看见邻居的屋子着火时，使我提着一桶水跑去救火的并不是我对我的邻居（我和他素不相识）的爱，而是更为广泛的（虽说比较模糊）人类休戚相关和合群的本能或情感。——那是比爱或个体间的同情不知要广泛多少的一种情感——在极其长久的进化过程中，在动物和人类中慢慢发展起来的一种本能，教导动物和人在互助和互援的实践中就可获得力量，在群居生活中就可获得愉快。”“爱、同情和自我牺牲，在我们的道德感的逐步进化中肯

---

① 巴金：《“遵命文学”》，《巴金全集》第16卷第197—198、202页。

定起了巨大作用。但是社会在人类中的基础,不是爱,甚至也不是同情,它的基础是人类休戚与共的良知——即使只是处于本能阶段的良知。它是无意识地承认一个人从互助的实践中获得了力量,承认一个人的幸福都紧密依赖一切人的幸福,承认使个人把别人的权利看成等于自己的权利的正义感或公正感。更高的道德感就是在这个广泛而必要的基础上发展起来的。"[①]一九四九年以后,克氏的理论不再具有现实的话语空间,但作为一种道德准则,巴金却默默地承续下来,成为隐藏在心底的道德资源。如此看来当别人觉得一切都是社会环境使然,个人不必有道德承担的时候,巴金却不能释然,在他的灵魂中一直纠结不清,所以才有《随想录》中不断地责备自己为什么"不敢出来替他们说一句公道话"[②]。

三、净化自我

虽然反思的精神资源并非来自基督教,"还债"与"赎罪"有着本质的区别,但是,巴金晚年在《随想录》中表现的循环往复的自我谴责和不断的反思,其精神状态和心理气质与基督教的苦修很类似。基督教研究者曾说:"罪人一般怀有三种悔改的态度:灵魂的痛苦与不安、对罪的深恶痛绝及对过去罪恶生活的弃绝。"[③]这里面如果将"罪"的内容置换为"欠债",那么,巴金在晚年同样怀有这三种态度,这里的核心是"弃绝",也就是自我否定,之所以能够做到自我否定,那首先意味着良知的复苏,在有宗教信仰的人那里,就是被魔鬼掠去的灵魂又重新皈依了上帝;在巴金这里意味着道德心的重新界定、理性的复归和独立意识的返回。

"欠债"意味着巴金对自己过去所作所为的否定,证明它们有悖于自

---

① [俄]克鲁泡特金:《互助论》第265、11—12、12页,李平沤译,商务印书馆1963年版。

② 巴金:《"紧箍咒"》,《巴金全集》第16卷第596页。

③ [德]白舍客:《基督宗教伦理学》第1卷第371页,静也、常宏等译,华东师范大学出版社2010年版。

己应当坚持的道德伦理;而"还账"则是在一种良知心的召唤下,修正错误,向善靠拢的愿望、要求和行动。假如道德心曾经存在,那么它是什么时候丢失,又怎样丢失的呢?《随想录》中详细地描述了这个过程:

> 我在去年写的一则《随想》中讲起那两年在"牛棚"里我跟王西彦同志的分歧。我当时认为自己有大罪,赎罪之法是认真改造,改造之法是对"造反派"的训话、勒令和决定句句照办。西彦不服,他经常跟监督组的人争论,他认为有些安排不合情理,是有意整人。我却认为磨炼越是痛苦,对我们的改造越有好处。今天看来我的想法实在可笑,我用"造反派"的训话思考,却得出了陀思妥耶夫斯基式的结论。对"造反派"来说,陀思妥耶夫斯基是"反动的"作家。可是他们用了各种方法,各种手段逼迫我、也引导我走上陀思妥耶夫斯基的路。这说明大家的思想都很混乱,谁也不正确。我说可笑,其实也很可悲。我自称为知识分子,也被人当作"知识分子"看待,批斗时甘心承认自己是"精神贵族",实际上我完全是一个"精神奴隶"。①

这个过程提醒我们注意在《随想录》之前的一个重要事实,那就是至少在"文革"期间,巴金已经彻底地否定过自己一次,当时他也是觉得自己是有罪的,而且希望通过苦行去赎罪。《随想录》是这次否定之否定,这两次否定在最初,从情感上至少都是真诚的,那么,它们之间有什么关系呢?至少在心理动机上是否有同构之处呢?

除了自我否定的形式之外,它们针对的对象也都是反省者自身,但两次之间的区别还是非常明显的,"文革"中可以说是改造自我,新时期是净化自我。"改造自我"是接受外在的律令改变自己,以适应外界的要求,它不仅是思想的改造,而且具有非常现实的功利性,希望得到现实的认同以获得一个新的身份,它的目标是舍弃自我,它不是奔往自由的王国而是奔

---

① 巴金:《十年一梦》,《巴金全集》16卷第326页。

往一个“合法”的王国而已。福柯谈到基督教的忏悔和坦白时指出:“它也是一种在权力关系中展现自身的仪式,因为我们坦白时至少要有一位说话对象,他不仅是对话者,而且还是督促坦白、强迫坦白、鉴定坦白和介入坦白,以便评价、惩训、原谅、安慰和调和坦白者的权威。”①巴金和同时代人在“文革”中的坦白和自我否定都像这样,是在有人督促、强迫、鉴定和介入下进行的,他不断强调当时自己是个可怜的“精神奴隶”,失去自我,完全听凭别人的命令行动。为什么会这样?一是精神被催眠,相信自己有罪;二是在现实层面也失去自由,以待罪之身被监控,所以巴金说得很清楚,他相信出路在于老实接受改造,直到现实彻底粉碎了他的这个希望,让他变得绝望之后,他才意识到自己上当受骗,才有了“文革”后期与之前截然不同的心态。而“净化自我”则与此相反,最大的区别是它是在拥有自我主体的前提下的自由选择,它是来自内心的道德律令要求下的行为,或者说在法律上,他是无罪的,有充分自由的,但在良知的法庭中,他控告了自己。其次是它的无功利性,它诉诸的对象是良知,除了求得内心的安定和道德净化之外,别无他求,也得不到什么欲求。——因为这更是良心的折磨,而不是现实的折磨。第三,净化自我,有扬弃,也有肯定,不是不分青红皂白的自我否定,而是在自我肯定的基础上的自我超越。比如巴金重新肯定自己年轻时代的旧作、当时的信念,以及自己所走过的道路,但同时他又认为自己这一代人反封建并不彻底,需要更大的努力,这里面有强烈的超越的愿望。在巴金这代人中,很多人经历了改造自我的过程,但却缺少净化自我的精神涅槃,所以思想中还存在着改造过的残渣,在新时期不断地暴露出来。不能说,巴金就完全摈弃了这些残渣,但他的自我净化显然让他拥有了与很多人不同的思想和道德境界。

在这里,还有一个问题值得探讨,那就是不论是改造自我还是净化自我,作为真诚的投入者巴金的心理状态。在前面的叙述中,他说:在造反派的引导下,“得出了陀思妥耶夫斯基式的结论”,认为痛苦就是磨炼,对

① [法]米歇尔·福柯:《性经验史》[增订版]第41页,佘碧平译,上海人民出版社2005年版。

改造有好处。新时期检讨自己当时的心态，巴金显然对此持否定的态度。但认真分析上下文，不难看到，巴金否定的是陀思妥耶夫斯基式的忍受痛苦、不反抗，是失去自我不辨是非的心态。而通过受苦来净化心灵的这种心理结构，却未必为他否认，相反，我认为在他的晚年，“受苦”也确实是他主动选择的一种内心超越的途径。他曾说过：“我自己也是经过长时间的受苦和思考以后，才懂得一点‘净化自己’的意义，才对自己提出比较严格的要求：言行一致。说真话的确很不容易，但我们总可以朝着这个目标走去，一步一步地向前走，会有进步。人排除自私是可以办到的，当然不是一天工夫就完全解决问题，但可以逐步解决。为什么要悲观呢？”[①]读《随想录》能够体会出巴金内心的焦灼和灵魂的折磨，他不去安度晚年却主动选择重复、回忆这种东西，不是自讨苦吃吗？孙犁曾在文字中表达过不愿回首痛楚之事的态度，包括对很有感情的亡妻的回忆：“我衰年多病，实在不愿再去回顾这些。”“因此，选择一些不太使人感伤的片断，记述如上。”[②]这与巴金态度迥然有别，也愈发让我感觉到，巴金的晚年沉浸在那些感伤的回忆中，清欠笔笔心灵的欠债，未尝没有陀思妥耶夫斯基式的心态。

陀思妥耶夫斯基的翻译者臧仲伦曾经这样概述陀氏对于苦难的看法：在《被侮辱与被损害的人》中娜塔莎说：“受苦受难能净化一切。”陀氏《罪与罚》中宣称：“受苦受难是伟大的壮举。”乃至后来，受苦受难是人内在的精神需要，“在不幸中能悟出真理”，使人获得新生，这些成为陀氏后期作品的主要基调[③]。别尔嘉耶夫谈到了陀氏笔下的人物通过受苦所获得的救赎的力量：“他宣扬的不仅是怜悯，还有苦难。他号召受难并相信苦难的救赎力量。人是有责任的动物，人的苦难是无辜的苦难。苦难缘于恶，恶缘于自由，因此自由导致苦难。自由之路就是受难之路，永远有

---

① 巴金1986年5月10日给林梅的信，《巴金全集》第24卷第106页。

② 孙犁：《亡人逸事》，《孙犁文集》续编第1卷第26、27页。

③ 臧仲伦：《惨痛热烈的心声》，《被侮辱与被损害的人》第8页，译林出版社1995年版。

使人失去自由、脱离苦海的诱惑。陀思妥耶夫斯基是自由的辩护者，因此他建议人把受难当作自由不可逆转的后果。陀思妥耶夫斯基的残酷就缘于这种彻底接受自由的方式。……陀思妥耶夫斯基将受难视为人的最高尊严的象征，自由生物的象征。”[①]在阐释陀思妥耶夫斯基哲学时，劳特说：“痛苦洗刷着心灵的罪孽，如果这是自身的痛苦或怜悯，尤其如此，因为痛苦或怜悯永远可能成为一种赎罪。痛苦可能非常强有力，以至于打破最强硬的和最牢固的信念并教会人和解。人用痛苦来洗刷罪孽，往后就不那么容易陷入罪孽之中了……”“痛苦帮助人们更深刻地了解和理解生活的意义，促使人们去改变生活。借助于痛苦，终于‘从黑暗的深渊中培育出高尚的心灵’。”[②]我想这些解读陀氏的文字，有助于我们理解巴金晚年的自我选择的内心状态。

当然，陀氏谈论受苦是有着宗教的背景和指向的，对于巴金，他的背景和指向又是什么呢？巴金在年轻的时候很欣赏法国哲学家居友的“生命的开花”理论，他曾这样解释它：

> 居友说：“个人的生命应该为着他人放散，在必要的时候，还应该为着他人放弃……
>
> 我接着说：“我们每个人都有着更多的思想，更多的同情，更多的爱慕，更多的欢乐，更多的眼泪，比我们维持自己的生存所需要的多得多。所以我们必须把它们分散给别人，并不贪图一点报酬。否则我们就会感到内部的干枯，正如居友所说：‘我们的天性要我们这样做，就像植物不得不开花一样，即使开花以后接下去就是死亡，它仍然不得不开花。’……”[③]

---

① [俄]别尔嘉耶夫：《文化的哲学》第 57 页，于培才译，上海人民出版社 2007 年版。

② [德]赖因哈德·劳特：《陀思妥耶夫斯基哲学》第 311 页，沈真等译，东方出版社 1996 年版。

③ 巴金：《谈心会》，《巴金全集》第 12 卷第 135—136 页。

按照居友的说法，生命既需要吸收营养使之转化为生命的能量，同时也需要扩散，无论是情感和意志都需要以某种方式扩散出去，“发散”乃是生命的一种本能。“生命不仅是营养，而且是生产和繁殖。生活，就是既获得又奉献。”他把生命的这种本能称作“道德的繁殖”，并认为：“个体的生命应为他人扩散，在他人当中扩散，必要时还应有自我牺牲。”居友同时认为不论是肉体生命还是智力生命都是在扩散和传播中才存在，同时，这种扩散和传播，不是盲目的消耗，它是有对象的，这就指向了他人，“另一个个体成了我们存在的必要条件”[①]，个人只有与他人联系起来才得以实现自己的价值，如此而言，为他人牺牲就顺理成章了。同时，居友还发现从动物到人都有一种冒险的意识，在超越自己的平常状态的冒险中，生命的意义得到了扩张，内心也有一种不同寻常的崇高感。这样“为自己或他人而面对危险(英勇无畏或自我牺牲)，这不仅不是对自我和个人生命的完全否定，而且它反而使生命本身崇高起来了”[②]。克氏对居友的推崇也在情理之中，因为他自己的伦理观的核心，所谓的“道德的三要素”：互助、正义和自我牺牲，除了承续了蒲鲁东的观点外，与居友的伦理观其实有着非常明显的渊源关系。他所推崇的“自我牺牲”的理论，与居友的“无义务无制裁的道德”理论中的观点如出一辙。

这种理论十分巧妙地协调了个人与社会、利己与利人的关系等问题。居友一再强调“道德”，不是来自外部天启的法则，也不是来自某种宗教制裁的压力，甚至也不是某种功利主义快乐原则的诱引，而是来自生命的内部，是生命发展的内在需要。他把人的生命分为有意识和无意识两部分，人们一般关注有意识的部分，认为影响人行为的是理性抉择，但忽略了本能和冲动这些无意识的部分，而恰恰是后者构成了人类行动最重要的推动力。道德、无私心，在生命能量过剩的时候，会自然开放，无需外在的力

① 以上所引语句见居友《无义务无制裁的道德概论》第202、203页，余涌译，中国社会科学出版社1994年版。

② [法]居友：《无义务无制裁的道德概论》第128页。

量强迫它[1]。“生命的开花”是一种实践的“哲学”，它充满了道德净化的力量。它要人排除生命中的杂质，走向一个更纯净的世界，从而实现内心的自我超越。正如德国的伦理学家包尔生所言：“每一自我牺牲同时也是自我保存，即保存理想的自我。的确，这是一种更值得骄傲的自我维护——我牺牲了我自己，我在战斗中献出了我的生命，这是为了一种我看得比我的生命还高的善。”[2]这是“生命的开花”的另外一面。它不断地为自己设置一个目标和一个底线，当你达到了的时候，新的又出现了，生命在这一次上升的目标中获得一次次的超越，超越是一种动力，它驱使个体生命永不放弃自己的追求。《随想录》中可以看出，巴金仿佛要把什么责任都要揽在自己身上，对自己从不满意，这也是一种自我超越的努力、心灵净化和灵魂提升的过程。经历过那么多风风雨雨，巴金卸掉了很多包袱，在净化心灵、完善自我的道路上走得非常勇敢，他揭开自己的伤疤，挤出脓血：真话与假话，言与行的一致，欠了读者多少心灵上的债……这是道德自我完善的需要，是一种生命的崇高感驱使下寻求良知的安宁和灵魂的超越的结果。

道德的反思，只有在良知被唤醒的前提下才能实现。被唤醒的良知指向哪里？巴金当然不是乞求万能的上帝的宽恕，有学者说：“‘五四’时代的忏悔意识没有神圣价值这一绝对尺度，没有以神圣的文本作为参照系，他们的忏悔不受上帝的监督和对上帝负责，而是对历史负责。”“但是，‘五四’的文化先驱者还是找到另一尺度与参照系，这就是‘人’的参照系。因此，以人本代替物本、神本，便成为‘五四’思想革命的基本内容。‘五四’在审判父辈历史文化‘吃人’的时候，同时确立人不可吃、不可欺、不可辱的人道观念。”[3]巴金的指向也是这里，道德沦丧、良知迷失，巴金用自

① 参见余涌《无义务无制裁的道德概论》中译前言。

② [德]弗里德里希·包尔生：《伦理学体系》第331页，中国社会科学出版社1988年版。

③ 刘再复、林岗：《罪与文学——关于文学忏悔意识与灵魂维度的考察》第234页，香港牛津大学出版社2002年版。

己亲身的经历来重新唤起启蒙的原则,这里有自由和独立的呼唤,有民主体制的吁求,也有对“不信神”的疾呼。

四、重建道德伦理的必要

鲁迅曾经这样论述过陀思妥耶夫斯基和他的作品:“到后来,他竟作为罪孽深重的罪人,同时也是残酷的拷问官而出现了。他把小说中的男男女女,放在万难忍受的境遇里,来试炼它们,不但剥去了表面的洁白,拷问出藏在底下的罪恶,而且还要拷问出藏在那罪恶之下的真正的洁白来。而且还不肯爽利的处死,竭力要放它们活得长久。”[①]对于巴金而言,首先不是拷问别人的灵魂,而是自我的灵魂,也正如鲁迅所说:“凡是人的灵魂的伟大的审问者,同时也一定是伟大的犯人。审问者在堂上举劾着他的恶,犯人在阶下陈述他自己的善;审问者在灵魂中揭发污秽,犯人在所揭发的污秽中阐明那埋藏的光耀。这样,就显示出灵魂的深。”[②]《随想录》的写作,抛除我们前面讨论的具体的“债”之外,还有着抽象的、象征性的道德意义,作为“人的灵魂的伟大的审问者”[③],巴金通过该书所展现的是当代知识分子道德沦落的过程,而通过这种赎罪式的写作,巴金在呼唤当代知识分子的伦理精神和道德重建。这种呼唤不论声音多么微茫又如此为当代人所忽略[④],它的意义恐怕超越了单纯的文学层面。

传统的中国士大夫强调“修身”,一言一行也都有严格的道德规范。修身、齐家、治国平天下[⑤],以及由此所承受的“礼”,都在确立一套士大夫

---

① 鲁迅:《陀思妥夫斯基的事》,《鲁迅全集》第6卷第411页,人民文学出版社1981年版。

② 鲁迅:《〈穷人〉小引》,《鲁迅全集》第7卷第104页。

③ 同上书,第103—104页。

④ 1990年代,人文精神讨论中,讨论者似乎都忘记了《随想录》的存在,忘记了《随想录》早在他们之前就在呼吁当代人文精神的重建。——由此,也可见巴金的呼吁应者何其寥寥。

⑤ 《礼记·大学》卷六十大学第四十二。

阶层独有的东西，那么，“君子”更是以美德立身的士大夫的一种理想追求。“《论语》中称说‘君子’之处多达一〇七次，《孟子》中亦达八十二次。对于‘君子’之人格、操守、教养、学识以及其功能、地位、义务、责任等等的论述，充斥于孔、孟的言论之中。……君子正是以其极富于整体性的人格，而成为儒家心目中之最高政治角色的。”[①]“最后但绝不是最不重要的，则在于封建士大夫还是一个拥有文化教养的阶级，他们又是这个文明古国中发展出来的礼乐诗书传统的主要传承者。这种文化具有宗教的意义，但又绝不仅仅如此；它还包含着处理政务的知识技能，但也绝不仅仅如此。‘教化’一词指示了这种文化的独特性质。封建士大夫被称之为‘君子’，‘君子’逐渐成了一个兼有身份和道艺双重意味的特别称谓……在中国古语之中，‘士’这个称谓恰恰也兼有担任政事者和拥有道义者的双重意味。”[②]很显然，传统知识分子是有着自己的精神传统的，它超越具体知识、技艺的层面，表现为一种行为规范、道德要求的。什么是君子所为什么不是，是有着具体的标准也是每个人内心中所清楚的。这种精神传统到了“五四”以后，仍然没有被抛弃，尽管有所谓新道德和旧道德之分别，但在现代知识分子的精神养成中也逐渐形成了自己的精神传统，比如对独立、自由的追求，对责任、义务的承担，甚至对国家、民族的义务。谢泳在研究西南联大知识分子群落的时候，引用钱穆的话，认为思想自由、学术自由乃至知识分子的道义承担在当年还是有一个“客观的标准”[③]的。从具体的人到学校的校风都体现出这一点，殷海光曾这样评价金岳霖教授：“他不仅是一位教逻辑和英国经验论的教授而已，并且是一个道德感极强烈的知识分子。”[④]可见，知识分子的学识是一方面，“道德感”又

---

① 阎步克：《士大夫政治演生史稿》第188—189页，北京大学出版社1996年版。

② 同上书，第466页。

③ 谢泳：《西南联大与中国现代知识分子》（修订版）第15页，福建教育出版社2009年版。

④ 殷海光：《殷海光遗札》，王元化主编《学术集林》卷一第319页，此转引自谢泳：《西南联大与中国现代知识分子》（修订版）第14页。

是不可分割的另外一面，它们同样在中国的学术传统中起到了作用。谈到这个知识群落，谢泳曾言：

> 西南联大知识分子群的另一个特点是，虽然他们多数有留学欧美的经历，但在伦理道德层面却明显留有儒家文化的色彩，可以说在专业和政治意识上倾向西方，而在伦理道德层面却明显留有儒家文化的色彩，可以说在专业和政治意识上倾向西方，而在生活的层面上还是中国化的。这个特征使他们成为当时的道德楷模和精神领袖。任之恭回忆当年的经历时写下了这样的话：
>
> 首先，战争时期为保存高等教育而奋斗的主要动机来自于中国传统的对学识的尊重，在以儒家为主的传统中，中国学者被认为是社会中的道德领袖，从某种程度上说，也是精神领袖，那么，从这一观点出发，战时大学代表着保存知识，不仅是"书本知识"，而且也是国家道德和精神价值的体现。①

可是，某些道德标准和精神价值，在易代之际会被不同的人改变，于是才有陈寅恪之叹："纵览史乘，凡士大夫阶级之转移升降，往往与道德标准及社会风习之变迁有关。当其新旧蜕嬗之间际，常呈一纷纭综错之情态，即新道德标准与旧道德标准，新社会风习与旧社会风习并存杂用。各是其是，而互非其非也。斯诚亦事实之无可如何者。虽然，值此道德标准社会风习纷乱变易之时，此转移升降之士大夫阶级之人，有贤不肖拙巧之分别，而其贤者拙者，常感受苦痛，终于消灭而后已。其不肖者巧者，则多享受欢乐，往往富贵荣显，身泰名遂。其何故也？由于善利用或不善利用此两种以上不同之标准及习俗，以应付此环境而已。譬如市肆之中，新旧不同之度量衡并存杂用，则其巧诈不肖之徒，以长大重之度量衡购入，而

① 谢泳：《西南联大与中国现代知识分子》(修订版)第 11 页，福建教育出版社 2009 年版。

以短小轻之度量衡售出。其贤而拙者之所为适与之相反。于是两者之得失成败，即决定于是矣。"[①]这一切难道都是单纯的个人道德问题吗？巴金在《随想录》中曾经真诚地反省过：

> 在那个时期我不曾登台批判别人，只是因为我没有得到机会，倘使我能够上台亮相，我会看做莫大的幸运。我常常这样想，也常常这样说，万一在"早请示、晚汇报"搞得最起劲的时期，我得到了解放和重用，那么我也会做出不少的蠢事，甚至不少的坏事。当时大家都以"紧跟"为荣，我因为没有"效忠"的资格，参加运动不久就被勒令靠边站，才容易保持了个人的清白。使我感到可怕的是那个时候自己的精神状态和思想情况，没有掉进深渊，确实是万幸，清夜扪心自问，还有点毛骨悚然。[②]

巴金没有给自己的道德打包票，反而超越了个人道德向我们展示了另外一面，那就是还有一种左右个人道德的社会环境和权力机制，它养成了个人道德并与之不可分割。《随想录》中的道德修复的呼唤，从本质上远不是个人修养这么单一的事情，巴金一直在质问并说他弄不明白：人是怎么变为兽的？可以说《随想录》中的道德伦理的呼唤是从个人出发，一方面针对历史反思，反思个人在强大的社会政治暴力中如何被改变被扭曲；另外一方面是针对人的反思，指向人性本身的幽暗之处，那就是个体的人是如何由"我"变成"非我"、由"人"变成"兽"，反思了人本身的问题[③]。对于这个问题，《随想录》中似乎一直没有直接回答，因为这的确不

---

① 陈寅恪：《元白诗笺证稿》第85页，陈寅恪集本，生活·读书·新知三联书店2009年版。

② 巴金：《解剖自己》，《巴金全集》第16卷第398页。

③ 有学者认为巴金在《随想录》中的反思都是针对具体事件的"忏悔的人"式反思，没有达到叩问灵魂的"人的忏悔"的层次。我首先认为，所谓的"忏悔的人"与"人的忏悔"，恰是个别与一般的关系，二者既不能割裂又不是对立的，更没有必要分出高下。其次，巴金在晚年屡屡提出的"人""兽"转化之问，自然包含着对人性的估量和探询，难说不是"人的忏悔"。

是一两句话就能说得清楚的，甚至可以说整本《随想录》都在回答它。伦理道德的沦丧是其中的一个重要方面。对此，《随想录》展示了历次的思想政治运动对于当代知识分子的精神戕害，尤其是对于知识界的道德伦理的破坏。巴金本人就是一个标本，他的“债”也是那些历史在知识分子身上的残留物。

谈到当代思想政治运动对于伦理道德的破坏，到处都是活生生的例子。比如，在思想改造和三反、五反运动[①]中，通过对于隐私的揭发或鼓励坦白，使知识分子斯文扫地、尊严完全丧失，那种“士可杀不可辱”的气概顿然消失，从统治策略来讲，是达到了把他们变成驯服工具的目的，但从文化和精神传统而言，不啻于伤筋动骨。一九五二年初在复旦开展的三反运动，根据谭其骧的笔记记录，教授们除了深挖自己的阶级根源之外，所谈的很多是鸡毛蒜皮的小事。像历史系主任周予同教授的交代有这样一段：

> 贪污方面的问题：在复旦的有：1. 解放前大儿子在图书馆借书，解放后有二本未归还，也没有赔。2. 解放后徐汇村有伪军留下的木材，我做了一桌四椅，花了五元钱，未登记。3. 有一只小铁床，解放前向郑权中借来的，是学校公物，解放后未登记。4. 将统考试题纸私用。5. 开明书店的薪水未缴工会费。在复旦外的问题有；1. 介绍朋友职业后，接受了他们送的礼。2. 借书不还，将暨南大学一本《中国佛教史》转借给了安明法师，至今未还。3. 使用开明书店的信纸信封、电话、工友，公私不分。4. 与开明来往的单位请吃饭，我也参加

① 三反运动是 1951 年 12 月起在国家机关、部队、国营企业等展开的反贪污、反浪费、反官僚主义的斗争。五反斗争是 1952 年 1 月起在全国工商业中开展的反行贿、反偷税漏税、反盗骗国家财产、反偷工减料、反盗窃经济情报的斗争。

了。5. 要开明书店送书。6. 要开明给我装订杂志。[1]

复旦大学"三反运动的初步收获"的总结中说:"揭发了大量贪污事实,参加学习的二百九十五人中,一百六十九人有贪污,占总人数的百分之五十七。教师一百六十五人中,已坦白了六十一人;职员一百三十九人中,坦白贪污的有七十人。缺点是还不够彻底。"[2]不知道这种成果里有多少是"考试题纸私用"、"借书未归还"这样的事。把这些鸡毛蒜皮的事情从具体的背景中拎出来,再无比放大,上纲上线,成为政治问题、原则问题,除了让知识分子尊严尽失之外,客观上也鼓励了隐私的揭发、利用,这对道德和伦理的破坏是不可想象的。在这样的疾风骤雨中,对于亲情的践踏、对友情的背叛、对师道的冒犯等,很多不伦之事在革命话语的鼓励下成为积极和进步的表现,公权肆意践踏私德,给历史留下了一道道深深的伤疤。

建国初期的知识分子思想改造运动中,重点还是自我检查;到"胡适思想讨论"时,则是一次知识分子集中赤膊上阵去攻击和批判同类和朋友的表演。在集中批判之前,胡适的老朋友、历史学家陈垣在一九四九年五月十一日《人民日报》上发表《北平辅仁大学校长陈垣给胡适的公开信》,

---

① 葛剑雄:《悠悠长水:谭其骧前传》第193页,华东师范大学出版社1997年版。关于周予同,巴金在《随想录》一四一《我与开明》中曾写过他:"一九五〇年八九月我看完这本书的校样,给开明编辑部送回去。当时开明总店已经迁往北京,在福州路的留守处我只见到熟悉的周予同教授,好像他在主持那里的工作。他是著名的学者、受尊敬的民主人士和'社会名流'。后来我和他还常在会场上见面。他是一个矮胖子,我看见他那大而圆的脸上和蔼的笑容,总感到十分亲切。这位对中国封建文化下苦功钻研过的经学家,又是'五四'时期冲进赵家楼的新文化战士。不知道因为什么,'文革'开始他就给'抛'了出来,作为头一批'反动学术权威'点名批判。最初一段时期他常常被各路红卫兵从家里拖出来,跪在门口一天批斗五六次。在批林批孔的时期,这位患病的老学者又被押解到曲阜孔庙去忍受种种侮辱。后来他瞎了眼睛,失去了老伴,在病榻上睡了五六年,仍然得不到照顾。他比其他遭受冤屈的开明朋友吃苦更多,不同的是他看到了'四人帮'的灭亡,他的冤案也得到昭雪。"(《巴金全集》第16卷第672—673页)

② 同上书,第201页。

展开对胡适的批判。对胡适更大的打击来自他的小儿子胡思杜，他于一九五〇年九月二十二日在《大公报》上发表《对我父亲——胡适的批判》，表示背叛自己的父亲，在文中，胡思杜说：“从阶级分析上，我明确了他是反动阶级的忠臣、人民的敌人。在政治上他没有什么进步性的。一九三〇年做北大文学院长以后，更积极地参加巩固加强匪帮的工作，成为反动政权的忠实走狗。”胡思杜没有随父母离开北平，“他天真地对父亲说：我又没有做什么有害共产党的事，他们不会把我怎么样。”一九四九年九月他被安排到华北革命大学政治研究院学习，主要是思想改造，批判父亲的文章本是他毕业时写的反省材料的一部分，“在思杜来说，写反省材料，从事自我批判、检讨是过关。毕业必须要过的一关，自然也没有想到会被拿出去公开发表。思杜的文章被登出的这一部分，是否真的出自他的原稿，或者说全部是他的话，后人无法得知。但笔者核对了胡思杜文章的大陆刊发稿（《中国青年》）和香港《大公报》上的中文，文字上有十分明显的出入，和被改动的痕迹”[①]。面对这样的结局，不知父子俩心中是怎么面对的，胡思杜一九五〇年九月还是被赶出北京，到唐山铁道学院教书。一九五七年反右开始后遭到批判，当年九月二十一日在绝望中自杀。在批判胡适思想的运动中，他的老朋友和学生都要纷纷登场出来说话，批判的同时也是自我改造，这就难免要夸大其词，以求过关。其中沈尹默《胡适这个人》一文，对胡适人身、人格多有诋毁，以致胡适忍不住在日记中说：“沈尹默的一篇则是全篇扯谎，这人是一个小人，但这样下流的扯谎倒罕见的！”[②]其实，知识分子的道德是在一种整体的风气鼓励下不断滑坡的。

舒芜在胡风一案中的“反戈一击”至今仍常为人道及。当舒芜的第一篇文章《从头学习〈在延安文艺座谈会上的讲话〉》发表后，胡风说：“他是

---

① 沈卫威：《无地自由——胡适传》第 354 页，上海文艺出版社 1994 年版。

② 同上书，第 358 页。

想用别人的血洗自己的手了。”[①]舒芜将私人通信上缴已有告密之嫌，而当局公然将信件经过编辑作为批判材料登在《人民日报》上昭告天下，已是堂而皇之的栽赃。这批信件成为胡风案定罪的有力证据更让人瞠目结舌。巴金说：

> 私人信件可以随意公开，断章取义，任意定罪。给我印象最深的是关于“胡风集团”的三批材料，我学习过多次，也发表过不少批判谬论，但是我至今还不明白一些文人写给朋友的信件会变成“毒品”，流着一滴滴的血，残害人的生命。
>
> 这以后谁还敢写信？[②]

在胡风这一边，舒芜的交信，完全是犹大的背叛，甚至是对于他对于舒芜一次冷淡所得到的报复：那是一九五四年的一天，聂绀弩带何剑薰、舒芜到胡风家，胡风冷言说：老聂，你怎么随便把人领到我这儿来？三人悻悻而退。“走出后，他们都憋着一肚子气，说胡风太过分了，甚至说以后不理他了。只有舒芜说出了一句很有分量的话：‘嗨，他可有许多信在我手里呢……’”[③]对于同一件事，舒芜另有解释：

> 那天下午，聂又邀何与我同到北海公园喝茶，大家谈到中午的事，我说，不懂胡风先生为什么发这么大火。聂说：“他最生气的是，你自己检讨就检讨，不该拉上他。他当年发表《论主观》，是为了批判的。”我第一次闻此说，大出意外，才说：“他怎么这样说呢？我手里有他的信，拿出来可以证明事实完全相反。”聂还是笑着劝道：“何必呢？何必呢？”我说过也就完了。[④]

---

① 梅志：《胡风传》，《梅志文集》第 3 卷第 424 页，宁夏人民出版社 2007 年版。

② 巴金：《〈巴金书信集〉序》，《再思录》增补本第 203 页，广西师范大学出版社 2004 年版。

③ 梅志：《胡风传》，《梅志文集》第 3 卷第 442 页。

④ 舒芜：《〈回归五四〉后序又附记》，《回归五四》第 702—703 页，辽宁教育出版社 1999 年版。

不论怎么样，舒芜终生背负着心灵的十字架，但让他耿耿于怀的是，事情常常会有两方面，一方面胡风在舒芜面前鼓励他主动交代问题，一方面又在其他朋友面前斥责舒芜“无耻”。多年后，舒芜说：“我想，两方面也都是真的。他先前要我用改造思想的方法学习毛泽东思想以解决《论主观》一大公案，是真诚的；后来大概他很快看出了思想改造的弊害，也是真诚的。”[①]用林贤治的话来说，胡风做了“台前幕后不相一致的近于双面人格的表演”[②]。我们今天不是来讨论恩怨是非，而是从这件事情上看到舒芜和胡风两个人都有“非我”的一面，都是在政治强势下内心扭曲所做的举动。一九八二年，聂绀弩赠舒芜诗曰：“媚骨生成岂我侪，与时无忤有何哉？错从耶弟方犹大，何不讨廷咒恶来。”同时在信中又感慨道：“……人们恨犹大，不恨送人上十字架的总督之类，真是怪事。我以为犹大故事是某种人捏造的，使人转移目标，恨犹大而轻恕某种人。”[③]其实，这样朋友的构陷何止于此？李辉在整理杜高的档案时说：“与个人的检讨和交代相比，读起来更让人难受的是朋友之间的相互检举揭发。”“他们必须不停地写，不停地把昔日的朋友当做敌人来鞭挞。没有亲身经历过的人，是无法想象这种被强迫写检举揭发的苦痛的。他们不得不把朋友的问题详尽写

---

① 舒芜：《〈回归五四〉后序又附记》，《回归五四》第711页，辽宁教育出版社1999年版。

② 林贤治：《胡风“集团”案：20世纪中国的政治事件和精神事件》，《黄河》1998年第1期。范泉在《我至今还活着》一文中透露：“原来一九五四年六月，胡风在写给毛主席三十万言的《对文艺问题的意见》书里，提到了四十年代上海的两种文艺刊物，即‘国民党检查官’李健吾主编的《文艺复兴》和‘南京暗探’范泉主编的《文艺春秋》。所谓‘南京暗探’，实际上就是国民党特务。当然，根据有反必肃的原理，我和李健吾就像胡风本人一样，同步进入肃反运动的被重点审查行列。当时我在上海总工会系统工作。介绍我加入中国共产党的上海总工会肃反办公室主任沈峻坡，立刻被拉下马。勒令停职检查。经过一二十位干部组成专案组，抄家，外调，长期审查以后，到一九五七年反右运动开始时，终于得出结论：我不是国民党特务……”后来范泉又被戴上右派分子的帽子，贬职青海，直到1979年平反，所以，他说：“胡风的一句话，使我丢失了整个壮年时期。”（《文海硝烟》第317—318页，黑龙江人民出版社1998年版）胡风案是一桩悲剧，但作为中心人物的胡风在向最高当局写信时，如此轻率地评价两位作家，且冠以如此严重的政治评价，未尝不是另外一桩悲剧，不论是有意还是无意，传递这样的信息等于是揭发。故此，个人道德不是可以单独或者抽象地用善或恶来评价。

③ 转引自周筱赟《舒芜：走不出的“胡风事件”》，《中国新闻周刊》2009年32期。

出，甚至专案组更希望能够扣上屎盆子、尿盆子，这正是运动所需要的。杜高等人的命运不正是靠这样一些材料来决定的吗？”[①]舒芜无论如何也想象不到，他的举动不知导致多少人家破人亡。俱往矣，有形的伤痕可以平复，无形的能够消退吗？经历过这样的运动之后，还会有朋友间的信任吗？还会在通信中讲心里话吗？所谓友情，成为互相揭发的最有力的字眼之后，早已丧失了它的温暖含义。

家庭关系也在这样的“革命”中变形。一九五五年，谭其骧、胡厚宣、马长寿三位教授被匿名信检举为三人小集团，罪名是经常在一起说反动话。在当时这是非同小可的事情，为此，马长寿被调离复旦大学历史系，但谭其骧至死也不会想到写信的人是他的妻子，“她或许只是天真地以为，通过这些匿名信能给谭其骧制造足够的麻烦，使他不至于整天忙于工作，更没有资格到北京去工作，就会对她俯首帖耳，老老实实在家里陪着她。”[②]这看似荒唐的苦笑，其实是非常严酷的打击，在历次运动中，划清界限，妻子和子女的揭发、斗争使得不知多少坚强的灵魂最后的防线崩溃。然而，在受难者最需要精神安慰的时候，有人却经常鼓励、劝说、甚至逼迫家属与之离婚、断绝关系，这些与人伦大悖的事情受到鼓励，那么道德伦理受到的伤害有多重可想而知。当吴祖光遭难的时候，新凤霞就遭遇这样的劝说。文洁若在回忆录中写过子女批斗父母的故事：

> 有一对从日本回来的爱国华侨，蒙受国际间谍嫌疑，被抄家，挨打挨斗，他们都咬着牙挺过来了。后来在中学住校的两个儿子竟领着一帮红卫兵来，将爹妈狠揍一顿，扬长而去。这两个少年图的是自己可以不再当“狗崽子”，以为这样就能与父母划清界限，并加入红卫兵队伍。做父母的呢，对来自陌生人的侮辱尚能忍受，但挨亲骨肉的

---

① 李辉：《序：留在纸上的苍凉》，《一纸苍凉：〈杜高档案〉原始文本》第 7 页，中国文联出版社 2004 年版。

② 葛剑雄：《悠悠长水：谭其骧前传》第 236 页，华东师范大学出版社 1997 年版。

打，使他们对人生绝望了。这对夫妇抱头痛哭一场后，双双上了吊。

这样的人间悲剧太多了。

我曾亲眼看见出版社的一位办公室主任怎样挨自己儿女的打。他们能够追到社里来打他，在家里就可想而知了。当年九月，亚那个在北医三院工作的六堂弟满脸惧色地告诉我，前不久他曾被拉去观看红卫兵逼迫儿子打爹妈的惨状。多少天来，红卫兵打人太多，手都酸了，就想出这么个点子。六堂弟说，做爹妈的被打得浑身没一块好肉了，鲜血直流，还是一声不响地忍受着。只要儿子由此而能得点好处，他们自己不惜肝脑涂地！①

这样的“斗争”会让一些有良知的人深感痛苦又无能为力。曾任中国作家协会秘书长的郭小川就是这样一位。他主持了中国作家协会的反右斗争，在这个过程中，一直是良知与现实的冲撞。在反右最激烈的时候，他写下了长诗《一个和八个》，这是现实压抑中寻求另外的解脱，后来他说：“我为什么写了那么一些杀人犯？为什么让他们都被‘感化’过来？这也反映了我当时的复杂的思想感情。这期间，我对于周围的许多人都是很讨厌的。我觉得，这批人钩心斗角，追名逐利，有时又凶暴得很，残酷得很，简直没有什么好人。生活在这里，甚至像生活在土匪窝里一般。”②这是对于人性的失望。

而后来运动中一些人借助“革命”的名义谋取私利、以革命的名义丧失道义和人性等行为，更是让崇高、高尚的东西在后来都蒙受了灰尘。徐铸成回忆，一九六八年，“是年秋，我母亲忽患中风病，瘫痪床褥。按革命纪律，牛鬼蛇神家属一律不许医生上门诊治。我乃请到一位朝鲜医生，一周来打两次梅花针；而那时我领发的生活费每月只有五十元，只能靠卖旧

① 文洁若：《我与萧乾》第 97—98 页，广西教育出版社 1992 年版。

② 郭小川：《在反右派斗争前后——我的初步检查之十》，转引自陈徒手《人有病，天知否》第 183 页，人民文学出版社 2000 年版。

衣抵补。"次年十月，其母无法忍受抄家等恐吓，终于逝世，"草草成殓，送至龙华火葬场，亲友也无一人敢来吊丧。我母勤劳一生，逢此乱世，病不能治，赍恨以殁，哀哉！"①想不到的是勒令他搬家的造反派，公然从中谋取私利："执行这个换房命令的，是一个姓王的工人而成为造反派小头头的。他用'掉包'的手法，把自己的家搬至拨给我的房子去住了，而强令我家搬至延安中路八七三弄一间不足十平方米的灶披间里，且鼓动四邻对我监督。"②

在反思"文革"所带来的灾难的时候，很多人认为"文革"把社会风气给搞坏了。巴金在《随想录》中也有类似的描述：

> 我记起来了，一九六二年我在北京出席全国人民代表大会，会议结束我动身返沪的前一天下午，我一个人坐在饭店的餐厅里在意见簿上写了一大段感谢的话，那个时候我有那么多的感情，因为我在那里受到了亲切的、兄弟般的接待，但是在"文革"之后我再也没有找到那样的人与人之间的关系了。到处都有一种官气，一种压力；我走到许多地方都觉得透不过气来。但我却并不感到不自然，好像我已经习惯了这种环境。固然牛棚给拆除了，可是我还有一根尾巴，仍然低人一等。因此即使天天叫嚷"为人民服务"，对某些人还是不必落实政策；因此我虽然处处碰壁，自己也心安理得，仿佛这是命中注定，用不着多发牢骚。
>
> ……
>
> ……然后又是十年烈火把美好的东西烧得干干净净。最近全国人大代表谈到北京市的服务质量，不是像我那样在意见簿上写下热情的赞美，而是发出不满的批评。可见十年"文革"在我们国家干了多少坏事，带来多大变化。今天还有人在怀念美好的五十年代，"错

---

① 徐铸成：《徐铸成回忆录》（修订版）第273、275页，生活·读书·新知三联书店2010年版。

② 同上书，第276页。

划”和“扩大化”还不曾开始的那些日子，“服务”并不是挂在嘴上的空话，变人为“牛”的魔法也尚未发明，在新社会里我受着人的待遇，我也以平等的眼光看待别人。但是十载大火之后，在一片废墟上我们还能找到什么呢？瓦砾，灰堆？[①]

这是全社会道德滑坡的一种征兆。最可怕的事情还在于，“文革”等政治运动破坏了人们曾经信仰的东西之后，带给人以虚无感和不信任感。“‘文革’期间我靠边站，没有资格批判别人，因此今天欠债较少。当然现在还有另一种人，今天指东，明天指西，今年当面训斥，明年点头微笑，仿佛他一贯正确，好像他说话从不算数。人说‘盖棺论定’，如今连这句古话也没有人相信了。有的人多年的沉冤得到昭雪，可是骨头却不知道给抛到了什么地方；有的人的骨灰盒庄严地放在八宝山公墓，但在群众的心目中他却是无恶不作的坏人。我不断地解剖自己，也不断地观察别人，我意外地发现有些年轻人比我悲观，在他们的脑子里戴帽或摘帽、溅不溅污泥都是一样。再没有比‘没有信仰’、‘没有理想’更可悲的了！”[②]这是社会潜在的道德和精神危机，也可以说是“文革”留下的一笔最可怕的遗产。

从这个意义而言，只有清除心灵中的污泥，才有道德重建的可能，《随想录》的写作中，巴金声言要挤出身上的“脓血”，所做的也正是这个工作，他以自己的痛苦和煎熬，来唤醒人们沉睡的道德和良知之心。

二〇一〇年六月十四日傍晚

二〇一一年五月七日凌晨

二〇一一年六月六日晚再改

---

① 巴金：《官气》，《巴金全集》第16卷第686—687页。

② 巴金：《怀念烈文》，《巴金全集》第16卷第204页。

“真话”与“假话”

——《随想录》的核心诉求

“讲真话”如今早已与巴金、《随想录》紧紧地联系在一起①。

巴金自称《随想录》是“真话的书”②,“这五卷书就是用真话建立起来的揭露‘文革’的‘博物馆’吧”③。“讲真话”成了《随想录》的核心内容,它甚至掩盖了人们对这本书的具体内容的了解,也正因为如此,巴金才被誉为当代中国知识分子的良心。

“讲真话”、“说真话”、“写真话”这样的语句在《随想录》中随处可见,“真话”、“假话”也是《随想录》反复辨证的内容。《随想录》中有七篇直接以“真话”为题的文章④,第三集干脆直接以《真话集》而命名。篇名还仅仅是个表征,在巴金看来,《随想录》的写作从始至终都是一种讲真话的行为。

新时期复出文坛之后,巴金第一次明确使用“讲真话”的语句是在给友人杨苡的信中,他解释写作《一封信》的心理动机:“好久没有写文章,起初真感到不知从何写起。但是写完我也感到痛快,因为我讲了心里的话。

---

① 2003年新浪网和《北京娱乐信报》联合举办的“说出您心目中的巴金”大型网络调查中:您心目中的巴金是一个什么样的人? 841人参与调查,其中50.77%的人选择“一个讲真话的作家”;49.7%的人选择“一个重视家庭和友情的人”;27.11%的人选择“一个单纯浪漫的人”;10.23%的人选择“不清楚”。见刘易《巴金作品的思考方式没有过时》,陈思和、李存光主编《生命的开花——巴金研究集刊卷一》第298页,文汇出版社2005年版。

② 巴金:《〈无题记〉后记》,《巴金全集》第16卷第758页。

③ 巴金:《〈随想录〉合订本新记》,《巴金全集》第16卷第Ⅺ页。

④ 它们是《说真话》、《再论说真话》、《写真话》、《三论讲真话》、《说真话之四》、《未来(说真话之五)》、《卖真货》。

四人帮专讲假话，那么讲真话也是同他们对着干吧。"[1]此时，巴金尚未开始《随想录》的写作，但对于假话早已深恶痛绝，也不难看出对"讲真话"，他也早有考虑。在一九七八年十二月一日所写的《〈随想录〉总序》中，巴金说他不想"人云亦云"、再说"空话"、"大话"[2]，虽然没有直接使用"讲真话"的说法，但《随想录》写作伊始，他就打定心思：告别假话，要讲真话。"真话"这个词第一次直接出现在《随想录》中，是在一九七九年五月二十二日所写的随想之十六《再访巴黎》中。事隔半个世纪，重访巴黎，巴金向卢梭表达敬意："我从《忏悔录》的作者这里得到了安慰，学到了说真话。五十年中间我常常记起他，谈论他，现在我来到像前，表达我的谢意。"[3]这似乎在交代《随想录》的师承。接下来，巴金谈到访问法国跟外国友人和记者交流，谈到某些问题："我表示了自己的立场，说了真话，……"[4]"说了真话"，如释重负，也能看出作家道德感和独立意识的复苏。在《随想录》第一集的后记中，巴金直接表明了《随想录》写作的核心诉求：要表达自己的"真实思想和真挚感情"，"我愿意向读者们讲真话。《随想录》其实是我自愿写的真实的'思想汇报'。"[5]接下来，《随想录》第二集的开篇便是《"豪言壮语"》，巴金开始揭穿"语言乌托邦"的秘密，越来越深入地思考"讲真话"的问题……

---

① 巴金1977年5月29日致杨苡，《雪泥集》新版第28页，上海远东出版社2010年版。

② 巴金：《〈随想录〉总序》，《巴金全集》第16卷第Ⅰ页。

③ 巴金：《再访巴黎》，《巴金全集》第16卷第73页。在其后的文章中，他又说："一九二七年春天我在巴黎开始写小说，我的启蒙老师是《忏悔录》的作者卢骚（梭），我当时一天几次走过他的铜像前，我从他那里学到的是：讲真话，讲自己心里的话。最近我以中国作家的身份访问日本，同日本朋友交谈起来，我讲的仍然是这样几句话。日本朋友要我谈我五十年的文学生活，我的经验很简单，很平常，一句话：不说谎，把心交给读者。"见《春蚕》，《巴金全集》第16卷第194页。

④ 巴金：《〈随想录〉合订本新记》，《巴金全集》第16卷第Ⅺ页。

⑤ 巴金：《〈随想录〉第一集后记》，《巴金全集》第16卷第140页。

一、什么是“真话”

重获写作自由之后，巴金为什么把讲真话的问题看得如此重要？正如有人质疑的那样：难道连小学生都懂得的问题却要一位作家翻来覆去地去讲？回答虽然很简单，但是却包含着不知多少血和泪：是因为在谎言成风的岁月中巴金讲过、传播过假话，并因此遭到了良知和现实的惩罚；还因为假话、空话、大话、套话并未随那段岁月而消失[①]。“文革”后，巴金打算写两部长篇小说，翻译完赫尔岑的《往事与随想》，在他的最初设计中，《随想录》只是翻译工作的副产品，然而很快它就成为最主要甚至唯一的写作了，除了身体和精力的原因之外，还在于巴金意识到历史反思、讲真话的提出对于他这样一个作家的重要性。“讲真话”的提出，还有一个大背景：思想解放运动，特别是当时实践是检验真理的唯一标准的讨论中，官方对于“实事求是”思想路线的重新确认和强调，拨乱反正——将过去被颠倒的东西纠正过来，冤假错案的平反等，都是《随想录》中鲜明地提出“讲真话”主张的思想背景。邓小平在当时屡次强调“实事求是”的重要性：“在延安中央党校，毛泽东同志亲笔题的四个大字，叫‘实事求是’。我看大庆讲‘三老’，做老实人，说老实话，干老实事，就是实事求是。我认为，毛泽东同志倡导的作风，群众路线和实事求是这两条是最根本的东西。”“我为什么说实事求是在目前重要呢？要搞好我们的党风、军风、民

---

① 说假话至今仍是最为恶劣的社会风气和顽疾之一，2010 年 12 月 30 日《南方周末》一篇题为《钟南山：敢说真话不孤独》（方可成等）中，报道了自 2003 年 SARS 流行以来一直在公众视界中被视为说真话的英雄钟南山的事情，其中说到：“钟南山提倡大家说心里话，但显然，说心里话还没有成为社会的常态。所以，他不过是说了些心里话，就被媒体封为‘炮手’。”有人是这样称赞钟南山：“他很纯真、正直，说白了就像那个点出皇帝没穿衣服的孩子一样，说话不会顾着什么人的情面和脸色。”这些从另外一面证明说真话没有成为常态，以及讲真话的人的孤独。

风，关键是要搞好党风。现在，‘四人帮’确实把我们的风气搞坏了。……他们弄得我们党内同志不敢讲话，尤其不敢讲老实话，弄虚作假。”[①]在另外的场合，他还讲过：“现在，摆在我们各级党组织面前的事情，就是要鼓实劲，要切实解决问题，要踏踏实实地工作。一句话，就是要落在实处。追求表面文章，不讲实际效果、实际效率、实际速度、实际质量、实际成本的形式主义必须制止。说大话、说假话的恶习必须杜绝。”[②]“文革”结束后，知识分子与官方在很多问题上有着一致的追求和互动，邓小平的讲话与巴金的主张可以相互印证，也可看出，提倡讲真话并非空穴来风，它是根治历史顽疾和扭转社会风气的需要。

那么，什么是巴金所说的“真话”？巴金说：“我想起了安徒生的有名的童话《皇帝的新衣》。大家都说：‘皇帝陛下的新衣真漂亮。’只有一个小孩子讲出真话来：‘他什么衣服也没有穿。’”[③]巴金一针见血点破“说真话”的秘密，它不需要多高的门槛，连个小孩都能做到：只要有孩子那样纯洁的心，只要把自己看到的直接讲出来。如此说来，“讲”真话往往要比真话本身还要重要。“我所谓‘讲真话’不过是‘把心交给读者’，讲自己心里的话，讲自己相信的话，讲自己思考过的话。我从未说，也不想说，我的‘真话’就是‘真理’。我也不认为我讲话、写文章经常‘正确’。”[④]“我所谓真话不是指真理，也不是指正确的话。自己想什么就讲什么；自己怎么想就怎么说——这就是说真话。你有什么想法，有什么意见，讲出来让大家了解你。倘使意见相同，那就在一起作进一步的研究；倘使意见不同，就进行认真讨论，探求一个是非。这样做有什么不好？”[⑤]真实地表达自己所看所思，这是巴金所说的“讲真话”的第一层意思。表面上看，这是再容

---

① 邓小平：《完整地准确地理解毛泽东思想》，《邓小平文选》第 2 卷第 45、46 页，人民出版社 1994 年 10 月第 2 版。

② 邓小平：《在全国科学大会开幕式上的讲话》，《邓小平文选》第 2 卷第 99—100 页。

③ 巴金：《〈真话集〉后记》，《巴金全集》第 16 卷第 429 页。

④ 同上书，第 429 页。

⑤ 巴金：《说真话之四》，《巴金全集》第 16 卷第 387 页。

易不过的事情了,但有个词叫“世故”,指待人接物的处世经验,有了这个“经验”,人们便学会话到嘴边留半句——经历过一次次政治运动之后,有些事情足以让很多人成为惊弓之鸟。何况,用尽手段,不是追究事实,仅凭一些捕风捉影的几句话就将人定罪的事情屡见不鲜,飞蛾扑火固然可贵,但人人自危、明哲保身也不悖常理。在这个人人自危的环境中,很多人为自保不得不有《一九八四》里所说的“双重思想”,心底的话与说出来的话不一致,或索性三缄其口,这是处世之道,倘使连沉默的权利都没有的情况下,自我保护的策略只能是跟着讲假话。巴金在文章中也提到:

> 现在回想,我也很难说出是什么时候开始的,可能是一九五七年以后吧。总之,我们常常是这样:朋友从远方来,高兴地会见,坐下来总要谈一阵大好形势和光明前途,他谈我也谈。这样地进行了一番歌功颂德之后,才敞开心来谈真话。这些年我写小说写得很少,但是我探索人心的习惯却没有给完全忘掉。运动一个接着一个没完没了,每次运动过后我就发现人的心更往内缩,我越来越接触不到别人的心,越来越听不到真话。我自己也把心藏起来藏得很深,仿佛人已经走到深渊边缘,脚已经踏在薄冰上面,战战兢兢,只想怎样保全自己。①

《随想录》不是理论著作,巴金借鉴赫尔岑的写法,叙事、回忆、议论融于一炉,这是一个经验性的、叙述性的文本,巴金惯用自己的经历、见闻来表述他的看法,从今天看来,这些描述都将成为历史的一份见证。他强烈感觉到,人与人之间“越来越接触不到别人的心”,人们如履薄冰都把自己的心“藏得很深”。巴金还提到:这种“内缩”也有一个过程的,那是在“每次运动过后”,这似乎在提醒我们注意是什么造成了人们见面不敢吐真言的情况。无独有偶,曾经担任文化部门领导的夏衍也表达过他的困惑:

---

① 巴金:《说真话》,《巴金全集》第16卷第230页。

“进入新社会，碰到了许多新事物，我深深感到要不惑是很不容易的。”“党的制度和社会风尚是难于违抗的，我努力克制自己，适应新风，后来也就渐渐地习惯了。我学会了写应景和表态的文章，学会了在大庭广众之间作‘报告’，久而久之，习以为常，也就惑而‘不惑’了。”[①]消除“困惑”等于是适应了言不由衷的语言习气，学会“表态”和“应景”，等于学会如何说假话、套话应付上面。

巴金所说的“讲真话”的第二个层次是不讳疾忌医，而要直面真相。《随想录》中有四篇谈“小骗子”的文章，话题是由话剧《假如我是真的》[②]引起的，关于此剧是否应当广泛公演当时争论很大，巴金的态度是：“关于话剧能不能公演的问题，倘使要我回答，我还是说：我没有发言权。不过有人说话剧给干部脸上抹黑，给社会主义脸上抹黑，我看倒不见得。骗子的出现不限于上海一地，别省也有，他是从天上掉下来的吗？倘使没有产生他的土壤和气候，他就出来不了。倘使在我们今天的社会风气中他钻不到空子，也就不会有人受骗。把他揭露出来，谴责他，这是一件好事，也就是为了消除产生他的气候，铲除产生他的土壤。如果有病不治，有疮不上药，连开后门，仗权势等等也给装扮得如何‘美好’，拿‘家丑不可外扬’这句封建古话当做处世格言，不让人揭自己的疮疤，这样下去，不但是给社会主义抹黑，而且是在挖社会主义的墙脚。”[③]他似乎避开公演的问题，却又毫不隐讳地肯定了剧作，更重要的是，超越这个具体的争论，他提到剧本后面的现实问题：不要掩盖不良社会风气，而要谴责一切丑恶的社会现象。巴金要谈的更深层的问题是本着对历史负责的精神，揭开“文革”

---

① 夏衍：《懒寻旧梦录》第427、430页，生活·读书·新知三联书店2006年8月第2版。

② 《假如我是真的》，沙叶新、李守成、姚明德编剧的话剧剧本，该剧以发生在上海的冒充高干子弟行骗的现实事件为原型而创作。写一农场知青冒充高干子弟，为上调回城蒙骗一批别有所图的基层官员最后被戳穿的故事。法庭上，该青年说：我错就错在是个假的，假如我是真的，那我所做的一切就将会是完全合法的。1979年10月该剧由上海人民艺术剧院上演，上演后引起广泛争论。

③ 巴金：《小骗子》，《巴金全集》第16卷第148—149页。

的伤疤，不遮掩、不粉饰，不讳疾忌医。——这才是巴金反复谈“骗子”问题的根本用意。对于一些人对“伤痕文学”的非议，巴金同样认为：“两三年来我经常在考虑一个问题：讳疾忌医究竟好不好？我的回答是：不好。”“我们始终纠缠在‘家丑’、‘面子’、‘伤痕’等等之间的时候……不写，不演，并不能解决问题。”[①]“家丑”、“面子”除了怯懦，无非还要表明自己一贯正确[②]，巴金认为必须破除这层心理屏障。“不隐瞒，不掩饰，不化妆，不赖账，把心赤裸裸地掏了出来。不怕幼稚，不怕矛盾，也不怕自己反对自己。”[③]“据我看，最好是讲真话。有病治病；无病就不要吃药。”[④]因此，“讲真话”在巴金还意味着：要勇敢地承认自己的错误；保持自己的本来面目，比涂脂抹粉要好。“今天对人谈起‘十年’的经历，我仍然无法掩盖自己的污点。花言巧语给谁也增添不了光彩。过去的事是改变不了的。良心的责备比什么都痛苦。想忘记却永远忘不了。只有把心上的伤疤露出来，我才有可能得到一点安慰。所以我应当承认，我提倡讲真话还是为了自己。”“说真话，也就是‘保持自己的本来面目’吧。”[⑤]

“讲真话”的第三个层次是讲独立思考过的话。许多人并非刻意说谎，却充当了假话的传播者，还有人把假话当作真理，这种盲目性反映了当事者缺乏独立思考，否则不会轻易人云亦云。巴金说：“过去我写过多少豪言壮语，我当时是那样欢欣鼓舞，现在才知道我受了骗，把谎言当做了真话。”“其实我自己也有更加惨痛的教训。一九五八年大刮浮夸风的时候我不但相信各种‘豪言壮语’，而且我也跟着别人说谎吹牛。我在一九五六年也曾发表杂文，鼓励人‘独立思考’，可是第二年运动一来，几个

---

① 巴金：《再说小骗子》，《巴金全集》第 16 卷第 246、247 页。

② 鲁迅在《说“面子”》中说：“中国人要‘面子’，是好的，可惜的是这‘面子’是‘圆机活法’，善于变化，于是就和‘不要脸’混起来了。长谷川如是闲说‘盗泉’云：‘古之君子，恶其名而不饮，今之君子，改其名而饮之。’也说穿了‘今之君子’的‘面子’的秘密。”见《鲁迅全集》第 6 卷第 128 页。

③ 巴金：《〈序跋集〉跋》，《巴金全集》第 16 卷第 337 页。

④ 巴金：《未来》，《巴金全集》第 16 卷第 392 页。

⑤ 巴金：《“保持自己的本来面目”》，《巴金全集》第 16 卷第 500 页。

熟人摔倒在地上，我也弃甲丢盔自己缴了械，一直把那些杂感作为不可赦的罪行；从此就不以说假话为可耻了。”[①]缺乏独立思考，头脑空空，填满它的只是别人灌输给你的套话，讲套话和谎话成为一种常态，头脑就会更僵化，“独立思考”反倒成为不安全的异端。巴金讲到一九八〇年访问日本时，他希望代表团成员各抒己见，讲心里话，可是同行的一位朋友却有不同的看法，他特别担心有谁多讲一句出格的话。巴金说他当夜做了一个奇怪的梦：“十二张嘴讲了同样的话。”无法考证，这是不是巴金的小说家言，但他显然不喜欢也不赞同这种“统一”：“要是十二个作家都说同样的话，发同样的声音，那么日本朋友将怎样看待我们？他们会赞赏我们的‘纪律性’吗？他们会称赞我们的文艺工作吗？我看，不会。”“每个作家有他自己的生活感受，有他自己的思想感情。”[②]

“讲真话”的第四个层次是言行一致。这是巴金晚年孜孜以求的目标，也是“讲真话”的最高境界。言行一致，意味着坚持所信、有捍卫真理的勇气、信心和行动；意味着语言不是终结，行动才是检验语言价值的最终标准。巴金赞赏高尔基笔下的勇士丹柯：“我不是用文学技巧，只是用作者的精神世界和真实感情打动读者，鼓舞他们前进。我的写作的最高境界、我的理想绝不是完美的技巧，而是高尔基草原故事中的‘勇士丹柯’——‘他用手抓开自己的胸膛，拿出自己的心来，高高地举在头上’。”[③]他赞赏托尔斯泰“力求做到言行一致，照他所宣传的去行动，按照他的主张生活”，“我也在追求他后半生全力追求的目标：说真话，做到言行一致。”[④]巴金不是随便做高调的表态，他深知说真话之难、做到言行一致更难，在晚年并没有表过态就心安理得、完事大吉，而是苦苦地向着自己确定的目标努力。他说：“我不寻求桂冠，也不追求荣誉。我写作一生，只想摒弃一切谎言，做到言行一致。可是一直到今天我还不曾达到这个

① 巴金：《再论说真话》，《巴金全集》第16卷第235、237页。

② 巴金：《长崎的梦》，《巴金全集》第16卷第260、261—262、262页。

③ 巴金：《〈探索集〉后记》，《巴金全集》第16卷第273页。

④ 巴金：《“再认识托尔斯泰”》，《巴金全集》第16卷第608、612页。

目标,我还不是一个言行一致的人。可悲的是,我越是觉得应当对自己要求严格,越是明白做到这个有多大的困难。”[①]在晚年,他从未因有多少读者的喜爱、获得多少荣誉而沾沾自喜,反而不时为未能做到言行一致而痛苦不已,“真话”在他不仅仅是语言,而是一种内心的道德律令。

巴金提倡讲真话,誉之者看作切中时弊的救世良方,毁之者则认为是小题大做而嗤之以鼻,我认为这之中难免有望文生义、断章取义,甚至以己意强加于巴金等问题,因此对一些问题也有必要梳理和澄清。

一是真话的有限性。首先要看到语言的有限性,语言有边界而不是无所不包,叙述的只能是在它的视阈中的内容,而不是世界的本身和全部。这之中,其一,可能叙述了 A,却无法叙述 B,或者说,它完成了对 A 的叙述,就有可能无法兼顾和同时完成对 B 的叙述。其二,叙述者主观因素的限制,使得哪怕同样是叙述 A,也可能只是 A 的一个方面,而不是穷尽 A;或者因为不同个体主观感受的差别,他叙述的 A 与另外一个人的叙述有很大的差别。在这个前提下,我们再看巴金所说的讲真话会更客观,对于巴金而言,这既是他的出发点,又是他追求的目标,但不能因为这样真话就被巴金承包了,都要由他来说。一些批评者似乎要用巴金自己的话来绑架巴金:你不是提倡讲真话吗,某某事情你怎么没有出来讲话呢?某某事情你怎么就讲了其一而没有讲其二呢?[②]——这就证明你没有完全讲真话嘛!似乎提倡讲真话的人,就不能有沉默的权利,似乎巴金

---

① 巴金:《〈全集〉自序》,《巴金全集》第1卷第Ⅱ页。

② 张放在《关于〈随想录〉评价的思考》一文中说:“从爱心出发,我们多么希望巴老重现青春,写出那又真切又有气势的文学作品啊!‘大胆地讲真话’,我们也急切欢迎,讲‘文革’自然应该,但倘能听到作为作协主席的巴老讲一讲目前最现实的是非风云,及那些最不能使一般青年明白的现象,哪怕发表点滴‘真话’,读者都该是多么受益解惑,有立速效应啊!”刊《文学自由谈》1988年第6期。邵燕祥在《为巴金一辩》中认为:“这是点将,还是叫阵?是明知巴金高龄带病,写作困难,而故意‘站着说话不腰疼’,将一军,要个‘好看’?或者,不过是出一个‘文革后’的题目,来封谈论‘文革’之口?”“读了张放的高论,先以为论者是执著于‘纯文学的标尺’,但是联系‘最现实的是非风云’想一想,发现也不过是说了社会上某些人未曾完全形诸文字的话——这些话其实与文学无关。”原刊 1989 年 1 月 1 日香港《大公报》,此据陈思和、周立民编《解读巴金》第 370 页,春风文艺出版社 2002 年版。

是新闻发言人，必须要为每一个批评者认为重要的事件出来讲话、澄清，这不但是四十多万字的《随想录》所做不到，就是巴金一生写下的文字也不能穷尽“真话”、穷尽他的个人经历啊。看到话语的有限性就不会有这么愚蠢又霸道的绑架，因为这样的有限性，我们至少应当明白，进入我们的视界和意识中的世界，仅仅是大千世界的一小部分，而语言所表达出来的又是我们内心所想的一部分而已，这是谁都无法超越的客观。判断是否讲真话，第一位的不应当是他还有多少话没有讲[①]，而是他讲出来的话是真话还是假话。

二是真话与“真理”的关系。这也是一个看似简单又纠结的问题。真话的有限性连带而来的问题还有，即使出于良好的动机、抱着讲真话的目的，是否可能讲出假话？还有一个真话的时效和时机的问题，比如当面临重大威胁时，不计较个人得失而为了公众利益讲出的事实，与风平浪静之时所讲，都是同一个道理和事实，这个时候的真话价值是一样的吗？很显然，不会是一样[②]，那么，讲真话不仅仅是表达一种感受和见闻，背后还存在着对于真理的捍卫、正义的追求和道义的承担等问题。这也意味着真话可能受到一时一地的限制，有局限性，但不妨碍讲话者有更高的精神追求，那就是对于真理的追求。从另外一方面讲，正是有对真理追求的终极目标存在，一个人才可能不顾利害发表自己的独立见解，大胆地讲出真话来，这两者是相辅相成的。一个热爱真理的人，不但勇于坚持正确的意

① 一些手持真理的人简直是以逼供的方式来指责别人，哪些哪些没有讲，什么什么该讲。这种霸道，无异于审判，但《随想录》不是威逼下的思想汇报，巴金不是被逼着去反思、讲话的，这是他主动的思考和检讨。

② 值得研究的例子是纪德和罗曼·罗兰的苏联观感。罗曼·罗兰于1935年访问苏联，并写下《莫斯科日记》一书，但作者并不想马上公布真实的感受，而是宣布：“未经我特别允许，在自1935年10月1日起的50年期限满期之前，不能发表这本日记。”随后访问苏联的纪德，却毫不犹豫地发表了他的观感，在书中他写道：“苏联社会中的当权者，不进行自我修正，又形成了新的特权阶层，他们打着革命的旗号，蒙蔽了人民，攫取了革命果实……”。可以想象在所谓“红色的三十年代”发表这样的言论所引起的轰动和纪德要承受的压力，他甚至遭到罗曼·罗兰等人的强烈批评。但纪德也表示这样的质问：“你们迟早会睁开眼睛，你们将不得不睁开眼睛，那时你们会扪心自问，你们这些老实人，怎么会长久的闭着眼睛不看事实呢？”

见，求真之心也会让他勇于修正错误。巴金很清醒地谈到："我提倡讲真话，并非自我吹嘘我在传播真理。正相反，我想说明过去我也讲过假话欺骗读者，欠下还不清的债。我讲的只是我自己相信的，我要是发现错误，可以改正。我不坚持错误，骗人骗己。"[①]

对巴金的批评还来自另外一方面，就是对于《随想录》的"真理性"要求，他们认为，《随想录》对历史的反思，既不系统，也不高明，还不"文学"，用一位学者的话说是"这种真话用的是记叙文的方式，说的大抵是关于个人的事情，一点回忆，一点感悟"[②]。这种看似合理的评论，实际上是忽略了评论对象自身的特质，以己意曲解他者。我曾经说过：《随想录》是一位作家的伤痛记忆，不是一部历史研究著作，因此它对历史反思的路径、方法与历史学家、社会学家迥然不同。它是一部文学作品，除了直抒胸臆之外，还塑造了一个饱经沧桑、遍体鳞伤的知识分子形象（《随想录》中的"我"），它更重要的价值也正在于此：它为我们保存了历史的伤痛记忆和现场感。由此而言，它的价值也并不低于那些系统的研究或某些高明的结论[③]。需要补充的是，我们认识《随想录》的这种价值，可能有助于对于形而上的"真理"的认识和祛魅。从尼采开始其实已经在怀疑这种既系统又高明的"真理"了，尼采认为崇尚科学，打压神话与艺术，以概念抹杀差异，这种真理的体系已经散发着冰冷的尸臭，相反艺术中葆有更鲜活的"真"，故此，他认为："我们有艺术，这是为了我们不因真理而招致毁灭。"[④]海德格尔在阐释尼采时认为："针对艺术与真理的关系，尼采能够解释说：'艺术比真理更有价值'（《强力意志》，第八五三条；第四段）。这就是说，感性领域比超感性领域更高级，并且更本真地存在。因此之故，

① 巴金：《我要用行动来补写》，《再思录》（增补本）第46页。

② 林贤治：《纪念李慎之先生》，《旷代的忧伤》第223页，江苏人民出版社2009年9月版。

③ 对此详细论述，请参见本书《痛感与记忆》一章。

④ [德]尼采：《权力意志——重估一切价值的尝试》第599页，张念东、凌素心译，商务印书馆1998年版。

尼采说：‘我们拥有艺术，是为了我们不因真理而招致毁灭’。（《强力意志》，第八二二条）在这里，‘真理’还是指超越感性领域的‘真实世界’；它自身中包含着使生命毁灭的危险，而生命在尼采意义上始终是：上升的生命。超越性领域把生命从充满力量的感性状态中拉出来，取消生命的力量，使生命变得虚弱不堪。”“真理乃是向来已经被固定了的假象，这种假象使生命确定和保存在某个特定视角中。作为这样一种固定，‘真理’乃是生命的一种停滞，因而就是对生命的阻碍和摧毁。”[①]他们对艺术的看重，有助于我们探讨历史反思中艺术的作用和价值，因为在以往艺术常常被认为是漂浮不定的、风花雪月、抒情吟弄的文字或其他形式，我们似乎都没有看到，在另外的一个路径上，它更容易让我们一窥真理的内室。由此，那些对于《随想录》的指责，不但没有成为对《随想录》的侮辱，反而有可能从反面礼赞了它。

第三，《随想录》中从来都不是孤立的、抽象地谈论真话，它总是和“假话”作为一对对立物出现的，也就是说巴金没有拿真话来美化自己，相反是用真话当镜子照出自己过去的丑陋，把真话当灯照亮前进的道路。因为有了讲假话的良心负债，才有他《随想录》时代讲真话的强大执著。同时，还应当看到，巴金提倡讲真话，从来不是强加于人，而更在于严于律己。很多人总是将自己排除在外，而不断地去质问别人是否讲了真话。面对这样的质疑，我不禁要问：谁给了我们要求别人的权力？特别是将自己排除在外的时候。很多人还不明白，巴金为什么总是“絮絮叨叨”地谈了那么多自己的事情，这不是空谈，而是以自身经历告诉我们他讲了什么假话，又为什么讲的，他是把自己当作一个标本，但不止于个人的反思，而有更深层次的社会批判。

---

① ［德］海德格尔：《尼采》第80—81、239页，孙周兴译，商务印书馆2003年版。

二、真话何以不兴

“真话”与“假话”，大多数情况下并不难判断。比如大跃进时代的亩产千斤、万斤的“奇迹”，稍有农业常识的人都不会相信，可为什么报纸上还在堂而皇之地宣传呢？当时报纸曾报道：“新疆维吾尔自治区鄯善县前进农业社一个由四十五名维吾尔族男女青年组成的青年生产队，一九五七年在八亩五分的试验田上，创造了每亩产籽棉二〇八〇点七五斤的‘惊人纪录’。这个产量相当于新疆一九五七年棉花平均单位面积产量的十一倍。”[①]更为离谱的是一九五八年九月十八日的《人民日报》报道广西环江县红旗人民公社中稻的平均亩产：十三万四百三十四斤！这样有悖常理的“奇迹”，难道当年举国上下都信以为真？罗平汉在著作中分析了当政者另外一番心理：“从毛泽东的这一系列讲话中可以看出，其实他对于‘大跃进’中的虚报、空喊并非不清楚，但他对这种现象却没有加以制止。他认为，好不容易通过反冒进，调动了干部群众的积极性，激发了他们的生产工作热情，如果因为有些过高的指标，有些虚报浮夸的成分，又来一次一九五六年那样的反冒进，就会压抑他们的积极性和创造性，就会给‘大跃进’泼冷水，就会出现如同一九五七年那样的‘马鞍形’。……所以，不论是对各地发射出的各种高产‘卫星’，还是对粮食产量成倍增加的汇报，他都采取了默许和容忍的态度。”[②]可见，“真话”与“假话”不是单纯的语言问题、认知的问题，而是牵动着各种目的，牵涉了各种利益。究竟讲真话还是假话，讲三分真话还是七分真话，取决于讲述者对于社会需要的

① 《新疆创造每亩产籽棉2080斤的惊人纪录》，《今日新闻》1958年3月10日。此据罗平汉《“大跃进”的发动》第199页，人民出版社2009年版。

② 罗平汉：《“大跃进”的发动》第214—215页，人民出版社2009年版。

判断和个人意图的达成程度。语言作为实现个人目的的交流工具，每个讲话者不可能不权衡利弊、评估结果而信口开河，趋利避害又是人的本性之一，因此讲话者讲述时会很本能地选择那些有利于自己目的达成的话，又回避那些不利于己的话。当然，其中的利弊不一定都是现实的生存选择，也可能是道义和精神上的选择，所谓舍生取义，就是后一种选择。不管怎样，有一点是明确的，讲真话还是讲假话往往不是个人的事情，而牵涉到自我与他人、个人世界与周遭世界的关系，在后者赋予前者充分自由的时候，个人主动性就大，相反，个人受制于他人的成分就多。

在《随想录》中，巴金用亲身体验谈到：讲假话会给人带来道德上的“罪感”，但他却又是怎样一步步消解罪感走上假话的歧途，同时，又是怎样在这种罪感和现实利益中间备受煎熬呢？

> 运动一个接着一个没完没了，每次运动过后我就发现人的心更往内缩，我越来越接触不到别人的心，越来越听不到真话。我自己也把心藏起来藏得很深，仿佛人已经走到深渊边缘，脚已经踏在薄冰上面，战战兢兢，只想怎样保全自己。“十年浩劫”刚刚开始，为了让自己安全过关，一位三十多年的老朋友居然编造了一本假账揭发我。在那荒唐而又可怕的十年中间，说谎的艺术发展到了登峰造极的地步，谎言变成了真理，说真话倒犯了大罪。我挨过好几十次的批斗，把数不清的假话全吃进肚里。起初我真心认罪服罪，严肃对待；后来我只好人云亦云，挖空心思编写了百份以上的“思想汇报”。保护自己我倒并不在乎，我念念不忘的是我的妻子、儿女，我不能连累他们，对他们我还保留着一颗真心，在他们面前我还可以讲几句真话。在批判会上，我渐渐看清造反派的面目，他们一层又一层地剥掉自己的面具。一九六八年秋天一个下午他们把我拉到田头开批斗会，向农民揭发我的罪行；一位造反派的年轻诗人站出来发言，揭露我每月领取上海作家协会一百元的房租津贴。他知道这是假话，我也知道他

在说谎，可是我看见他装模作样毫不红脸，我心里真不好受。①

巴金直言不讳道及外界环境与真话的互动："运动一个接着一个没完没了"，"谎言变成了真理，说真话倒犯了大罪"，在这样的情势下，人们为了"保全自己"而不得不撒谎。这里有一点看似无关紧要，却值得注意，巴金虽然提到老朋友编造谎言"揭发"他，可显然没有过多地谴责哪一个人的意思，可见，谈论"真话"与"假话"目的不是算旧账、搞个人清算，重点在于挖掘造成假话流行、是非颠倒的社会根源。在另外一篇文章中，他用自己小时候，在宽容的父母面前很少说假话，而对严厉的老师常说假话的例子，来说明假话流行与上有好之、下必与焉的习气有关："对私塾老师我很少讲真话。因为一，他们经常用板子打学生；二，他们只要听他们爱听的话。你要听什么，我们就讲什么。编造假话容易讨老师喜欢，讨好老师容易得到表扬。对不懂事的孩子来说，这样混日子比较轻松愉快。我不断地探索讲假话的根源，根据个人的经验，假话就是从板子下面出来的。""古语说，屈打成招，酷刑之下有冤屈，那么压迫下面哪里会有真话？"巴金又在责问当年的那些"造反派"："讲假话是我自己的羞耻，即使是在说谎成为风气的时候我自己也有错误，但是逼着人讲假话的造反派应该负的责任更大……封建官僚还只是用压力、用体刑求真言，而他们却是用压力、用体刑推广假话。"②用体刑推广假话，这样的例子古今中外数不胜数。不妨举一个例子，被称为共和国最大的冤案的"刘少奇叛徒案"，就是靠威逼制造出来的。该专案组副组长巫中后来交代："一到现场摆好阵势，气氛紧张，我就按照事先拟好的提纲一一提问。孟用潜同志（被调查者——引者）有的讲不出来，或者讲的不合专案的需要，大家就打他的态度，说他不老实，威吓他不交代就要升级（逮捕），谩骂他老顽固，还拍桌子，总之采用了各种手段，对他施加压力，逼他交代问题。这个会整整搞

① 巴金：《说真话》，《巴金全集》第16卷第230—231页。

② 巴金：《说真话之四》，《巴金全集》第16卷第388、388—389、389页。

了一天，中午也未休息。但孟用潜同志还是不承认有自首叛变的问题。后来，一连搞了七天……在这种情况下，孟用潜同志违心地讲了被捕叛变的话，但过后就写申诉翻案了。”“他们制造伪证所采用的手段，还有更离奇、骇人听闻的。北京市副市长崔月犁……他们审问崔月犁，美国在北平的特务机关所在地，他不知道；审问他东四六条门牌多少号，他也不知道。于是，审问者逼他数数字，从一、二、三、四数到三十八，这群人扑上来就是一顿毒打：‘你早知道，为什么不说？’崔月犁根本不认识杨承祚，连名字也没听说过。审问人又逼他背‘百家姓’，背诵到‘蒋沈韩杨’，又是一顿打……就这样，崔月犁就成了杨承祚介绍王光美作‘特务’的‘证人’；也成了他自己介绍王光美‘打入’我方代表团的‘证据’。”①

巴金对假话的谴责，实质上是对于专制权威的批判，这也是他从年轻时代就不断反抗和批判的目标，在《随想录》中，借真话与假话问题再次提出来。在他的叙述中，无论是老师、官老爷，还是造反派，他们与“我”（个人）不是一种平等的关系，前者是权势者，而后者是弱势的一方，在这种不平等的相互关系中，因为前者掌握着后者的自由和生存需要，让后者不顾及前者完全真实地表达个人的心声注定是不现实的。自由、民主的吁求是“五四”一代知识分子心血所系，自然也是承继其骨血的巴金十分看重的目标，他对于真话的呼吁，无疑是对于民主、自由的招魂，民主的设计至少是一种保证每个人有讲话的权利；在一个没有民主保障的社会环境中，再要求自由发言，特别是讲真话那无异于缘木求鱼、水中捞月。所以，他在《随想录》中还在痛陈：“至于‘民主’，我们的祖先并没有留下什么遗产，尽管我们叫嚷了几十年，我抓住童年的回忆寻根，顺藤摸去，也只摸到那些‘下跪、挨打、谢恩’的场面，此外就是说不完的空话。我们找不到民主的传统，因为我们就不曾有过这个传统。‘五四’的愿望到今天并不曾完

---

① 李耐因：《伪证是怎样制造出来的》，周明主编《历史在这里沉思》第 2 卷第 96 页，华夏出版社 1986 年版。

全实现,‘五四’的目标到今天也没有完全达到。”①

中国士大夫不是自古就有“威武不能屈”的气节吗?“压力”、“体刑”就让知识分子屈服了吗?置身事外者容易把巴金的这种谴责理解为推卸个人责任,他们的逻辑是:讲假话完全是个人品质的事情,怎么能推到外部环境上呢?还是个人坚持不够,不够勇敢,甚至他们还能举出某某不屈不挠的例子。我认为用个人道德来解释历史情境中说真话、说假话的问题不足以显示问题的复杂性,将个人的生存环境和更为广阔的历史环境压缩到个人品质上,这不仅是个人道德难以承受的重负,而且往往简化了问题或者反倒避重就轻了②。只有置身其中,才会清楚什么是巴金等人所说的“运动”,才会明白仅仅因为几句话就会招来杀身之祸的代价。韦君宜在《思痛录》中说:

> 更重要的是,当年经手划“右派”的人谁都以为这不过是一场运动,和过去“三反五反”之类差不多,过一段时间就会过去的,划上一个人,委屈他一下,以后就没事了。谁能料想就是这样裁定了一个人的一生?
>
> 而社会风气和干部作风呢?从这时候起唯唯诺诺、明哲保身、落井下石、损人利己等等极坏的作风开始风行。有这些坏作风的人,不但不受批斗,甚至还受表扬、受重用。骨鲠敢言之士全成了右派,这怎么能不发生后来的文化大革命!③

人所称道的顾准,其遭遇也很能说明问题:两次蒙冤,妻离子散,在艰苦的环境中,他没有放弃独立思考,但他也有无法回避的内心耻辱:“精神折磨现在开始了。下午栽菜上粪时,思及生活像泥污,而精神上今天这个

---

① 巴金:《老化》,《巴金全集》第16卷第730页。

② 关于胡风集团案的讨论中,一提到“犹大”舒芜时便有各种道德判词和争论,我不是否认道德之于个人的重要性,但不能如此一叶障目式地看待历史事件和人物。

③ 韦君宜:《思痛录》(最新修订版)第47页,文化艺术出版社2003年版。

人，明天那个人来训一通，卑躬屈节，笑靥迎人已达极度，困苦嫌恶之感，痛烈之至。”顾准自己叹息：“然而又有什么办法呢？”“要对得起院领导，还要对得起爱人哪！”[①]人再坚定，未免有情，一人得祸，累及家庭，个人可以坚强不屈，可是想到家庭有时候又不得不以逢迎求过关，正如巴金念念不忘地不能连累妻儿一样[②]。顾准一九五九年十二月八日日记更为清醒也更显沉痛：

> 我倒得到了沈的表扬。沈说我“接上头”了。这其实是笑靥迎人政策的结果。我近来每见沈必招呼，他不瞅不睬我也招呼，这合乎他的心愿了。
>
> 而所谓“右派”分子的摘帽子，无非是一种政治上的勒索。
>
> 北京宣布一百四十余人（摘帽），都是为了照顾政治影响，潘光旦、浦熙修之类都是。对广大的右派分子，是绝不放心的。局势越紧，防范越严。
>
> 所以我的改造表现再好，不过是求苟全性命而已。什么摘帽子，摘了帽子能如何改善环境，都是采秀（顾准的妻子）式的空想。[③]

“苟全性命”，不抱更大的幻想，但还是顾及到妻子的“空想”，人在信

---

① 顾准1959年11月23日日记，《顾准日记》（顾准文集本）第152页，中国青年出版社2002年1月版。

② 巴金在《再论说真话》中又说到：“一九六六年下半年以后的三年中间……虽然中间有过很短时期我曾想到自杀，以为眼睛一闭就毫无知觉，进入安静的永眠的境界，人世的毁誉无损于我。但是想到今后家里人的遭遇，我又不能无动于衷。想了几次我终于认识到自杀是胆小的行为，自己忍受不了就让给亲人忍受，自己种的苦果却叫妻儿吃下，未免太不公道。”见《巴金全集》第16卷第238页。在1976年10月19日的日记中，巴金写道：“这十年来我没有写一篇文章，只是写‘思想汇报’、‘交代材料’和‘外调材料’，连在这本日记上写点简单的日记也感到十分困难，我写了又改，写了又扯去……我只有在他们倒下来以后，才敢在日记上写这几句话，否则就会连累我的亲族和子女……”（《收获》2014年第6期）

③ 顾准1959年12月8日日记，《顾准日记》（顾准文集本）第166、165页。

念与现实之间有着错综复杂的关系，这不是一加一等于二那么清晰和简单。关于《顾准日记》，当年曾经有"两个顾准"的讨论，有论者认为：日记中的语句显示，一方面存在着一个超前的思想家顾准，一方面是歌颂"文革"、俯首听命的时代奴隶，这是两个截然不同的顾准[①]。其实，如果教条地研究历史、对待活生生的历史人物，极其容易得出这样的结论，他们会把人想象成一个单一的按照某种理念生活的单一体，而全然看不到，人哪怕有执著的信念，他的选择除了受信念影响之外，也受当时的情境、个人的际遇乃至与周遭世界各种关系的影响，而不是泥固于一途。正如梅列日科夫斯基所说："我们都知道，就连最伟大的圣徒和隐修者，也有堕落和软弱的时刻。主的门徒中那最忠诚的，心灵上也有过叛逆。"[②]"两个顾准"的问题，凡是有共同经历的人，都认为这不是一个问题。曾彦修讲到特定时期，人们用假话来敷衍过关、规避风险的事情。"'文革'中写的检讨也好，日记也好，难道都当得真吗，不是假话是什么？自'文革'不久起，我即每天要交书面的'思想汇报'，记日记及思想检查，其中除坐车、购物、到街边理一毛钱的发等是真的以外，其余当然都是假的(要真也真不起来，因为有三年之久，天天要交此物，怎么"真"得出来?)。我曾长期与饱学的傅东华老人同关在一个牛棚，除书面外，傅也同样天天有口头思想汇报。无话可说了，傅就编造他如何喜欢'样板戏'。有些造反派很狡猾，知道傅是胡编的，就故意问他有几个样板戏，傅竟一口回答'八个'，令人吃惊。又叫他把八个样板戏的名字讲出来，傅讲来讲去只有一个《沙家浜》，其余全讲不出，自然挨斗挨骂不已。这证明傅大谈喜欢样板戏，其实全是假的。这个例子也是说明，'文革'时的思想汇报与日记等，是备造反派检

---

① 林贤治：《两个顾准》，《南方周末》1998年2月6日，收陈敏之、丁东编《顾准寻思录》，作家出版社1998年版。

② [俄]梅列日科夫斯基：《托尔斯泰与陀思妥耶夫斯基》第46页，杨德友译，华夏出版社2009年版。

查的，有什么真话？尤其是歌颂‘文革’的，更可判断为全是假话。”[①]李慎之分析：“《顾准日记》里的商城日记与息县日记时间相隔十年。历史背景的差别就在于：十年以前顾准还能自己对自己写真话，十年以后连这点儿余地也没有了。”“我自己的经验，写思想汇报是很艰难的事，真可谓绞尽脑汁，想来顾准也不会两样。所以我敢于认定所谓《新生日记》就是他的‘思想汇报’或‘改造收获’的底本。”“如果把一个人思想汇报里的思想当作他的真实思想，那么在‘文化大革命’中，可以说几乎每一个人都可以看成是两个人。”“这使我想起叶浅予的一句名言。他在回忆录中说：思想改造的目的就是要改造到人人都能自觉地说假话。许许多多人（包括我自己）都是靠说假话活过来的。”“我在《新生日记》中看到一些与顾准一起下放在息县的人的名字……我向他们一一打听了顾准在息县的表现同以前或以后相比有无异常。他们的答复是一样的：顾准就是顾准，没有什么异常。赵人伟同志还告诉我，就在息县，顾准还根据边际效用的原理向他解释当时十分响亮的口号——‘颗粒还家’之错误。顾准就是这样一个执著探索不停的人，其实他们当时都听过顾准‘沉痛的’认罪服罪的检查，听过他‘热情地’颂扬毛主席革命路线的赞歌的。这肯定要比《新生日记》里写得强烈，但是他们谁都没有把那当做一回事，甚至没有留下印象。谁又能记得那些假检讨呢？所谓‘无产阶级文化大革命’的伟大，并不在于它真能改造好人们（不仅顾准）的思想上，而在于它居然能把八亿人口的大国改造成一个普遍说假话的大国。”[②]陈敏之先生也谈到一个客观的情况：“这是一个空气弥漫着恐怖，朝不保夕，人人自危的时代，也是人人都说假

---

① 曾彦修：《顾准无“谜”，惟人自造》，陈敏之、丁东编《顾准寻思录》第 274—275 页，作家出版社 1998 年版。

② 李慎之：《只有一个顾准》，陈敏之、丁东编《顾准寻思录》第 256—264 页。巴金也不同意将在没有身心自由的条件下写出的文字作为判断作者可靠的思想材料的做法，在《纪念雪峰》中他说：“前些时候刊物上发表了雪峰的遗作，我找来一看，原来是他作为《交代》写下的什么东西。我读了十分难过，再没有比这更不尊重作者的了。……雪峰长期遭受迫害，没有能留下他应当留下的东西，因此连一九七二年别人找他谈话的记录也给发表了。总之，一直到现在，雪峰并未受到对他应有的尊重。”见《巴金全集》第 16 卷第 136 页。

话，只有说假话才能活下去的时代。日记本来都是给自己看的，但是在‘文化大革命’这个时期，你得随时准备应付不知道什么时候会降临到你头上的突然袭击，因此不能不穿上一身迷彩服来保护自己，这恐怕是读息县日记时必须戴上的一副眼镜。”他还引述吴敬琏在《顾准日记》中提到的事情：“文化大革命开始，他的子女受到‘左’的思想的毒害和为形势所迫，同他断绝往来，‘划清界线’。顾准对此深感痛心。然而他还是处处为他们着想，甚至不惜牺牲自己最珍惜、准备以死来捍卫的东西。在他的病已经宣告不治的时候，经济研究所‘连队’的领导考虑给他‘摘去右派帽子’，但是有一个条件，就是顾准在一份文字报告中作出‘承认错误’的表示，这是顾准万万不能接受的。但他最后还是签了字。签字时顾准哭了。他对我说，在认错书签字，对他来说是一个奇耻大辱，但他要这样做，因为这也许能够多少改善一点子女们的处境。”[①]吴敬琏提到的事情显示扭曲的时代对人性的扭曲，也暴露了顾准未能忘情的一面，他是真实的人，思想界战士为了改善子女的处境违心地承认错误，这不是难以理解的事情，是环境复杂造成人的选择的复杂。可见，说假话、违心的话，不单单是个人道德问题，还有着非常复杂的社会机制在操控着讲话者，巴金在《随想录》中其实就是想弄清楚背后这只看不见的手。

除了针对个人的控制之外，那只看不见的手还在控制言论流通渠道，剔除杂音，高扬符合其要求的单一声音。有学者分析前苏联的意识形态管理时，提到“对真理的垄断”：“所谓垄断真理，实际上是一种对思想的钳制，它的最初表现形态就是宣称，只有党的理论、理想、文件才是真理（进而又发展为凡是党的领导者的思想、言论、指示都是真理），必须无条件绝对服从，它是一切媒体、言论的导向。‘朕即真理’，一切真理都在我手中，我说的就是对的，凡有任何一点怀疑，或不同看法，就是违反真理，就是

① 陈敏之：《关于〈顾准日记〉的一点说明》，陈敏之、丁东编《顾准寻思录》第266、268页，作家出版社1998年版。

‘阶级敌人’，予以镇压，甚至肉体消灭。”[①]陈寅恪曾赋诗讽刺过解放初知识分子言必称马列的情况：“八股文章试帖诗，宗朱颂圣有成规。白头宫女哈哈笑，眉样如今又入时。”[②]知识分子趋时不过是问题的一面，另一面是国家对舆论空间的控制，那些言不称马列的作品根本或少有发表的机会，而倘若言必称马列形成一种风气，立即招募新的追随者，因为所有的舆论空间都是被统一的思想所管制，那么，久而久之，人们的头脑中已经不知道在红花之外，还有蓝花、白花了。这个机制在建立、巩固和推广的同时，还在做破坏、打击和删除的工作。“苏共对文化意识形态的管制采取了两种方式：一是监控书报文献信息的传播；二是采取意识形态批判，这就是我们常说的‘思想批判运动’，或者叫‘大批判’、思想清洗等。”[③]翻看中国二十世纪五六十年代出版的《文艺报》连篇累牍的不也是“运动”和“大批判”吗？规定了一种主导声音，意味着其他有个性的声音不具备合法性随时可能被拒绝，此时，人云亦云的套话反而成为最为安全的避风港，再想一想，连最需要个性的文学创作都如此千人一腔，套话在社会上的泛滥更是不可阻挡。郑重在《毛泽东与〈文汇报〉》一书中，谈到一九四九年《文汇报》所面临的尴尬：民间报纸在以往是以自由、独立、公正的面目受到读者欢迎的，然而在一九四九年后，很多重要新闻、言论必须用“统发稿”，这等于取消各报纸的个性和特点，《文汇报》后来就因抢发了独家新闻遭到严厉批评，“这也是徐铸成办报以来，第一次听到‘统一发稿’这个名词，他万分困惑，如果报纸都刊登新华社的统发稿，报纸的特色安在？向来以‘独家新闻’著称报界的《文汇报》如何生存下去？”[④]过于受到瞩目的“独家新闻”，现在居然成为批评的对象。在一九四九年九月二

① 李凌：《究竟是何种制度性因素导致苏共垮台？》，陆南泉等主编《苏联真相：对 101 个重要问题的思考》第 1197 页，新华出版社 2010 年版。

② 陈寅恪：《文章》，《陈寅恪·诗集》第 78 页，生活·读书·新知三联书店 2009 年 9 月第 2 版。

③ 马龙闪：《为什么说“文化统制主义”是苏联剧变的原因之一？》，陆南泉等主编《苏联真相：对 101 个重要问题的思考》第 1217 页，新华出版社 2010 年版。

④ 郑重：《毛泽东与〈文汇报〉》第 13 页，香港中文大学出版社 2010 年版。

十五日的日记中，徐铸成写下了他的困惑和谨慎："数月以来，我写文章很少，主要不善于人云亦云，照抄照搬，写时下标语口号式文章，而对有些问题，确无深入研究。"[1]所以，光有不要"人云亦云，照抄照搬"的心愿还是不够，还要看到是否有容纳真话的空间，忽视了这个空间的建设，尤其在体制上的保障和个人权利的重视，真话的渠道依旧无法畅通。再想一想，现在被认为是"文革"中思想磷火的文字，无论是张中晓的《无梦楼随笔》，还是顾准的《从理想主义到经验主义》，或者是朦胧诗等写作，无不是地下写作，是在非正式的渠道中传播，因为公开发表对这样的写作显然是不可能，相比之下，同时代的公开写作，大多数只能随风流转，要么是千人一腔，要么谎话连篇。"一切宣传都为同一目标服务，所有宣传工具都被协调起来朝着一个方向影响个人，并造成了特有的全体人民的思想'一体化'。……如果所有时事新闻的来源都被唯一一个控制者有效地掌握，那就不再是一个仅仅说服人民这样或那样的问题。灵巧的宣传家于是就有力量照自己的选择来塑造人们的思想趋向。而且，连最明智的和最独立的人民也不能完全逃脱这种影响，如果他们被长期地和其他一切信息来源隔绝的话。"[2]这种"塑造"就是巴金讲的"我已经在不知不觉中给改造过来了。"它的结果就是某些人要的驯服者，会同他们一起讲假话的人："先讲空话，然后讲假话，反正大家讲一样的话……"

推动假话、空话产生和传播的机制非常复杂，包裹它外表的可能是强权的威慑力，但在它的内里还有很多具体的运作手段，福柯曾经这样谈到"对活人的治理"："无条件的服从，持续不断的审察，以及事无巨遗的忏悔形成了一个统一的整体，每一个部分都暗示着另外两个部分。……这种表达并非是为了确立个体对自我的绝对主权；相反，它所期望的是谦卑和克制、是对自我的摆脱，是去建构一种自我关系从而将自我的形式摧

① 郑重：《毛泽东与〈文汇报〉》第22页，香港中文大学出版社2010年版。

② [英]弗·奥·哈耶克：《通往奴役之路》第147页。

毁。”[1]福柯点到了问题的核心，那就是一切手段都是要承受者“对自我的摆脱”，只有这样，才会接受一切的“灌输”和操纵。巴金也谈到：

> 我现在完全明白“四人帮”为什么那样仇恨“知识”了。哪怕只有那么一点“知识”，也会看出“我”的“破绽”来。何况是“知识分子”，何况还有文化！“你”有了对付“我”的武器，不行！非缴械不可。其实武器也可以用来为“你”服务嘛。不，不放心！“你”有了武器，“我”就不能安枕。必须把“你”的“知识”消除干净。[2]

操纵者还会利用人的盲从、惰性和习惯性的心理，通过很多集体化的仪式和程式来实现它的目的。这些在《随想录》中也写到了：

> 关于学习、批判会，我没有做过调查研究，但是我也有三十多年的经验。我说不出我头几年参加的会是什么样的内容，总不是表态，不是整人，也不是自己挨整吧。不过以后参加的许多大会小会中整人被整的事就在所难免了。但有一点是可以确定的：表态，说空话，说假话。起初听别人说，后来自己跟着别人说，再后是自己同别人一起说。起初自己还怀疑这可能是假话、那可能是误传，这样说可能不符合事实等等、等等。起初我听见别人说假话，自己还不满意，不肯发言表态。但是一个会接一个会地开下去，我终于感觉到必须甩掉“独立思考”这个包袱，才能“轻装前进”，因为我已经在不知不觉中给改造过来了。于是叫我表态就表态。先讲空话，然后讲假话，反正大家讲一样的话，反正可以照抄报纸，照抄文件。[3]

---

① [法]米歇尔·福柯：《对活人的治理》，汪民安主编《福柯读本》第228页，北京大学出版社2010年版。

② 巴金：《十年一梦》，《巴金全集》第16卷第326—327页。

③ 巴金：《三论讲真话》，《巴金全集》第16卷第372—373页。

这段话描述了一个人的心理过程：起初是盲从，接下来是参与，但这个时候还有道德上的罪感，到后来是主动讲假话，罪感也不存在了，于是得到的结果是："每次学习都能做到'要啥有啥'，取得预期的效果。大家都'受到深刻的教育，在认识上提高了一步'。……只是在混时间。但是我学会了说空话，说假话。有时我也会为自己的假话红脸，不过我不用为它担心，因为我同时知道谁也不会相信这些假话。至于空话，大家都把它当做护身符，在日常生活里用它揩揩桌子、擦擦门窗。人们想，把屋子打扫干净，就不怕'运动'的大神进来检查卫生。"谎话连篇，空话四溢，而且彼此心知肚明，大家像演戏一样，虽然滑稽，但也要战战兢兢庄严地演出着。如巴金所说："我不想多提十年的浩劫，但是在那段黑暗的时期中我们染上了不少的坏习惯，'不讲真话'就是其中之一。在当时谁敢说这是'坏习惯'?！人们理直气壮地打着'维护真理'的招牌贩卖谎言。我经常有这样的感觉：在街上，在单位里，在会场内，人们全戴着假面具，我也一样。"当巴金还在唯唯诺诺地接受改造的时候，他就明白："……但是开了一次会，我听见的全是空话和假话，我的胆子自然而然地大了起来，我明白连讲话的人也不相信他们自己的话，何况听众？以后我也就不害怕了。用开会的形式推广空话、假话，不可能把什么人搞臭，只是扩大空话、假话的市场，鼓励人们互相欺骗。好像有个西方的什么宣传家说过：假话讲了多少次就成了真话。"①

话语对人的道德约束彻底被解除了，人丧失理性、良知，加入了集体的谎言狂欢中。巴金说的情况，让人联想到鲁迅说的"瞒"和"骗"，上面瞒着下面，下面骗着上面，还有自己骗着自己，"万事闭眼睛，聊以自欺，而且欺人，那方法是：瞒和骗。"②这种闭着眼睛的办法其根本在于避祸、求自存。这是在权势压迫下人精神的退化，屈服于权势，只有现实利益的需求，没有精神的超越，没有终极的追求，这是一种最可怕的毒素，它让人们

① 巴金：《三论讲真话》，《巴金全集》第16卷第373、375—376、375页。

② 鲁迅：《论睁了眼看》，《鲁迅全集》第1卷第238页。

对于真理丧失了热情和信心，这样对待是/非、真/假的问题时，整个社会从伦理道德、思想信仰和知识责任都错位了。这也类似葛兆光在论述唐代科举推进，一些作为信仰的礼仪和经典被化为谋求功名和利益的知识和教条之后的情况，它们不再对心灵有强大的约束力，整个社会变得平庸、思想无力。“当主流的知识和思想逐渐失去了对当时社会问题的诊断和疗救能力，也失去了对宇宙和人生问题的解释和批判能力的时候，往往出现很奇怪的现象：它一方面被提升为笼罩一切、不容置疑的意识形态，一方面逐渐沦落为一种无须思考、失去思想的记诵知识，它只是凭借着政治权力和世俗利益，维持着它对知识阶层的吸引力……”“这些知识与思想虽然都精确地采自最重要的经典，却已经成了背诵和应急的文本，它缺乏内在信仰力量，缺乏实际生活意义，成为徒具装饰性的条文，它失去了与之相符的社会秩序与结构，于是，它成为悬浮在生活世界之上的文字形式，失去了诊断和批判社会问题的能力。”[①]话语丧失了自身的思想力量，成为空话、套话，长此以往，接受和传播它的人也丧失思想的能力，变成平庸、驯化的无头脑者。这样就可以乖乖地“信神”了[②]。

值得注意的是巴金在这里提到的“学习、批判会”，这是人们“表演”的一个平台。这样的会可以假借“群众”“人民”的意志来行使主导者的想法，它是伪装的集体意志。有心人如果去翻一下《郭小川一九五七年日记》，便不难看出，一九五七年中国作协的反右斗争会是怎样组织和运作

① 葛兆光：《中国思想史第 2 卷：七世纪至十九世纪中国的知识、思想与信仰》第 85、91 页，复旦大学出版社 2000 年 12 月版。

② 巴金在《随想录》中多次讲到“信神”的问题，例如在《灌输和宣传》中：“一个作家对自己的作品竟然没有一点个人的看法，一个作家竟然甘心做录音机而且以做录音机为光荣，在读者的眼里这算是什么作家呢？我写作了几十年，对自己的作品不能做起码的评价，却在姚文元的棍子下面低头，甚至迎合造反派的意思称姚文元做‘无产阶级的金棍子’，为什么？为什么？今天回想起来，觉得可笑，不可思议。反复思索，我有些省悟了：这难道不是信神的结果？”（《巴金全集》第 16 卷第 216 页）在《再论“说真话”》中说：“那时我信神拜神，也迷信各种符咒。造反派批斗我的时候经常骂一句：‘休想捞稻草！’我抓住的惟一的‘稻草’就是‘改造’。我不仅把这个符咒挂在门上，还贴在我的心上。我决心认真地改造自己。”（《巴金全集》第 16 卷第 238 页）

起来的。这样的会在形式上很容易给人造成“民主”、“自由”、群众有机会挑战权威的假象，在效果上也最终是对批判对象的“同仇敌忾”中收场，但实际上“民主”是没有平等的民主，因为在开会之前，被批判者早已被定罪，早已是有了结果的审判。他的所有的解释、申辩不但是无效的，而且还有可能招致更大的罪名；参与会议的批判者都是以揭发、控诉的姿态，激昂的情绪和上纲上线的提法而现身的。在这样的会议上，没有人关注事实，人们更关注的是态度、气氛、效果。胡愈之在他的回忆录中曾经谈到过这样一个细节：“这里要特别说明一个问题：一九五七年‘反右派’运动中，对冯雪峰进行了批判。其中揭发的一条罪状是，冯雪峰从陕北到上海，不先去找党员，而是先去找鲁迅和胡愈之这两个党外的人士。当时我和冯雪峰都不好作解释说明，冯雪峰只好忍受着委曲，现在冯雪峰同志已经去世，我有责任把这事情说清楚。我想中央所以叫冯雪峰先来找我，这是因为中央知道我是特别党员，一直在上海活动，没有暴露。而对其他留在上海的党员，因与中央久失联络，是否有变化，中央不大清楚，所以要冯雪峰先找我了解情况，然后才决定是否联络这些同志。”①胡愈之轻描淡写的“一个问题”在一九五七年批判冯雪峰的会上，却产生了“爆炸性”的效果。知情者回忆：

> 八月十四日第十七次会议批判冯雪峰，这是最紧张的一次会议。会上，夏衍发言时，有人喊“冯雪峰站起来！”紧跟着有人喊“丁玲站起来！”“站起来！”“快站起来！”喊声震撼整个会场，冯雪峰低头站立，泣而无泪；丁玲屹立哽咽，泪如泉涌。夏衍说到“雪峰同志用鲁迅先生的名义，写下了这篇与事实不符的文章”，“究竟是什么居心？”这时，许广平忽然站起来，指着冯雪峰，大声责斥：“冯雪峰，看你把鲁迅搞成什么样子了？！骗子！你是一个大骗子！”这一棍劈头盖脑的打过

---

① 胡愈之：《我的回忆》，《胡愈之文集》第6卷第359页，生活·读书·新知三联书店1996年版。

> 来,打得冯雪峰晕了,蒙了,呆然木立,不知所措。丁玲也不再咽泣,默默静听。会场的空气紧张而寂静,那极度的寂静连一根针掉地的微响也能听见。爆炸性的插言,如炮弹一发接一发,周扬也插言,他站起来质问冯雪峰,是对他们进行"政治陷害"。接着,许多位作家也站起来插言、提问、表示气忿。[①]

会上还闹出楼适夷"号啕大哭"这样富于戏剧性的一幕。想象一下,在这样的环境中,即便胡愈之、冯雪峰不顾保密纪律,站出来澄清问题,会场上会有人认真听吗?显然,除了这种声情并茂的声讨和随风逐浪的表态之外,还能做什么?当代最著名的一个事件,发生在一九五五年五月二十五日批判胡风的大会上,当天有二十多位代表发言声讨胡风,唯有吕荧毫不含糊地说:"胡风不是政治问题是认识问题,不能说是反……"他的话没有说完,就引起全场的斥责、咒骂,"不等吕荧再往下说,便有人跑了过来,将他一把拉开。在七百多人的斥责声中吕荧被带下台去。"[②]从此,他被软禁一年,"文革"中死在监狱中。有学者早就指出这种群体氛围所造成的人们的偏执和专横的共同心理:"个人可以接受矛盾,进行讨论 ,群体是绝对不会这样做的。在公众集会上,演说者哪怕做出最轻微的反驳,立刻就会招来怒吼和粗野的叫骂。在一片嘘声和驱逐声中,演说者很快就会败下阵来。当然,假如现场缺少当权者的代表这种约束性因素,反驳者往往会被打死。"[③]所有都是一边倒的批判,是被批判者的罪行展示会,这像一出戏,主持者要的也是现场的戏剧效果,这不但对被批判者有效用,而且还起到震慑、警示他的同情者、同路人的作用。

说真话,要求说话者是一个独立自主的个体,而不是依附者、盲从者,但是长期以来,中国的社会环境强调更多是集体而非个体,在集体的场域

---

① 黎辛:《我也说说"不应该发生的故事"》,《新文学史料》1995 年第 1 期。

② 李辉:《胡风集团冤案始末》第 232 页,湖北人民出版社 2003 年版。

③ [法]古斯塔夫·勒庞:《乌合之众——大众心理研究》第 36 页,冯克利译,中央编译出版社 2005 年版。

中,个体的声音很自然就被湮没。哈耶克曾认为:"如果'社会'或国家比个人更重要,如果它们自己的目标独立于个人的目标并超越于个人目标的话,那么,只有那些为社会所具有共同目标而努力的个人才被视为该社会成员。这种见解的必然结果就是:一个人只因为他是那个集团的成员才受到尊敬,……"[①]这里有一个可怕的陷阱,一旦某一个声音不属于一个团体,那么他就无法获得必要的尊严和安全感;换言之,这也是要挟那些独立发言者的良策,让他们缄口不言。

三、语言的乌托邦

《随想录》对于那个谎话连篇的时代反思中,有一个不能忽略的关键词,那就是"豪言壮语",巴金通过对它具体分析来揭穿语言乌托邦的空洞和虚伪:

> 譬如二十年前我引用过的豪言壮语:"叫钢铁听话,叫某国落后",当时的确使我的心十分激动。但是它是不是有助于"叫某国落后"呢?实践的结果证明说空话没有用,某国并未落后。倘使真的要"叫某国落后",还得另想办法。无论如何,把梦想代替现实,拿未来当做现在,好话说尽,好梦做全,睁开眼睛,还不是一场大梦![②]

乌托邦标示所宣称的目标与现实不可弥补的遥远距离,"好梦"是语言乌托邦的重要特点,用巴金的话讲就是"把梦想代替现实,拿未来当做现在"。它一方面遮蔽真相、塞人耳目;另一方面又有催眠民众的致幻剂

---

① [英]弗·奥·哈耶克:《通往奴役之路》第136页,王明毅等译,中国社会科学出版社1997年版。

② 巴金:《"豪言壮语"》,《巴金全集》第16卷第144页。

功能。巴金说自己在五六十年代的文章中充满豪言壮语:“单单举出几个标题吧:《大欢乐的日子》、《我们要在地上建立天堂》、《最大的幸福》、《无上的光荣》……”,他还提醒我们注意:写下这些话的时候,他的情感是真挚的:“我并不是在吹牛,我当时的感情是真挚的,我确实生活在那样的气氛中。……我当初的确认为‘歌德’可以鼓舞人们前进,多讲成绩可以振奋人心,却没有想到好听的话越讲越多,一旦过了头,就不可收拾;一旦成了习惯,就上了瘾,不说空话,反而日子难过。”[①]说大话会成为习惯、会上瘾,会麻醉自己看不清实际、不能理性地判断事物,语言这种心理的暗示和蛊惑力量,它一方面作用它的接受者,一方面对于言说者本身也可能产生自我麻醉的作用。巴金说的“豪言壮语”不是普通的大话、套话,而是已经意识形态化的一种话语,从报刊、广播、电影等不同媒介,到专门机构形形色色的专业人员,从报刊社论到文艺作品等各种形式,它既是高度一体化的,又有不留余地的立体性,它有着系统的组织程序和运行规范,而且是动用国家力量来传播和推行,所以,它对社会及其成员的影响是系统和全面的。奥威尔在分析思想控制时认为:“它的思想控制不仅是被动的,而且是主动的。它不仅不许你表达——甚至具有——一定的思想,而且它规定你应该怎么思想,它为你创造一种意识形态,它除了为你规定行为准则以外,还想管制你的感情生活。它尽可能把你与外面的世界隔绝起来,它把你关在一个人造的宇宙里,你没有比较的标准。”[②]“一个人造的宇宙”就是用语言建立起来的乌托邦。

巴金等人可以说是这种语言乌托邦的参与制造者,然而他们的自主权和选择权其实是非常有限,对此,奥威尔用了“不许”、“规定”等词。晚年巴金强调不再做机器人,呼吁讲真话、独立思考,正是因为他发现自己曾经的工具角色。作家是“传声筒”,传出的声音常常是按照指令粉饰太

① 巴金:《“豪言壮语”》,《巴金全集》第16卷第144页。

② [英]乔治·奥威尔:《文学和极权主义》,《奥威尔文集》第295页,董乐山译,中央编译出版社2010年版。

平的假话。五十年代初，有作家“赶任务”一说，“一个为人民服务的作家，应该时时刻刻把他的写作作为一种宣传教育的工作。这样的赶任务是完全应该的。”[①]这是令作家不容置疑的要求：“人民的文艺作家，应该自觉地使自己的写作与政治任务紧密结合，……好些写作者不是热烈地去迎接政治任务，而多少是逃避、推卸政治任务，对领导机构交给自己的创作任务当作负担，感到厌烦。应该说这是一种不正常的现象。”[②]这种做法，实际上是把作家创作这种非常个体化的工作不容商量地纳入到集体甚至国家行为之中，在以往，作为自由职业者的作家，在新中国大多数已经被纳入国家工作人员的序列中，他们也只有在这之中才能获取基本生活条件、才有发表文章的权利，这种变化使得当作家被等同于宣传员时，作家丧失了反抗的条件。如此而言，且不论是否混淆了文学与宣传的不同功能，仅一点就让作家为难：宣传都是有预定目的和倾向性的，这常常是事先就预设好的，而创作即使有倾向性也是在具体的创作过程展现出来的。矛盾也由此产生：在宣传中，对于它的目的、倾向性的强调远甚于对于真实性的追求，但真实应当是一个作家和作品生存的底线。——奥威尔曾说过：“我们对作家的第一个要求是，他不应该说假话，他应该说他真实的思想，他真实的感觉。我们对一件艺术品能够说的最糟糕的话就是说它不真诚。”“它要不是真实表达一个人的思想和感情，就毫无价值……”[③]那么，作为国家宣传机器中的一个零件，作家有可能守住这个底线吗？这个最基本的要求，在巴金一代作家的遭遇中反而成为要誓死捍卫的权利。黄秋耘曾撰文批评一些作家“不要在人民的疾苦面前闭上眼睛”，这是针对有人说“十二年以后”在这个土地上没有忧愁和眼泪而写下的杂感，他批评：“有些艺术家却过分天真地把这样的幻想当成现实，而且在艺术作品中反映出来。”他呼吁：“作为一个有着正直良心和清明理智的艺术家，

---

① 荃麟：《论文艺创作与政策和任务相结合》，《文艺报》1950 年第 3 卷第 1 期。

② 萧殷：《论“赶任务”》，《文艺报》1951 年第 4 卷第 5 期。

③ ［英］乔治·奥威尔：《文学和极权主义》，《奥威尔文集》第 294、294—295 页。

是不应该在现实生活面前，在人民的疾苦面前心安理得地闭上眼睛，保持缄默的。”[1]没有忧愁和眼泪，这话如同梦呓，而本来天经地义的事情却成了作家们头上的紧箍咒，“写真实”因为有了与立场、观点的冲突而成了烫手的山芋。周扬曾经这样阐释他们所提倡的“社会主义现实主义”：“判断一个作品是否社会主义现实主义的，主要不在它所描写的内容是否社会主义的现实生活，而是在于以社会主义的观点、立场来表现革命发展中的生活的真实。”[2]这是否意味着必须要先有“社会主义的观点、立场”，否则生活的真实便不是真实？那么为了观点、立场的正确可以不要现实的真实？事实上这样的戒律曾经作为棍棒打向许多当时的优秀作家，使得大家不敢越雷池一步。当时就有人对于这种流毒深广的观点提出质疑：“首先，如果认为‘艺术描写的真实性和历史具体性’里没有‘社会主义精神’，因而不能起教育人民的作用，而必须要另外去‘结合’，那么，所谓‘社会主义精神’到底是什么呢？它一定是不存在于生活的真实和艺术的真实之中，而只是作家脑子里的一种抽象的概念式的东西，是必须硬加到作品里去的某种抽象的观念。这就无异于说，客观真实并不是绝对地值得重视，更重要的是作家脑子里某种固定的抽象的‘社会主义精神’和愿望，必要时必须让血肉生动的客观真实去服从这种抽象的固定的主观上的东西；那结果，就很可能使得文学作品脱离客观真实，甚至成为某种政治概念的传声筒。”[3]这些观点现在毋须多言，当年却因离经叛道而被定为修正主义文艺思想的理论纲领，作者也被划为右派；后来在江青所主持的《部队文艺工作座谈会纪要》中，“现实主义广阔道路论”被列“文艺黑线”的“黑八论”之一，又成为罪不可赦的观点。

这种机制让立场、观点的利剑高悬，首先是取消了作家主体的见闻和感受，要作家的写作服务于一种公共的目的，而不是个人的“心”、“情”，我

① 黄秋耘：《不要在人民的疾苦面前闭上眼睛》，《人民文学》1956 年第 9 期。

② 周扬：《社会主义现实主义——中国文学前进的道路》，《人民日报》1953 年 1 月 11 日。

③ 何直(秦兆阳)：《现实主义——广阔的道路》，《人民文学》1956 年第 9 期。

们历来强调“言为心声”，这时言与心就被强迫分开。久而久之，“言不由衷”也可以成为“习惯”、会“上了瘾”，空话和套话在传播者毫无抵抗意识中就传播开了。“五四”先辈们曾批判的文言中的“死文字”和旧小说的“滥调”，实际上就是语言上的文—言—心彼此分裂的问题。胡适在《寄陈独秀》中言：“综观文学堕落之因，盖可以‘文胜质’一语包之。文胜质者，有形式而无精神，貌似而神亏之谓也。欲救此文胜质之弊，当注重言中之意，文中之质，躯壳内之精神。”[①]在《文学改良刍议》中，他认为：“吾国近世文学之大病，在于言之无物。”[②]“物”，指情感和思想，无病呻吟和滥调套语是言之无物的表现。“今之学者，胸中记得几个文学的套语，便称诗人。其所为诗文处处是陈言滥调，……其流弊所至，遂令国中生出许多似是而非，貌似而实非之诗文。”“吾所谓去滥调套语者，别无他法，惟在人人以其耳目所亲见亲闻所亲身阅历之事物，一一自己铸词以形容描写之；但求其不失真，但求能达其状物写意之目的……”[③]这里说的是语言病，但新文化运动是从语言解决思想问题，实质上也点出了中国人的劣根性和思想病，这种病症在“五四”之后，并没有消失，遂诞生了各种各样的“新八股”。语言乌托邦就暗合了这种语言心理，同时辅之以政治的需要，便形成以豪言壮语代替现实境况的情况。

语言乌托邦的复杂性在于，作家们虽然处于工具的角色上，但并非都是屈辱、被迫去“赶任务”，相反，他们中不少人是争先恐后、绞尽脑汁、满怀热情地去配合、参与这样的工作，这也是巴金一再说到的“感情是真挚的”。我们今天可以说他们“软弱”、“逢迎”，或者“上当受骗”，但事情没有这么简单，语言乌托邦当年不知令多少人心醉神迷，绝不是一捅就破的窗户纸，哪怕不相信它的人也无法完全逃脱它的魔咒，这是因为它得以传播、产生效用乃是背后有一套完整的运作机制，支持着它通过道道关隘。

---

① 胡适：《寄陈独秀》，胡适编《中国新文学大系·建设理论集》第 32 页，良友图书公司 1935 年版。

② 胡适：《文学改良刍议》，胡适编《中国新文学大系·建设理论集》第 34 页。

③ 同上书，第 37、38 页。

语言乌托邦对人的掌控,有着福柯所说的"自我技术"的特点:"它使个体能够通过自己的力量,或者他人的帮助,进行一系列对他们自身的身体及灵魂、思想、行为、存在方式的操控,以此达成自我的转变,以求获得某种幸福、纯洁、智慧、完美或不朽的状态。"同时,福柯还谈到了:"权力技术:它决定个体的行为,并使他们屈从于某种特定的目的或支配权,也就是使主体客体化。"他认为:"这种支配他人的技术与支配自我的技术之间的接触,我称之为治理术(governmentality)。"①在谈到规训的时候,福柯发现"纪律"中蕴藏着一种权力力学,"它规定了人们如何控制其他人的肉体,通过所选择的技术,按照预定的速度和效果,使后者不仅在'做什么'方面,而且在'怎么做'方面都符合前者的愿望。这样,纪律就制造出驯服的、训练有素的肉体,'驯服的'肉体。"②那么,对于一个具体的个体而言,它为什么会自动地接受这样的"规训"呢? 勒庞的大众心理研究或许对我们有所启示。他认为"聚集成群的人,他们的感情和思想全都转到同一个方向,他们自觉的个性消失了,形成了一种集体心理。"③在谈到群体的心理时,他特别谈到了几个特点:(1)自觉的个性的消失,"个人可以被带入一种完全失去人格意识的状态,他对使自己失去人格意识的暗示者唯命是从,会做出一些同他的性格和习惯极为矛盾的举动……它类似于被催眠的人在催眠师的操纵下进入的迷幻状态……一切感情和思想都受着催眠师的左右。""孤立的个人具有主宰自己的反应行为的能力,群体则缺乏这种能力。"④(2)群体使得个人应当苛守的伦理道德在一种法不责众的不负责的状态下丧失。"群体是个无名氏,因此也不必承担责任。这样一来,总是约束着个人的责任感彻底消失了"。"当他加入一个不负责任的

① [法]米歇尔·福柯:《自我技术》,汪民安主编《福柯读本》第 241 页,北京大学出版社 2010 年版。

② [法]米歇尔·福柯:《规训与惩罚》第 156 页,刘北成、杨远婴译,生活·读书·新知三联书店 2007 年 4 月第 3 版。

③ [法]古斯塔夫·勒庞:《乌合之众——大众心理研究》第 12 页,中央编译出版社 2005 年版。

④ 同上书,第 17、21 页。

群体时，因为很清楚不会受到惩罚，他便会彻底放纵这种本能。”“群体可以杀人放火，无恶不作，但是也能表现出极崇高的献身、牺牲和不计名利的举动，即孤立的个人根本做不到的极崇高的行为。……群体为了自己只有一知半解的信仰、观念和只言片语，便英勇地面对死亡，这样的事例何止千万！”[①](3)群体有一种狂暴的、专横的爆发力量，具有相当的破坏性。“即使仅从数量上考虑，形成群体的个人也会感觉到一种势不可挡的力量，这使他敢于发泄出自本能的欲望……”“群体很容易做出刽子手的举动，同样也很容易慷慨就义。正是群体，为每一种信仰的胜利而不惜血流成河。”“专横和偏执是一切类型的群体的共性……”“孤立的他可能是个有教养的个人，但在群体中他却变成了野蛮人——即一个行为受本能支配的动物。他表现得身不由己，残暴而狂热，也表现出原始人的热情和英雄主义”[②]。(4)群体有一种简单的、可以相互迅速传染，并且经常为情感性因素所刺激的不稳定的心理。“群体永远漫游在无意识的领地，会随时听命于一切暗示，表现出对理性的影响无动于衷的生物所特有的激情，它们失去了一切批判能力，除了极端轻信外再无别的可能。”“群体表现出来的感情不管是好是坏，其突出的特点就是极为简单而夸张。”“群体因为夸大自己的感情，因此它只会被极端感情所打动。希望感动群体的演说家，必须出言不逊，信誓旦旦。夸大其词、言之凿凿、不断重复、绝对不以说理的方式证明任何事情——这些都是公众集会上的演说家惯用的论说技巧。”“群体的信念有着盲目服从、残忍的偏执以及要求狂热的宣传等等这些宗教感情所固有的特点，因此可以说，他们的一切信念都具有宗教的形式。”[③]语言乌托邦是一种针对大众的集体话语，上述群体的心理特征，都是语言乌托邦指向的结果和要达到的目的。

较为集中地体现语言乌托邦对大众的致幻作用的是“文革”中的造神

---

① [法]古斯塔夫·勒庞：《乌合之众——大众心理研究》第16、39、39页，中央编译出版社2005年版。

② 同上书，第16、22、36、18页。

③ 同上书，第24、33、34、53页。

运动及亿万人狂热的追逐。个人崇拜是蛊惑群众的致幻剂,但其核心内容又非常简单,简单的言语塑造着简单的思维。"文革"前,林彪振振有词地说:"毛主席广泛运用和发展了马克思列宁主义理论,在当代世界上没有第二个人。十九世纪的天才是马克思、恩格斯,二十世纪的天才是列宁和毛泽东同志。不要不服气,不行就不行。""毛主席活到哪一天,九十岁,一百多岁,都是我们党的最高领袖,他的话都是我们行动的准则。谁反对他,全党共诛之,全国共讨之。""毛主席的话,句句是真理,一句超过我们一万句。"①这种赤裸裸的吹捧后来竟然成为谁都不能怀疑的律条,在全国掀起狂热的个人崇拜的狂潮。这正是勒庞所说的:"读读某些演说词,其中的弱点经常让人感到惊讶,但是它们对听众却有巨大的影响。""群众没有推理能力,因此它也无法表现出任何批判精神,也就是说,它不能辨别真伪或对任何事物形成正确的判断。群体所接受的判断,仅仅是强加给他们的判断,而绝不是经过讨论后得到采纳的判断。"②一时间所谓的"红海洋"就是语言乌托邦的一个典型图景:一九六六年八月十四日,被称为小红宝书的《毛主席语录》公开发行,至一九六八年就发行七亿多册,也有说整个"文革"期间总发行量高达五十亿册。与此同时,还有大量制作的毛主席像章,各个城市树立的毛主席像,更不要说遍布张贴的毛泽东画像。"文革"期间,毛泽东常常发布一两句的"最高指示",每逢有新指示,全社会敲锣打鼓,结队报喜,并且传达不能过夜。更为不可思议的是一批宣称信奉无神论的人,竟然对着毛泽东像,每天搞起"早请示"、"晚汇报"的一套,在集会上大跳"忠字舞",而所有这一切无非是要完成一个造神的运动。对于这样一套做法,勒庞的分析也很精彩:"说理与论证战胜不了一些词语和套话。它们是和群体一起隆重上市的。只要一听到它们,人人都会肃然起敬,俯首而立。许多人把它们当作自然的力量,甚至是超自

① 林彪:《在中央政治局扩大会议上的讲话》(一九六六年五月十八日上午),转引自陈明显《晚年毛泽东》第448页,江西人民出版社2008年版。

② [法]古斯塔夫·勒庞:《乌合之众——大众心理研究》第47、48页,中央编译出版社2005年版。

然的力量。它们在人们心中唤起宏伟壮丽的幻象，也正是它们含糊不清，使它们有了神秘的力量。它们是藏在圣坛背后的神灵，信众只能诚惶诚恐地来到它们面前。”[①]领袖崇高的声望更加深了群众的狂热，“名望的特点就是阻止我们看到事物的本来面目，让我们的判断力彻底麻木。”[②]此时，正如阿多诺所言：“在于迫使个人倒退到仅仅是某集团成员的地位。”[③]个人不仅没有思考的能力，而且在集团中还会感到自己的渺小，他只有不断地求助于“神”，对“神”的依赖也会不断加强。

与此同时，个人被压抑的力量又会在群体中通过另外的方式释放出去，不要低估这种狂热的崇拜之破坏功能，“文革”初期已经完全显露出来，在语言乌托邦的蛊惑下，人完全丧失理性和良知，成为巴金所说的“兽”。据统计，一九六六年八、九两月，北京打死人有一千多人；最为骇为听闻的是北京大兴县自八月二十七日至九月一日，先后杀害“四类分子”及其家属三百二十五人，最大的八十岁，最小的仅三十八天。北京一九五八年第一次文物普查保存下来的六千八百四十三处文物古迹中，有四千九百二十二处被毁，大多是发生在这两个月的破“四旧”（旧思想、旧文化、旧风俗、旧习惯）中。据不完全统计，北京仅从各个炼铜厂抢救出各类金属文物一百一十七吨；从造纸厂抢救出图书资料三百二十多万吨；从各个查抄物资的集中点挑拣字画十八点五万卷，古旧图书二百三十五点七万册，其他各类杂项文物五十三点八万件。一九六六年八、九月间，北京市被抄家的有三万三千六百九十五户；从八月二十三日至九月八日，上海红卫兵在全市共抄家八万四千二百二十二户，其中高级知识分子、教师一千二百三十一户[④]。

---

① ［法］古斯塔夫·勒庞：《乌合之众——大众心理研究》第 83 页，中央编译出版社 2005 年版。

② 同上书，第 109 页。

③ ［德］特奥多尔·W·阿多诺：《弗洛伊德理论和法西斯主义宣传的程式》，张明、张伟译，上海社会科学院哲学研究所外国哲学研究室编《法兰克福学派论著选辑》上卷第 190 页，商务印书馆 1998 年版。

④ 以上统计引自王年一：《大动乱的年代》第 54—55 页，人民出版社 2009 年版。

“文革”结束后，官方曾经这样反思这段造神的历史：“党在面临着工作重心转向社会主义建设这一新任务因而需要特别谨慎的时候，毛泽东同志的威望也达到高峰。他逐渐骄傲起来，逐渐脱离实际和脱离群众，主观主义和个人专断作风日益严重，日益凌驾于党中央之上，使党和国家政治生活中的集体领导原则和民主集中制不断受到削弱以至破坏。……中国是一个封建历史很长的国家，我们党对封建主义特别是对封建土地制度和豪绅恶霸进行了最坚决最彻底的斗争，在反封建斗争中养成了优良的民主传统；但是长期封建专制主义在思想政治方面的遗毒仍然不是很容易肃清的，种种历史原因又使我们没有能把党内民主和国家政治社会生活的民主加以制度化，法律化，或者虽然制定了法律，却没有应有的权威。这就提供了一种条件，使党的权力过分集中于个人，党内个人专断和个人崇拜现象滋长起来，也就使党和国家难于防止和制止‘文化大革命’的发动和发展。”[①]这是在政治、体制框架下的反思，同时它也追溯了“拜神”的历史根源。巴金则从个体的心理状态出发进行反思，他认为这一切都是谎言、骗局和语言游戏。“那些魔法都是从文字游戏开始的”：“我们好好地想一想、看一看，那些变化，那些过程，那些谎言，那些骗局，那些血淋淋的惨剧，那些伤心断肠的悲剧，那些钩心斗角的丑剧，那些残酷无情的斗争……为了那一切的文字游戏！……为了那可怕的十年，我们也应该对中华民族子孙后代有一个交代。”“你瞧，明明是在玩弄文字游戏，大家却这样给摆弄了这么些年。多大的浪费！……各种各样的人都成了这场‘文字游戏’的受害者。以反对知识开始的这场‘大革命’证明了一件事情：消灭知识不过是让大家靠一根绳子走进天堂。”[②]把这样一场灾难概括为一场闹剧，已经见诸很多文字，巴金再进一步把它概括为“文字游戏”，是否夸大了“文字”的力量和游戏的效果？其实不然，整个“文革”以

① 中国共产党中共委员会：《关于若干历史问题的决议》和《关于建国以来党的若干历史问题的决议》第 40 页，中共党史出版社 2010 年版。

② 巴金：《纪念》，《巴金全集》第 16 卷第 662、658—659 页。

对新编历史剧《海瑞罢官》的批判开锣，接下来发动者动用大量的宣传机器，成立诸多写作组，以两报一刊的社论、样板戏乃至最高指示等多种文字形式，制造弥天大谎，置事实于完全不顾，陷害忠良、颠倒是非，这难道不是一种文字游戏么？而这场闹剧的结束，正如巴金在文章中所写过的，是大家对于这样的文字游戏、语言风格有了生理上的厌恶，所以，摈弃这种文风的同样是文字，是北岛等人以朦胧诗所表达出来的"我不相信"，是刘心武、卢新华等人用小说写出的"伤痕"，是宗福先等人用戏剧表达出来"于无声处听惊雷"的愤怒和控诉。语言不仅仅是言辞，是一种乌托邦和意识形态的编织物，阿多诺在分析领袖的特点时特意点出了这种语言的重要作用："领袖一般都是动嘴巴的性格典型，具有口若悬河和蛊惑人心的动人力量。他们施加于追随者的著名魔力，主要是依靠他们的口才：语言本身。缺乏其理性意义，以一种神奇的方式起作用，并且推进原始的倒退，使个体仅仅作为群体的成员而存在。"[①]所以，"语言"问题、"真话"与"假话"问题常常关乎大事。巴金的老友萧乾认为：巴金提出的讲真话问题"关系着民族的兴衰存亡"，他进一步说："巴金的说真话有它特定的时代含义。他实际上是提出一种挑战：在尖锐剧烈的阶级斗争中，人究竟是先顾个人利害还是先顾是非。""《随想录》问世已十载有余，可至今它仍是唯一的一本。这说明自我否定要比把文章写得红宝石那么漂亮要难得多了。也正因此，我认为说真话的《随想录》比《家・春・秋》的时代意义更为伟大，因为一个国家，一个民族，一旦真话畅通，假话失灵，那就会把基础建在磐石之上。那样，国家就能大治，社会才能真正安宁，百业才能俱兴，民族才能立于不败之地。"[②]这种说法并非凭空夸张，正是蛊惑人心、蒙蔽真相的"语言乌托邦"，它在人们思想中长期铺垫使"文革"得以顺利发动和推进。

---

① ［德］特奥多尔・W・阿多诺：《弗洛伊德理论和法西斯主义宣传的程式》，《法兰克福学派论著选辑》上卷第 202 页。

② 萧乾：《更重大的贡献》，巴金与二十世纪学术研讨会编《世纪的良心》第 10、10、10—11 页，上海文艺出版社 1996 年版。

作为曾经的语言乌托邦的参与制造者，当有朝一日巴金被排除在外的时候，他最先是恐惧，寻求个人的出路；当这些都无效，他处在绝望的边缘时，反倒清醒面对现实和自我，他也会冷眼旁观乌托邦语言的制造者、使用者与这种语言的关系，这才有机会识破语言乌托邦的秘密。巴金吃惊地发现，那些成员虽然借此教训、打击他人，然而对这一套他们自己也不相信。“我忽然发现在我周围进行着一场大骗局。我吃惊，我痛苦，我不相信，我感到幻灭。我浪费了多么宝贵的时光啊！但是我更加小心谨慎，因为我害怕。当我向神明的使者虔诚跪拜的时候，我倒有信心。等到我看出了虚伪，我的恐怖增加了，爱说假话的人什么事都做得出来！无论如何我要保全自己。我不再相信通过苦行的自我改造了……”[①]被骗的感觉使得人们出现信仰危机，再也没有比这更“神圣”的戏弄了，经过这番，人们还能相信什么？——这是“文革”留给中国社会最大的毒瘤[②]。“做戏的虚无党”，先是对空话、套话的不相信，但又要做出相信的样子；接下来，对什么都不相信；再发展下去，不相信也罢，但还要参与表演或煞有介事地观看。“向来，我总不相信国粹家道德家之类的痛哭流涕是真心，即使眼角上确有珠泪横流，也须检查他手巾上可浸着辣椒水或生姜汁。什么保存国故，什么振兴道德，什么维持公理，什么整顿学风……心里可真是这样想？一做戏，则前台的架子，总与在后台的面目不相同。但看客

① 巴金：《十年一梦》，《巴金全集》第 16 卷第 327—328 页。

② “文革”之后，由于信仰缺失所造成的对于整个中国社会的精神伤害仍然在蔓延着，1980 年《中国青年》第 5 期刊登署名“潘晓”（为潘祎和黄晓菊合用笔名）的读者来信《人生的路呵，怎么越走越窄……》，遂在当年引发了“潘晓讨论”，他们在该信中说了对于生活的空虚和无望的人生感受：“人生的路呵，怎么越走越窄，可我一个人已经很累了呀，仿佛只要松出一口气，就意味着彻底灭亡。真的，我偷偷地去看过天主教堂的礼拜，我曾冒出过削发为尼的念头，甚至，我想到过去死……心里真是乱极了，矛盾极了。”他们的心声引发全国青年的呼应。据当年 6 月 9 日统计，不足一个月杂志社就收到了两万多件读者来信。有读者说：“一个诚实人的心声，能唤起一大群诚实人的共鸣！”在中国进入商品经济社会之后，假货泛滥的趋势、诚信的社会问题，至今还困扰着人们，成为极其严重的社会问题。近年来，某些官员的官话和套话，又引起民众的反感，成为喊打的对象，从另外一方面也表明，“真话”与“假话”没有得到彻底的解决。

虽然明知是戏，只要做得像，也仍然能够为它悲喜，于是这出戏就做下去了；有谁来揭穿的，他们反以为扫兴。”“然而看看中国的一些人，至少是上等人，他们的对于神，宗教，传统的权威，是‘信’和‘从’呢，还是‘怕’和‘利用’？只要看他们的善于变化，毫无特操，是什么也不信从的，但总要摆出和内心两样的架子来……我们的确虽然这么想，却是那么说，在后台这么做，到前台又那么做。”[①]“做戏”会造成集体的精神危机，真理不再被崇奉，信仰动摇，人们都在庄严地演出着闹剧，都在学着做一名合格的演员[②]。

由空话、套话、大话所组成的豪言壮语，实际上是一种没有主体的奴隶语言，它并不由说话者所掌握，甚至在某种程度上它反而掌握了说话者。奥威尔说得很精辟：“不诚实乃是语言明白的大敌。在一个人的真正意图和公开宣称的意图之间有距离时，他就会出于本能求助于大话和空话，就像墨鱼放墨汁。”“不论什么色彩，凡是正统，似乎都要求你采取一种没有生气的、鹦鹉学舌的文风。……你看到的不是一个活人，而是一个假人。……使用这种词汇的演讲者已在某种程度上把自己变成了一台机器。……如果他发表的讲话是他一遍又一遍讲惯了的话，他很可能根本不知道自己在说些什么，就像我们在教堂里对应唱圣歌时口中念念有词一样。”[③]由此返观言说者与语言的关系，是“从”而不是“信”，是虚拟的主体在说[④]，这样就可以实现“将群众关闭在真实世界之外”，“对于运动的成员们而言，(宣传的内容)不再是一种人们有可能产生意见的客观问题，

① 鲁迅：《马上支日记》，《鲁迅全集》第3卷第327、328页。

② 巴金在“文革”中也有这样的表现：“当时我的思想好像很复杂，其实十分简单，最可笑的是，有个短时期我偷偷地练习低头弯腰、接受批斗的姿势，这说明我是心甘情愿地接受批斗，而且想在台上表现得好。后来我真的上了台，受到一次接一次的批斗，我的确受到了‘教育’：人们都在演戏，我不是演员，怎么能有好的表现呢？”(巴金：《怀念丰先生》，《巴金全集》第16卷第317页。)

③ [英]乔治·奥威尔：《政治与英语》，《奥威尔文集》第311页。

④ 比较典型的是为了配合某个大的运动，报刊上刊发的“读者来信”或“群众中来”，都是没有名字的“一工人”、“一农民”或“一学生”。

而是像数学定律一样，变成了他们生活中真实的、而又不可触及的成分。”[①]这是一个不容质疑的话语系统，语言在这里不具备平等交互性，而是以灌输的形式强制性甚至带有暴力性质地推行[②]。第二，为了使这种灌输能够达到预期效果，它要求纯粹性、统一性，那么，就会按照预定目标剔除杂音、不和谐的声音。这种不和谐的消除甚至可以篡改历史、剥夺人们的记忆。这一点苏联的斯大林时代编写的《联共(布)党史简明教程》就是典型的例子。这部书是一九三八年联共(布)中央特设委员会编写，由斯大林本人亲自审定(也有资料说这就是斯大林本人的著作)，“此书一出，唯我独尊，其他所有关于联共党史的著作统统被封存或烧毁，关于联共历史上的各种事件、人物的写法、评价统统按照《简明教程》改写，斯大林成了党史中的主角。”“在苏联时期，苏联历史学家动辄指责西方史学家伪造苏联历史。实际上，只要稍微认真读一下《简明教程》，不难得出结论：《简明教程》乃伪造历史之大成。”“编辑出版《简明教程》的根本目的是要推广斯大林模式，把斯大林的做法当成供全世界效法的样板。”[③]有研究者指出：“特别是三十年代通过编定《联共(布)党史简明教程》，伪造俄国革命的所谓‘两个中心’、‘两个领袖’的理论，把斯大林神化到党和苏维埃创建者的地步。”[④]“文革”中一些人也娴熟此技，不断修改和伪造历史，把人们的思想“统一”到这些既定的轨道上，其实是钳制思想、控制舆论，这都是奥威尔《1984》中“真理部”所做的勾当。这种控制在制造内部统一

① [美]汉娜·阿伦特：《极权主义的起源》第441、450、454、465页，林骧华译，生活·读书·新知三联书店2008年版。

② 如今的某些网络语言又让我看到语言暴力的死灰复燃，当年的语言暴力是强迫你必须相信什么，现在则是强迫你必须怀疑一切。

③ 郑异凡：《〈联共(布)党史简明教程〉是一本什么样的书?》，陆南泉等主编《苏联真相：对101个重要问题的思考》第344、345、347页，新华出版社2010年版。

④ 马龙闪：《为什么说“文化统制主义”是苏联剧变的原因之一?》，陆南泉等主编《苏联真相：对101个重要问题的思考》第1221页。原文注释：所谓俄国革命的“两个中心”，就是以列宁为首的“国外中心”和以斯大林为首的“俄罗斯国内中心”。所谓“两个领袖”，就是列宁与斯大林，事实上，斯大林在1912年的布拉格会议上才刚刚成为中央委员，进入党中央。也正是这个缘故，斯大林才把布拉格会议夸大到极为重要的地位。

的基础上，不断地打击乃至消灭异己者，“它不断地并且有时是相当迂回地暗示，信徒仅仅由于属于这个集团就比排斥在外那些人更好、更高尚、更纯洁”[①]。语言乌托邦就这样维持着与接受者、传播者的关系。

巴金参与语言乌托邦的制造，同时也是它的受害者，这似乎都逃不出鲁迅对那吃人的筵席的诅咒[②]。痛定思痛，他猛醒：

> 我听过数不清的豪言壮语，我看过数不清的万紫千红的图画。初听初看时我感到精神振奋，可是多了，久了，我也就无动于衷了。我看，别人也是如此。谁也不希罕不兑现的支票。我不久前编自己的选集，翻看了大部分的旧作，使我感到惊奇的是从一九五〇到一九六六年十六年中间，我也写了那么多的豪言壮语，我也绘了那么多的美丽图画，可是它们却迎来十年的浩劫，弄得我遍体鳞伤。我更加惊奇的是大家都在豪言壮语和万紫千红中生活过来，怎么那么多的人一夜之间就由人变为兽，抓住自己的同胞“食肉寝皮”。[③]

“空话”的“美好”，与“现实”的“浩劫”对比，实在是戳穿语言乌托邦最有力的武器。“豪言壮语”带来的不是“美丽的图画”，而是遍体鳞伤，是一夜之间由人变成“兽”，这使巴金不能不沉痛地说：

---

① [德]特奥多尔·W·阿多诺：《弗洛伊德理论和法西斯主义宣传的程式》，《法兰克福学派论著选辑》上卷第199页。

② 鲁迅在《灯下漫笔》中曾说：“并且因为自己各有奴使别人，吃掉别人的希望，便也就忘却自己同有被奴使被吃掉的将来。于是大小无数的人肉的筵席，即从有文明以来一直排到现在，人们就在这会场中吃人，被吃，以凶人的愚妄的欢呼，将悲惨的弱者的呼号遮掩，更不消说女人和小儿。”（见《鲁迅全集》第1卷第217页，人民文学出版社1981年版。）俄国学者认为：“不仅在苏联，而且在国外，许多著名的文化活动家成了斯大林的拥护者，是他们自己制造了斯大林的个人崇拜。”（别索诺夫、普罗多吉扬科诺夫《斯大林的思维和行为方法论》，李慎明主编《历史的风》第86页，人民出版社2009年版）知识分子有必要反思在类似事件中自己的角色和作用。

③ 巴金：《未来（说真话之五）》，《巴金全集》第16卷第392页。

通过我长期的生活经验和创作实践，我认为即使不写满园春色的美景，也能鼓舞人心；反过来说，纵然成天大做一切都好的美梦，也产生不了良好的效果。

据我看，最好是讲真话。有病治病；无病就不要吃药。

四、“讲真话”的精神源头

巴金提倡“讲真话”与他的人生经历、教育背景和精神渊源有着密切的联系。从巴金个性气质而言，他是一个率真、坦诚的人，走上写作道路之后，特别是三十年代，巴金一直与读者保持着密切的交流，讲真话，诉真情，是他创作的重要基调。追溯巴金讲真话的精神源头，不能不提到他的几位“老师”。比如鲁迅，一生斥责各种各样的“伪”，追求“真”，是巴金自觉学习的榜样。“我开始写作的时候，拿起笔并不感到它有多么重，我写只是为了倾吐个人的爱憎。可是走上这个工作岗位，我才逐渐明白：用笔作战不是简单的事情。鲁迅先生给我树立了一个榜样。我仰慕高尔基的英雄‘勇士丹柯’，他掏出燃烧的心，给人们带路，我把这幅图画作为写作的最高境界，这也是从先生那里得到启发的。我勉励自己讲真话，卢骚（梭）是我的第一个老师，但是几十年中间用自己的燃烧的心给我照亮道路的还是鲁迅先生。我看得很清楚：在他，写作和生活是一致的，作家和人是一致的，人品和文品是分不开的。他写的全是讲真话的书。他一生探索真理，追求进步。他勇于解剖社会，更勇于解剖自己；他不怕承认错误，更不怕改正错误。”“为了真理，敢爱，敢恨，敢说，敢做，敢追求。”[①]鲁迅是巴金自觉地与他所接受教育的新文学传统之间的重要精神血脉，而在支撑新文学的重要观念中，我手写我心、言为心声、做真人不做伪士等，无疑对巴金有着重要的影响。

① 巴金：《怀念鲁迅先生》，《巴金全集》第16卷第341、342页。

巴金曾多次提到过“卢骚(梭)是我的第一个老师”:“我从《忏悔录》的作者这里得到了安慰,学到了说真话。”[①]“一九二七年春天我在巴黎开始写小说,我的启蒙老师是《忏悔录》的作者卢骚(梭),我当时一天几次走过他的铜像前,我从他那里学到的是:讲真话,讲自己心里的话。”[②]很多人把《随想录》与《忏悔录》自然而然地联系起来,具体而言,它们都是以揭自己的短为出发点,但指向和目的却不尽相同,卢梭的《忏悔录》“带有明显的自辩性质,他要以此来控诉不合理的社会,讨回自己的公道。”“尽管《忏悔录》在一定程度上可视为作者生平的纪实,但它更是一篇雄辩的辩护词。”[③]通过对自我的叙述最终指向了对社会的批判,在这一点上《随想录》与《忏悔录》倒是不谋而合。但巴金不是要证明自己的道德纯洁、灵魂的高尚,他展示自己的丑陋,是为了洗刷良心上的污点,试图卸下内心的道德负担。他也没有把所有责任都推给社会、历史,不断地追究个人的责任,所以,《随想录》完全没有《忏悔录》那么雄辩和自信。巴金还提到了几位法国作家,他们都是坚持真理、仗义执言的知识分子,给巴金不畏压力坚持说真话以很大的精神鼓励:“对伏尔泰我所知较少,但是他为卡拉斯老人的冤案、为西尔文的冤案、为拉·巴尔的冤案、为拉里—托伦达尔的冤案奋斗,终于平反了冤狱,使惨死者恢复名誉,幸存者免于刑戮,像这样维护真理、维护正义的行为我是知道的,我是钦佩的。还有两位伟大的作家葬在先贤祠内,他们是雨果和左拉。左拉为德莱斐斯上尉的冤案斗争,冒着生命危险替受害人辩护,终于推倒诬陷不实的判决,让人间地狱中的含冤者重见光明。”[④]巴金由此联系到“干预生活”的问题:“‘作家干预生活’曾经被批判为右派言论,有少数人因此二十年抬不起头。我不曾提倡过‘作家干预生活’,因为那一阵子我还没有时间考虑。但是我给关进‘牛棚’以后,看见有些熟人在大字报上揭露‘巴金的反革命真面目’,我朝夕盼望有一两位作家出来‘干预生活’,替我雪冤。”“左拉死后改葬在先贤

① 巴金:《再访巴黎》,《巴金全集》第16卷第73页。

② 巴金:《春蚕》,《巴金全集》第16卷第194页。

③ 李赋宁总主编:《欧洲文学史》第1卷第400页,商务印书馆1999年版。

④ 巴金:《把心交给读者》,《巴金全集》第16卷第48—49页。

祠，我看主要原因还是在于他对平反德莱斐斯冤狱的贡献，人们说他‘挽救了法兰西的荣誉’。至今不见有人把他从先贤祠里搬出来。那么法国读者也是赞成作家‘干预生活’的了。”[①]伏尔泰也好，左拉也罢，他们的仗义执言，已经超越了他们的专业本身，而由思想家、作家而成为知识分子，事实上，在西方他们也是被视为“知识分子”的代表性人物，特别是德雷福斯事件更具有标志性意义。“‘知识分子’一词是一八九八年，即德雷福斯事件期间开始在法国使用的；德雷福斯事件使法国舆论产生了分裂，并成为一场危机的根源。小说家左拉深信，一八九四年军事法庭将法国犹太裔军官阿尔弗雷德·德雷福斯定为德国间谍的判决是错误的。一八九八年一月十三日，左拉在《震旦报》上发表了后来被称为‘我控诉’的著名文章。几天之后，一批文学艺术界和大学界的知名人士发表了一份请愿书，要求重审一八九四年的判决。未来的政府首脑、当时身为记者的乔治·克列孟梭十分赞赏这些文人和艺术家的行动，并称他们为‘知识分子’。这个直到那时始终被当做形容词使用的词汇，从此变成一个名词。人们可以给予它下列定义：知识分子，指在思想界或艺术创作领域取得一定声誉，并利用这种声誉，从某种世界观或某些道德伦理的角度出发，参与社会事物的人士。”[②]“我控诉”是巴金年轻时代常常表达的写作观念：“我要拿起我的笔做武器，为他们冲锋，向着这垂死的社会发出我的坚决的呼声J'accuse(我控诉)。”[③]晚年重提左拉，以控诉的基调写作《随想录》时，巴金的体验、心境已与青年时代大为不同，晚年他赞成“干预”生活，实际上已经在强调从书斋中走出来，超越各自的专业范围，做一名知识分子。讲真话，是知识分子为社会最为直接的贡献，《随想录》超越了文学本身，那是因为他是一个知识分子思想探索的忠实记录。有人评价：“《我控诉》在人类良知的历史上将永远是一个壮举。”法朗士在左拉的葬礼上这样评价左拉：“他的命运和他的心肠给他创造了最伟大的机遇：在一段时间里，他成

---

① 巴金：《把心交给读者》，《巴金全集》第16卷第49页。

② [法]米歇尔·维诺克：《法国知识分子的世纪——巴雷斯时代》第1页，孙桂荣、逸风译，江苏教育出版社2006年版。

③ 巴金：《〈春天里的秋天〉序》，《巴金全集》第5卷第97页。

了人类良知的化身。”[①]巴金可能不需要这些荣誉，但他从前贤的言行中显然清楚地领会到了什么是正义、良知，什么是讲真话。

还有一位知识分子，他的思考与探索引起晚年巴金的强大共鸣，他就是托尔斯泰。巴金写过几篇谈托尔斯泰的文章，决心“向老托尔斯泰学习”，坚持讲真话，做到言行一致。巴金一生都与这位伟大的作家保持着情感“沟通”。晚年，他更是高度评价了托尔斯泰：

> 他是十九世纪世界文学的高峰。他是十九世纪全世界的良心。他和我有天渊之隔，然而我也在追求他后半生全力追求的目标：说真话，做到言行一致。我知道即使在今天这也还是一条荆棘丛生的羊肠小道。但路总是人走出来的，有人走了，就有了路。托尔斯泰虽然走得很苦，而且付出那样高昂的代价，他却实现了自己多年的心愿。我觉得好像他在路旁树枝上挂起了一盏灯，给我照路，鼓励我向前走，一直走下去。
>
> 我想，人不能靠说大话、说空话、说假话、说套话过一辈子。还是把托尔斯泰当做一面镜子来照照自己吧。[②]

这也是巴金表达自己心志的文字，直到《再思录》中，巴金还是一再提到托尔斯泰，千言万语都集中在：讲真话，追求言行一致。在题为《最后的话》的《巴金全集》的后记中，他写道：

> 这是俄罗斯大作家给我指出一条路。改变自己的生活，消除言行的矛盾，这就是讲真话。
>
> 现在我看清楚了这样一条路，我要走下去，不回头。[③]

晚年巴金，一直处在舆论的风头浪尖，常常为得不到人们的理解而苦

---

① [法]米歇尔·维诺克：《法国知识分子的世纪——巴雷斯时代》第60、82页。

② 巴金：《“再认识托尔斯泰”?》，《巴金全集》第16卷第612页。

③ 巴金：《最后的话》，《再思录》(增补本)第145页，广西师范大学出版社2004年版。

恼，他分明感受到托尔斯泰晚年的那种压力和苦恼，所以在他精神探索的路途上不断地在向这位文学大师寻求力量。托尔斯泰在他的世界观“新生”之际曾写过《忏悔录》，他对过去的生活也做了否定性的反思，叙述了自己的社会、道德立场的转变过程，无情地斥责自己的“虚伪”，屠格涅夫称这部书是一部“就诚恳、真实和说服力而言都十分出色的作品。”[①]在这部作品中，托尔斯泰看到了自己的生活与信仰的不一致，进而动摇了对以往信仰的看法，他写出痛苦、执著地追求真理的艰难过程：“想到这几年，我不能不感到可怕、厌恶和内心的痛苦。”“当时我出于虚荣、自私和骄傲开始写作。在写作中我的所作所为与生活中完全相同。为了猎取名利（这是我写作的目的），我必须把美隐蔽起来，而去表现丑。我就是这样做的。”[②]他重新思考了生命和艺术的意义：“我很明白，艺术是生命的装饰品，是生命的诱惑。但生命对于我已失去吸引力，我怎么能去吸引别人呢？当我没有独立的生命、而是别人的生命带着我随波逐流的时候，当我相信生命有意义（虽然我不会表达这意义）的时候，任何一种生命在诗和艺术中的反映都给我以欢乐，看到这面艺术之镜中的生命我感到高兴。”但这个找寻的过程如同迷途的人急于走出森林：“如果我是生活在森林中的人，知道走不出这座森林，那么我还能够生活下去。但我像一个在森林中迷了路的人，因为迷路而感到恐怖，到处乱转，希望走到正道上，知道每走一步无非是更加糊涂，但又不能不来回折腾。”[③]这种“来回折腾”是托尔斯泰追求真理和探究生命意义中的努力，它与巴金在《随想录》中的“探索”、如同下油锅煎熬处于同样的状态。托尔斯泰最终在民众中找到了自己新的力量源泉，反观自身，虚伪、言行不一，甚至信仰与生活的分离是他最不能接受的：“我的圈子里信教的人的迷信是他们根本不需要的，与他们的生活不能结合起来，而只是一种特殊的伊壁鸠鲁式的娱乐；劳动人民中信教的人的迷信和他们的生活却结合得十分紧密，甚至很难想象他们的生活可以没有迷信，因为迷信是这种生活的必要条件。我的圈子里信

---

① 转引自《列夫·托尔斯泰文集》第15卷题解，该书第615页，人民文学出版社2000年版。

② ［俄］托尔斯泰：《忏悔录》，《列夫·托尔斯泰文集》第15卷第8页。

③ 同上书，第19、20页。

教的人的全部生活是与他们的宗教信仰相矛盾的，而信教的劳动者的全部生活是对宗教信仰的认识赋予生命的意义的一种肯定。”在这样的认识前提下，他的生活发生了“激变”：“我的圈子——富人和有学问的人的生活，不仅使我感到厌恶，而且丧失了任何意义。我的一切行为、议论、科学、艺术在我看来都是胡闹。我明白了，从这方面去寻找生命的意义是不行的。创造生活的劳动人民的行动在我看来是唯一真正的事业。我明白了，这种生活所具有的意义是真理，所以我就接受了它。”[①]而在另外一篇文章中，对于贫富悬殊的社会现实，托尔斯泰一面提问到底该怎么办，一面又似乎感到终究没有办法解决，托尔斯泰申说了面对现实、不说假话和坚持真理的决心，尤其是面对自我的良心不说谎的决心：“首先，我对应该怎么办的问题是这样回答自己的：无论对人对己都不要说谎，不要害怕真理，无论它会把我引向哪里。”“我们大家都知道对人说谎意味着什么，但我们并不担心对自己说谎。然而，在人前说的谎话就是再恶劣，再直接，骗人骗得再厉害，比起我们说给自己听的，我们借以安排自己生活的那种谎话来，后果还算不了什么。”“要能够回答应该怎么办的问题，就不要说这样一种谎话。事实上，当我所做的一切，我的全部生活都建筑在谎话上，而我还想方设法在别人和自己面前用这谎话冒充真理的时候，怎么能回答应该怎么办的问题呢？在这个意义上，不说谎就意味着不害怕真理，不为使自己听不见理性和良心的结论而支吾……”[②]

“讲真话”、消除良知上的焦虑和不安，这是巴金与托尔斯泰晚年追求的共同目标，而《随想录》之于托尔斯泰的《忏悔录》及其后的著作，也有很多可以比较之处：首先，在“文革”之后，巴金的思想也经历了一次“激变”，他不是沿着过去的轨道走下去了；其次，这种激变的结果就是彻底地否定了他自己一九四九年以后走过的道路和创作，虽然巴金的言辞比老托尔斯泰温和得多，但这个否定之激烈却也不容否认，对比一下与巴金同时代作家就明白了——他们也不排除在心理或行为上不再认同自己的这段创

---

① ［俄］托尔斯泰：《忏悔录》，《列夫·托尔斯泰文集》第 15 卷第 47、48—49 页。

② ［俄］托尔斯泰：《那么我们应该怎么办》，《列夫·托尔斯泰文集》第 15 卷第 248—249 页。

作，但都没有做到这么激烈的否认，更不会拿自己做靶子来解剖给大家看，而不少人选择了回避和沉默的办法。像巴金这样旗帜鲜明地否定则需要相当的勇气和力量的。因为巴金否定的不仅仅是他个人的创作，作为近半个世纪以来文坛上举足轻重的人物，他彻底否定了自己，也等于否定了一段历史。第三，他们所追求的目标是一致的，不但是讲真话，还要做到言行一致。就这一点而言，两位文学家为了实践它，经历了无数的痛苦和内心折磨。这种内心强烈的不安，“煎熬”的精神状态使两位老人的心紧紧地连在一起了。当然，两个人也有不同的地方，托尔斯泰通过激变获得了新生，找到了属于自己的信仰，巴金呢？在《随想录》中，他不像年轻时代“信仰”不离口，那么，他的晚年是否有信仰呢？它又是什么呢？与其说巴金对于信仰问题的缄默是他已经没有信仰，那还不如说他信仰的特殊性；如果是他没有信仰，在《随想录》中，他一直追求独立思考、表达个人的看法，他的价值标准是什么？细读《随想录》不难发现，巴金不是找到了新的信仰，而是一种信仰的回归，在一段时间中被他抛弃或搁置的信仰重新回到他的心中和笔下，但我想这个信仰不能简单的是当年的无政府主义，它包括了无政府主义的核心理念——我认为巴金并没有完全放弃它，但有所扩大，这种扩大使他跳出了无政府主义自身的封闭，特别是他对“五四”的新文学的传统的自觉续接，比如他对于鲁迅传统的认同和自觉追随，这些都是它的精神源泉和动力，让他在垂暮之年虽步履蹒跚，但在讲真话的路途上越走越远。

二〇一〇年七月五日凌晨写完于花城竹笑居
二〇一一年二月二十五日改；三月十二日再改；三月二十七日三改；
四月三日四改；四月五日晚五改

迷魂汤与寻找自我

——《随想录》中的自我救赎

一九六九年，"去奉贤文化系统五七干校劳动的前夕，我在走廊上旧书堆中找到一本居·堪皮（G. Campi）的汇注本《神曲》的《地狱篇》，好像发现了一件宝贝。书太厚了，我用一个薄薄的小练习本抄写了第一曲带在身边。在地里劳动的时候，在会场受批斗的时候，我默诵但丁的诗句，我以为自己是在地狱里受考验。但丁的诗给了我很大的勇气。读读《地狱篇》，想想'造反派'，我觉得日子好过多了"[①]。这是巴金的叙述，在"文革"中抄写《神曲》，对他而言是具有标志性意义的事件，正如他自己所说："我一边生活一边思考，逐渐看清了自己走的道路，也逐渐认清了'造反派'的真实面目。"[②]这表明他被"魔鬼"掳掠去的"自我"又回到了他的身上，他可以自主地思考问题，尤其是清醒地反省自己和评判周遭世界了。巴金抄写《神曲》一直到第九曲，萧珊病重，他由干校回到家中时候，也就是一九七二年夏天。三年时间，与《神曲》相伴，主要是《神曲》表达了巴金无法表达出来的内心感受，"牛棚"好似地狱：

> 一九六九年我开始抄录、背诵但丁的《神曲》，因为我怀疑"牛棚"就是"地狱"。这是我摆脱奴隶哲学的开端。没有向导，一个人在摸索，我咬紧牙关忍受一切折磨，不再是为了赎罪，却是想弄清是非。我一步一步艰难地走着，不怕三头怪兽，不怕黑色魔鬼，不怕蛇发女

---

① 巴金：《说真话之四》，《巴金全集》第16卷第390页。

② 同上。

> 怪，不怕赤热沙地……我经受了几年的考验，拾回来“丢开”了的“希望”，终于走出了“牛棚”。我不一定看清别人，但是我看清了自己。虽然我十分衰老，可是我还能用自己的思想思考。我还能说自己的话，写自己的文章。我不再是“奴在心者”，也不再是“奴在身者”。我是我自己。我回到我自己身上了。
>
> 那动乱的十年，多么可怕的一场大梦啊！[①]

提到《神曲》，把“文革”十年比作“一场大梦”，不仅是这篇“随想录”，在另外一篇中，他也谈到“但丁式的噩梦”：

> 在“文革”的头三年中我甚至认为让我在作家协会传达室工作也是幸福，可是“四人帮”的爪牙却说我连做这种工作也不配。因此我只好经常暗中背诵但丁的诗篇，想象自己就站在阿刻龙特（Acheronte）河岸上，等着白头发的卡隆（Caron）把我当做“邪恶的鬼魂”渡过去。真是一场但丁式的噩梦啊！[②]

黑白颠倒、现实与虚幻颠倒，这样的经历和感受自然令巴金觉得是场痛苦的噩梦。“地狱”是对他现实处境的描述，而且在意识到自己所经历是一场骗局之后，他发现“地狱”是为了那些不安于现状的人而设：“这说明过去有一个时期的确有人用‘地狱’来惩罚那些不安于现状的人。”[③]有这样的想法，那么他是怎么看自己的呢？显然，他在绝望中给自己找到了答案，他用不着绞尽脑汁去搜寻自己的罪过，也不必费尽心思去乞求恩赐，他认定了自己的罪名：“不安于现状。”也开启了今后的方向，也就是说，从此刻起他已经不安于现状，接下来问题是：等待现状的改变，或者去改变现状了。与之相联系的是他对现状有了更为清醒的认识：“噩梦”使

---

① 巴金：《十年一梦》，《巴金全集》第16卷第328页。

② 巴金：《探索之四》，《巴金全集》第16卷第186页。

③ 巴金：《探索》，《巴金全集》第16卷第173页。

他认识到这种现实的虚幻和不可靠,也就相信必有通过炼狱迎来天堂的一天,必有梦醒的一天,所以他说:“只有在无穷无尽的靠边受审查的岁月中,在‘五七干校’边种菜边背诵但丁的《神曲》第一部的漫长的日子里,我的心内又渐渐产生了希望,我想得很多。”[①]值得注意的是,“文革”结束后,回顾这段经历,巴金两次提到了希望有人写出新的《神曲》:“我相信会有新的但丁写出新的《神曲》来。”[②]“十年浩劫绝不是黄粱一梦。这个大灾难同全世界人民都有很大的关系,我们要是不搞得一清二楚,作一个能说服人的总结,如何向别国人民交代!可惜我们没有但丁,但总有一天会有人写出新的《神曲》。所以我常常鼓励朋友:‘应该写!应该多写!’”[③]他的《随想录》是写新的《神曲》的一种尝试吗?

我还想到了另外一部名著,那就是《浮士德》。魔鬼梅非斯特与天主打赌,梅非斯特要“去勾引这个灵魂(指浮士德——引者)脱离本源”,因为他和天主都看到了浮士德不满现状又困惑于出路在何方,“他想摘下天上最美的星辰,/他想获得人间最大的快乐……”[④]魔鬼于是觉得有机可乘,而天主也看到人性中的弱点,但他更为宽容地说:“人在奋斗时,难免有迷误。”并坚信:“善人虽受模糊的冲动驱使,/总会意识到正确的道路。”[⑤]想一想,巴金这一代知识分子何尝不是这个浮士德?他们都是抱着这个美好的理想和心愿进入“新社会”,也经历了种种的诱惑和改变,一度也喝了“迷魂汤”失去自我,最终“总会意识到正确的道路”,又开始了寻找自我的道路,并做出了清醒的反思,展示了他们所走过的道路、艰难追求真理的过程,给我们留下了一部新《浮士德》。我们似乎不应当忘记巴金翻译过洛克尔的《六人》,《六人》的第一篇就是《浮士德的路》。在这篇的结尾,浮士德顿悟,认为自己“让人戏弄了两次”:“最先是上帝一直用牵孩带拴住

① 巴金:《中岛健藏先生》,《巴金全集》第16卷第115页。

② 巴金:《探索》,《巴金全集》第16卷第173页。

③ 巴金:《写真话》,《巴金全集》第16卷第241—242页。

④ [德]歌德:《浮士德》第20页,钱春绮译,上海译文出版社1989年版。

⑤ 同上书,第21页。

我，随后是撒旦来教我怎样行为。而我，我真蠢，我没有能认出这个可耻的把戏，在我不过做着他的意志的傀儡和受他欺骗的瞎了眼睛的傻瓜时，我还觉得自己是个主人！”[①]巴金曾经说过，他写过不少豪言壮语和虚假的文章，然而在当时自己的感情却是真挚的，这不也是失去了自我“还觉得自己是个主人”？更耐人寻味的是，这个浮士德发现自己总是在上帝和魔鬼之间来回轮转，但他们都无法解决他的问题，而在他的最后，他宣言：“人的解放由他自己来完成！人由他自己的力量获得拯救！”[②]这与巴金晚年的精神探索有着很一致的路径，巴金宣布“没有神”，不论是现实中的，还是宗教上的，他晚年的反思不企求于神的救赎，也不求一种集团的力量来解救，而是靠着“人”的力量，依靠着启蒙运动以来的人的自我解放的精神力量开始了寻找自我的路途。

一、“奴在心者”与迷失自我

“奴在心者”本来是巴金少年时读林译小说《十字军英雄记》[③]时记下的一句话，原句是：“奴在身者，其人可怜；奴在心者，其人可鄙。”巴金曾用它来分析自己作品中的人物，比如《家》中黄妈祷告死去的太太保佑少爷们，鸣凤说愿意做丫头伺候觉慧一辈子，巴金认为这些人把命运寄托在别人的身上，缺乏独立意志，都是“奴”在心者；而“奴在身者”是指虽然没有人身自由，但却有心灵自由的人。二十世纪三十年代，血气方刚的巴金秉承新文化精神批判奴隶性格，提倡平等和自由，不会想到自己与“奴”字有任何联系，但“文革”中，他却发现：“奴隶，过去我总以为自己同这个字眼毫不相干，可是我明明做了十年的奴隶！”“没有自己的思想，不用自己的脑子思考，别人举手我也举手，别人讲什么我也讲什么，而且做得高高兴

① [德]鲁多夫·洛克尔：《六人》，巴金译，《巴金译文全集》第 6 卷第 399 页。

② 同上书，第 401 页。

③ 《十字军英雄记》，英国司各德著，林纾、魏易译，为上海商务印刷馆说部丛书第 2 集第 29 编。

兴，——这不是‘奴在心者’吗？”[①]意识到这一点标志着“五四”精神在他身上渐渐复苏，因为只有一个健全的、精神完整的人才会对自身的处境有所反省，看清自己的真实面目。由奴隶、机器、“牛”恢复到“人”，要求人的权利和尊严。有了这样的经历，巴金更清楚要坚守什么，在《随想录》中，巴金终于喊出了：“一个中国人什么时候都要想到自己是一个人，人！”[②]

在带着强烈耻辱感的自我反思中，巴金认为“文革”中是自己放弃了做人的权利，才造就了那些张牙舞爪的“兽”。进入九十年代，巴金喊出“没有神”并强调：“我不会忘记自己是一个人，也下定决心不再变为兽，无论谁拿着鞭子在我背上鞭打，我也不再进入梦乡。当然我也不再相信梦话！”“没有神，也就没有兽。大家都是人。”[③]李慎之在纪念“五四”运动八十周年的文章中说：“‘五四’的精神是什么？是启蒙。何谓启蒙。启蒙就是以理性的精神来打破几千年来禁锢着中国人思想的专制主义与蒙昧主义。”他谈到“文革”历史教训时说：“不妨提一个不客气的问题：‘文化大革命中，几个人敢说自己不是奴隶，不是奴才？’就这方面说，不能否认中国人传统文化中的专制主义与蒙昧主义的遗毒仍然根深蒂固，由此而来的极端主义的心理状态，深深埋在中国人民的心底，随时可以复兴而反扑过来。”[④]巴金在新时期也认为过去反封建不彻底，还要大反封建，李慎之与他的想法不谋而合。由此而言，批判自身的“奴在心者”的心态实际上点中了“文革”和中国文化的穴位；以批判“奴在心者”的方式反对思想专制也是巴金借反思自己“文革”经历在《随想录》反复痛陈的内容。

陈独秀《敬告青年》一文中第一条就是“自主的而非奴隶的”，他说：“等一人也，各有自主之权，绝无奴隶他人之权利，亦绝无以奴自处之义务。……解放云者，脱离夫奴隶之羁绊，以完其自主自由之人格之谓也。

---

① 巴金：《十年一梦》，《巴金全集》第16卷第322、324页。

② 巴金：《怀念叶非英兄》，《巴金全集》第16卷第719页。

③ 巴金：《没有神》，《再思录》（增补本）第59页。

④ 李慎之：《重新点燃启蒙的火炬——“五四”运动八十年祭》，杜渐坤、陈寿英：《’99中国年度最佳随笔》，漓江出版社2000年版。

我有手足，自谋温饱；我有口舌，自陈好恶；我有心思，自崇所信。绝不认他人之越俎，亦不应主我而奴他人。盖自认为独立自主之人格以上，一切操行，一切权利，一切信仰，唯有听命各自固有之智能，断无盲从隶属他人之理。非然者，忠孝节义，奴隶之道德也。”[①]作为“五四之子”的巴金对这些恐怕耳熟能详。人的权利最重要的体现就是自主权，然而经过多少年的“改造”，巴金等人实际上已经将这种权利让渡给“集体”（组织）、“国家”。除了在精神上，他们早已承认了上述社会组织的无上权威之外，他们的个人生存空间、名誉得失也都是由这些组织所给予，当然也能够随时剥夺。这种让渡，在思想上，其实于“文革”以前就完成了，“文革”不过以更为激烈的手段来做一个总的清算而已。从“文革”爆发之初巴金的心态就可以看出这一点，他一直在等待着别人“赐福”（因为所有的权利都已经操纵在别人的手中了）：

> 我是六六年八月进“牛棚”，九月十日被抄家的，在那些夜晚我都是服了眠尔通才能睡几小时。那几个月里我受了多大的折磨，听见捶门声就浑身发抖。但是我一直抱着希望：不会这样对待我吧，对我会从宽吧；这样对我威胁只是一种形式吧。我常常暗暗地问自己：“这是真的吗？”我拼命拖住快要完全失去的希望，我不能不这样想：虽然我“有罪”，但几十年的工作中多少总有一点成绩吧。接着来的是十二月。这可怕的十二月！它对于我是沉重的当头一击，它对于萧珊的病和死亡也起了促进的作用。红卫兵一批一批接连跑到我家里，起初翻墙入内，后来是大摇大摆地敲门进来，凡是不曾贴上封条的东西，他们随意取用。晚上来，白天也来。夜深了，我疲劳不堪，还得低声下气，哀求他们早些离开。不说萧珊挨过他们的铜头皮带！这种时候，这种情况，我还能有什么希望呢？从此我断了念，来一个

① 陈独秀：《敬告青年》，《新青年》1915年第1卷第1期。

急转弯,死心塌地做起“奴隶”来。[①]

“死心塌地做起‘奴隶’”,除了强大的暴力手段剥夺他的自由并使之失去安全感之外,还在于长期以来对于知识分子思想改造的“成果”显灵,那个时代的知识分子几乎都有强烈的“罪”感:他们心悦诚服地认为,自己仿佛就是社会的“寄生虫”,没有任何贡献,为之他们愿意服罪、愿意接受改造。巴金就曾经叙述过这样可笑又可悲的场面:“我还记得有一个上午我在作家协会上海分会的厨房里劳动,外面的红卫兵跑进来找‘牛鬼’用皮带抽打,我到处躲藏,给捉住了还要自报罪行,承认‘这一生没有做过一件好事’。传达室的老朱在扫院子,红卫兵拉住他问他是什么人,他骄傲地答道:‘我是劳动人民’。我多么羡慕他!”[②]巴金的悔罪和赎罪从最根本的心理底线上讲是希望得到“宽大”和“恩赐”,但是对待他的手段是越来越严厉,抄家开始了,红卫兵、造反派们给巴金带来了不断的噩梦,在这种高压下,“我入了迷,中了催眠术。其实我还挖得不深。在那两年中间我虔诚地膜拜神明的时候,我的耳边时时都有一种仁慈的声音:你信神你一家人就有救了”[③]。然而,他没有得到恩赐,相反是更多的惩罚。在接下来的时间中,首先是连篇累牍地对巴金的文字批判[④],接着就是全市的

---

① 巴金:《十年一梦》,《巴金全集》第 16 卷第 325 页。

② 巴金:《现代文学资料馆》,《巴金全集》第 16 卷第 292 页。

③ 巴金:《十年一梦》,《巴金全集》第 16 卷第 325 页。

④ 据不完全统计,这样的批判文章有:1967 年 6 月 13 日,《解放日报》发表火正熊《从〈灭亡〉看无政府主义》;《文汇报》发表明昭《无政府主义是无产阶级专政的敌人——从批判巴金〈灭亡〉谈起》。8 月 26 日,《解放日报》第 3 版发表万重浪《评彭德怀和巴金的一次反革命勾结》。1968 年 2 月 26 日,《文汇报》发表胡万春、唐克新长篇署名批判文章《彻底揭露巴金的反革命真面目》,称巴金是老牌的无政府主义者、蒋家王朝的辩护士、反党反社会主义急先锋。1968 年 6 月 18 日,《文汇报》第 3 版在大标题“深入发动群众批判毒草书刊、影片　斗倒批臭文学界反动‘权威’巴金”下发表上海工人文艺创造队工亦文《从〈家〉的出笼看巴金的反动面目》;工总司工人业余理论写作组红地、肖凡《彻底捣毁剥削阶级的罪恶之“家”》、复旦大学八一八红卫兵师《在吹捧〈家〉“艺术性”的背后》、上海警备区某部战士刘仁和、官永久《这两“家”绝不能调和》等批判文章多篇。

电视批斗大会[①]。这样的阵势令巴金极度恐惧，又十分绝望：他祈盼的"神"并没有来搭救他。绝望之余，他开始消极应付，而不再主动配合。随着时间的推移，"文革"也逐渐暴露出它冠冕堂皇的理论下的罪恶、龌龊和虚伪。一九六八年，巴金的心态开始发生了微妙的转变：

> 在外表上我没有改变，我仍然低头沉默，"认罪服罪"。可是我无法再用别人的训话思考了。我忽然发现在我周围进行着一场大骗局。我吃惊，我痛苦，我不相信，我感到幻灭。……我渐渐地脱离了"奴在心者"的精神境界，又回到"奴在身者"了。……同样是活命哲学，从前是：只求给我一条生路；如今是：我一定要活下去，看你们怎样收场！[②]

当时，难友王西彦问他："你对这种全部否定你作品的做法，有什么感想？"他的回答非常坚定："我相信历史，""将来历史会作出公正的裁判的。"[③]显然，他对"当下"已经做出了否定的判断，这样才会寄希望于历史。

---

① 1967年6月20日上海文汇系统在上海人民杂技场对他召开电视斗争大会，历时两小时半。同日《解放日报》在"彻底斗倒批臭无产阶级专政的死敌——巴金"的大标题下，发表万重浪《清算反共老手巴金的滔天罪行》长文。《解放日报》6月21日发表《本市文化系统举行电视斗争大会　剥开老反革命巴金的画皮》称："在昨天的电视斗争大会上，解放军战士、革命工人、红卫兵小将以及无产阶级革命派，怀着无比愤怒的心情，揭发批评了巴金这个无产阶级专政死敌的反革命滔天罪行"，"在大会进行中间，本市各条战线的工农兵群众和红卫兵小将纷纷来电，愤怒声讨反共老手巴金的罪行"；为了配合全市性的批斗巴金的高潮，该报当日四版以整版在"彻底斗倒批臭无产阶级专政的死敌——巴金"标题下，发表工人作者张英《巴金的"家"是喝人血的收租院》、空军许懿敏《巴金是反动透顶的汉奸文人》、东海舰队田永昌《反共老手巴金的爱和憎》和上钢三厂工人韩沂亮《从三个反动口号看巴金的反革命嘴脸》。同日《文汇报》第3版发表同题同内容新闻，并在"彻底斗倒批臭无产阶级专政的死敌——巴金"的通栏标题下发表整版批判文章，其中有洪彤《反共老手的新表演——彻底清算巴金解放后反党、反人民的反革命罪行》、驻沪空军某部许懿敏《请看巴金卖国求荣的汉奸嘴脸》。

② 巴金：《十年一梦》，《巴金全集》第16卷第327页。

③ 王西彦：《炼狱中的圣火——记巴金在"牛棚"和农村"劳动营"》，《花城》1980年第6期。

正是此时，他开始抄录、背诵但丁的《神曲》，在他的眼前“牛棚”就是“地狱”，周围的那些造反派们如同怪兽，而他只有艰难地前行，首先要找回的就是“我”：“我是我自己。我回到我自己身上了。”[①]直到一九七二年，妻子萧珊去世，精神上的惨重打击，也让他彻底与“文革”决裂。需要补充的是“文革”后期，他重操翻译旧业。首先是将“文革”前开始做的《处女地》的修改工作做完，接着开始翻译《往事与随想》，在给侄子的信上说：“我的生活如常。现已开始翻译《赫尔岑》，慢慢地在搞。我的生活相当安静而且安定，很可以安心做点翻译工作。”[②]翻译《往事与随想》让巴金找到了情感寄托和对现实不满的发泄渠道。这部书是作者的个人经历与风云变幻的历史深入结合的结果，通过它能读出俄罗斯一代知识分子的心路历程，巴金说：“作者是个文体家，文笔生动，内容丰富，全书好像是欧洲和俄罗斯十九世纪前半期政治和社会的编年史……”翻译中他不由自主地把十九世纪沙皇尼古拉统治下的一切与个人的处境联系起来，他觉得“四人帮”的丑行与沙皇简直如出一辙，当赫尔岑诅咒沙皇灭亡的时候，巴金也在诅咒“四人帮”的灭亡。他不再唯唯诺诺，在有限的范围内小心翼翼地抗争，对许多事情有了自己的判断，关于上面一直悬而未决对他的“问题”的结论，他强调“实事求是”：“‘结论’的详细内容和文字我都不知道，也并未告诉我或宣布时宣读。当然如果叫我在文件上签字，我会实事求是地看待问题。此外我不会讲什么。”[③]一九七五年九月初，巴金等人的业务关系被转到上海人民出版社，与别人不同，巴金被分配到编译室，这实际上告诉他已经没有资格再搞创作，对这样的安排，他在信中说：“这就是调动积极因素、落实政策吧。”[④]这似乎是在叙述一个客观事实，但“就是……吧”的语气中含有某种不满，甚至有些讽刺。“四人帮”被打倒之后，巴金的书房大半年中依旧被封着，春光在前却未享温暖，可是巴金

① 巴金：《十年一梦》，《巴金全集》第16卷第328页。

② 巴金1974年1月6日致李致信，《巴金全集》第23卷第9页。

③ 巴金1973年8月5日致李致信，《巴金全集》第23卷第6页。

④ 巴金1975年9月13日致李致信，《巴金全集》第23卷第18页。

却心定，他只是说："四人帮垮台，我晚上睡觉比较放心了。"[①]"不用着急"，"我相信问题总会彻底搞清楚的。"[②]他对统战部的人表示"把是非弄清楚"才是关键："我表示不必急，但我说只希望把是非弄清楚，该怎么办，就怎么办。"[③]这表明他对自己早有清醒认识，已不急着等别人来做什么结论了。

这是巴金摆脱"奴在心者"地位而寻找自我的艰苦过程，这个寻找并没有因为"文革"结束而中断。巴金社会地位恢复后，他的身心上"文革"的伤痛和后遗症也没有随之而去，各种活动接踵而至，他又面临着新的选择，是不是回到"文革"前自己的生活状态中？从最初一段时间看，他仍然在重复着那样的日子：开会，发言，写文章表态[④]，但巴金马上意识到自己的时间不多，他要从一个戴着多顶名流帽子的泥潭中走出来，要唤回自己的创造力，而不是坐在主席台上讲些无关痛痒的话，更不愿再做吹鼓手发一些违心之论，他需要来自生命中的真正声音。所以，他的晚年一直在与这样的生活抗争，为了辞掉"社会名流"这顶帽子费尽心机。"我说不要当'社会名流'，我只想做一个普通作家。可是别人总不肯放过我：逼我题字，虽然我不擅长书法；要我发表意见，即使我对某事毫无研究，一窍不通。……"[⑤]他不断呼吁："'还是让我老老实实再写两篇文章吧。'倘使只是为了名字而活下去，那真没有意思，我实在不想这样地过日子。"[⑥]在病

① 巴金1976年11月4日致李致信，《巴金全集》第23卷第30页。

② 巴金1977年1月17日致李致信，《巴金全集》第23卷第33页。

③ 巴金1977年3月3日致李致信，《巴金全集》第23卷第36页。

④ 如前文所述巴金1977年5月26日一天中的生活。在"文革"之后，巴金的身体大不如前，明显不适应这种繁忙的活动，他屡屡为这种忙碌而苦恼："我忙，杂事多，找的人也多，到晚上十二点，只好丢开一切睡觉。许多事都做不好，不说翻译了。""写长篇是想当然的事，现在连考虑的时间也没有。搞翻译也困难。目前是来信多，来找的人多，社会活动多，要做的事多，可以说是恢复了十一年前的忙乱生活。"

⑤ 巴金：《"干扰"》，《巴金全集》第16卷第435—436页。

⑥ 巴金：《"从心所欲"》，《巴金全集》第16卷第627页。

中，他苦苦追问："难道你变了？""把从前的我找回来，……"[1]整个《随想录》也是一个曾经被扭曲的灵魂努力恢复自我形象的痛苦记录。

对于"名流"的警惕和拒绝，来自于长期在这顶帽子下失去自我的耻辱经历，巴金最感屈辱的是他不自觉地就成为自动接受别人指令的机器，"机器人"是《随想录》中一个重要的意象：

> 有一个时期我也诚心诚意地想让自己"脱胎换骨、重新做人"，改造成为没有自己意志的机器人。我为什么对《未来世界》影片中的机器人感到兴趣，几次在文章里谈起"它"呢？只是因为我在"牛棚"里当过地地道道的机器人，而且不以为耻地、卖力气地做着机器人。后来我发现了这是一场大骗局，……[2]

"任何人写文章总是讲他自己的话，阐述他自己的意见，人不是学舌的鹦鹉，也不是录音磁带。"[3]"要澄清混乱的思想，首先就要肃清我们自己身上的奴性。大家都肯独立思考，就不会让人踏在自己身上走过去。大家都能明辨是非，就不会让长官随意点名训斥。"[4]他不用看长官的脸色和"风向"而下笔了，面对社会压力，他明确表示："一纸勒令就使我搁笔十年的事绝不会再发生了。"[5]"作家们用自己的脑子考虑问题，根据自己的生活感受，写出自己想说的话，这就是争取'创作自由'。前辈们的经验告诉我们，'创作自由'不是天赐的，是争取来的。"[6]

剥除了意识形态等对语言和心理的扭曲，巴金找回自己、确认了自己

---

① 巴金：《病中(一)》，《巴金全集》第16卷第463页。

② 巴金：《探索》，《巴金全集》第16卷第173页。

③ 巴金：《探索之四》，《巴金全集》第16卷第185页。

④ 巴金：《究竟属于谁》，《巴金全集》第16卷第256页。

⑤ 巴金：《〈序跋集〉再序》，《巴金全集》第16卷第321页。

⑥ 巴金：《"创作自由"》，《巴金全集》第16卷第605页。

的身份，他不再以做一个传达室的师傅为骄傲了，而是对中国知识分子的品格和社会价值予以确认。比如，谈到黎烈文的"埋头写作，不求闻达，'不多取一分不属于自己的东西'……"[①]谈到方令孺的"正直、善良"[②]，谈到马宗融，"这是他的本色，他常说，为了维护真理，顾不得个人的安危！"[③]他还从知识分子的命运和遭际中，谈到了知识分子的改造问题、尊重知识分子的人格和工作权利的问题等等。在《怀念老舍同志》里，他就发出了强烈的质问，并呼吁："请多一点关心他们吧，请多一点爱他们吧。不要挨到太迟了的时候。"[④]随着新时期，全社会对知识分子问题的关注[⑤]，巴金对知识分子权利捍卫的声音也越响亮了，这是过去全社会告诫他们夹着尾巴做人时不可想象的：

> 知识分子也是新中国的公民，把他们当做平等的公民看待，这才是公平合理。国家属于全体公民，有知识或者没有知识，同样有一份义务和一份权利，谁也不能把别人当做待价而沽的货物，谁也不是命运给捏在别人手里的奴隶。……用恩赐的优惠待遇也收买不了人心。我们说肝胆相照，应该是互相尊重，平等相待。[⑥]

---

① 巴金：《怀念烈文》，《巴金全集》第 16 卷第 204 页。

② 巴金：《怀念方令孺大姐》，《巴金全集》第 16 卷第 306 页。

③ 巴金：《怀念马宗融大哥》，《巴金全集》第 16 卷第 359 页。

④ 巴金：《怀念老舍同志》，《巴金全集》第 16 卷第 157、159—160 页。

⑤ 邓小平在 1977 年 5 月即提出："一定要在党内造成一种空气：尊重知识，尊重人才。要反对不尊重知识分子的错误思想。不论脑力劳动，体力劳动，都是劳动。"（《尊重知识，尊重人才》，《邓小平文选》第 2 卷第 41 页，人民出版社 1994 年 10 月第 2 版）1988 年 9 月，邓小平提出"科学技术是第一生产力"，并说："要注意解决好少数高级知识分子的待遇问题。调动他们的积极性，尊重他们，会有一批人做出更多的贡献。""要把'文化大革命'时的'老九'提到第一，科学技术是第一生产力嘛，知识分子是工人阶级一部分嘛。"（《科学技术是第一生产力》，《邓小平文选》第 3 卷第 275 页，人民出版社 1993 年版。）

⑥ 巴金：《再说知识分子》，《巴金全集》第 16 卷第 637—640 页。

二、“迷魂汤”与思想改造

除了“奴在心者”,《随想录》中还屡次提到“迷魂汤”。《辞海》是这样解释“迷魂汤”一词的:“指地狱中使灵魂迷失本性的汤药。亦用以比喻迷惑人的语言或行为。”迷魂汤是一种比喻,也是对于何以成为“奴在心者”的一个回答。巴金曾经这样叙述他中了“催眠术”、喝了“迷魂汤”的心态:

> 那是一九六六年八九月发生的事。我当时的心境非常奇怪,我后来说,我仿佛受了催眠术,也不一定很恰当。我脑子里好像只有一堆乱麻,我已无法独立思考,我只是感觉到自己背着一个沉重的“罪”的包袱掉在水里,我想救自己,可是越陷越深。脑子里没有是非、真假的观念,只知道自己有罪,而且罪名越来越大。最后认为自己是不可救药的了,应当忍受种种灾难、苦刑,只是为了开脱、挽救我的妻子、儿女。造反派在批斗会上揭发、编造我的罪行,无限上纲。我害怕极了。我起初还分辩几句,后来一律默认。那时我信神拜神,也迷信各种符咒。造反派批斗我的时候经常骂一句:“休想捞稻草!”我抓住的唯一的“稻草”就是“改造”。我不仅把这个符咒挂在门上,还贴在我的心上。我决心认真地改造自己。我还记得在我小的时候每逢家中有人死亡,为了“超度亡灵”,请了和尚来诵经,在大厅上或者别的地方就挂出了十殿阎罗的图像。在像上有罪的亡魂通过十个殿,受尽了种种酷刑,最后转世为人。这是我儿童时代受到的教育,几十年后它在我身上又起了作用。一九六六年下半年以后的三年中间,我就是这样地理解“改造”的,我准备给“剖腹挖心”,“上刀山、下油

锅”，受尽惩罚，最后喝“迷魂汤”、到阳世重新做人。……[①]

小时候听到的“下地狱”的情景，巴金印象十分深刻：

我想起小时候我父亲去世家中设灵堂请和尚诵经的情景。我仿佛又看见大厅上十殿阎罗的挂图。根据过去民间传说，人死后要给带去十座阎罗殿过堂、受审，甚至要走“奈何桥”、上刀山、下油锅接受种种残酷刑罚。

亡灵还要在这些地方重复自己一生的经历，不是为了“重温旧梦”，而是经受一次严格的审查，弄清是非、结束恩怨，然后喝“迷魂汤”忘记一切，从“转轮殿”出去，重新做人。我相信过这一套鬼话。不过，时间很短，阎罗图是和尚从庙里带来的，它们给收起以后我也就忘记了。不知道因为什么，过了五十年我又想起了它们。而且这一次和从前不同，我不得不把自己摆了进去，从我进“牛棚”开始，领导也好，“革命群众”也好，我自己也好，整天都把“重新做人”挂在嘴上，他们把我变成了“牛”，把所有和我类似的人都变成了“牛”，现在需要他们来执行阎王的职务，执行牛头马面的职务了。

十年浩劫中的头几年特别可怕，我真像一个游魂给带去见十殿阎王，过去的经历一桩桩一件件全给揭发出来，让我在油锅里接受审查、脱胎换骨。十幅阎罗殿过堂受审的图画阴风惨惨、鲜血淋淋，我不知道自己是人是鬼，是兽是魂，是在阴司还是在地狱。……[②]

在“重新做人”的诱导下，巴金当年要彻底改造自己。喝了迷魂汤，是因为个人崇拜的催眠：“对我那些年的‘个人崇拜’的一种惩罚或者一种酬

① 巴金：《再论说真话》，《巴金全集》第16卷第238—239页。

② 巴金：《“从心所欲”》，《巴金全集》第16卷第629—630页。

劳吧"[①]。在另外的文章中，他再次质问自己，何以变成"迷魂"之人："旧梦也罢，警钟也罢，总有一点隔岸观火的感觉。不像刑场陪绑，浑身战栗，人人自危，只求活命，为了保全自己，不惜出卖别人，出卖一切美好的事物。那种日子！那种生活！那种人与人之间的关系！真是一片黑暗，就像在地狱里服刑。我奇怪当时我喝了什么样的迷魂汤，会举起双手，高呼打倒自己，甘心认罪，让人夺去我做人的权利。"这是喝了迷魂汤后的表现，他说："迷魂汤在我身上起过十年的作用。"[②]在此，巴金想的不仅是个人的荣辱，而是在设想，倘若大家都没有喝"迷魂汤"会怎么样：

> 今天回想起二十年前的旧事，我不能不发生一个疑问："要是那个时候我没有喝迷魂汤又怎么样？"我找到的回答是：倘使大家都未喝过迷魂汤，我们可以免掉一场空前的大灾难；倘使只有少数几个人清醒，我可能像叶以群、老舍、傅雷那样走向悲剧的死亡。在"文革"受害者中间我只提到三位亡友的名字，因为他们是在这次所谓"革命"中最先为他们所爱的社会交出生命的人。但是他们每一个都留下不少的作品，让子孙后代懂得怎样爱我们的国家和我们的人民。当时大家都像发了疯一样，看见一个熟人从高楼跳下，毫无同情，反而开会批斗，高呼口号，用恶毒的言词攻击死者。[③]

巴金描述的是一种集体的迷失，那么何以如此？他谈到了自己想做一个有用的人的"改造"："有一个时期我的确相信别人所宣传的一切，我的确否定自己，准备从头做起，认真改造，'脱胎换骨，重新做人'。后来发觉自己受了骗，别人在愚弄我，我感到短时间的空虚。"[④]"改造"是按照别人的想法和别人的目的将自我变成了"非我"，与之对立的则是巴金所说

---

① 巴金：《"从心所欲"》，《巴金全集》第16卷第630页。

② 巴金：《二十年前》，《巴金全集》第16卷第693页。

③ 巴金：《再论说真话》，《巴金全集》第16卷第693—694页。

④ 巴金：《五四运动六十周年》，《巴金全集》第16卷第67页。

的“探索”,探索是自我奋斗和内在驱动下的追求:

> 这十几年中间我看见的胆小怕事的人太多了!有一个时期我也诚心诚意地想让自己“脱胎换骨、重新做人”,改造成为没有自己意志的机器人。我为什么对《未来世界》影片中的机器人感到兴趣,几次在文章里谈起“它”呢?只是因为我在“牛棚”里当过地地道道的机器人,而且不以为耻地、卖力气地做着机器人。后来我发现了这是一场大骗局,我的心死了(古话说“哀莫大于心死!”),我走进“牛棚”的时候,就想起意大利诗人但丁的《神曲》:
>
> 经过我这里走进苦痛的城,
> 经过我这里走进永恒的痛苦——
>
> 这说明过去有一个时期的确有人用“地狱”来惩罚那些不安于现状的人。我相信会有新的但丁写出新的《神曲》来。[①]

这段话点出了“改造”的目的:把人变成机器人;也点出了为什么要“改造”,因为探索者是不安于现状的。《随想录》十分重要的一个贡献是巴金一直在探讨:自己和同时代人为什么会那么驯服地接受改造?“我决心认真地改造自己。……一九六六年下半年以后的三年中间,我就是这样地理解‘改造’的,我准备给‘剖腹挖心’,‘上刀山、下油锅’,受尽惩罚,最后喝‘迷魂汤’、到阳世重新做人。因此我下定决心咬紧牙关坚持到底。”[②]“迷信神”让巴金:“我始终有这样的想法:通过苦行赎罪。”[③]而“改造”的目标居然是把自己变成“无知”的愚民:“当时我的确把‘无知’当做改造的目标。……我彻底否定了自己。我丧失了是非观念。我没有过去,也没有将来,只是唯唯诺诺,不动脑筋地活下去……”[④]

---

① 巴金:《再论说真话》,《巴金全集》第16卷第173—174页。

② 同上书,第238—239页。

③ 巴金:《写真话》,《巴金全集》第16卷第241页。

④ 巴金:《现代文学资料馆》,《巴金全集》第16卷第292—293页。

能够让知识分子俯首听命、认真改造，除了强大的政治压力之外，还要让知识分子内心中产生一种“罪感”：

这以后（指一九五七年反右以后——引者）我就有了一种恐惧，总疑心知识是罪恶，因为“知识分子”已经成为不光彩的名称了。我的思想感情越来越复杂，有时候我甚至无法了解自己。我越来越小心谨慎，人变得更加内向，不愿意让别人看到真心。我下定决心用个人崇拜来消除一切的杂念，这样的一座塔就是建筑在恐惧、疑惑与自我保护上面，我有时清夜自思，会轻视自己的愚蠢无知，不能用自己的脑子思考，哪里有什么“知识”？有时受到批判、遇到挫折，又埋怨自我改造成绩不大。总之，我给压在个人崇拜的宝塔底下一直喘不过气来。

“文革”前的十年我就是这样度过的。一个愿意改造自己的“知识分子”整天提心吊胆，没有主见，听从别人指点，一步一步穿过泥泞的道路，走向一盏远方红灯，走一步，摔一步，滚了一身泥，好不容易爬起来，筋疲力尽，继续向前，又觉得自己还是在原地起步。不管我如何虔诚地修行，始终摆脱不了头上的“紧箍儿”。十年中间我就这样地走着，爬着，走着，爬着……一直到“文化大革命”，我给戴上了“资产阶级反动学术权威”的帽子，成为审查对象。[①]

这种“罪感”使知识分子不能客观地看待自己的历史和现实，仿佛他们一切都脱离了“人民”，一直在为资产阶级或帝国主义服务，对国家和人民毫无作用。早在一九四二年毛泽东就说过：“有许多知识分子，他们自认很有知识，大摆其知识架子，而不知道这种架子是不好的，是有害的，是阻碍他们前进的。他们应该知道一个真理，就是许多所谓知识分子，其实

① 巴金：《“紧箍咒”》，《巴金全集》第16卷第597页。

是比较地最无知识的，工农分子的知识有时倒比他们多一点。”[①]又如：“拿未曾改造的知识分子和工人农民比较，就觉是知识分子不干净了，最干净的还是工人农民，尽管他们手是黑的，脚上有牛屎，还是比资产阶级和小资产阶级知识分子都干净。”[②]有研究者曾指出：

> 不难了解，中共多数领导人没有因为客观现实的需要和政策上的调整，就改变了对资产阶级本质的看法。而尤为重要的是，他们始终是把那些在政治上既不同于国民党，又区别于共产党的民主派及其无党派的民主人士，乃至于那些接受过英美式教育的知识分子，与资本家阶级等同看待，甚至或多或少地视之为资本家利益的代言人。因此，他们一旦相信私人商业资本的本质是“唯利是图”、“投机取巧”，他们也就不免会相信整个资产阶级都是本性如此。具体到那些被认定为代表资产阶级的政治党派或政治人物，他们自然也就很难会真正予以信任。……
>
> 这些人究竟有多少呢？郭沫若建国后不久代表中共中央对苏联大使罗申谈到过他所了解的科学和教育领域的情况。郭沫若讲：光是在北京，就“有二十多所高校，这些大学的学生绝大部分是地主和城市资产阶级的孩子。高校学生中不仅没有工农子弟，甚至连富农的子弟都很少”。“最糟糕的是科学院的状况，这里聚集了不少旧的保守分子和反动分子。”显而易见，上海的情况理当比北京严重得多。……
>
> 很显然，建国之后，中共中央始终没有放弃利用各种政治运动的机会，尝试着对这些“中间派”及其知识分子进行教育引导、政治熏陶，乃至于思想改造。但是，因为他们在意识形态上不能不把这些“中间派”视同于资本家利益的代表，相信凡是资本家都“唯利是图”，

---

① 毛泽东：《整顿党的作风》，《毛泽东选集》第3卷第815页，人民出版社1991年7月第2版。

② 毛泽东：《在延安文艺座谈会上的讲话》，《毛泽东选集》第3卷第851页。

因此他们也就无法根本改变对这些“中间派”的本性的看法。眼见建国后一些投机资本继续囤积居奇，巧取豪夺，许多商人为获取利润不择手段，在中共中央内部很快就开始用过去谈论商业资本家的那种口吻来谈论整个资产阶级了。[①]

按照这样的逻辑，大部分知识分子都不在信任之列。沈从文就是在这样的巨大的压力之下精神崩溃，甚至于自杀的。他想在这个新时代中有所作为，但是似乎过去所做的一切均遭否定，给他一种新时代完全不需要他这种人的感觉。张兆和曾分析，除了自身的性格的原因之外，“当然，一个人从小自己奋斗出来，写下一堆书，忽然社会变了，一切得重新估价，他对自己的成绩是珍视的，想象自己作品在重新估价中将会完全被否定，这也是他致命的打击”[②]。很多信念的摧毁对于沈从文来说，比肉体上的打击要严重得多，他失去了价值标准，一方面内心中不肯承认自己过去的努力毫无价值，一方面又找不到有价值的依据：

昨杨刚来带了几份报纸，可稍知国家近一星期以来的种种发展。读四月二日《人民日报》的副刊，写几个女英雄的事迹，使我感动而且惭愧。写钱正英尤动人。李秀真也极可钦佩。这才是新时代的新人，和都市中知识分子比起来，真如毛泽东说的，城里人实在无用！乡下人远比单纯和健康。同时也看出文学必然和宣传而为一，方能具教育多数意义和效果。比起个人自由主义的用笔方式说来，白羽实有贡献。对人民教育意义上，实有贡献。把我过去对于文学观点完全摧毁了。无保留的摧毁了。搁笔是必然的，必须的。

---

① 杨奎松：《中华人民共和国建国史研究·1》第481—482页，江西人民出版社2009年版。

② 张兆和1949年4月2日致田真逸、沈岳锟等信，《沈从文全集》第19卷第23页，北岳文艺出版社2002年版。

> 从这几篇文章中，让我仿佛看到一个新国家的长成，作家应当用一个什么态度来服务。这一点证明了延安文艺座谈记录实在是一个历史文件，因为它不仅确定了作家的位置和责任，还决定了作家在这个位置上必然完成的任务。这一个历史文件，将决定近五十年作家与国家新的关系的。[①]

新的表达方式完全摧毁了沈从文的写作自信，他只有举手投降，乞求给他一个机会："给我一个新生的机会，我要从四月五日《进步日报》辛群一文中的认识，对于一个知识分子的弱点和种种过失，从悔罪方法上通过任何困难，留下余生为新的国家服务。"[②]他弄不清楚"我究竟是在什么位置上"？但已经有了巴金十七年后才有的共同想法："我如还可以希望一种自愿的处罚，应当请求去颐和园做一名工人，打扫园子，看守什物，在一种卑微工薪中接受唯有自己觉得是应受的侮辱和鄙视，直至于死。这才是真正完成了一个人离群应受的惩罚！"[③]他向自己过去的朋友丁玲表明过企求新生的决心："如果能得中共对我的谅解，一定会从一种新的觉醒下，为国家充分将精力用出。'向人民投降'，说来也极自然，毫不勉强。"[④]沈从文从最初的恐惧到最后接受了教育，希望参与到新社会中来，恐惧此时化做了一种罪感："心中充满谦虚和惭愧，深觉对国家不起。为什么？不明白。只觉得过去工作通无意义，因为和人的共通要求与希望，全不相合，只作成自大自恃和故步自封。""深觉愧对时代，愧对国家。且不知如何补过。也更愧对中共。个人痛苦已不是个人所难受，只是游离于时代以外，和一切进步发展隔绝。"[⑤]

这种菲薄自己过去工作成绩，自惭进而要与过去决裂的心理正是新

---

① 沈从文：《四月六日》，《沈从文全集》第19卷第25页。

② 同上书，第25—26页。

③ 同上书，第30页。

④ 沈从文1949年9月8日致丁玲，《沈从文全集》第19卷第51页。

⑤ 沈从文：《日记四则》(19491113—22)，《沈从文全集》第19卷第57页。

的政权所需要的。巴金与沈从文处境不同,一九四九年后,他还可以坐在主席台上,可是,尽管他没有彻底否定自己,"惭愧"之情也跃然纸上:"好些年来我一直是用笔写文章,我常常叹息我的作品软弱无力,我不断地诉苦说,我要放下我的笔。现在我却发见确实有不少的人,他们不仅用笔,并且用行动,用血,用生命完成他们的作品。那些作品鼓舞过无数的人,唤起他们去参加革命的事业。它们教育着而且还要不断地教育更多的年轻的灵魂。"[①]在另外一篇文章中,他表达了同样的自惭形秽的感觉:"我们同是文艺工作者,可是我写的书仅仅在一些大城市中间销售,你们却把文艺带到了山沟和农村,让无数从前一直被冷落、受虐待的人都受到它的光辉,得到它的温暖。我好像被四面高墙关在一个狭小的地方,你们却仿佛生了翅膀飞遍了广大的中国,去散布光明。"[②]这样的话,后来不断地重复着:"现在一个自由、平等、独立的新中国的建设开始了。看见我的敌人的崩溃灭亡,我感到极大的喜悦,虽然我的作品没有为这伟大的工作尽过一点力量,我也没有权利分享这工作的欢乐。收在这集子的卷末的《一封未寄的信》便是我的喜悦和我的感动的表白。我的一枝无力的笔写不出伟大的作品。为了欢迎这伟大的新时代的来临,我献出我这一颗渺小的心。"[③]虽然程度不同,巴金和沈从文所表达的意思都是一样的:他们无法分享创建伟大的新中国的光荣,但从此之后,不想再做一个旁观者。

"五四"前后流行颇广的民粹主义的思想也让知识分子自觉向人民"投降",对自身过去产生罪恶感。巴金热情地赞扬了新的人民文艺:"我看见人怎样把艺术和生活揉到一块儿,把文字和血汗调和在一块儿创造出来一些美丽、健康而且有力量的作品,新中国的灵魂就从它们中间放射出光芒来。"[④]这个观点几乎就是克鲁泡特金心目中革命文艺观点的翻版。巴金还说过:"作为一个作家,我认为我的任务是宣传和平,我认为我

---

① 巴金:《我是来学习的》,《巴金全集》第14卷第3页。

② 巴金:《一封未寄的信》,《巴金全集》第14卷第11页。

③ 巴金:《开明版〈巴金选集〉自序》,《巴金全集》第17卷第20页。

④ 巴金:《我是来学习的》,《巴金全集》第14卷第3页。

的任务是把人类团结得更紧密。我愿意每张嘴都有面包，每个家都有住宅，每个小孩都受教育，每个人的智慧都有机会发展。”[①]后面一句话几乎是意大利无政府主义者凡宰特的话的复述[②]，巴金很喜欢引用它表达自己的社会理想。因为新政权强调向工农兵学习，与群众打成一片，所以，巴金就用他所熟悉的俄国民粹派的行为做比：“你们中间有不少的人真像十九世纪八十年代‘到民间去’的俄国青年那样抛弃了富裕的家庭和舒适的生活去冒险、去尝艰苦，把自己的命运跟广大的同胞的命运结合在一起。”[③]对此，巴金晚年有过解释：“一九四九年后，既然这是为人民拥护的政权，我就向人民投降，接受改造。我希望能改造自己成为人民所需要的。”[④]有了对新政权这种“认同感”，巴金及同代人难免有一种强烈的融进时代中的愿望，接受改造，不仅仅是外在形势所迫，而且也有知识分子个人的意愿。更何况，多少年来，“五四”知识分子以人民的代言人自居，他们不能容忍自己被人民抛弃。面对新社会的思想取向，现代知识分子思想中的民粹主义的因素起到沟通作用，新政权“人民至上”的理念与民粹主义因素迅速达成一致。在他们二者的观念中，“人民”都有着极强的抽象性和道德感。有学者引用席尔斯(Edward Shils)的话认为民粹主义就是“一种对于平民百姓、未受教育者、非智识分子之创造性和道德优越性的崇信”。“它崇拜的是一个抽象同质的‘人民’的整体概念，对于具体的构成‘人民’的个体，民粹主义并不重视他们的意义，而认为他们是感性的、混浊的、蒙昧的、原生态的和低等的，具有浓厚的草根气息。”“在激进的民粹主义者看来，‘人民’一词充满感情和亲近感，是正面的和积极的概

---

① 巴金：《给西方作家的公开信》，《巴金全集》第14卷第17页。

② 巴金曾经翻译过凡宰特的自传《我的生活故事》(1928年初版名为《一个卖鱼者的生涯》，1939年改名为《一个无产者的故事》，现名为1940年所改)，其中凡宰特的原话是这样：“我希望每个家庭都有住房，每个口都有面包，每个心都受着教育，每个智慧都得着光明。”见《巴金译文全集》第8卷第269页。

③ 巴金：《一封未寄的信》，《巴金全集》第14卷第12页。

④ 转引自丹晨：《灵隐长谈》，丹晨编《巴金评说七十年》第161页，中国华侨出版社2006年版。

念。他们认为，人民或许具有非理性的特征，但他们无疑具有高尚的群体道德，因此，民粹主义者用‘人民’来命名他们的主义，把人民作为整体奉若神明，崇敬有加，甚至把其设想成一个神秘的实体，无所不在，无所不能，拥有崇高道德与非凡智慧。”[①]这种并不重视人民个体而注重将其看做整体并奉若神明的态度，从积极方面来讲，有助于社会平等、正义的实现；从消极方面讲，它极其容易以集体的名义肆无忌惮地侵犯个人的自由，甚至会导致个人是罪恶的、知识是罪恶的等观念。对此，伯林曾借分析赫尔岑的自由观，借助赫氏的话反复阐述过："为压迫与残忍辩解、奉空洞抽象之名——‘历史’、‘历史命运’、‘国家安全’或‘事实逻辑’之‘要求’——而将一己的武断意志强加于千万人类，确是罪行。‘人民的福利是最高法则，即使毁灭世界，也要让正义实现’都带有焚死活人、血、宗教裁判、酷刑以及一般所谓‘秩序之胜利’的浓烈气味。抽象事物，纵不论其邪恶后果，也不过是企图规避不合我们自己预设图式的事实而已。”[②]“他（赫尔岑）最恨之事，是公式的专制——从某种并无实际经验基础的先验原则中推演出一些安排，而使人类屈就这些安排。……他断言，环伺我们社会的一大危险，是理想主义者假利他主义之名、以图谋多数人幸福的手段为名，作清高无私状，驯服并压制个人。”[③]别尔嘉耶夫也曾一针见血地指出："无论对斯拉夫主义者还是陀思妥耶夫斯基，‘民众’首先是平民、农民、农夫。他们认为文化阶层脱离了民众，站在‘民众’和人民真理的对立面。真理在农夫一边，而不在贵族和知识分子一边。农夫保有真理的信仰。最高文化阶层被剥夺了感觉自己是民众的有机部分，通过自己内心深处揭示民众本能的权利。”“‘民众’首先是‘非我’，与我对立，被我崇拜，本身包含我没有的‘真理’，使我有负罪感。但这是奴隶的意识，是没有精

① 林红：《民粹主义——概念、理论与实践》第31、32、35页，中央编译出版社2007年版。

② ［英］以赛亚·伯林：《赫尔岑与巴枯宁论个人自由》，《俄国思想家》第108页；其中引文出自赫尔岑的《彼岸书》。

③ ［英］以赛亚·伯林：《辉煌的十年》，《俄国思想家》第236页。

神自由,没有个人精神尊严的意识。”[①]

长期“斗私”的恶果,巴金等人是切实领教了,但他不可能像伯林那样做出自由主义的反思。在那种热火朝天的时代气氛中,他感受到的是自己理想中的社会形态部分地得到实践。在这样的思想契合点上,巴金和同时代许多知识分子一样,兴奋地面对着社会上的各种新气象。在一九五〇年九月十八日致 Agnes Inglis 信中,巴金充满期待地说:“也许我将有机会参加土改,地主的土地将分给贫穷的农民。这在中国是打破封建制度,当然是一件伟大的事情。”[②]是的,把土地交给耕作者,也是民粹派的主张、无政府主义者的重要主张之一。“土地只应归于以自己的双手从事耕种的人们——农业村社成员所有。资本和劳动工具只应归工作者——工人联合会所有。”[③]这是巴枯宁、茹柯夫斯基当年拟定的《我们的纲领》上的话,体验过土改之后,巴金不是觉得这些都已经成了现实吗?在内外作用之下,也有了一九五二年三月至十月、一九五三年八月至一九五四年一月,巴金两次到朝鲜战地去采访的事情,像巴金这样的著名作家到朝鲜前线做短期慰问的很多,长时间而且还是两次入朝采访的似乎并不多。巴金后来曾说过:“两次入朝对我的后半生有大的影响。”[④]此非虚言[⑤]。甚至可以看作他后半生重要的转折点,这是一个自由作家与一个新政权相互磨合、相互协调的一个标志,它也彻底改变了他的生活方式。

---

① [俄] 别尔嘉耶夫:《陀思妥耶夫斯基的世界观》,《文化的哲学》第 83 页,上海人民出版社 2007 年版。

② 巴金 1950 年 9 月 18 日致 Agnes Inglis 信,《佚简新编》第 24 页。原信为英文。

③ [俄]巴枯宁、茹柯夫斯基:《我们的纲领》,中共中央马克思、恩格斯、列宁、斯大林著作编译局国际共运史研究室编译《俄国民粹派文选》第 46 页,人民出版社 1983 年版。

④ 巴金:《致树基(代跋)》,《巴金全集》第 20 卷第 708 页。

⑤ 巴金在朝鲜的详情请参考周立民《朝鲜的梦——巴金在 1952》,《另一个巴金》,大象出版社 2002 年版。

三、“将他们团结起来，并加以教育”

在《随想录》的写作时代，关于知识分子的思想改造还是讳莫如深的问题。有资料表明，直到二十世纪九十年代这方面的研究仍然寥寥可数：“进入九十年代以来发表的相关学术论文未超过十篇，……相关的论著更是凤毛麟角，专著在笔者的视野里没有发现，而大多数有关建国后知识分子的论著中，涉及建国初的这场思想改造运动时也只是一笔带过，着墨不多。”“总而言之，对建国初知识分子思想改造运动的研究在国史和党史研究中都未充分地展开，相对同时期的诸多事件和运动来说，它的研究毫无疑问是很薄弱的，这和它在当代中国史上的地位极不相符。”[①]巴金在《随想录》中只是笼统地谈到“改造”，没有直接谈到五十年代的“思想改造运动”及在这个大背景下的没有终止的“知识分子思想改造”[②]。但巴金对这种运动的后果却一直持谨慎的怀疑态度：

> 近年来到处都在议论“知识分子”，好像人们意外地发现了什么新奇的东西似的。不少人替知识分子讲好话，也有人对他们仍然不满。但总的说来，过去所谓的“臭老九”似乎一下子又吃香了。总之，一片“尊重知识”声。不过向来瞧不起知识分子的人多数还是坚持己见，“翘尾巴”论就是从他们嘴里嚷出来的。“知识分子政策”到今天

① 谢涛：《1990年代以来关于建国初知识分子思想改造运动研究综述》，《党史研究与教学》2002年第5期。

② 有学者认为巴金是当事人中最早回忆“思想改造”的学者：“‘文化大革命’结束后，各种运动当事人不同类型的文字不断问世，这是总结历史、反思过去不能忽略的载体。最早的当属巴金于1978年开始陆续写成的150篇随想。以后，季羡林、杨绛、邵燕祥、王元化等与共和国共命运的知名人物关于建国初期那段生活的文字渐次问世。”孙丹：《建国初期知识分子思想改造运动研究述评》，《当代中国史研究》2008年第5期。

还不能完全“落实”，也就是由于这类人从中作梗。他们说：“为什么要这样尊重知识分子？我想不通。”但我看道理也很简单，“要使用知识分子嘛”。我要你替我卖命，就得对你客气点，做个笑脸，说两句好话，让你心甘情愿，鞠躬尽瘁，死而后已。不是有好些先进的知识分子、优秀的科学家在困难条件下辛勤工作，患了病不休息，反而加倍努力，宁愿早日献出生命，成为我们大家学习的榜样吗？这样的知识分子在别的国家中也很少见，你要他们出力卖命，为什么不该尊重他们？但是“翘尾巴”论者却又有不同的看法：“要他们卖命还不容易！拿根鞭子在背后抽嘛！”“四人帮”就是这样做过的。结果呢，肯卖命的人都给折磨死了。不要知识，不要科学，大家只好在苦中作乐，以穷为光荣。自己不懂，也不让别人懂，指手画脚，乱发指示，坚持外行领导内行，无非要大家都变成外行。威风凛凛，杀气腾腾，整了别人，也整到自己。这样一来，知识真的成了罪恶。运动一个接着一个，矛头都是对准知识分子。“文革”期间批斗难熬，我感到前途茫茫的时候，也曾多次想起秦始皇的焚书坑儒，清朝皇帝的文字大狱，希特勒“元首”的个人迷信等等，等等……这不都是拿知识分子做枪靶子吗？[①]

对于自己的改造“成绩”，后来他几乎也是完全否定：

我不能离开人民，我准备“改造自己，从头做起”。说是换一支笔写新人新事，我“毫不犹豫地选择了新的路”。这样才可以解释我的思想、我的文笔的改变，我甚至承认自己投降。从此我转了一个一百八十度的大弯，发表了新的文章。这些文章被称为“歌德派”……我的集子里还保留了不少这一类的豪言壮语，我写它们，只是为了完成别人给我的任务，当时我们是在互相鼓励，今天却说明我如何制造

① 巴金：《再说知识分子》，《巴金全集》第16卷第637—639页。

废品。

说到废品你不同意，你以为我谦虚。你不同意我那百分之五十的废品的看法。但是重读过去的文章，我绝不能宽恕自己。[①]

关于知识分子世界观的改造，早在延安时期，毛泽东就有过明确的说法，他认为：文艺工作者与军队等工作者的结合，前提是“要解决思想上的问题”，“就是要破除资产阶级思想、小资产阶级思想的影响，才能够转变为无产阶级的思想，才能够有马列主义的党性”[②]。建国初期，官方再次发动知识分子思想改造运动，是当时国际、国内环境以及知识分子的思想动态等大背景决定的：“国际方面，在共产党胜局已定之时，美国发表白皮书宣称要扶植中国的第三种政治力量——民主个人主义者（即自由主义知识分子）来推翻中国共产党领导的新政权。国内方面，建国初期中共采取‘一边倒’的外交政策，引起一些亲美反苏的知识分子的不满，这引发了知识分子与政府的分歧，并直接导致一九五〇年高等教育改革的流产。因此，彻底清除欧美文化的影响、顺利进行院系调整成为这场思想改造运动的直接动因。”“国外的研究者也充分注意到建国以后知识分子思想改造的动因，认为思想改造的目的是清除封建主义、帝国主义文化思想的影响，如史景迁注意到知识分子思想改造的‘主要目标是根除中国文化中存在的下述几种现象：一是过分推崇西方；二是躲在“象牙塔”里，看不到革命的紧迫性；三是自甘颓废或无病呻吟’。”[③]正如于风政在《改造——1949—1957年的知识分子》一书中指出的：“知识分子思想改造运动实际上是由毛泽东发动的，他的目的是彻底净化知识分子的思想，建立马克思

① 巴金：《最后的话》，《巴金全集》第26卷第649—650页。

② 毛泽东：《文艺工作者要同工农兵相结合》，《毛泽东文集》第2卷第426页，人民出版社1993年版。

③ 孙丹综述崔晓麟《重塑与思考——1949—1957年的知识分子》（中共党史出版社2001年版）中观点，见《建国初期知识分子思想改造运动研究述评》，《当代中国史研究》2008年第5期。

主义在意识形态领域的一统天下。”[①]知识分子思想改造就是要告别过去、重做新人;改造自己,从头做起。

关于这场运动的过程,有不同的说法,一般认为标志性的事件是一九五一年九月七日北京大学校长马寅初给周恩来写信,表示北大要发起教员的政治学习运动并邀请中央领导到北大做演讲。此举得到了毛泽东的肯定,九月二十九日,周恩来到北大向京津高校一千七百多名教师作了题为《关于知识分子改造问题》的报告,之后高校的知识分子思想改造运动全面铺开,教育部为此设立了京津高等学校教师学习委员会,天津设立了京津高等学校教师学习委员会天津总分会,各大学也设立了学习委员会的分会。当年的十月二十三日在全国政协一届三次会议上的开幕词中,毛泽东明确申明此场运动开展的必要和重要:“在我国的文化教育战线和各种知识分子中,根据中央人民政府的方针,广泛地开展了一个自我教育和自我改造的运动,这同样是我国值得庆贺的新气象。在全国委员会第二次会议闭幕的时候,我曾提出了以批评和自我批评方法进行自我教育和自我改造的建议。现在,这个建议已经逐步地变为现实。思想改造,首先是各种知识分子的思想改造,是我国在各方面彻底实现民主改革和逐步实行工业化的重要条件之一。因此,我们预祝这个自我教育和自我改造运动能够在稳步前进中获得更大的成就。”[②]此后,十一月十七日全国文联召开常委会扩大会议决定首先在北京文艺界组织整风学习,十一月二十四日北京文艺界学习动员大会召开,胡乔木和周扬做动员报告。十一月二十六日,毛泽东再次表态:请各地区负责文艺的同志,“仿照北京的办法在当地文学艺术界开展一个有准备的有目的的整风学习运动,发动严肃的批评和自我批评,克服文艺干部中的错误思想,发扬正确思想,整顿文艺工作,使文艺工作向着健全的方向发展。为使这一整风运

---

① 于风政:《改造——1949—1957 年的知识分子》第 208 页,河南人民出版社 2001 年版。

② 毛泽东:《在全国政协第一届三次会议上的讲话》,《毛泽东文集》第 6 卷第 183—184 页,人民出版社 1999 年版。

动获得良好的结果，各中央局、分局、省委、市委、区党委的负责同志和宣传部负责同志必须亲手抓紧对文艺界整风运动的领导，先将你们的计划报告中央和中央宣传部批准”[①]。这是毛泽东代中央为批转中宣部的报告而拟的批复语，而中宣部的报告对于文艺界的判断是这样的：“中共中央宣传部的这个报告，在分析两年来文艺工作的成绩和缺点时指出：特别是在文艺工作的领导方面，存在着一种忽视思想工作、脱离政治、脱离群众、迁就资产阶级小资产阶级的倾向，使文艺战线发生混乱，在党的文艺干部中也发展着某些无组织无纪律的现象。为此，决定在文艺干部中进行一次整风学习，以澄清文艺界的各种错误思想，认真建立党对文艺工作的有效领导。”[②]接下来，十二月八日中科院也举行了思想改造动员大会，连民主党派也动员起来了，知识分子集中的单位都开始了思想改造运动，这个运动由此在全国铺展开来。如果，不局限于这个运动具体事件的本身，从历史渊源来看，特别是从小资产阶级知识分子的思想改造来看，有研究者把它追溯到延安时期。“延安时期小资产阶级知识分子的改造（主要是自我改造）对于建国后他们思想的改造是有影响的。”“毛泽东作了《在延安文艺座谈会上的讲话》的报告，在报告中毛泽东重点谈了‘文艺工作者的立场问题、态度问题、工作对象问题，工作问题和学习问题’。时隔九年后，周恩来的报告和毛泽东当年的报告如出一辙，表现出在解决知识分子思想问题上近乎一致的思路……如果说这两篇报告代表着中共对于知识分子思想改造的两个波峰，那么在这两个波峰中间对于知识分子的改造也没有停止的，只不过由于抗日战争、解放战争等事件掩盖了比较和缓的思想改造而已。”[③]也有四阶段说，第一阶段即一九四九年上半年到一九五一年上半年，是以学习马列主义毛泽东思想，并组织知识分子参加土改等社会活动为主的阶段。第二阶段是一九五二年五月至八月，是以

---

① 毛泽东：《在文学艺术界开展整风学习》，《毛泽东文集》第 6 卷第 188 页。

② 毛泽东《在文学艺术界开展整风学习》一文的注释，《毛泽东文集》第 6 卷第 189 页。

③ 蔡铮铮：《建国初期知识分子思想改造缘起的历史考察》，《太原师范学院学报》（社会科学版）2009 年第 5 期。

电影《武训传》批判为主的对封建文化和西方资产阶级文化进行清理的阶段。第三阶段从一九五一年九月至一九五二年六月，是学习、参加“三反”、“洗澡”过关和组织清理的阶段，也是前文所述的主体阶段。第四阶段是一九五二年六至九月，主要是全国范围内的院系调整和专业设置阶段①。

作为最高领导者，毛泽东对于知识分子的态度时有变化，他比较喜欢用阶级出身来划分知识分子。一九五〇年他说过：“对知识分子，要办各种训练班，办军政大学、革命大学，要使用他们，同时对他们进行教育和改造。要让他们学社会发展史、历史唯物论等几门课程。就是那些唯心论者，我们也有办法使他们不反对我们。他们讲上帝造人，我们讲从猿到人。有些知识分子老了，七十几岁了，只要他们拥护党和人民政府，就把他们养起来。”②一九五一年二月，毛泽东强调：“知识分子，工商业界，宗教界，民主党派，民主人士，必须在反帝反封建的基础上将他们团结起来，并加以教育。”③这些言论给人的印象，一是知识分子始终有“他们”与“我们”的区别；二是“使用”这样的词总有一种相互不平等的观念在里面，“教育和改造”的目的和目标明确；三是“养起来”，这也是对于知识分子的一种办法和策略。里面提到的“办军政大学、革命大学”，沈从文等人就是在这里完成自己思想改造的④。关于这种学习，沈从文在当时的总结是这样的：

> 至于检讨个人工作，二十年来用笔，实和人民的要求与社会发展日益游离，越来越远，笔下越写也就越零乱空疏，失去本来的健康。

① 孙丹：《建国初期知识分子思想改造运动研究述评》，《当代中国史研究》2008年第5期。

② 毛泽东：《不要四面出击》，《毛泽东文集》第6卷第74—75页。

③ 毛泽东：《中共中央政治局扩大会议决议要点》，《毛泽东文集》第6卷第146页。

④ 据王文《建国初期知识分子思想改造运动》一文，“党采取了两项主要做法，一是开办各种学习班、训练班，设立革命大学、军政大学，集中一段时间，组织知识分子学习新知识。据不完全统计，仅1949年就有20余万人参加了这类学习。二是组织知识分子参加土改、镇反、抗美援朝等社会实践”。郭德鸿等主编《中华人民共和国专题史稿卷一·开国创业(1949—1956)》第205页，四川人民出版社2009年8月第2版。

……且由负气自大而孤立,在好些问题上,如对土改问题,对民族形式问题,都有过些似是而非的抽象意见,或见小失大,或持一概全,错误是显然的。因倍觉有重新学习必要,目前在革大,凡事就完全如一个小学生。过些日子还希望能够到生产工厂去,好好向劳动工人同志学习。

……个人即再不中用,也应当来重新锻炼自己,好好的学做一个人民的勤务员。

如有人问我,到革大学了些什么?我应当说,由于本人政治水平不高,进步实看不出。但学明白人在群体生活中方能健康。从人和人的新的关系上,和学习马恩列斯及毛泽东思想有发展性的学习方式上,也从各级干部同志生活严肃工作刻苦表现上,已稍稍认识"坚持真理、修正错误"的重要性,用一个单纯老实的态度,来检讨自己,认为过去工作脱离人民,有错误,待从学习中改正,方宜重新用笔,十分自然。国家真正的新生,是由万万千千劳动人民,沉默无言的工作着……学习靠拢人民,我首先得把工作态度向他们看齐,学会沉默归队。[①]

在另外的场合,沈从文曾这样谈思想改造:"从五〇年起,我即参加革大、作协、文联和以后政协的学习,没有间断。到目前为止还是不会把学到的体会,比较有条理的说出来。如果学习是用说话来检测进展和思想改造程度,我恐怕是最落后的一个,在同志考验下,只能得个零分。……不过我有另一种理会,就是思想改造如果主要是在为社会主义服务,为生产建设科学实验而服务,能结合我业务学习及工作范围,来检查工作和思想,倒似乎比较有边,也能作出稍微有条理的分析。""如像这么坐下来,离开具体业务,单独谈思想问题,虽能接触到思想问题,可并不能解决思想

---

① 沈从文:《参加北京市文代会筹备会以后我的感想——我的检讨》,发表于 1950 年 6 月 12 日《光明日报》,收《沈从文全集》第 14 卷第 402—403 页。

问题。说‘思想改造’，对他人说，情形我不大明白，对我说，作用也许不怎么大。”①在这里沈从文显然对于那种坐下来空谈、过关的改造方式提出质疑，对于其效果也表示怀疑。沈从文是一个有独立见解的作家，可是在思想改造运动中也不得不上纲上线检讨自己。可是，当年的沈从文是多么坚定自信、意气风发啊，一九四七年，他说过这样的话：“二十五年的所谓关系就是如此。我不会是如你们所猜想的国民党伙计，也不会是另一党的伙计。世界上有的是一生专做伙计的人物。说来也许使你失望，我到如今还不是任何文学团体的会员。我用不着这么做，正如用不着如别的作家那么集团拜生送丧赋诗饮酒。别的人若居然能于社交方式宣传技术中，即可得到伟大的满足，很可以那么继续做下去，这出于个人嗜好。至于我呢，我只觉得一个作家应当如思想家，不会和人碰杯，不会和人唱和，不算落伍。他有权利在一种较客观的立场上认识这个社会，以及作成社会的人民情绪生活的历史，从过去、目前，而推测出未来。他也有权利和一切党派游离，如大多数专门家一样，把他的工作贡献于人民。他更有权利而且十分需要，与政治家所用的政争手段不一致，来爱这个国家，爱这些人民。比如说，目前情形，凡是拥有武力和武器的政党，用人民作赌注的内战，尽管政治上渲染得如何‘无可避免’，以及自己一方面如何‘不得已’。但是一个真正有做人良心的作者，他绝不会说这战争是必要的。稍有爱和不忍之心，更不会赞成这种大规模集团残杀是国家人民之福！”②不党、不群，不愿意参与政治，沈从文道出的是当时相当一批自由知识分子的心里话③。但这不妨碍，他以独立知识分子的身份对时局表示看法：“希望于明天，还是青年的真正觉醒。我们实需要一个更新的新青年运动，来扭转危机、收拾残破。……若新的青年有勇气敢憧憬将国家现实由分裂破碎改造成团结一致，将人民情感由仇恨传染改造成爱与合

① 沈从文：《一个长会的发言稿》，作于1966年春天，《沈从文全集》第14卷第429页。

② 沈从文：《政治与文学》，作于1947年2月，《沈从文全集》第14卷第257页。

③ 冯友兰在自述中也讲到，国共内战时有人曾劝他到延安，“当时我的态度是，无论什么党派当权，只要它能把中国治理好，我都拥护”。《三松堂自序》第120页，人民出版社1998年版。

作，并有勇气将内战视为一种民族共同的挫折，负责者最大的耻辱。国家明日即再困难，终有克服困难，向前发展，得到新生机会的一天。”①这种指点江山的气势在革命大学的学习中再也见不到了，沈从文完全或者只能用另外一种口气谈论时局、历史及在其中的自我。“个人实在渺小不足道，算不了什么的！我曾经严肃检讨过我自己，三十年学习用笔，有个根本错误，即对现实的无知。把写短篇小说永远当成习作，以为必通过更长时期的多方面的习题，方能成熟，方能把这些作品和思想结合。即因为这种工作态度，和社会总发展要求就不免游离，一切努力当然也就毫无意义的白费了。”“照目下生活方式，大致是学习下去，学到能把一切总结交卷，卷子还可能作为‘改造完成’的一例，由另外人看来是进步提高，改造成事。我呢，事实上就变成一个经过改造的小小螺丝钉，做个老老实实公民，毫无芥蒂的在一种材当其分的小小职务上去工作，很有可能是专去抄写抄写文件，也不再有任何小小感伤。其实照我自己说来，这也是十分合理的。因为对革命实毫无贡献，应当接受这个可能。”②这是不甘如此又得安分守己，对未来也毫无把握。毕竟是作家，沈从文描述了他所处的环境和心境：“我现在坐在西苑旧军营一座灰楼房墙下，面前二丈是一个球场，中有玩球的约三十人，正大声呼喊，加油鼓掌。天已接近黄昏，天云如焚如烧，十分美观。我如同浮在这种笑语呼声中，一切如三十年前在军营中光景。生命封锁在躯壳里，一切隔离着，生命的火在沉默里燃烧，慢慢熄灭。搁下笔来快有二年了，在手中已完全失去意义。国家新生，个人如此萎悴，很离奇。”“在革大学习已半年，从炊事员学习为人民服务，比条文报告似乎还朴素具体。别的大事情都有人在作，而且作得极好了，我就在此把一双手用来收拾毛房便池，当成主要业务。……我的双手胡写了二十五年，说了多少空话！如今来这里重新用用手，也正可见出新国家的需

---

① 沈从文：《“中国向何处去”》，发表于1948年9月1日《论语》第160期和9月13日《大公报·文艺》，《沈从文全集》第14卷第324页。

② 沈从文1950年4月左右致布德，《沈从文全集》第19卷第67、68—69页。

要。我作的很好，因为感觉对人有益。”[①]学习的结果，真的实现了告别过去？

参加土改，下工厂，到朝鲜战场，一大批知识分子被分散到各地，这也是知识分子学习和改造的具体步骤。毛泽东在一九五一年曾两次指示：“组织民主人士参观或参加土改、镇反工作”；“民主人士及大学教授愿意去看土改的，应放手让他们去看，不要事先布置，让他们随意去看，不要只让他们看好的，也要让他们看些坏的，这样来教育他们。吴景超、朱光潜等去西安附近看土改，影响很好。要将这样的事例教育我们的干部，打破关门主义的思想。”“除抗美援朝工作必须和各民主党派、民主人士一起去做不必再说外，土改、镇反两项工作，也必须使各民主党派、民主人士参加，越多越好。请你们计划一下，在今年夏、秋、冬三季的土改工作和镇反工作，从各大城市中等城市分几十批组织各民主党派、民主人士、教授、教员、资本家下乡去参观，或参加工作。只要他们愿意去，就要欢迎他们去。不要怕他们去，不要向他们戒备，因为他们不是反动派。好的坏的，都让他们去看，让他们纷纷议论，自由发表意见，只有好处，没有坏处。至于城市中的镇反工作，更要让他们参加，整个城市的人民都要讨论镇反工作，大家注意对付反革命。”[②]指示中提到了“朱光潜”，一九四九年十一月二十七日《人民日报》上发表了他的《自我检讨》，他是较早的发表检讨有影响的高级知识分子之一。检讨先从阶级出身出发，接着从自己所受教育批判，回顾过去，表示接受改造的决心。这些几乎成为后来思想改造中知识分子检讨的惯用套路。朱光潜说“我从小所受的就是半封建式的教育，形成了一些陈腐的思想”，后来又受欧洲经院为学问而学问观念影响，不关心政治，“由于过去的教育。我是一个温和的改良主义者，当然没有革命的意识”。“从对于共产党的新了解来检讨我自己，我的基本毛病倒不在我过去是一个国民党员，而在我的过去教育把我养成一个个人自由

① 沈从文1950年秋致程应镠，《沈从文全集》第19卷第92、91页。

② 毛泽东：《组织民主人士参观或参加土改、镇反工作》，《毛泽东文集》第6卷第152、153页。

主义者，一个脱离现实的见解褊狭而意志不坚定的知识分子。我愿意努力学习，努力纠正我的毛病，努力赶上时代与群众，使我在新社会中不至成为一个完全无用的人。”①第一次检讨还比较温和，没有太多的上纲上线，两年后则大为不同了，尽管说的还是那些事：“在最近两个月教师学习中，我重新检讨了我的思想，发现百孔千疮，病根都在封建意识和洋教育。伏根最深的是封建意识。从前常把自己划分到小资产阶级，这是不忠实的为自己开脱。在两代以上，我的家庭本属于地主阶级……在抗战期中，我的妻子又拿了一些积蓄，在她的四川娘家附近买了些田。所以我的地主身份是确定了的。”“自己有病，所害还仅限于一身，传染到旁人，情形可就更严重。过去二三十年中我不断的用我的那套有毒思想来编书写文章，……它们可能发生的影响当然是使读者们放弃积极斗争，而这在无形中也就帮助维持了反动统治。去年蔡仪诸人在《文艺报》对我的美学思想进行了批判，当时我心里还有些不服。这一年来我对新的文艺理论稍加研究，才明白我的基本立场和观点都是错误的。我愿意趁此向我的读者和批评者谢罪。”“现在分析我的错误根源在从洋教育那里得来的那一套‘为学术而学术’的虚伪的超政治的观念。事实上主张超政治便是维护——至少是容忍——反动的统治，如果加以鼓吹，也便是反革命。从前我也存过‘中间路线’之类的幻想，现在我明白了：从‘五四’运动之后，中国知识分子根本上只有两条路可走，不是革命，便是反革命。”“趁便我要检讨一下我的买办思想，……”“最后我得检查一下现在的立场。我向自己提出这样一个问题：我是否已经丢开反动立场而站在人民立场呢？……学习的结果到现在为止，只做到使我在理智上明白什么叫做人民立场，而且明白我还没有真正站上了人民立场。”②朱光潜参观完西北土地改革后，写长文谈了自己的认识，首先就是用当时强加给知识分子的

① 朱光潜：《自我检讨》，《朱光潜全集》第9卷第535—538页，安徽教育出版社1993年版。

② 朱光潜：《最近学习中几点检讨》，发表于1951年11月26日《人民日报》，《朱光潜全集》第10卷第19—24页。

语言而自辱："二十年来我的活动只限于学校的窄狭圈子，把自己养成一个'井底蛙'。这次参加了西北土地改革参观团，有将近一个月的工夫，在乡村里和干部与农民生活在一起，亲眼看到土地改革这个翻天覆地的大变革，算是从井底跳出，看见一次大世面。"但接下来无非是重复当时的一些政策，比如走群众路线的民主原则、坚持无产阶级的领导、统一战线与人民民主专政等等，最后再谈点希望、喊点口号、表表决心："像这样健全的国家是会能战胜一切帝国主义的反动势力而稳步去完成她的伟大使命的。从参观土地改革以后，我们不但在理解上有这种认识，而且在情感上也有这种体会。我认为这是我这次参观土地改革的最大收获。"①

这次思想改造采取的批评与自我批评的方法，与延安的整风运动几乎一样。这样的"洗澡"中，中国传统知识分子非常看重的自尊、慎独、清高等成为首先要打破的目标，一时间大有斯文扫地之势。一九五二年一月，中共中央发出《关于宣传文教部门应无例外地进行"三反"运动的指示》指出："'三反'运动是目前最实际的思想改造，故教育界、文艺界的思想改造学习未开始者应由'三反'开始，已开始者亦应转入'三反'，在'三反'斗争中解决资产阶级思想问题。"三月又发出《关于在高等学校中进行"三反"运动的指示》，强调："特别要依靠学生群众推动教师，批判和打击现在学校中仍普遍和严重存在着的各种资产阶级思想（如崇拜英美、狭隘民族主义、宗派主义、自私自利、对人民国家不负责任、保守观点等）。"同时要求教师"人人过关"："每个教师必须在群众面前进行检讨，实行'洗澡'和'过关'。"具体布置采取分层过关法："（一）先让大多数政治思想上没有严重问题的人很快过关；（二）再帮助一批思想作风上有较大毛病，但愿意改正错误力求进步的人过关；（三）少数政治上或思想上有严重问题的人，在群众的揭发、检举和严格的检查下，进行多次反复的检讨，然后过关；（四）直到最后每校总有极少数政治上和经济上有极严重问题的人过

① 朱光潜：《从参观西北土地改革认识新中国的伟大》，发表于1951年3月27日《人民日报》，《朱光潜全集》第10卷第10、16页。

不了关的，对于这些人行政上可按其情节给以停职调职或撤职等各种处分。”[①]在这样的思路下，知识分子个个登台揭自己的短，而且一次过不了关，还要接二连三地“检查”。冯友兰“第一次检查承认一九四九年前有名利思想，想当大学校长，一九四九年后有进步；第二次检查以名利思想为主，还承认有反共拥蒋思想，一九四九年后进步不多；第三次检查以反共拥蒋思想为主，承认一九四九年后无进步，但只剩名利思想，没有反共拥蒋之心。均未获通过。其间，金岳霖、周礼全曾来看望先生，金与先生为检查事抱头痛哭”[②]。“抱头痛哭”是内心悔过，还是倍感屈辱？个中滋味恐怕只有当事人心知肚明。翻开这一时期的报刊，我们不断地读到知识分子的检讨文字，随着时间的推后，调门越高自辱益重。在最初，金克木还对北大的工作提了一大堆意见，甚至具体到人和事，最后他说：“无论如何，我相信，只要我们承认自己是国家干部，承认个人利益服从国家利益，这一类的问题就不难在我们的改造思想过程中得到解决，我们的思想也可以由解决实际问题而提高。”[③]这明显有点帮助别人（单位）改正错误的味道，是一种动员和号召的口气，他显然误解运动的方向和重点，但随着运动开展，鲜有人能够置身事外地谈问题了，因为，他们都清楚地意识到自己才是改造的对象。中国科学院近代史研究所所长范文澜在动员讲话《科学工作者应怎样展开“新我”对“旧我”的斗争》中指出：“忠诚老实运动就是要交代历史、分清敌我，这就是说，要求我们明确地站在革命阵营方面，——人民方面，与反革命阵营分家绝缘。这一次思想改造运动是要求我们‘肃清科学界中帝国主义和封建主义的反动思想的影响，批评自由资

① 转引自王文《建国初期知识分子思想改造运动》，郭德鸿等主编《中华人民共和国专题史稿卷一·开国创业(1949—1956)》第215页。

② 《冯友兰先生年谱初编》第372页，河南人民出版社1994年版；此转引自王文《建国初期知识分子思想改造运动》，郭德鸿等主编《中华人民共和国专题史稿卷一·开国创业(1949—1956)》第216页。

③ 金克木：《政治学习必须解决实际问题》，原刊1951年11月2日《人民日报》，此据光明日报社编《思想改造文选》第一集第18页，光明日报社1951年12月版。

产阶级和小资产阶级的一些错误思想，确立革命的人生观，从而使我们的科学研究工作能根据国家建设和人民的要求来进行改革’。这就是说，要求我们这些思想上非工人阶级的知识分子切实地改造成为工人阶级的知识分子。”“我们知道知识分子思想上有许多毛病，其中最普通的一种病，周总理很客气，叫做知识分子的‘自负’。我们彼此不必客气，老实叫做‘自高自大，自以为是’。……读书人都要生这种病，高级知识分子也许生这个病更厉害些。生这个病的原因，是思想方法有毛病，夸大自己的长处，抹杀自己的短处；反之，夸大别人的短处，抹杀别人的长处。‘自己好，别人不好’就是这个毛病的公式。这种主观的片面的思想方法，根源在于个人中心主义。个人中心主义一定自命不凡，甚至自封为‘老子天下第一’或‘名列天下前茅’，哪还有别人的地位呢？这个毛病如果不去掉，什么马克思主义和毛泽东思想是学不进去的。”①

于是，我们看到知识分子们的种种自我批判：

燕京大学新闻系主任蒋荫恩在《我要彻底改造我的思想》中说：“在新中国一切建设事业突飞猛进的今天，如果还不诚心诚意来改造我们的思想，结果我们的教育工作就会变成‘误人子弟’的工作，这对国家来说，是一种不可补偿的损失；对自己来说，更是不可宽恕的错误行为。”“我长期受美帝国主义文化侵略教育（中学、大学共十年），因此对于美国的民主和自由是心向往之的。”“……过去我自以为是超然、中立的立场，实际是和当时反动统治阶级的立场一个鼻孔出气的。”②

协和医学院内科主任医师邓家栋在《我们要批判过去“协和”的一切》中说：“我校三十年来培养了三百一十个毕业生，其中有五十四人到现在仍眷恋着帝国主义的‘文明’而逍遥在敌人的国土上；最近有一个毕业生

① 范文澜：《科学工作者应怎样展开“新我”对“旧我”的斗争》，原刊 1952 年 1 月 6 日《光明日报》，此据光明日报社编《思想改造文选》第二集第 1—2、4—5 页，光明日报社 1952 年 2 月版。

② 蒋荫恩：《我要彻底改造我的思想》，原刊 1951 年 11 月 13 日《人民日报》，此据光明日报社编《思想改造文选》第一集第 19—20、20、24 页。

藉口出国深造，竟携妻挈子投向帝国主义的怀抱里去。”“两年前在教授餐叙会中我自己就曾强调维持‘协和’的课程标准，保持‘协和’的特殊教育制度。解放前我也会自以为颇有医学‘道德’而暗自骄傲。两年后的今日，我不敢再陶醉于既往，我清楚地认识到我需要大大的改造。我要在这次学习运动中深刻地批评我自己的思想，更愿与‘协和’所有的教师们进一步来批判过去‘协和’的一切！”①

北京大学法学院院长钱端升在《为改造自己更好地服务祖国而学习》中说：“像我这样一个旧知识分子绝不是这样的容易改造得过来的。旧的不先除掉，新的是进不来的。而什么是旧的、坏的，自己往往是认识不清的。”“应当承认，不但在解放以前我的教学工作基本上是从个人的利益出发的，是遵循着资产阶级的思想道路的，客观上是为反动统治阶级服务的；即在解放以后，因为我的旧思想意识仍然存在，我在北京大学的工作，在很多的方面，仍充分表现了旧知识分子的思想和作风。”在此文中，我还看到了相互“揭发”：“在这里，也应当指出，比我负有更大的责任的是前校务委员会主席汤用彤先生。汤先生向来是明哲保身的，与人不争的，对疑难之事也轻易不表示可否的。在他的领导之下，北京大学长期存在着的自由散漫基本上是没有被纠正的。汤先生自任副校长以来，作风已有些改善，但也还不够。我如果一向真正能对人民负责，我早应该当面或公开地批评他，指出他的缺点，要求他加强领导，使得校务的改进可以多些快些。但是为了面子，为了顾虑私人情感，在此以前，我从没有这样做过。这也说明了我是怎样一个旧的知识分子。”②

清华大学营建系主任梁思成则写过两篇程度不同的检讨，一九五一年底的第一篇，紧扣改造的主题，题为《我为谁服务了二十余年》，深挖自己的思想根源，尤其是家庭出身，检讨了自己阶级意识不强，以及旧知识

① 邓家栋：《我们要批判过去“协和”的一切》，原刊1951年11月17日《光明日报》，此据光明日报社编《思想改造文选》第一集第41页。

② 钱端升：《为改造自己更好地服务祖国而学习》，原刊1951年11月2日《人民日报》，此据光明日报社编《思想改造文选》第一集第48、49、51页。

分子的思想习气:“我的阶级出身、家庭环境和所受的教育,给我种下了两种主要思想根源。一种是我父亲(梁启超)的保守改良主义思想和热烈尊崇本国旧传统的思想。一种是进了清华学校又到美国留学,发展到回国后仍随着美国‘文化思想’起落的崇美、亲美的思想。”“我曾一方面把祖国文化的精华尽量拿去向敌人吹嘘,一方面把敌人的糟粕——同鸦片烟一样的麻醉剂——运回来毒害我们下一代的建筑师。”“我一生自以为爱国不后于任何人,有高度的民族意识,行为正直,对得起祖国,对得起人民。在这次学习中,我才认识到我过去是敌我不分的,我才认识小资产阶级知识分子的思想意识始终支配着我的一举一动,一切为了个人,看不见人民。这个发现,使我彷徨痛苦,但是经过进一步深入的思考,我明白了我今天既在此自认为是为人民服务,就必须挖出过去的思想根源。凡是错误的,今天所不能再容忍的,就必须当烂包袱丢掉。”“从这次学习中,我也寻找到我的思想中接受父亲思想影响的一部分。我曾无条件地崇拜父亲,但并不见得认识他。现在我就更需要从革命的立场观点来认识他。……我受了他的爱国教育,但我的爱国思想的内容是小资产阶级个人主义的。……”“清华大学解放以后,解放军、干部等所表现的一系列‘奇迹’使我兴奋。解放初期当人民政府找我参加各种会议时,我便心悦诚服地愿意‘效劳’。自己思想中还包含着浓厚的‘士为知己者用’的旧观念,还没有做‘主人翁’,更说不上站在人民立场为人民服务的思想。许多认识是经过近两年多以来的工作和学习才逐渐建立的。”[①]另外一篇文章写于一九五二年四月,从题目上看到调门又增高了——《我认识了我的资产阶级思想对祖国造成的损害》:“我有根深蒂固的资产阶级自私自利的思想在指挥着我的行动,在我一切工作中,以官僚主义、自高自大的个人英雄主义、本位主义和家长作风等等形式具体地表现出来。在人民的财产上,在建设干部的培养上,三年来已造成很大的浪费和损失,使我恨自己。”在

① 梁思成:《我为谁服务了二十余年》,原刊1951年12月27日《人民日报》,此据光明日报社编《思想改造文选》第二集第31、37、38、39页。

逐条检讨了自己在人才培养、院系调整、课程设计等方面的“罪过”后，他说：“这一次进一步思考检查，使我又把自己认识得更清楚了一点。我认识到我思想中存在着的资产阶级思想是极其严重的，它指导我一切行动。”①

燕京大学历史系教授侯仁之在《学习文件使我进一步端正了自己的学习态度》中，不惜把自己比作“乌鸦”：“北方的老百姓有一句俗话说：‘乌鸦的窠里孵不出凤凰来’！如果我自己在思想上还是一只丑陋的‘乌鸦’，我怎么能够希望我的学生成为美丽的‘凤凰’呢？”②

亲美反苏思想，也是很多检讨的重要内容。北京师范大学中文系主任黎锦熙说：“我们过去对于十月革命的性质认识模糊，因之三十多年来对于苏联和中国革命的正确方向认识也模糊，不了解或者不确信改造客观世界的科学真理。处在这三十多年的革命过程中，竟不分清敌、我、友，堕入改良主义，站到反动的阶级立场而不自知。现在惟有从头学习，彻底检讨，认清昔日之‘我’就是今日之‘敌’！”③

辅仁大学校长陈垣自然要交代与“帝国主义”的关系。他说：“我为了自己好名，为了自己‘清高’，为了不愿沾染当时的政治气氛，就毅然地离开政治舞台，自以为是找到一个理想的栖身之所，而实际毫没有人民立场，丧失了民族气节，驯然安适地投到帝国主义的怀抱。二十三年来，作了帝国主义者的俘虏，忠实地替帝国主义者奴役和麻痹青年，帝国主义者就通过我，稳扎稳打来在学校里作着‘太上皇’。”“二十三年来，通过我给青年们灌输奴化教育，培养出为他们服务的人才，贻误了多少青年子弟，

① 梁思成：《我认识了我的资产阶级思想对祖国造成的损害》，原刊 1952 年 4 月 18 日《光明日报》，此据光明日报社编《思想改造文选》第四集第 66—67、72 页，光明日报社 1952 年 5 月版。

② 侯仁之：《学习文件使我进一步端正了自己的学习态度》，原刊 1951 年 12 月 30 日《人民日报》，此据光明日报社编《思想改造文选》第二集第 55 页。

③ 黎锦熙：《我为谁服务了二十余年》，原刊 1952 年 1 月 7 日《人民日报》，此据光明日报社编《思想改造文选》第二集第 75 页。

还自以为'超阶级'、'超政治',还自以为'清高',其实就是做了几十年污浊、卑鄙的买办和帮凶而不自觉。""帝国主义的文化侵略行为,是比杀人更厉害、更狠毒的。后面操持着的人,固然是帝国主义分子。而拿着武器,在最前线而冲锋陷阵的人,却是自以为'清高'的我。""二十三年来,我就是以这样'不问政治'的态度,在死心塌地、忠实地为帝国主义效劳,替反动统治来维持社会秩序,危害了人民,贻误了青年,丧失了教育主权,背叛了民族利益。"①

清华大学文学院院长兼哲学系教授金岳霖也"批判我的唯心论的资产阶级教学思想":"我出身于官僚地主家庭,生活是相当优裕的。我从十九岁起,在外国住了十一年,吸收了欧美资产阶级生活方式和享乐思想,我的享乐是多方面的,但是主要的是搞资产阶级腐朽哲学。就是搞概念的游戏,三十年如一日。我之所以把它作为我的主要享乐,是因为我只有在概念的游戏中,才能逍遥游,才能逃出现实社会的限制。这就养成了我的逃避实际、轻视实际、和脱离实际的生活方式。可是我究竟是活在实际社会中的,为了维持这种脱离实际的生活方式,我需要某种特权,这又养成了我的特权思想。""这种生活方式在学校里面就形成了我的蜗牛壳",这个蜗牛壳有三方面内容:资产阶级腐朽哲学;超政治、超阶级、超世俗、超人间的腐朽人生观;特权思想。接着他又从对美国、对苏联、对学生运动三方面分析了自己的政治态度。谈到了解放后看到新形势后的思想转变,最后表明了自己的"决心":"我不愿意只参观革命,也不愿意只参观人民的建设事业。我要参加这个光荣的伟大的事业……我快六十了,我从前是对不住人民的人,是有罪过的人,从现在起,我要作一个新人,要作一个名副其实的人民教师。我要努力学习,努力工作,一年不成,两年;两年不成,三年;甚至于五年十年。只要我不断地努力,我一定会成功的。"②

① 陈垣:《自我检讨》,原刊 1952 年 3 月 6 日《光明日报》,此据光明日报社编《思想改造文选》第四集第 25—26 页。

② 金岳霖:《批判我的唯心论的资产阶级教学思想》,原刊 1952 年 4 月 17 日《光明日报》,此据光明日报社编《思想改造文选》第四集第 55、55、65 页。

陈寅恪曾有诗讽刺这种状况:“改男造女态全新,鞠部精华旧绝伦。太息风流衰歇后,传薪翻是读书人。”[①]“涂脂抹粉厚几许,欲改衰翁成姹女。满堂观众笑且怜,黄花一枝秋带雨。”[②]这些文字写尽身在其中的知识分子的窘境。但陈诗毕竟流传范围有限,且语含隐微,而从这些报纸公开发表的检讨看来,很容易造成一种错觉,即知识分子经过学习和改造之后,早已心悦诚服,脱胎换骨、重做新人。至于在这个运动中,知识分子真正的内心波澜却被连篇累牍的检讨淹没了。试想一下,每个知识分子,尤其是学有所成的高级知识分子,他们各自的经历、学养和师承也不同,其观点、学说都是有源有流,其形成并非朝夕之功,这些仅凭检讨历史、认识现实就轻易地放弃了?尤其是他们倾尽大半生心血的研究和学说,就那么容易一攻而破?用运动的方式解决思想问题,获得的可能只是压服而不是心服,那么,思想改造运动中知识分子的“心”又是怎样?这是今天我们反思这段历史时不能忽略的。有文章说:“朱光潜那天病发,家人忙着送他去医院抢救,在北大忙了半天,都找不到车,后来不知从什么地方弄到一部时……朱光潜临上车时,迷糊中说了一句话,反反复复就是这一句:‘我不要上学习班!’”[③]此时,“文革”都结束多年,朱光潜已经是人所敬仰的“美学大师”,然而当年改造留给他的心理伤痕却丝毫未减,可见当年伤害之深!

从现在留存下的史料中,我们看到了沈从文在剧变前内心的波动,也可以看到陈梦家的痛苦:一九五一年十一月十六日他在国文系小组会上的检查,其中分对人与对事、改朝换代与革命、个人与集体、热情同情与参加、急进与缓进五部分。其中谈到了一些知识分子害怕改变,没有认识到“革命”的重要,“我们既然认定了这次解放战争是革命,那么我们知识分子的思想改造是必须的,我们当前的院系彻底调整也是急不可待的事”。

---

① 陈寅恪:《男旦》,《陈寅恪集·诗集》第 88 页。

② 陈寅恪:《偶观十三妹新剧戏作》之一,《陈寅恪集·诗集》第 89 页。

③ 罗孚:《笑煞邕漓父子王》,《北京十年》第 196 页,中央编译出版社 2011 年版。

但是在这份检讨的最后,陈梦家还是表现出一个独立知识分子的清醒与风骨:“我们是旧社会的知识分子,好像一棵树,根有多深,枝干有多高,表现得明明白白的,本来是无需掩饰的。改造思想是移花接木的工作,需要慢慢地、自然地做去,操急是不行的。挖根不可以,拔苗方式也是要不得的。不改当然不对,以为现在来改太嫌晚了,也是不对的。解放以后,我们知识分子有些看不顺眼的地方,就是有些朋友变得太快,快得不能使人相信。一个人要求进步是值得我们表扬与学习的,但是只求外表进步是要不得的,只求改头换面是有害的。有些人劝我赶快把文字学马列起来,有些人说‘你治古史赶紧搞奴隶社会吧’,有的说‘少数民族合时啦’,这些人的劝告,你们看对不对?我们学习的时候要读文件,有些人认为你文件读得不够熟,一遍不够。我以为读熟与否是一回事,好好地想也是一回事,想过了真的实践起来又是一回事,光是生吞活剥引经据典恐怕不行罢。我们还是一步一步来,我是赞成稳稳地前进的,但是时光不等你,还是要赶快的好。不知诸君以为如何?”[①]这是坦诚的剖心之论,陈寅恪诗中讽刺了那些投机之人,陈梦家也不认为那些时贤是他学习的榜样,但他又想真诚地改造和适应新社会,这是一个正直知识分子的率真心声,然而在当时自然不合时宜,也不会有人认真考虑。运动如巨浪滔天,只会冲走一切站在原地不顺应潮流的人。

一九五二年元旦之后,按照校方的要求,陈梦家又在小组会上做了题为《补充关于中美文化合作的认识》,其中谈到:“我在国外,本为一无名之士,但因我之勤劳曾博得虚名,当时虽未尝沾沾自喜,但总觉得这是应该的。以我之个性,从不奉承钻营,我自己常觉问心无愧。别人出国一次,不是赚了许多美金,便是汽车冰箱,我一向痛恶。除了书籍材料以外,到沪只剩了十元,还要借垫付税。在外三载有余,收入之外,尚欠债数千元。如此等等,总是自视甚高。及今思之,我在此期间,不知觉间确是为敌人

① 陈梦家检讨文字,转引自方继孝《陈梦家往事》,《碎锦零笺——文化名人的墨迹与往事》第19、20—21页,山东画报出版社2009年版。

利用，点缀，在他们的生活习惯中，我或多或少总是受了恶毒的。……但解放以来，又经过学习，虽拥护政府之心很显明，但有些小事常感格格不入。推其缘故，总是从小以来所受英美教育，其中充满了自由主义个人主义，为害不浅。……平日死读书，缺少接近实际，脱离群众，以至明白原则容易，不能实践。不满意别人的所言所行，而自己既说不上来，也做不出来。”[①]这已经挖空心思往自己头上扣大帽子了。但他仍未过关，在给妻子赵萝蕤的信上说：“上星期六第二次检查报告，作了一下午，比前进步不少。今日又是一下午意见，归结为界限不清，个人主义（严重的）。”[②]这之后，还有第三次检讨。《剑桥中华人民共和国史》曾经描述过这种从延安就开始使用的思想斗争的方法：“它的第一个阶段是在党的组织内分成若干小组，使其成员先学习和讨论指定的讲话和文章。因为没有沉默不语的自由，每个成员都必须就这些文件发表意见。接着便是小组每个成员作检查的第二阶段。每个人原来的思想和态度要受别人认真的和长时间的批评。无休无止的叙述一个人的事务，不断地给他以帮助教育以及越来越紧张的气氛，产生了深刻的情绪危机，最终打垮了那个人的内在意志。这个人只有向党的权威及其价值观念缴械投降，才能从这些压力下获释和赎‘罪’。”“此后是第三阶段，这时个人要交一篇小组长认可的自我批评。按通常情况，最初的坦白交代不会被通过。需要做几次自我批评，一次比一次更加摧残个人的性格。光是背诵共产主义的教条或官方的路线是不够的；个人还要举出令人信服的证据，表明他过去的思想和行为一无是处，他向党的意志投降是不折不扣的。党不需要消极的默认，而是要个人积极地皈依它的信念。其结果是，当个人的交代被通过以后，他就从有罪的意识中获得解放，并得到了新生。他认为他自己已经是一个‘新’

---

① 陈梦家检讨文字，转引自方继孝《陈梦家往事》，《碎锦零笺——文化名人的墨迹与往事》第24—25页，山东画报出版社2009年版。

② 陈梦家致赵萝蕤信，转引自方继孝《陈梦家往事》，《碎锦零笺——文化名人的墨迹与往事》第28页。

人，至少暂时地是如此，准备热情地执行党的一切命令。”[①]用这种方式锻造一支纪律严明、意志统一的军队，一定会很成功。但是对于信奉独立思想、自由精神的知识分子而言，那无疑是要把他们最有价值和最鲜明的特征清洗掉，这是知识分子十分困扰，或者是敢怒不敢言的，他们精神上的苦闷、压抑也是历史无法掩藏的。[②]

赵萝蕤在一九五二年二月日记中，就曾接连记下陈梦家为了“过关”的思想苦闷和他们夫妻间的思想斗争：“上午起身较晚，为梦家交代文物馆事件作剧烈思想斗争，使我自己又作一次痛苦万分。他时而理性清明，时而感情激动，我虽安闲待之，但真正受不了他。”（二月十八日日记）二月二十日的日记，则是一幅知识分子思想改造的炼狱图：

> 今天早醒，又为梦家疯态所逼，把他大骂一通，打垮他的个人英雄主义。大骂之后果然稍好，比理性说服强得多。结果他到母亲家抱小桔子去了。我一人在家补记日记与家用账。梦家回来，我又提出他的几(个)主要思想问题，共四五个，他都记了下来。我并且告诉他，我二人最主要的不同就是个人英雄主义与个人主义的不同。他是英雄，而我不以英雄自居。并且各作小诗一首，小事以自明。午饭后，疲劳不堪，大作午睡，一直睡到四点。梦家则因为个人英雄主义必须解放，大作其诗。我被其扰，只有闲然抚琴。五点时宁坤与兴华先后来乱谈，无非是思想斗争的苦痛与愉快。梦家则大写其诗，以申其冤，只得听之。巫、吴煮咖啡与梦同饮。七点饭后，我又作日记。

---

① [美]R·麦克法夸尔、费正清编：《剑桥中华人民共和国史》第204—205页，谢亮生等译，中国社会科学出版社1990年版。

② 宋云彬1949年4月26日日记：“今日起可按时办公矣。办公时间每日为七小时，并有所谓‘学习’时间，皆华北人民政府规定者也。”5月11日：“下午七时有晚会，讨论昨日董老之报告。时髦术语，称为‘学习报告’。”同月15日《自嘲》诗：“避席畏闻谈学习，出门怕见扭秧歌。”1950年1月9日：“……平日侈言学习，妄谈改造，而办事不负责任如是，令人气结。”见《红尘冷眼——一个文化名人笔下的中国三十年》第123—124、126、127、172页；此据胡文辉《陈寅恪诗笺释》第387页，广东人民出版社2008年版。

七点半，马铁犹来与我长谈到十一点半。他与节约检查委员会已对梦家急公好义精诚感人的人格完全了解，帮助群众了解了他，又启发了我许多，使我更感到做好人的光荣，更可帮助梦家作最深刻的交代。梦家未参加谈话，送马走后，我将大意告梦，他已能平心静气、睡得虽晚而甜睡。

但过了两天，他们夫妻又有冲突："早醒，又和梦家作思想斗争。我告以应不吃屎，不骑马，以此两句作座右铭，不承担未有之罪，但亦不自高自大，骑高头大马。"[①]不吃屎，又不骑马，赵萝蕤也是一派天真，现实中怎么能做得到？未必在思想改造中，她就比陈梦家积极多少，而是作为妻子，她不希望丈夫受到更大的伤害，希望丈夫更现实一点。然而，这种现实可能触犯了耿直的陈梦家的底线，所以他的思想才总也转不过弯来。

一九五七年陈梦家还是被打成了"右派"，"文革"初期当然遭到了批斗和侮辱，一九六六年九月三日年仅五十五岁的他再次自杀，终于身亡。据说，此前他曾对朋友说过："我不能再让别人把我当猴子耍了。"这不过是推迟了时间的结局而已，其实在当时，自杀之类的事情也不是没有过。复旦大学的刘大杰教授投江自杀(后被救起)就是当时上下颇为震动的事件。有的史料描述知识分子所受到的精神伤害："检讨会的场面非常紧张。季羡林在四十多年后回忆说：'我生平破天荒第一次经过这个阵势，句句话都像利剑一样，射向我的灵魂，'燕京大学教授赵承信在第二次检讨中痛陈自己成为帝国主义文化侵略的工具，伤心落泪，……这种紧张的气氛很容易导致事物走向极端。北大工学院曾出现两天无人领导的状态，群众组织了无党无派的节约检查委员会，在壁报上谩骂领导，形势混乱。燕京大学在召开大会时由于没有能掌握住群众情绪，出现了三个职

---

① 赵萝蕤日记，转引自方继孝《陈梦家往事》，《碎锦零笺——文化名人的墨迹与往事》第29页。

员被拉上台罚跪的现象。”[①]“一九五二年四月华东局宣传部关于上海高校‘三反’运动向中央的报告中称：交大一千七百五十八名学生，初步交代手脚不干净的有五百一十七人，占总数近百分之三十。复旦教师二百九十四人中，不干净的有一百六十九人，占百分之五十七点五。教授、副教授一百六十三人，不干净的有一百〇一人，占百分之六十二。这样的统计数字显然有很大水分，这种做法对于真正的思想改造显然有害无益。更有甚者，如中南地区‘曾发生逼供、肉刑和变相肉刑（例如罚跪、挂牌子、‘打排球’、吊打等等）、随意扣押处分等违反政策的现象’，‘因有些学校没有很好交代政策，贪污分子畏罪或受坏分子威胁而自杀的共计十七人’。在这种情况下，无怪乎一些教师惶恐紧张，心神不定。冯友兰一度觉得不如辞职自谋生活，闭户著书。上海高校有些教师甚至准备改行去做生意，南昌大学教师‘对思想改造持抗拒态度的占教师总数百分之十至十五’。”[②]发动学生批判教师，使千年的师道尊严颜面扫地，对知识分子的打击和学风的破坏则是难以用数字评估出来的。一九五二年二月十八日北京市委向中央和华北局的报告称，学生群众一联合起来，一些行政领导和教授就“不得不自动地或被迫地放下臭架子，进行自我检讨”，“经过这一番斗争，大学里的思想发生显著的变化。过去被一般教授和学生们崇拜为偶像的所谓名校长、名教授如叶企孙、陆志韦、潘光旦等都倒下去了。……许多学生很幽默地说：在‘三反’斗争中，我们的旗帜倒了”[③]。人心也愈此变得隔膜。“在广东，中山大学自八月一日到十三日，历时十三天，完成清理工作。二千四百〇七名教职学生中，二千三百六十五人交代了问题。交代人数占总人数百分之九十八。所交代的问题，多系同学、同事

---

① 王文：《建国初期知识分子思想改造运动》，郭德鸿等主编《中华人民共和国专题史稿卷一·开国创业（1949—1956）》第216—217页。

② 同上书，第217页。

③ 同上书，第218页。

之间的互相检举。有的教授感叹道:‘自检举风兴,人心之凉薄极矣。’”[1]这种对知识分子的伤害是全面的,影响是深远的,甚至到了风声鹤唳的地步,一九五七年北京大学教授傅鹰说:“党和党外人士关系不好,首先是由于‘三反’偏差。‘三反’后,教授们谈话,只要来了个党员,便都相视而笑,说些专门给党员听的话。其实教授们并非在骂毛主席,也许是在谈梅兰芳的贵妃醉酒。”[2]有研究者从另外一个角度分析了这场运动对社会和文化的伤害:“在当时中国人来说,知识分子思想改造运动可说是亘古未见的奇观——那些学术大师、文学大师、艺术大师,在社会上享有怎样崇高的声望啊!人们骂政治,骂金钱,但从没骂过知识界,从没有怀疑知识界的纯洁性。对知识和知识分子强烈的敬畏心理,在中国有着几千年的积淀……但现在,几乎所有德高望重的知识精英都站出来‘脱裤子割尾巴’,当着全国人民的面集体自辱。个别知识精英的失足不足为怪,但作为一个阶层的知识精英,竟然有着那样‘肮脏’、那样‘丑陋’的‘本来面目’,与公众评价截然相反的‘本来面目’;而这种‘本来面目’据说并非外部强加,而是他们自己供认不讳的。这对知识分子传统形象构成怎样沉重的打击,这对知识分子的自信力和自尊心构成怎样沉重的打击,也就不难想象了。”“经过思想改造运动,知识分子有原罪,知识分子必须努力赎罪,已经成为定论,无人质疑。”[3]有了这些作为铺垫,一九六六年的“文革”难道不是呼之欲出吗?

---

① 王文:《建国初期知识分子思想改造运动》,郭德鸿等主编《中华人民共和国专题史稿卷一·开国创业(1949—1956)》第220页。

② 同上书,第222页。

③ 笑蜀:《知识分子思想改造运动说微》,《文史精华》2002年第8期。

四、“甘心做工具”

在以上的背景下，我们才能理解《随想录》中所谈的改造问题，理解巴金在“文革”前十七年所走过的道路和思想历程。关于官方与知识分子的关系，海外有研究者是这么认为的：

> 一九四九年以后，中共对知识分子执行了自相矛盾的政策。一方面，党向他们灌输马克思主义—列宁主义—毛泽东思想，这比以往儒家思想对传统文人施加的影响更全面，更深入细致。另一方面，它又想激励知识分子在专业上多生产一些东西。这种互相矛盾的态度使得政策发生摇摆：在镇压时期要知识分子服从思想改造运动；在比较松弛的时期又给他们以某些责任和优遇，希望在实现现代化中赢得他们的合作。
>
> 这种政策的转变有时决定于国内的经济和政治因素，有时又决定于国际事件。政策的转变也有自己的原动力。中共力求扩大意识形态的一致性，直到知识分子不愿生产成果为止；然后又放松一下，直到党的政治控制受到威胁时为止。在相对放松的间歇期，党鼓励——或者至少是允许——有时甚至是鼓励——对官僚主义的批评，以便清除官僚制度的弊端。①

国内的一位研究者在研究延安整风的影响时认为：“经过延安整风，知识分子获得了新的身份认同：一方面，他们是革命者，是战士，是新话语

① [美]R·麦克法夸尔、费正清编：《剑桥中华人民共和国史》第204—205页。

的宣传者，在革命的队伍中，他们担负着鼓动群众的重要的责任；另一方面，他们又是带有旧阶级和旧意识的烙印，思想需要不断地改造的群体。他们中的绝大多数人心悦诚服地接受了自己的这种新身份，并从中获得了归属感。”[①]这些说法都可以用巴金的经历做出印证。需要说明的是，在所谓的知识分子思想改造运动期间，巴金并没有像曹禺和其他学者那样发表过检讨文字，他虽然也承认自己过去创作的苍白和无力，但从未轻易否定自己的创作，一九五三年三月四日，巴金为《家》移至人民文学出版社新版所写的《新版后记》中，依然毫不隐讳地说：“现在，在二十二年以后，在我所攻击的不合理的制度已经消灭了的今天，我重读这本小说，我还是激动得厉害。这可以说明：书里面我个人的爱憎实在太深了。”虽然，他也做了自我批评：“像这样的作品当然有许多的缺点：不论在当时看，在今天看，缺点都是很多的。不过今天看起来缺点更多而且更明显罢了。它跟我的其他的作品一样，缺少冷静的思考和周密的构思。我写《家》的时候，我说过：‘我不是一个说教者，所以我不能够明确地指出一条路来，但是读者自己可以在里面去找它。’事实上我本可以更明确地给年轻的读者指出一条路，我也有责任这样做。然而我当时还年轻，幼稚，而且我太重视个人的爱憎了。”[②]相对于曹禺等人的自我否定，这种批评无异于是轻描淡写的自我辩护。一直到一九五七年以后编辑自己的文集，写作谈创作系列文章的时候，巴金也没有那个时代的读者期待的检讨，以致“拔白旗”运动到来，这也成为他的一个“罪名”。全国解放后，巴金曾被安排到过山东、苏北等地参观、学习土改，思想改造运动的高潮时，他又在朝鲜，大约是以实际行动代替写文章参加“改造”了？不过，巴金也不会这么轻易过关，“长期改造”像紧箍咒一样圈在他的头脑上。他后来分析：“我

① 高华：《在革命词语的高地上》，《革命年代》第214页，广东人民出版社2010年版。

② 巴金：《〈家〉新版后记》，《巴金全集》第1卷第454页。

的‘改造’可以说是从‘反胡风’运动开始，在反右运动中有大的发展，到了‘文革’，我的确‘洗心革面、脱胎换骨’给改造成了另一个人，可是就因为这个，我却让改造者们送进了地狱。这是历史的惩罚。”[①]由“我”变成“非我”是他最为痛心的，他说：“今天看来，我写法斯特的‘悲剧’，其实是在批判我自己。我的‘悲剧’是别人把我当作工具，我也甘心做工具。而法斯特呢，他是作家，如此而已。”[②]正如研究者所说的，当政治环境宽松的时候，巴金头上的紧箍咒也松起来，巴金可以不提改造的事情，而一旦形势紧张了，巴金则慌忙不迭地声称：要加紧改造；自己还没有改造好。反“右”之中，他写的几篇“过关谈”都是讲要加紧而不能放松改造的。改造仿佛既是他的紧箍咒，又是他的护身符。一九五八年在批评法斯特的时候，他用当时流行的腔调说：

> 知识分子的心灵深处总是有一个“伟大的自己”。他们最难忘记的也就是这个“伟大的自己”。他们习惯了站在自己的、个人的立场看一切事情、一切问题。……他们带着个人的幻想和感情去参加群众的斗争，要是在艰苦的实际斗争中个人的幻想遭到毁灭，个人的感情受到伤害，或者个人的利益受到损失，他们就大叫大嚷地来一个“转变”。我觉得用“一赌气转身就走”这句话来形容知识分子的这种“转变”，倒很恰当。他们只有一个念头：“我看不惯”，“跟我的想法不同”，“我认为这样做不对”，“我再也不能接受”，(总之离不掉一个“我”字！)……从左走到右，从革命走到反动，这些人的初衷也许并不是这样。他们当初掉转身的时候，可能并没有料到自己会走到反对的方向去，他们可能还以为会有第三条路存在，他们甚至可能相信自

① 巴金：《〈巴金六十年文选〉代跋》，《巴金全集》第17卷第57页。

② 同上。

> 己是根据正义的指示在行动。那个时候他们一定还有羞耻心，也知道爱惜自己，而且一定过分地信任自己的判断。可是等到他们发觉世界上并没有所谓的第三条路，他们已经掉进了敌人布置的骗局，不但上了敌人的当，而且也上了自己的当，身子陷在污水里面，又臭又脏，就索性不顾廉耻，认敌为友，在污水里打起滚来。结果除了越陷越深，毁掉自己外，什么事也做不出。[①]

没有想到他的良苦用心反倒被认为同情“叛徒”，遭到批判。接下来，巴金又写了一篇决心书似的文章:《旧知识分子必须改造》。“劳动人民每天都在创造惊人的奇迹，争先恐后地献出自己的全部力量为国家创造财富。我拿什么去跟他们相比，拿什么去赶上他们呢？自己显然落在后面很远了。要向前跑，自己又背了一个旧知识分子的包袱跑不动。跑不动，就落后更远；赶不上，就会被时代抛弃。所谓‘形势逼人’，的确一天比一天紧。倘使自己不甘居下游，就得甩掉背上的包袱，才能够心情舒畅地跟着时代前进。”“其实像我们这些在旧社会中生活过几十年的人，怎么能够在短短的几年中间完全脱胎换骨成为新人？怎么能够一下子就把旧社会熏臭了的脑筋洗得干干净净，不留一点气味？最近在批判资产阶级个人主义的时候，我们中间哪一个人不曾暴露出肮脏的个人主义的东西，有些自命为清高的大知识分子甚至隐蔽着一个市侩的灵魂。”[②]把“知识分子”同“劳动人民”分开，正是长期以来歧视知识分子的宣传所达到的效果，而让知识分子萌生罪感也是改造的目的之一。对于知识分子的作用和价值，巴金曾在文中发出一连串的疑问，从中不难看出社会舆论中长期以来对知识分子的轻视，已经在巴金等人头脑中形成了一些固定的看法:“其

---

① 巴金:《法斯特的悲剧》,《巴金全集》第19卷第8—9页。

② 巴金:《旧知识分子必须改造》,《巴金全集》第19卷第18页。

实拿今天的形势来说，我们旧知识分子也不过是徒拥虚名而已。那些只能供自己个人欣赏，不能用来为国家、为人民服务的东西怎么能算是知识呢？我们能够为国家创造财富吗？我们能够推动时代前进吗？我们能够在改变祖国面貌的伟大事业中尽一份力量吗？是谁在推动祖国向前飞奔呢？是谁在中国这张白纸上写下'最新最美的文字'，画上'最新最美的画图'呢？我仿佛看见了这样一个场面：千军万马在前面奔腾，后面远远地有几个小人物背着大包袱弯着背吃力地一步一步向前移动。这真是触目惊心的场面！"最后巴金表达的是一个困惑他自己的问题和遥远的期待："我为我自己着急，也为许多旧知识分子着急。"[①]急什么呢？怎样甩掉个人主义的包袱、完成改造。这也许是永远实现不了的目标。什么叫改造好了，本来就是握在当权者手中的缰绳，而不是一个可以攀爬的标准。而当有人对于反右中，他提出的"把文艺交还给人民"的口号提出质疑时，他惊慌失措。"……但是不到一个月徐景贤却站出来讲话了，他的文章发表在上海《文汇报》上，还是那些论点！我这一次真是慌了手足，以为要对我怎样了，不假思索就拿起笔连忙写了一封给《文汇报》编辑部的信，承认自己的错误，再一次表示愿意接受改造。在那些日子有时开会回家，感到十分疲乏，坐在沙发上休息，想起那篇闯祸的文章，我并不承认'回头是岸'的说法有什么不对，但是为了保全自己，我只好不说真话，我只好多说假话。昧着良心说谎，对我来说，已经不是可悲、可耻的事了。"[②]他在信中是这样写的：

> 解放以来我写过不少的文章，也说过不少错误的话。就是在大鸣大放以前我也发过错误的言论。我的文章在发表前要是多给几位

---

① 巴金：《旧知识分子必须改造》，《巴金全集》第 19 卷第 19—20、20 页。

② 巴金：《〈巴金六十年文选〉代跋》，《巴金全集》第 17 卷第 57 页。

同志看过，提一点意见，错误就可能少些，也可能就没有错误。否则那就难说了。我在旧社会中生活了几十年，虽然很讨厌旧社会的一切人情世故，但是自己不知不觉间也沾染了不少脏的东西。我生在官僚地主的家庭，在那里面生活了十九年，虽然跑出了那个家，而且不到十年那个家也弄到家破人亡，但是自己从一个小圈子又钻进了另一个小圈子，那就是小资产阶级的圈子。我想革命，嚷着革命，而终于找不到革命的路，始终钻不出小资产阶级的圈子来。那么我的脑子里当然有好些资产阶级的思想。反对旧的，我自以为还懂得一点，在我过去的作品里，我多少也做过这一类的工作；建设新的，我就不知道应该怎么办了。我只有从头学起。所以我常常说我在解放后才开始学习马列主义，而且懂得很少。有些道理，理性上似乎懂一点点，感性上却不能一下子就想通。有些道理，自己似乎明白，但遇到实际问题，就有些茫然了。所以常常不能从政治上看问题，不能提高到原则上看问题，所以我常常会发错误的言论，所以我在开始学习总路线的时候特别感觉到资产阶级知识分子必须彻底改造。

我前几天写过一篇《旧知识分子必须改造》的短文。其实题目上还漏掉了两个字，“改造”上面应该有“加紧”的字眼。我自己说过，要丢光个人主义的包袱奔赴前程。所以我要把我的包袱打开，一一地丢掉。我的包袱并不止这么一点点，而且改造也得凭实际行动。我知道旧知识分子的改造不是一天就可以完成的。但是形势逼人，改造也必须加紧。心多少交出来了一些。我今后能不能做出一些好事，还要看自己改造得好不好。要是改造得不好，我怎么能够跟全国人民一道用同一步伐向前飞奔呢？一个不红不专的旧知识分子怎么能够为人民服务呢?[①]

这简直等于举手投降。进入六十年代,改造的表态依然继续:

至于那些满脑子资产阶级思想在作怪、对新事物熟视无睹的人,那些盲目崇拜古人和外国人、捧起几本十九世纪的名著凭吊旧生活的人,他们是看不到新事物的光辉的。至于那些贩卖修正主义货色,甘心为帝国主义、资本主义服务的人,在他们的眼里我们的气象万千的新生活当然会变成了"漆黑一团",因为在我们生活里是没有他们的前途的。他们不断地叫嚷"写真实",要求"创作自由",也无非想用他们的笔歪曲我们的现实来反对社会主义。这种阴谋诡计当然骗不了人们雪亮的眼睛。但是那些搞阴谋诡计、用种种手段向社会主义和人民文学事业进攻的人,也不会一遭痛击就缴械投降。所以几年来在文艺战线上进行的两条道路的斗争,对所有的作家来说,都有重大的意义。我自己就受到了深刻的教育。这些思想斗争使我的眼睛睁大了,使我更深刻地认识到改造世界观的迫切需要。

例行的检讨是少不了的:

我们今天的作家如果不认真地、坚持地改造自己,就很难不把那些错误的、有害的东西带到作品里去。……所以道德品质恶劣、思想落后的人,即使有很高的才能,也写不出振奋人心、鼓舞人们前进的作品;要写好新人新事,自己就得热爱新人新事。作家自己没有共产

---

① 巴金:《给〈文汇报〉编辑部的信》,《巴金全集》第19卷第23—24、28页。

主义的思想，也就不可能以共产主义的精神教育人民。[①]

到“文革”前两年，知识分子更是如履薄冰。在“千万不要忘记阶级斗争”的口号下，最高领袖对于文艺的两个批示[②]，更让很多作家胆寒心惊了。巴金文章中的火药味也在加重，但这也可能是他心虚的表现：

关于《不夜城》，我想说的话很多，可是有些意见已经有人讲过，而且讲得很透彻，用不着我在这里重说了。不少工人观众对这部电影发出了愤怒的声音，他们有这样的权利。为什么要拍摄这样一部电影呢？有什么理由把剥削阶级当作英雄人物“请”上社会主义的银幕呢？有什么理由用我们的文艺武器宣传资产阶级的生活方式呢？

---

① 巴金：《文学要跑在时代的前头》，《巴金全集》第19卷第145—146、146—148页。巴金后来曾经描述过1960年他为了写这篇发言所花费的心思和苦恼：“我这次去杭州是为了写一篇发言稿，大约在两个月以后第三次全国文代会要在北京召开，文联的同志们要我在会上讲话。我不知道该从哪里讲起，拿起笔一个字也写不出，只好躲到杭州，在西湖的确没有干扰，可以说我不曾遇到一个熟人。虽然有那样多的时间，可是我坐在书桌前，写不上十个字就涂掉，然后好像自来水笔有千斤重，我动不了它。这样的经验那些年我太熟悉了。有时写作甚至成了苦刑，我常常想：我‘才尽’了。坐在房间里我感到烦躁，就索性丢开笔出去看看走走，有时在湖滨走两三个小时，有时在西山公园的竹亭里坐一个上午，只是望着熟悉的西湖的景色，我什么也不想。我住过三个招待所，挨了若干日子，最后在花港写完了我那篇发言稿，标题是《文学要跑在时代的前头》。我在文代会上读它的时候仿佛它是一气呵成似的，其实为了那些‘豪言壮语’，我花费了多少天的苦思苦想。”见《怀念方令孺大姐》，《巴金全集》第16卷第300—301页。

② 毛泽东：《关于文学艺术的两个批示》，其一为1963年12月12日的批示，内容有：“各种艺术形式——戏剧、曲艺、音乐、美术、舞蹈、电影、诗和文学等等，问题不少，人数很多，社会主义改造在许多部门中，至今收效甚微。许多部门至今还是‘死人’统治着。”“许多共产党人热心提倡封建主义和资本主义的艺术，却不热心提倡社会主义的艺术，岂非咄咄怪事。”1964年6月27日的批示更为严厉：“这些协会和他们所掌握的刊物的大多数(据说有少数几个好的)，十五年来，基本上(不是一切人)不执行党的政策，做官当老爷，不去接近工农兵，不去反映社会主义的革命和建设。最近几年，竟然跌到了修正主义的边缘。如不认真改造，势必在将来的某一天，要变成像匈牙利裴多菲俱乐部那样的团体。”《中国新文学大系1949—1976·文学理论卷一》第70页，上海文艺出版社1997年版。

> 这样的问题也已经有人回答过了。文艺工作者必须认真地改造自己。你不遵守毛主席的文艺方向,不能同工农兵打成一片,不能取得工农兵的思想感情,就不能为工农兵服务。你不为无产阶级服务,就要为资产阶级服务;你不宣传无产阶级思想,就会宣传资产阶级思想,不管是有意或无意,你会变成了资产阶级的代言人,替剥削者讲话。《不夜城》是这样,《林家铺子》也是这样。①

到了"文革"中,巴金更是喝了"迷魂汤",企图以"改造"来"赎罪",换得平安。这些在《随想录》中都有非常详细的描述,从这个意义上讲,《随想录》可以看做是中国当代知识分子的心灵秘史。直到他的努力改造越来越收到适得其反的结果,他一步步陷入深渊,他才大梦初醒,才发现"改造"已经把"我"变成"非我","人"变成"牛"("非人"),把自己从自由的主体变成一个"奴在心者"。"六六年九月以后在'造反派'的'引导'和威胁之下(或者说用鞭子引导之下),我完全用别人的脑子思考,别人大吼'打倒巴金'! 我也高举右手响应。"②

《随想录》的写作是巴金寻找和唤醒自我的过程,他说:"我经受了几年的考验,拾回来'丢开'了的'希望',终于走出了'牛棚'。我不一定看清别人,但是我看清了自己。虽然我十分衰老,可是我还能用自己的思想思考。我还能说自己的话,写自己的文章。我不再是'奴在心者',也不再是'奴在身者'。我是我自己。我回到我自己身上了。"③韩国学者李喜卿也正是从这个角度来分析《随想录》的,她认为《随想录》是"寻找、恢复自我形象的过程",在对这个"过程"的解读中,她认为第一集巴金表现出的是"忧郁和摸索",第二、三集则"恢复'敢探索'和'敢说真话'的勇气",第四、

---

① 巴金:《谎话一定要给戳穿》,《巴金全集》第19卷第279页。

② 巴金:《十年一梦》,《巴金全集》第16卷第322页。

③ 同上书,第326页。

五集则是“抒情性的散文和‘再探索’”[①]。通过对这个过程的考察，她的结论是：“巴金通过自己的经历说明了一个有理想和良知的知识分子如何失去自己的理想而漂流、被迫害，然后如何再恢复以前的优秀习惯和传统。同时，他证明犯这样的错误的知识分子并不只有他一个人。所以巴金《随想录》中的恢复自我形象是直接联系到恢复‘五四’知识分子传统这一问题的。”[②]这是比较确切的评价。

在《随想录》写作时期，巴金不但自身在反思，通过个人经历在反思历史，也通过同时代人的经历来反思历史，特别是新时期随着落实知识分子政策，巴金也开始思考知识分子在三十多年来所走过的道路，这些反思都触及了知识分子思想改造问题，他可能是最早地对这种改造及其效果提出质疑的作家。比较明显地体现在他怀念老舍的文章中：

> 看过《茶馆》半年了，我仍然忘不了那句台词：“我爱咱们的国呀，可是谁爱我呢？”老舍同志是伟大的爱国者。全国解放后，他从海外回来参加祖国社会主义建设事业，他是写作最勤奋的劳动模范，他是热烈歌颂新中国的最大的“歌德派”，一九五七年他写出他最好的作品《茶馆》。他是用艺术为政治服务最有成绩的作家。他参加各项社会活动和外事活动，可以说是把整个生命和全部精力都贡献给了祖国。他没有一点私心，甚至在红卫兵上了街，危机四伏、杀气腾腾的时候，他还拿着事先准备好的发言稿，到北京市文联开会，想以市文联主席的身份发动大家积极参加文化大革命，但是就在那里他受到拳打脚踢，加上人身侮辱，自己成了文化大革命专政的对象。老舍夫人回忆说：“我永远忘不了我自己怎样在深夜用棉花蘸着清水一点一

---

① 李喜卿：《〈随想录〉：寻找、恢复自我形象的过程》，陈思和、辜也平主编《巴金：新世纪的阐释》第530—565页，福建教育出版社2002年版。

② 同上书，第564—565页。

点地替自己的亲人洗清头上、身上的斑斑血迹,不明白是哪里出了问题,不明白为什么会闹成这个样子……”

在这里巴金有强烈的质疑,这样一位最大的“歌德派”,“用艺术为政治服务最有成绩的作家”,为什么反为社会所不容呢?那么,让知识分子改造的目的究竟是什么呢?想把他们改成什么样的人呢?巴金没有给出答案,他在解释这类事情的时候,用“爱国”来解释,其实不过是强调知识分子屈原一样的清白心怀:虽九死而未悔;也在肯定知识分子的崇高本性,他们是善良、高尚的,并没有什么龌龊、见不得人的东西。我认为这都是对于以往知识分子改造中宣扬的那种知识分子及知识罪恶的论调的否定,也否定了外在强加给知识分子的原罪。巴金在这篇文章的结尾部分说:

> 我忽然想起一位外籍华人、一位知名的女作家的谈话,她说:“中国的知识分子是很了不起的,他们是忠诚的爱国者。西方的知识分子如果受到‘四人帮’时代的那些待遇、那些迫害,他们早就跑光了。可是中国的知识分子,不管你给他们准备什么条件,他们能工作时就工作。”这位女士脚迹遍天下,见闻广,她不会信口开河。老舍同志是中国知识分子最好的典型,没有能挽救他,我的确感到惭愧,也替我们那一代人感到惭愧。但我们是不是从这位伟大作家的惨死中找到什么教训呢?他的骨灰虽然不知道给抛撒到了什么地方,可是他的著作流传全世界,通过他的口叫出来的中国知识分子的心声请大家侧耳倾听吧:“我爱咱们的国呀,可是谁爱我呢?”
>
> 请多一点关心他们吧,请多一点爱他们吧。不要挨到太迟了的

时候。[①]

在怀念方令孺的文章中，他也表示了对方令孺思想转变的看法："在我编辑的《文学丛刊》第七集中有一本她的散文集《信》，是靳以介绍给我的。文章并没有给我留下深刻的印象，我隐约记得一位善良的女诗人在吐露她的胸怀，她苦闷，彷徨，追求。但我认识她的时候连这个印象也淡化到没有了，教授代替了诗人。……倘使别人向我问起，我就会说：解放后她不再彷徨、苦闷；虽然吃力，她始终慢慢地在改造的道路上前进。我还记得我们在山东乡下访问时，她和一位女同志住在农民家里，旁边放着一副空棺材，她也能愉快地住几天。我们一起活动了不到两个月，她留给我的印象除了'善良'外，还加上一个'坦白'。这以后我也习惯像靳以那样用'九姑'称呼她了。""我还记得，我们在海口市招待所里等待回湛江的飞机，已经等了两天，大家感到不耐烦，晚饭后闲谈中她谈起了自己的身世，谈了一个多钟头。想不到她的生活道路上有那样多的荆棘，她既困难又坚决地冲出了旧家庭的樊笼，抛弃了富家少奶奶的豪华生活，追求知识，自食其力，要做到她自己所说的那样'创造一个新的世界，新的人生'，做'一个真实的人'。那些坚持斗争的日子！倘使得不到自由，她就会病死在家中。她没有屈服，终于离开了那个富裕的家。她谈得很朴素，就像在谈很远、很远的事情，的确是多年前的事了，但是她还不能没有激动，她说不久前在一次学习会上她谈了自己的过去，会后一位同事告诉她，以前总以为她是一帆风顺、养尊处优的旧知识分子，现在才知道她也经历过艰巨的斗争，对她有了更多的理解了。我说的确是这样，我从前也听见人说，她孤独、清高，爱穿一身黑衣服，一个人关在屋子里，不然就孤单地在院子里走来走去。她笑了。她那样的人在旧社会怎么不被人误解呢？她

① 巴金：《怀念老舍同志》，《巴金全集》第16卷第157—158、159页。

哪里是喜欢孤独？她那颗热烈的心多么需要人间的温暖。”[1]这里写出的一个人的本性：善良；一个人随着时代而努力追求上进的热情，这不是外在的强加的改变，但也未尝没有显示知识分子的自我进步的追求，同时也在谴责知识分子的这种进步反而遭到责难的荒唐和不义的局面。在怀念满涛的文章中，他讲述了一个知识分子的遭遇，为他的不公平和那个时代的荒唐而哀叹：“据说满涛原来给定为‘胡风分子’，应当接受监督劳动，当时由于疏忽没有照办，但是二十年来他表现很好，因此也就不必监督劳动了。不过据某某机关说这项‘反革命’帽子是张春桥领导的十人小组给戴上的，不能变动，应当拿他当反革命分子看待，剥夺他的政治权利，这真是一个晴天霹雳！我一下子发愣了。哪里会有这种道理？二十年很好的表现换来一顶‘反革命’的帽子，就只因为当初给张春桥领导的小组定成‘胡风分子’。我又想：满涛怎么受得了?!”这样一个任劳任怨、表现很好的人，得到的就是这个结果，不仅是震惊，巴金还为知识分子的命运而感慨：“总之满涛给保全下来了。他在身心两方面都受到大的损害。有一个时期人们甚至忘记给被冤屈者雪枉，为受害者治伤。但是这一切并不曾减少满涛的工作的积极性。用‘积极性’这样的字眼并不能恰当地说明他的心愿和心情。人多么愿意多做自己想做而又能做的事情！果戈理、别林斯基……在等待他。他已经浪费了多少宝贵的时间啊。他本来可以翻译很多的书。但是留给他的时间太少了。就只有短短的两年！他死于一九七八年十二月。”“我想人都是要死的，人的最大不幸就是活着不能多做自己想做的工作。”[2]后面一句话，正是巴金这一代知识分子最大的悲剧，改造来改造去，把才华耗尽了，年华耗光了，不能用自己的知识为社会服务实现人生的价值，那么请问这样的改造究竟有什么意义？

---

① 巴金：《怀念方令孺大姐》，《巴金全集》第16卷第299—300、302—303页。

② 巴金：《怀念满涛同志》，《巴金全集》第16卷第384、385、386页。

《随想录》中出现了很多光辉的知识分子的名字，说光辉并非是说他们十全十美、名震天下，而实际上，他们常常是默默无闻，甚至已经不为人知了，比如马宗融、黎烈文、叶非英、匡互生等等，巴金是在他们身上看到了知识分子的光辉的品质，也证明了那些泼在知识分子身上污水的可恶，同时也是对知识分子思想改造提出质疑。对于那种在改造中否定自己的行为，巴金后来讲过一个意味深长的故事：

> 靳以刚刚活了五十岁。最后十年他写得不多。他很谦虚，在五十年代他就否定了自己过去的作品。我还记得有一次，不是一九五五年就是五六年，我们在北京开会，同住一个房间，晚上我拿出《寒夜》横排本校样在灯下校改，他看见了就批评我："你为什么还要重印这种书？"我当时还不够谦虚，因此也只是笑笑，仍旧埋头看校样。后来《寒夜》还是照常出版。但是，两三年、四五年以后我自己也感到后悔，终于彻底否定了它。
>
> 否定肯定，一反一复，作家的思想也在变化。靳以离开我们二十三年，我无法知道他现在对自己作品的看法，但是我可以说出我今天的意见。作家有权否定自己的作品，读者也有权肯定作家自己否定的作品，因为作品发表以后就不再属于作家个人。[①]

在怀念沈从文的文章中，他悲愤地谈到了所谓的"改造"对于作家带来的伤害。"这年九月我第二次来北平出席全国政协会议，接着中华人民共和国成立，北京又成为首都，这次我大约住了三个星期，我几次看望从文，交谈的机会较多，我才了解一些真实情况。北京解放前后当地报纸上刊载了一些批判他的署名文章，有的还是在香港报上发表过的，十分尖

① 巴金：《〈靳以选集〉序》，《巴金全集》第16卷第381页。

锐。他在围城里，已经感到很孤寂，对形势和政策也不理解，只希望有一两个文艺界熟人见见他，同他谈谈。他当时战战兢兢，如履薄冰，仿佛就要掉进水里，多么需要人来拉他一把，可是他的期望落了空。他只好到华北革大去了，反正知识分子应当进行思想改造。”对于自己的改造对于老友的沉默，他做出了这样的判断：“这些年我们先后遭逢了不同的灾祸，在泥泞中挣扎，他改了行，在长时间的沉默中，取得卓越的成就，我东西奔跑，唯唯诺诺，羡慕枝头欢叫的喜鹊，只想早日走尽自我改造的道路，得到的却是十年一梦，床头多了一盒骨灰，现在大梦初醒，却仿佛用尽全身力气，不得不躺倒休息，白白地望着远方灯火，我仍然想奔赴光明，奔赴希望。”最后是他的叹息：“有什么办法呢？中国知识分子的悲剧我是躲避不了的。”①

《随想录》是一部站在知识分子立场上进行反思的作品，值得注意的是，其中还有两篇专门谈知识分子的文章。在《知识分子》一篇中，巴金借自己小说《寒夜》的话题，来谈知识分子的品质问题，从思想改造运动起，所谓“旧知识分子”就是批判的对象，就是需要告别的一种身份，但在这里，巴金毫不含糊地为“旧知识分子”招魂：“我很高兴挪威的读者通过我的小说接触到我国旧知识分子正直善良的心灵，了解他们过去艰苦的生活和所走过的艰难曲折的道路。”在接下来的文字中，巴金也谈了很多“正直善良”的品质，特别是在一个不尊重知识的时代中，知识分子没有丧失自己的气节，仍然保持着令人尊敬的高尚节操。“在那个社会知识无用，金钱万能，许多人做着发财的美梦，心地善良的人不容易得到温饱。钱可以赚来更多的钱，书却常常给人带来不幸。”即便是这样，知识分子仍然没有辱没这个称号和身份，巴金强调：“经过了八年的抗战，我们可以说中国知识分子是经受得住这血和火的考验的。即使是可怜的小人物汪文宣

① 巴金：《怀念从文》，《再思录》增补本第22—23、28页。

吧，他受尽了那么难熬的痛苦，也不曾出卖灵魂。”文章的最后，他突然提到了闻一多：“中国人民永远忘记不了闻一多教授。”[①]我不知道巴金是怎样理解闻一多的，从上下文的文意看，他是从抗战谈起，谈到知识分子不曾出卖灵魂，或者可以延伸这样的理解，巴金试图在说明一种中国传统知识分子非常讲究的节操，比如威武不能屈、贫贱不能移。如果把目光掉转回去，巴金后来所肯定的这些，恰恰是当年知识分子思想改造中所痛批的，包括巴金本人也批评过的知识分子的某种“清高”。巴金甚至非常有策略地肯定了当年大批特批的“个人奋斗”：“没有人讥笑我们寒伧，反正社会瞧不起我们，让我们自生自灭，好像它不需要我们一样。幸而我并不看轻自己，我坚持奋斗。我也不看轻知识，我不断地积累知识。我用知识作武器在旧社会进行斗争。有一段长时期汪文宣那样的命运像一团黑影一直在我的头上盘旋。我没有屈服。我写《寒夜》，也是在进行斗争，我为着自己的生存在挣扎。我并没有把握取得胜利，但是我知道要是松一口气放弃了斗争，我就会落进黑暗的深渊。说句心里话，写了这本小说，我首先挽救了自己。轻视文化、轻视知识的旧社会终于结束了，我却活到现在，见到了光明。”[②]接下来的那篇《再说知识分子》则是针对着现实发言，而且有着很强的感慨，等于是又替当代知识分子道出了几十年的辛酸。他再次沉痛地谈起自己的改造过程：

> 奇怪的是到了我的身上，我还把知识当做草原上的草一样想用野火烧尽它们。人们这样说，我也这样相信，哪怕只有那么一点点“知识”，我也必须把属于知识分子的这些“毒草”烧尽铲绝，才能得到改造，做一个有用的人。几十年中间，我的时间和精力完全消耗在血

① 巴金：《知识分子》，《巴金全集》第 16 卷第 424、425、427、427 页。

② 同上书，第 426 页。

和火的考验上，最后差一点死在“四人帮”的毒手上。当时我真愿意早一天脱胎换骨，完成改造的大业，摘去知识分子的小帽。我本来“知识”有限，一身瘦骨在一次又一次的运动大油锅里熬来熬去，什么“知识”都熬光了，可是却给我换上一顶“反革命”的大帽，让我做了整整十年的“人下人”、任人随意打骂的“人下人”。罪名仍然是：我有那么一点点“知识”。[①]

巴金用了非常严厉的口气来谈到了这种“去智”和对于知识罪恶的制造，带给他的恐怖印象：“不要知识，不要科学，大家只好在苦中作乐，以穷为光荣。自己不懂，也不让别人懂，指手画脚，乱发指示，坚持外行领导内行，无非要大家都变成外行。威风凛凛，杀气腾腾，整了别人，也整到自己。这样一来，知识真的成了罪恶。运动一个接着一个，矛头都是对准知识分子。‘文革’期间批斗难熬，我感到前途茫茫的时候，也曾多次想起秦始皇的焚书坑儒，清朝皇帝的文字大狱，希特勒‘元首’的个人迷信等等，等等……这不都是拿知识分子做枪靶子吗？那些人就是害怕知识分子的这一点点‘知识’，担心他们不听话，惟恐他们兴妖作怪，总是挖空心思对付他们，而且一代比一代厉害。”巴金看透了这种改造的实质：培养奴隶；消除知识可能带给人的智慧，还是希望将人置于可以被控制的蒙昧状态：“我还在痴心妄想通过苦行改造自己，我还在等待从一个大运动中受到‘洗心革面’的再教育。我有时甚至希望做一个不会醒来的大梦。但是我终于明白，把那么一大段时间花费在戴帽、摘帽上面，实在是很可悲的事情。光阴似箭，我绕了数不清的大弯，然后又好像回到了原处。”巴金强调一种相互尊重和知识分子的独立、平等，这等于彻底否定了长期关于知识分子的“皮、毛论”：

---

① 巴金：《再说知识分子》，《巴金全集》第16卷第638页。

> 知识分子也是新中国的公民，把他们当做平等的公民看待，这才是公平合理。国家属于全体公民，有知识或者没有知识，同样有一份义务和一份权利，谁也不能把别人当做待价而沽的货物，谁也不是命运给捏在别人手里的奴隶。……根据知识划分公民的等级，并不是聪明的事。用恩赐的优惠待遇也收买不了人心。[①]

五、为什么“人”会变成“兽”

在为知识分子鸣不平之外，巴金还不断地追问一个问题：为什么“人”会变成“兽”，“人”会变成“非人”？在《〈探索集〉后记》中，他追问：“‘四人帮’绝不止是‘四个人’，它复杂得多。我也不是一开始就很清楚，甚至到今天我还在探索。但是，我的眼睛比十多年前亮多了。十年浩劫究竟是怎样开始的？人又是怎样变成‘兽’的？我总会弄出点眉目来吧。尽管我走得慢，但始终在动；我挖别人的疮，也挖自己的疮。这是多么困难的工作！能不能挖深？敢不敢挖深？会不会有成绩？这对我也是一次考验。”[②]在《未来(说真话之五)》中，他说：“我不久前编自己的选集，翻看了大部分的旧作，使我感到惊奇的是从一九五〇到一九六六年十六年中间，我也写了那么多的豪言壮语，我也绘了那么多的美丽图画，可是它们却迎来十年的浩劫，弄得我遍体鳞伤。我更加惊奇的是大家都在豪言壮语和万紫千红中生活过来，怎么那么多的人一夜之间就由人变为兽，抓住自己的同胞‘食肉寝皮’。我不明白，但是我想把问题弄清楚。”[③]在《病中(三)》，

---

① 巴金：《再说知识分子》，《巴金全集》第16卷第640页。

② 巴金：《〈探索集〉后记》，《巴金全集》第16卷第274页。

③ 巴金：《未来(说真话之五)》，《巴金文集》第16卷第393页。

他试图回答这个问题：

> 在病床上反复回想十年的“非人生活”，我不断地责备自己：只有盲目崇拜才可以把人变成“牛”，主要的责任还是在我自己。不用说，今天还有人想做“看牛人”，但是我决不再做“牛”了。“十年牛棚”的一笔账让下一代的历史家去算吧。连关于欧洲中世纪黑暗时期也有那么多的历史记载，何况我们口号震天、标语遍地的十载“文革”！[①]

在《我的日记》中，他在继续追问：“我怎么能忘记那些人兽不分的日子？我被罚做牛做马，自己也甘心长住‘牛棚’。那些造反派、‘文革派’如狼似虎，兽性发作起来凶残还胜过虎狼。连十几岁的青年男女也以折磨人为乐，任意残害人命，我看得太多了。我经常思考，我经常探索：人怎样会变成了兽？对于自己怎样成为牛马，我有了一些体会。至于‘文革派’如何化做虎狼，我至今还想不通。然而问题是必须搞清楚的，否则万一将来有人发出号召，进行鼓动，于是一夜之间又会出现满街‘虎狼’，一纸‘勒令’就使我们丧失一切。我不怪自己‘心有余悸’，我唠唠叨叨，无非想看清人兽转化的道路，免得第二次把自己关进‘牛棚’。”[②]在《我的噩梦》中，他还在问：“人为什么变为兽？人怎样变为兽？我探索，我还不曾搞清楚。”[③]在《人道主义》中，他的思考还是围绕着这些问题：“我知道在‘文革’时期什么事都得跟资产阶级‘对着干’。资产阶级曾经用‘人道主义’反对宗教、封建的统治，用‘人权’反对神权和王权，那么是不是我们也要反其道而行之，用兽道主义来反对人道主义呢？不！当然不会！在十载‘文革’中我看够了兽性的大发作，我不能不经常思考造反派怎样成为‘吃

① 巴金：《病中(三)》，《巴金全集》第16卷第477—478页。

② 巴金：《我的日记》，《巴金全集》第16卷第529页。

③ 巴金：《我的噩梦》，《巴金全集》第16卷第541页。

人'的'虎狼'。我身受其害,有权控诉,也有权探索,因为'文革'留下的后遗症今天还在蚕蚀我的生命。我要看清人兽转化的道路,不过是怕见这种超级大马戏的重演,换句话说,我不愿意再进'牛棚'。我一定要弄清楚这个问题,即使口里不说,心里也不会不想,有时半夜从噩梦中惊醒,眼前也会出现人吃人的可怕场面,使我不得不苦苦思索。"[①]在《纪念》中,巴金有了新的答案:"在二十年后的今天我们的眼睛应该睁大了,应该是真正'雪亮'的了。即使过去的许多'看牛人'现在还在各处活动,好像在等待什么,但只要我们不再走进'牛棚',任何人的'金口玉言',都不会有变人为兽的魔法。没有牛,再多的'看牛人'也起不了作用!"[②]一直到《再思录》,他还在谈这个问题,不过,他的回答更为坚定了:

> 我明明记得我曾经由人变兽,有人告诉我这不过是十年一梦。还会再做梦吗?为什么不会呢?我的心还在发痛,它还在出血。但是我不要再做梦了。我不会忘记自己是一个人,也下定决心不再变为兽,无论谁拿着鞭子在我背上鞭打,我也不再进入梦乡。当然我也不再相信梦话!
>
> 没有神,也就没有兽。大家都是人。[③]

巴金的追问,我认为从知识分子的思想改造又向前推进了一步,这里面的确有很多值得思考的问题,为什么人性恶在一个特殊时期形成一个总的爆发?应当关注六十年代在"千万不要忘记阶级斗争"的口号下,对青年一代某些不要人性,只要阶级性的极端教育,这种社会教育实际上是另外一种改造,这种改造借"革命"的名义,实际上消解了革命应有的崇高

---

① 巴金:《人道主义》,《巴金全集》第16卷第591页。

② 巴金:《纪念》,《巴金全集》第16卷第658页。

③ 巴金:《没有神》,《再思录》增补本第59页。

性，使得人与人之间的关系空前紧张，阶级论代替人性论，人性、人情都是被批判的对象，使得道德伦理缺失，强权、暴力被推崇，愚忠、蒙昧又被端上桌面，兽行也就大行其道了，这种改造的后遗症和恶果，至今恐怕还没有消除，巴金那一连串追问，不应认为已经有了满意的答案，尽管有的学者早已振振有词了，但社会的真正变革是要体现在人们的行为中。

二〇一〇年八月二十九日下午至二〇一〇年九月一日

凌晨一点，预报暴风来临之夜

二〇一一年四月三十日夜改；六月十二日再改

“理想”与“金钱”

——《随想录》中的价值观

一、对着眼前五光十色的景象

《随想录》的写作与八十年代中国的社会进程和文化思潮有着同步性，很多当时的社会话题在巴金的笔下都有回应。随着中国社会由封闭向经济上不断开放的转型，社会一元化的政治思维也逐渐被多元化的社会生活变化所打破。在急剧变化的社会中，是什么主导和决定着人们的行为和选择，是否还有着共同信守的价值观？在《随想录》中，巴金敏锐地发现了社会变化，用两个词来说明社会变化带给人们思想冲击的一个重要方面：那就是“理想”与“金钱”。巴金晚年说的理想，可以宽泛地理解成一种精神的追求和价值标准；而“金钱”则指社会现实，或者人的世俗层面的欲求。

集中体现巴金对这方面思考的是《“寻找理想”》等篇章，当时自称“十只迷途的羔羊”的无锡小学生给巴金写信，表达了自己的困惑：

> 但是近年来，我们被一些新的现象迷惑了。爸爸妈妈说话三句不离钞票，社会上常以收入多作为自己的骄傲。有位每月工资是三十多元的老师，当我们问她工资多少时，她脸红了。我们有位同学数学考了九十四分，她呜咽起来，原来爸爸答应她，考了九十五分可得五元奖金。许多家长都用金钱、新衣、旅游来鼓励我们取得好成绩。有些同学在谈到将来时，往往把单位好、工资高、奖金多作为自己最

> 好的向往。一句话，为金钱工作、为金钱学习，已经成为理所当然的事。这难道就是我们八十年代的少年应该追求的理想吗？[1]

巴金认同他们的“迷惑”，也列举了很多他认为不正常的社会现象：“尽管形势大好，总是困难很多；尽管遍地理想，偏偏有人唯利是图。你们说这是‘新的现象’，我看风并不是一天两天刮起来的。面对着这种现象，有人毫不在乎，他们说这是支流，支流敌不过主流，正如邪不胜正。即使出现这样的情况，譬如说钞票变成了发光的‘明珠’，大家追求一个目标：发财，人人争当‘能赚会花’的英雄；又譬如说从喜欢空话、爱听假话，发展到贩卖假药、推销劣货，发展到以权谋私、见利忘义……”“理想”缺失才导致金钱至上。但巴金分明看到了另外一种“理想”：“我常常想为什么宣传了几十年的崇高理想和大好形势，却无法防止黄金瘟疫的传播？为什么用理想教育人们几十年，那么多的课本，那么多的学习资料，那么多的报刊，那么多的文章！到今天年轻的学生还彷徨无主、四处寻求呢？”很多社会现象让巴金困惑，那是因为它根本上与巴金坚持的价值标准是冲突的：

> 小朋友们，不瞒你们说，对着眼前五光十色的景象，就连我有时也感到迷惑不解了。我要问，理想究竟是什么？难道它是虚无缥缈的东西？难道它是没有具体内容的空话？这几十年来我们哪一天中断过关于理想的宣传？那么传播黄金疫的病毒究竟来自何处、哪方？今天到处在揭发有人贩卖霉烂的食品，推销冒牌的假货，办无聊小报，印盗版书，做各种空头生意，为了带头致富，不惜损公肥私、祸国害人。这些人，他们也谈理想，也讲豪言壮语，他们说一套，做另外一套。对他们，理想不过是招牌、是装饰、是工具。他们口里越是讲得天花乱坠，做的事情越是见不得人。“向前看”一下子就变为“向钱看”，定风珠也会变成风信鸡。在所谓“不正之风”刮得最厉害、是非

① 转引自巴金：《“寻找理想”》，《巴金全集》第16卷第619—620页。

> 难分、真假难辨的时候，我也曾几次疑惑地问自己：理想究竟在什么地方？它是不是已经被狂风巨浪吹打得无踪无影？我仿佛看见支流压倒了主流，它气势汹汹地滚滚向前。[①]

“理想究竟是在什么地方?”这是巴金深深的追问，看似困惑，实质上有批判和质疑。同时，也向我们抛出了一个问题，这个问题在当时社会上也引发过不同的争论和关注。当时的“蛇口风波”就是社会转型期中不同价值标准相互冲突的一个体现。它发生于一九八八年一月十三日，深圳蛇口举行了一场“青年教育专家与蛇口青年座谈会”，来自北京的李燕杰、曲啸、彭清一在与蛇口青年对谈中发生价值观念的冲突。李燕杰等人代表着传统的主流价值观，以此出发，他们对于“淘金者”持否定的态度，而蛇口青年则认为，淘金者只要没有违反法律，追求个人利益的同时，客观上也在推动国家经济建设，没有什么不好。他们的争论，通过当时的媒体立即引起社会的广泛关注，当年八月，连《人民日报》也介入了讨论：

> 从八月八日起到九月十四日该专栏结束，短短一个月零六天，一千五百三十一件信稿从全国各地涌到人民日报。
>
> 来信来稿的几个数字颇值得玩味：
>
> 一是信稿的百分之八十是各地及部队从事思想政治工作的同志写来的，可见大家憋了一肚子的话要说。
>
> 二是一千五百三十一件信稿中，有二百六十六件倾向或赞同李燕杰、曲啸、彭清一同志的观点，占全部信稿的百分之十七点四。

很显然，以往传统的主流价值观已经到了无法完全统制人们思想的地步，正如这位作者描述的那样，面对着新的形势，人们需要新的回答：

---

① 巴金:《“寻找理想”》,《巴金全集》第16卷第621—622、622、622—623页。

> 人民日报关于“蛇口风波”的讨论，在全国报刊中掀起了评论这场风波的热潮。自八月中旬到十一月中旬，全国几百家报刊纷纷就此发表文章，其中的绝大多数都指出思想政治工作必须改革，以适应商品经济发展的新形势。有些报刊还提出了“应该有一个‘蛇口环境’，一个使人免于恐惧的环境”。《四川日报》八月三十一日刊登的《朱伯儒谈“蛇口风波”》一文尤其引起了读者的兴趣。朱伯儒说：“‘蛇口风波’客观上向我们提出了改进教育方法的问题……对话的双方在地位上是平等的，在探索真理的道路上，双方都能从对话、交流、争论中受到教育，得到启迪，得到提高。”他还提出了做思想政治工作必须下工夫研究商品经济，他说：“如果‘淘金者’是在商品经济条件下，通过自己的诚实劳动，进行合法经营，获得合法收入，尽管他的直接动机是赚钱，也应当肯定。”他对蛇口青年个别偏颇的观点也提出了批评。

于今天而言，这场讨论“它所反映的，是我们这个民族从传统向现代的演进中，道德观念、人伦准则、行为规范和价值体系所发生的激烈变迁；它所呼吁的是：深化改革绝不能仅仅偏重经济，中国的改革是一场整体的改革，只有同步推进实质性的政治体制改革和意识形态改革，才能找到振兴的出路”①。

历史学家一般认为一九七八年年底召开中共第十一届三中全会，是中国彻底结束“文革”、走向改革开放的开端，那么一九八四年十二月十日在中共第十二届三中全会上通过的《中共中央关于经济体制改革的决定》则是深化改革开放、全面推进城市经济体制改革的纲领性文件，中国的社会在这个过程中发生了翻天覆地的变化。社会开放使得被压抑已久的人性得以全面复苏，也解放了人的欲望，整个社会不再是过去那样“一大二公”，人的自由度增加，于是对于自私自利、个人享乐等老问题人们也不再

① 马立诚：《“蛇口风波”始末》，《文汇月刊》1989年第2期。

像过去那样羞羞答答口是心非，从某种程度上讲，倘若不对他人和社会构成影响和伤害，个人私权的强调和尊重是人权的重要部分，是社会的一种进步。但人性如洪水猛兽，一旦有了放纵的机会便如脱缰的野马难以驯服。当时，走私、贪污、制假贩假等犯罪案件不断增加，“社会风气”问题很快成为社会关注的热点问题。这些问题，在《随想录》中四篇谈“骗子”的文章中也有很清楚的反映。第一篇《小骗子》，写于一九七九年九月二十八日，谈到当时有人冒充高干子弟的事情，是高干的特权在社会上为害。巴金的这篇文章本意是为话剧《假如我是真的》辩护，希望社会不要讳疾忌医，而是清醒认识铲除骗子生存的土壤，这也是他写几篇谈骗子的文章一致的想法。到第二篇《再说小骗子》，写于一九八〇年十月九日，文中引用报纸的报道中已经显出经济社会惯有的状况：

> 今年九月二十三日上海《解放日报》第二版上刊出了这样一条消息：“又一骗子骗得某些领导团团转。”当然不是那个姓张的小骗子，姓张的已经给判了刑。这一个姓吴，冒充“市委领导同志的侄子”，又自称哈尔滨市旅游局的处长，“套购了大量高级香烟准备到外地贩卖”。事情败露、狐狸尾巴给抓住的时候，姓吴的小骗子还说：“当今社会上特权思想盛行，如果我不拿这些人做牌子，他们就不会卖给这么多高档香烟……”

在这里巴金还特意点出了那些有别于小骗子的大骗子：“大骗子的确有，而且很多。那些造神召鬼、制造冤案、虚报产量、逼死人命等等的大骗子是不会长期逍遥法外的。大家都在等待罪人判刑的消息，我也不例外。”[①]这是指“四人帮”那一伙人，实际上也是在谴责“文革”的那一套做法。写于一九八一年一月二十九日的《三谈骗子》，表明骗子的问题不但没有解决，而且在社会上为害不断：“不久前我看过北京电视台摄制的电

① 巴金：《再说小骗子》，《巴金全集》第16卷第247、247—248页。

视剧《他是谁》,接着又看到云南电视台的电视小品《似梦非梦》,两部作品写的都是骗子的事情。电视剧里的骗子冒充省委书记的儿子;在电视小品里,骗子就靠一张港澳同胞回乡证。小品的最后还有说明:这里表现的是真人真事,骗子是来自福建农村的社员,凭一张‘回乡证’吃喝玩乐地混了好一阵子,欺负了三个女青年。”在此,巴金谴责封建“流毒”和“特权”[①]。事隔五年,当一九八六年一月二十日,巴金写《四谈骗子》的时候,骗子问题显得更为突出,巴金以悲愤的笔调在叙述这一切:

> 不知从什么时候起暴发户变成了人们学习的榜样,大家挖空心思,带头发财,改善生活,提高消费。于是“向钱看”推动一些人向前飞奔。目标既然是发财,是改善,是提高,手段不妨各式各样,只要会动脑筋,手腕灵活,能说会道,就会左右逢源,头衔满身,买卖越做越大,关系越来越多,这不是走上了大家富裕的“光明大道”?……
>
> 现在不会有人重读剧本《假如我是真的……》了,否则他会吃惊地发现连骗子的面貌也大大地改变了。他们不再是打着“高干子弟”假招牌活动的小骗子了。他们也不再用假话为个人谋小利,过舒适的生活。他们是人们眼里的“财神爷”。他们中间有的行骗九个省市,诈骗金额百多万元,如上海的黄奎元案;有的涉及十七省市,骗出资金一千九百多万元,如广东的刘浩然案;有的涉及七省二十个县市,共诈骗一亿多元,如福建的杜国桢案。名字多,人多,到处都有,我也无法一一地举出来,而且也不必列举,因为他们招摇过市,有目共睹。他们像老鼠一样,啃我们社会的高楼大厦;他们是一群白蚁,蛀我们国家的梁木支柱。他们散布谎言好像传播真理,他们贩卖灵魂,仿佛倾销廉价商品。[②]

① 巴金:《三谈骗子》,《巴金全集》第16卷第279、281页。

② 巴金:《四谈骗子》,《巴金全集》第16卷第646—647页。

我们不能用变好了还是变坏了简单地把这些问题与改革开放之前做对比。社会风气的转变涉及多方面，引人格外关注也是不争的事实。《随想录》中还写到了轰动一时的衙内问题："二月十四日《大公报》头版头条新闻有一个这样的标题：《北京惩处作恶衙内》。原来在上海有三名'强奸、流氓犯'给判了死刑，其中有两名是高干子弟。到十九日这三名犯人真的给送往刑场枪决了，于是大家拍手称快，说是'大得人心，大快民意'。这几天到处议论纷纷，没有人不关心这件事情。"[①]这里所谈的"衙内"，是指陈小蒙、胡晓阳两位上海市领导干部的子弟，一九八六年二月十九日他们因强奸罪、流氓罪被判处死刑。这些事甚至都引起了中央高层的注意：一九八六年二月二十六日邓小平在出席中共中央政治局会议听取汇报时，特别点到：在打击经济犯罪、刑事犯罪中，清除一批人不会犯错误，这样办可以纯洁我们党的队伍。……上海陈小蒙、胡晓阳那个强奸、流氓犯罪案判得好，党内外、国内外觉得我们有希望……[②]该年谱一九八二年二月五日条还记载："阅陈云批转的《广东一些地区走私活动猖獗》一文。并在陈云的批语中加写'雷厉风行，抓住不放'八个字。陈云的批语是：'对严重的经济犯罪分子，我主张要严办几个，判刑几个，以至杀几个罪大恶极的，并且登报，否则党风无法整顿。'十一日，中共中央书记处召开会议，讨论邓小平、陈云等中央政治局常委关于要打击严重走私贩私、贪污受贿等违法犯罪的批示。同日，中共中央就打击严重走私贩私、贪污受贿等违法犯罪活动向全国各地发出紧急通知。"[③]当年二月二十五日在会见外宾的讲话中，邓小平说：中国将继续实行对外开放政策。我们主要是引进先进的技术和管理知识，吸收对我们有用的资金。但是，贪污、盗窃、贿赂、走私这些资本主义世界腐朽的东西决不能引进来。这些事在资本主义世界不奇怪。既然开放，接触多了总会有影响，问题是你能否消除这些影

---

① 巴金：《可怕的现实主义》，《巴金全集》第16卷第651页。

② 中共中央文献研究室编：《邓小平年谱》第1106页，中央文献出版社2004年版。

③ 同上书，第796页。

响。这需要有清醒的头脑,既不要大惊小怪,又要认真抵制,采取有效的手段包括法律手段,消除这些坏的东西。我们要提倡精神文明,在这方面我们有自己的传统,要教育我们的后代有理想,有道德,讲礼貌,守纪律,要艰苦奋斗,我们国家的每个人包括娃娃都要有爱国主义精神,有民族自尊心,这与实现四个现代化是密切相连的[①]。根据他们的讲话精神,当年四月十三日中共中央、国务院发出《中共中央、国务院关于打击经济领域中严重犯罪活动的决定》。这次“严打”活动,从一九八二年一月至一九八三年四月底,全国揭露并立案审查的各类经济犯罪案件共十九点二万件,案中涉及党员七点一万人;已结案十三点一万多件,依法判刑近三万人;追缴赃款赃物四点一亿多元。之后又对影响较大的案件进行了处理,如福建晋江假药案,当地将白木耳饮料当作感冒冲剂,伪造批文进行销售。经查,当地先后有五十九个企业伪造卫生行政部门批准文号一百七十多个,制造假药一百多个品种,总产量十多万箱,销往全国各地。还有海南区党委、区政府在一九八四年至一九八五年三月,利用中央给予的自主权,违法大量进口国家控制进口的商品,倒卖赚钱,其中进口汽车一万多辆已经倒卖出岛[②]……

如果仅仅是一个社会风气的问题,通过法律手段的规范或许可以解决,然而巴金看到的是精神的失落、信仰的缺失和价值失衡:“从仅有的几篇内容差不多的报道中,任何读者都会看出那些年轻犯人的思想感情,那样的精神境界,真是一片漆黑,令人战栗的一片漆黑啊!残忍,贪婪,破坏,毁灭,发泄兽欲,占有一切,以损害别人为乐……那也是高衙内、杨衙内的精神状态啊!”[③]这才是巴金最为痛心和担心的问题。联系前面所引的小学生“寻找理想”的问题,不由得让人想到了一九八〇年那场著名的“潘晓讨论”。这是迷惘的一代,主要是人生价值、社会理想的迷惘。这种

---

① 中共中央文献研究室编《邓小平年谱》第803页,中央文献出版社2004年版。

② 伍国友:《中华人民共和国国史1977—1991》第425—426页,人民出版社2010年版。

③ 巴金:《衙内》,《巴金全集》第16卷第653页。

迷惘甚至在精英阶层也很普遍，有学者曾这样概括当时知识分子的精神状态："一方面是在高调的理想主义意识形态失败以后普遍蔓延的犬儒主义、相对主义情绪，什么高尚的说法都不再相信；另一方面则是日益发达的市场经济大潮带来的一切向钱看、物质享乐主义的腐蚀。"①

对于这些社会现象，人们集中在对于拜金主义的批判上，但这个批判也有细微的分别：官方的判断更多是资产阶级思想的腐蚀，甚至这些也成为后来批判资产阶级自由化的一部分；而巴金等知识分子则认为是封建主义的借尸还魂，是因为"文革"余毒和"左"的思潮没有得到有效清除。巴金还联系到"五四"，认为"五四"的任务还是没有完成，不但自由、民主没有得到落实，就是包办婚姻、买卖婚姻这样的事情也没有绝迹。《随想录》中《买卖婚姻》一篇，讲了两件事情，一件是巴金的侄女为儿子办婚事攒钱，侄女在信中说："人们都说把女儿当东西卖，太不像话了，但有什么办法呢？"另一件是一个公司的采购员为结婚大办宴席，"请了八桌或十二桌客，买了多少家具，添置了多少东西，又如何雇小轿车把新娘接到家中……"，后来他却因贪污罪被判刑了②。巴金认为：

> 根据我个人不很明确的印象，"文革"初期我还以为整个社会在迈大步向前进，到了"文革"后期我才突然发觉我四周到处都有"高老太爷"，尽管他们穿着各式各样的新旧服装，有的甚至戴上"革命左派"的帽子。这是一个大的发现。从那个时候起我的眼睛仿佛亮了许多。一连几年我被称为"牛鬼"，而一向躲在阴暗角落里的真正的"牛鬼"却穿起漂亮的衣服在大街上游逛。我指的是封建残余或者封建流毒。……今天早晨在广播里我还听见某个省份八位姑娘联名倡议要做带头人，做到婚姻自主，与传统决裂。她们的精神值得赞赏；

① 柯小刚：《从文质史观来看世俗社会与超越精神问题》，许纪霖主编《世俗时代与超越精神》第65页，江苏人民出版社2008年版。

② 巴金：《买卖婚姻》，《巴金全集》第16卷第561、563页。

她们的勇气值得鼓励。但是我不能不发问:“五四”时期的传统到哪里去了?从二十年代到五十年代反封建的传统到哪里去了?怎么到了今天封建传统还那么耀武扬威?要同它决裂,要保卫自己的合法权利,年轻姑娘们还需要有人带头,还得从头做起。总之,不管过时或不过时,我还是要大反封建……①

沿着这一思路,巴金一再强调“五四”的任务应当继续推进:

提倡“科学”,要求“民主”,几代的青年为国家的独立和人民的自由献出了自己的热血。固然关于“科学”我们在某些方面取得的成绩不够理想,而在有些地区愚昧无知和封建迷信的现象甚至相当普遍;至于“民主”,我们的祖先并没有留下什么遗产,尽管我们叫嚷了几十年,我抓住童年的回忆寻根,顺藤摸去,也只摸到那些“下跪、挨打、谢恩”的场面,此外就是说不完的空话。我们找不到民主的传统,因为我们就不曾有过这个传统。“五四”的愿望到今天并不曾完全实现,“五四”的目标到今天也没有完全达到。但这绝不是“五四”的错。想不到今天我们中间还有人死死抱住那根腐朽的封建支柱,把几千年的垃圾当作基石,在上面建造楼台、宝塔。他们四处寻根,还想用我们祖先传下来的准则“行事、做人”。②

归根结底,《随想录》秉承了巴金一贯的写作态度:除了忏悔、反思、批判之外,还有一个内在的价值引导问题,这个引导是巴金长期信奉的价值标准,他曾经这样概括:“我在多数作品里,也曾给读者指出崇高的理想,歌颂高尚的情操……不把自己的幸福建筑在别人的痛苦上;爱祖国、爱人民、爱真理、爱正义;为多数人牺牲自己;人不是单靠吃米活着;人活着也

① 巴金:《买卖婚姻》,《巴金全集》第16卷第561—562页。

② 巴金:《老化》,《巴金全集》第16卷第730页。

不是为了个人的享受。我在作品中阐述的就是这样的思想。”①

二、保得住的是理想同信仰

对理想、信仰的追求，对社会进步的乐观情绪是“五四”带给巴金的精神信念：“我从来不曾怀疑过：旧的要灭亡，新的要壮大；旧社会要完蛋，新社会要到来；光明要把黑暗驱逐干净。这就是我的坚强的信仰。”②在历史进步的观念之外，巴金还接受了克鲁泡特金等人的道德学说，其核心是生命的意义在于奉献而不是索取，是万人的欢乐而不是个人享乐。巴金就是怀抱着这样的理想走过一生。

“理想”的本质属于精神而不在于物质，罗素在分析柏拉图的哲学思想时，曾这样谈到理想：“首先，它是信仰它的人所愿望的，但是它之被愿望却与一个人之愿望个人的享受（例如，吃和住）并不完全相同。构成一种‘理想’与一件日常愿望的对象两者之不同的就在于，前者乃是非个人的。它是某种（至少在表面上）与感到这种愿望的人的个人自身没有任何特殊关系的东西，因此在理论上就可能被人人所愿望。因而我们就可以把‘理想’定义为某种并非以自我为中心而被愿望着的东西，从而愿望着它的人也希望所有别的人都能愿望它。”③也就是说理想超越个人愿望和享受，与社会和人们的共同情感和价值标准相协调。随着社会转型，由计划经济的禁欲式的社会到开放的市场经济社会，人们的愿望更多集中在考虑个人的私利，而不顾社会规范和秩序，拜金潮卷土重来，“人不为己，天诛地灭”、“人为财死，鸟为食亡”等享乐观沉渣泛起。理想危机、信仰危机使得整个社会一心“发展”和“前进”的同时，又有内心的迷茫。对此，巴

① 巴金：《再谈探索》，《巴金全集》第16卷第177页。

② 巴金：《〈巴金选集〉（上下卷）后记》，《巴金全集》第17卷第35页。

③ ［英］罗素：《西方哲学史》第156页，何兆武、李约瑟译，商务印书馆1963年9月版（1996年4月第10次印刷）。

金以理想主义的姿态来看待世俗、金钱，反映出“五四”的精神价值与商品社会的实用主义价值观的冲突。在现实的世界之外，他心中始终存在着一个彼岸世界，所以对于那些追逐个人现世利益的行为和观点，他不能认同。

大约在年少时，财富所带给子孙们的腐朽、堕落的生活和家庭成员之间为争夺财产的丑恶表现让巴金对金钱没有好印象，虽然在早年他一直处在物质匮乏的生活中，但他对“金钱”不存在什么幻想和追求[①]，反倒有些鄙弃：“我写作只是为了在生活道路上迈步，也可以说在追求，在探索，也就是在生活。所以我为了最初出版的书不好意思收取稿费，我或者把‘版税’送给朋友，或者就放弃稿酬。”“我一个人生活简单，过日子并不困难，我的朋友不算多，但都很慷慨，我常常准备要是文章无处发表，我就去朋友家做食客。所以我始终不把稿费放在心上，我一直将‘自己要说话’摆在第一位，你付稿费也好，不付也好，总之我不为钱写作，不用看行情下笔，不必看脸色挥毫。”[②]在离开老家十八年后又路过旧宅门前时，他认为祖父最惨痛的教训就是没有处理好子孙与财富的关系：

> 我很奇怪，为什么这样聪明的老人还不明白一个浅显的道理，财富并不“长宜子孙”，倘使不给他们一个生活技能，不向他们指示一条生活道路！“家”这个小圈子只能摧毁年轻心灵的发育成长，倘使不同时让他们睁起眼睛去看广大世界；财富只能毁灭崇高的理想和善

① 巴金的侄子李致曾经回忆巴金谈到自己的两个哥哥，“有两次很动感情，痛哭失声”，他说：“我感到痛苦的是，我的两个哥哥对我都很好。他们两个都是因为没有钱死掉的。后来我有钱也没有用。”“……他们都不愿意死，结果死掉了，就是因为没有钱。……所以我也不希望过什么好的生活。他们如果有点钱，可以活下去，不至于死掉，但是偏偏我活下来……”李致：《永恒的手足情》，《我的四爸巴金》第157页，生活·读书·新知三联书店2003年版。笔者在20年代的无政府主义刊物《民钟》上看到过几次巴金为刊物和小团体捐款的记录，而当时他的生活很艰苦，说明为了理想和信仰，他宁愿自己过着清贫的生活。

② 巴金：《我与开明》，《巴金全集》第16卷第667、668页。

良的气质，要是它只消耗在个人的利益上面。[①]

此后，在抗战的艰难环境中，听说有人谣传他在经商赚钱，巴金愤然作答：

> 我开始写这本小说的时候，贵阳一家报纸上正在宣传我已经弃文从商。我本来应当遵照那些先生的指示，但是我没有这样做，这并非因为我认为文人比商人清高，唯一的原因是我不爱钱。钱并不会给我增加什么。使我能够活得更好的还是理想。并且钱跟冬天的雪一样，积起来慢，化起来快。像这本小说里所写的那样，高大房屋和漂亮花园的确常常更换主人。谁见过保持到百年、几百年的私人财产！保得住的倒是某些人看来是极渺茫、极空虚的东西——理想同信仰。[②]

巴金强调“理想同信仰”，认为精神远比物质长远，从信仰的角度，无政府主义者主张“共产主义”，认为私人财产是“贼赃”，他们都不赞成私人拥有财产，而主张财产充公；劳动者共同创造了社会财富，那么就要共享这个财富。在他们的理想中，未来的革命将废除生产机关和分配机关的私有权，到经济发达的阶段实行“各取所需”；在经济欠发达阶段则按人平均分配，这样，就不必要有自由贸易、金钱也将失去效用[③]。经典作家克鲁泡特金对这个过程的论述也带有理想与现实混合的性质，他从社会财富不均这样的不平等的现实出发，认为：“那些使人们能够生产，使人们能够增加生产力的一切必需的东西，都被少数人强占去了。”由此，他们通过占有生产资料剥削工人、农民从而占有了大量的社会财富。“从最初的独

---

① 巴金：《爱尔克的灯光》，《巴金全集》第13卷第348页。

② 巴金：《〈憩园〉后记》，《巴金全集》第8卷第190页。

③ 参见巴金《从资本主义到安那其主义》第290—298页（“消费”一节），上海自由书店1930年版。

占行为生产出来的结果已经蔓延到了社会生活的全部。人类社会不能坐以灭亡,便不得不恢复下面的基本原理:生产的工具既然是人类的协同工作的结果,生产品就应该为种族全体的共同财产。个人的占有是不当的,而且有害的。万物属于万人;万物为万人所用。”万人安乐是目的,“充公是方法”。在克氏的设计中,万人安乐并非是满足生存的需求,或者如同清教徒一般的生活,而是考虑到了人的“奢侈的欲求”:“人类不是以衣食住为其一生目的的。他的物质的需要一经满足,其他的可以说是带有艺术性质的欲求,便会立刻发生。这样的欲求种类很多,而且是因人而异的;社会愈文明 ,个性愈发展,则欲望的种类也愈多。”“一个基督教徒或禁欲主义者自然会排斥此等奢侈的欲望;然而正要靠着这些无谓的东西,才能够打破人生的单调,使其成为愉快而有趣味的。要是人不能于其每日工作以外,得到一种适合他个人嗜好的快乐,那么,这个充满着愁烦与劳苦的人生,还有活下去的价值么?”[①]很显然,这个“奢侈的欲望”并非物质上的欲望,而是精神上的享受,在很多安那其主义者眼里,物质生活往往是维持个人生存的基本条件,而不是人生追求的最终目的,这与巴金“生命的开花”的伦理观是一致的。在拜金主义狂潮的面前,巴金告诉一群孩子的还是三十年代他说过的那些话,还是“生命的开花”,并且强调:“我追求集体的幸福和繁荣。”[②]而在另外一篇文章中,他从朋友的女儿患了绝症依旧不忘事业的事迹中,唤起了他对自己生命和晚景的思考:“我明白了,只有深沉的爱、强烈的爱、真诚的爱、执著的爱才能开出这样的花。”[③]在关于《爱情的三部曲》的《巴金全集》第六卷代跋中,他用“理想主义者”这样的称呼来概括他的朋友们,并旗帜鲜明地说:“我所写的只是有理想的人,不是革命者。他们并不空谈理想,不用理想打扮自己。他们出于理想,不停地追求理想,真诚地、不声不响地生活下去,追求下去,他们

---

① [俄]克鲁泡特金:《面包与自由》,巴金译,《巴金译文全集》第 10 卷第 494、498、505、599、599 页。

② 巴金:《“寻找理想”》,《巴金全集》第 16 卷第 624 页。

③ 巴金:《答卫××》,《巴金全集》第 16 卷第 650 页。

身上始终保留着那个发光的东西，它就是——不为自己。”[①] 而在一九九六年二月，他为自己的译文全集中克鲁泡特金的《伦理学》这一卷写代跋的时候，又一次颇带感情叙述起克氏的道德三要素和“生命的开花”，并说：“一个人要想长久活下去，只有把生命奉献给社会，奉献给人民。道德不只是利他的，也是利己的；奉献不仅是为别人，也是为自己，生命的意义就在于奉献。我们每个人都需要生命开花，每棵树都需要雨露滋润，离开了社会，我们都会枯死。有了道德，人生才会开花。”[②]

在另外一方面，巴金并不是抽象地谈论道德，道德与生存、与社会的发展是相辅相成的，从抗战期间他与赖诒恩神甫的笔战中可以看出这一点：巴金比较反感赖诒恩与林语堂指责中国人只关心生活标准、不关心道德标准的腔调。“我以为，道德的堕落便是从大多数人生活标准的降低这一事实来的。救济的方法正是赖神甫和林先生两人所不高兴谈的‘提高生活标准’。并且这是唯一有效的方法。”[③]他断然表示：

> 道德必须帮助维持生存，求得最大的幸福和繁荣。人类活着除了维持生存，发挥力量，追求、创造或实现全体的幸福和繁荣外，还有什么呢？完满的生活是人类共同的目的，道德的存在即是为了帮助人类来达到这个目的的。……完满的生活、幸福、满足——这不是一种高的生活标准还能是什么？难道“生活”、“幸福”、“满足”这些字眼里就没有精神的成分？难道“提高生活标准”就是像赖神甫所说“使人民有……更多的金钱”？而不是提高到一种与我们的正义的观念相合的生活？……事实上教育普及、生活安定，各人在自由的空气中发挥一己的创造力为全体谋福利，那时即使没有人出来讲道德，说仁义，没有人出来“提高道德标准”，也不会发生堕落的现象的。[④]

---

① 巴金：《〈巴金全集〉第 6 卷代跋》，《再思录》（增补本）第 65 页。

② 巴金：《〈巴金译文全集〉第 10 卷代跋》，《巴金译文全集》第 10 卷第 519 页。

③ 同上书，第 497 页。

④ 同上书，第 500—501 页。

对于空谈"道德",而面对人民死活麻木不仁的人,巴金斥之为冷漠,认为这才是不道德:

作为一个信奉爱的福音的神甫,赖神甫应该注意的倒是"提高生活标准"的问题。这在目前,是一个严重的问题。在战后,更是一个严重的问题。经过了这样的大战事、大残杀、大轰炸、大饥荒以后,复兴工作的第一步应该是"生活问题的解决",人第一需要食粮,然后才需要别的。对挨冻受饿忍苦的人民空谈"道德标准",这是奢侈,这是不道德的行为,因为这里面没有同情,没有爱。先帮助他们解决这最基本的生活问题,使他们的生活能够达到平均的标准,才是道德的行为。至于自己不做并且反对别人去做,那就是罪恶了。我们有什么理由漠视在德国占领区的普遍的饥荒呢?我们有什么理由忽略德国征服者那种减少人口的饥饿政策的后果呢?现在欧洲被征服国家的人民的生活标准已经减到无可再低的了(我们应该特别提出波兰、捷克、比利时、法国等)。在中国大部分的沦陷区里情况也是一样。甚至在抗战的中国,虽然也有不少发国难财的人过着荒淫的生活,虽然在桂林也有"梅蕙丝"、"梅尔勒奥伯浪"一类人开设着漂亮的咖啡店慰劳盟友,可是大部分人还是吃不饱、穿不暖,连最起码的生活也过不了。教书的人不能供给自己的孩子上学,大学生被逼得偷番薯给人枪杀,在有些县份里人卖儿卖女以求糊口,我自己亲眼看见无数的同胞(这里面有我许多的朋友)一天天瘦弱下去,对我们这些同胞,赖神甫将说些什么呢?对欧洲波、法、比、捷等国的亿万饥民,赖神甫将说些什么呢?对集中营里无数的人质和战俘,赖神甫将说些什么呢?他们不再需要道德,因为他们的道德标准从未降低过。他们需要的是"提高他们的生活标准",让他们过得好一点,让他们过着一个人应该过的起码的生活。他们有着过这样的生活的权利。并且事实上到了某一个时期他们会起来自己争取的。[①]

经济基础决定上层建筑，这根本上是唯物主义的观点，巴金和很多安那其主义者一样主张社会革命："革命的目标如果是一个基本的变革，那么革命便是社会革命。因为生活之根柢是经济，所以社会革命即是一国的经济生活之改造，从而也就是全部社会组织之改造。"[②]巴金不是一个偏执的清教徒，相反，无论是从他的信仰，还是后来的表述中，我们都能看到，他看重社会物质财富的丰富和人民生活的提高，晚年在谈话中，他还说："社会主义，要能更有利于创造丰富的物质财富。前苏联没有。东欧是前苏联去解放的，纳入了这个轨道。刘师复的主张是'各尽所能，各取所需'。这就要物质的极大丰富。马克思也是这样主张的。"[③]以上是对巴金"金钱观"的一个简要的梳理。

三、灵魂不能出售

十个"寻找理想"的孩子和巴金，他们所面临的问题，不纯粹是个人的问题，这是一个时代世俗化所产生的问题。世俗化之后，人们看重眼前的利益，放弃了彼岸世界的精神关注。"在马克斯·韦伯的经典论述中，世俗化被看做现代性转折的重要维度，'祛魅'之后的现代社会是一个'世俗社会'，其特征是'那些终极的、最高贵的价值，已从公共生活中消失'。人们越来越热衷于此世的、现实的、可以计算衡量的利益目标，至少不再是唯一可能的生活方式。可以说，超越精神的衰落似乎已经成为世俗时代的主流趋势。"[④]另有学者是这样解释"世俗化"："现代性是超越世界的坟

---

① 巴金：《一个中国人的疑问》，《巴金全集》第 18 卷第 501—502 页。

② 巴金：《从资本主义到安那其主义》第 174 页，文汇出版社 2009 年版。

③ 转引自丹晨《灵隐长谈》，丹晨编《巴金评说七十年》第 162—163 页。

④ 刘擎：《引言》，许纪霖主编《世俗时代与超越精神》第 3 页。

墓，一个祛除神魔的世界就是世俗化社会，所谓的世俗化，不是说不再有宗教，或者任何超越世界，而是说在这个世俗的社会中，人们的价值、信念和制度规范的正当性不再来自超越世界，来自另一个世界，而是此时此地的人们自我立法，自我决定，人是自由的，有自由的意志和理性，可以自由选择自己的命运，运用理性设计理想的未来。”“一个理性的世界虽然不具有超越性，但依然是客观的、普世性的，这是启蒙的基本法则。……到二十世纪后半叶，随着后现代大潮席卷思想界，本来替代超越性世界的那个客观的、普世化的理性被判定为是虚妄的宏大叙事，理性世界也崩溃了，剩下一个价值相对主义和虚无主义的世界。”“世俗社会的另一个含义，乃是承认人的现世欲望的合理性，承认快乐主义与功利主义是人生的基本法则。……人的欲望从潘多拉盒子中跳出，从此再也无法收回，到了今天，已经激荡为全球性的物质主义和消费主义意识形态。”[①]韦伯曾经对后来的世界做过这样的描述：

> 自从禁欲主义着手重新塑造尘世并树立起它在尘世的理想时，物质产品对人类的生存就开始获得了一种前所未有的控制力量，这力量不断增长，且不屈不挠。今天，宗教禁欲的精神虽已逃出这铁笼（有谁知道这是不是最终的结局?），但是，大获全胜的资本主义，依赖于机器的基础，已不再需要这种精神的支持了。启蒙主义——宗教禁欲主义那大笑着的继承者——脸上的玫瑰色红晕似乎也在无可挽回地褪去。天职责任的观念；在我们的生活中也像死去的宗教信仰一样，只是幽灵般地徘徊着。当竭尽天职已不再与精神的和文化的最高价值发生直接联系的时候，或者，从另一方面说，当天职观念已转化为经济冲动，从而也就不再感受到了的时候，一般地讲，个人也就根本不会再试图找什么理由为之辩护了。在其获得最高发展的地方——美国，财富的追求已被剥除了其原有的宗教和伦理涵义，而趋

① 许纪霖:《世俗化与超越世界的解体》，许纪霖主编《世俗时代与超越精神》第5—6、6、6页。

于和纯粹世俗的情欲相关联，事实上这正是使其常常具有体育竞争之特征的原因所在。[①]

这种世俗化潮流在上世纪八十年代初期尚在民间泛起，到九十年代初，中国知识分子的精英意识遭遇打击后，政治逐渐退出人们生活的前台，当具备了相当的经济条件之后，随着主流意识形态的引导，个人和个人生活自然而然地就成为人们关注的中心。从时装到家庭装修，从肥皂剧到休闲读物，从面孔单一的报纸副刊到纷纷推出的周末版，日常生活在消费文化引导下返回尘世。文学界对此反应体现在休闲散文、随笔的一时风行，除了小女人散文之外，周作人、林语堂、丰子恺、梁实秋、张爱玲等人写风花雪月的文字被重新“发掘”出来。有一本收录这些人文章的《悠闲生活絮语》曾大为风行，这个书名也可以看出人们再也不是绷紧阶级斗争这根弦了，而是向往一种风清云霁的“悠闲生活”。该书的编者说：“家事国事天下事，工资奖金房子儿子以及孔雀东南飞再漂洋过海，真所谓，忙个不清场。人们似乎开始忘却词典里还有一个叫‘忙里偷闲’的词。……一个人如果不会忙里偷闲，如果不会咀嚼与品味人生的艺术，那么，他的生活就会显得粗糙而缺乏弹性。”“我之所以编选这本书，纯粹是因为该书中这些闲情逸致的文字能让我愉快，能让我暂时地脱离喧嚣的尘世。看惯了那些大江东去金戈铁马的时代篇章，忽然一接触这些潇潇洒洒灵气飞扬的消闲佳什，简直觉得到了另外的一个世界，新鲜极了。……你把一张竹躺椅放在阳光下，再把你慵懒的身子安置在竹躺椅内，旁边有一杯茶，有一根古香古色的水烟袋，而你的手中又有一本躺在床上或谈琴棋书画散步聊天之类的什么书，试想那画面那境界是何等的禅又何等的仙啊！”[②]这是与过去金戈铁马完全不同的一种世风。与此同时，“宏大叙

① ［德］马克斯·韦伯：《新教伦理与资本主义精神》第142—143页，于晓、陈维纲等译，生活·读书·新知三联书店1987年版。

② 彭国梁：《编后记》，《悠闲生活絮语》第451页，湖南文艺出版社1991年版。

事”被无情抛弃，这里面非常复杂，因为，宏大叙事中有着官方意识形态的渗透，它们曾带给知识分子噩梦般的感觉，使得他们对这部分表现出极大的不信任甚至是反感；但在宏大叙事中，还包括启蒙运动以来所形成的很多人文主义的基本观点、理念，如果说宗教在社会世俗化之后影响力降低的话，那么，这些观念、精神却构成了近代以来人类社会的基本价值标准。当它们被解构，社会的政治结构又以开放的姿态面对世人的时候，整个社会实际上出现了价值的缺席，这会形成小学生的无所适从的困惑，而很多成年人则体现在一种虚无感，或者根据现实来使用有利于自己的价值标准。

上面所提到的现象，在二十世纪中国不是第一次出现过，比如，巴金描写的知识分子在抗战期间的小说《寒夜》中就曾写过。汪文宣和曾树生夫妇怀抱理想，但在严峻的社会现实，尤其是战乱中沉重的生活压力下，理想的梦被击得粉碎，他们又不肯同流合污，还想保持着良心上的清白，这种情况下真是举步维艰。是理想错了，还是现实错了？对于巴金来说，似乎不需要问这个问题，他接受的“五四”教育一定是以伟大的理想和人文主义的标准来对社会进行批判。在小说《火》中，巴金写到了生活艰难中各种人生形态：

> 在一九四三年写的《火》第三部里面，我就替大学教授打过抱不平。小说里有这样一段话：“现在做个教授也实在太苦了，靠那点薪水养活一家人，连饭也吃不饱，哪里还有精神做学问？我们刚才碰见历史系的高君允提个篮子在买菜，脸黄肌瘦，加上一身破西装，真像上海的小瘪三。”昆明的大学生背后这样地议论他们的老师，这是当时的实际情况。学生看不起老师，因为他们会跑单帮，做生意，囤积居奇，赚大钱，老师都是些书呆子，不会做这种事。在那个社会知识无用，金钱万能，许多人做着发财的美梦，心地善良的人不容易得到

温饱。钱可以赚来更多的钱，书却常常给人带来不幸。[①]

在计划经济向商品经济转型的年代里，巴金对于社会上将私利的满足当作人生目标的风气更是不以为然。在书信里，他说："上海酷热，但我也不想出去避暑……留在上海，闭门做事，心静自凉，我从不出门，又不在外面吃任何饮食，大概吃不到用化肥发酵的蛋糕，喝不上掺敌敌畏的假茅台，或许能多活两年也说不定。"[②]对于将文化产品彻底变成商品，让商品的标杆指挥一切，巴金更是大为不解："在我们国家文化界中发生的事情常常稀奇古怪，听说世界文学名著整套丛书在译文社销路非常之好，《红与黑》、《简·爱》、《复活》等等，一版再版，有几种译文。而别的书如《契诃夫文集》新华书店只要很小的数目，书店营业员代表了我们国家的文化水平，多数稿子到不了印刷局，有些作家还要自己补贴印费，包销自己的书，然而这种现象不会长期存在，要改变的。"[③]在纪念开明书店创建六十周年的时候，他以开明作风为镜鉴，借题发挥，表达了对文化界在拜金潮流中的忧虑和不满：

> ……我同开明接触多年，我始终保留着好的印象，有两点我非常欣赏：一是它没有官气，老老实实，以平等的态度对待作者；二是不向钱看，办书店是为了繁荣祖国的文化事业，只想勤勤恳恳认真出几本好书，老老实实给读者送一点温暖。作为读者，作为作者我都把开明看做忠实的朋友。[④]

这番话，显然是针对当时不正常的文化环境而发的："开明是知识分子成堆的书店，它不过做了一点它应当做的事情，因此在它结束以后三十

---

① 巴金：《知识分子》，《巴金全集》第16卷第425页。

② 巴金1985年7月17日致潘际垧信，《巴金全集》第24卷第526页。

③ 巴金1992年4月16日致文颖，《巴金全集》第22卷第229页。

④ 巴金：《我与开明》，《巴金全集》第16卷第671页。

几年还有人称赞它的传统，表扬它的作风。然而可惜的是只有在拜金主义的浪潮冲击我们的出版事业，不少人争先翻印通俗小说、推销赚钱小报的时候，才有人想起那个早已不存在的书店和它的好传统、好作风，是不是来迟了些呢？”[①]他最为担心的是拜金主义占领了人们的精神世界：

> 我们这里今天情形更加复杂，变化又多又快。好的作品本来就是精神财富，人们从中汲取营养，青年长期接受教育。没有想到新的号召一旦出现，大家争着下海从商，精神财富一下子又成为民族垃圾，而拜金主义披上“社会效益”的黄袍压倒一切，似乎所有严肃文学都是废物，无人过问。照这种情形看，我似乎又用不着考虑版权的问题，我那些作品没有条件作为商品进入市场“斩”客骗钱。我不会进入这个发臭的“闹市”。[②]

这封信写于一九九三年，其时正是中国经济和社会的巨大转型期，也是“五四”启蒙精神最后一次在二十世纪降临的时代，当时一批年轻学者发起了人文精神的思考，而这个时候，并没有加入这个合唱中多病的老人巴金，实际上已经从八十年代中期以后，一直在忧虑商业对文化的蚕食，“我的心从来不是可以讨价还价的商品”[③]，这是一种无可奈何的反抗，是自我底线的坚守。在三四十年代，沈从文在谈到“五四”精神的时候，一再抨击那种企图将新文学的写作带到商业化领域的恶劣风气，他说：“中国目前新文人真不少了，最缺少的也最需要的，倒是能将文学当成一种宗教，自己存心作殉教者，不逃避当前社会作人的责任，把他的工作，搁在那个俗气荒唐对未来世界有所憧憬，不怕一切很顽固单纯努力下去的人。

① 巴金：《我与开明》，《巴金全集》第 16 卷第 674 页。

② 巴金 1993 年 7 月 25 日致王仰晨信，《再思录》（增补本）第 264—265 页。

③ 巴金 1993 年 7 月 25 日致王仰晨信，《再思录》（增补本）第 265 页。

这种人才算得有志于‘文学’，不是预备作‘候补新文人’的。”[①]这种呼吁到世纪末还在巴金一代人的心中回荡着。启蒙的文学精神，一直处在政治和经济两股力量的夹击之中，在一个文化已经成为产业的年代中，它的处境可能更为艰难，但正是在这束微光中凝聚了千年文明探索的精华，也为一个过分功利化的社会提供了一种信心和力量，使“人”能够不被压榨在政治、经济等巨石的下面。

早年的启蒙理想和一系列的理念，在一个世俗化时代到来的时候，仍然是巴金建立一个超越的精神世界的重要依据。所以，他总是信心坚定地说：

> 理想，是的，我又看见了理想。我指的不是化妆品，不是空谈，也不是挂在人们嘴上的口头禅。理想是那么鲜明，看得见，而且同我们血肉相连。它是海洋，我好比一小滴水；它是大山，我不过是一粒泥沙。不管我多么渺小，从它那里我可以汲取无穷无尽的力量。拜金主义的“洪流”不论如何泛滥，如何冲击，始终毁灭不了我的理想。问题在于我们一定要顶得住。我们要为自己的理想献身。[②]

同时，巴金强调“我追求集体的幸福和繁荣”[③]，而不是个人的私利。他说要为自己的理想献身，他的这个信心会不会是盲目和虚幻的呢？不会的，因为在巴金的内心中，还有另一个世界，在《随想录》写作的过程中，巴金编辑过一本《怀念集》，收集了他所写的怀念亲友的那些文章。巴金谈到他的编后感想：

> 我不讲假话，我不讲空话。这本书是为那许多位我所敬爱的人

① 沈从文：《新文人与新文学》，《沈从文全集》第17卷第87—88页，北岳文艺出版社2002年版。

② 巴金：《“寻找理想”》，《巴金全集》第16卷第623页。

③ 同上书，第624页。

和对我十分亲近的死者而写的。我不能用污水玷污他们的纪念。虽然我不相信神和鬼,但是我经常觉得有许多双眼睛望着我,不放松我的一言一行。我不能不对那些敬爱的死者负责,《怀念集》里的每一篇文章都是我的无法背弃的誓言。

我不是白白地编写这本怀念的书,敬爱的死者都是我学习的榜样。说真话,我一直在向前看,也一直在向前进。对一个七十八岁的老人来说,我知道我的前面就立着“死亡”,可是我决不悲观,也决不害怕。我不想违背自然规律,然而我也要学习前人,严格要求自己。只有这样我才有权利怀念敬爱的死者。①

也就是说在理想和金钱面前,巴金有他的学习榜样。其实,在抗战胜利后巴金出版过一本《怀念》,向他那些死去的友人致敬,晚年再次编这样一本集子,证明了他心中的那些理想,那种人格,那些追求和行动始终没有变。在当年的《怀念》集中,巴金就明确地提出一种人格和这类人的特点:“那些人虽说平凡,却也能闪出一股纯洁的心灵的光,那是一般大人物所少有的。他们不害人,不欺世;谦虚,和善,而有毅力坚守岗位;物质贫乏而心灵丰富;爱朋友,爱工作,对人诚恳,重‘给予’而不求‘取得’。他们是任何人的益友。我从他们那里得过不少的好处,我必须让别人也认识这些纯洁的心灵。”②这段话几乎可以概括巴金对于理想型人生和人格的所有特点,首先他强调这些人的平凡,甚至是默默无闻,但这些人都有纯洁的心灵,都是善良的人。其次,他们都有自己的理想、信仰,并且都在默默无闻中执著于此。第三,他们的理想都是为了社会为了人类的,他们的信念中都有奉献的因子。第四,他们对于物质享受并不看重。这些品质,对于后来那种拜金主义浪潮中人的追求正好是针锋相对的。

比如,巴金谈到陈范予,首先强调两个人的共同信仰,并且强调陈对

① 巴金:《〈怀念集〉序》,《巴金全集》第16卷第347—348页。

② 巴金:《〈怀念〉前记》,《巴金全集》第13卷第469页。

于理想献身的热情和行动:“是社会改革的伟大理想把我们拉拢的。你为着自己的理想劳苦了二十年,你把你的心血、精力、肌肉都献了给它,人们看见你一天天地瘦下去,弱下去。”经历过人生的风雨,巴金处处强调的是实干而不是空谈(这其中是否有自我省思和检讨的因素在里面?):“你不是一个空谈家,也不是一个发号施令的英雄。在武庙凉台上的夜谈中你就显露了你的真实面目。谦逊、大量、勤勉、刻苦,这都是你的特点。你不是一个充满夺目光彩的豪士,也不是一个口若悬河的辩才。你是用诚挚,用理智,用坚信,用恒心来感动人的。别人把崇高的理想用来做成自己头顶上的圆光的时候,你却默默地在打算怎样为它工作,为它牺牲。所以你牺牲了健康,牺牲了家庭幸福,将自己的心血作为燃料,供给那理想多放一点光辉,却少有人知道你的名字,或者还有些不做一事的人随意用轻蔑的态度抹杀了你的工作。”①

写鲁彦时,他也强调了一个人的信念在残酷的现实和艰难的生活中仍然没有磨灭的坚定和光辉:“生活的担子重重地压在你瘦削的肩上,它从没有放松过你。这些年你一直在跟它挣扎,你始终不肯屈服,你要畅快地吐一口气。可是你愈挣扎,愈透不过气来,好像这就是对你的惩罚一样。我知道,要是你肯屈服、肯让步、肯妥协,你一定会过得舒适、安乐。你并不是不喜欢舒适和安乐的生活。然而你的性格不让你有片刻的安宁。你的性格使你拖着一大家儿女在各处漂流。……你到处撞,到处碰壁,可是长期的困苦并不曾磨去你的锐气。”②寂寞和贫穷,这是他的这些朋友的现实命运,在谈缪崇群的文章,怀念施居甫的文章,甚至悼念三哥的文字中,巴金都谈到这一点,但巴金不是在抱怨命运,而是赞扬朋友们是怎样忍受命运、反抗命运,哪怕最终失败了,可他们身上的珍贵品质仍然在闪光。比如谈到陆蠡:“圣泉生前貌不轩昂,语不惊人,服装简朴,不善交际,喜欢埋头做事,不求人知。他心地坦白,忠诚待人,不愿说好听的

① 巴金:《悼范兄》,《巴金全集》第13卷第475、477页。

② 巴金:《写给彦兄》,《巴金全集》第13卷第497页。

话，不肯做虚夸的事。他把朋友的意义解释得很严格，故交友不多。但是对他的朋友，他总是披肝沥胆地贡献出他的一切。他有写作的才能，却不肯轻易发表文章。他的散文和翻译得到了读书界的重视①，他却不愿登龙文坛。他只是一个谦虚的工作者。但这谦虚中自有他的骄傲。他不是‘文豪’、‘巨匠’，甚至他虽然真正为‘抗’敌牺牲，也没有人尊他为烈士。他默默地活，默默地死（假定他已死去）。然而他并不白活，他确实做了一些事情，而且也有一些人得到他的好处。但是这一切和那喧嚣的尘世的荣誉怎么能联在一起呢？那些喜欢热闹，喜欢铺张，喜欢浮光的人自然不会了解他。”同时，他也强调了知识分子的气节、品质：“在我活着的四十几年中间，我认识了不少的人，好的和坏的，强的和弱的，能干的和低能的，真诚的和虚伪的，我可以举出许多许多。然而像圣泉这样有义气、无私心、为了朋友甚至可以交出自己生命、重视他人幸福甚于自己的人，我却见得不多。古圣贤所说‘富贵不能淫，贫贱不能移，威武不能屈’，他可以当之无愧。”“我们平日空谈理想，但和崇高的灵魂接触以后，我才看见了理想的光辉。”②

三四十年后，巴金再写文章，怀念他的这些亲友们的时候，仍然强调这种默默无闻、埋头苦干，强调他们的平凡和心灵的闪光。比如，对于黎烈文的怀念：“我不能不想起那位在遥远地方死去的亡友。我没有向他的遗体告别，但是他的言行深深地印在我的心上。埋头写作，不求闻达，‘不多取一分不属于自己的东西’，这应当是他的遗言吧。”“只要有具体的言行在，任何花言巧语都损害不了一个好人，黑白毕竟是混淆不了的。”③对于顾均正的怀念也是这样：“他是那么善良，我从未听见他讲别人的坏话，他也并不抱怨生活。我看见他在病床上忍受巨大的痛苦，却还是那么安静。他默默地死去，不会有什么遗憾吧。他没有浪费过他的时间，他做到

---

① 他用陆蠡的笔名出版了三本散文集：《海星》、《竹刀》、《囚绿记》和三册翻译小说《罗亭》、《烟》（都是屠格涅夫的作品）和拉马丁的《葛莱齐拉》。——巴金原注

② 巴金：《怀陆圣泉》，《巴金全集》第 13 卷第 535—536、536、537 页。

③ 巴金：《怀念烈文》，《巴金全集》第 16 卷第 204 页。

了有一分热放一分热，有一分光发一分光。他是一个不自私的人。”[①]

对于叶非英的怀念，也勾起了他昔日的回忆，他依旧带着赞赏的口吻谈到他那些在广东、福建办学的朋友：

> 他们的年纪和我相差不远，对当时许多社会现象感到不满，总觉得“五四”运动反封建没有彻底，封建流毒还在蚕蚀人们的头脑；他们看见帝国主义侵略者在我们国土上耀武扬威，仿佛一块大石压在背上使他们抬不起头来；“金钱万能”的社会风气又像一只魔手掐住他们的咽喉。他们不愿在污泥浊水中虚度一生，他们把希望寄托在青年一代身上，想安排一个比较干净的环境，创造一种比较清新的空气，培养一些新的人，用爱集体的理想去教育学生。他们中有的办工读学校，有的办乡村师范，都想把学校办得像一个和睦的大家庭，关上学校门就仿佛生活在没有剥削的理想社会。他们信任自己的梦想，(他们经常做美丽的梦！)把四周的一切看得非常简单。他们甚至相信献身精神可以解决任何问题。我去看望他们因为我像候鸟一样需要温暖的阳光。我用梦想装饰他们的工作，用幻想的眼光看新奇的南方景色，把幻梦和现实混淆在一起，我写了那些夸张的、赞美的文章，鼓励他们，也安慰我自己。今天我不会再做那样的好梦了。但是我对他们的敬佩的感情几十年来并没有大的改变……[②]

巴金一再强调，理想不是空的、不是虚幻的，我想正是在这些朋友的身上，他看到了这种理想的现实性。这些人都不是圣人，也称不上英雄，都是普通的知识分子，他们能够做的事情，相信对于更多人不能就算是神话。

从这个具体的问题走出来，我们再看世俗社会中的精神困境问题。

---

① 巴金：《怀念均正兄》，《巴金全集》第16卷第523页。

② 巴金：《怀念叶非英兄》，《巴金全集》第16卷第703—704页。

或许没有一个解决方案，每个人都有自我的选择，但巴金无疑提示了一个路径，他用他的朋友的道路激励自己，也给了我们提示，一是信心的提示，相信理想不是虚幻的；二是现实的提示，相信在平凡的人生中也可以有崇高的坚持，这就是巴金说的理想主义者。但每个启蒙者实际上都面临着这样的矛盾，他们将人从神的手下解放出来，人获得了自由，也被赋予很多神圣的权利，这样，人也可以解放自己的欲望甚至身上魔鬼性的一面，并自然而然地认为自己有决定自己的权利。于是有的人发现启蒙理想的虚妄性，他们甚至认为"启蒙"完全做着与它的目标背道而驰的事情。许多研究者的论点当然来自于霍克海默和阿道尔诺的名著《启蒙辩证法》。在这里，他们论述了"启蒙的自我毁灭"："我们并不怀疑，社会中的自由与启蒙思想是密不可分的。但是，我们认为，我们同样也清楚地认识到，启蒙思想的概念本身已经包含着今天随处可见的倒退的萌芽。"[①]他们甚至认为："启蒙带有极权主义性质。""就进步思想的最一般意义而言，启蒙的根本目标就是要使人们摆脱恐惧，树立自主。但是，被彻底启蒙的世界却笼罩在一片因胜利而招致的灾难之中。"[②]对于把启蒙作为唯一方案企图以它达到救世目的的人来说，这无疑是一个振聋发聩的声音；对于二十世纪的中国历史而言，循此思路的确有着很多值得反思之处。但这是否就意味着可以抛弃"五四"遗产，或者像一些人所说的那样超越"五四"？尤其是不能轻言启蒙，仿佛它就像一个不能触动的潘多拉的盒子。

然而，启蒙思想中所包含的许多理念是人类文明本身的结果，它自身在不同历史条件下也会有不断的调整和相当的自律性，而且不要将它孤立起来，如果不把它当作唯一的方案，启蒙的思想价值完全可以和其他思想共融、互补。人不能轻易割断历史，泼洗澡水同样不能将孩子一起泼掉，所以要认真分析和善于利用这样的思想资源让它们在当代仍旧发挥

---

① [德]马克斯·霍克海默、西奥多·阿道尔诺：《启蒙辩证法》第 3 页，渠敬东、曹卫东译，上海人民出版社 2006 年版。

② 同上书，第 4、1 页。

其思想价值。《重申启蒙——论一种积极参与的政治》一书的作者就认为："启蒙运动的知识分子提供了一种榜样供当代知识分子奋力追赶，也展示了一种与压迫性制度、不公正的特权和不合时宜的文化实践作斗争的样板。""从世界主义出发，将自身认同于被束缚和被剥削者，正是这一立场的必要内涵。这就是启蒙运动的传承所在。然而，为了充分利用它，我们必须强调，令人满意而有益的政治阐释高于时髦的伪政治哲学思潮的深奥、形而上学的奇想。"[①]从这个角度，特别是结合当今世界高速经济发展中所形成的诸多社会问题，如地区间的不平衡，贫富差距的加剧等等，那么，平等、公平、正义这些启蒙时代就提出过的最基本的问题在今天仍然有效，仍然需要去面对，需要不断思考、丰富。

另外，还需要注意《启蒙辩证法》的作者们的语境与中国语境的差异。《启蒙辩证法》的作者是对于欧洲两次大战对于人类文明世界的冲击进行反思，他们对于启蒙的认识有一个前提是不容忽略的，那就是欧洲社会相对较长的启蒙史，如果从十五世纪的文艺复兴算起，这段历史有五百年之久，哪怕从十八世纪的启蒙运动算，它也有两百年。相对于近代中国而言，个人的独立、自由、平等的观点已经有着深厚的社会思想基础，而这些观点在长期处于专制主义统治下的中国人中根基尚薄，甚至在一些区域中或领域里中世纪式的蒙昧还时有现身。所以，新时期重版《家》时，巴金曾认为这本书所描写的时代远去了，这本书也随同过时了。但不久，他就更正了这一说法，并不断强调："今天买卖婚姻、包办婚姻在我国并未绝迹，高老太爷的鬼魂到处出现，像《家》那样反封建的作品，也还不曾过时。"[②]特别是进入九十年代以后，中国社会进入市场经济和全球化的时代，在社会转型的过程中，既没有稳定又坚固的思想传统做凭依，又无法在潮涌而来的各种思潮中迅速确立凭信的情形下，人们的思想在荒芜着。

---

① [美]斯蒂芬·埃里克·布隆纳：《重申启蒙——论一种积极参与的政治》第4、5页，殷杲译，江苏人民出版社2006年版。

② 巴金1978年12月27日致朱雯信，《巴金全集》第22卷第336页。

或者可以说,“五四”所提出或显示的问题一天没有得到解决,就不能轻言“超越”或放弃。更何况,我们今天的生活和思想中有很多问题仍旧是“五四”的延续,我们就生活在这些问题之中。钱理群在“与鲁迅相遇”中发现鲁迅著作中的强烈的当下性:“如果仔细研究一下去年关于鲁迅的种种议论,我们就可以发现人们对鲁迅的看法和他自己对现实生活,对现实思想文化界所提出的许多问题的看法是相关联的,这也就说明鲁迅的文学、思想具有当下性,也就是说他还活在现实生活中和我们一起对话。”[①]

“超越五四”,以什么去超越?“重申启蒙”,又如何去重申?这都是需要认真思考的问题。鲁迅曾经说过:“我以为凡对于时弊的攻击,文字须与时弊同时灭亡,因为这正如白血轮之酿成疮疖一般,倘非自身也被排除,则当它的生命的存留中,也即证明着病菌尚在。”[②]这是一个沉重的提醒,所以,在这些问题尚没有彻底解决之前,我们先不要急于宣布“五四”终结。毕竟历史时读时新。

陈乐民在《启蒙札记》的“卷首语”中写道:“至此,我经过几十年的反复思考,只弄明白了一个简而明的道理:我挚爱的祖国多么需要一种彻底的‘启蒙’精神。”他沉痛地发出一连串的疑问:

> 如果要“反思”,就只能“反思”两位先生,特别是“德先生”的工作何以如此艰难?从严复为“开启民智”而译书,到今天一百五十年,“启蒙”在中国历经坎坷磨难,只要懂得些中国近代史,还需词费么?试看今日之域中,愚昧、专断等反现代文明的行为和现象不是时有所见、所闻么!今天如果我们也跟西方“后”派说“启蒙”已经过时,甚至理性成了万恶渊薮,非痴人说梦而何!?[③]

---

① 钱理群:《与鲁迅相遇》第 2 页,生活·读书·新知三联书店 2003 年版。

② 鲁迅:《〈热风〉题记》,《鲁迅全集》第 1 卷第 292 页,人民文学出版社 1981 年版。

③ 陈乐民:《启蒙札记》第 184 页,生活·读书·新知三联书店 2009 年版。

陈乐民的疑问，有助于我们思考，巴金所信奉的那些理想、信念在今天的价值，有助于我们发现《随想录》中那些未完的当代价值和意义。对此，巴金一代人做出了自己的思考和探索，而我们后辈应当在他们停止的地方接着走下去，或许，这样真的才是路在脚下。

二〇一〇年十二月十二日二十二点四十二分于花城竹笑居

二〇一一年五月七日改；六月十八日三改；六月二十五日子夜时分改毕

痛感与记忆

——不能对象化的《随想录》

一、不能被对象化的痛感

《随想录》全书的出版已二十多年了，在这二十多年里中国从社会到个人都发生了巨大的变化，从外表看当下的语境早已与《随想录》时代迥然不同了，《随想录》应当成为一个历史文献接受“理性”的“公正”的评价了。但《随想录》似乎还不能这么早就作为文物来收藏，自发表以来，围绕着《随想录》的各种声音乃至“叽叽喳喳”不绝于耳，这表明了它并未退出我们的生活。

各种赞誉姑且不论，批评的声音中这样的指责颇有代表性：“太浅薄了，从开始就不深刻，他不光不深刻还很世故”，“这十年该说的真话太多了，您老人家说几句吧！不要说一百句，你说一句行不行？”[①]“我们应当肯定《随想录》中批判的态度，肯定书中表达了知识分子的良知的部分。但是总体上，巴金的《随想录》的检讨和批判，是不深入的，更谈不上深刻。巴金对于‘文革’悲剧发生的体制根源，没有进行过深入的思考和研究，因此也就没有更深的开掘。”“巴金对造成文革大悲剧的根本性原因并没有深究。”[②]抛开这种指责的随意性不论，我们倘若正面面对这些问题并以

---

① 朱学勤：《巴金为什么不讲真话？》，山东电台经济频道《小凤直播室》采访，丽江时光网站论坛(http://www.lijiangtime.net/index.asp)。

② 林贤治：《不应该神化巴金》，《南方都市报》2003年11月25日。

它为出发点来估价《随想录》，是认同这些指责，还是另有回答呢？

这种已成老生常谈的论调其核心是要求《随想录》的系统性、整体性和学理性，其次是在这个意义上来判断“高度”“深刻度”等问题，第三是对于巴金反复提倡的“讲真话”提出质疑，至少巴金所做的没有达到批评者所期望的水平。这种气势汹汹的批评乍眼一看，非常具有“学理性”，但稍微认真思考一下就会发现它文不对题。批评者往往不是从《随想录》本身出发，而是从他们自己想象的《随想录》应当怎样出发来提出批评，倘若《随想录》不如他们所愿，好像就没有什么价值。这种貌似公允的理直气壮的霸道，不仅对巴金和《随想录》是极为不公平的，而且无助于真正理清问题，而那种认为只有自己掌握了真理配方的批评者则显得更为可怕。

我的选择只能是去了解巴金说了什么、做了什么，并由此来评价它的意义和不足。翻开《随想录》，我们会明白无误地看到在写作《随想录》之初，巴金就放弃了那种所谓“高明”和“系统”的追求。他说：“这些文字只是记录我随时随地的感想，既无系统，又不高明。”[①]他所追求的是表达出自己“真实思想和真挚感情”[②]。这不是托词，巴金没有要去总结历史规律的雄心，整个《随想录》中所见是“我”，而不是“我们”，在这一点上《随想录》确实如赫尔岑对《往事与随想》的自评一样这是“历史在偶然出现在它道路上的一个人身上的反映”[③]，不过《往事与随想》比《随想录》相对完整和具有连续性，而《随想录》的一百五十篇没有严格的计划和统一的设计，它的写作方式是开放的（当然这并不等于它没有统一的思想和表达方式）。同样，在《随想录》中，巴金首先并不是要求别人讲真话，而是不断拷问自己的心灵，要偿还的是自己的心债[④]。至于那些愤愤不平地要求躺

① 巴金：《〈随想录〉总序》，《巴金全集》第16卷第Ⅰ页。

② 巴金：《〈随想录〉第一集·后记》，《巴金全集》第16卷第140页。

③ 转引自巴金《〈往事与随想〉后记(一)》，《往事与随想》第394页，上海译文出版社1979年版。

④ 巴金曾经说过：“我的箭垛首先是自己；我揪出来示众的也首先是自己。这里用了‘自己’二字也有原因，自己解决了之后才有可能想到别人，对自己要求应当比对别人更严格。”《卖真货》，《巴金全集》第16卷第633页。

在病床上的巴金出来对什么什么讲几句"真话"的人,大梦已醒的巴金早有警觉并在《随想录》写作期间一再提醒自己不要再上当。他说:"这些年我常有这样一种感觉:我像是一个旧社会里的吹鼓手,有什么红白喜事,都要拉我去吹吹打打。我不能按照自己的计划写作,我不能安安静静地看书,我得为各种人的各种计划服务,我得会见各种人,回答各种问题。我不能做自己想做的事,却不得不做自己不愿意做的事。我说不要当'社会名流',我只想做一个普通作家。可是别人总不肯放过我:逼我题字,虽然我不擅长书法;要我发表意见,即使我对某事毫无研究,一窍不通。……"[①]所以他不断呼吁:"'还是让我老老实实再写两篇文章吧。'倘使只是为了名字而活下去,那真没有意思,我实在不想这样地过日子。"[②]巴金一直没有摆脱被拉去充当"红白喜事"吹鼓手"吹吹打打"的干扰,那些要求他对某事说上"一句""真话"的人不就是如此吗?而且,一旦他们的要求得不到满足就指责巴金"世故",这种做法与上世纪五六十年代作为政治任务要求巴金写各种应景文章又有什么区别?

正是巴金有过痛苦的经历,所以他在新时期面对着种种干扰和诱惑坚定地拒绝,它要去"名"逃"名"。庄子曾有"至人无己,神人无功,圣人无名"、"名者,实之宾也"的说法[③],晚年巴金对"名"也有着非常清醒的认识,他再三强调自己快要走到生命的尽头,对世俗的名利早无所求。逃"名"不仅是摆脱虚华,而且还要去掉各种"名"强加在他的身上要求他承担的"义务",比如,称你为"当代知识分子的良知"似乎凡是涉及知识分子的事情你都要站出来,否则不"良知"。巴金对这种论调是警惕的,他不想做"名"之役而要回到独立的个人和赤裸的自己。所以,他一直拒绝"文学家"的命名,他说:"唯其不是文学家,我就不受文学规律的限制,……"[④]他看重的是充分的心灵自由,在这一点上,他与晚年的托尔斯泰恐怕心有

---

① 巴金:《"干扰"》,《巴金全集》第16卷第435—436页。

② 巴金:《"从心所欲"》,《巴金全集》第16卷第627页。

③ 见《庄子·逍遥游》,王先谦撰《庄子集解》第4页,中华书局1987年版。

④ 巴金:《我和文学》,《巴金全集》第16卷第268页。

戚戚焉:“我说我要走老托尔斯泰的路。其实,什么‘大师’,什么‘泰斗’,我跟托尔斯泰差得很远,我还得加倍努力!只是我太累了。”[①]这段话表明了他去“名”的决心,《随想录》也记录了他寻求自我、恢复本来面目的艰难过程,这个过程体现了巴金不肯被命名的努力。在病中,他反复地追问自己:“难道你变了?”“把从前的我找回来,”“但是连我也明白从前的我是再也找不回来的了。我的精力已经耗尽了。十年‘文革’绝不是一场噩梦,我的身上还留着它的恶果。今天它还在蚕蚀我的血肉。我无时无刻不在跟它战斗,为了自己的生存,而且为了下一代的生存。”[②]痛定思痛,巴金再也不想为各种“名”扭曲了自己的灵魂,哪怕它们是以真理和正义的面目出现,他也要经过自己的头脑来检验。

其实,在向《随想录》要“思想”之前,已经有很多人向《随想录》要“文学”了。《随想录》所面临的处境,多少有些类似鲁迅的杂文所受到的指责,在这里那些修辞学家们找不到他们所期望的那种文学。一九八〇年,一批香港大学生对《随想录》“就文学的角度”提出很多意见,从标点到文法都有批评[③]。他们的指导教师黎活仁在另外一篇文章中还特意地举出了他所认同的《干校六记》(杨绛)来做对比:“《六记》就是这样,讽刺与幽默之中,又带有无可奈何的,饱受作者约束的感伤。作者把笔力倾注于描写打破人类之间自立的畸形界限,敢于以爱相许的小趋,显然就是一种技巧。”[④]对此,巴金反应激烈,但他不是去和对方讨论文句,而是另有侧重:

> 我经历了十年浩劫的全个过程,我有责任向后代讲一点真实的感受。大学生责备我在三十篇文章里用了四十七处“四人帮”,他们

---

① 巴金:《写给端端(代跋)》,《再思录》增订本第292页,广西师范大学出版社2004年版。

② 巴金:《病中(一)》,《巴金全集》第16卷第462、463页。

③ 黎活仁等:《我们对巴金〈随想录〉的意见》,原刊香港《开卷》1980年第9期,收陈思和、周立民编《解读巴金》,春风文艺出版社2002年版。

④ 黎活仁:《从巴金〈随想录〉到杨绛〈干校六记〉》,原刊《广角镜》1982年第113期,收陈思和、周立民编《解读巴金》第113页。

的天真值得人羡慕。我在“牛棚”里的时候，造反派给我戴上“精神贵族”的帽子，我也以“精神贵族”自居，其实这几位香港大学生才是真正高高在上的幸福的“精神贵族”。中国大陆给“四人帮”蹂躏了十年，千千万万的人遭受迫害。国民经济到了崩溃的边缘，三代人的身上都留着“四人帮”暴行的烙印……难道住在香港和祖国人民就没有血肉相连的关系？试问多谈“四人帮”触犯了什么“技巧”？[①]。

面对批评，巴金说：“我也不是空手‘闯进’文坛，对一个作家来说，更重要的是艺术的良心。”[②]强调艺术的良心显然是巴金的一贯说法，巴金的愤怒一方面是由于感受到不让写“文革”的压力，一方面是针对那些“精神贵族”们高高在上的姿态。他们不但感受不到十年动乱带给中国人的苦难，与这种苦难缺乏“血肉联系”，而且还把这些内容作为单纯的“文学欣赏”。这也是从痛切的苦难中走出来的巴金在心理上难以接受的，他无法把惨痛的经历和苦难当成文学欣赏，特别是用这种“隔岸观火”的心态来冷漠地打量和评估。在另外一篇随想中，他说得更为明白：“作者（指批评者——引注）把在‘文革’中受尽屈辱、迫害的人，和在‘个人迷信’大骗局中受骗的人作为攻击和批判的对象，像隔岸观火似地对自己国家、民族的大悲剧毫不关心，他即使没有进过‘牛棚’、没有坐过‘喷气式’，也不是什么光彩的事。他的文章不过是向下一代人勾画出自己的嘴脸罢了。”[③]

提到在那个岁月中的事情，巴金也摆脱不了如同在滚烫的油锅中经受煎熬的感觉，他实在无法把《随想录》“理智”地当作艺术去经营，因为他无法轻易摆脱“文革”带给他的痛切感。写作《随想录》时，虽然时过境迁，许多问题也想得很清楚，但巴金还是无法做到置身事外，忏悔感、耻辱感、负债感一直在《随想录》写作中纠缠不清，“文革”在时间上远离了作者，但

① 巴金：《〈探索集〉后记》，《巴金全集》第 16 卷第 274 页。

② 巴金：《〈随想录〉日译本序》，《巴金全集》第 16 卷第 366 页。

③ 巴金：《“从心所欲”》，《巴金全集》第 16 卷第 631 页。

在内心记忆中却无时无刻不在纠缠着他，甚至作者还从现实中感受到历史并未远去的种种可怕迹象，现实和历史又紧紧地缠绕在一起。“我”不仅仅是个叙述者，还是历史苦难的承受者和全身心地参与到叙述中的情感表达者，巴金身上的“伤痕”和“内伤”还不时隐隐作痛，他是带着内心的紧张、焦虑和反复的煎熬来完成《随想录》:“我也有数不清的内伤，正是它们损害了我的健康，……”[①]“十年‘文革’绝不是一场噩梦，我的身上还留着它的恶果。今天它还在蚕蚀我的血肉。我无时无刻不在跟它战斗，为了自己的生存，而且为了下一代的生存。我痛苦地发现，在我儿女、在我侄女的身上还保留着从农村带回来的难治好的‘硬伤’。”[②]带着这种没有治愈的内伤在写作，所以往事并不如烟，深深的、不能被对象化的痛感恰恰是《随想录》不能随便混同于其他作品之处。《随想录》是灵魂的挣扎的真实记录，而不仅仅是一个作者生活经历的叙述或回忆，这一点《随想录》与《干校六记》的确有区别。那些向《随想录》要“思想”和要“文学”的人都是企图用他们设定的“思想”和“文学”的标准把《随想录》客观化、将它所表达的内容对象化，《干校六记》等精美的散文可能做到了这一点，但《随想录》却无法做到这一点，尽管这样做它会有另外的收获，但它却会丧失属于它的内在震撼力，而不再是《随想录》。更何况自从踏入文坛，巴金的“思想”和“文学”观念就与周遭世界的观念大不相同[③]，他自然不会接受它们的命名。

哪怕今天的话语环境完全转变了，可是《随想录》中所提出的诸多问题却并未获得圆满解决(比如，如果认为“讲真话”的问题彻底解决了，何必大讲特讲“诚信”呢?)，《随想录》的未完成性使得你无法把他仅仅当作某一个时期思想史或文学史的标本加以欣赏。随着时间的推移，《随想录》的价值会不断得到彰显，无法对象化的《随想录》实际上是巴金以一颗

① 巴金:《〈小街〉》，《巴金全集》第16卷第371页。

② 巴金:《病中(一)》，《巴金全集》第16卷第463页。

③ 对于巴金独特的文学观可参见周立民《研究巴金也要“走出巴金”》，《中国现代文学研究丛刊》2006年第2期。

煎熬的心将我们带进了“文革”的现场中，特别是对于越来越多的不曾经历过“文革”的后来人，这种现场感是各种抽象的学理或知识所无法替代的。那么不妨说，《随想录》实际上表达出了“文革”带给人的精神恐怖，这种恐怖哪怕是在“文革”结束后的十年、二十年后仍余悸未消，巴金用《随想录》储存了一段情感记忆，这种不可磨灭的记忆是文学家对未来历史和人们心灵塑造的特殊贡献。从某种意义上讲，它很文学，同样也可能到达真理之国。对此，米兰·昆德拉的话应当给我们带来启示：“现代的奠基人不仅有笛卡尔，还有塞万提斯。”为什么这么说呢？因为由塞万提斯所形成的欧洲小说传统关注的是“人的存在”、“生活的世界”——这些被现代科学和哲学忘记了的部分，对现代社会意义非凡：“科学的高潮把人推进到各专业学科的隧道里。他越是在自己的学问中深入，便越是看不见整个世界和他自己，……”[①]而《随想录》却是一部有着自我存在并关注“人的存在”的大书。

二、不能消解的情感记忆

由弥漫在《随想录》中的痛感所铸就的情感记忆和巴金的自我形象是《随想录》中最具文学震撼力和最值得关注的部分。由情感记忆还原的历史情境，不仅使我们体验到“文革”和那些特殊岁月，而且能够感受到作者的心灵和精神历程。而当“文革”成为遭禁忌的话题之后，情感记忆如沸水融开坚冰，让单一的历史记忆变得复杂可感。

关于情感记忆，不妨暂时放下《随想录》来谈论另外一件与此可能并非无关的事情，那就是关于二战中纳粹大屠杀和抗日战争的叙述。关于二战中的这些历史似乎早有了结论和判决，但它们能否就可以取代个体

---

① 米兰·昆德拉《小说的艺术》第3、2页，孟湄译，北京：生活·读书·新知三联书店1992年6月版。

的痛感？特别是随着当年亲历者的逐渐减少，时间的不断推移，这些事件都成为一种历史知识，“当历史变成了一种知识的时候，来自外部的评价便具有了相当的随意性，在此意义上，来自历史事件内部的当事人的叙述有着不可替代的价值。这种叙述更新了我们有关‘历史是过去发生的事’的观念，使历史与现实发生了联系，它不再是知识，而是依然活着的事态……”[①]正是这样，历史不应仅仅由一种普遍性来书写，贮存个人的情感记忆和一个民族的情感记忆也绝不是为历史提供某种书写素材，它们在某种意义上应当成为历史的本身。正如何兆武先生所言，历史不应是“资料集”“注册组报告”，而“要把人的精神写出来”[②]。

有一段话，我一直印象深刻：“抽象是记忆的最狂热的敌人。它杀死记忆，因为抽象鼓吹拉开距离并且常常赞许淡漠。而我们必须提醒自己牢记在心的是：大屠杀意味着的不是六百万这个数字，而是一个人，加一个人，再加一个人……只有这样，大屠杀的意义才是可理解的。”这是犹太裔汉学家舒衡哲在《第二次世界大战：在博物馆的光照之外》一文中的观点[③]，吴晓东在《“记忆的暗杀者”》一文中引用了它并阐发道：

> 那种把灾难数字化抽象化的简约方式背后必然是对苦难历史的一种超然姿态。……这种极致化的数字凸显出中国历史的灾难深重，其结果反而会导致当事人以及后来者对苦难的麻木和超脱，苦难甚至可能成为玩味和咀嚼，从而难以转化为一种精神资源。与这种数字化相抗衡的，正是对历史的具体的记忆。……正是记忆的具体性逼迫我们去直面，而只有通过这种直面才可能真正把我们引入历史原初情境，引入大屠杀“现场”，才可能产生惊心动魄的切身感，这种切身感会使我们知道这屠杀并不是外在于我们每个人的，它并不

---

① 孙歌：《再生于现在的历史》，《读书》1997 年第 7 期。

② 何兆武：《上学记》第 189 页，北京：生活·读书·新知三联书店 2006 年 8 月版。

③ 该文刊载于《东方》1995 年第 5 期。

是永远逝去了的与当下不发生具体关联的抽象存在，它其实每时每刻都潜伏在我们身边，并随时都有可能重现……

在这个意义上，“记忆的暗杀者”不仅仅存在于国家政治中，也存在于诸如教科书的冷漠的历史叙述中，存在于学者的“客观公正”的学术研讨中，存在于抽象的概括和归纳中。而一旦我们暗杀了记忆，我们也就暗杀了历史，暗杀了那些无辜的死难者，暗杀了我们的感情和以感情为真正支撑的良知，而最终我们暗杀的则是生存着的人类自身。①

这种“客观公平”掩盖下的“麻木和超脱”是最可怕的现代病。由此，我们就不难理解为什么香港学生可以将巴金的痛苦记忆当作一个叙述文本来“玩味和咀嚼”，因为十年浩劫在他们更多是教科书上的知识，这种知识的纯粹性使他们更要求“故事”的优美动听，但在巴金那却是撕心裂肺的记忆。吴晓东的文章是世纪之初《读书》杂志中关于日本侵华战争以及南京大屠杀的立场和姿态的中日学者讨论中的一篇，就此《读书》发表了小岛洁、沟口雄三和孙歌等人的多篇文章，他们的文章不仅揭示中日学界对许多“相互缠绕的历史”问题温情脉脉的回避和隔膜，同样也显示了在历史叙述中的抽象性之可怕。在小岛洁《思考的前提》中，介绍了日本学界对于南京大屠杀的基本态度，在要求“客观地(学术地)”进行考察而非将考察对象变为“政治工具”的立场中，大屠杀的情感记忆的基础被抽掉，对这样历史事件评价自然就有了任意的空间，进而也会演化为大屠杀被

① 吴晓东：《“记忆的暗杀者”》，《读书》2000年第7期。关于“抽象记忆”的弊端，孙歌在另外一篇文章中有过这样的观点：“抽象往往是话语霸权的帮凶，因为它可以通过语焉不详把话语的危险性降到最低而把它的威慑力提到最高。只要观察一下诸如‘民主’、‘自由’等等概念是如何被抽象使用的，就不难理解这一点。而意味深长的是，抽象并不总是发生在理论层面，它同样可以发生在具体问题的论述之中。发生在具体问题论述中的抽象，通常意味着对于问题关键之处的简化或偷换，它最常见的形态就是在具体问题的分析中直接应用某些被人普遍接受因而不会加以质疑的结论。”见《在理论思考与现实行动之间》，《读书》2000年第11期。

消解的可能。对此,孙歌评论道:"包括中国历史学者在内,这个领域中不乏有人采取与水谷类似的立场,就是满足于对文献材料进行考证,而完全无视甚至敌视人们的感情记忆。这种历史学的绝对合法性从何而来?追究这个问题对于我们重新审视来自西方的近代历史学模式在我们中间的话语霸权有密切关系,但是本文没有篇幅讨论这个极其复杂的问题,而仅仅试图指出一个思路:在南京大屠杀数字上纠缠的,并不仅仅是日本人,欧美的学者也有同样的姿态。支撑这一姿态的基本学理就是历史的'客观真实性',它的对立面就是活人的感情。这种历史观导致的严重后果,首先在于感情记忆的丧失,它使得历史失掉了紧张和复杂,变成了可以由统计学替代的死知识;而恰恰是这种死知识,最容易为现行政治和意识形态所利用。"[①]抗日战争结束迄今已经一个甲子有余了,许多事情已经显出它的脉络来了,而"文革"结束时间仅为它的一半,许多问题还在若隐若现中,但像对一个甲子以前的历史事件叙述一样,关于"文革"的历史认识,我们也不应当放松这样的警惕。至少靠一个抽象的历史决议和教科书上的几行字就认为澄清关于"文革"所有问题的想法是极其荒谬的,这种抽象性所导致的后果也正如中日学者所讨论的关于南京大屠杀的记忆所造成的隔膜一样可怕,我们需要警惕"文革"在某一天成为"暧昧的历史"。所以巴金在《随想录》中不断地批评那些健忘症患者:"我们中间有少数健忘的人习惯于听喜报,向前看,以为凡是过去的事只要给作了结论,就可以束之高阁,不论八年抗日,或者十载'文革',最好不提或少提,免得损害友谊,有伤和气,或者妨碍团结。我在《随想录》中几次提出警告,可是无人注意。"[②]关于抗日战争的叙述,我们在指责日本学界的冷漠和抽象的同时也需要反省自己所为,两位学者在文章中几乎不约而同地谈到了共同的问题:抗战资料上写满"血流成河"、"罄竹难书"、"不胜枚

---

① 孙歌:《实话如何实说》,《读书》2000年第3期。在本文中孙歌同时警告不能将感情记忆简化为一种符号,而要让他"能够承担复杂的历史内涵",这样才能转化为一种思想资源进入历史。

② 巴金:《修改教科书事件》,《巴金全集》第16卷第444页。

举”等词句，但日本学生到中国参观访问，在南京的导游图上找不到大屠杀纪念馆与大屠杀遗址标记，上海的地图上也没有抗日战争遗址标记。被有意识地保留、公开的文献，包括文字的、图片的、实物的太少了，还不断能听到诸如南京屠杀纪念碑被移走、沈阳郊区“七三一”细菌部队遗址将被毁灭等等的消息、传闻[①]。

对于“文革”的反思是否遭遇同样的尴尬呢？巴金在二十年前就有此担心：“那么回过头来看‘文革’，我们到哪里去寻找它的遗迹？才过去二十年，就有人把这史无前例的‘浩劫’看做遥远的梦，要大家尽早忘记干净。我们家的小端端在上初中，她连这样的‘幻想’也没有……”[②]通过搁置、抽象化将“文革”纳入社会的某种新陈代谢的遗忘机制，这个策略在某种程度上已经取得成效。当那些缄默不言的“文革”经历者把记忆都带进坟墓之后，“文革”会不会随同蒸发呢？或者所剩下的不过是几段传奇故事。“文革”成为一种虚幻，年轻人可以任意把它作为任意游戏的背景，中年人可以大唱样板戏怀念青春岁月，而他们给少男少女们的印象是值得羡慕的“不怕苦难”、“经历丰富”[③]。现在社会上关于“文革”像章、语录、邮票等等物件的收藏和样板戏的欣赏，除了商业动机之外，不正是抽去了关于“文革”的情感记忆而把它们抽象为“艺术品”吗？关于“文革”的记忆被梳理之后，剩下的可能只是国民经济下降的具体数字、逍遥者的“阳光灿烂的日子”，还有很多娘打儿子的理解，更为复杂和更为痛苦的心路历程都被省略了，而多少年后当这些东西也散失的时候，就只剩下《人民日报》上形势一片大好的报道了，这恐怕也不仅仅是黑色幽默。单一记忆不

---

① 参见刘燕《个人、群体及其他》，《读书》2000年第11期；陈映芳《记忆与历史》，《读书》2001年第8期。令人欣慰的是，今天的南京导游图上已经有南京大屠杀纪念馆的专门介绍。——笔者补注

② 巴金：《合订本新记》，《巴金全集》第16卷第X页。

③ 笔者所看到的一个电视专题片中，当年的知青深情回忆青春岁月，他们的后代就是这样评价父辈的经历，认为那样的生活才是“积极向上”，而现在的生活“太平静、太乏味”了，父辈们对此欣然接受。

仅简化了历史，而且还会消解掉历史伦理和社会正义。何兆武曾提到过这样一件事情："最近我看了章含之的《跨过厚厚的大红门》，属于个人感情的事情不去议论，但里边有一段故事让我看了非常生气。有一次开会，乔冠华把章含之留下来，她以为有什么事情，结果乔冠华拿出肖邦的钢琴曲唱片，请她一起听。这段文字让我很反感。文化大革命'破四旧'，把我们的唱片都砸了，可是他们作为高级领导却在那里独自享受，这是说不过去的。"[①]哪怕是同一段历史同一件事情，两个人的情感记忆如此截然不同，可见抽空情感记忆来大谈所谓"客观"史实反倒容易把历史变得暧昧不清。所以，巴金在关于"文革"博物馆的设想中强调，不仅保存资料，而且要"用具体的、实在的东西，用惊心动魄的真实情景，说明二十年前在中国这块土地上，究竟发生了什么事情？让大家看看它的全部过程，想想个人在十年间的所作所为，脱下面具，掏出良心，弄清自己的本来面目，偿还过去的大小欠债。"[②]这里需要注意的词汇是："具体的"、"实在的"、"惊心动魄的真实情景"；还有面对历史和自我的态度："脱下面具，掏出良心。"《随想录》就是这样一部为后代驻留对"文革"的情感记忆的博物馆。

三、不能摆脱的噩梦

在《随想录》中巴金以"噩梦"这个意象集中体现了"文革"的精神恐怖对个体所造成的强烈伤害，与此相关的是另一个意象：下油锅煎熬。对于"文革"情感记忆的核心因素是"精神恐怖"。"噩梦"召唤了那段痛苦的岁月、昭示了鬼魂阴魂不散的现实，这个意象连接了过去也指向当下。一位研究者曾经这样谈论《随想录》中的"噩梦"："《随想录》凡一百五十篇，以'噩梦'为题的只有一篇，然而，噩梦的意象却无时不在，无处不在。也可以说，噩梦二

---

① 何兆武：《上学记》第 189 页。

② 巴金：《"文革"博物馆》，《巴金全集》第 16 卷第 692 页。

字可以意领全部《随想录》的叙事指向。没有噩梦的反复困扰和逼迫，没有潜意识中的噩梦的冲动，巴金不会揪住自己在十年'文革'中精神受虐待、人格遭扭曲的惨痛经历不放。反复的追问意在化解噩梦的记忆，化解摆脱不掉的绝望、焦虑的精神状态。然而，在《随想录》终篇的时候，我们仍可以看到，这种渴望化解绝望、焦虑的意向非但没有减轻，反而日益加重。"[①]正是在这种焦虑中，巴金感受到下油锅煎熬般的痛楚："噩梦"是"文革"留给他的后遗症，是不请自来也摆脱不掉的精神恐怖；而下油锅更多则是巴金为洗刷人格耻辱、净化自己心灵的主动选择。在这两者的压迫下，他的精神焦虑不断加重，这构成了《随想录》内在的张力。作家用燃烧自己的生命来换取灵魂的安宁，很显然这个过程不是欢乐的，而是痛苦的。《随想录》以这样的一个灵魂受难显示了"文革"对一个生命和心灵的戕害。

"噩梦"在《随想录》中既是具有象征意义的隐喻，同时也是写实，在巴金日记中就曾留有这样的记录："半夜做怪梦，与魔怪斗，跌下床来。幸未跌伤。"[②]这种"文革"后遗症不仅在巴金身上有，许多遭受迫害的人都有，胡风比巴金还要严重得多，他经常因担心别人来逮捕他而高度紧张以致精神失常[③]。巴金回忆自己做这种怪梦最多的时候，一个是"文革"中期："我受够了精神折磨和人身侮辱""精神受到压抑，心情不能舒畅。我白天整日低头沉默，夜里常在梦中怪叫。那些鬼怪三头六臂，十分可怕，张牙舞爪向我奔来。我一面挥舞双手，一面大声叫喊。"[④]他曾把家中床头台灯的灯泡打碎，还曾在五七干校带着叫声从床上摔下来。另一个噩梦较多时期是一九八三年和一九八四年两次住院和回家疗养期间，这个时候死亡的恐怖压迫着他，而社会上关于"清污"的各种消息和关于巴金个人的小道消息使得巴金在内外交困中又有了一种"文革"卷土重来的感觉，因此怪梦不断，深以为苦："我常常讲梦话，把梦景和现实混淆在一起，有

---

① 刘喜录：《灵魂的自救与被救》第 40 页，北方文艺出版社 2005 年版。

② 巴金 1978 年 8 月 17 日日记，《巴金全集》第 26 卷第 267 页。

③ 见梅志《胡风传》第十五、十六两章，北京十月文艺出版社 1998 年版。

④ 巴金：《说梦》，《巴金全集》第 16 卷第 265 页。

一次我女婿听见我在床上自言自语：‘结束了，一个悲剧……’几乎吓坏了他。”“我甚至把梦也带回了家。晚上睡不好，半夜发出怪叫，或者严肃地讲几句胡话，种种后遗症迫害着我，我的精神得不到平静。”[①]噩梦的恐惧带给他另一个恶果是失眠，这时情绪更为焦躁，身心备受折磨。

巴金在梦中所梦的最多是与妖魔鬼怪争斗，他自己解释说：“……我在梦中斗鬼，其实我不是钟馗，连战士也不是。我挥动胳膊，只是保护自己，大声叫嚷，无非想吓退鬼怪。我深挖自己的灵魂，很想找到一点珍宝，可是我挖出来的却是一些垃圾，为什么在梦里我也不敢站起来捏紧拳头朝鬼怪打过去呢？”[②]精神恐惧所带来的心灵创伤一直不曾消退。鬼怪的形象在西方应当是一种恶兽的外形：“秃鹫喙一般的的尖鼻子，某种动物的尖耳朵，翅膀，獠牙……在此基础上增加山羊的外形特征：角、腿、尾巴——把他弄得像希腊的自然之神潘。有时他还长有马蹄……他的翅膀状似蝙蝠，以区别于天使的翅膀。”[③]这是一个“兽”的形象，在巴金的现实认知中“兽”又是什么样子呢？

> 不说做梦，单单听到某些声音，我今天还会打哆嗦。有一个长时期，大约四五年吧，为了批斗我先后成立了各种专案组、“批巴组”、“打巴组”，成员常常调来换去，其中一段时间里那三四个专案人员使我一见面就“感觉到生理上的厌恶”。我向萧珊诉过苦，他们在我面前故意做出“兽”的表情。我总觉得他们有一天会把我吞掉。我果然梦见他们长出一身毛，张开大嘴吃人。我的梦并不是从这里开始，然而这个时候起它就不断地来，而且越来越凶相毕露。我在梦中受罪，醒来也很感痛苦。……我的伤痕就是从这里来的，我的病就是从这里来的。我挣扎，并未得到胜利；我活下来，却留下一身的病。[④]

① 巴金：《病中(一)》，《巴金全集》第16卷第460页。

② 巴金：《说梦》，《巴金全集》第16卷第266页。

③ [德]汉斯·比德曼：《世界文化象征辞典》第230页，刘玉红等译，漓江出版社2000年版。

④ 巴金：《我的噩梦》，《巴金全集》第16卷第540—541页。

很明显这些梦中的鬼怪是可以置换为现实中的“红卫兵”、造反派等等这些曾经带给巴金人格侮辱的人[①]，巴金所不断疑问的是人为什么就化做了凶狠的兽？包括那些仅有十几岁的学生。出现在巴金的梦中的还有精神恐怖的场面，此时，梦与现实已经混为一团：“第二天午夜我又在床上大叫，梦见红卫兵翻过墙，打碎玻璃、开门进屋、拿皮带打人。一连几天我做着各种各样的梦，以前发生过的事情又在梦中重现；一些人的悲惨遭遇集中在我一个人身上。”[②]这种恐怖的感觉并非在睡梦中刻意夸大，而是巴金当年的现实体验[③]。《随想录》中就曾描述过很多那种大祸临头又不知路在何方的恐怖情景[④]。它们带给巴金的未必是惨痛的肉体伤害，而是长久以来无法摆脱的精神刺激。以至于多年以后，意外听到两段样板戏，巴金都有一种“毛骨悚然的感觉”，“接连做了几天的噩梦”[⑤]。从一定意义上讲，巴金认为十年“文革”就是一场他喝了迷魂汤变成了非人的噩梦，但他不希望梦醒了就轻松地摆脱掉这段历史，他倒希望人们记住这种噩梦的可怕使类似的灾难不再发生，这也是他在多病的晚年宁愿把自己放到油锅中煎熬也要写出《随想录》的巨大动力。他并非简单地“执著”于过去不放，而是面对现实和面向未来，他在喊出“人啊，你们要警惕！”的时候，已经看出了有些魔鬼的“变形记”：“说实话，我前两天还在做可怕的怪梦，几张凶神恶煞的面孔最近常常在我眼前‘徘徊’。我知道当时有一

---

① 对此还可参见刘喜录《灵魂的自救与被救》一书中《释梦：〈随想录〉中的民俗分析》一文的分析。

② 巴金：《我的噩梦》，《巴金全集》第16卷第540页。

③ 如巴金在《人道主义》中所写：“一九六六年我作为审查对象在作家协会上海分会的厨房里劳动，一个从外面来的初中学生拿一根鞭子抽打我，要我把他带到我家里去。我知道要是我听他的话，全家就会大祸临头。他鞭打，我不能反抗（不准反抗！），只有拼命奔逃。也并不知道我是干什么的，只听人说我是‘坏人’，就不把我当人看待。他追我逃，进进出出，的确是一场绝望的挣扎！”，《巴金全集》第16卷第590页。

④ 如巴金《小狗包弟》中所写“文革”初期看到邻居家被抄，不知等待自己的命运是什么的恐怖，《巴金全集》第16卷第166页。

⑤ 巴金：《样板戏》，《巴金全集》第16卷第680页。

些人变成猛兽，后来又还原为'人'，而且以革命者的姿态出现。这可能是好事。但在我的怪梦里那些还原为人的'人'在'不正之风'越刮越厉害的时候却又变成了猛兽……"①

噩梦是"文革"残留在巴金身上的残痕，而"下油锅"则是巴金心灵的自我净化。值得注意的是这个净化的过程绝不是拍拍身上灰尘那么轻松，它甚至如西绪弗斯一样将自我放逐到永无终结的困境。将过去的我找回来，整个《随想录》的写作中弥漫着一个曾经被扭曲的灵魂努力恢复自我形象的痛苦。他曾经为了明哲保身而跟在别人后面丢石块，他差点被驯化成一个没有意志的机器，他曾经唯唯诺诺地连最基本的做人权利都不敢捍卫……巴金所袒露出的这个"自我形象"实际上是以自己作为活的标本对"文革"给人造成伤害的最痛切控诉。而摆脱这些缠绕的艰难过程也丝毫不落地保留在《随想录》里了：

> 至于"文革"初期由于个人崇拜，我更是心悦诚服地拜倒在"四人帮"的脚下，习惯地责骂自己、歌颂别人。即使这是当时普遍的现象，今天对人谈起"十年"的经历，我仍然无法掩盖自己的污点。花言巧语给谁也增添不了光彩。过去的事是改变不了的。良心的责备比什么都痛苦。想忘记却永远忘不了。只有把心上的伤疤露出来，我才有可能得到一点安慰。②

在这种寻求自我的过程中，《随想录》中还有大量怀念亲友的篇章，他们向我们展示的是可以与巴金作为参照或拥有同样经历的各种知识分子的经历，尤其是在"文革"中的经历，同时代人的遭遇也更为形象地将我们拉回了"文革"和更为宽广背景的历史现场中。从妻子萧珊和自己一家的

---

① 巴金：《"从心所欲"》，《巴金全集》第 16 卷第 628 页。

② 巴金：《"保持自己的本来面目"》，《巴金全集》第 16 卷第 500 页。

遭遇，到在戏剧中高呼“我爱咱们的国呀，可是谁爱我呢”的老舍，还有默默一生到后来悲惨死去的丽尼，有九死而不悔却从一个生龙活虎的生命被折磨成病人的胡风……巴金所谈的是朋友的事情，也是借着朋友的遭遇来说自己的话，来反省自己的内心，重心仍然是指向“文革”和那段特殊的岁月。比如《怀念烈文》，黎烈文人在台湾，根本就不曾经历过“文革”，但巴金却写到了“文革”中人们泼在他这位朋友身上的污水，而自己根本就没有去替朋友申辩的道义缺失。写丰子恺，写出的是自己如何喝“迷魂汤”一步步走向深渊的心路历程：起初是同意丰子恺的观点，对别人的批评不以为然，“但是听的次数多了，我也逐渐接受别人的想法，怀疑作者对新社会抱有反感。”“文革”开始后，看到丰子恺等人遭难，自己也觉大祸临头，但还是没有放弃通过努力“表现”拯救自己一家人的想法，直到这个幻想破灭了，还想通过改造争取更低标准的生存希望，而在这一步步的“争取”、“努力”下让渡出去的是自己的人格、权利，还有对同类的同情和支持：

> 我也给戴上了“反动学术权威”的帽子，这只是几顶帽子中的一顶，而且我口服心服地接受了。我想：既然把我列为“权威”，我不是“反动的”，难道还是“革命的”？我居然以为自己“受之无愧”，而且对丰先生的遭遇也不感到愤慨。在头两年中我甚至把“牛棚”生活和“批斗”折磨当作知识分子少不了的考验。我真正相信倘使茹苦含辛过了这一关，我们就可以走上光明大道。我受批斗较晚，关入“牛棚”一年后才给揪上批斗场。我一直为自己能不能过好这一关担心。我还记得有一天到“牛棚”去上班，在淮海中路陕西路口下车，看见商店旁边墙上贴着批判丰子恺大会的海报，陕西路上也有。看到海报，我有点紧张，心想是不是我的轮值也快到了？当时我的思想好像很复杂，其实十分简单，最可笑的是，有个短时期我偷偷地练习低头弯腰、接受批斗的姿势，这说明我是心甘情愿地接受批斗，而且想在台上表

> 现得好。后来我真的上了台，受到一次接一次的批斗，我的确受到了“教育”：人们都在演戏，我不是演员，怎么能有好的表现呢？[①]

强大的外在精神恐怖，被改造过的个人思想意识，里应外合让一个悲剧顺利上演。回忆这些心理过程，巴金是带着强烈的自我反省和批判意识的，但他又尽量小心翼翼地保护下当年的现场感觉，让我们看到了一个独立的、个体的“人”怎样变成了非人。《随想录》让我们感同身受地去体验这段历史，同时又不断地提醒我们：它们又不仅仅属于历史。更为重要的是巴金的这个观点：“我认为那十年浩劫在人类历史上是一件大事。不仅和我们有关，我看和全体人类都有关。要是它当时不在中国发生，它以后也会在别处发生。”[②]这也提示了我们，他对“文革”的反思不是仅仅对一个在特定时间段、特定地点发生的政治事件的反思，更重要的是追索到个人和人性的反思，在这一点上《随想录》中反复呈现的个人的内心情感和变化历程就不是一个老人的唠叨，而别有价值。

四、不能缓解的紧张关系

《随想录》能够带给我们这样的现场感和痛切感，与作者“自我在场”的特殊叙述方式有关。笼统地说《随想录》是上世纪八十年代思想解放运动的产物，它几乎也触及了那个时代大多数的重要思想和文化的话题，但在许多具有那个时代语言特征的词句背后却潜藏着非常执著的个人性。这么说不是因为他谈论了多少专属个人性的话题，而是因为他的谈论方式和谈论内容所具有的个人性，这些明显地体现在《随想录》与他所写作的时代、作者与自我始终无法达成和解上。也正是在这两点中，《随想录》

① 巴金：《怀念丰先生》，《巴金全集》第16卷第316—317页。

② 巴金：《我和文学》，《巴金全集》第16卷第270页。

显示出强烈的自我在场感。

巴金一直是在现实的压力下坚持自己写作的。个中甘苦,他在《合订本新记》中已经谈了很多了。如果说最初《随想录》关于“文革”的反思是响应时代号召而做出的话,随着时间的推移,这已经是越来越不合时宜的事情了。很快就有人提倡要“向前看”,就有人号召“歌德”了,对此巴金都有非常迅速的反应:“我很奇怪,究竟是我在做梦,还是别人在做梦?难道那十一年中间我自己的经历全是虚假?难道文艺工作者界遭受到的那一场浩劫只是幻景?‘四人帮’垮台才只三年,就有人不高兴别人控诉他们的罪恶和毒害。这不是健忘又是什么!我们背后一大片垃圾还在散发恶臭、染污空气,就毫不在乎地丢开它、一味叫嚷‘向前看’!好些人满身伤口,难道不让他们敷药裹伤?”“但为什么我们不可以给他们留一点真实材料呢?我们为什么不可以把个人的遭遇如实地写下来呢?难道为了向前进,为了向前看,我们就应当忘记过去的伤痛?就应当让我们的伤口化脓?”①

一个时代最有光芒的思想往往不是漂浮在社会表面的形形色色的观念,反倒是潜藏在它们之下的个人思考,《随想录》中记录了巴金与这些社会流俗相互撕扯、咬啮的过程,呈现了他独立思考的结果。为此,他也付出了相当的代价。比如,一九八一年发生他的《怀念鲁迅先生》被删节的事件,巴金不但立即写下《“鹰的歌”》提出抗议②,而且“巴老给胡乔木写信,表示不赞成不写‘文革’,还说:我就是你这个讲话的受害者。这是当年巴老告诉我的。”③而且《随想录》的这种遭遇并非一次,在一九九〇年出版的《讲真话的书》中《“文革”博物馆》一文只能以存目的方式与读者见面。当“文革”逐渐淡出人们视野时,巴金却不断地提醒人们:“往事不会

① 巴金:《绝不会忘记》,《巴金全集》第16卷第129页。

② 此事可参见潘际坰:《〈随想录〉发表的前前后后》,收陈思和、周立民编《解读巴金》;《“鹰的歌”》见《真话集》。

③ 李致:《从“存目”谈起》,陈思和、李存光主编《生命的开花——巴金研究集刊卷一》第225页。文汇出版社2005年版。

消散，那些回忆聚在一起，将成为一口铜铸的警钟，我们必须牢牢记住这个惨痛的教训。”[①]为此巴金几乎被目为持不同政见者，《随想录》成了某种忌讳，关于他的小道消息很多，连朋友都担心，但巴金依旧“毫不在乎”[②]。

> 时任中宣部部长王任重曾批评“文艺界某些人自由化倾向严重”。针对周扬同志所说：“《假如我是真的》（话剧）、《在社会档案里》（电影剧本），在台湾即使被拍成电影也没有什么了不起”的话，王任重说：“《骗子》（即《假如我是真的》）、《在社会档案里》已在台湾开拍，这说明什么问题？过去进步作家就因为一篇文章，被国民党抓起来坐牢、杀头，为什么现在有些人写的作品受国民党表扬？这究竟是什么性质的问题？毛主席说的‘凡是敌人反对的，我们就要拥护；凡是敌人拥护的，我们就要反对。’这句话我看不要批嘛。”（一九八一年一月二十八日）“文艺作品中反映右派、反右倾搞错了，反映冤假错案的内容，前一段写一些是可以理解的，有的也是好的；但今后不宜写得太多。……党是妈妈，不能因为妈妈错打了一巴掌就怨恨党。”王任重还批评《人民日报》第八版（文艺版）“思想路线不端正”。“《太阳与人》（电影）我们看了都不同意上演，反右影片有一定消极作用，今年不要再拍了。”“赵丹遗言有原则错误，却被捧为‘宝贵的遗言’。”[③]

王任重批评的这些问题巴金在《随想录》里几乎都旗帜鲜明地支持过，有的还不仅写了一篇文章而是几篇文章。在各种现实压力中，巴金不再屈服了，他要在独立思考的道路上坚定地走下去了。作为这样一份记

---

① 巴金：《怀念胡风》，《巴金全集》第16卷第746页。

② 见巴金1981年2月16日致萧乾、文洁若信中说：“点名问题几个月前就传过，说法不一，最近又流传起来。有人替我担心，其实我毫不在乎。这应当是最后一次的考验了。”收《俩老头儿：巴金与萧乾》第154页，中国工人出版社2005年版。

③ 顾骧：《晚年周扬》第12—13页，文汇出版社2003年版。

录,《随想录》的写作过程体现出在强大的体制面前捍卫个人表达权利的抗争,这也是一种宝贵的精神资源,它已融汇到文字中成为《随想录》的重要组成部分。

构成《随想录》内在驱动力的还有巴金与自我的紧张关系。客观地来讲,巴金尽管也曾写过一些批判别人的文章,但那都是在形势的逼迫下的人云亦云,对此,那个时代的经历者中恐怕在此难得清白,何况巴金还是风头浪尖上的人物,遇到要表态的时候他甚至连沉默的权利都没有。巴金是一个从众者,到后来连从众的权利也被剥夺,成了十足的受害者。所以在新时期巴金完全可以像许多老作家一样以一个受害者的身份去控诉,去将历史责任推给那些将他们推入深渊的当权者。但《随想录》的基调却不是控诉,而是忏悔;在历史的审判台上,巴金首先审判的是他自己。没有人要求他这样做,甚至更多人劝他洒脱一点,不要与自己过不去,幸福安度晚年。可是巴金选择的却是一条孤寂的路,他将自己的灵魂送进了油锅中去煎熬,以苦难来净化自己的灵魂,这是一个内心的道德律令对自我的要求,而不是外在的强制要求。他一再表示:"我不是为了病中消遣才写出它们;我发表它们也并不是在装饰自己。我写因为我有话要说,我发表因为我欠债要还。十年浩劫教会一些人习惯于沉默,但十年的血债又压得平时沉默的人发出连声的呼喊。我有一肚皮的话,也有一肚皮的火,还有在油锅里反复煎了十年的一身骨头。火不熄灭,话被烧成灰,在心头越积越多,我不把它们倾吐出来,清除干净,就无法不做噩梦,就不能平静地度过我晚年的最后日子,甚至可以说我永远闭不了眼睛。"①这并非仅仅是一种姿态,在私人通信中巴金也表示了同样的心境:

> 我们社会一天天老化的时候,多活就是一种成就。只要闭眼养神,就算是对得起自己,何必管闲事发牢骚,何必动脑筋讲真话,而且提倡讲真话,劝人讲真话!? 有些人讨厌我,以为我爱说真话,其实我

---

① 巴金:《〈无题集〉后记》,《巴金全集》第16卷第757页。

> 讨厌自己，正是因为我那些年假话讲得太多，我总得把债还清，我不想白吃干饭。
>
> 您对李辉说叫巴金不要那样忧郁，那样痛苦（大意），难道您不知道正是因为我发见自己讲了假话，想不到还债的办法，而感到苦恼！？[①]

反省自己的历史责任者并不仅仅巴金一人，但是像巴金这样揪住自己不放、内心搏斗的激烈深度这么深的却是鲜见，巴金为何不肯放过自己？学者李辉的观点可谓知人论世："决定写《随想录》，是巴金道德人格的复苏。……《随想录》中，那个痛苦的巴金，主要是在做自己灵魂的剖析，而这把手术刀，便是道德。……他之所以反复鞭挞自己的灵魂，我想就是因为当他重新审视自己在历次政治运动中的表现时，看到那些举动，同他当年为自己确立的道德人格的标准，有着明显的差距。正义、互助、自我牺牲，他在二十年代翻译克鲁泡特金《伦理学》时所信奉的做人的原则，早已消灭得无影无踪，在那些政治运动中，他并没有做到用它们来约束他如何去生活，去做人，而是为了保全自己而被动去写检讨，去讲假话，去批判人，包括他所熟悉的友人。这便是《随想录》中巴金的痛苦。"[②]巴金这种反省是有着普泛意义的，正如他所思考的，"文革"能够发动起来难道仅仅是"四人帮"几个人兴风作浪吗？如果每个人都能捍卫个人的权利、如果大家都不是对"神"顶礼膜拜又怎么会有一呼百应的狂热场面？巴金甚至一直在追寻自己参与制造谎言并喝下了迷魂汤的过程等等，这些都是极为珍贵的历史证词。

在内外双重压力下，《随想录》中充满了紧张感和焦虑感，它们的存在实际上也体现了作者自我的在场，借此也使得那场浩劫带给人的精神伤害的疼痛感无法被无情的时间抹去。《随想录》有着特殊的叙述方式和叙

---

① 巴金1991年12月5日致冰心信，《再思录》增补本第128—129页。

② 李辉：《一个知识分子的世纪肖像》第128—129页，四川人民出版社2003年版。

述姿态，这种写作状态借用胡风的一个理论名词叫做“灵魂的自我搏斗”，而众多同类作品不能不说太“客观主义”了。我不想在此比较这两类作品的高下和价值的大小，对他们的态度有一点是必须明确的：只要是能够真实地叙述以往历史的个人回忆都具有储存情感记忆的价值，都会对我们认识历史、理解历史有所帮助。在此，我只想强调《随想录》的叙述姿态的独特性。韦君宜的《思痛录》、季羡林的《牛棚杂忆》、杨绛的《干校六记》、孙犁的《芸斋小说》等同类作品从通常意义上讲比《随想录》更“文学”，但其中的超然感是不言而喻的[①]。他们或者大彻大悟地总结自己的经历，或者将苦难化作黑色幽默无可奈何地摇摇头，但讲述的过程中“客观性”较强，经历的叙述较多，几乎并不涉及内心的拷问和个人灵魂的煎熬。好多人可能不敢去碰“文革”这块伤疤，而宁愿去书写自己早年更为美好的回忆，毕竟谁都愿意炫耀过五关斩六将的英雄史而不愿提走麦城那一档子事儿。中国传统的审美标准中历来崇尚超脱，认为这样才是达到了人生历练的某种境界，但实际上是老庄避世哲学的影响，而有些问题是无法也不能回避的，否则是对历史的不负责任，尤其是当事人，以这样超然的态度完成的作品难说就是杰作。当朱光潜高唱“静穆”是文学的极致时，鲁迅就捣了一次乱，举例说：“自己放出眼光看过较多的作品，就知道历来的伟大的作者，是没有一个‘浑身是“静穆”的。’”[②]鲁迅实际上同样不赞同将所有生活和人生的内容都对象化的，尽管那样可能是“极境”，但也可能陷入“绝境”。从这个意义上讲，胡风心中的文学更充满元气淋漓的力量：“文艺创造，是从对于血肉的现实人生的搏斗开始的。血肉的现实人生，当然就是所谓感性的对象，然而，对于文艺创造（至少是对于文艺创造），感性的对象不但不是轻视了或者放过了思想内容，反而是思想内容最尖锐的最活泼的表现。”只有在对象的摄取过程中有着对“血肉的现实

---

① 非常有意思的是张中晓的《无梦楼随笔》虽然是一部理论思考的笔记，但作者的在场感是非常强烈的。

② 鲁迅：《题未定草・七》，《鲁迅全集》第6卷第430页，人民文学出版社1981年版。

人生的搏斗”，所创造的艺术世界才“真正是历史真实在活的感性表现里的反映，不致成为抽象概念的冷冰冰的绘图演义。”[①]《随想录》中充满的是燃烧的激情，正如巴金一再声言：“我一刻也不停止我的笔，它点燃火烧我自己，到了我成为灰烬的时候，我的爱我的感情也不会在人间消失。”[②]

在此不妨将《随想录》同两本同样名重一时的作品做一个比较，那就是冯友兰的《三松堂自序》和韦君宜的《思痛录》，后两者可能比《随想录》更多地揭示了某些重要历史事件的内幕，但《随想录》却比他们更重视心灵的内幕。在《三松堂自序》、《思痛录》中也能够看到作者自我反省，但常常是一个态度、结论而不是心理的过程，更难得一见“灵魂的自我搏斗”。冯友兰在《三松堂自序》中谈到了“修辞立其诚”，也可以说是“讲真话”吧，他对历史的回忆，包括与蒋介石、江青的交往虽然不乏客观的叙述但也未尝没有自辩的成分，当然也有反省：“可是我当时也确有哗众取宠之心。有了这种思想，我之所以走了一段极左路线，也就是自己犯了错误，不能说全是上当受骗了。”[③]只有这样抽象的结论和“客观”的事实，这样的叙述实际上也是某种程度地抽去了情感记忆的叙述，它的弊端我们在前面早已讨论过了。韦君宜的《思痛录》是从一个坚定的党员立场上，“让我们党永远记住历史的教训，不再重复走过去的弯路。让我们的国家永远在正确的轨道上，兴旺发达”[④]来写这本书的，但书中更多的是经历叙述，甚至是“我看见”的别人的经历，唯独“我”的体验在叙述中很节省。大概我们的历史和文学观念就是“事实胜于雄辩”，永远都是榨干了个人情感的回忆才是信史？就韦君宜而言倘若她能够直面自己的内心，《思痛录》会不会有着更大的震撼力？因为她更为丰富的内容内心被时间带走了，特别是看到《王蒙自传》中的描述，我的感慨就更大了。王蒙描述在“文革”

---

① 胡风：《置身在为民主的斗争里面》，《胡风全集》第 3 卷第 188 页，湖北人民出版社 1999 年版。

② 巴金：《再访巴黎》，《巴金全集》第 16 卷第 75 页。

③ 冯友兰：《三松堂自序》第 183 页，人民出版社 1998 年版。

④ 韦君宜：《思痛录》第 4 页，北京十月文艺出版社 1998 年版。

的结束前夕，韦君宜恢复工作来到新疆，他乡遇故知，正在期盼重新执笔的王蒙听到这个消息兴奋异常，他以可以想象的热情去宾馆里见韦君宜，“但是她对于我的到访没有任何反应。我的所有的问安所有的惦记所有的心情她都没有任何回应。我与她说话的比例大约是二十至五十比一，就是我说二十到五十句话，她回答一句半句。”王蒙只能悻悻告辞。“文革”结束后不久，王蒙的妻子去京探亲，“我仍要她去看望一次韦君宜。韦对芳也是一句话也没有，直到芳干干地告辞，说是她说了一句：‘代问好。’整个拜访，得到的就是这三个字。芳说，一辈子她这样的经历只有两次，一次是‘反右’后有人自杀后她去机关领我的工资时，一次是在此时与韦君宜的见面。她认为自己从来没有受过这样的侮辱。”王蒙的评价是，她“真诚地助人，真诚地服从，真诚地检讨也真诚地贯彻政策，极端真诚地划清运动要求的界限，真诚地绝对地不讲一丝一毫感情和面子直到起码的待人接物的礼貌。她的真诚令我感动也令我恐怖……”[①]每一个人都有一个丰富的内心世界，历史可能忽略这个世界，但文学似乎不应当忽略，不应当只有“冷冰冰”的事实。《随想录》这样的作品也常常诱导我去想究竟什么是文学？比如司马迁的《报任安书》最初不过是司马迁言志述往的一封书信，那个时代有许多文辞比它精致、讲究的骈文，但你能记住多少呢？《报任安书》留传下来你能说它仅仅靠的是文辞，不是灌注其中的司马迁的人格、命运遭际和意志力量起了更重要的作用？文学是语言的艺术，但如果把它变成语言的实验场而远离了精神的承担，这样的文学会有生命力吗？如此说来，真的有必要重新来认识文学的本质。至少，谈论《随想录》同样不能把它与巴金的痛苦经历、特殊的内心历程和那个时代的历史背景剥离开来，因为它们已经是《随想录》的重要的内在构成部分。

如果把《随想录》的历史贡献定位于它保存了我们的情感记忆，这似乎削减了该书的意义，仿佛也回避了某些问题，似乎除了这些，这本书真的像批评者所指责的那样没有思考了。完全不是的，我只不过说作为作

---

① 王蒙：《王蒙自传·第一部·半生多事》第364、364、365页，花城出版社2006年版。

家的巴金所思考的方式不一样而已。其实《随想录》中许多思考实际上已经触及了非常深刻的话题，在今天仍然值得反思。更为重要的是巴金不想为这些话题做出某种抽象的结论，他只是以自己的经历做出说明。《随想录》是一部没有结论的书。

鲁迅先生希望自己的书“速朽”，因为那样意味着他所批评的现实问题都被解决了，真的可说功德圆满了；而巴金则希望人们更多地看看他的《随想录》，因为《随想录》是他的难以实现的愿望中唯一可以实现的东西。那么，倘若真有一天，我们不需要《随想录》的时候，是完全遗忘了老人的叮嘱，还是问题的彻底解决呢？想到这些，我十分惶惑。

二〇〇六年十二月三日午夜于国权路

另一个文本
——《随想录》的手稿解读

《随想录》的写作是一种开放式，在八年中间，巴金的思考不断推进，外在的形势不断变化，都对作者有所触动，这些都及时地反映到创作中，它是“随时”记下的“感想”。它的写作，正值中国当代最为火热的思想解放年代，作者和生活在那个时代中的人一样，不断地挣脱思想束缚，打破框框，也不断地打开内心、解剖自己。因为有这样的写作背景，所以不能把《随想录》看作是一次成型的封闭的、固定的文本，而要充分考虑到它在不同写作时段的变化，考虑到外界信息对作者刺激、作者反应的动态过程。因此，《随想录》从手稿的修改到各版本之间调整，既是研究的重要内容，也是考察作者写作过程、思想变化的重要媒介。

一、《随想录》的版本情况

《随想录》有可能是版本最多的当代文学作品之一，但择其大要，无非有以下几个系统：

（一）手稿及手稿本。

巴金《随想录》的手稿以圆珠笔、水笔写在普通稿纸上，大部分手稿有复写纸复写件，这些手稿绝大部分由责任编辑潘际坰按照巴金的要求分捐给国家图书馆、上海图书馆和中国现代文学馆等机构[①]。一九九八年十一月，上海文化出版社出版《随想录手稿本》，共分五集，第一次全面再现《随想录》手稿的原貌。但其中缺《我和文学》、《怀念鲁迅先生》、《"鹰的歌"》、《怀念马大哥》、《"掏一把出来"》、《答井上靖先生》、《文革博物馆》、《核时代的文学——我们为什么写作》、《〈无题集〉后记》等九篇手稿。二〇〇一年上海文化出版社与华宝斋古籍书社合作印行线装本《巴金随想录手稿本》时候，所缺手稿补上《"掏一把出来"》、《答井上靖先生》两篇，并增《没有神》为代跋。其中《文革博物馆》手稿现在显示由上海图书馆收藏，笔者调阅后发现，为他人抄件，而不是巴金亲笔。

(二)《大公报》初刊稿。

《随想录》自一九七八年十二月十七日至一九八六年九月二十八日，作为专栏发表在《大公报》上。《大公报》初刊稿是手稿的定稿，也比较接近后来出版的单行本，但也有一些不同，最为人知的就是《怀念鲁迅先生》一文在发表时遭到报社删改，接下来巴金的抗辩文章《"鹰的歌"》在《大公报》上也以有目无文的形式出现[②]。《怀念鲁迅先生》发表于《大公报》一九八一年九月二十五日，正如巴金所言："凡是与'文化大革命'有关或者有'牵连'的句子都给删去了，甚至鲁迅先生讲过的他是'一条牛，吃的是草，挤出来的是奶和血'的话也给一笔勾销了，因为'牛'和'牛棚'有关。"[③]对照一下，删改集中在这两段上：

> 我还记得在乌云盖天的日子，在人兽不分的日子，有人把鲁迅先生奉为神明，有人把他的片语只字当成符咒；他的著作被人断章取

---

① 藏有少量《随想录》手稿的机构还有：上海档案馆、成都慧园、泉州的黎明大学以及上海的巴金故居。

② 香港三联书店版初版的《真话集》中，《"鹰的歌"》一文章缺，在 1982 年 2 月人民文学版《真话集》初版中才收入。

③ 巴金：《"鹰的歌"》，《巴金全集》第 16 卷第 344 页。

义、用来打人，他的名字给新出现的“战友”、“知己”们作为装饰品。在香火烧得很旺、咒语念得很响的时候，我早已被打成“反动权威”，做了先生的“死敌”，连纪念先生的权利也给剥夺了。在作协分会的草地上有一座先生的塑像。我经常在园子里劳动，拔野草，通阴沟。一个窄小的“煤气间”充当我们的“牛棚”，六七名作家挤在一起写“交代”。我有时写不出什么，就放下笔空想。我没有权利拜神，可是我会想到我所接触过的鲁迅先生。在那个秋天的下午我向他告了别。我同七八千群众伴送他到墓地。在暮色苍茫中我看见覆盖着“民族魂”旗子的棺木下沉到墓穴里。在“牛棚”的一个角落，我又看见了他，他并没有改变，还是那样一个和蔼可亲的小小老头子，一个没有派头、没有架子、没有官气的普通人。

二十五年前在上海迁葬先生的时候，我做过一个秋夜的梦，梦景至今十分鲜明。我看见先生的燃烧的心，我听见火热的语言：为了真理，敢爱，敢恨，敢说，敢做，敢追求。……但是当先生的言论被利用、形象被歪曲、纪念被垄断的时候，我有没有站出来讲过一句话？当姚文元挥舞棍子的时候，我给关在“牛棚”里除了唯唯诺诺之外，敢于做过什么事情？

十年浩劫中我给“造反派”当成“牛”，自己也以“牛”自居。在“牛棚”里写“检查”、写“交代”混日子已经成为习惯，心安理得。只有近两年来咬紧牙关解剖自己的时候，我才想起先生也曾将自己比做“牛”。但先生“吃的是草，挤出来的是奶和血”。这是多么优美的心灵，多么广大的胸怀！我呢，十年中间我不过是一条含着眼泪等人宰割的“牛”。但即使是任人宰割的牛吧，只要能挣断绳索，它也会突然跑起来的。

这三段是完全被删掉。除了这种情况而外，在结集为单行本出版时，巴金也对个别字句做过修改，目前巴金故居保存了一些用于单行本发排的《大公报》的剪报，上面有巴金修改的笔迹。不妨略举数例：

第七则《"遵命文学"》中:我在追悼会上读了悼词,想起他的不明不白的死亡,……(划线部分为巴金后来补充,以下同)

何况第二个月单位[划线部分改为:以群死后作家协会上海分会]就停发了以群的工资,……

第十则《把心交给读者》中:我朝夕盼望有一两位作家出来"干预生活",替我伸冤,我在梦里好像见到了伏尔泰和左拉,……

第二十九则《纪念雪峰》中:一九三六年我在上海,忽然听见河清(黄源)说雪峰从陕北到了上海。

雪峰走过出版社,进来看我,……

说某同志托他找我去担任一家即将成立的出版社的社长,我说我不会办事,请他代我辞谢。

在此,还要补充的是二〇一〇年九月,在整理巴金故居资料时,发现一册巴金在印刷本上的校改。巴金用的是人民文学出版社本《随想录》第一集一九八〇年六月初版、一九八九年十一月北京第一次印刷本,从字迹看,应为九〇年代的修改,对照后来出版的各本,各处修改都没有体现在各印本中,因此在此逐一录出,以供研究者参考:

《谈〈望乡〉》:说实话,我看一次这部[两字删除]影片,就好像受到一次[划线文字为增补的,下同]谴责,……

《怀念萧珊》:她同我谈了八年的恋爱,后来我们从桂林到贵阳旅行结婚,只印发了一个通知,没有摆过一桌酒席。

《遵命文学》:我至今还是 一个不懂文学的外行,但谁也没有[改为:无]权说我写的小说并不是小说,并不是文学作品。

《里昂》:但是牵系住我的心的还是深厚的友情①。

① 此处查巴金手稿,原文就有这个"的"字,可见出版排印时遗漏。在三联书店 2004 年 4 月北京第 8 次印刷本、作家出版社 2005 年 10 月第 2 版和后面的印本中均改正,估计为编者所改;人民文学出版社系统各本均未改。

(三)《随想录》结集印刷本。

主要有五大系统:

1. 香港三联书店和人民文学出版社分册单行本。它们是随着《随想录》的写作过程而结集出版的单行本。《随想录》第一集,香港三联书店于一九七九年十二月出版,人民文学出版社于一九八〇年六月出版,最后一集《无题集》两家出版社均于一九八六年十二月出版。单行本奠定的是《随想录》基本格局,以后在不同时期曾重印过。

2. 北京三联书店和香港三联书店的合订本。一九八七年八月北京生活·读书·新知三联书店出版精装本《随想录》合订本[①],这是《随想录》第一次出版合订本,巴金为它写下了长篇的《合订本新记》,回顾了《随想录》写作八年的心路历程,最后说:“讲出了真话,我可以心安理得地离开人世了。可以说,这五卷书就是用真话建立起来的揭露‘文革’的‘博物馆’吧。”[②]一九八八年五月香港三联书店又出版《巴金随想录》合订本,与北京三联版的合订本最重要的差别是巴金改写了《怀念胡风》一文第二节首段:

> 解放初期我和胡风经常见面。出席首次全国文代会,我们不是在一个团,他先到北平,给编在南方第一团。会后他和我,和第二团的同志们同车回上海。九月参加首届全国政协第一次会议,我们从上海同车赴北平[改为:京],在华文学校我们住在相邻的两个房间。[改为:住在华文学校,每人一个房间,我就在他的隔壁,]每天总要到他屋里坐十多分钟。不开会的时候,我总是[改为:经常]出去找[改为:看]朋友,他却留在招待所接待客人,或者写文章。会议闭幕,我

① 版权页记录,一册和上下两册平装本分别出版于1987年9月;特装编号本出于1987年10月。

② 巴金:《合订本新记》,《巴金全集》第16卷第Ⅺ页。

便登记车票回上海。他说有人要找他谈话，他得留下来。他还托我带了信给梅志。这一“留”好象就是几个月。我听见一个朋友说胡风在华文学校很寂寞。最近我找出一封亡友蔡楚生“一九五〇年一月廿三晨”写给我的信，楚生同我一起参加会议，当时也住在华文学校，信中有这样一段话：“你走后，胡老就更寂寞了，他虽‘寄情诗文’，嘴里却总是念念有词，……因此他常在醉乡中找寻解脱。我从迁寓华文后，已久不见他了，想必早已回到阿毛和阿毛娘的身边，而不再做古城的孤客了。”但是胡风并没有浪费时光，就在这期间，他那些歌颂新中国诞生的热情的诗篇接连地发表了。——这以后在上海、在北京，我们常在一起开会，却很少有机会作过长谈。一九五三年七月我第二次去朝鲜，他早已移居北京，他说好要和我同行，后来因为修改为《人民文学》写的一篇文章，给留了下来。……[楷体、划线部分为后增加或修改，依据人民文学出版社一九八六年十二月单行本对校]

二〇〇五年十月作家出版社推出新版则是延续北京三联书店的合订本，只是多出《没有神》作为代序。不过，这倒是发行量较大，如今市面上流行颇广的一个版本。

3.《巴金全集》本。一九九一年，《随想录》收入《巴金全集》第十六卷出版，它是以香港三联书店合订本为底本印行的，巴金为这卷全集写的《代跋》，之所以把这卷《全集》本作为一个单独的版本，那是因为此本应当是巴金本人最后做过校改的文字本，可以视为《随想录》的定稿本[①]。

4.《随想录》的节选本。一九八六年十月人民日报出版社出版《十年一梦》，选文六十六篇；一九九五年十月出版增订本；二〇〇三年十二月北京三联书店出版过《随想录》选集，选文九十八篇。另有台北希代出版有

① 1993年11月，华夏出版社出版《巴金随想录》线装本，当年7月19日巴金曾写过简短的《后记》，可以视为巴金最后一次为《随想录》所写的序跋，此本增加了《怀念从文》《怀念二叔》两篇文章，但巴金没有对全书正文作过校改。

限公司一九八七年四月出版《怀念萧珊》，选文二十三篇。

5.《随想录》外文译本。目前已知的文种有英、法、德、日、韩等种，其中日文译本为全译本，其余为选译本[①]。

二、《随想录》手稿中的修改

在《随想录》的各版本中，手稿本毫无疑问是研究作者原初写作思路最重要的一个版本[②]。阅读手稿仿佛与作者面对面地交谈，有一种温暖的感觉。手稿上的一笔一画如同一个人丰富的面部表情，喜、怒、哀、乐……我们能够立即体察到，相对于由冰冷的铅字印出的定稿，手稿保留了许多作者修改过和社会机器过滤掉的信息，它们虽然芜杂，却更接近于作者的原初思想，反映了作者心迹的真实变化，对于读者和研究者来说有着非同寻常的魅力。随着巴金老人的笔行进在横格竖行中，不但能感受到他跃动的脉搏，感受到一种难以言说的心灵震撼，而且会发现《随想录》特殊的表达方式和特定的写作背景所造成的大量修改，使得手稿本与印行的定稿本相比虽有相同思想基础，却有着不同的思想内容，它构成了一个独立的世界，是《随想录》的另一个文本，对研究者和读者而言，这是更具有诱惑力和思想价值的文本。

《随想录》手稿直观地显示了巴金修改文稿的习惯。写完初稿，他总要再看上一遍或者几遍，巴金的日记也可以为此提供证据：一九七九年三月一日日记“写《随想》(十二)”，三月九日“写完《随想录》(十二)”，至十日，“上午校改《随想录》(十二)”。六月一日写《随想录》(十七)，六月二日

---

① 《随想录》各版本详细情况，请见上海巴金文学研究会编印的《〈随想录〉出版二十周年纪念》一书(2006年10月内部印刷)，本文所列为有代表性版本，并非印本全部。

② 巴金：《随想录手稿本》，上海文化出版社1998年11月版。巴金《随想录手稿本》依照人民文学和香港三联版《随想录》编排方式共分《随想录》《探索集》《真话集》《病中集》《无题集》五册编印，除九篇未收集到的手稿外，集印了其他所有文章的手稿。

“抄改《随想》(十七)”[①]。巴金的“校改”和“抄改”在《随想录》的手稿中占有很大比重,具体情况也不尽相同,有的是在写作中有了新的想法,随时增补、删改的,有的是写完全篇后修改所作的。

除了这种情况外,与定稿本相比[②],还有这样几种情况:

1. 手稿没有的文字,定稿中增加的:如《总序》,手稿本收了两份手稿,一份是附在《谈〈望乡〉》之前的横排的,一份是竖写的,后者可能是重抄的,它跟定稿相同;而在前者中与定稿略有差异,在“但它们却不是四平八稳、无病呻吟、不痛不痒、人云亦云,说了等于不说的话,写了等于不写的文章”[③]中手稿没有“无病呻吟”、“人云亦云”两句。不过类似情况并不多。

2. 原稿中已经被删除,定稿又恢复的文字。如在《病中集》手稿本第84页:在《谈版权》一文第二自然段的末一句“我要保持自己的本来面目”之前有一句:“不让人在我的脸上随意涂抹”,系手稿中删除定稿中恢复的文字。

3. 原稿正文中文字,在定稿中被删除,这种情况比较多。在《“友谊的海洋”》倒数第三自然段,手稿在段末有一句:“至于那些打着‘民主’招牌的在文章中随意编造别人谈话的人,他们也只是打着‘民主’的招牌而已……”[④]即属此类。在《病中集》手稿本第六十一页,《病中(三)》一文有一段话也属于这种类型:“医生们不会想到病人的思想有多复杂! 我给钉在“牵引架”上的初期也曾进行了激烈的思想斗争,我们毕竟不是无血无肉的机器人。半年医院生活使我懂得许多事情,我听我看,我想,我分析,

---

① 这五条日记依次见于《巴金全集》第26卷第324、325、325、342、342页。

② 本文与手稿相对照“定稿本”底本是北京三联书店1987年9月第一版,1989年5月北京第二次印刷的《随想录》(合订本),除此以外还参照了北京人民文学出版社1986年12月第一版、1994年第三次五册单行本《随想录》(称“人文版《随想录》”)、香港三联书店1979年12月至1986年12月版五册单行本(称“港版《随想录》”)。另外,手稿本中删除的文字,有的没有断句,有的不完整,也有文理不通的,本文引用时依原样照录。

③ 巴金:《随想录手稿本》第一册第5页。

④ 同上书,第104页。

我比较,我仿佛上了半年的大学,我更加懂得了我们这个社会。”

从内容上看,《随想录》手稿与定稿相对照,其差别主要体现在这样三方面:

(一) 手稿存在大量文法技术性修改。

这主要是作者为了文字通顺,意思明晓,更为准确地表达自己的思想而做的修改。“我常说我写文章边写边学,边校边改。……我只是愿意让读者通过这些文章更准确地理解我的思想情况”[①],这种修改,在手稿中几乎页页存在。

例:1. 我找到了他住的那个旅馆,眼前只有一大堆(还在冒烟的)瓦砾。他也来了。他想在瓦砾堆里找寻什么[划线部分改为:他的东西]。(《随想录》第一集手稿本第五十九页,《关于丽尼同志》)

2. 自己没有自己的思想,不用自己的脑子思考,别人举手我也举手无条件地重复别人讲什么我也讲什么……。(划线部分后删除,《真话集》手稿第六十九页,《十年一梦》)

3. 纵然[划线部分改为:即使]在孤寂地死去的叶非英的身上也不会有例外。(《无题集》手稿本第二〇八页,《怀念非英兄》)

(二) 反映个人心境和思想状况的修改。

基本上是在完成初稿后,所作的删改。巴金是一个倾诉型的作家,在写作中常常不节制自己的情感,愿意将腹中的话语倾诉出来,而在修改中,他又觉得这些与他个人情况相关与文章主题关系并不是十分密切的言辞,可以不必详作交代,因此或删或改,采取了模糊处理的办法。

例:1. 在随想之五《怀念萧珊》的第一部分,写到萧珊“文革”常被纠去陪斗,后面便删去了一段:“她天真、老实、容易相信别人。她的少数几个朋友在关键时刻都丢开了她,她显得幼稚无知,成为别人谈笑的资料。”

---

① 《随想录》一二三《为旧作新版写序》。

(《随想录》第一集手稿第二十二页)

2. 在上文第四部分,写"一九四四年我们在贵阳结婚。"之后,删去了"我至今还弄不清楚她的真实年岁,因为我从未注意过这些事情。"(同上手稿第三十四页)

3. 在上文第四部分最末段之前,还删去了一段:"人死犹如灯灭。我不相信有鬼。但是,我又多么希望有一个鬼的世界,倘使真有鬼的世界,那么我同萧珊见面的日子就不太远了。"(同上手稿第三十四页)

这几个删节中,1. 是表明个人看法的;2. 是说明情况的;3. 是表明自己渴望与萧珊见面的心境的。巴金似一座水面下的冰山,在水面下还藏着更为丰富的内容和更炽热的情感,当作家从具体创作的状态中解脱出来,走出个人的世界而对作品进行重新审视时,作家已经以社会和公众的眼光来看自己的作品了,这种时候,涉及他个人的情况和情绪恐怕是最先为他所修改的,再真诚的作家也会巧妙地利用文字隐蔽部分自我的,比如《病中集》中,巴金几次删节关于自己病况的叙述和反映他在病魔折磨下焦躁不安情绪的文字。如在《病中(一)》:

> 我离开了医院。这并不是说我的病已经治好。没有。但离所谓"康复"还有一段路。……我继续在锻炼,没有计划也没有信心。好心的医生什么也没有教给我。但是我并不灰心,我坚持一个念头:我要活下去。我要挣扎,我要斗争,同噩梦斗到底。前些天我非常害怕黑夜,害怕睡眠,……(划线部分后被删除;《病中集》手稿本第四十四页)。

(三) 手稿本保留了一些作者删改的与现实密切相关的敏感话语。

这主要是与主流意识形态不一致的个人话语,与人事相关能够引起不必要麻烦的词句,这部分在《随想录》手稿中很多,删去这些,表达显得隐晦、不明朗,但是读者也不难体会出其中的深意。

例:1. 其实资产阶级历来是说的一套作的另一套,到了利益攸关的时刻,他们根本没有什么也会撕毁一切的"遮羞布"。难道因为资产阶级也谈过"自由、民主、人权"我们也因此就不敢面对现实?就不敢把不幸的十年时间所发生的一切彻底检查一下,总结一下?(划线部分后被删除;《随想录》第一册手稿本第一〇二页,《"友谊的海洋"》)

如果补上删除的文字,这段话意思会更明显:难道因为资产阶级讲过"人权、自由、民主",我们就不要了吗?在一九七九年的中国,虽然已不是"宁要社会主义的草,也不要资本主义的苗"的时代,但这种反问仍然是比较敏感的话题,"资产阶级"的那一套,与无产阶级仍是水火不容的,因此巴金还不能轻易为它们辩护。

2.《怀念烈文》的原稿中有一句:"倘使我没有记错,我在一九五八年版的鲁迅全集注释本中看到了一条注解:……"(《探索集》手稿本第五十七页)这话在定稿中改为:"我记不清楚了,是在什么人的文章里,还是在文章的注释里,或者是在鲁迅先生著作的注解中,有人写道……"其实并不是"记不清楚了",只不过前者是确指,后者是模糊处理,免得让人对号入座,少惹麻烦而已,这也是文坛中的世故哲学吧[①]。

3.《干扰》中:"一个作家有权利为他自己的写作计划奋斗,因此也有权同'干扰'作斗争。"(《病中集》手稿本第十页)后一句话,原系"放弃了自己的计划去完成别人的计划,这不是作家的职责。读者们尊重的是作家,不是吹鼓手。读者们需要的是作品,而不是名字。我始终认为作家的名字是同自己的作品连在一起的,写作是他的职责"而改的,原文表现出对那些"红白喜事"厌恶之情,表明了不愿做"吹鼓手"的决心,然而巴金也知道那些找上门的人都是打着极为神圣的旗号的,这些不但躲不得、惹不得,而且还不可妄议的。

① 可参见《巴金全集》19卷,《谈〈中国文艺工作者宣言〉起草经过及其他》》,巴金说"以前有些注释本说他是'反动文人'……",这个"注释本",显然是指鲁迅著作的注释本,因为这篇谈话是陈子善为《鲁迅全集》注释工作有关的疑难问题而对巴金的采访。请参见陈子善《我所知道的巴老二三事》,收《生命的记忆》,上海教育出版社 1998 年版。

4.《二十年前》倒数第二段："我应当维护宪法，我也有根据宪法保卫自己应有的权利。投票通过宪法之前全国人民多次讨论它，多次修改它，宪法公布之后又普遍地宣传它。平时大吹大擂，说是'根本大法'，可是到了它应当发挥作用的时候，我们却又找不到它了，……"（划线部分后被删除；《病中集》手稿本第一九二页）这两处删改，特别是后一处，不用多说谁都知道是为现实所不容的。

以上几个对比充分显示了《随想录手稿本》的思想价值和研究价值，它为巴金研究提供了大量有价值的研究线索。比如说，巴金在文句上的修改是研究他的语法习惯和表达方式的重要资料；手稿本中关于反映个人思想、心境和现实关系的语句和段落的修改，对于我们解读巴金《随想录》的创作心理、梳理巴金思想脉络等提供重要的证据。与一些欣赏价值高而研究价值较低的手稿相比，它包含着大量的信息和思想线索，这也是它之所以能够作为独立文本存在的条件，也正是它的独特文献价值和独具魅力之处。

三、手稿中的"直言"与"曲笔"

从一九七八年十二月到一九八六年八月巴金写作《随想录》的八年间，是中国思想解放和民主化不断推进的八年，在这些年中有拨开乌云重见天日的灿烂，也有雷声隆隆大雨将近的阴霾，《随想录》的写作自始至终是伴着岁月的风雨而进行的，巴金的写作方式不是封闭的"自话自说"式的，而是开放式的、对话型的，同时巴金也是主张"作家要干预生活"的，在《随想录》里不论是对话剧《假如我是真的》的支持，对"歌德"与"缺德"讨论的参与，还是对"文革"紧揪住不放，都有着深广的现实背景。对话型的表达方式，使得现实不仅为巴金提供了丰富的创作素材和话题，而且也影响着巴金的创作。巴金是需要回应的，然而对他当作"遗嘱"的作品却得到了并不令他兴奋的反应，《随想录》成为中国知识界反思"文革"和知识分子道路的思想资源是在它的创作完成之后，而不是在创作中。在创作过程中只有巴金的一些朋友和少数的读者、研究者对之有所响应，而年轻一代读者，比如香港的几位大学生，早就抬头“向前看”，不能理解一个老人为什么紧紧纠住毫无新鲜感的“文革”不放。在《随想录》的创作过程中，巴金享受了他一生中从未有过的巨大荣誉，作为作家已经够荣耀了，而他却一直期待的回应却始终没有出现，巴金是在寂寞和孤独中，在病魔的折磨中，一笔一画地写完这一百五十篇文章的。

在巴金得到的各种回应中，似乎不必回避一个重要的“回应”，那就是来自意识形态的压力。巴金声嘶力竭的讲真话、反封建和不要忘记十年“文革”教训的呼声，得到却是一些叽叽喳喳的回答：在《合订本新记》中他说：“有人扬言我在香港发表文章犯了错误；朋友从北京来信说是上海要对我进行批评；还有人在某种场合宣传我坚持‘不同政见’。”黄裳在《关于巴金的事情》这样写道：“有一天正在他的病房里坐着，有一位‘大人物’推门而入了。他是来探病的，交换了几句普通的问答以后，大人物说，‘我看你还是好好地休息，以后不要再写了。’说完就告辞出去，仿佛特来看病，就是为了说出这两句‘忠告’似的。”[①]这种力量还来自他长期培养的自觉维护者中间，在《长崎的梦》中，巴金就写到“一位朋友”为所谓的“纪律性”生怕他们言多有失，使巴金甚至有了代表团十二个人十二张嘴都讲同样话的怪梦。在《人道主义》中，“一位同志”也曾“板起面孔”批驳他对资产阶级人道主义的“温情”。

新时期的巴金一而再再而三地对“长官意志”宣战，反反复复声明不能再做一个“奴在心者”的精神奴隶了，然而，经历过“文革”的他不会不明白这种压力的分量，在《随想录》的创作中，巴金与现实的关系怎样呢？这些外界的压力对他的创作到底有没有影响呢？回答当然是肯定的，在《随想录》定稿本的字里行间就可以体会到，然而翻开手稿本，我们会发现更多更直接的证据，可以看到老人是怎样痛苦地对自己的作品做着适于外

① 黄裳：《关于巴金的事情》，《读书》1985年第9期。

界需要的“手术”或者是起码不引起外界注意和恼火的修饰。

在《长官意志》中：“为什么国民党反动统治时期，三十年代的上海，出现了文学相当繁荣的局面……”(《随想录》第一集手稿本第四十八页)“相当繁荣”，是一个十分高的评价，而紧接下来与其对比的则是十年“文革”文艺一片凋零的局面，这里就有一个分寸：十年“文革”是共产党统治下发生的，虽然是严重“失误”，可是与国民党的“反动统治”也是截然不同和不可相提并论的事，称三十年代为“繁荣”这是不为现实所容的，所以巴金只有改为“出现了文艺活跃的局面”，“活跃”的感情色彩就差多了。

在《再谈探索》中：“不把自己的幸福建筑在别人的痛苦上；# 为多数人牺牲；人不是单靠自己活着；人活着也不是为了个人的享受。我在作品中阐述的就是这样的思想。”(《探索集》手稿第三十九页)这本是巴金的习惯用语，在他前半生的创作中曾反复使用过的语句，在修改中，于 # 处，他又增补了“爱祖国、爱人民、爱真理、爱正义”，这四“爱”，特别是前两个“爱”，显然是符合一九四九年以后语言习惯的主流话语，但后两个却是巴金一再宣扬的，把个人话语夹杂在主流话语之中，甚至让其完全湮灭在主流话语之中，这样“掺沙子”是巴金在《随想录》写作中惯用的手法。

在写作中，巴金还很有意识地避开与主流意识形态、与现实的冲突，这种回避是非常自觉的。如在《四谈骗子》中，巴金谈到小骗子活动的大环境，议论到拜金主义狂潮对社会的不良影响：

> 不知从什么时候起，带头致富的英雄[后改为：暴发户]变成了人们学习的榜样，大家挖空心思，带头发财，改善生活，提高消费，于是向钱看推动一些人向前飞奔。目标既然是发财[后改为：致富]，是改善，是提高，手段不妨各式各样，只要会动脑筋，手腕灵活，能说会道，就会左右逢源，头衔满身，买卖越做越大，关系越来越多，这不是走上了大家共同富裕的“光明大道”……(《无题集》手稿本一三二页)

> 现在不会有人重读剧本《假如我是真的……》了，否则他会吃惊

> 地发现连骗子的面貌也大大地现代化[后改为:改变]了……他们是干部[后改为:人们]眼里的“企业家”[后改为:“财神爷”]……(同上手稿一三五页)

对比这两段话修改前后是颇有意思的:现代化、带头致富的英雄、致富、共同富裕、干部、企业家,这都是官方八十年代非常流行的用语,一直以奉献精神、理想主义为人生价值准则的巴金,看到拜金主义狂潮在腐蚀社会理想,看到部分经济政策在纵容享乐的社会风气的增长时,他是有保留意见的,原稿的这些用语中清楚地表明了这一点。可是,在修改稿中,它们都不见了,巴金用另外的一些用语代替了那些官方话语,“致富”、“共同致富”是官方所倡导的方向,而改成“发财”和“大家富裕”就避开意识形态的冲突,也部分地表达了自己的思想,这也是巴金采取的一项变通的语言策略。

巴金的一些重要的修改甚至使一篇文章出现了两个内涵不同的文本,原稿中表达的是比定稿更为真实的内心。如《怀念老舍同志》一文,巴金虽然写出了老舍后半生的悲剧,但是对这段历史的反思和批判还是很谨慎的,原因不外乎是“新中国”与“旧中国”的不同性质,这使巴金虽然早已看清或者意识到老舍悲剧的实质,可是又不能多说什么,这样表述中的艰难就出现了。前一部分谈到日本友人为老舍申辩及我在“文革”前与老舍的见面,下笔一直顺畅,但是接着往下,谈到我自己没有为老舍辩护的时候,巴金的心情复杂了:“我算一个什么样的作家呢?难道我真是一架改造好了的机器吗?像某位怀着恶意的西方记者所说的那样。”这段话后面隐藏着一连串的问题:是谁在改造知识分子?改造什么?为什么要改造?这是在当时不可能回答的问题,因此巴金只有把它们改成“不能不感到惭愧”、“不能不责备自己”这些表明心情而不表明自己思想的话。对于老舍的悲剧,文章中反复出现的《茶馆》中“我爱我的国呀,可是谁爱我呢”这样一个充满悲凉的反问,借用别人的话来表达自己的想法是巴金惯用的笔法,对于这句话,在这篇文章的末尾巴金说是“老舍的遗言”,这就颇有意味了，其实在手稿中这句反问的下一句，巴金就明确地点出："这明明是老舍自己的话。"这也是让巴金深有感触并且在感情上认同的话，但在定稿中，他又给改成了"老舍同志是伟大的爱国者"(《探索集》手稿本第二十页)。这恐怕是政府为老舍平反的悼词上的话。在谈到老舍"文革"中的遭遇时，巴金的初稿跟修改后的稿子也有很大的差别，初稿是这样写的：

> 他没有一点私心，甚至在红卫兵上了街，危机四伏、杀气腾腾的时候，他还拿着事先准备好的发言稿，到北京市文联开会，想以市文联主席的身份发动大家积极参加文化大革命，但是就在那里他受到拳打脚踢，加上人身侮辱促成他的不明不白的死亡。十几年来他呕心沥血百般歌颂我们的新社会，可是就是这个"如此美好"的新社会让他横遭凌辱、悲惨死亡。(划线部分后被删除)

这是巴金的悲愤之语，但在当时却是无比尖锐的表达，等于是否定"新社会"，因此还是不能让它留下来的，只有在定稿中把它变成一行冰冷的文字："自己成了文化大革命专政的对象。"这里面的谴责和悲愤的力量是难与原话相比的。在老舍夫人描述自己为丈夫擦洗身上的血迹，并发出"不明白是哪里出了问题，不明白为什么会闹成这个样子"的疑问后，巴金写道：这些话像铁锤似的敲打着我的脑子。难道今天就弄明白了吗？至少我没有。因此我们仍然回答不了这个问题："可是谁爱我呢？"接下来，巴金想到老舍去世的情景：这就是一位有才华、有良心、正直、善良的中国作家的结局。(同前，手稿本第二十一页)老舍的结局引起了巴金一系列的反思：现在谈老舍同志的死亡，真是太迟了吗？我问自己。但我们是不是从这位伟大作家的惨死中找到什么教训呢？是不是还像过去那样不相信知识分子呢？(同前，手稿本第二十一页)请多一点关心他们吧，请多一点爱他们吧。即使改造第一，也让他们在工作中在实践中改造。(同前，手稿本第二十二页)我想起了他那句"遗言"："我爱咱们的国呀，可是谁来爱我呢?”我说:“为着我们那些忠诚爱国的知识分子,我要反复地念那句台词,我要反复地念下去。”(同前,手稿本第二十二页)

以上楷体划线部分文字都是后来删除的,如果按照手稿恢复被巴金删去的这些文字,我们会发现在这篇文章定稿中并不明朗的一层意思,变得十分明朗:巴金对建国后知识分子所走过道路的反思,对知识分子政策和知识分子改造的质疑。这是与官方话语迥然不同的一层,当时人们习惯把一切罪名都推到“四人帮”身上,而从巴金的话语中,我们看到的不仅仅是对“四人帮”迫害老舍的控诉,造成老舍的悲剧还有更深层的原因,“为什么对知识分子总是不信任呢”?该怎么样改造知识分子?这些巴金虽然未必有明确的答案,但有一点可以肯定,巴金是对过去道路的怀疑甚至否定的。《怀念老舍同志》的这一层意思的凸现,使它与当时流行的文章有着不同的意蕴,当时对老舍的评价无非有两个调子:一是老舍从海外奔赴新中国,并热情歌唱新中国,是一个伟大的爱国者;二是老舍的遭遇是林彪、“四人帮”的具体罪行之一,是对他们的形象控诉。这种典型的官方话语,在巴金的文章中也占据了主要部分,但是巴金的个人话语的凸现,让我们看到了巴金在一九七九年的反思深度,遗憾的是巴金全部删除了它们,让我们看到的很多观点被隐蔽起来的一篇富有感情的文字。

鲁迅曾经说过自己在不自由的境地中,写文章为了获得通过和发表,自己首先抽掉几根骨头,让文章不显得“刺眼”①,《随想录》在写作和修改中,巴金常常采取这种方法,有些骨头抽掉了,就永远捡不回来了,有些却出现在后来的作品中,在许多外界所不容的情况下,巴金放弃自己的语言,而等待外界容许的情况下,再表明态度,比如《人道主义》,他是借着邓

① 鲁迅的原话是这样的:“我曾经和几个朋友闲谈。一个朋友说:现在的文章,是不会有骨气的了,譬如向一种日报上的副刊去投稿罢,副刊编辑先抽去几根骨头,总编辑又抽去几根骨头,检查官又抽去几根骨头,剩下来还有什么呢?我说:我是自己先抽去了几根骨头的,否则,连‘剩下来’的也不剩。所以,那时发表出来的文字,有被抽四次的可能,——现在有些人不在拼命表彰文天祥方孝孺么,幸而他们是宋明人,如果活在现在,他们的言行是谁也无从知道的。”见《〈花边文学〉序言》,《鲁迅全集》第5卷第418页,人民文学出版社1981年版。

朴方的文章才发表自己的看法;谈论创作自由,也是因为在四次作协大会上党中央的祝词给作家这样的保证;《怀念胡风》,也是借胡风逝世以后,要进一步评价胡风问题的时机而发的。并不是说巴金对这些问题没有自己的看法,相反许多问题早已深思熟虑,但他在等待要说出它们的时机。有人说《随想录》是个人话语与官方话语的混合体,确实如此,特别是在手稿本中,我们看到巴金不是无所顾忌在发言,他的许多话到了嘴边还是留了三分的,当个人话语与现实环境发生冲突的时候,他往往选择了回避,用曲笔表达自己的思想,在谈论那些于现实密切相关的话题是他要么吞吞吐吐,要么是在手稿上一改再改;而与现实问题距离较远的话题,他不但写得顺畅,而且修改得也少。一部手稿本不知能让我们找出多少这样的例子,而且还要颇为惋惜地问:如果按着手稿的原初思路写下去,《随想录》又将会是什么样子?

四、现实的压力与“艺术的良心”

找出巴金与现实关系的这些证据远远不是我的目的,通过手稿本揭示出一个作家在压力重重的环境中的真实心态才是问题的关键,它也让我们看到在这些曲折中《随想录》是怎样成为当代知识分子名副其实的心灵史的。

巴金迫切希望人们能了解他的一片苦心:我不是为了自己,我是为了这个国家和人民,甚至对于当政者也未必不是忠言。从巴金的立场看,他不是一个置身事外的完全批判者,做了几十年的“社会名流”,他清楚官方的运行规则,他辞不掉这顶帽子推不去一些事情,无形中还在扮演着劝谏者的角色:《随想录》的写作是清偿道德上的“债务”,是对民众的启蒙,还有一层意思是希望“干预生活”,让当政者听到他的声音,从而改善当前的情况——我觉得巴金没有轻易地放弃这个梦想。比如对于“小骗子”等的态度,他主张不要讳疾忌医,这里有一番所谓“维护国家和人民利益”的苦心。比如说《发烧》一文,他发烧,是儿女们逼着他去看病、量体温,开始自己还不满意,觉得他们有意跟自己过不去,后来才明白要不是被逼着去看病,自己还会病倒,问题会更严重。"但对我来说这未免太愚蠢了","不承认自己发烧,又不肯设法退烧,这不仅是一件蠢事,而且是很危险的事"。这段话真是用心良苦,巴金是多么希望当政者明白自己的心迹,了解自己一番苦心。不做随便"听话"的人,而是要做一个"思想复杂"的人,这样才能建设好这个社会和国家,在《四谈骗子》中,巴金在末段删去了一句话:"一再谈论他们只是我对我们社会对我们国家有深厚的感情。"(《无题集》手稿本第一三四——三五页)这是《随想录》中特别关心和议论社会问题的根本出发点,也体现了巴金作为"五四"之子的一面:他从来不曾沉湎于个人的世界中,所谓宏大叙事并非剥离于生命之外,而就是他们生命中的一部分。

但是当他的苦心被认为是别有用心的时候,老人的愤慨、压抑和渴望自由表达的情绪又表现得非常明显,他也变得十分敏感,《大公报》的编辑删改他的文稿,他愤而以停笔为代价;香港的几个学生的批评,引得他勃然大怒;一部《序跋集》的编辑他竟接连写序写跋,并拿出一幅迎接挑战的姿态:在《〈序跋集〉跋》的手稿中有"挨批,当然很不愉快。但准备挨批也是不愉快的事情"(《真话集》手稿第六十四页)这样的话,可见老人紧张的心理状态。他那么清醒认识到的东西,却不能表达出来,或者只有曲曲折折表达出来,那是一种怎样的心境?在一篇文章中,他曾说过这样一句表达心境的话:"让我讲吧,让我讲吧"(《探索集》手稿第一二〇页)内心的压抑可想而知。正因为这样,赵丹的遗嘱才让他产生那么强烈的共鸣,竟然一连写了三篇与此相关的文章,其中对"已经没什么可怕的了"这句话所感尤深,这是由赵丹联系到了自己,在《"没什么可怕的了"》原稿中,有这样两段话:

对他在文章最后写的那句话,各人有各人的看法。有人说为什么要写上那么一句?又有人说为什么要挨到这个时候才感觉到"没什么可怕"？赵丹同志说："对我，已经没有什么可怕的了。"从可能我有些人是不会理解它的这句话意义。（手稿原文如此——引者）他的话像一根小小的火棍搅动我的心。我反复地想了几天。我起初只想看到恨，只想看到绝望，但是后来我看到了爱，看到了希望。我觉得现在我更了解他了。

他说自己不再害怕迫害，因为他正走向死亡。在我的眼前十年浩劫已经失去了它那一切残酷和恐怖的力量，因为我也在走向死亡。不同的是，我的脚步缓慢，而且我可以在中途徘徊。（划线部分后被删除；《探索集》手稿本一一一页）

我觉得这段话一方面是对赵丹的深深理解，由于巴金切实感受的权威力量的压迫，所以对其他人对赵丹的议论，他说"有些人是不会理解它的这句话意义"；另外一方面，巴金也表明了自己的心愿：自己也没有什么可怕的了，也应该像赵丹那样讲真话；同时，他也承认自己的"脚步缓慢""在中途徘徊"的现实，这是一个非常矛盾的，这种矛盾构成了《随想录》的创作中的矛盾心态：一方面，在不断呼吁面对现实、去掉粉饰、讲出真话；另一方面，实际上不能不有所顾忌，甚至是回避现实、沉默不语。

在这种令巴金无比痛苦的矛盾之后，还有两个让他"没有什么可怕"的可贵的信念，一个是再也不能从"人"变成"牛"，再也不能发生十年浩劫那样的悲剧，因此我们必须对"文革"进行反思；另外一个是再也不能由"人"变成一个俯首听命的"机器人"了，做人必须要独立思考，并要将这思考的结果向历史向后代做一个真实的交代。正是它们的存在促使巴金良知上的觉醒和道德上的不断自我拷问，让他绝不轻易放下手中的笔。在《〈病中集〉后记》中，巴金曾说过女儿小林作为第一读者，对《随想录》所提的意见，对于这意见，"我有时坚持，有时让步，但也常常按照她的意见删去一些字句，甚至整段文字。……作为年轻人，她有朝气，而且她受不了我那种老人翻来覆去的唠叨"。那些"翻来覆去的唠叨"，恰恰是老人心中挥不去的阴云，是他最为关注又痛心疾首千呼万吁的问题，从手稿本保留的修改中，我们可以看到这两个问题在老人心中的分量。

巴金说过这一百五十篇文章，“从无标题到有标题(头三十篇中除两篇外都没有标题)，从无计划到有计划，从梦初醒到清醒，从随想到探索，脑子不再听别人指挥，独立思考在发挥作用。拿起笔来，尽管我接触各种题目，依赖各样事情，我的思想却始终在一个圈子里打转，那就是所谓的十年浩劫的‘文革’……”(《合订本新记》)，手稿本印证了这一点，让我们看到了一个老人为反思民族的那场浩劫所耗费的心血：

在《病中(一)》：即使我的结局已经到来，这也不是“一个悲剧”。我不会放过我揭露了敌人讲即使忘掉了过去的朋友，我想我也会得到原谅，把最后一点精力用来揭露我们最大的敌人“文革”，只要我没有浪费自己的一点精力。(《病中集》手稿本第四十八页)

那十一年中间我自己的经历至今还记得清清楚楚。我想起它，我并不伤悲，而是“悲愤”我并不觉得它们跟那些人所说的毫无共同之处。“四人帮”垮台才不过三年，有人就把十一年忘得事情难道全是虚假难道文艺界受到遭受到的那一场浩劫只是幻景？(《绝不会忘记》，《随想录》手稿本一二四页)

回想起来我真害怕。我怎么能忘记十年文革的教训?!(《纪念》，《无题集》手稿本一五二页)

在《我的日记》谈到文革“一生也忘不了的血淋淋的惨痛经验”时说：看惯了兽行大发作的可怕的表演，受尽了种种惨无人道的人身侮辱、肉体摧残和精神折磨。(《病中集》手稿本一二五页)

所以我一再劝人不要忘记“文革”的教训，我主张多写这些噩梦，不但要写泪，而且要写血，……(《紧箍咒》，《无题集》手稿本五十五页)

在他的笔下，念念不忘的还有那红卫兵高高举起的打人的铜头皮带，这好像一个意象，与那一段惨无人道的岁月，与妻子萧珊挨打的痛苦经历联系在一起，每逢回忆起“文革”的时候，都会出现在他的面前，这些话后来也都删去了。

老人关注的另外一个问题就是独立思考，本来《随想录》就是独立思考的结晶，没有独立思考就不可能有《随想录》的存在，它的价值也体现在这里，在修改掉的文字同样能看出老人晚年把独立思考看作自己生命一样重要，并毫不犹豫地捍卫自己说真话的权利。为此，他一面批判自己当年听从“长官意志”丧失独立思考的耻辱经历，一面向新的长官意志宣战。

在《我与开明》一文中，“总之我不为钱写作”一句的后面，作者修改中特意加了一句：“不用看行情下笔，不必看脸色挥毫。”（《无题集》手稿本一六〇页）

写文章不动自己的脑筋，却依照有权有势的人上级的指示下笔，这样最省事，而且保险，不会受批判，也不会吃官司……（《春蚕》，《探索集》手稿本五十三页）

我开始写小说的时候，我是一个住在巴黎拉丁区的中国穷学生，我没有长官，也没有上级。今天我满头白发，我被选作中国作家协会的副主席，似乎有了、我那十四卷“邪书”都不是根据所谓长官、其实谁又能说文学上有什么长官，有什么上级呢？……我倾吐的并不是任何长官的指示，我只能写我自己心里的话，而且是经过反复思考之后讲出来的话。（同上，第五十四页）

在汲取过去的教训的时候，巴金总也不能忘记“机器人”的形象——一架被改造好的机器，他觉得作家过去就是这样，在今后，时刻警惕着自己不要再变成一个只会听从别人的指令，而没有自己思想不会独立思考的“机器人”。在《随想录》的第一篇《谈〈望乡〉》中，巴金就提到了“机器人”：“在我们伟大的社会主义祖国正面的东西是不是占主导地位？那么为什么今天还有不少人担心年轻人离开温室就会落进罪恶的深渊，恨不得把年轻人改造成为‘没有性程序’的‘五百型’机器人呢？”在随后，他一再提起这个词，而且联系到自己的切身的经历，他感到十分可怕：

在《怀念老舍同志》中删去的一段是：我算是一个什么样的作家呢？难道我真是一架改造好了的机器吗？像某位怀着恶意的西方记者所说的那样吗？（《探索集》手稿本第十九页）

在《灌输和宣传》中：现在不是信神的时代，谁也不愿意把自己当作录

音机……(《探索集》手稿本第七十六页)

在《三论说真话》中:起初听别人说,后来自己跟着别人说,再后是自己同别人一起说。不知不觉中自己被改造成了会说假话的机器……(《真话集》手稿本第八十六页)

在《"干扰"》中:作家的脑子并不像机器那样一开就动一关就停,一切听你指挥。我可以断言作家绝不会成为机器人。(《病中集》手稿本第八页;以上划线部分后均被删除)

正是这样清醒的认识,才有他不断坚定的信心:在《幸福》中删去的一段是:不管我身体好或者坏,我绝不放下我的笔,我仍然要说自己想说的话。(《无题集》手稿本第二十页)在《"从心所欲"》中删除的一段是:我不再等待拿鞭子的看牛人的思想了。"打吧,打吧!"我终于挺起胸膛,摔掉了背上的包袱,谁也不能剥夺我"说真话"的权利!我也要保卫自己这个权利,不让过去那个奇耻大辱再落到我的身上。(《无题集》手稿本第一〇五页)

从这个立场向前走,现实越来越令巴金失望,良知的觉醒也不容他再以以往的方式生活下去,他要讲出自己知道或者感觉到的一切:

> 人离死亡越近,想知道的事越是想解决一些是非、善恶的问题,这种解决当然不一定正确,但是解决了可以安慰他的心,这也算是一种在思想上的安排(《访问广岛》,《探索集》手稿本第六十六页)

> 我要让下一代知道我是一个什么样的人,我是不是想说真话的人?是不是说过真话的人?(《未来(说真话之五)》,《真话集》手稿本第一一四页)

> 你对读者究竟讲了些什么?究竟讲了多少真话?倘使有天你给带到"读者法庭"上叫你回答一个问题"你究竟有没有艺术的良心?""你怎样回答?怎样回答?""我不能因为活到八十就推掉一切责任"

(《幸福》,《无题集》手稿本第二十五页)

终于老人看清了真相,他用托尔斯泰的事情说出了自己的想法:"像托尔斯泰那样大作家的作品,像《复活》那样不朽名著,都曾经被审查官删削得不成样子。""但是任何一位审查官也没有能够改变作品的本来面目。《复活》还是托尔斯泰的《复活》。"(《关于〈复活〉》)最后,他开始讲话了。《"样板戏"》、《官气》、《"文革"博物馆》、《二十年前》、《怀念非英兄》《怀念胡风》……许多憋在心底的话终于迸发出来了,老人以自己的良知和道德勇气在寻找自己的语言的道路上又向前迈出了一步,尽管在风烛残年中他脚下的路还很长,人们对他的期待仍然很多……

五、"作家的幸福"

十一年前,尚在读初中的我,每逢午间放学总是飞快地跑回家中,为的是能够读上几页《随想录》,一个坚强、真诚、无私的老人形象和他那些饱含着精神力量的话语为一个少年的成长提供了丰富的营养。今天,当我在都市寒冷的夜晚一个人一字一句阅读《〈随想录〉手稿本》的时候,我对巴金的认识在逐渐由平面走向立体,我还看到了一个痛苦、忧郁甚至有些无助的巴金,当我读着这样的话语的时候,我觉得自己对巴金的理解加深了:

> 刚才下过一阵雨,但已经住了多时了。我推开窗凉风吹进房来。夜在窗外流逝过去,夜像长流的水一样逝去,却没有一点声音。连对面新建未成的高楼也带着它的各种噪音隐去了。我坐在写作桌前,没有"干扰",我仿佛在读者们中间,又仿佛在后代人的面前,顺着自己的思路落笔,写出自己的真实感情。我写得极慢,但是我不停地写下去。我感"危机"早已消失,我感到了幸福。我说过,对于作家的荣誉在于读者高兴阅读他的作品。那么作家的幸福就是:在没有"干

扰”的安静环境里奋笔写作，把心掏出来交给读者。在写出了心里话之后，我一定会得到安适的睡眠。(《干扰》,《病中集》手稿本第十一页）

这是老人多么幸福的梦想，在没有干扰的环境下，写出自己的心里话，这居然是一位闻名于世的作家的梦想?! 我仿佛看到了一个老人愤懑、孤独的身影，也想起了他在《怀念从文》中写下的话：没有办法，中国知识分子的悲剧我是避免不了。在要走出二十世纪的时候，阅读《随想录》的手稿本我更清楚了巴金他们这一代人发言的艰难处境，我不会再随随便便苛求他们为什么不这样做不那样做。同时，我也在想，巴金能不能像陈寅恪、顾准那样？但我也知道每个人有每个人的生命轨迹，巴金的道路不会与他们的一样。那么，要追问，我只有追问中国：难道巴金这样的知识分子真的就别无选择了吗？

一九九九年五月一日写完于青堆子

二〇一一年一月二日修改于花城竹笑居

岁寒，然后知松柏之后凋

——晚年的冰心、巴金与中国现代知识分子精神传统

一、新时期文学中的“老作家”

一九七六年秋，长达十年的“文革”岁月终于结束。尽管在文学、艺术、思想领域中“文革”所带来的影响仍将长久存在，意识形态领域的思想交锋仍然激烈如初，但作家、学者们还是禁不住为那支被剥夺已久的笔又回到自己的手中而感到兴奋、激动。巴金说他有“第二次的解放”的感觉[①]；冰心也认为“有奔头了”[②]。在这样的激动和兴奋中，人们迎来了思想解放运动和活跃的新时期文学，尽管今天在高度评价它们的思想意义的同时，我们已经不能过分夸大新时期文学的实际成果，但仍然能够感觉到解压之后的抒发、贫乏之后的蓬勃之势。

构成新时期文学的主体力量有三部分作家群体：一部分是“归来者”，那是在五六十年代登上文坛，后来又在各种政治运动中蒙难而从文坛相继消失的一批作家，如王蒙、从维熙、李国文、刘绍棠、陆文夫、高晓声等人；第二部分是经历过“上山下乡”的知青作家们，如张承志、张抗抗、王安忆、阿成、韩少功、梁晓声等人；第三部分是所谓的“老作家”，大体上包含了从“五

---

① 见巴金《第二次的解放》，《巴金全集》第 15 卷 520—526 页。

② 冰心 1977 年 5 月 25 日致赵清阁信，信中说：“文艺界已经解放了，但从头清理，恐怕需要相当一段时间，但总之，有奔头了。”《冰心全集》第 6 卷第 695 页，海峡文艺出版社 1994 年版。

四”到抗战的新文学最初三代作家，其中有茅盾、叶圣陶、冰心、丁玲、巴金、夏衍、胡风、陈白尘、杨绛、孙犁、柯灵、萧乾、黄裳等人。在这三部分人中，前两部分多以小说创作为主，呼应社会主题，涉足题材禁区，与生活同步，不断引起轰动效果。相对而言，“老作家”在新时期以来的创作类似自言自语，在以后的研究中也没有得到相应的重视，至少，它们在当代文学、思想文化语境中的意义被大大低估了。这当然有多方面原因，其一，此时老作家已在暮年，而他们的辉煌期甚至远在半个世纪以前，相比于以前辉煌的成果，他们暮年的创作很容易被当作一条尾巴，连缀在现代文学的终了期，而不是被看做当代文学建构之内的成果。比如，提到茅盾人们自然想到的是《子夜》，而不会想到晚年的回忆录《我走过的道路》；提到夏衍，人们想到的是《上海屋檐下》，却没有充分重视他的《懒寻旧梦录》；提到孙犁，自然而然的是《白洋淀纪事》，似乎看不到他晚年的散文更为炉火纯青、朴实无华。其二，与老作家们所表达的内容和操用的文体有关。很多老作家的创作是怀人忆旧，是指向过去，而不是“火热”的当下生活，似乎就与八十年代亢奋的气氛产生了间隔。同时，他们基本上以散文、随笔、杂文等体裁来表达，而新时期却是一个小说复兴的时代，这自然又给人以在时代之外的感觉。其三，老作家群体自身并非是一个价值的统一体，经历、修养、信仰等等的不同使得老作家在价值取向上相差甚大，粗疏而言，老作家中也有传统派与现代派，既有批评朦胧诗的艾青，也有支持现代派探索、不担心“西化”的巴金、夏衍，这种价值取向的分化也容易给人老作家“老”的印象，进而没有充分认识和估价他们在当代文学复苏中的价值和意义。

无可否认，不论老作家多么现代，他们与时代的差距还是明显存在的。这个差距有时不是他们的短处，反倒是他们的长处，尤其是对于上世纪八九十年代的中国文学而言，因为之前的“文革”和“文革”前时代，中国文学的生态遭到了极大的破坏，在封闭的环境中，在工具论的左右下，文学风格、样式极其单一，本来多样化的文学被教条和僵化成仅仅几种样式，这大大限制了中国文学的发展空间和作家们的眼界。而老作家的时代差距恰恰在于他们经历过、尝试过文学多样化的时代，如果给予他们自由，他们对于将文学从简单的状态下解放出来会起到重要的唤醒作用。比如，当八十年代意识流、心理分析等现代派技法引起诸多青年作家极大惊奇的时候，而熟悉现代文学的人却不觉新奇，这些手法像施蛰存这样的作家早在半个世纪前就操练过了，不过施先生在大学的资料室及牛棚中蛰存了几十年已渐成出土文物而已。再比如，老作家们的散文对于突破一九四九年后杨朔式、刘白羽式、魏巍式等主流散文，而恢复中国传统、现代散文的多样性上，也起到了重要的作用，在黄裳、孙犁、张中行的散文中，我们看到了周作人的遗韵，而汪曾祺的散文（也包括他的小说）有中国士大夫的为文传统，也有废名、沈从文的流风，这些都是过去被压制的文学表达风格。又比如，大量的自传、回忆录、怀人等文字的出现丰富了自传、纪实文学，新文学是一个尚未来得及让作家们写自传的年轻文学，自传之类的文字在中国传统文学中也并不发达，所以胡适曾呼吁过："我在这十几年中，因为深深地感觉中国最缺乏传记的文学，所以到处劝我的老辈朋友写他们的自传。"以"给史家做材料，给文学开生路"①。认真品味这些作品，会发现除了史料价值之外，它们在观念的传达、文体的丰富等方面都有着非凡的意义，其中杨绛的《干校六记》、陈白尘的《云梦断忆》、冰心的"关于男人"系列文字都是人们熟悉的名篇。

但本文力图论述和证明的是，不仅是文学价值，老作家的创作——特别是以冰心和巴金为代表的文字——对于"文革"后的文学、思想界而言，还有着更为重要的作用，这个作用超越了文学本身，具体体现为它们对于中国现代知识分子精神传统的恢复、重续和发扬。

二、现代知识分子的劫难

很显然，这里所说的知识分子不是相对于农民、工人这些阶层的一种

① 胡适：《〈四十自述〉自序》，《胡适文集》第1卷第27、29页，北京大学出版社1998年11月版。

社会身份，而是在术业有专攻之外，拥有某种道义承担和精神使命的人。对此，萨义德说："根据我的定义，知识分子既不是调节者，也不是建立共识者，而是这样一个人：他或她全身投注于批评意识，不愿接受简单的处方、现成的陈腔滥调，或迎合讨好、与人方便地肯定权势者或传统者的说法或作法。""我一向觉得知识分子扮演的应该是质疑，而不是顾问的角色，对于权威与传统应该存疑，甚至以怀疑的眼光看待。"①这是西方现代知识分子的基本含义，特指像伏尔泰、左拉这些人。对于中国现代知识分子而言，他们的精神传统是以"五四"新文化运动为标志建立的，是鲁迅、胡适、陈寅恪等人的言行倡扬出来并为后辈知识分子所自觉承继的精神传统。尽管从知识分子群体而言，每个小圈子的背景、信仰差异可能很大，但对于大的精神传统而言，他们完全可以站在一个基础平台上，不妨用鲁迅的一段话来说明这个传统：

> 真的知识阶级是不顾利害的，如想到种种利害，就是假的，冒充的知识阶级；只是假知识阶级的寿命倒比较长一点。像今天发表这个主张，明天发表那个意见的人，思想似乎天天在进步；只是真的知识阶级的进步，决不能如此快的。不过他们对于社会永不会满意的，所感受的永远是痛苦，所看到的永远是缺点，他们预备着将来的牺牲，社会也因为有了他们而热闹，不过他的本身——心身方面总是苦痛的；因为这也是旧式社会传下来的遗物。②

从中我们可以看到现代知识分子的四个特征：(1)要有为真理献身的勇气，要能够超越个人的得失为公众或人类的利益发言（"不顾利害"）。(2)要有自己的信仰和观点，不是摇摆不定的顺势者（并非"像今天发表这

① [美]爱德华·W·萨义德：《知识分子论》第25、103页，单德兴译，生活·读书·新知三联书店2002年版。

② 鲁迅：《关于知识阶级》，《鲁迅全集》第8卷第190—191页，人民文学出版社1981年版。

个主张，明天发表那个意见的人”）。（3）具有批判精神（“所看到的永远是缺点”）。（4）要有独立性，也是陈寅恪先生所强调的“独立之精神，自由之思想”，同时也要承担由此带来的后果（“心身方面总是苦痛的”）。在这几条中，最核心的应当是独立性和批判精神。对于这两者而言，彼此有分别，也相互支撑。有的学者是这样论述知识分子的独立人格的：“在学术层面上，独立人格体现为为求知而求知、为学问而学问的态度。这意味着，每个学者必须将尊重和维护学术的独立品格视为至上的意义，不应为了非学术的动机违心地改变或抹杀自己内心所企及的真理……在政治层面上，独立人格则体现为超越一定功利之上的社会批判精神。”[①]在漫长的中国古代社会中，士大夫是将所学售与帝王家，“帝王师”的梦做了一代代，士大夫的依附性很强。在“五四”前后，一批先觉者才疾呼国人摆脱奴隶状态，做一个自主的独立之人。但要将这些观念转化为人们自觉接受的精神传统，人人都身体力行的观念，却都需要漫长的时间去磨合、抗争、维护。由此而言，由“五四”而确立的中国现代知识分子的精神传统可以说培育时间还太短，资源也不够丰富，因此在过去的一个世纪中，中国知识分子为了培植这个精神传统也上演了一出出的悲剧壮歌。

在这里，我想特别强调的是本来就比较稀薄的现代中国知识分子的精神氛围，在经历了思想改造运动、一九五七年反右、十年“文革”之后，到七十年代末，可以说被打得七零八落了。写过《中国一九五七》的作家尤凤伟在接触了很多反右的幸存者后感慨道：“曾经听说一个改正了的右派教授每当家里来了客人，首先要关闭了门窗才开始谈话，且绝不涉及国家政事，他担心墙外有耳。一个知识分子本应具有的精神品貌已荡然无存。我在《中国一九五七》中有这么一句话：改造像一把快刀，能三下两下将人砍削成想要的形状。什么是想要的形状？那就是面对管教（上级）九十度鞠躬面讪口诺。一场反右运动，就这么将中国知识分子定了‘形’，也将中

---

① 许纪霖：《知识分子与独立人格》，《许纪霖自选集》第 329 页，广西师范大学出版社 1999 年版。

国社会民主不复存在的状况写了‘形’。……”[1]这话说得并不过分，我们可以看到直到一九五七年，充满个性、追求民主和科学的“五四”的声音，还回荡在社会中，这是北京大学学生的宣言：“北京大学是‘五四’的故乡，北大儿女是‘五四’的后裔，我们的血管里（流）着‘五四’的血液，在社会主义的‘五四’时代，我们要学会‘五四’先辈们的大胆提问、大胆创造的精神，去争取真正的社会主义的民主与文化！”[2]“污蔑、谩骂、恐吓只能引起我卑视的微笑，即使最无人道的群众性孤立，我也满不在乎，为了真理、人道、民主、自由，我可以牺牲一切”，他们还引用布鲁诺的话：“为真理而斗争是人生最大的幸福。”[3]但是，如果仔细考察一下发出这些声音的人在以后岁月中的命运，我们不难明白为什么人们自此以后却目瞽耳塞缄口不言，——仅仅为了几句话他们就要付出二十多年的青春岁月，甚至是人最宝贵的生命，要付出开除学籍、公职，妻离子散的代价，谁能不三思而后言呢？毕竟趋利避害是人的本能。

曾有才子之称的剧作家吴祖光在反右前的发言中，谈到了文艺工作的组织、领导问题，他批评外行领导内行、压制个人积极性的制度，认为：“解放后我没有看到什么出色的作品。一篇作品，领导捧一捧就可以成为杰作，这也是组织制度。”[4]他质问：“对于文艺工作者的‘领导’又有什么必要呢？谁能告诉我，过去是谁领导屈原的？谁领导李白、杜甫、关汉卿、曹雪芹、鲁迅？谁领导莎士比亚、托尔斯泰、贝多芬和莫里哀的？……”[5]说这话时他理直气壮，但三十几年后，他却怀着歉疚的心情向妻子新凤霞表达自己的心意：“凤霞一生的道路，崎岖坎坷……而成名之后，赶上新时

---

① 尤凤伟：《中国一九五七·后记》，《中国一九五七》第518页，上海文艺出版社2000年版。

② 佚名：《〈广场〉发刊词》，牛汉、邓九平主编《原上草——记忆中的反右派运动》第20页，经济日报出版社1998年版。

③ 严仲强：《压制不了的呼声》，牛汉、邓九平主编《原上草——记忆中的反右派运动》第82页。

④ 吴祖光：《在1957年5月13日文联第二次座谈会上的发言》，牛汉、邓九平主编《荆棘路——记忆中的反右派运动》第76页，经济日报出版社1998年版。

⑤ 吴祖光：《谈戏剧工作的领导问题》，牛汉、邓九平主编《荆棘路——记忆中的反右派运动》第78页。

代，天日重新，本应前途似锦，却是大难临头，九死一生，而带来偌大不幸主要竟是由于作丈夫的我的原因……弄到被赶下舞台，重病致残而坚持到底终生不悔。”[①]为了这样一些响应号召的真诚发言，吴祖光得到的第一份礼物就是发配到冰天雪地中的北大荒劳动三年，正如他自己所言，自己遭受的苦难可以默默认了，但让家人为自己背负苦难，却是每个“右派”难以忍受的心理折磨。吴祖光说：“什么反右、批判、检查、劳动，我倒都经受过了，但是使我最痛苦的是我的家庭，我的母亲、妻子、子女……”[②]妻子新凤霞被打成残废，三个孩子都不许升学，老父亲临死都不知道儿子去了哪里，年迈的母亲只好担起养育三个孩子的责任……

当我们在佩服吴祖光一家有骨气宁折不屈时，不能不感慨他们付出的代价实在惨重，我们也不能不思考是否所有的人都能够做到他们这样？要知道人也有软弱的权利，在这样的环境和如此巨大的压力之下有多少人能不改初衷？新凤霞就谈到过这样一种社会风气：“把诚实的人整了。有的被整的人，为了应付领导，虚假地奉承讨好，领导说他是改造好了。真奇怪，培养了人们做奴才。顺情说好话，耿直惹人嫌。这些年国家搞运动，损失很大，更大的是人们总结了经验，少说为好，不要惹火烧身，睁开眼看热闹吧。”[③]在这样的风气引导下，哪里还会有知识分子的“独立之精神，自由之思想”？我们看到的更多是一个个被改造好了的标本。一九六八年一月二十九日沈从文先生在给儿子沈虎雏的信上，认为自己身体如果过得去，“万一还用得上我长处时，也将无条件接受新任务。”他很自负地说：“因为比起来，始终即比老舍、巴金、茅盾、冰心等等懂问题，懂人，懂如何用文字去表现。也懂什么叫通俗化！也许或居然有那么一天，再来写，再来教！也许还居然有机会，去什么农村跑跑住住。”[④]沈从文的“也

---

① 吴祖光：《欠账》，牛汉、邓九平主编《荆棘路——记忆中的反右派运动》第 81 页。

② 同上书，第 86 页。

③ 新凤霞：《祖光是个男子汉》，牛汉、邓九平主编《荆棘路——记忆中的反右派运动》第 95 页。

④ 沈从文 1968 年 1 月 29 日致沈虎雏信，《沈从文全集》第 22 卷第 98 页，北岳文艺出版社 2002 年版。

许”在一年后就变成了现实，一九六九年十一月三十日他被下放到湖北咸宁的文化部五七干校，在那里待了两年多。不过，即便来了农村沈从文也没有写出他理想中的文字，看看他这样的诗句就清楚了：“学习解放军，一心为人民。战胜大自然，起步共长征。”[①]“世界形势好，祖国面貌新。日出东方红，天下齐照明。”[②]“厨房周同志，岿然一巨人。灶前默默立，如‘大树将军’。案前有小耿，揉面手不停。打击帝修反，同样树标兵。”[③]这就是中国最杰出的乡土小说作家的文字？再看看另外一位天才作家，那就是路翎，一九四五年当胡风为他八十万字的长篇小说《财主底儿女们》作序时，他不过二十出头的小青年，可是胡风开头一句便是：“时间将会证明，《财主底儿女们》底出版是中国新文学史上一个重大的事件。”可见，这位初出茅庐的青年作家的杰出才华，可是三十多年后，他的友人贾植芳去看望劫后的路翎，这位天才小说家竟然是这样一幅面目：他碰到人总是问“我们这些人到底属于什么性质的矛盾”，见到贾植芳亦然，得不到回答竟然：“忽然撇下我，一个人冲到屋子外面，站在院子里向天大声嚎叫，发出的声音好像受伤的野兽的哀嚎，恐怖、凄厉，惨伤里夹着愤怒和悲哀……”[④]原来他一九六四年就得了精神分裂症，时好时坏。更为惨痛的是路翎创作才华的被耗费和改造最后已“几近于零”，劫后的路翎曾写下多部长篇小说、诗歌、散文，但几乎全部是废品，“不仅是因为艺术质量的急剧下降，而且整个写作都仍然纳入在‘文化大革命’时期‘四人帮’钦定的标准模式之中！……这样，晚年写作的路翎，实际上只剩下了生命的躯壳，或者说，写作着的，仅是那个被彻底改造了的非我化了的路翎，被迫害的半疯狂的路翎。那个才华盖世的，在思想、艺术天地里自由驰骋的，独一无二的小说家、精神界战士的路翎，哪里去了？他已经永远地消失，已

---

① 沈从文：《大湖景[三]》，《沈从文全集》第 15 卷第 342 页。

② 沈从文：《大湖景[四]》，《沈从文全集》第 15 卷第 343 页。

③ 沈从文：《双溪工作点十连厨房》，《沈从文全集》第 15 卷第 345 页。

④ 贾植芳：《一双明亮的充满智慧的大眼睛》，《不能忘却的纪念》第 119 页，上海文化出版社 2001 年版。

经‘死’了！”[①]

当然，不能说一场政治灾难就会湮没所有知识分子的独立声音，不过，它阻塞了所有的渠道，让中国知识分子集体沉默下来倒是事实。而那些不想沉默的人也只能孤守残灯、独自抒发内心的激愤，所有这些声音都是后来被发掘出来而未能转化为当时启蒙民众、反抗愚昧的火种。比如说仅仅与胡风有过一些普通交往的张中晓，被最高当局“赞”之为：“反革命感觉是很灵的”，二十五岁便以胡风案牵连入狱，次年因肺病保外就医，回到家乡，“文革”初去世时不过三十六七岁，在他贫病交加的最后十年，忍受着巨大的生命重压勤奋阅读、不倦探索，写下了大量的笔记，直到三十年后才被整理出来以《无梦楼随笔》之名出版。“从本书一些文字中也可以看出作者正经历着极为痛苦的思想探索过程，如果命运不是那样残酷地把多种不幸降在他身上，而使他享有天年，我相信他会在现代中国思想史上作出很少有人可以匹敌的贡献的。可是他在荆棘丛生的思想征程上起步不久，才三十多岁，还可以工作许多年，就夭折了。”[②]中国的思想史上充满这样的断篇残简，让我们静静地聆听一下这位早慧的智者对于身处时代的切身感受所做出的深刻思考吧：

> 人们今天大声地反对蒙昧主义和奴隶制度，但人类却确实地在蒙昧与奴役之中生活了几千年。过去的历史就是铁证。但是只要人们喜欢，这两种东西还会继续生存下去，只要人们或多或少地投合这两者，它们还会通过千丝万缕的关系纠缠在人们的心中。人们喜欢，或人们安于共存，这就是两者的生命力和现实根据。蒙昧主义和奴隶制度，仅是对精神的自由来说，是不可容忍的和势不两立的。但对于没有精神的自由人来说，却是舒适的枕头。[③]

---

① 钱理群：《精神界战士的大悲剧》，《钱理群文选》第 254 页，汕头大学出版社 1999 年版。

② 王元化：《〈无梦楼随笔〉台湾版序》，《九十年代反思录》第 335 页，上海古籍出版社 2000 年版。

③ 张中晓：《无梦楼全集》第 181 页，武汉出版社 2006 年版。

这段话写在二十世纪六十年代初，但对于今天的人来讲也不啻为严厉的警告。

三、失而复得的"五四"精神

绕了这么一个圈子，接下来才会谈到本文的论述主要对象，用意何在？我的考虑是冰心和巴金既然属于这个知识分子群体中的一员，那么同时代人的经历中也可以看出他们的生活背景、时代轨迹和思想历程，只有从这个大的背景来看他们而不是脱离这个背景，我们才有可能真正走近他们、理解他们。

他们的遭遇，同样显示了知识分子的个人声音被剥夺的过程。

早在建国之初，丁玲就对冰心和巴金的作品提出了批评：丁玲认为冰心作品虽然优美，但是"不能真具有'五四'的精神"，"而她的生活趣味也很符合小资产阶级所谓优雅的幻想。她实在拥有过一些绅士式的读者，和不少资产阶级出身的少男少女"[①]。她还有意识地在清理巴金、冰心等当时年轻人十分喜欢的作家作品的影响，不断提醒年轻人怎样认识冰心的作品，并宣称："今天这个时代需要我们去建设，需要坚强、有勇气，我们不是屋里的小花盆，遇到风雨就凋谢的，我们不需要从一滴眼泪中去求安慰和在温柔里陶醉，在前进的道路上，我们要去掉这些东西。"[②]"巴金的作品，叫我们革命，起过好的影响，但他的革命既不要领导，又不要群众，是空想的，跟他过去的作品去走是永远不会使人更向前走，今天的巴金，他自己也就正在要纠正他的不实际的思想作风"。"上面讲的这许多文艺作品的特点是：无一定思想，脱离现实，即使有一些好的地方也是很少的，如巴金的小说，虽然也在所谓'暴风雨前夕的时代'起了作用，现在对某一

① 丁玲：《"五四"杂谈》，《丁玲全集》第 7 卷第 161 页，河北人民出版社 2001 年版。

② 丁玲：《在前进的道路上——关于读文学书的问题》，《丁玲全集》第 7 卷第 120 页。

部分的读者也还有些作用，但对于较前进的读者就不能给人指出更前进的道路了。所有这些作品所给予我们的影响，我们应该好好地整理它，把应该去的去掉它！”[①]

身为当时文艺界的领导人，丁玲的这些批评不会让冰心和巴金无动于衷的。反右过后，冰心家里又突然冒出三个右派：先是儿子吴平，之后是冰心的三弟谢为楫，接下来是她的丈夫吴文藻教授。冰心用“晴天霹雳”描述过她当时的心情：

> 一九五八年四月，文藻被错划为右派。这件意外的灾难，对他和我都是一个晴天霹雳！因为在他的罪名中，有“反党反社会主义”一条，在让他写检查材料时，他十分认真地苦苦地挖他的这种思想，写了许多张纸！他一面痛苦地挖着，一面用迷茫和疑惑的眼光看着我说：“我若是反党反社会主义，就到国外去反好了，何必千辛万苦地借赴美的名义回到祖国来反呢？”我当时也和他一样“感到委屈和沉闷”，但我没有说出我的想法，我只鼓励他好好地“挖”，因为他这个绝顶认真的人，你要是在他心里引起疑云，他心里就更乱了。[②]

这样的经历对于作家的心境能没有影响吗？翻开《冰心全集》看看她曾经写下的这些文章的题目，就明白了她在一段时间内不过是在为配合形势写一些不得不写的文章而已：《英勇的阿拉伯弟兄，我们支援你》、《中印友谊的罪人》、《人民坐在“罗圈椅”上》、《亚非作家的战斗友谊》、《祝贺古巴人民》、《全世界人民和北京》、《一场争夺下一代人的足球赛》、《毛泽东思想的胜利》、《惊雷正在日本响起》……何止冰心一人，翻开那个时代人的文集，有多少这样的文章！而且，彼此的行文语气和观点又如出一人之手，对此，冰心后来也直言自己的困窘：“有的话不好说。文章不像解放

---

① 丁玲：《在前进的道路上——关于读文学书的问题》，《丁玲全集》第7卷第120页。

② 冰心：《我的老伴——吴文藻（之二）》，《冰心全集》第8卷第48页。

以前登起来容易。还有呢，我不是有《寄小读者》吗，那些容易登。还有呢，解放以后，怎么说呢，我写东西短，都是千字文，也没有写小说什么的。因为现在发表东西没有从前那么容易了。现在写东西得迎合上头的趣味。”①

正当冰心一家沉浸在反右后的痛苦中时，惊出一身冷汗的巴金庆幸地对妻子说，看来我是员福将。在外人的眼里，一九四九年后的巴金是个大红人，出访、开会、发表文章表态等等，这些在当时都是一种信任、证明、荣誉，巴金似乎都得到了。而恐怕只有巴金自己的心中最清楚他是怎样一步步如履薄冰地走过那段在达摩克利斯剑下的岁月的：反右时，他恰在北京开会，但还是立即“就感觉到风向改变，严冬逼近，坐卧不安，不知怎样才好”，尽管如此，瓮中之人，还是难明真相：“我当时还不知道‘反右’究竟是怎么一回事，只是我看见来势凶猛，熟人一个个落网，一个个给点名示众；……”在这种恐怖的氛围中，人人自危也都在寻找出路：

> 在会议期间我的心情十分复杂。我一方面感谢“领导”终于没有把我列为右派，让我参加各种“反右”活动，另一方面又觉得左右的界限并不分明，有些人成为反右对象实在冤枉，特别是几个平日跟我往来较多的朋友，他们的见解并不比我更“右”，可是在批判会上我不敢出来替他们说一句公道话，而且时时担心怕让人当场揪出来。在北京我们在小组会上批判过本组的“右派”，回到上海我也主持过作协分会对“右派分子”的批判会。我从小不善于言辞，常常因此感到遗憾，但是今天回忆一九五七年的往事，我倒庆幸自己缺乏口才不能慷慨激昂地大发违心之论。没有人找我谈过话，或者要我如何表态，虽然一直胆战心惊，我总算平稳地度过了一九五七年。私下同爱人萧珊谈起来，我还带苦笑地说自己是一员“福将”。其实我的麻烦还在

---

① 傅光明:《说真话——冰心专访》,《今晚报》1998 年 12 月 17 日。文中提到的《寄小读者》疑为《再寄小读者》。

后头。[①]

在这个过程中，知识分子们有了这样的一种普遍心理："一九五七年下半年起我就给戴上了'紧箍儿'。他也一样。我所认识的那些'知识分子'都是这样。从此我们就一直战战兢兢地过着日子，不知道什么时候会有人念起'紧箍咒'来叫我们痛得打滚，但我确实相信念咒语的人不会白白放过我们。"[②]

表面上，巴金逃过一劫，可是第二年就给他补课了，在"拔白旗"运动中，声势浩大的"巴金作品讨论"，关于"法斯特事件"不依不饶的批评真的让巴金闻风丧胆。直到一九六二年，他又在鼓励发扬民主的气氛中，在上海第二次文代会上发表《作家的勇气和责任心》，一诉怨气，对打棍子的人进行批评，但不久这又成了他新的罪名。巴金曾经这样描述这段日子："我的'改造'可以说是从'反胡风'运动开始，在反右运动中有大的发展，到了'文革'，我的确'洗心革面、脱胎换骨'给改造成了另一个人，可是就因为这个，我却让改造者们送进了地狱。这是历史的惩罚。"[③]"改造"的结果就是使巴金等人对于自己的精神信仰产生彻底的动摇，甚至感觉到"知识的罪恶"：

> 这以后我就有了一种恐惧，总疑心知识是罪恶，因为"知识分子"已经成为不光彩的名称了。我的思想感情越来越复杂，有时候我甚至无法了解自己。我越来越小心谨慎，人变得更加内向，不愿意让别人看到真心。我下定决心用个人崇拜来消一切的杂念，这样的一座塔就是建筑在恐惧、疑惑与自我保护上面，我有时清夜自思，会轻视自己的愚蠢无知，不能用自己的脑子思考，哪里有什么"知识"？有时

---

① 巴金：《"紧箍咒"》，《巴金全集》第16卷第595—596页。

② 同上书，第597页。

③ 巴金：《〈巴金六十年文选〉代跋》，《巴金全集》第17卷第57页。

受到批判、遇到挫折，又埋怨自我改造成绩不大。总之，我给压在个人崇拜的宝塔底下一直喘不过气来。[①]

这一点也不奇怪，阿伦特在揭示极权主义本质时，特别清楚地指出："智识的、精神的、艺术的创造力，对于极权主义来说，就像暴民的歹徒自发力一样危险。两者都比纯粹的政治反对派更危险。新的群众领袖一贯会清除每一种更高形式的知识分子活动，远远超过了他们对自己无法理解的一切事物的天然厌恶。绝对的统治并不容许任何一个生活领域中的自由创造力，不容许任何一种无法完全预见的活动。执政的极权主义无一例外地排斥一切第一流的天才，无论他们是否同情极权主义，使取而代之的是一些骗子和傻瓜，因为他们缺少智慧和创造力，而这正是他们的忠诚的最好保障。"[②]这可算作诛心之论了。

可以说，冰心和巴金正是带着这样的记忆和伤痛进入到新时期文坛的，在这个时候，恰逢思想解放运动，这使得他们从犹疑走向勇敢，终于把自己从体制附属品的状态中解放出来，而这时，"五四"精神再次成为他们最重要也是最合法的精神资源。

说重要，是因为"五四"精神塑造了中国现代知识分子的精神气质，并形成了一个相对稳定的精神传统。说合法，是因为当时官方也在借助"五四"的精神资源来清理"文革"时期的极"左"流毒，实现拨乱反正的目标。当时，整个社会还把相去不远的"四五"(天安门事件)与"五四"联系起来。既证明"五四"精神的一贯性，又强调它的现实意义(对于揭发"四人帮"所制造的新愚昧的作用)。到一九七九年纪念"五四"运动六十周年的时候，周扬又将"五四"、延安整风和当下的思想解放运动联系起来，并称为"三

① 巴金：《"紧箍咒"》，《巴金全集》第16卷第597页。

② [美]汉娜·阿伦特：《极权主义的起源》第439页，林骧华译，生活·读书·新知三联书店2008年版。

次思想解放运动”[①]。“思想解放”、“反封建”成为当时的核心词汇。与此同时，刚刚从“文革”的噩梦中惊醒的人们，纷纷祭起“五四”时期的两件法宝：科学与民主，并疾呼“五四”的目标没有达到，现在正是要奋力实现这个目标的时候了。巴金认为：“我们这一代人并没有完成反封建的任务，也没有完成实现民主的任务。一直到今天，我和人们接触，谈话，也看不出多少科学的精神，人们习惯了讲大话、讲空话、讲废话，只要长官点头，一切都没有问题。”[②]

《随想录》正是“五四之子”巴金在思想解放运动的背景下自我反思的产物，在这部书中，巴金对一九四九年后自己走过的道路进行了深刻的反省，甚至对自己的一些行为、观点做出了完全否定性的评判。很显然，巴金自觉地在与一个曾经对他产生过重要影响的价值体系告别，那么，必然会有一个新的价值体系对他发挥作用，有了它的作用，他才会对过去的行为、看法有了不同于以往的评价，这是价值体系的转换甚至是与以往决裂，而非在以往的基础上自然延续。当然，它并非凭空而来，促使新时期巴金对于既往经历做出深入反思的，除了思想解放运动大的精神背景解除了他的精神束缚，使之能够自由思考之外，更重要的一点是巴金的青春记忆的唤醒，使之自觉地回归到“五四”精神的价值体系之中，并由此产生一系列评判社会、估衡自我的价值标准。与过去一段时间内的写作最大的区别在于，《随想录》不是别人安排的表态文章，而是巴金主动要表达的个人独立思考，从他写的《总序》时起巴金就下定决心：“……它们却不是四平八稳，无病呻吟，不痛不痒，人云亦云，说了等于不说的话，写了等于不写的文章。”[③]特别难得的是，《随想录》让我们看到知识分子的独立精神在恢复的过程，正如巴金所说：

---

① 周扬：《三次伟大的思想解放运动——在中国社会科学院召开的纪念五四运动六十周年学术讨论会上的报告》，中国社会科学院近代史所编《纪念五四运动六十周年学术讨论会论文集》，中国社会科学出版社 1980 年版。

② 巴金：《五四运动六十周年》，《巴金全集》第 16 卷第 227 页。

③ 巴金：《〈随想录〉总序》，《巴金全集》第 16 卷第 Ⅰ 页。

> 其实并非一切都出于偶然，这是独立思考的必然结果。五十年代我不会写《随想录》，六十年代我写不出它们。只有在经历了接连不断的大大小小政治运动之后，只有在被剥夺了人权在“牛棚”里住了十年之后，我才想起自己是一个“人”，我才明白我也应当像人一样用自己的脑子思考。真正用自己的脑子去想任何大小事情，一切事物、一切人在我眼前都改换了面貌，我有一种大梦初醒的感觉。[①]

独立思考、做一个独立的人、捍卫做人的权利……这些在“五四”时曾给巴金人生启蒙的观念时隔一个甲子之后再次给了他力量。他明确宣布要继承“五四”精神：“可是今天我仍然像在六十年前那样怀着强烈的感情反对封建专制的流毒，反对各种形式的包办婚姻，希望看到社会主义民主的实现。”[②]

与巴金一样，冰心也在逐步摆脱意识形态的束缚，而不断地回归“五四”、走向自我。一九五九年，“五四”四十周年的时候，冰心写文章还不忘检讨自己：

> 在“五四”运动时期，我还根本不知道“五四”运动是受着十月革命的影响，是受着有共产主义思想的人们像李大钊同志等人的领导。我的资产阶级家庭出身和所受的美帝国主义奴化教育，以及我自己软弱的本质，都使“五四”对我的影响，仅仅限于文学方面——以新的文学形式来代替旧的形式这一点。“五四”过后，我更是“闭关自守”，从简单幼稚的回忆中去找我的创作的源泉。我的脱离群众的生活，使我走了几十年的弯路，作了一个空头的文学家。[③]

---

① 巴金：《合订本新记》，《巴金全集》第16卷第Ⅴ页。

② 巴金：《五四运动六十周年》，《巴金全集》第16卷第66页。

③ 冰心：《回忆“五四”》，《冰心全集》第5卷第175页。

但是在一九七九年，她有了自己的看法，并重申了"五四"的核心理念：

> 但在今天，我又想，一个人不是生活在真空里，整个潮流在前进，决不容一朵小小的浪花，沉滞在中流，特别是经过了这曲折的六十年，我更认清、看准了，在我们前面高高照耀的科学与民主这两盏明灯。如今，我的岁月和力量是有限的，但我仍当为我们能拿到、举起这两盏照耀我们社会主义祖国光明前途的明灯，尽上我最大的力量！①

这样，在《寄小读者》五十五年后，在《再寄小读者》二十年后，冰心又开始《三寄小读者》的写作，这充分证明了，她的写作开始回归到自己的轨道。到她在写作《我的故乡》、《我的童年》等回忆自己生活的散文的时候，她已经开始脱离僵硬和教条的意识形态语言；到了"关于男人"系列散文，那个优美、睿智、达观的自我已经达到了非常饱满的状态了。而《绿的歌》、《霞》等抒情散文的写作又让我们看到了"五四"时期那个以优美的文字倾诉心底惆怅的美文家的真正面目了。

周作人曾经不断地批评那种没有独立思想的"赋得"文学，并认为这种文字的害处："遵命文学害处之在己者是做惯了之后头脑就麻痹了，再不会想自己的意思，写自己的文章。害处之在人者是压迫异己，使人家的思想文章不得自由表现。"②冰心和巴金都经历过这样的写作环境，值得庆幸的是在他们的晚年，终于冲破罗网找到了自己的声音。

---

① 冰心：《回忆"五四"》，《冰心全集》第7卷第30页。

② 周作人：《遵命文学》，《周作人文类编·本色》第140页，湖南文艺出版社1998年版。

四、重建知识分子精神传统

冰心和巴金的声音，是“文革”后中国知识分子所发出弥为珍贵的知识分子之声。作家的写作都是在表达自己的观点和立场，但未必所有作家的观点和立场都可以称为知识分子的声音。因为知识分子的声音并不是局限在自己的专业领域，而是具有更普遍的关注范围，关注的是整个社会、民众的利益和期待。在这一点上，《随想录》是新时期知识分子的最强音之一，巴金在这里讨论了很多社会、思想问题：比如对呼吁加强中外交流、反对新蒙昧主义有《多印几本西方文学名著》，批评长官意志的有《“长官意志”》、《小人・大人・长官》等，关于文艺方针和创作自由讨论的有《“毒草病”》、《“长官意志”》、《文学的作用》等，对于不良的社会风气的批判有《“结婚”》、《小骗子》、《再说骗子》等，批评对于领导人宗教式膜拜的有《一颗桃核的喜剧》……《随想录》所讨论的话题并不专属巴金，而是巴金加入到那个时代的大合唱中，比如关于电影《望乡》的讨论，关于“长官意志”的讨论，“歌德”与“缺德”的讨论，话剧《假如我是真的》及关于“小骗子”的争论，关于“赵丹遗言”的争论等等，都是当时的社会热点事件，更不用说纵贯全书的对于“文革”的反思和自我的反省。冰心说自己的一生的写作甜、酸、苦、辣几个阶段，而愈到晚年，她的文章愈“辣”，在巴金的《随想录》写作告一段落之后，这位资深作家以“想到就写”的干脆与决绝，写下了一系列的辣手文章：《希望一年三百六十五天都尊师》、《我请求》、《我感谢》、《无士则如何》、《请大家都来读》、《万般皆上品》等等，在这些文章里她呼吁全社会重视知识，重视教育，关心知识分子，爱护教师；她呼吁社会的民主和进步，呼吁爱和美充满人间。巴金曾经这样称赞她：

> 她呼吁，她请求，她那些真诚的语言，她那些充满感情的文字，都是为了我们这个多灾多难的国家，都是为了我们大家熟悉的忠诚老

> 实的人民。她要求“真话”,她追求“真话”,将近一个世纪过去了,她还用自己做榜样鼓励大家讲“真话”,写“真话”。我听说有人不理解她用宝贵的心血写成的文章,随意地删削它们。我也知道她有些“刺眼的句子”不讨人喜欢,要让它们和读者见面,需要作家多大的勇气。但是大多数读者了解她,大多数作家敬爱她。她是那么坦率,又那么纯真!她是那么坚定,又那么坚强!作为读者,我不曾上当受骗;作为朋友,我因为这友谊而深感自豪。更难的是她今天仍然那么年轻!我可以说:她永远年轻![①]

在这样独立思考中,他们终于又找到了自己的思想源头,那就是中国现代知识分子的精神传统,这种精神传统的核心是我们通常所说的“五四”精神。冰心说是“五四”“电光后的一声惊雷”“却把我‘震’上了写作的道路”[②]巴金旗帜鲜明地宣称:“我是‘五四’运动的产儿,没有‘五四’运动就不会有我。”[③]“五四”塑造了他们的品格,也给予了他们精神资源,他们在晚年的作品中表达出鲜明的“五四”气质和“五四”精神:强调不做奴隶,而做一个独立的个人;呼吁“科学”与“民主”;强调“五四”时期启蒙、开民智思想,从而强调对知识的尊重;对童心的爱护,对违背人性的教育方法的批评;呼唤“爱”与“美”,强调崇高的“理想”……所有这些,在两个人的著作中都能够找到许多对应的文字。冰心宣称,她不怕文章有刺遭人压迫:“不怕,我没什么可怕的,我不是已经说了吗,我是‘无权可夺,无薪可降,无官可免’了吗,我没什么可怕的。我现在什么都不怕。还有,人家也不必来动我,我都快死的人啦。”[④]巴金坚定地说:“一纸勒令就使我搁笔十年的事绝不会再发生了。”[⑤]通过他们,还有很多老作家的努力,被打散

① 巴金:《〈冰心传〉序》,《巴金全集》第17卷第383页。

② 冰心:《从“五四”到“四五”》,《冰心全集》第7卷第39页。

③ 巴金:《〈爝火集〉序》,《巴金全集》第15卷第474页。

④ 傅光明:《说真话——冰心专访》,《今晚报》1998年12月17日。

⑤ 巴金:《〈序跋集〉再序》,《巴金全集》第16卷第321页。

的中国知识分子的精神传统在不断凝聚、复归、延续和发扬，中国知识分子的精神品格终于失而复现，这是晚年冰心和巴金的写作最重要的意义之一，正是在这一点上，人们才把中国知识分子"良知"这样的尊称奉送给他们。

我无意于去比较作家与知识分子两种身份究竟哪一种对社会贡献大，或许不该这么比较，或许可以笼统地说各尽其能各有贡献，但我想说当我们欣赏托尔斯泰、萨特、加缪等人的文学作品，赞叹他们的思想深刻、文笔优美的时候，却不能抛开他们独立的知识分子姿态、坚持真理的行为、关怀人类的胸怀，或者说这也是他们作品中当然的一部分，而且是使之更有魅力的一部分。反过来，一个作家如果仅仅固守在写作的领域中，在遣词造句中提高自己的写作技艺，他的创作可以达到一定的高度，但能否真正登上人类精神的高峰确也值得考虑，因为既有的事实证明，人类的文学艺术大师热爱艺术但他的胸怀中却不仅仅是艺术本身。加缪就曾说过这样的话："如果我要选择某些事情……乃是历史和人类的共同命运，是每日每天的普通生活，而且让人们都能在最可能获得光明条件下建设这种生活，是不懈的斗争，是反对自身堕落和别人堕落的不懈斗争，此外没有别的。"[①]从中可以看出，作家所关注的事情要比写作本身广阔得多。这也涉及萨义德所谈到的"专业化"的问题，他批评："结果今天的知识分子很可能成为关在小房间里的文学教授，有着安稳的收入，却没有兴趣与课堂外的世界打交道。"对于那种专业化的态度，萨义德解释说："我所说的'专业'意指把自己身为知识分子的工作当成稻粱谋，朝九晚五，一眼盯着时钟，一眼留意什么才是适当、专业的行径——不破坏团体，不逾越公认的范式或限制，促销自己，尤其是使自己有市场性，因而是没有争议的、不具政治性的、'客观的'。"[②]在这种情况下，固守"文学"而看不到"世

① [法]加缪：《艺术家和他的时代》，杨荣甲等译，《加缪全集》第 4 卷第 184 页，河北教育出版社 2002 年版。

② [美]爱德华·W·萨义德：《知识分子论》第 63、65 页。

界”，有可能就陷入了这种专业化的境地之中，我有一个感觉：近年来的文学作品从文字技术上似乎不比前辈们差，自负的作家们甚至认为早就超过了前辈了，但却总也难以达到前辈作家的影响力和认可度，这当然与时间、机缘等因素有关，但当代文学创作中的狭小格局衬托出的作家们的专业化态度可能与此不无关系。

在这种专业化态度的影响下，冰心和巴金等人晚年的创作之于当代思想、文学的意义一直没有得到充分认识，单以“文学性”来看待它们，我认为是缩小了它们，应当充分意识到这里面的知识分子的声音、中国现代知识分子精神传统之于当代的意义，只有这样才能认识到它们的价值。或许，文学史抛弃了它们，但这种狭窄文学观念束缚了我们对文学的真正认识；与此同时，中国知识分子的精神史、思想史，不应当遗忘它们。这样的错误，我们今后不要再犯了，因为在鲁迅的身上，许多人已经表现出他们的短视。当年，鲁迅放弃小说创作，而大量写杂文的时候，就有人表示“惋惜”，认为这是不务正业，是江郎才尽，较有代表性的言论不乏如此：“我不能因为我不尊敬鲁迅先生的人格，就不说他的小说好，我也不能因为佩服他的小说，就称赞他其余的文章。我觉得他的杂感，除了《热风》中二三篇外，实在没有一读的价值。”[①]苏雪林也不认同鲁迅后期的杂文，认为他“年老力衰，江郎才尽……”胡适也是大为赞赏鲁迅的早年文学作品，甚至小说史研究，“皆是上等工作”，但对其杂文成就却予以抹杀[②]。文学史家司马长风、夏志清等也是这个看法……我想，除了政治偏见之外，更重要在人们心中，还是有一个专业化的文学态度和文体等级，比如他们认为小说、诗歌之类才是第一等级的文体，而杂文则不入流，小说本身也有等级区分，否则也不至于今人王朔说鲁迅不是伟大作家的理由竟然是他没有写过长篇小说。但鲁迅的杂文贡献给这个民族的精神力量，对于知

① 陈西滢：《闲话》，1926 年 4 月 17 日《现代评论》第 3 卷第 71 期，此据张梦阳《中国鲁迅学通史》上卷第 76 页，广东教育出版社 2001 年版。

② 据张梦阳《中国鲁迅学通史》上卷第 444 页。

识分子精神传统的建立又何止是一部长篇小说所能担当的？如果没有了杂文，鲁迅在今天还能激起那么多不断的讨论和争辩吗？现代的文学观念不能不说在一定程度上反而缩小了文学的作用和意义，冰心和巴金也面临着这样的困境。

五、前辈是一盏长明的灯

还有一些大概不算是题外话的话，那就是我们今天研究、学习冰心、巴金等等前辈，究竟学习他们什么？或者，面对着这些已经走进历史的生命，我们的立场、态度、落脚点又在哪里？是仅仅当作研究对象去客观地解剖，还是仅仅从中获得某些“知识”、“发现”？或者用他们的文章、史料来炮制我们逻辑严谨、观点新颖的学术论文？可能都可以，但研究也不能不警惕这种“专业化”的态度，我想说的是他们不应当仅仅成为研究对象或材料，他们还应当提供精神的支持。如果说在他们的身上体现着某些中国现代知识分子精神传统的话，那么这种传统不应当在他们远去之后随之消逝，不论你尊敬他们也罢，觉得他们做得还远远不够也罢，我们应当看到“他们”的时代已经过去，但这种精神的传统却应当延续下来；如果我们有勇气说“我们”的时代业已到来的话，那么我们同样需要有责任来承担某些东西，这其中就包括将前辈们的精神火光承传下去，也包括去丰富和完善他们不曾做到的地方。在这个意义上讲，前辈总是和我们在一起的。

不要以为知识分子只有在社会危机、国家危难、人陷绝境的时候才需要，或者才有所作为，其实知识分子的作用应当发挥在当代社会中的每一处，正如萨义德所言：“……即使在后现代主义的情况下，知识分子依然有着许许多多的机会。因为，事实上政府依然明目张胆地欺压人民，严重的司法不公依然发生，权势对于知识分子的收编与纳入依然有效地将他们消音，而知识分子偏离行规的情形依然屡见不鲜。”[①]是啊，在现代社会中存在着多少需要警惕的陷阱啊，萨义德并非危言耸听，上述的现象只要良知未泯的人都会随处可见。

也不要以为知识分子只是一个在理想的空间中高谈阔论的名词，萨义德在强调知识分子的道义承担时，并没有把知识分子同世俗的生活割裂开来，这就避免了过去慷慨激昂的知识分子夸大自我力量所犯的毛病，知识分子倘若在世俗生活中找不到自己恰当的位置，他的精神生活往往也无所傍依。萨义德一再提醒我们不要忽略世俗生活的影响：

> 真正的知识分子是世俗之人。不管知识分子如何假装他们所代表的是属于更崇高的事物或终极的价值，道德都以他们在我们这个世俗世界的活动为起点——他们活动于这个世界并服务于它的利益；道德来自他们的活动如何符合连贯、普遍的伦理，如何区分权力和正义，以及这活动所展现的一个人的选择和优先序列的品质。

同时，萨义德也感觉到在世俗与精神生活中找到理想的平衡点，对知识分子来说是一个挑战，他说：“今天，每人口中说的都是人人平等、和谐的自由主义式的语言。知识分子的难题就是把这些观念应用于实际情境，在此情境中，平等与正义的宣称和令人难以领教的现实之间差距很大。”[②]萨义德结论并不乐观，就中国知识界来说，两极分化是很常见的，一种是知识分子失去与外界、与世俗生活联系的自说自话，仿佛要把自己置于一个纯粹的学术空间，其实是将个人生命悬浮起来。另一种情况是知识分子的迅速世俗化，精神沦落。这两种情况都使知识分子远离了他的精神传统。

不管怎样，我们似乎没有理由丧失信心，像巴金一段题词所写的那

① [美]爱德华·W·萨义德：《知识分子论》第22页。

② 同上书，第80页。

样："冰心大姊的存在就是一种巨大的力量，她是一盏明灯，照亮我前面的道路。她比我更乐观。灯亮着，我放心地大步向前。灯亮着，我不会感到孤独。"[①]我想说：所有的前辈都是一盏长明的灯，他们的道路都会带给我们积极的启示，有他们的指引、照亮，不论外界的环境多么艰难，我们仍然不会丧失追求和探索的勇气。

二〇〇八年七月二十七日晚于上海

① 巴金1994年5月20日题词，见李朝全等编《世纪知交——巴金与冰心》第146页，团结出版社2006年版。

附录：
《随想录》写作年表

编写说明

1. 本表主要显示《随想录》的写作过程，针对《随想录》中各文的写作情况而编写，因此也适当摘要列举作者与《随想录》写作有关的事件和言论。

2.《随想录》各篇的写作时间以正式发表的作者篇末所署时间为基准，但是一篇文章的写作，往往有一个时间过程，从开始写作，续写，修改，到定稿，甚至定稿后还有再次修改，情况比较复杂。鉴于这种情况，本表中篇目出现的时间均为刊出稿作者篇末所署时间，在该时间后的括号中，以“巴金日记显示”等方式，标注写作和修改的过程。

在叙述用语和表述上，一般“写”某文，则是该文或于当日写作完毕，或不掌握写作过程，以作者篇末所署时间为该文完成时间。“写完”某篇，则表明该文非一次性完成，而是经历一定写作和修改过程。

3. 部分条目中，摘引了该篇目的原文，大多是为了说明《随想录》写作状况的，除此之外，则不摘引原文。

4. 本表引述的《随想录》的文字，以人民文学出版社 1991 年出版的《巴金全集》第 16 卷收入的文字为准。

一九七七年

一月

1日　给马小弥信,“我的事情我自己暂时不想讲话。有人告诉我有人要替我讲话,究竟讲了没有,我不清楚,不过我不着急,我相信‘四人帮’倒了以后,党的政策会逐渐落实的。现在领导要管的事情太多,一时顾不上来。你问我对自己的结论签字没有。我根本未签过字,也未看过我的结论。七三年七月中旬我们单位支书(工宣队)找我谈话时,只根据他笔记本上的记录念给我听:‘市委王洪文、马天水、徐景贤、王秀珍、金祖敏、冯国柱六人讨论决定作人民内部矛盾处理,不戴帽子,发生活费,这是根据张春桥、姚文元指示的精神决定的。’在一个星期后在全体人员学习会上,宣布我今后参加学习,又把那段话讲了一次,只是在‘发生活费’后面加了一句‘做翻译工作’。就只有这么几句话,并没有讲审查什么问题,得出什么结论。我当时就觉得这是张、姚在报私仇,是站不住足的,但也无办法。现在他们给揪出来了,事情就好办了。”(22/10—11)[①]

四月

22日　给王仰晨信,“我楼上的房间和书橱今天下午都启封了。机关拿去的东西说是下星期内退还。前天出版社党委书记来找我,说四人帮搞的我的结论已推翻,另外搞一个,最近期间就可解决,市委同志也很关心,他是代表党来宣布的。我看,下月内就可以完全解决。”“这次解决由出版社同志同文化局交涉,因此很顺利。组织上主动地给我解决问题,很使我感动,在完全解决之前,我每月取用的钱也增加了。”(《巴金书

① 引文末括号中的数码,表明人民文学出版社版的《巴金全集》的卷次/页码。以下均同。

简——致王仰晨》第105页，文汇出版社1997年12月版）

五月

18日　作《一封信》，刊于1977年5月25日《文汇报》，“十年中间我没有写过一篇文章，只写了无数的‘思想汇报’，稍微讲了一两句真话，就说你‘翻案’。连在日记本上写几句简单的记事，也感到十分困难，我常常写了又写，改了再改，而终于扯去，因为害怕连累别人。我知道我只能隐姓埋名地过日子，让人们忘记，才可以躲开黑帮们的大砍刀。”（15/512）

一九七八年

八月

13日　“今天是萧珊逝世六周年纪念日，我没有做任何事表示我的感情。但是我忘不了她。也还记得那些日子里她所经历的痛苦。”（26/270）

17日　在京开会，“半夜做怪梦，与魔怪斗，跌下床来。幸未跌伤。”（26/271）随想录一一四《我的噩梦》中称：“我一生做过太多的梦。但是噩梦做得最多的时期是‘文革’期间。现在还应当加一句：和‘文革’以后。这样说，并非我揪住‘文革’不放，正相反，是‘反革’揪住我不放。”（16/539）

十二月

1日　写《〈随想录〉总序》，发表于1978年12月17日香港《大公报》。“我不想多说空话，多说大话。我愿意一点一滴地做点实在事情，留点痕迹。我先从容易办到的做起。我准备写一本小书：《随想录》……这只是记录我随时随地的感想，既无系统，又不高明。但它们却不是四平八稳，无病呻吟，不痛不痒，人云亦云，说了等于不说的话，写了等于不写的文章。"(16/I)。

写随想录之一《谈〈望乡〉》(巴金日记显示,11 月 30 日夜写),发表于1978 年 12 月 17 日香港《大公报·大公园》(《随想录》专栏均发表于《大公报》"大公园"专版,前三十篇文章,发表时只有序号,没有具体题目,1979 年 12 月首次结集出版时,作者才拟定题目)。

18 日　给潘际坰信,"《随想录》我还想写下去,你们愿意发表它,我以后写出新的就寄给你们。我在《随想录》(一)里就说明我写作的时间不会太多了。因此在可能的范围内想多写点东西。《随想录》不比大文章,写起来比较容易,而且什么东西都可以收进去。"(24/482)

25 日　给潘际坰信,"我的两篇短文算不了什么,你们肯发表,我以后还要投稿。《随想录》我也要写下去。现在杂事较多,不能安心写作,明年一定要把生活好好安排一下。"(24/483)

一九七九年

一月

2 日　写完随想录之二《再谈〈望乡〉》,发表于 1979 年 1 月 12 日《大公报》;之三《多印几本西方文学名著》,发表于 1 月 16 日《大公报》。

7 日　写完随想录之四《结婚》,发表于 1 月 22 日《大公报》。

16 日　校改《怀念萧珊》、定稿(据本文开头:"今天是萧珊逝世的六周年纪念日……",本文当为 1978 年 8 月 13 日开始写的;巴金日记显示,1978 年 12 月 28 日开始写,1979 年 1 月 7、11 日续写,12—15 日抄改),连续发表于 2 月 2 日至 5 日《大公报》。"梦魇一般的日子终于过去了。六年仿佛一瞬间似的远远地落在后面了。其实哪里是一瞬间!这段时间里有多少流着血和泪的日子啊。不仅是六年,从我开始写这篇短文到现在又过去了半年,半年中我经常在火葬场的大厅里默哀,行礼,为了纪念给'四人帮'迫害致死的朋友。想到他们不能把个人的智慧和才华献给社会主义祖国，我万分惋惜。每次戴上黑纱、插上纸花的同时，我也想起我自己最亲爱的朋友，一个普通的文艺爱好者，一个成绩不大的翻译工作者，一个心地善良的人。她是我的生命的一部分，她的骨灰里有我的泪和血。”(16/25—26)“我绝不悲观。我要争取多活。我要为我们社会主义祖国工作到生命的最后一息。在我丧失工作能力的时候，我希望病榻上有萧珊翻译的那几本小说。等到我永远闭上眼睛，就让我的骨灰同她的搀和在一起。”(16/28)

19日　给杨苡信，“还有几件事情：一、蕴珍不需要开追悼会，有人问过我，要我决定，不同意开。我不主张形式主义。二、我写了一篇《怀念萧珊》，约九千字，打算先在港报发表，然后在广东刊物上刊载，我替她平反。”(22/529)

22日　写随想录之六《“毒草病”》，发表于2月12日《大公报》。

24日　写随想录之七《“遵命文学”》(巴金日记显示，25日曾校改此文，最终定稿)，发表于2月17日《大公报》，“我的作品没有给骂死，是因为读者有自己的看法。读者是我的作品的评判员。它们并不专看‘长官’们的脸色。”(16/33)

25日　写随想录之八《长官意志》(巴金日记显示26日写完)，发表于2月21日《大公报》。“我最近翻了一下中国文学史，那么多的光辉的名字！却没有一首好诗或者一篇好文章是根据‘长官意志’写成的。”(16/38)

27日　写完随想录之九《文学的作用》，发表于3月1日《大公报》。

二月

3日　写完随想录之十《把心交给读者》(巴金日记显示该篇2日开始写作，4日写完，6日重校；3日为篇目所署写作时间)，发表于3月6、7日《大公报》，“在‘四害’横行的时候，我没有出卖灵魂，还是靠着我过去受到的教育，这教育来自生活，来自朋友，来自书本，也来自老师，还有来自读者。……但是我给关进‘牛棚’以后，看见有些熟人在大字报上揭露‘巴金的反革命真面目',我朝夕盼望有一两位作家出来'干预生活',替我雪冤。……这样说,原来我也是主张'干预生活'的。"(16/49)。

7日　给李健吾信,"常常拿起笔要写信,就听见我妹妹在楼下叫我,原来客人来了。只好放下。现在很想写文章,题目不少,却缺少时间,精力也不够。我为香港《大公报》写了十篇《随想录》,(其中有一篇《怀念萧珊》,写了些我们在运动中的遭遇。)还要写下去,打算今年出一本小书。"(23/242)

8日　再次校改《怀念萧珊》。

12日　写随想录十一《一颗桃核的喜剧》(巴金日记显示11日写,13日校改),发表于3月22日《大公报》。

给萧乾信,"但我最近写文章,每一篇里常有两三句不合'长官意志'的话,麻烦编辑同志费神删改,因此不一定写出来就用得上。"(24/385)给欧阳山信并附《怀念萧珊》。

13日　给李致信,"《怀念萧珊》的文章先在香港《大公报》连载,然后在广东《作品》上发表。文章里讲了点我们当时的生活。"(23/57)

18日　给健吾信,"最近给香港《大公报》写《随想录》,我说这是我的'遗嘱',打算每年写一本,写上五小本,就搁笔。"(23/243)

三月

9日　写完随想录十二《关于丽尼同志》(巴金日记显示5日起写,7日续写,9日写完,10日校改),发表于3月29、30日《大公报》。

13日　写随想录十四《"五四"运动六十周年》(巴金日记显示,14日校改),发表于4月18日《大公报》,"六十年,应该有多大的变化啊!可是今天我仍然像在六十年前那样怀着强烈的感情反对封建专制的流毒,反对各种形式的包办婚姻,希望看到社会主义民主的实现。六十年前多少青年高举着两面大旗:科学与民主,喊着口号前进。""我们是'五四'运动的产儿,是被'五四'运动的年轻英雄所唤醒、所教育的一代人。"(16/66)

15日　给罗荪信,"我看文艺界情况复杂,问题很多,阵线也不分明,在《文艺报》发表文章，不能像写《随想录》那样随说一通，大陆上的读者对‘随说’久已不习惯了。为《文艺报》写文章，总得慎重些，我试试看，若写不成了，就算了。”“《怀念萧珊》将在《作品》四月号重新发表。总算讲了一点我们那个时候的生活与思想感情。那些事怎么能轻易忘记！您一定还记得。”(24/123)

17日　写完随想录十三《三次画像》(巴金日记显示，13日上午开始写，16日续写，17日写完，30日、4月1日校改)，发表于1979年4月7日《大公报》，“我正在走向衰老和死亡。把想做的事都做好，把想写的作品全写出来，使自己可以安心地闭上眼睛，这是我最后的愿望。因此今天鼓舞我奋勇前进的不仅是当前的大好形势，还有那至今仍在出血的我身上的内伤。”(16/64—65)

20日　给汝龙信，“寄上一篇文章(《怀念萧珊》——引者)，请你和文颖嫂看看，可以知道一些我家里过去的情况和遭遇。”(22/375)

28日　写随想录十五《小人·大人·长官》，发表于5月9日《大公报》，“把自己的命运交给别人，甚至交给某一个两个人，自己一点也不动脑筋，只是相信别人，那太危险了。”(16/72)

29日　校改随想录之十《把心交给读者》，改名《向读者说的心里话》，准备寄给《湘江文艺》。

四月

8日　晚上“六点雪峰女儿冯雪明来谈她父亲追悼会的事，约一刻钟。”“家宝派史群吉来接我和小林去首都剧场看《茶馆》。……《茶馆》的确不错。很有感触。”(26/336)

在随想录二九《怀念雪峰》中，巴金写道：“我去巴黎的前几天，住在北京的和平宾馆里，有一天傍晚雪峰的女儿来看我，谈起五月初为雪峰开追悼会的事，我说我没法赶回来参加，我想写一篇文章谈谈这位亡友。雪峰的女儿我过去似乎没有见过，她讲话不多，是个沉静、质朴的人。雪峰去世后不久，他的爱人也病故了，就剩下这兄妹两个，他们的情况我完全不

了解,但是我有这样一个印象:他们坚强地生活着。"(16/130)

在随想录三四《怀念老舍同志》中,巴金写道:"今年上半年我又看了一次《茶馆》的演出,太好了! 作者那样熟悉旧社会,那样熟悉旧北京人。这是真实的生活。短短两三个钟头里,我重温了五十年的旧梦。在戏快要闭幕的时候,那三个老头儿(王老板、常四爷和秦二爷)在一起最后一次话旧,含着眼泪打哈哈,'给自己预备下点纸钱','祭奠祭奠自己'。我一直流着泪水,好些年没有看到这样的好戏了。这难道仅仅是在为旧社会唱挽歌吗? 我觉得有人拿着扫帚在清除我心灵中的垃圾。坦率地说,我们谁的心灵中没有封建的尘埃呢?"(16/156)

4月26日至5月13日 率中国作家代表团访问法国各地,在随后的《随想录》中记述此行情况。

五月

22日　写随想录十六《再访巴黎》,发表于6月4日《大公报》。

六月

2日　写随想录十七《诺·利斯特先生》,发表于6月12日《大公报》。

12日　"十一点半前读报,惊悉中岛逝世,很难过,打电话给罗荪,托文联打电报吊唁。"(26/345)

17日　写随想录十八《在尼斯》,发表于6月26日《大公报》。

七月

6日　写随想录十九《重来马赛》,发表于7月14日《大公报》。

9日　写完随想录二十《里昂》(巴金日记显示8日起写,10日校改),发表于7月19日《大公报》。

12日　写完随想录二一《沙多-吉里》(巴金日记显示10日起写,11日续写,13日写完),发表于7月25、26日《大公报》。

16日　写完随想录二二《"友谊的海洋"》(巴金日记显示19日校

改)，发表于1979年7月31日《大公报》，“难道我们因此就不敢面对现实？就不敢把不幸的十年中间所发生的一切彻底检查一番，总结一下？”(16/101)

17日　复黎丁信，“(叶)非英平反，是他兄弟来信告诉我的，就是说右派案搞错了。”(24/479)

22日　写完随想录二三《中国人》(巴金日记显示26、27日校改)，发表于8月5日《大公报》。

24日　写随想录二四《人民友谊的事业》(巴金日记显示25日写完)，发表于8月11日《大公报》。

28日　给朱梅信，“我返沪后身体一直不好(咳嗽，痰多)。……我从北京带回近千页的校样，得看完它们，还要赶写一本小书(《随想录》)，实在没有精力写信。”(22/320)

30日　写完随想录二五《中岛健藏先生》，(巴金日记显示26日起写，31日和8月日校改)，发表于8月16、17日《大公报》。

八月

2日　写随想录二六《观察人》(巴金日记显示，3日续写，4日写完)，发表于8月19日《大公报》，“评论家和中国文学研究者常常丢不开一些框框，而且喜欢拿这些框框来套他们正要研究、分析的作品。”“人的确是十分复杂的，他的头脑并不像评论家所想象的那样简单。”(16/123)

5日　写随想录二七《要不要制定“文艺法”》，发表于8月24日《大公报》，“要维护自己的合法权利，也必须经过斗争。”(16/127)

6日　写随想录二八《绝不会忘记》，发表于8月28日。

8日　写完随想录二九《纪念雪峰》(巴金日记显示，10日开始写，6日起写，7日续写；9日，“补写《二十九》，即关于雪峰的事。”(26/358)(12日、13日校改)，发表于9月4、5日《大公报》。

11日　写完随想录三十《靳以逝世二十周年》(巴金日记显示12日、13日校改，10月17日再次抄改)，发表于9月11日《大公报》。

写《〈随想录〉第一集后记》(巴金日记显示,12日校改,24日抄改),"《随想录》是我翻译亚·赫尔岑的《往事与随想》时的副产品。……而我的'随想'呢,我可以说:它们都不高明。不过它们都是我现在的真实思想和真挚感情。""我觉得我开始在接近死亡,我愿意向读者们讲真话。《随想录》其实是我自愿写的真实的'思想汇报'。""过去我吃够了'人云亦云'的苦头,这要怪我自己不肯多动脑筋思考。虽然收在这里的只是些'随想',它们却都是自己'想过'之后写出来的,我愿意为它们负责。"(16/140)。

13日　"今天是萧珊逝世七周年。"(26/359)。

给潘际坰信,"《随想录》第一集(1979)已编成,共三十篇,每篇都有一小标题,后附《后记》一篇(不发表)。日内就把《二十九》、《三十》两篇寄奉。"(24/485)

15日　开始校改已发表各篇《随想录》,至17日,校完24篇;23日,"下午校范用寄来的《随想录》剪报。"(16/361)26日,"寄范用《随想录》改订稿。"(16/362)

九月

12日　校改并定稿随想录三一《"豪言壮语"》(巴金日记显示8月29日开始写,5日写完),发表于9月20日《大公报》,"我最近看了我的《爝火集》的清样,这是我三十年来的散文选集……可是我看校样时才发现集子的前半部大都是'歌德'的文章,而且文章里充满了豪言壮语。"(16/144)"梦的确是好梦,但梦醒之后,我反而感到了空虚。现在我才明白:还是少说空话、埋头实干的好。"(16/145)。

28日　写随想录三二《小骗子》(巴金日记显示9月30日写完),发表于10月11日《大公报》,"……我不能不承认在我们这个社会里还有非现代的东西,甚至还有果戈理在一八三六年谴责的东西。"(16/148)

十一月

9日　给王仰晨信,"我杂事不少,身体不好,因此少写信。我写字已

感到手吃力，但每天还写几百字，最近把《随想录》第二集写完了。”（《巴金书简——致王仰晨》第150页）

十二月

4日　写完随想录三三《悼方之同志》，发表于12月11日《大公报》。

5日　给杨苡信，“当然我现在还在写，可是总有事打岔，写得慢，写得少。我真想关门写三五年！”（22/533）

15日　写完随想录三四《怀念老舍同志》（巴金日记显示从6日开始写，9—13日续写，14日修改），发表于12月25、26日《大公报》；另，本篇曾以《“我爱咱们的国呀，可是谁爱我呢？”——怀念老舍同志》为题发表于1980年第2期《文汇增刊》。

23日　校改并定稿随想录三五《大镜子》（巴金日记显示18日开始写，22日写完），发表于1980年1月4日《大公报》。

本月，《随想录》第一集由三联书店香港分店出版，1980年6月由人民文学出版社出版内地版。

一九八〇年

一月

4日　校改并定稿随想录三六《小狗包弟》（巴金日记显示1979年12月31日开始写，1980年1月2—3日续写），发表于1980年1月12日《大公报》，“不能保护一条小狗，我感到羞耻；为了想保全自己，我把包弟送到解剖桌上，我瞧不起自己，我不能原谅自己！我就这样可耻地开始了十年浩劫中逆来顺受的苦难生活。一方面责备自己，另一方面又想保全自己，不要让一家人跟自己一起堕入地狱。”（16/167）。

28日　给李致信，“《随想录》第一集已出版，样本日内可到，即寄你。”（23/67）

二月

9 日　校改随想录三七《探索》(巴金日记显示 3 日开始写,2—9 日续写,13 日改写,16 日再改),发表于 2 月 29 日、3 月 1 日《大公报》。

15 日　写完随想录三八《再谈探索》(巴金日记显示 12 日开始写,16 日修改),发表于 3 月 5 日《大公报》。

28 日　写随想录三九《探索之三》(巴金日记显示 26 日开始写,29 日、3 月 1 日续写,4 日改好),发表于 3 月 12、13 日《大公报》。

29 日　写随想录四〇《探索之四》(巴金日记显示 3 月 2—3 日续写,4 日改好),发表于 3 月 18 日《大公报》。

给李致信,"我也很忙,疲劳不堪。需要休息都得不到休息。发表了《镜子》,也起不了作用。以后争取做到劳逸结合。"(23/67)

三月

6 日　给李健吾信,"我大概本月二十日赴京,住十天光景,在日不过三星期,可能不太累。""我写了篇怀念老舍的文章,为知识分子讲了两句话。我这样想:要实现四化,就离不了知识分子。一般地说,中国的知识分子是好的,老舍是一个代表人物。"(23/245)

23 日　"九点半后小姚来送我和小林到幸福一村看均正,见他躺在床上,痛苦不堪,很难过。"(26/400—401)巴金后来在随想录一〇九《怀念均正兄》中写道:"第三次看见他,他又侧着身子躺在床上,显然病情恶化了。这一次我什么话也讲不出来,我也不想把他忍受痛苦的印象长留在脑中。我待的时间不长。但也没有想到这就是我们的最后的一面。"(16/523)

给汝龙信,"你的房子问题看来一时无法解决。但我还是要叫,有机会就讲。我说过我要为三个人的房子奋斗,第一是沈从文的;第二是你的;第三是丽尼夫人的。也许到我死问题还不能解决,那么就让后人来论断吧。"(22/376)巴金在随想录三八《再谈探索》中曾提到过沈从文的房子问题:“在他们对着一部作品准备拉弦发箭的时候,忽然把文学的作用提得很高。然而一位写了二十多年小说、接着又编写《中国服装史》二十年的老作家到今天还是老两口共用一张小书桌,连一间工作室也没有,在这里文学的作用又大大地降低了。”(16/179)

31日　“四点半韦君宜、屠岸、季涤尘来,借去《随想录》一册,同意人文社在大陆刊行。”(26/402)

四月

1日至11日,率中国作家代表团访问日本,在后来的《随想录》中曾记述此行情况。

8日　致马小弥信,“我去杭州休息了六天,刚回来,明天又要去北京。……对《开卷》上的骂不必介意,我在二集《后记》中已经回答了,书出版,你就可以看到。”(22/15—16)

9日　在广岛写完讲稿《我和文学》,11日在京都文化讲演会上讲演,发表于11月15日出版的《钟山》第四期,现作为附录收《探索集》。

21日　修改《我和文学》(加注)。

24日　写随想录四一《友谊》,发表于5月1日《大公报》。

28日　写随想录四二《春蚕》,发表于5月6日《大公报》。

五月

12日　给冰心信,“文章发表了两篇,寄给您看看。还想写两三篇,但不是专门谈访日,专谈访日观感不好写。您怎么想法?我看写不写关系不大。”(22/388)

24日　写完随想录四三《怀念烈文》(巴金日记显示9日开始写,15、19、22、23日续写),发表于5月31日至6月2日《大公报》。

30日　下午,“西彦来谈过去‘牛棚’情况,谈到六点。”(26/409)巴金后来在随想录五二《写真话》中写道:“朋友王西彦最近在《花城》上发表了一篇文章,讲我们一起在‘牛棚’里的一些事。文章的标题是《炼狱中的圣火》,这说明我们两个人在‘牛棚’里都不曾忘记但丁的诗篇。”(16/240)“十年浩劫决不是黄粱一梦。这个大灾难同全世界人民都有很大的关系,我们要是不搞得一清二楚,作一个能说服人的总结,如何向别国人民交代!可惜我们没有但丁,但总有一天会有人写出新的《神曲》。所以我常常鼓励朋友:‘应该写!应该多写!’”(16/241－242)

六月

5日　校改随想录四四《访问广岛》(巴金日记显示5月29日开始写,31日续写,6月1－4日续写,6日再校改),发表于6月13、14日《大公报》。

14日　给姜德明信,“现在写文章,只是想做个总结,算一笔账,教育后代。”(24/260)

15日　校改随想录四五《灌输和宣传(探索之五)》,(巴金日记显示7日开始写,8、11续写;12日重写,13日续写,14日写完,16日修改),发表于6月24、25日《大公报》。

七月

11日　写随想录四六《发烧》,发表于7月20日《大公报》,“不承认自己发烧,又不肯设法退烧,这不仅是一件蠢事,而且是很危险的事。”(16/220)

13日　写随想录四七《“思想复杂”》(巴金日记显示,15日下午校改),发表于7月23日《大公报》。

17日　给姜德明信,“我因发高烧在医院住了十二天,十四日出院,现在家休养,二十四日上京,在京可待五六天,……”(24/261)

20日　给李健吾信,“本月二日我发高烧到医院看门诊,就给留下了,一住就是十二天。……听说卓吾去世,想起一九二七年同他在巴黎几次会见的情景,仿佛做了一场大梦。”(23/247)

八月

4—12日　率中国世界语代表团到瑞典出席第65届世界语大会。

24日　写完随想录四八《世界语》(巴金日记显示,22日开始写,25日校改,25日抄改),发表于9月1、2日《大公报》。

九月

17日　15日开始写《说梦》,16日续写,本为随想录四九,"本日校改《四十九》完毕,根据小林建议,改为《六十》。"(26/423)

19日　给萧乾信,"《开卷》的文章不值得大惊小怪。我骂了人,别人骂我有何不可!多一个人骂我,对我有好处。我想看看:我是不是一打就倒,一骂就死。你担心我一挨骂就搁笔,太可笑了。但我还是感谢你的关心。《随想录》我要写下去,这是我的责任,也是我的权利。"(24/394)。

20日　写随想录四九《说真话》,发表于9月28日《大公报》。

22日　写随想录五十《〈人到中年〉》(巴金日记显示23日修改),发表于9月30日《大公报》。

十月

2日　写完随想录五一《再论说真话》(9月25日开始写,28日续写,10月1日续写),发表10月11、12日《大公报》。

4日　写随想录五二《写真话》(巴金日记显示10月7日修改),发表于10月15日《大公报》。

7日　写随想录五三《"腹地"》,发表于10月21日《大公报》。

9日　写随想录五四《再说小骗子》,发表于10月25日《大公报》。

13日　写完随想录五五《赵丹同志》(巴金日记显示11日开始写,12日续写),发表于10月27日《大公报》。

14日　写完随想录五六《"没有什么可怕的了"》(巴金日记显示13日开始写,17日校改),发表于10月29日《大公报》。"赵丹说出了我们一些人心里的话,想说而说不出来的话。可能他讲得晚了些,但他仍然是第一个讲话的人。我提倡讲真话,倒是他在病榻上树立了一个榜样。我也在走向死亡,所以在我眼前十年浩劫已经失去它一切残酷和恐怖的力量。我和他不同的是:我的脚步缓慢,我可以在中途徘徊,而且我甚至狂妄地说,我要和死神赛跑。"(16/254)

15日　写完随想录五七《究竟属于谁》(巴金日记显示14日开始写),发表于10月30日,"要澄清混乱的思想,首先要肃清我们自己身上的奴性。大家都肯独立思考,就不会让人踏在自己身上走过去。大家都能明辨是非,就不会让长官随意点名训斥"(16/256)。

17日　写完随想录五八《作家》(巴金日记显示16日开始写),发表于10月31日《大公报》。

20日　写完随想录五九《长崎的梦》,发表于11月7、8日《大公报》。

22日　写完随想录六〇《说梦》(巴金日记显示21日开始另写本篇,23日修改),发表于11月16日《大公报》。

致李致信,"我仍忙,身体不好。总得设法休息一两个星期。……我今年活动较多,只写完了《随想录》第二集。《回忆录》还差好几篇,明年准备关门写作。""来日无多,不能再浪费时间了。"(23/73)

25日　开始编校《随想录》第二集《探索集》。

26日　编校《探索集》,写《后记》(巴金日记显示,20日写《随想录》第二集后记,30日抄改),发表于11月9日《羊城晚报》。"我要履行自己的诺言,继续把《随想录》写下去,作为我这代作家留给后人的'遗嘱'。我要写自己几十年创作道路上的一点收获,一些甘苦。但是更重要的是,给'十年浩劫'作一个总结。"(16/273—274)

29日　下午主持赵丹追悼会。

十一月

4日　整理《探索集》原稿。

5日　给汝龙信,"为了写完随想第二集,什么事都放下了。……关于人才外流的问题，我最近在随想录里谈过几次。总得替知识分子安排工作条件和生活条件，他们才好工作，单给一碗饭吃，解决不了问题。”“我越来越衰老，写字已感到困难。字越写越小，手越动越慢，但我不悲观。”(22/378)

12日　给马小弥信，“我刚把《随想录》第二集写完了”(22/16)。

15日　给姜德明信，“创办一所‘现代文学资料馆’，您感兴趣吗?”(24/262)

25日　给姜德明信，“我记得去年吴学文在上海《文汇报》上发表过一篇文章，介绍日本的近代文学资料馆，很好，可以参考。我们目前就需要创办一个这样的中国现代文学资料馆。……我愿意为它的创办出点力，而且相信肯出力的人一定不少。”(24/263)

十二月

28日　给杨苡信，“你讲的那篇《随想》(指随想录五八《作家》一文——引者)，我作了一点改动后，已交给一份成都刊物发表。我写《随想》都是借别人的事讲自己的话，不会‘介入’什么，请放心。我只是讲我对年轻作家和‘老’作家一些看法，随便举一个人为例，未提姓名，即使得罪人，也无所谓。我倒赞成年轻作家‘狂’一点，三十年来我接触到的‘唯唯诺诺’的人太多了。”(22/534—535)

一九八一年

一月

4—6日　校《探索集》。

25日　给姜德明信，“苏晨同志也有信来。《序跋集》就决定下来了。我打算：1.按年代编排；2.在文学作品范围内。我自己作品的序跋比较好找，为别人的书写的《后记》，就要找你们帮忙了。”(24/264)

29日　写完随想录六一《三谈骗子》(巴金日记显示,25日开始写,28日修改),发表于2月12日《大公报》。

给王仰晨信,"我昨天见到萧乾夫人给朋友的信,她替我担心,颇希望我从此躺下休息,省得再找麻烦。好意可感。我才又想起你的信,可能你也替我担心。其实大半年来我身体已经垮了。活着的日子已经不多了。目前所作所为以及五年计划都是在料理后事,除了写作,还想促成现代文学馆的创办。我一不怕苦,二不怕死,只是热爱社会主义祖国和人民。长官点名,我不会害怕。倘使一经点名,我就垮掉,那算什么作家?点名之说早已传到耳里,我无所谓,据说是在外事工作会上讲的。但后来他又派秘书来找小林谈话,劝我不要相信别人的挑拨。我仍然不在乎。但我更感觉到我必须退休了。不能再混下去。必须把该译的书译出,该写的写出然后死去,那有多好!作家不是为了受长官的表扬而写作的。"(《巴金书简——致王仰晨》第152页)

30日　致马小弥信,"我从北京回来,身体越来越差,写字很吃力,但每天总得写几百千把字,这也是一场斗争。但请放心,我会活下去。"(22/17)给季涤尘信,"《探索集》样书尚未寄来,这里有人要,港版已送完,可否请您先寄十册给我。"(24/145)

二月

12日　给盛子诒信,"非英的问题一直没有好好地解决,我也感到遗憾。但目前我无法为他讲话,我的话起不了作用。不过我想这个问题总有一天会弄清楚的。"(24/430)

16日　给萧乾信,"点名问题几个月前就传过,说法不一,最近又流传起来。有人替我担心,其实我毫不在乎。这应当是最后一次的考验了。这一年多来我身体不好,很少参加活动,写字吃力,但还是写完了两本小书。我哪里有精力和时间去支持什么人?然而我的'随想'可能得罪了谁,才有人一再编造谣言。我不怕什么,也不图什么,反正没有几年可以工作了。"(24/394—395)

23 日　写随想录六二《我和读者》(巴金日记显示,20 日开始写,21 日续写,24 日校改,25 日再校),发表于 3 月 5 日《大公报》。

26 日　给潘际坰信,"《随想》还要写下去。别的文章不写了,身体好起来时,要续写我的长篇。"(24/493—494)

27 日　给许粤华信,"我的近作中保留着我近年的思想,我一直在探索、追求。我觉得最近写成的两本小书:《探索集》和《创作回忆录》可以读读,里面讲的都是我心里的话。《随想录》我还要写下去,我要写到最后,因此我也要保养身体,争取多活。"(22/435)

三月

18 日　给杨苡信,"脑子十分清楚,对生死问题也看得明白,一切毁誉都不在心上,相信颇有自知之明。我活下去只是为了'给',不是为了'取',这样的生命是有光彩的。我的情绪一直很好。关于我的谣言一直在流传,不是结婚,就是挨批,然后就会是死吧。'死'了也不会让人安宁。"(22/538)

29 日　写随想录六三《悼念茅盾同志》,发表于 4 月 5 日《大公报》。

四月

4 日　写完随想录六四《现代文学资料馆》(巴金日记显示 3 日开始写,5 日校改),发表于 4 月 16 日《大公报》。

本月《随想录》第二集《探索集》由三联书店香港分店出版,7 月由人民文学出版社出版内地版。

五月

7 日　给朱梅信,"我写字也感困难,最感痛苦的是不能写长信,写文章也只能每天写几百字。"(22/323)

15 日　写完随想录六五《怀念方令孺大姐》(巴金日记显示 4 月 18 日开始写,8、11 日续写),发表于 5 月 21 至 23 日《大公报》。

17 日　给萧乾信,“谣言也好,真话也好,传播越广,同情我的人越多,可见天天讲‘社会效果’的人,其实不懂什么是社会效果。”(24/395)

22 日　写随想录六六《〈序跋集〉序》,发表于 5 月 29 日《大公报》。

31 日　写完随想录六七《怀念丰先生》(巴金日记显示 25 日开始写,26—31 日续写,其中 27 日日记:“写《六十七》,写作吃力,不到五百字。”[26/456],6 月 1 日校改),发表于 6 月 12、13 日《大公报》。

六月

11 日　写随想录六八《〈序跋集〉再序》(巴金日记显示 9—10 日开始写),发表于 6 月 20 日《大公报》。

中旬 写随想录六九《十年一梦》,发表于 7 月 30、31 日《大公报》。

七月

12 日　给许粤华信,“现在又热起来了,每天挣扎着写几百字(包括写短文、回信、抄稿在内)。最近我在编一本《序跋集》,我的侄女帮忙我抄稿。这等于我五十几年的真实的‘思想汇报’,不是假话,自己看看也很有意思。”(22/437)

25 日　写随想录七〇《致〈十月〉》,发表于 8 月 8、9 日《大公报》。

27 日　给罗荪信,“《随想》还是要写下去。只是写字吃力,要写得慢些,少些。我想探索,撇开理论和书本,凭个人创作经验和感受,谈谈文学批评。”(24/130)

月底 写随想录七二《怀念鲁迅先生》(巴金日记显示 7 月 31 日,“写完怀念鲁迅先生”),发表于 9 月 25 日出版的《收获》第 5 期,赞赏先生“为了真理,敢爱,敢恨,敢说,敢作,敢追求……”(16/343)

八月

10 日　写随想录七一《〈序跋集〉跋》,发表于 8 月 21 日《大公报》。

20 日　给罗荪信,“流言相当多,但我无精力管这些事。我觉得您安心在家养病，这是上策。目前的确需要冷静地思考，想想过去，也想想将来。批评和创作的关系，也需要认真研究、讨论。我写文章，他出主意，永远写不好。鲁迅先生即使写‘遵命文学’，也是写他自己的话。”(24/130)

31日　给姜德明信，“《序跋集》总算交了卷。编辑中我吃了不少苦头，但完成了一件工作，这是为酬答您的友情而做的。”(24/267)

十一月

7日　给潘际坰信，“在国外住了三个星期，回来在北京开了几天会，相当疲劳……贵同事删改我怀念鲁迅先生的文章，似乎太不‘明智’，鲁迅先生要是‘有知’，一定会写一篇杂感来‘表扬’他。我的文章并非不可删改，但总得征求我的同意吧，如果一个人‘说了算’，那我只好‘不写’，请原谅，后代的人会弄清楚是非的。”(24/496)

下旬　写随想录七三《“鹰的歌”》，未发表，初收人民文学出版社版《真话集》，抗议《大公报》编者删改《怀念鲁迅先生》一文。

十二月

23日　给潘际坰信，“关于《随想录》，请您不必操心，我不会再给你们寄稿了。我搁笔，表示对无理删改的抗议，让读者和后代评判是非吧。”“对您我无意见，但对随意删改我的文章的贵同事我很有反感。对一个写作了五十几年的老作家如此不尊重，这是在我们国家脸上抹黑，我绝不忘记这件事情。我也要让我的读者们知道。”(24/497)

30日　作《〈寒夜〉挪威文译本序》，发表于1982年6月17日香港《大公报》，全文录入随想录九〇《知识分子》一文。

一九八二年

一月

11 日　给罗荪信,“我的理想是关门写作。作家不出书只参加活动,后人不会承认。我一时不会动,不出去,精力不够,不想动。”(24/132)

13 日　写随想录七四《〈怀念集〉序》,发表于 1982 年 1 月 21 日《大公报》。

给潘际坰信,收全集 24 卷,“删改事责任不在您,但我对这种做法很有反感。”(24/497)

20 日　写随想录七五《小端端》,发表于 2 月 6 日《大公报》。

21 日　给许粤华信,“北京开会回来,疲劳不堪,杂事仍多。眼看有限的生命就这样白白消耗掉,实在不甘心,我仍然为我的五年计划奋斗,即使把五年延长到八年,我还是要努力。……我写字极慢,常常刚拿笔,楼下有人叫,客人来谈什么事,办了这一件又忘了那一件,满书桌都是书刊和信件,信开了头一旦放下,回头想起来就找不到了。这不是忙,是乱!”(22/438)

29 日　写随想录七六《怀念马宗融大哥》,发表于 2 月 11 日至 13 日《大公报》,“我知道他的缺点很多,但是他有一个长处,这长处可以掩盖一切的缺点。他说过:为了维护真理顾不得个人的安危。他自己是这样做到了的。我看见中共知识分子的正气在他的身上闪闪发光,可是我不曾学到他的长处,也没有认真地学过。过去有个时期我习惯把长官的话当作真理,又有一个时期我诚心奉行‘明哲保身’的古训,今天回想起来,真是愧对亡友。这才是我的欠债中最大的一笔。”(16/363)

二月

14 日　给罗荪信,“我还在生病,还在写点短东西,每天几百字也

好。”(24/133)给季涤尘信,“《随想录》已写到八十,今年六、七月可以交稿。”(24/146)

20日　写随想录七七《〈随想录〉日译本序》,发表于2月27日《大公报》,“我们的惨痛的经验可以帮助人们了解‘极左’的空话会把人引到什么地方去。”“我们有权利、也有责任写下我们的经验,不仅是为我们自己,也是为了别人,为了下一代,更重要的是不让这种‘浩劫’再一次发生。”“我希望的是心的平静。只有把想说的话全说出来,只有把堆积在心上的污泥完全挖掉,只有把那十几年走的道路看得清清楚楚、讲得明明白白,我才会得到心的平静。”(16/365)“我是从解剖自己、批判自己做起的。我写作,也就是在挖掘,挖掘自己的灵魂。必须挖得更深,才能理解更多,看得更加清楚。但是越往深挖,就越痛,也越困难。写下去并不是容易的事。”“对一个作家来说,更重要的是艺术的良心”(16/366)。

29日　给石上韶信,同意翻译《随想录》。

三月

2日　写随想录七八《〈小街〉》,发表于3月11、12日《大公报》,“‘四人帮’垮台以后我探索了几年。一九七八年我说:还需要大反封建;一九七九年我的内伤还在出血;一九八〇年我告诉日本朋友:我们作了反面教员,让别国人们免受灾难。”(16/368)“我终于明白:除了满身伤痕,除了惨痛教训,我多了一颗同情的心,我更爱受难的同胞,更爱善良的人民。”(16/369)

4日　给臧克家信,“两个月没有出门,一直在家养病,但仍然挣扎着每天写三四百字,不能浪费宝贵的时间了。”(24/457)

12日　写随想录七九《三论讲真话》,发表于3月20至22日《大公报》。

14日　给胡絜青信,“这两三个月我的健康更差,毛病是衰老,动作迟钝,最糟的是手不灵活,写字很吃力。我需要休息和锻炼,但杂事仍多,因此虽然每天推拿,进步却不大。不过脑筋还管用,可以写点短文。”(24/

240)

22 日　写随想录八〇《〈靳以选集〉序》,发表于 3 月 30 日《大公报》。

25 日　写随想录八一《怀念满涛同志》,发表于 4 月 8、9 日《大公报》。

四月

2 日　写随想录八二《说真话之四》,发表于 4 月 10 日《大公报》。

14 日　写随想录八三《未来(说真话之五)》,发表于 4 月 22 日《大公报》。

24 日　写完随想录八四《解剖自己》,发表于 5 月 5 日《大公报》。

28 日　写随想录八五《西湖》,发表于 5 月 7 日《大公报》。

五月

6 日　写随想录八六《思路》,发表于 5 月 13 日《大公报》。"从十几岁读《说岳全传》时起我就有一个需要解答的问题:秦桧怎么有那样大的权力?我想了几十年,年轻的心是不怕鬼神的。我在思路上遇着了种种的障碍,但是顺着思路前进,我终于得到了解答。现在这样的解答已经是人所共知的了。我这次在杭州看到介绍西湖风景的电视片,解说人介绍岳庙提到风波狱的罪人时,在秦桧的前面加了宋高宗的名字。这就是正确的回答。"(16/405—406)

7 日　致马小弥信,"我去杭州住了十一天。背上生个囊肿,在治疗中,要施小手术。"(22/23)

16 日　写随想录八七《人言可畏》,发表于 6 月 1 日《大公报》。

27 日　写随想录八八《上海文艺出版社三十年》,发表于 6 月 3、4 日《大公报》。

31 日　写随想录八九《三访巴黎》(巴金日记显示 6 月 3 日寄出),发表于 6 月 9、10 日《大公报》。

六月

5日　写随想录九〇《知识分子》，发表于6月17、18日《大公报》。

8日　写《〈真话集〉后记》，发表于《读书》第9期，“我所谓‘讲真话’不过是‘把心交给读者’，讲自己心里的话，讲自己相信的话，讲自己思考过的话。我从未说，也不想说，我的‘真话’就是‘真理’。我也不认为我讲话、写文章经常‘正确’。”(16/429)

17日　给岛田恭子信，“我同意您的意见：我们必须牢记过去的教训。《文集》我不主张重印，因为对一般读者来说，读十卷《选集》就够了。对研究者说，他们可以到图书馆去借阅《文集》。……您提到《旅途通讯》，《选集》里选得很少。我看将来再出两本《选集续编》也行。”(24/39—40)“近几月我生病，写字困难。四月底从杭州回上海，右背上生的皮脂囊肿因感染发炎化脓，相当狼狈，后来经过小手术，现已痊愈。”“《随想录》第三集《真话集》已编成，半年后当可出版。”(24/40)给季涤尘信，“《随想录》第三集《真话集》已编好，全稿另封挂号寄上，请你们审阅。”(24/147)

20日　给陈荒煤信，就陈文《心灵中仍燃烧着希望之火》(1982年6月16日《人民日报》)发表意见，“你支持我讲真话，我高兴。”(23/278)

25日　给潘际坰信，寄《真话集》全稿。

七月

12日　给冰心信，“我的疮好了，当然还得小心。况且手与脑的矛盾仍然厉害，写字十分吃力。最近在家养病，总算一字一字地把《随想录》第三册《真话集》写完了。只要手能动，我还是要写下去。寄上其中的一篇(指《人言可畏》——全集原注)，请您看看，这文章早就该写了，尽管有人不高兴，但是我说了心里话。”(22/390)

14日　写随想录九一《“干扰”》，发表于8月22日、23日《大公报》，发表时题为《最少的干扰》。

八月

17 日　写随想录九二《再谈现代文学馆》,发表于 8 月 26 日《大公报》。

本月,《随想录》第三集《真话集》由三联书店香港分店出版,1983 年 2 月由人民文学出版社出版内地版。

九月

2 日　写《答井上靖先生》,发表于 1982 年 9 月 20 日《人民日报》,作为附录收《病中集》。

4 日　给许粤华信,"我的生活至今还是相当忙乱。想写的文章一直没有时间和精力写,很着急。"(22/439—440)

6 日　写随想录九三《修改教科书的事件》,发表于 9 月 12 日《大公报》。

20 日　给李致信,"我写字太吃力,因此《随想录》也不能多写了……以后大约每月一篇吧。"(23/104)《致中国世界语出版社》信,"魏以达同志翻译《家》,根据七七年中文版是照我的意见办的,因为我不满意五七年英文版的大删改。这删改虽然得到我的同意,但当时我也没有别的办法。因此希望世界语版不要搞得像英文版那样。"(24/555)

24 日　世界语译本《家》序,后收入随想录九四《一篇序文》中,作为该文第一节。

十月

4 日　写随想录九四《一篇序文》,发表 10 月 17 日《大公报》。

26 日　写随想录九五《一封回信》,发表于 11 月 3 日《大公报》。

十一月

7 日　在书房不慎跌跤,骨折住院,至次年 5 月 14 日方出院回家。住院期间,没有写作《随想录》。

一九八三年

五月

31 日　给罗荪信,“我是十四日回家的,半个多月了。在医院里又拔了八颗牙齿,回来后仍吃半流质,所以精力差。现在写这短信,只是告诉你我的近况,也说明我并未忘记你们。我的痛苦在于:行动不便,写字吃力,已经成了残疾人了。”(24/136)

六月

6 日　会见《随想录》日译者石上韶,解答关于《真话集》翻译中的难题。

8 日　给许粤华信,“在医院住了半年多,回家已三个多星期,但病尚未治好,每天仍在锻炼、受苦,没有办法。现在仍是行动不便,写字吃力。半年多未亲笔写信,最近开始写点短信。”“接受勋章是自己没有想到的事。但我想能对促进中法人民友谊有所贡献,也是好事。”(22/440)

19 日　给潘际坰信,“我的健康恢复很慢,现仍在进行推拿、打针等治疗。有空写点文章。病中只能写《随想录》。”

29 日　写随想录九六《愿化泥土》,发表于 7 月 3 日《大公报》。作者在随想录一一三《病中(四)》中写道:“我重新拿起笔续写《随想录》大约在回家后的一个半月。我整天在楼下活动,大半在太阳间里。这里原先是走廊,我摔伤后住院期间给装上玻璃门窗,成了太阳间。坐坐,走走,会见探病的亲友,看看报纸,这就是我的日程。我通常坐的是藤椅,没有扶手我就起不来。太阳间里光线好,靠窗放有一架缝纫机,我常常想,不要桌子,在这里写字也行。后来身体好了些,我觉得手也得动一动,写字也是一种锻炼,便在楼上拣出一叠稿纸,端一个长方小木凳放在铺了台布的缝纫机前,坐下来开始写作。起初圆珠笔或自来水笔真像有千斤的重量,写一个字也很吃力,每天只能勉强写上一百字光景。后来打了多种氨基酸,疗程还未结束,精神特别好,一坐下来往往可以写两三个小时。本来我试图一笔一画地一天写百把字来克服手指的颤抖,作为一种锻炼,自己心安理得,不想有一位老友看了我的字迹很难过,认为比我那小外孙女写的字还差。他几次劝我改用录音器或者找人代笔,他忘了我是一个病人,我也无法使他了解我的心情。我只好照我自己的想法做下去。这样回家后的第一篇文章居然写成了。就是《愿化泥土》。为什么先写它?因为我在摔伤前开了头,写了这篇'随想'的前三段。八个月后我接着以前中断的地方续写下去,并不困难,我顺着一条思路走,我的感情是一致的。在病中我想得最多的也还是对家乡、对祖国、对人民的感情。这些感情几十年来究竟有多大的变化,我很想弄个明白。人老了,病久了,容易想到死亡。我回家的时候刚刚拔光了剩余的几颗下牙,只能吃流质食物,食欲不振,体力差。锻炼成绩不好,这也可能是一个原因。想到死亡,我并不害怕,我只是满怀着留恋的感情。每个人的生命都有尽头,我需要知道的是我可以工作、可以活动的时间究竟还有多少。我好为我那些感情做适当的安排。让后人来判断我唠唠叨叨,反反复复,是不是在讲真话。单单表示心愿是不够的,只有讲了真话,我的骨灰才会化做泥土,留在前进者的温暖的脚印里,温暖,因为那里有火种。”(16/536—537)

七月

5 日　写随想录九七《病中(一)》,发表于 7 月 14 日《大公报》。

9 日　写随想录九八《汉字改革》,发表于 7 月 17 日《大公报》。

10 日　给潘际坰信,“我出院后请了两个医生在家推拿。经医生介绍,每隔一天去医院'吊针',效果不错,所以能写文章。”“第三篇寄上,请审阅。第四篇将是《病中(二)》。写完第一百篇也不会搁笔,请勿念。我行动仍不便,但精神好。”(24/509)

18 日　写随想录九九《病中(二)》,发表于 7 月 28、29 日《大公报》。

23 日　写随想录一〇〇《“掏出一把来”》,发表于 8 月 2 日《大公报》。

八月

3日　写随想录一〇一《病中(三)》，发表于8月11日《大公报》。作者在随想录一一三《病中(四)》中写道："刚回家的时候我还重视锻炼，晚上早早上楼，在铺毯子的房间里做各种活动，又在放了木板的大床上翻来滚去，弄得满身大汗，觉得有一些进步，自己也相当满意。……但也不能说是完全放弃，我不能不经常走动。只要坐上一个小时，我就会感到跌伤的左腿痠痛，坐上两三个小时心里便烦躁不安，仿佛坐在针毡上面。""我还求助于一位伤科大夫，他每周来两次，给我推拿、治病。……我还听他的劝告到医院打过多种氨基酸的针药，打了两个疗程，效果很好。我应当感谢他。关于《病中》的三篇'随想'就是在这个时期写成的。"(16/536)

4日　给潘际坰信，"我最近仍在进行治疗，打过十几针营养针，有疗效，所以写出这篇文章。"(24/510)这篇文章指随想一〇一。

10日　写随想录一〇二《我的哥哥李尧林》，发表于8月23—25日《大公报》。

13日　给潘际坰信，"我的病仍在治疗中。写字困难，但我绝不放下我的笔，打算年内写完第四册:《病中集》。"(24/510)

19日　给李致信，"十一月大会我不能参加，因为行动困难。除了写两篇《随想》外，什么事都做不了。"(23/107)

22日　写随想录一〇三《怀念一位教育家》，发表于9月7日《大公报》。

九月

7日　写随想录一〇四《保持自己的本来面目》，发表于9月24日《大公报》。

15日　写随想录一〇五《谈版权》，发表于9月29日《大公报》。

十月

19日　写随想录一〇六《又到西湖》。

给潘际坰信,“我将在下周住医院,治疗神经系统的毛病。大约住一个月。”(24/511)

22日　写随想录一〇七《为〈新文学大系〉作序》,发表于12月22日《大公报》。

十一月

20日　写随想录一〇八《我的“仓库”》,发表于12月26日《大公报》。

写随想录一一六《关于〈复活〉》,发表于1984年3月3日、4日《大公报》。

29日　写随想录一一〇《我的名字》,发表于1984年1月31日—2月1日《大公报》。

给杨苡信,“第二次住院已过一月,看来还得住一个时期。病情有好转,但进步不快。”(22/539)

十二月

13日　给潘际坰信,“入院五十日,看来还要住下去,病情有好转,似乎还可以多活几年。院中楼高人少,相当安静,服药条件好。”“寄上《随想一〇七》一则,请审阅。这是早写好的,最近改了几个字,准备送出去。”(24/507)

写随想录一〇九《怀念均正兄》,发表于1984年1月21—23日《大公报》。

20日　写随想录一一三《病中(四)》,发表于1984年2月25日《大公报》。

一九八四年

一月

2日　写随想录一一一《我的日记》，发表于2月8—9日《大公报》。

3日　给潘际坰信，“我仍在医院治疗，可能要在院内过春节。但健康在逐渐恢复。”寄上随想录一〇八。(24/512)

8日　给潘际坰信，寄随想录一〇九，“沉默使我难受，有时在病房中也写几百字，虽然慢，虽然困难，总算写出几篇短文。既然写出来了，放一放，改一改，还是要发表的。”(24/512)

9日　写随想录一一四《我的噩梦》，发表于2月29日《大公报》。

17日　写随想录一一五《“深刻的教育”》，发表于3月13日《大公报》。

20日　写随想录一一七《病中(五)》，发表于3月22、23日《大公报》。

21日　写随想录一二〇《再忆萧珊》，发表于4月8日《大公报》。

23日　给马绍弥信，“我当初入院治疗，以为住个把月就够了。谁知住了三个月还得住下去，在医院中过春节。不过这次住院，生活上可以做到半自理；可以拄着手杖走来走去，看电视，写信，看书；不会感到寂寞，也不会心烦。”(22/41)

二月

6日　写随想录一一八《我的老家》，发表于3月26—28日《大公报》。

9日　写随想录一一九《买卖婚姻》，发表于3月31日《大公报》。

12日　写随想录一一二《〈茅盾谈话录〉》，发表于2月22日《大公报》。

给潘际坰信，寄随想一一二、一一三。

24日　作《病中集》后记,发表于3月10日《羊城晚报》。“我当初制订写作计划相信每年可以写出‘随想’三十则。那时自己并未想到生病、摔伤以及长期住院治疗等等。但这些事全发生了。我只得搁笔。整整八个月,我除了签名外,没有拿笔写过字。以后在家里,我开始坐在缝纫机前每天写三四行‘随想’时,手中捏的圆珠笔仿佛有几十斤重,使它移动我感到十分困难。那么就索性扔掉笔吧。然而正如我去年年底给一位朋友的信中所说:‘沉默也使人痛苦,既然活下去,就得留一点东西。’因此我还是咬紧牙关坚持下去,终于写出一篇接一篇的‘随想’。”(16/572)“我提到‘小道消息’,近几年来关于我流传着各种各样的‘唧唧喳喳’,使得朋友和读者替我担心,为我痛苦。我曾多次要求:让我安静,将我忘掉。但是并没有用。有时谣言自生自灭,有时消息越传越多。有的完全无中生有,有的似乎又有线索。谣言伤人,锋利胜过刀剑;只是我年到八十,感觉越发迟钝,不会一吓就倒,一骂就死。有时冷静思索:为什么我不能安静?是不是因为我自己不肯安静?……我想来想去,始终在似懂非懂之间。但有一点是很明确的:按原订计划我要编写五册《随想录》,现在只差最后的一册,快结束了。这样一想倒又处之泰然了。”(16/573—574)

三月

5日　给潘际坰信,寄随想录一一八至一二〇三则,“《病中集》已编好,一二周内即寄上全稿(附照片八张)……”(24/514)

五月

9日—23日　率团出席在东京举行的国际笔会第47届大会。

月初　在医院作讲稿《核时代的文学——我们为什么写作》,15日于国际笔会东京大会上演讲,初刊5月17日《文学报》,后作为附录收入《无题集》。

2日　给李致信,“我九日赴日,二十三日返沪。身体不怎么好,但总会应付过去。”(23/111)

八月

16 日　给潘际坰信,“……只是因为我身体不好,写字吃力,《随想录》第五集一篇也未写成。在上海过夏天并不是容易的事。……我还是一个每天服药的病人。”“承您代看《病中集》校样,十分感谢。”(24/516)

18 日　给潘际坰信,“《病中集》封面题字寄上,请转交三联。”(24/517)

九月

3 日　写随想录一二一《访日归来》,发表于 9 月 26—28 日《大公报》。

11 日　给潘际坰信,“最近两个月身体不好,文章写得极慢。香港之行今天还定不下来,我很担心身体吃不消。”寄随想录一二一,“无论如何明年要写完《随想录》。”(24/518)

十月

16 日至 11 月 3 日　在香港接受中文大学颁授荣誉文学博士学位,并出席其他活动。

本月,《随想录》第四集《病中集》由三联书店香港三联分店出版,12 月由人民文学出版社出版内地版。

十一月

14 日　给潘际坰信,“我这次来港追求友谊,的确满载而归。”“请费神通知三联书店早日把《病中集》寄来,朋友们来要书,我这里一本也没有。”(24/519)

十二月

11 日　写随想录一二三《为旧作新版写序》,发表于 12 月 20、21 日

《大公报》。

20 日　写随想录一二四《人道主义》,发表于 1985 年 1 月 20、21 日《大公报》。

25 日　写随想录一二五《"紧箍咒"》,发表于 1985 年 1 月 25—27 日《大公报》。

28 日　给冰心信,"我会当心自己的身体,我还要写不少的文章,还要做一些事情。我懂得劳逸结合,也必须劳逸结合。"(22/395)

一九八五年

一月

10 日　给潘际坰信,寄随想录一二四。

17 日　给潘际坰信,寄随想录一二五。

23 日　给李致信,"《病中集》可以寄几本给你,但港版已早送完,北京版听说已印好,却一直不见寄来……从香港回来写过四篇文章,弄得精疲力竭……"(23/113)

二月

8 日　写随想录一二六《"创作自由"》,发表于 3 月 6 日《大公报》。"作家们用自己的脑子考虑问题,根据自己的生活感受,写出自己想说的话,这就是争取'创作自由'。前辈们的经验告诉我们,'创作自由'不是天赐的,是争取来的。严肃认真的作家即使得不到自由也能写出垂光百世的杰作,虽然事后遭受迫害,他们的作品却长久活在人民的心中。'创作自由'的保证不过是对作家们的一种鼓励,对文学事业发展的一种推动力量。保证代替不了创作,真正的黄金时代的到来还得依靠大量的好作品引路。"(16/605)

14 日　给潘际坰信,随想录一二六已写好。

15日　给季涤尘信，“《病中集》样本送来了，希望先寄三、四本给我。样本两册已经收到。”(24/148)

30日　写随想录一二七《“再认识托尔斯泰?”》，发表于4月24、25日《大公报》。

四月

11日　给潘际坰信，“我昨天返家，相当疲劳。寄上《随想》一则(即《“再认识托尔斯泰?”》——引者)，请审阅。这短文是在上海开了头，在北京饭店里写完的。”(24/524)

五月

25日　写随想录一二八《再说端端》，发表于6月11—13日《大公报》。

29日　给潘际坰信，寄随想录一二八。

六月

25日　写随想录一二九《寻找理想》，发表于7月16—19日《大公报》。

七月

14日　写随想录一三〇《从心所欲》，发表于7月24—26日《大公报》。

八月

本月　写随想录一三一《卖真货》，发表于9月13—14日《大公报》。

14日　给潘际坰信，“最近身体还是不好。没有写文章。只是匆匆地校了一遍旧译的《克氏自传》，因为三联要重印它……”(24/527)

九月

2 日　给潘际坰信,寄随想录一三一。

10 日　写随想录一三二《再说知识分子》,发表于 10 月 6、7 日《大公报》。

27 日　给潘际坰信,寄随想录一三二。

十月

15 日　给许粤华信,"我现在在家养病,有时间和精力就写点'随想',此外还在整理自己过去的译稿,因为有书店愿意重印它们,这是在办后事。自己办了,省得麻烦别人。"(22/442)

十二月

7 日　致马国亮信,认为"五四"反封建不彻底,"所以封建文化的残余现在到处皆是。这些残余现在是今天阻碍我们前进的绊脚石。""我们的祖先确实做过不少了不起的大事。但是今天的中国人绝不能靠祖宗的遗产过日子。中国文学要如那位作者所说'在世界文学中……独树一帜',还得靠我们作家的努力,挂起几代祖传的老店招牌有什么用?"(22/33)

13 日　给冰心信,"您想不到,写这样一封短短的信,在我也是十分困难,常常摊开纸拿起笔,一个字还来不及写,就听见门铃响或者楼下的呼唤声,好像总不能让你安静地想一阵或者写一阵。我对这些打扰很有反感。您了解我,名利之事我已看得很淡,而且有时候甚至感到厌恶。现在想的只是把一点真挚的感情留在人间,因此还想多写点随想,因此时间对我是多么可贵。想到过去浪费掉的那么多的时光,我觉得我也应当坚持一项原则:尽可能多做自己想做的事,尽可能不作或少作自己不想作的事。(当然其中也包含着尽可能少写或不写自己不想写的文章。)但要做到这一个'坚持'却是多么不容易啊! 我的随想录第五册只写好一半,还差十七篇，这三个月一个字也未写，不写似乎安静些，仿佛一切小道消息皆与我不相干，但不写又像欠了读者一笔债，有时连睡觉也不安稳。目前我视力还好，似乎用不着您给我带来的放大镜，但我要好好地保存它，我知道不久我就需要它了。时间是无情的，要跟它斗，需要一些武器，我得作好准备。”(22/396)

25 日　写随想录一三三《再说创作自由》，发表于 1986 年 1 月 6、7 日《大公报》。

30 日　给潘际坰信，“近三个多月因病和别的‘干扰’搁笔未写《随想》了……”(24/530)

一九八六年

一月

10 日　写随想录一三四《〈全集〉自序》，发表于 2 月 14 日《大公报》。

19 日　给潘际坰信，寄随想录一三四。

20 日　写随想录一三五《四谈骗子》，发表于 2 月 19 日《大公报》。

25 日　写随想录一三六《答卫缙云》(最初发表时题为《答卫××》)，发表于 2 月 19 日《大公报》。

28 日　给潘际坰信，寄随想两则。

二月

22 日　写随想录一三七《可怕的现实主义》，发表于 3 月 2 日《大公报》。

23 日　写随想录一三八《衙内》，发表于 3 月 5 日《大公报》。

25 日　写随想录一三九《“牛棚”》，发表于 3 月 13 日《大公报》。

三月

4日　给朱梅信,“今年身体又比去年差一些,手无力,拿着笔不是手抖,而是笔不肯动。杂事还是不少,精力总是不够,因此文章写得很少。我原来计划今年上半年写完第五册随想,不知道能不能完成。”(22/326)

四月

1日　写随想录一四〇《纪念》,发表于4月13—15日《大公报》,“有人说:‘我们应当忘记过去,’有人把一切都推给‘文革’,有人想一笔勾销‘文革’,还有人想再搞一次‘文革’;有人让‘文革’弄得家破人亡,满身创伤,有人从‘文革’得到好处,至今还在重温旧梦,希望再有机会施展魔法,让人变‘牛’。所以听见唱‘样板戏’有人连连鼓掌,有人却浑身战栗。拿我们来说,二十年之后痛定思痛,总得严肃地对待这个问题,严肃地对待自己,想想究竟我们自己犯了些什么错误。大家都应当来一个总结。最好建立一个‘博物馆’,一个‘文革博物馆’。”(16/661—662)“那些魔法都是从文字游戏开始的。我们好好地想一想、看一看,那些变化,那些过程,那些谎言,那些骗局,那些血淋淋的惨剧,那些伤心断肠的悲剧,那些勾心斗角的丑剧,那些残酷无情的斗争……为了那一切的文字游戏!……为了那可怕的十年,我们也应该对中华民族子孙后代有一个交代。”(16/662)

五月

3日　写随想录一四一《我与开明》,发表于5月13—17日《大公报》。

10日　给林梅信,“了解我并不是容易的事。我自己也是经过长时间的受苦和思考以后,才懂得一点‘净化自己’的意义,才对自己提出比较严格的要求:言行一致。说真话的确很不容易,但我们总可以朝着这个目标走去,一步一步地向前走,会有进步。人排除自私是可以办到的,当然不是一天功夫就完全解决问题，但可以逐步解决。为什么要悲观呢？人性本无所谓善恶，它的‘善’或者‘恶’是在我们社会的大油锅中炼出来的。我在锅里炼了几十年，我一直在变，但我那颗热爱生活、热爱光明的心却始终未变。”(26/106)“世间有多少美好的东西，也有多少丑恶的东西，我们活着就是为了支持美好的，打击丑恶的。人有权要求满足个人简单的欲望，但我认为个人的最大幸福是让个人的感情溶化在集体的感情中间。”(24/106—107)

15 日　写随想录一四二《我的责任编辑》，发表于 6 月 5 日《大公报》。

18 日　给盛子诒信，“写关于非英的文章，我需要解放后他在广东生活的材料(我得知道他最后怎样死去)，你可否找洪有或别人提供一点。”(24/432)

28 日　写随想录一四三《样板戏》，发表于 6 月 15—16 日《大公报》。

六月

9 日　写随想录一四四《官气》，发表于 9 月 1—2 日《大公报》。

15 日　写随想录一四五《文革博物馆》，初刊 8 月 26 日《新民晚报》，后载 8 月 31 日《大公报》，发表时题为《文革博物馆当建立》。“建立‘文革’博物馆，这不是某一个人的事情，我们谁都有责任让子子孙孙，世世代代牢记十年惨痛的教训。‘不让历史重演’，不应当只是一句空话。要使大家看得明明白白，记得清清楚楚，最好是建立一座‘文革’博物馆，用具体的、实在的东西，用惊心动魄的真实情景，说明二十年前在中国这块土地上，究竟发生了什么事情?! 让大家看看它的全部过程，想想个人在十年间的所作所为，脱下面具，掏出良心，弄清自己的本来面目，偿还过去的大小欠债。没有私心才不怕受骗上当，敢说真话就不会轻信谎言。只有牢牢记住‘文革’的人，才能制止历史的重演，阻止‘文革’的再来。”(16/692)

19 日　写随想录一四六《二十年前》，载 9 月 4—7 日《大公报》。

七月

3 日　写随想录一四七《怀念非英兄》,发表于 9 月 8—14 日《大公报》。

9 日　给姜德明信,"我身体不好,整天坐立不安。不做事不行,但稍稍运动一阵就疲劳不堪。"(24/269)

23 日　写随想录一四八《三说端端》,发表于 9 月 16 日—18 日《大公报》。

29 日　写随想录一四九《老化》,发表于 9 月 19—20 日《大公报》。

写《〈无题集〉后记》,发表于 9 月 15 日《人民日报》,"我们这一代人的毛病就是空话说得太多。写作六十几年,我应当向宽容的读者请罪。我怀着感激的心向你们告别,同时献上我这五本小书,我称它们为'真话的书'。我这一生不知说过多少假话,但是我希望在这里你们会看到我的真诚的心。这是最后的一次了。为着你们我愿意再到油锅里受一次煎熬。是真是假,我等待你们的判断。同这五本小书一起,我把我的爱和祝福献给你们。"(16/758)

八月

4 日　给冰心信,"我的痛苦在于:一点力气也没有,写字十分困难,行动非常不便,稍微动一下便感到万分疲劳。"(22/398)"只有一件值得我高兴的事:我的《随想录》第五册就要脱稿了,还差一篇文章。说了自己想说的话,总算没有辜负我这支笔,本月内一定编好送出去。"(22/399)

8 日　给潘际坰信,"我的身体还是不好,常有类似心力衰竭的感觉。《随想录》写成,我就要搁笔了。现在只差最后半篇,本月内一定交出第五册《无题集》全稿。""《随想一四四》和一四五遵嘱在您返京后仍寄原址转交(六月中旬寄广州办事处转港),至今未见发表,请代问一下,要是《大公园》不愿发表最后几篇,那就到此为止吧,不必勉强。"(24/534)

19 日　给潘际坰信,寄随想录一四四至一四八,查问前次寄稿。

20日　给潘际坰信，“六月十二日寄出的稿子我看不会遗失，已找魏帆拿回执到邮局去查问了。”(24/535)

写随想录一五〇《怀念胡风》，发表于9月21—28日《大公报》。此为《随想录》最后一篇，但所表达的意思却酝酿已久。1981年5月19日《和日本〈朝日新闻〉驻上海特派员田所的谈话》中表示：“批判胡风的时候，我也‘人云亦云’，站在批判者的一边。现在他早已恢复了名誉，恐怕没有反革命的事吧，我在反省自己当时的言行。不了解事实的真相就发言，这是不行的。”“不过以前运动过多，人人自危。作家应当坚持独立思考，必须大胆地说真话，写真实。”(19/599)在《怀念胡风》中又说：“关于胡风，我一直想写点什么，已经有好几年了，好像有什么东西堵住我的胸口，不吐出来，总感觉到透不过气。但拿起笔我又不知道话从哪里说起。”(16/732)“我是个衰老的病人，思想迟钝，写这样的文章很困难，从开头写它到现在快一年了，有时每天只写三五十个字。我想讲真话，也想听别人讲真话，可是拿起笔或者张开口，或者侧耳倾听，才知道说真话多么不容易。……往事不会消散，那些回忆聚在一起，将成为一口铜铸的警钟，我们必须牢牢记住这个惨痛的教训。”(16/746)1988年8月15日巴金在致胡风夫人梅志的信又说：“看到这些书，我不能不想起四九年我和胡风在华文学校一起过的那些日子。我一直因为不能也不曾为他说一句公道话而感到内疚。今天我托人寄上一册《随想录》，请收下。这是刚刚在香港出版的，在《怀念胡风》一文中我抄录了蔡楚生信中的几句话，他亲切地谈起当时的生活。”“胡风冤案平反，大快人心。但对他来说，对你们来说，这二十几年的‘苦难’是无法补偿的。不过您写了那部重要的书，我们的后代会从它受到深刻的教育。我也把它当作生活的教科书，要告诉年轻人不能让这样的悲剧重演。”(24/415)

29日　给季涤尘信，交随想24篇，“第五集(《无题集》)已写完，还有六篇，下月内可以寄上。我身体不好，以后可能真的搁笔了。”(24/149)

九月

7日　给潘际坰信,随想录最后稿子寄上,宣布结束专栏。

19日　给季涤尘信,"《无题集》后一部分原稿,争取月底寄出(也许早一点)。"

21日　给季涤尘信,"还有三篇原稿过两天寄上。这次寄出一共五篇(连后记和附录在内)。"(24/151)

十月

3日　给李致信,"我这几个月身体不好,大概编写《随想录》太疲劳,快到了'心力衰竭'的地步。最明显的是听力衰退……""我六日将去杭州休息七至十天,十六日回上海。"(23/117)

5日　给季涤尘信,"《无题集》能早印出,当然好。印不出来也无办法,反正我写完了,可以向后人交代了。""我明天去杭州,休息十天。太累了。"(24/150)

6日　给季涤尘信,"《无题集》正文最后一页剪报,寄上……""我下午去杭州,两周后返沪。"(24/152)

18日　给季涤尘信,"我还是感到疲乏,年内没有精力和时间重读前四卷了。第一卷《"五四"运动——》篇中,您提出的两处,我看不必修改了。前者是真话,我的确受到'教育',这就是所谓'置之死地而后生'吧;后者说明当时只能这样说,不得不给真话搞一点化妆。"(24/152)

19日　给潘际坰信,"我最近去杭州养病,休息十一天,回来仍然疲劳,不过《随想录》写完,宣布搁笔,总有一种轻松的感觉。"(24/536)

30日　给李致信,"出《随想录》合订本,我在八四年就答应三联了,不过我打算写的《后记》要一年后才给他们,因此我通知三联明年年底出版合订本。"(23/120)

十一月

12 日　给冰心信，“我说搁笔，也是真话。并非不想写，只是精力不够。这大半年相当疲乏，我担心随时会垮下来，不能再拖下去了。别人总说我气色好，还希望我多在‘文山会海’的忙乱生活中混日子，我不会上当的。我却想多活，只是为了想多看，多思考。的确我们需要好好地思考。”(22/399)

17 日　给潘际坰信，“最近我身体很不好，主要原因是得不到休息。这三十几年我浪费了多少时间，今天快到生命的尽头，坐下来想静静地好好地用自己的脑子思考一些问题，人们也不让你安静。各种各样的人来找我做我不愿意的事，为了应付这些人，我痛苦不堪。医生要我休息，我希望隐姓埋名，避开名利，不做盗名欺世的骗子。文章不写了，可是连从容写信的时间也没有，就太可怜了。”(24/537)

十二月

13 日　给冰心信，“我最近仍忙，杂事不少，因此身体还是不好。但是我下了决心，从明年一月起先休息半年再说。我自己也明白，倘使不休息，不锻炼，不要过一两年就会行动不了。”“我那第五本小书下个月可以印出。我总算说了一点真话。我还要争取到一些时间认真思考、思考。”(22/400)

14 日　给潘际坰信，“《随想录》突然受人注意，这倒出乎我的意外。本来我估计，过五六年它才有可能走运，没有料到这样快就开始发生作业。北京‘人文’全部重排，本月底出书。上海也在赶印选本。对‘文革’能多揭露、多批判总是好事。”(24/538—539)

27 日　给李致信，“我健康情况并无好转，仍感到十分疲劳，因为杂事多。港版《无题集》样书昨天寄来二册……”(23/121)

本月　《随想录》第五集《无题集》同时由三联书店香港分店和人民文学出版社出版。

一九八七年

六月

19 日　写完《〈随想录〉合订本新记》,“在这由衰老到病残,到手和笔都不听指挥、写字十分困难的八年中,‘随想’终于找到箭垛有的放矢了。不能说我的探索和追求有多大的收获,但是我的书一卷接一卷地完成了。我这个病废的老人居然用‘随想’在荆棘丛中开出了一条小路。我已经看见了面前的那座大楼:‘文革博物馆’。”(16/VII)“讲出了真话,我可以心安理得地离开人世了。可以说,这五卷书就是用真话建立起来的揭露‘文革’的‘博物馆’吧。”(16/XI)

《随想录》合订本简体字版,1987 年 8 月由北京三联书店初版;繁体字本 1988 年 5 月由香港三联书店初版。

二〇一四年九月二十至二十一日改定于上海

主要参考书目

巴金:《巴金全集》(1—26卷),人民文学出版社1986—1994年版。

巴金:《巴金译文全集》(1—10卷),人民文学出版社1997年版。

巴金、萧珊:《家书》,浙江文艺出版社1994年版。

巴金:《巴金书简——致王仰晨》,文汇出版社1997年版。

巴金:《佚简新编》,大象出版社2003年版。

巴金:《随想录手稿本》,上海文化出版社1998年版。

巴金:《再思录》(增补本),广西师范大学出版社2004年版。

巴金:《再思录》,作家出版社2011年版。

唐金海、张晓云编:《巴金年谱》,四川文艺出版社1989年版。

李存光编:《巴金研究资料》(三卷),海峡文艺出版社1985年版。

李存光编:《世纪良知——巴金》,人民文学出版社2000年版。

陈思和、周立民编:《解读巴金》,春风文艺出版社2002年版。

上海巴金文学研究会编:《细读〈随想录〉》,上海社会科学院出版社2008年版。

李存光:《巴金传》,北京十月文艺出版社1994年版。

李辉:《巴金传》,人民日报出版社2011年版。

周立民:《另一个巴金》,大象出版社2002年版。

周立民:《巴金画传》,四川人民出版社2010年版。

周立民:《"五四"之子的世纪之旅:巴金评传》,台北秀威资讯科技股份有限公司2011年版。

郭德宏等主编:《中华人民共和国专题史稿》(共5卷),四川人民出版社2009年第2版。

郑谦主编:《中华人民共和国史》(共6卷),人民出版社2010年版。

廖盖隆、庄浦明主编:《中华人民共和国编年史》,人民出版社2010年版。

毛泽东:《毛泽东文集》(共8卷),人民出版社1993—1999年版。

中共中央文献研究室编:《邓小平年谱(1975—1997)》,中央文献出版社2004年版。

(其余文中注释标注者,此不列举)

初版后记

一

我必须尽快结束这本书的写作，尽管我很清楚，有哪些章节如能有所提高，哪些资料能够得以补充，或许更好。但是一本书拖得太久，内心的焦虑就越重，甚至出门旅行都心事重重，不是带着资料，就是带着稿子，它像座大山，挡在面前，不移开它，好像其他的事情都做不了。世界上本来就不存在完美无缺之物，更何况自认为完美，说不定正存大缺，因此，我既要不倦努力，又要认同现实，把遗憾留给未来去弥补吧。

我心急的还在于，这本书的基本想法和要写的内容早就确定下来，而我缺乏一个完整的时间把它们写出来。生活似乎一直处在忙乱中，杂事不断，常常准备好资料，没有来得及动笔，被打断了，搁了十天半个月重新捡起又得重新阅读；写好了初稿，放在那里又无法集中时间修改。当然，也有另外一种情况，资料像滚雪球一样，越滚越大，越读越兴奋，一周周过去了，发现要写的文章却一个字没有。我可以完整利用的时间只有节假日和每个晚上，为了捍卫它们的完整性，我常对晚上打来手机，既深恶痛绝，又置之不理。但写文章不是搬砖头，可以完全按照计划进行，有时改好一遍，打印出来发现另有“虚弱”之处，禁不住要再改一遍……时光如流水，卷着我们不由自主地前行，所有的工作都不能没完没了，那就这样吧，总得有告一段落的时刻。

二

我第一次接触《随想录》是在一九八八年，当时在读初中二年级。那一年的春天，我读过了巴金先生的小说《春》、《秋》和《寒夜》（本来说有《家》的，但不知被谁借走了，好像一直没有还回来）。《春》让我很受感动，结尾“春天是我们的”语句也激励着我，而《寒夜》有些读得似懂非懂，不太清楚生活为什么弄得那么压抑，尤其是婆媳间怎么不能好好相处呢？这些书都是我从镇上的文化站借来的，我偶然发现了这个地方，那里有三四千册的藏书，现代文学作品不少，都是当时农村的新华书店不大容易买到的，于是初中三年，这里成了我阅读的宝库。我家离镇上有十里路，暑假中雨多，出村的路十分泥泞，但挡不住我借书的急切。管理图书的人不是去县里办事、开会，就是家里有事常常不在，我顶着风冒着雨跑去常吃闭门羹，回来垂头丧气的沮丧劲儿真是难以形容。

上海文艺出版社出版的《巴金六十年文选》在第一部分所选的就是《随想录》，这是我接触《随想录》之始。大约是在一九八七年初吧，这本书出版后电视上曾发了一条新闻，我看到了。曾经给出版社写信求购此书，结果石沉大海。当时，我们班级上订了一份《中国青年报》，我偶然从报缝中发现福建的一家书店有邮购此书的广告，兴奋不已，我至今还记得连邮费共五元四角。记得这么清楚，因为这已经是当时我买的比较贵的书了，另外我是背着父母去买的，钱肯定不是直接跟他们要的，记不得是怎么省出来的，他们总担心我读课外书影响学习，并不主张我多看。一九八八年七月七日，我的日记上写着：“我总算有了巴金先生的作品了。这是今天福建邮来的《巴金六十年文选》，大三十二开，八百多页，收随想录、杂想、序跋、散文、书信、演讲等文章。篇幅众多，准备放假了细读……”《巴金六十年文选》是黑底的封面上，分三排排列着银色的书名，很大气。每篇文章的标题，用的是老仿宋体，多少年了我对这书的一切细节仍记忆深刻。

当年九月七日的日记中，我写到："晚间读完了巴金的《随想录》，是倒着读的，从最后一篇读到最前一篇。不足一百五十篇，因为这是收在《六十年文选》中的，所以我只能阅读一百余篇，而不能览全貌。"这是我第一次读完大部分的《随想录》，那已经是上初三了。在那一年中，我反复读着其中的篇章，当时是步行上学，每天中午放学时，我飞奔回家，吃过午饭，便躲在房中读上几篇，看下午上课的时间要到了，再飞奔回校。当时，我对《随想录》所写到的历史和巴金本人的了解都十分有限，阅读中头脑里积存了很多的问题，在农村，找不到与我交流或解答问题的人，也根本没有什么参考书可查，这些问题只有在以后的阅读中自己慢慢解决，对我来说，阅读是最好的学习。它让我兴奋，又能让我沉思，能够心无挂碍地读书一直是我最感惬意的事情。在阅读中，我感受到巴金先生那颗火热的、坦诚的心，触摸到他孤独的灵魂，处在青春期的少年似乎有很多话是不愿意对身边人说的，而我的想法遥远的巴金仿佛都能理解，在他的作品和世界中，我找到了自己的心里话，存放了自己的情感。

《随想录》让我了解了巴金，也不断认识了自己。我曾经说过这是伴着我成长、对我精神产生重要影响的书。特别是在高中时期，学习的压力很大，我满脑子又都是各种奇奇怪怪的活跃想法，可是屈就于高考的强大压力又得不断压制着它们，久而久之，会觉得十分矛盾和苦闷，我不愿意剪刈自己的个性，此时《随想录》对我无疑是最大的精神支援，因为巴金在这本书中反复强调要独立思考，做人应当保持自己的本来面目；他还强调探索，并指出探索不是一帆风顺的。那也是我第一次离开家庭的照顾、独自在外生活的开始，特别是头两年，没有多少知心朋友，常常有种孤立无助感，《随想录》则成为伴随着我的良师益友。后来，我从县图书馆借到五卷本，把《六十年文选》中没有收录的篇目一篇篇抄了下来；再后来，能买到《随想录》，我见到一种版本会买一种。还有《六十年文选》，在旧书店中碰到它，只要品相过得去，我就会买下，家里现在至少有七八本，别人会感到奇怪，但我只要看到那无比熟悉的封面，仿佛就回到了为它心醉神迷的日子，那种感情使我恨不得占有所有的《文选》。

命运的变化有时完全超出我们的想象，在灯下贪婪地读着这书的时候，我绝对想不到有朝一日，我会结识《文选》两位编者，会见到他的作者；也想不到自己会从遥远的北方来到巴金先生生活了大半辈子的上海，而且，我的生活轨迹越来越以巴金为圆心，走得离他越来越近……这一切绝非出于计划、设计，或是我的刻意追求，但也不能说是偶然，除了命运之神的安排，能说不是巴金先生的精神光芒对一个人一步步导引的结果吗？所以，《随想录》对我不是单纯的研究对象，而是一部贮满了情感记忆的书，写一本谈论它的书，在我是为逝去的青春岁月留一份纪念，也为了报偿这部书带给我的精神恩惠。

三

我尝试着对《随想录》表达一点自己的看法，是从一九九九年开始。那年年初，李辉老师送了一部《随想录》手稿本给我，我花了几个月时间把手稿与刊出本逐一做了对校，将作者删改之处都标注出来，这样的文本细读使我仿佛能够更接近巴金先生的创作思路和内心想法，于是就写了一篇谈《随想录》手稿的文章。当时，我在一家机关工作，也住在单位里。白天，我用一种标准的语言写报告、总结、简报、讲话，并冷眼看着我的那些上司们不断变幻着各种嘴脸。我不是愤青，看过也就看过了，也不大关心周围人关心的那些往上爬、向下捞的话题，我有另外的世界。公文写完了就编巴金年谱，晚上送女友回家后，就回到办公室校读《随想录》手稿。那时的生活节奏完全没有这么快，自得其乐地读读书写写短文，也过得不错。但我也担心时间久了自己变成一名小市侩，而且明显感觉到自己的眼界和能力的差距，非常渴望能有机会提高自己。那座城市生活起来极其舒服，但太安逸了，人们也就什么都不想做了，或者会越发感到心灵的寂寞，所以，离开它也是迟早的事情。况且，我那时候踌躇满志，有一大堆计划捋着袖子要做，写一本关于《随想录》的书也是其中之一。一九九九年在去襄樊参加巴金国际研讨会的途中，我曾跟陈思和老师详细谈过，那份提纲上还留有他修改的笔迹——非常有幸，在求学的道路上，始终有良师关心和帮助我——后来我也尝试写了一两篇，但还是搁了下来。它与这本书在整体思路上有很大的不同，当年的计划更侧重于《随想录》写作过程的详细描述，像是一本专题的传记。

从我笔记上标注的时间看，最近这一轮系统地重读《随想录》是从二〇〇六年十一月二十五日开始的，至今已近五年了。这一次，我想理清《随想录》内部脉络，关注它们的形成过程，也注意到一些基本观念之间的彼此联系，这也是本书以主题词为线索解读《随想录》的重要原因。其次，我还有意识地将《随想录》与相关的史料结合、对照起来，也读了不少关于二十世纪下半期的历史著作、重要历史事件的专题研究著作，还有很多个人的回忆录，希望能在一个更为广阔的历史背景中认识《随想录》的创作价值和意义。正是因为这个边界有无限大，所以，这本书的写作一拖再拖。在此之外，写好的文章，我常常又发现一条相关的史料，或者从哪本新书中发现的一段文字，正好可以成为解读《随想录》的最好参证，而目前的表述方式，具有很大的封闭性，往往让我不能随意处理，对此，我常常耿耿于怀。我想将来必须得做一个《随想录》的注疏或集注本，甚至还可以再写本读《随想录》札记，它们会更灵活、更自由，更便于处理不同的史料和更为精细地表达一些个人的想法。

做一本《随想录》的注疏本，勾勒出它的历史背景，更为仔细地梳理作者的思路以及尚未表达出来的种种想法，是当年在校读手稿时我就产生的想法，坂井洋史教授曾撰文谈过这件事的必要性，记得二〇〇六年在杭州召开纪念《随想录》出版二十周年的座谈会上，这也是与会者热切关注的话题。李小林老师也一直支持此事，在找到相关资料时，她经常会说：你拿去看看，你不是要做《随想录》的注释吗？这样的鼓励既让我感激又觉得惭愧，我自知能力和精力都很有限，要完成这件庞大的工作，一时还信心不足，尽管在前期资料准备上已相当丰富和充分，但我理解中的注疏本，不是纯粹的技术性的资料工作，怎么注、怎么疏、怎么解，虽然都是基于文本和文献资料，但其中更重要的还是存在一个注疏者对文本的总体理解和个人看法，不同的人疏解同一部著作完全会有不同的看法和注法，中国古代一些重要典籍的不同注本就说明了这个问题。总之，我认为这项工作也不便于多人来做，那么多人的学术观点怎么达成一致？相反，如果有兴趣的人，不妨分别来做，几种注释本各有千秋，更有利于多层次多角度打开这部书。古人皓首穷经，板凳一坐十年冷，注疏一部典籍可能要耗去一生的心血，现在大家却都是在赶任务、上项目、抓进度，而注疏这等细致、琐碎又复杂的工作，与当下的学术环境真是格格不入，但我还是抱定决心去试一试。对巴金研究界而言，一直在搜集、整理巴金研究文献的李存光老师不就是现成的学习榜样吗？那么，这本《〈随想录〉论稿》就算是注疏本的导论吧，搬开这块石头，我会一步步地投入到注疏本的工作中去。

二〇一一年七月三日凌晨于上海

深夜，读毕校样，如释重负，又感慨良多。感谢母校的出版社接受这部书稿，复旦学习五年，愚钝如我者，虽然学业毫无长进，但我深感荣幸的是结识了一批常常鼓励和帮助我的师友（请恕我不在这里一一列出他们的名字），他们不势利也不功利，常常能让我在异乡感受到兄弟姐妹般的温暖。毫无疑问，师姐孙晶也是其中之一，作为责任编辑她为本书的编辑付出了大量劳动，在此，我应当郑重向她道谢；然而，何止是这本书的编辑和出版，该向她道谢的地方多着呢！正是有这样的温暖鼓励，我才不在乎那些寒风冷雨，不气馁、不懈怠，总是“精神昂扬”地做着自己喜欢做的事情。

二〇一一年九月十五日凌晨又记

修订版后记

《〈随想录〉论稿》能够出版修订本，在作者，当然是一件高兴的事情。利用这一机会，我又花了一两个月时间，重读了全书，对部分语句、笔误和部分史料做了修订和补充，并增加了附录《〈随想录〉写作年表》，而对于文章的基本观点，我并没有变化。我想说的是，那些词句上的修改——涉及判断、语气，用词和表述的准确与否等等，我并不认为这是无关紧要或者可改可不改的事情。以前，读一些前辈的文章，总觉得有些地方，他们吞吞吐吐、欲言又止，常常觉得不满足。想不到，现在我也到了吞吞吐吐的年龄，除了感叹岁月无情、自己暮气沉沉之外，认真想一想这也是马齿徒增的一点收获吧。那就是不再以“绝对”、“一定”、“必然”的眼光、态度、口气来看问题、论人事。我越来越相信人和世界有时候比我们表述和想象的要复杂得多，那么留一些可讨论的余地，比决然地下判断要好一些。

面对着历史和历史人物，我们更需要一份谦卑和耐心，不要觉得自己的学识、眼光、逻辑、理性是无往而不胜的利器，可以自信地分析、判断和解析一切，或者说，哪怕你有一点后知之明，那也是理所应当的，又有什么值得炫耀的？时间给了你优势，你拿着这个去嘲笑前人，而不是从前人的道路中汲取营养，总有一天时间也会无情地对待你，让你连接受别人嘲讽的资格都没有。“尔曹身与名俱灭，不废江河万古流”，每逢想到这样的词句，想到“万古流”的江河与渺小的自我，我觉得那些自得如微尘，不入人眼。

赫尔岑在《往事与随想》中曾经说出他对历史人物评价的原则：

他们忘了评价过去的人物，评价他们的地位和“成色”时，不是比

> 较他们的知识总和，不是比较他们过去和现在提出问题的方法，而是看他们在解决这些问题时付出了多少心血和精力。我非常希望能够挽救我们的年轻一代，使他们能够摆脱对历史的忘恩负义，甚至是对历史的错误态度。是时候了，年老的萨图尔努斯不应该吃自己的孩子，同时孩子们也不应该学堪察加人的样杀死老人。（巴金、臧仲伦译《往事与随想》第108页，译林出版社2009年3月版）

我不想做一个忘恩负义者，也没有能力戴上眼镜就装作一个高明的医生，不是给这个开刀，就是给那个开药方。虽然时光不能倒流，但我更愿意一头扎进历史的深处，我愿意与那些前辈们一起去体验岁月的霜晨寒月、朝风暮雨。

那么，就让我们再一次出发吧。

二〇一四年八月二十四日夜于竹笑居

图书在版编目(CIP)数据

《随想录》论稿/周立民著. —上海:复旦大学出版社,2016. 2(2016. 9 重印)
ISBN 978-7-309-11031-9

Ⅰ. 随…　Ⅱ. 周…　Ⅲ. 巴金(1904 ~ 2005)-随笔-文学研究　Ⅳ. I207. 67

中国版本图书馆 CIP 数据核字(2014)第 241639 号

《随想录》论稿
周立民　著
责任编辑/孙　晶

复旦大学出版社有限公司出版发行
上海市国权路 579 号　邮编:200433
网址:fupnet@ fudanpress. com　http://www. fudanpress. com
门市零售:86-21-65642857　团体订购:86-21-65118853
外埠邮购:86-21-65109143
浙江新华数码印务有限公司

开本 787 × 960　1/16　印张 28. 25　字数 373 千
2016 年 9 月第 1 版第 2 次印刷

ISBN 978-7-309-11031-9/I · 867
定价: 58. 00 元